本書由全國古籍整理出版規劃領導小組資助出版

國家清史編纂委員會·文獻叢刊

桐城派名家文集

⑫

戴名世選集

方苞選集

主編 嚴雲綬 施立業 江小角

時代出版傳媒股份有限公司
安徽教育出版社

圖書在版編目（CIP）數據

桐城派名家文集. 第12卷，戴名世選集、方苞選集 / 嚴雲綬，施立業，江小角主編. 一合肥：安徽教育出版社，2014
ISBN 978-7-5336-7886-9

Ⅰ.①桐… Ⅱ.①嚴…②施…③江… Ⅲ.①中國文學一古典文學一作品綜合集一清代 Ⅳ.①I214.91

中國版本圖書館 CIP 數據核字（2014）第 143594 號

桐城派名家文集　⑫戴名世選集、方苞選集
TONGCHENGPAI MINGJIA WENJI

出 版 人：鄭　可
質量總監：張丹飛
策劃統籌：吳壽兵　錢　江　夏業梅
責任編輯：黎　麗　葛明月
裝幀設計：何宇清
責任印製：王　琳

出版發行：時代出版傳媒股份有限公司　安徽教育出版社
地　　址：合肥市經開區繁華大道西路 398 號　郵編：230601
網　　址：http：//www.ahep.com.cn
營銷電話：(0551)63683011，63683013
排　　版：安徽創藝彩色製版有限責任公司
印　　刷：安徽新華印刷股份有限公司

開　　本：787×1092　1/16
印　　張：39
字　　數：543 千字
版　　次：2014 年 10 月第 1 版　2014 年 10 月第 1 次印刷
本册定價：320.00 元
全套定價：5480.00 元

國家清史編纂委員會出版委員會

總序

戴逸

二〇〇二年八月，國家批准建議纂修清史之報告，十一月成立由十四部委組成之領導小組，十二月十二日成立清史編纂委員會，清史編纂工程於焉肇始。

清史之編纂醖釀已久，清亡以後，北洋政府曾聘專家編寫清史稿，歷時十四年成書。識者議其評判不公，記載多誤，難成信史，久欲重撰新史，以世事多亂不果。中華人民共和國成立後，中央領導亦多次推動修清史之事，皆因故中輟。新世紀之始，國家安定，經濟發展，建設成績輝煌，而清史研究亦有重大進步，學界又倡修史之議，國家採納衆見，決定啓動此新世紀標志性文化工程。

清代爲我國最後之封建王朝，統治中國二百六十八年之久，距今未遠。清代衆多之歷史和社會問題與今日息息相關。欲知今日中國國情，必當追溯清代之歷史，故而編纂一部詳細、可信、公允之清代歷史實屬切要之舉。

編史要務，首在採集史料，廣搜確證，以爲依據。必藉此史料，乃能窺見歷史陳迹。故史料爲歷史研究之基礎，研究者必須積累大量史料，勤於梳理，善於分析，去粗取精，去僞存真，由此及彼，由表及裏，進行科學之抽象，上升爲理性之認識，才能洞察過去，認識歷史規律。史料之於歷史研究，猶如水之於魚，空氣之於鳥，水涸則魚逝，氣盈則鳥飛。歷史科學之輝煌殿堂必須巋然聳立於豐富、確鑿、可靠之史料基礎上，不能構建於虛無飄渺之中。吾儕於編史之始，即整理、出版文獻叢刊、檔案叢刊，二者廣收各種史料，均爲清史編纂工程之重要組成部分，一以供修撰清史之用，提高著作質量，二爲搶救、保護、開發清代之文化資源，繼承和弘揚歷史文化遺産。

清代之史料，具有自身之特點，可以概括爲多、亂、散、新四字。

一曰多。我國素稱詩書禮義之邦，存世典籍汗牛充棟，尤以清代爲盛。蓋清代統治較久，文化發達，學士才人，比肩相望，傳世之經籍史乘、諸子百家、文字聲韻、目録金石、書畫藝術、詩文小説，遠軼前朝，積貯文獻之多，如恒河沙數，不可勝計。昔梁元帝聚書十四萬卷於江陵，西魏軍攻掠，悉燔於火，人謂喪失天下典籍之半數，是五世紀時中國書籍總數尚不甚多。宋代印刷術推廣，載籍日衆，至清代而浩如烟海，難窺其涯涘矣。清史稿藝文志著録清代書籍九千六百三十三種，人議其疏漏太多。武作成作清史稿藝文志補編，增補書一萬零四百三十八種，超過原志著録之數。彭國棟亦重修清史稿藝文志，著録書一萬八千零五十九種。近年王紹曾更求詳備，致力十餘年，遍覽群籍，手抄目驗，成清史稿藝文志拾遺，增補書至五萬四千八百八十種，超過原志五倍半，此尚非清代存留書之全豹。王紹曾先生言：『余等未見書目尚多，即已見之目，因工作粗疏，未盡鈎稽而失之眉睫者，所在多有。』清代書籍總數若干，至今尚未能確知。

清代不僅書籍浩繁，尚有大量政府檔案留存於世。中國歷朝歷代檔案已喪失殆盡（除近代考古發掘所得甲骨、簡牘外），而清朝中樞機關（內閣、軍機處）檔案，秘藏內廷，尚稱完整。加上地方存留之檔案，多達二千萬件。檔案爲歷史事件發生過程中形成之文件，出之於當事人親身經歷和直接記録，具有較高之真實性、可靠性。大量檔案之留存極大地改善了研究條件，俾歷史學家得以運用第一手資料追踪往事，了解歷史真相。

二曰亂。清代以前之典籍，經歷代學者整理、研究，對其數量、類别、版本、流傳、收藏、真僞及價值已有大致瞭解。清代編纂四庫全書，大規模清理、甄别存世之古籍。因政治原因，查禁、篡改、銷燬所謂『悖逆』、『違礙』書籍，造成文化之浩劫。但此時經師大儒，聯袂入館，勤力校理，盡瘁編務。政府亦投入巨資以修明文治，故所獲成果甚豐。對收録之三千多種書籍和未收之六千多種存目書撰寫詳明精切之提要，撮其內容要旨，述其體例篇章，論其學術是非，叙其版本源流，編成二百卷四庫全書總目，洵爲讀書之典要、後學之津梁。乾隆以後，至於清末，文字之獄漸戢，印刷之術益精，故而人競著述，家嫻詩文，各握靈蛇之珠，衆懷崑岡之璧，千舸齊發，萬木争榮，學風大盛，典籍之積累遠邁從前。惟晚清以來，外强侵凌，干戈四起，國家多難，人民離散，未能投入力量對大量新出之典籍再作整理，而政府檔案，深藏中秘，更無由一見。故不僅不知存世清代文獻檔案之總數，即書籍分類如何變通、版本庋藏應否標明，加以部居舛誤，界劃難清，亥豕魯魚，訂正未遑。大量稿本、鈔本、孤本、珍本，土埋塵封，行將澌滅。殿刻本、局刊本、精校本與坊間劣本混淆雜陳。我國自有典籍以來，其繁雜混亂未有甚於清代典籍者矣！

三曰散。清代文獻、檔案，非常分散，分别庋藏於中央與地方各個圖書館、檔案館、博物館、教學研究機構與私人手中。即以清代中央一級之檔案言，除北京第一歷史檔案館所藏一千萬件以外，尚有一大部分檔案在戰争時期流離播遷，現存於臺北故宫博物院。此外，尚有藏於沈陽遼寧省檔案館之聖訓、玉牒、滿文老檔、黑圖檔等，藏於大連市檔案館之内務府檔案，藏於江蘇泰州市博物館之題本、奏摺、録副奏摺。至於清代各地方政府之檔案文書，損毁極大，但尚有刦後殘餘，璞玉渾金，含章藴秀，數量頗豐，價值亦高。如河北獲鹿縣檔案、吉林省邊務檔案、黑龍江將軍衙門檔案、河南巡撫藩司衙門檔案、湖南安化縣永曆帝與吳三桂檔案、四川巴縣與南部縣檔案、浙江安徽江西等省之魚鱗册、徽州契約文書、内蒙古各盟旗蒙文檔案、廣東粤海關檔案、雲南省彝文傣文檔案、西藏噶厦政府藏文檔案等等，分别藏於全國各省市自治區，甚至清代兩廣總督衙門檔案（亦稱葉名琛檔案），英法聯軍時遭搶掠西運，今藏於英國倫敦。

清代流傳下之稿本、鈔本，數量豐富，因其從未刻印，彌足珍貴，如曾國藩、李鴻章、翁同龢、盛宣懷、張謇、趙鳳昌之家藏資料。至於清代之詩文集、尺牘、家譜、日記、筆記、方誌、碑刻等品類繁多，數量浩瀚，北京、上海、南京、廣州、天津、武漢及各大學圖書館中，均有不少貯存。豐城之劍氣騰霄，合浦之珠光射日，尋訪必有所獲。最近，余有江南之行，在蘇州、常熟兩地圖書館、博物館中，得見所存稿本、鈔本之目録，即有數百種之多。

某些書籍，在中國大陸已甚稀少，在海外各國反能見到，如太平天國之文書。當年在太平軍區域内，爲通行之書籍，太平天國失敗後，悉遭清政府查禁焚燬，現在中國，已難見到，而在海外，由於各國外交官、傳教士、商人競相搜求，攜赴海外，故今日在外國圖書館中保存之太平天國文書較多。二十世紀，向達、蕭一山、王重民、王慶成諸先生曾在世界各地尋覓太平天國文獻，收獲甚豐。

四曰新。清代爲傳統社會向近代社會之過渡階段，處於中西文化衝突與交融之中，産生一大批内容新穎、形式多樣之文化典籍。清朝初年，西方耶穌會傳教士來華，携來自然科學、藝術和西方宗教知識。乾隆時編四庫全書，曾收録歐几里得幾何原本，利瑪竇乾坤體儀，熊三拔泰西水法、簡平儀説等書。迄至晚清，中國力圖自强，學習西方，翻譯各類西方著作，如上海墨海書館、江南製造局譯書館所譯聲光化電之書，後嚴復所譯天演論、原富、法意等名著，林紓所譯茶花女遺事、黑奴籲天録等文藝小説。中學西學，摩蕩激勵，舊學新學，鬥妍争勝，知識劇增，推陳出新，晚清典籍多别開生面、石破天驚之論，數千年來所未見，飽學宿儒所不知。突破中國傳統之知識框架，書籍之内容、形式，超經史子集之範圍，越子曰詩云之牢籠，發生前所未有之革命性變化，出現衆多新類目、新體例、新内容。

清朝實現國家之大統一，組成中國之多民族大家庭，出現以滿文、蒙古文、藏文、維吾爾文、傣文、彝文書寫之文書，構成爲清代文獻之組成部分，使得清代文獻、檔案更加豐富，更加充實，更加絢麗多彩。

清代之文獻、檔案爲我國珍貴之歷史文化遺産，其數量之龐大、品類之多樣、涵蓋之寬廣、内容之豐富在全世界之文獻、檔案寶庫中實屬罕見。正因其具有多、亂、散、新之特點，故必須投入巨大之人力、財力進行搜集、整理、出版。吾儕因編纂清史之需，賈其餘力，整理出版其中一小部分；且欲安裝網絡，設數據庫，運用現代科技手段，進行貯存、檢索，以利研究工作。惟清代典籍浩瀚，吾儕汲深綆短，蟻銜蚊負，力薄難任，望洋興嘆，未能做更大規模之工作。觀歷代文獻檔案，頻遭浩劫，水火兵蟲，紛至沓來，古代典籍，百不存五，可爲浩嘆。切望後來之政府學人重視保護文獻檔案之工程，投入力量，持續努力，再接再厲，使卷帙長存，瑰寶永駐，中華民族數千年之文獻檔案得以流傳永遠，霑溉將來，是所願也。

二〇〇四年

前言

桐城派興起於清代康熙之際，延續至民國初年，前後達兩個世紀之久。其陣營之壯大，内涵之豐富，在中國文化學術史上，實屬罕見。近百年來，社會變遷，貶之者較多，譽之者亦不乏人，分歧頗大。自上世紀八十年代以後，在解放思想大潮的推動下，不少學人已不約而同地認識到：作爲清代文化學術領域内一種重大的存在，桐城派是一個繞不過去的話題。可以説，没有對桐城派系統、深入的研究，要想寫好清代文學史、學術史、文化史，當非常困難。而且，不少桐城派作家的社會實踐活動，涉及清代社會的諸多方面，如政治、經濟、軍事、教育、學術、文藝等，有些影響至爲深遠；且其詩文中史料甚豐，值得治史者細心發掘。然而，由於種種原因，桐城派所受到的學術關注，還很難説與其重要的歷史地位、影響相稱。很多研究有待於深化，不少的領域還是空白。文獻資料的搜尋、整理則長期停留在分散、零星的狀態。

桐城派名家文集係國家清史編纂委員會文獻組的規劃項目。此項目的確定與實施，無疑使桐城派文獻資料的整理工作邁入了一個新階段。其便利學人，推進桐城派研究的作用，自不待言。桐城派自興起、形成，歷經發展、變化，兩百多年中，直接或間接與桐城派相關聯的作者，可能近千人。影響所及，北達京都，南逾五嶺，東及吴越。文獻遺存十分豐富。我們此次從其發展過程中選擇各個階段的若干代表人物的文集，編纂整理，試圖爲廣大讀者提供一套大體上能體現桐城派不同階段特徵的文獻資料；在以歷史發展綫索爲主的基礎上，適當兼顧地域的因素。本着上述意圖，文集收入的作家爲：戴名世、方苞、劉大櫆、姚範、姚鼐、吴德旋、陳用光、方東樹、姚椿、管同、劉開、姚瑩、梅曾亮、吴敏樹、曾國藩、龍啓瑞、戴鈞衡、王拯、方宗誠、張裕釗、黎庶昌、薛福成、吴汝綸、賀濤、范當世、馬其昶、姚永樸、姚永概，共二十八人。持此一編，基本上可以感知桐城派演化的不同階段的根本特徵，亦能從中窺探清代社會某些方面的情景。

文集分甲、乙兩編。甲編收入姚範、吴德旋、陳用光、方東樹、姚椿、管同、劉開、姚瑩、吴敏樹、龍啓瑞、戴鈞衡、王拯、方宗誠、薛福成、馬其昶、姚永樸、姚永概等十七位作家詩文集。因爲在本項目擬訂規劃時，上述十七位作家的詩文尚未見到整理本出版，所以此次編纂、整理時，盡力求全：在對其已刊刻作品進行校勘、標點的同時，又儘可能蒐集其未刊稿，希望由此提高資料的完整性。乙編爲戴名世、方苞、劉大櫆、姚鼐、梅曾亮、曾國藩、張裕釗、黎庶昌、吴汝綸、賀濤、范當世等十一位作家的文章選集。上述作家，或爲桐城派開宗立派的大師，或爲推進桐城派轉變、發展的巨匠，其詩文本當全部匯録，但考慮到均已有整理本出版，因此本文集以其文選入編，雖然未能以全貌示人，但經過編者認真選擇、整理的文選，當亦能在基本方面體現出各位作家的文章風貌。

國家清史編纂委員會、國家清史編纂委員會項目中心與文獻組對桐城派名家文集的編纂十分重視，給予了多方面的指導與扶持。安徽省哲學社會科學界聯合會、中共桐城市委員會、桐城市人民政府從始至終對整理工作提供各項支持，諸多實際困難得以化解。顯然，若無上述各方面的關心，文集必然很難完成。時代出版傳媒股份有限公司安徽教育出版社一向重視文化傳承，扶持學術，毅然承當了文集的出版工作。在此，謹對一切關心、支持本項目的機構、人士深致謝忱！

桐城派名家文集乃是文化學術界第一次較大規模的桐城派文獻資料整理工程，難度可想而知。而我們則學力有限，每每有力不從心之憾。因此，文集内難免有不少疏誤之處。出版之後，希望得到廣大讀者的積極回應，給予指正。

嚴雲綬　施立業　江小角

二〇一一年九月廿五日

凡例

一、桐城派名家文集分甲、乙兩編； 甲編收入姚範、吴德旋、陳用光、方東樹、姚椿、管同、劉開、姚瑩、吴敏樹、龍啓瑞、戴鈞衡、王拯、方宗誠、薛福成、馬其昶、姚永樸、姚永概等十七位作家詩文集，乙編爲戴名世、方苞、劉大櫆、姚鼐、梅曾亮、曾國藩、張裕釗、黎庶昌、吴汝綸、賀濤、范當世等十一位作家選集。

二、凡收入甲編的名家文集均保持其原刻本編次。不同年代刊行的文集或詩集按其刊刻年代先後編排。有輯佚稿者按文、詩分類編年，附於原刻文集之後； 年代不明者，酌情處置。

三、每位作家文集前之整理説明，簡要説明作家、著作版本的主要情況。 甲編各文集後附録清人所撰寫的年譜、附記、墓志銘等相關資料。

四、底本之選擇兼顧底本完整性與準確性兩原則。若兩者不能兼顧，則以訛誤少、校刻精之本作底本，其殘缺部分以他本配補。

五、凡底本不誤而他本誤者，一般不出校記。

六、底本之明顯的版刻錯誤，如因形近致誤的「己」、「已」、「巳」之類，可以依據上下文予以辨識者，逕改之，不出校記。

七、凡底本之訛、脱、衍、倒，確有實據者，予以改正，并以符號標識。 以圓括號表示誤字或應删之字，改正之字置於括號後； 以方括號表示增補之字。

八、文中脱漏、殘缺或難以辨識之處用方框表示。

九、底本與他本文异，但義可兩通、難以取捨者，以校記説明。 一般虚字有异而文義無殊者，可不出校。

十、文字盡量保持原貌，通假字、异體字一般均依原文，不改爲現代通行體，亦不求統一。 過於冷僻之字可酌改爲通行字。 文中如有外文詞語之翻譯與現在通行譯法不同者，不作改動，仍存原譯。 同一譯名在文集中前後相异者，亦存原譯，不予統一。

十一、校記力求簡短，摘引正文時僅舉所校詞語。校記置於該篇篇末。

十二、文中引文與原書小异但不失其本意者，不改動亦不出校。節引原書文字大异且失其原意者，出校説明，但不改正。

十三、標點符號依照一九九六年中華人民共和國國家標準標點符號用法的規定使用。考慮到古代漢語的特點，原則上不使用省略號、破折號、着重號和連接號。

十四、凡直接引用的文字用雙引號表示，若引文中復有引文，則加單引號。古人引書多述其大意或節略其文，凡此等處不用引號。

總目

戴名世選集

點校　汪慶元

整理説明

戴名世（一六五三—一七一三），字田有，號藥身，別號憂庵。安徽桐城人。五十歲時置田宅於桐城南山，故又稱南山先生。世以耕讀為業，至父輩家業不振，以教書為生。戴名世三十五歲前居鄉教書授徒，與村學究為伍。後以貢生入太學，遍歷大江南北，行程數萬里，教書賣文為生。五十三歲考中舉人，五十七歲中進士，授翰林院編修。二年後南山集案發。又二年，康熙五十二年二月初七，刑部奉旨斬立決。

戴氏死於文字獄，清王朝所認定的罪名，『欲將本朝年號削除，寫入永曆大逆等語』，只是史學家尊重歷史事實的表現，而不是現實的『反清』行動。戴名世生活在『康熙盛世』，在禹貢錐指序中對康熙『右文之至意』表現出很高熱情，又在辦苗紀略序中稱頌『今天子盛德神功，彪炳宇宙』。不僅如此，他還把一些明遺民企圖復明的行動視作『愚昧』之舉，甚至不贊成對降清副總兵張膽以『破城屠邑所得』資財捐出造橋的事『立論太苛』，並為其撰寫張公墓誌銘。戴名世對康熙朝社會穩定、民族和解的政治局面已有認同。

但戴名世狂放的個性，憤世嫉俗，口無遮攔，為世所不容。清史稿·戴名世傳説他：『時時著文以自抒湮鬱，氣逸發不可控御。諸公貴人畏其口，尤忌妒之。』他批判科舉，反對時文，剝去達官貴人的虛偽外衣。在憂庵集中，對諸如周翰林、李學士、徐總督等『盛世名臣』的嘲諷不留情面。戴名世在太學讀書時就與青陽徐詒孫、無錫劉言潔、同縣方苞等人被稱作『狂士』，他們才華橫溢，不滿現實，不能容物，故『舉世皆欲殺之以為快』。徐詒孫後來『發狂投水死』。戴名世『沉浮於遊士、幕客之間』，不滿足『計日傭賃』，要爭取文人的社會經濟地位。在野時，統治階級猶可任其自生自滅，而當戴名世進入翰林院『濫側清華』，統治者再也難以容忍了。欲加之罪，何患無辭。南山集案成為滿漢統治階級維護思想統治，消除異己的一致行動。

戴名世是桐城派古文的開山之祖，散文創作和史學撰述都有很高成就。他塑造了一系列充滿民族感情，震撼人心的人物形象，如畫網巾先生傳楊維岳傳左忠毅公傳及『四紀略』中衆多人物，在危難之際從容赴死，表現出崇高的民族氣節。子遺錄以桐城一縣城防始末為主線，而晚明的政治形勢畢現，梁啟超稱其『極史家技術之能』。戴名世的古文具有較為廣泛的社會內容，尤其是描寫了一些布衣能人：江南園林設計師張翁構東南名園，又北上建造暢春園『擅燕山之勝』；水利工程師陳潢治理黄河不為名利；農民何翁出書推廣種植杉樹的技術；善於治生的徽商楊允正等。戴名世對科舉之外的社會人才非常尊重，說『制科之外有功名』，治河有成，即是『功名』，其『或百千萬人之中而生一才』。這種注重實際業績的人才觀，具有超越時代的價值。

戴氏的山水遊記有新的境界，把散文創作和音樂、繪畫相提並論，得藝術之真諦。其作品色彩斑斕，氣韻生動，得益於和大自然的親近。他總結道：『大抵紀山水之勝，必深入其中，躬親探討，習與之親，乃能摹其形容，盡其變態。』以創新的筆觸寫出變幻的自然之美，讀之令人神往。

戴名世的著作，據清人別集總目所載，民國以前的版本達五十二種，收藏單位數以百計。其中不少書名雖異，而內容實同。選集整理者參考利用的為以下幾種：第一，尤雲鶚康熙四十年（一七〇一）刊刻的南山集偶鈔，文字可靠，收文一百二十篇，今安徽省博物館藏有足本。第二，桐城戴鈞衡於道光二十一年編成潛虛先生文集十四卷，今安徽省博物館藏有抄本，收文二百五十九篇，咸豐年間經方宗誠、蕭穆批校。第三，桐城人張仲沅於光緒二十六年以戴鈞衡本為正編，編刻戴南山先生全集，收文二百七十七篇。此外，法國學者戴廷傑畢十年之功著戴名世年譜，中華書局二〇〇四年出版。戴廷傑遍訪中國南北各重要圖書館，發現上海圖書館藏潛虛先生文集補遺十三卷，得戴名世佚文五十八篇，佚詩二十八首。又發現南京圖書館藏南山文集外編二冊，得佚文五十五篇，比上海圖書館補遺少三篇，雖然內容重複，但外編為校本。安徽省博物館藏戴名世筆記稿本憂庵集一百七十四條。又桐城民間藏戴氏宗譜載戴名世佚文二篇。目前所知，戴名世存世的古文、筆記、詩歌共計五百餘篇。

現通行本為王樹民編校的戴名世集十五卷，中華書局一九八六年版。該本以張仲沅戴南山先生古文全集為基礎，『兼取散見於各本為張本所未收者』，比張本多五篇，共得二百八十二篇。戴名世集文字以偶鈔本和張刻本並取，並參校以潛虛先生文集，鈔本褐夫先生集等後出諸本。惟其所據之南山集偶鈔有『二十二篇為精鈔補配者』，文字不得完善。

戴名世選集約二十萬字，文二百二十三篇，分為論辯類、序跋類、書信類、傳狀類、雜記類、碑志哀祭類，所選文章以史料價值為取向，節婦烈女傳則棄去。所選篇目囿於一管之見，遺珠之憾，在所難免。文字以足本南山集偶鈔和方宗誠、蕭穆批校本潛虛先生文集為基礎，並參考王樹民編校之戴名世集。茲集有選自稿本憂庵集和戴名世年譜所載佚文，均在篇末注明。而憂庵集各條原無題，篇名為編者所擬。中華書局版戴名世集廣為學者利用，但其所據南山集偶鈔有『精鈔補配』若干篇，本選集據足本校勘並出校記，以便讀者參考。而句讀也略有不同之處，如梅文常稿序有句王氏作『彼夫吳、會之間士，相與飾虛聲以自炫耀』，本編讀作『彼夫吳、會之間，士相與飾虛聲以自炫耀』。又如游爛柯山記有句王氏作『入寺，坐佛殿少頃，一僧導出寺門』，本編讀作『入寺，坐佛殿。少頃，一僧導出寺門』。而弘光乙酉揚州城守紀略等篇什中有後人竄入之文，則棄不取，文字據足本而不出校記。

汪慶元

二〇一〇年十二月

目録

論辨類

序跋類

書信類

傳狀類

雜記類

碑誌哀祭類

論辨類

范增論

定天下者，必明於天下之大勢，而後可以決天下之治亂。天下之治亂，勢為之也，勢可以治矣，而復至於大亂，此不明於勢之過也。今夫勢有可行有不可行，視乎所遭之變，所遇之時，而勢出乎其間。是故順其勢而趨之，則勢在我，而天下惟吾之所奔走而莫吾難。而不然者，勢且一失而不可復救。嗚呼！此項籍所以有取天下之勢，而終於無成也歟？

昔者天下苦秦之暴久矣。自周之衰，諸侯並爭，而秦以虎狼之心破滅六國，其無罪於秦而亡者不獨楚也。天下含恨蓄怒，特以劫於威強而不敢動。及陳勝、吳廣起於大澤之中，山東諸侯並起，雲翔烏集，轉而攻秦。而秦以積威之餘，開關出戰。諸侯起於匹夫，其勢不足以相敵，往往糜碎敗衄。當此之時，項籍以喑啞叱吒之資，拔山蓋世之氣，所當者破，所擊者服，卒能入關破秦，以快天下鬱鬱之心。於是政由籍出，分裂天下而封侯王，莫不北面俯首，唯唯而聽命，則天下之勢固已在於項籍矣。使項籍據其勢而帝制自為，以號令天下，天下方快秦之亡而服籍之功也，勢不能以不聽。以羽之雄而不知為此者，非不知為此也，其心輾轉自思，無以處義帝故也。

彼義帝者，素無功伐，豈惟項籍不用其命，天下諸侯亦未有用其命者。項籍勢足以臣諸侯，而義帝勢不足以臣項籍。項籍既臣於義帝，則其勢不能以臣諸侯，此義帝之所以死，而項籍之所以亡也。秦、漢以後，天下之變故多矣。蓋有其國既失，其宗廟既隳，而篡於亂賊之手者，而其流風餘思未斬於世，天下之人猶有不忍忘之心，於是紛紛而起，輒歸其名號於先朝之後。其為名也正，其為義也順，是故不逾時而天下平，此亦自然之勢也。今夫楚之與燕、齊、三晉也，非有君臣相臨之素，固匹敵之國也，其威也皆南面而稱王，其敗也皆囚虜而被戮。楚之人不忘其先，詎燕、齊、三晉之人遂忘其先乎？今也立義帝以帝楚，即以帝燕、齊、三晉，吾知燕、齊、三晉之不心服也，況以牧豎無能之人而御天下之豪傑哉！吾考其時，周雖衰，天下之共主也。立周之後以討秦之罪，奉周之命以臨制天下之諸侯，此天下之大義也，而非天下之勢。何以明其然也？周自春秋以降，其孱弱已甚，萬乘之國七，千乘之國五，海內爭於戰攻，周且臣屬於諸侯，天下之人不知更有周也，以為周亡久矣。秦之吞天下先及周，又數十年而後及六國。是故周不可以復興也，固也，其澤已斬，而其跡已熄，其勢已去矣。當此之時，苟有人焉，崛起誅暴秦，修先王之法，拯元元之命，其義已無愧於湯、武。是則天下之勢不必其在諸侯後也，彼義帝之立，為何義也哉？

史言范增『素居家，好奇計』，教項梁立楚後，梁從之。嗚呼！吾未見其計之奇也，而項氏之亡實由於此矣。范增之言曰：『陳勝敗固當。陳勝首事，不立楚後而自立，其勢不長。』然而義帝之立，無救於項梁之死，而秦之所以破者，項籍與諸侯之力，義帝未有毫髮尺寸之功也。然則義帝之立不立，無繫於天下之利害，而項氏之亡實由於此矣。嗚呼！項籍勢足以臣諸侯，而義帝勢不足以臣項籍。項籍既臣於義帝，則其勢不能以臣諸侯，於是而遷之，而弒之，此亦必至之勢也，而已授天下諸侯以其辭矣。彼見項王可以背義帝，則己亦可以背項王。向之俯首畏伏者，一旦攘臂而與之抗，而項王固無以令於天下矣。司馬遷以『背關懷楚』為項王罪，似也，然吾以為項王之意非懷楚也，特以義帝在楚而心忌之，以故舍關中而都彭城，思所以翦除之焉耳。當其分天下立諸將為侯王，項王欲自帝，則有義帝在也，既王諸將，而己亦稱王，則無以自別異，於是立號為西楚霸王，蓋其情見勢絀，支吾甚矣。然則義帝之立不立，無繫於天下之利害，而有關於項氏之存亡，豈不然哉？

彼范增者，項氏骨鯁之臣也。其勸羽殺沛公，羽不聽，則羽之過也。其立義帝，則可謂不明於天下之大勢者也。漢王與酈食其謀撓楚權，食其請復立六國後世，張子房以為不可。由此觀之，夫有所立以自輔且不可，乃欲有所立以自制，夫豈明於勢而熟於計者哉。嗚呼！勢有可行有不可行，視乎所遭之變，所遇之時，而勢出乎其間。吾獨惜夫後之舉事者，有可以用增之計而不能用，而自取滅亡，為天下笑。而增用之楚，而項王又以失其天下。嗚呼！苟非明者，烏能視勢之所在而圖之，以定天下之大計也哉。

録自戴名世集卷十四。

魏其論

魏其與武安，以灌夫事相持，天子卒從武安議，殺灌夫，並殺魏其，天下至今憐之。然吾未嘗不嘆兩人之愚也。夫君子處亂世，不幸而遇小人，遠之亦死，近之亦死，而吾謂遠之猶可以得生。彼小人見君子一切與己乖異，固已欲殺君子，吾遠其蹤跡，而嫌隙不開，謦欬不露，彼漸且輕忽我也。但得彼之一輕忽我，而我乃得脫矣。彼魏其、灌夫之死為何名哉。當魏其失勢家居，賓客故人皆去，默默不得志，而灌將軍亦失勢，兩人意相憐。回思曩者，震耀一時，奔走天下，豈異丞相今日，兩人積不平。而丞相方握重權，天下士、郡國諸侯皆附之。而灌夫以丞相戲弄之言告魏其，魏其與夫人市牛酒、設帳具，必欲得武安一往，豈其慕艷武安，而亦如天下士、郡國諸侯之以其顧盼為重耶？迨丞相請田而又責望，區區一田之為隙者何也？既有隙矣，而又強灌夫與俱往賀丞相，是亦猶前日慕艷之意，且不肯遽得過丞相之意耳，而兩人之首已隕於杯酒之間矣。夫小人之不可近，如豺虎然，而加之以得勢，即附之者亦不能免其禍，而況魏其之沾沾自喜，灌將軍之好氣，懷不平之心。嫌隙既開，而又為之且前且卻於其間，宜其及也。太史公曰：『魏其誠不知時變，灌夫無術而不遜。』吾推其故，皆由於不忍決絕，而遂以身殉之。悲夫！

録自戴名世集卷十四。

撫盜論

事有行之於昔為有功，而行之於今為失策，偶一行之而倖而成，而轉相效之，而一敗而不可救者。惟君子為能通古今之變，審時勢之宜，而不至於拘牽往轍，以僨天下之事，此非庸夫小人之所知也。

漢宣帝時，渤海歲饑，盜賊蜂起，上以龔遂為太守。

遂單車至府，敕屬縣不許逐捕，使賣劍買牛，賣刀買犢，郡中翕然，盜賊亦皆罷。而後之人主失天下，往往於群盜之手，皆臣下以此誤之也，可不為之歎息痛恨矣哉！當天下無事，天子威靈鎮撫海內，而強兵悍卒、奸猾小民懷不軌之志，乘間伺隙，因水旱流離之餘，召集奸人亡命，敢以抗天子之命吏，斬艾良民，父子兄弟駢首就戮。望屋而食，創立名字，所過千里無雞犬之聲，而有割據僭擬之心，飄忽震蕩之勢，其逆罪不容於天下。而一二腐儒懦夫，親見其禍如此其大，而以招撫為名，呴呴愉愉，奉之惟恐不滿其意，以成賊之強。刳屠郡縣，覆滅藩輔，而社稷為之丘墟。是豈獨賊之罪哉。

為此謀者曰：『吾以德化感也，吾以恩信結也，古之人有行之而成者矣。』嗚呼！盜非渤海之盜，而欲以渤海之治治之，即龔遂當日不死於賊，亦已轘於都市矣。蓋天下承平久，士大夫拱手低眉以取卿相，不諳戰鬥之事。一旦疆埸有警，身履戎行，恐戰不能勝，而僥倖於賊之厭兵也，欲以解散自為功，所謂外以邀雪冤之賞，而內以待陰德之報。庸人之誤國，其逆罪更不容於天下矣。當其初起也，視賊太輕，謂此出於饑寒困迫之餘，可以殺而不肯殺。及其勢已成，則又畏之太甚，即可以殺而亦不敢殺，冀以招撫羈縻旦夕。而武夫悍將，制於闒茸無能之書生，積不平，養賊以自重而內邀其君，相率以國殉之，以身殉之。吾不知其於賊何厚，於朝廷何薄；於賊何德，於吾民父子兄弟何仇。夫以百萬虎狼橫行天下，而欲以德化感之，以恩信結之，何其愚若是甚也？無論其不屑受吾約束，即一一解散，而前之罪置之不問，是教天下為盜也。

吾故為之說曰：盜之有巢穴者可赦，無巢穴者不可赦。起鉤鉏者可赦，起弓馬者不可赦。其脅從者可赦，而其渠魁者不可赦。脅從之弱者可赦，而其強者亦不可赦。渠魁之偽降者不可赦。即真降者始赦之，後亦不可盡赦。僭擬之盜不可赦，而饑寒之盜亦不可輕赦。

何以明其然也？巢穴之盜，或在岩洞，或在藪澤，彼其妻子室廬積聚皆在其內，憑其險阻，以逆軍旅之顔行，勝則乘機四出劫掠，不出一百二百里之內，敗則守險以自固，勢不能棄其巢穴遠出侵暴，而有非常之望也。

若夫起於通都大邑，平原曠野之間，設帳幕，夷城郭，燒村落，其妻子財物皆在營伍之中，無巢穴，則處處可為巢穴也。王師來而賊去，名曰恢復，而其民已盡矣。起鉤鉏者皆農夫愚民，或信妖人之言，或以饑寒之故，或報仇忿爭而相殘殺，徒步裸裎以趨敵，兵甲不具，號令不嚴，如鳥獸蟲蟻之相聚散耳。起弓馬者則飄忽去來如風雨，技藝足以致勝，賞罰足以使眾，器械足以威敵，捕不能得，追不能及，此可不為大憂乎？脅從之盜，或一時誤從而自悔，或迫於不得已而強委命焉，其弱者懼禍之及，冀得自新，而強者甘為賊用，即撫之，而內自疑，其飛揚跋扈之念，未嘗一日忘也。而渠魁則萬萬不可赦，彼知吾之畏戰也，輒亦往往搖尾乞憐以玩弄將帥，而陰以覘其虛實，恣其求索，安民之檄未頒，而反者又見告矣。即真降者，不可遽絕以塞其自新之路，令得效力行間以贖其罪，事既大定，而後論其功之大小，以當其罪之輕重，亦不可以論其功而忘其罪也。而饑寒之盜，為豪傑大盜之資，以為癬疥之憂而區處未善，則癰疽潰決之患作矣。

嗚呼！群盜起而殲之無遺類，尚不足以伸國法，而償吾民父子兄弟之仇，乃欲為之助其勢，成其強，原其罪，除其罰，而使天下盡斃於盜而後已。嗚呼！天之亡人國，假手於群盜，群盜又假手於文武大吏以為囊橐，其禍豈偶然哉。故國家有鄰敵之變而言和，與有盜賊之變而言撫，未有不亡者也。夫古今各有其變，時事各有其宜，不此之察，徒藉口於往古久遠徼倖偶勝之事，以至顛覆相尋而不悟，此國家之大盜也。嗚呼！後有良天子賢宰相，不幸而遇此變，則先行國家大盜之誅，而後興師討群盜之罪，何盜之不可平，而安致有顛覆之患哉！

録自戴名世集卷十四。

田字說

余嘗適田間觀農家矣，占晴雨，相燥濕，定疆理，鑿陂池，上下原隰，觸冒寒暑，暴露風日，治器具，利銚鎛，負耒耜，荷蓑笠，呼儕耦，以耔以耘，以耕以耨，其勤苦至矣。余召而勞之曰：『汝曹有所困乎？』對曰：『吾曹習其事焉，不以為困也。吾盡吾力以致乎地利，而俟乎天時，而春而秋，中間雖勤苦逾時，而吾一歲得一效焉，以生以養，以奉祭祀，以穀婦子，以宴賓客。脫有旱乾水溢，取所蓄者而約用之，一有天時則收數倍焉。且夫一人而耕，可以食數人，十人而耕，可以食數十百人，耕者愈多，則食者愈眾。由此觀之，天下之命懸於吾手，其敢以困為辭乎。』

余嘗讀豳風歌七月之章，以及甫田、楚茨諸詩，其道田家事至悉也。此皆天子宰相公卿大夫相與親之隴上，覽其勤勞，寫其委曲，蓋農事之重如此。又古之學者不廢耕，維詩有之，在甫田之首章曰：『攸介攸止，蒸我髦士。』而樊遲以學稼請，仲尼非之，豈以其無與大人之學，而徒欲從事細人之行也歟。然則且耕且學，固非聖人之所禁也。

余也迂鈍魯拙，人之情，世之態，皆不習也，以故無所用乎其間。將欲從老農老圃而師焉，樂道有莘之野，而抱膝南陽之廬，優哉遊哉，聊以卒歲。余感農夫之言，思詩人之旨，而字余曰田，以著其素志云。

錄自戴名世集卷十四。

褐夫字說

古者名字大抵多以奇，而偶者蓋少焉。自漢以還，少有奇字者，其名則或奇或偶焉耳，豈非其習使然哉。吾聞之申繻曰：『名有五，有信，有義，有象，有假，有類。』其於字也亦然，以故古之人，其名字不必其美且善也。後之人但取夫美善之稱，而不必有其實，則其虛冒焉者，又豈少乎！余偶名而欲奇其字，有來告者曰：『不可，以習俗之不慣於稱也。』余曰：『余之為是，非故矯然異也，其說有取，而於古亦無謬。雖然，更其稱而仍襲其義，則字曰褐夫，可乎？』人曰：『褐，賤服也；夫，不知誰何人之辭也。今吾子以自托焉，不亦鄙乎？』余曰：『余固鄙人也，舍是無以為吾字矣。天下之人，上自君公，以至於大夫士，其等列以漸而降，最下至於褐夫，則垢汙賤簡極矣。其所處也至卑，其於世也無伍，富貴利達之所無望，而聲勢名譽之所不及，庸人孺子皆得傲且侮之而無所忌，以故古者諺之謾必以云。然則余不以為字而誰字乎？吾惡夫世之竊其名而無其實者，又惡夫有其實而辭其名者。若余則真褐之夫也，雖欲辭其名不得矣。匪吾云，人實云云，然則人之稱之也必慣，鄙不鄙又何論焉。』

既以其語應客，遂書之以為褐夫字說云。

録自戴名世集卷十四。

藥身說

戴子字褐夫，已而又自號曰藥身。有呼者，或呼之曰褐夫，曰唯。或又呼之曰藥身，又曰唯。是二者惟人之所呼之，無不可者。或謁余而問所以為藥身之說，余曰：『天下之苦口莫如藥，非疾痛害事莫之嘗焉。自黃帝、岐伯之所問答，醫家、方士之所流傳，本草、方書之所紀載，其類不一，而其為說甚具。余所嘗備極天下之苦，一身之內，節節皆病，蓋宛轉愁痛者久矣。又余多幽憂感慨，且病廢無用於世，徒採藥山間，命之以其業，則莫如此為宜。』

或曰：『悲夫！甚矣子之志也。雖然，抑猶有說焉。書曰：「若藥不瞑眩，厥疾不瘳。」方今學者之疾，沉痼已久而不可治，苟有秦越人者出，視其癥結，診其膏肓，為之按方選藥，一伸脊容身之間而已霍然矣。意者子之志其又有托於此乎？』戴子曰：『否，否。』因備錄其說。

録自戴名世集卷十四。

讀揚雄傳

揚子雲亦漢家文人之豪也，其不為章句訓詁而默然好深湛之思，余常賢之，然亦常歎之矣。夫所貴乎學者為能成一家之言，而前後不必相同，彼此不必相勝，以各出其機杼而勿詭於聖人而已。方雄之少年，慕司馬相如之賦，輒擬之以為式。而屈原之離騷、九章，皆忠臣愛君惓惓之意，雄乃以『遇不遇命也，何必湛身哉』，因摭離騷而反之，又傍離騷作重一篇名曰廣騷，又傍惜誦以下至懷沙一卷名曰畔牢愁。夫離騷不必廣也，亦不必反也，離騷可反，而莽大夫亦可為矣。後又以經莫大於易，作太玄以擬之，傳莫大於論語，作法言以擬之，相與仿依而馳騁，何其不自度量至此也。彼直以區區文字摹擬仿效，而遂謂可以入聖人之列，亦謬甚矣。後之論者，恕其仕莽，以為不得已而為之臣，既已為之臣矣，豈不得已之可以釋其罪哉。而且謂其為三代以後大儒，幾比於孔子、孟子，即一二大人先生亦不免為是說，徒為其太玄、法言所欺耳。

而當是時桓譚之論文者，吾有取焉。譚之言曰：『凡人賤近而貴遠，親見其祿位容貌不能動人，故輕其書。』然而庸耳俗目，其愚無知如此，悲夫！蓋由來久矣。而劉歆以後人之覆醬瓿為憂，夫至後之人則已不復覆瓿，覆瓿者當其世耳。吾乃以知古作述之家，其孤危大抵皆然也。因識之於傳尾。

録自戴名世集卷十四。

書貨殖傳後

余讀司馬遷貨殖傳，蓋不禁三復而太息也，曰：嗟乎，俗之漸民久矣，豈不誠然乎哉！夫長貧賤好語仁義者，世以為羞，而富相什則卑下之，百則畏憚之，千則役，萬則僕，此天下之所以相率而為利也。即鄒魯之間，不免去文學而趨利，利固與文學反者耶。故曰：『巧者有餘，拙者不足。』夫拙豈有拙於文學，然而不足者必在是也，其為巧者所笑傲，曷怪焉。

吾觀子長所載巧於利者，大抵皆農工商賈之流，操奇贏，據都會，鐵冶、魚鹽、馬牛羊豕、穀糶、薪槀、丹砂、帛絮、皮革、旃席之類，與夫棗栗、桑麻、萩漆、竹木、卮茜、薑韭、酤釀，下至掘冢、博戲、販脂、賣漿、洒削、馬醫，至卑賤矣，往往致素封，大者傾郡，中者傾縣，下者傾鄉里，豈非巧之效耶。然而較之於今則拙甚矣。古之巧者，在今日為拙，古之拙者，在今日不已巧乎。然則世之為文學者，竟何如耶？以為文學者而趨利，其收效而獲多必倍於農工商賈，而其計策或又出於掘冢、博戲、販脂，賣漿、洒削、馬醫者之下，然而富者必在是也。吾乃知世之富者皆為文學者也，世之文學者出於掘冢、博戲、販脂、賣漿、洒削、馬醫之下者也。

昔子貢好廢舉，鬻財於曹衛之間，夫子譏其不受命，然則富不富命也，而不係於巧與拙耶？以為命也，則宜厚賢者，而原憲、曾子不厭糟糠，匿於窮巷，其命獨如此者，何耶？又何以掘冢、博戲、販脂、賣漿、洒削、馬醫者之命偏厚，而出其下者之命亦皆厚也，豈命原無定，而視其人之巧拙以為厚薄耶？將命之厚薄又不在富與不富耶？然子貢結駟連騎，束帛加璧，以聘享諸侯，國君無不與之分庭抗禮，為子貢之賢邪，抑為子貢之富耶？又使孔子名布揚於天下者，子貢先後之也，則富又烏可少乎哉。故曰：『富者得勢益彰，失勢則客無所之。』又曰：『人富而仁義附焉。』富者為賢，不富者為愚，富者為貴，不富者為賤，則當世之所謂縉紳先生與賢人君子，其大略可知矣。而憔悴枯槁之士，原憲、曾子之徒，如之何其得容於世也，其不容於世，拙耳，拙耳，拙耳！然居今之日而非縉紳先生之列，無賢人君子之稱，其所得不既贏乎，而豈掘冢、博戲、販脂、賣漿、洒削、馬醫者之所及，而況世所號為文學又出其下者也，富不富曷足道哉，曷足道哉！

録自戴名世集卷十四。

錢神問對

有神色赤而目方，刺其面為文，立中衢，臭達於遠。眾皆拜，祈請甚篤，或咄咄歎息不已。戴子見之，曰：『此何神也？』眾曰：『非若所知。』前問神，神具以名對。戴子笑曰：『吾聞汝久矣，汝固若是而已者耶，其何以動眾如是甚也？』神曰：『吾行遊天下，靡人不畏，罔敢不恭，子顧且云云，豈有說乎？』

戴子曰：『吾數汝之罪，則鎔汝使化而毒未歇，挫汝使折而害無救也。』神怒曰：『余固知孺子不足憐，今偶相遭而眾辱我。且夫吾之為功也，薄海內外，苟非余則戚戚嗟嗟，窘然而無以生。一二迂妄者吾避去，自餘諸公貴人，皆孳孳慕余，手摩而目屬，以及庶民卑賤之流，無不願為我死者。且夫吾之為質也，流轉而不窮，歷久而不壞，愛我者歸之，不愛我者謝勿往，吾豈有求於世哉，世求我而已耳。是故官吏非吾不樂，商賈非吾不通，交遊非吾不厚，文章非吾不貴，親戚非吾不和。有吾則生，無吾則死。是故盜我者縣官有禁，牟我者錙銖不遺，誠明夫利害之分，而審夫得失之勢也。子何以云爾乎，請勿復敢見子矣。』

戴子曰：『固也，吾試且略言之。昔者生民之初，渾渾噩噩，數千百年間，耕田鑿井，衣衣食食，天下太平，安樂無事，當是時，豈有汝哉。自汝出而輕重其制，銖兩其名，方圜其象，流傳人間，惑亂民志，萬端俱起。於是庸夫之目以汝為重輕，奸人之手以汝為上下。或執鞭乞哀，流汗相屬，不然設心計，走坑險，蒙死僥倖，損人益己，互相攘奪。或至犯科作奸，椎牛發塚，聚為博弈，出為盜賊。至於官之得失，政以賄成，敲骨吸髓，轉相吞噬，而天下之死於汝者不可勝數也。挺土刻木以爲人，而強自冠帶，羊很狼貪之徒而恣侵暴，誇窮孤，而汝之助虐者不可勝數也。且又攝其緘縢，固其扃鐍，兀然匿於小人暴客之室中，釀爭而藏垢，避正而趨邪。使夫義士仁人，瞿瞿然，惸惸然，不能出氣，修德益窮，有文益困，而汝獨紛紛然奔走天下，顛倒豪傑，敗壞世俗，徒以其臭薰蒸海內。氣之所感，積為迷惑之疾，見之者慕，聞之者思，得之者喜，失之者悲，有無不平，貪吝接踵，而充塞仁義，障蔽日月，使天下悵悵乎無所之，而惟汝之是從。』神曰：『子言固然，然余之道，此乃其所以為神也，汝烏足以知之。』因仰而嘻笑，俯而却走，伸目四顧，舉手而別，眾共擁之以去。

録自戴名世集卷十四。

老子論上

自孔子沒而出而惑世誣民者有兩家，曰老，曰佛，為後世儒家之所訾謷。顧其言，誠怪誕，聖人之所弗取，而學者之於聖人之道，未知果能窺見萬一否？但能訾謷兩家即號曰儒，儒若是易也，則為聖道害者不止此兩家矣。余嘗讀老子之書，反覆紬繹，其言頗有可採，而非佛氏之所及者。佛之盛也，乘中國氣虛而入，其言荒唐不可致詰，而託於天人性命之理，學士大夫多惑之。其尤荒謬不通者，輪回生死之說，而愚人信之，亦或往往有所忌憚，故亦可藉以懾服天下之人，使稍斂其邪志。嗚呼！孔子之道不能以教天下，而必假手於佛，吾嘆之久矣。

昔孔子明王道，述古文，未嘗不於異端為兢兢，假使如後世儒者之論，謂老子為異端，夫子獨不能辭而闢之耶？既不能辭而闢之，而復與其弟子間關道路，從之問禮，且嘆服而許與之，將謂孔子者亦老氏之徒耶？然則老子之負謗於天下者，非老氏之過也，為老氏之說者之過也。莊周、列禦寇之流，其言依仿老子，吾觀其書，大抵憫世之昏濁，為洸洋自恣以適己志，此文人學士之雄者耳，不得與老子並。而申不害、韓非之流，慘礉少恩，假託老子以自重，其實未得老子之萬一也。太史公著史記，謂申、韓『原於道德』，吾又疑之久矣。

且夫佛之為聖道害也，往往創立名字，分別宗門，顯與孔子為敵，而老子固未嘗有是也。當其為周守藏室之史，固非無意於世者，見周之衰，遂去，出關而隱。自關令尹強之，乃著上、下篇，言道德之意五千餘言而去，莫知所終，亦未嘗有意為文字留人間以逞其說，而冀天下之從己也。吾觀其出處行藏，非有謬於聖人，而其書不過哀斯人之愚迷，而自道其淡泊無爲之意，蓋春秋時之一隱君子耳。後之為老子說者，亦莫知老子，或稱之，反過其實。太史公曰：『世之學老子者則絀儒，學儒者亦絀老子。』夫老子與孔子當日未嘗相絀也，則學者過也。

嗚呼！自申不害、韓非假託老子之說，而使老子蒙詬於萬世。浸尋而至於秦、漢以後，為老子之徒者，築宮以祀之，刻木以像之，造立鬼神名字，而自異其衣冠，往往禱賽祈請，又依仿浮屠氏之書，作爲鄙俚無稽怪誕之言，曰『是老子也』。則老子之冤，亙萬世而莫之白矣。夫巫覡，自老子未出而其興已久矣。巫見佛之盛也，顧己無所宗，乃假託老子自重，以擬於佛而敢於孔子抗，此豈老子之罪乎？神仙之事不見於經傳，其說惝恍荒忽，而嘗見於諸子百家之書，大抵為其術者，屏緐囂，守清淨，其說近老子，故亦時時稱頌老子之道，而世又以老子真怪迂矣。

嗚呼！老子一隱君子耳，不幸姓名言語落在人間。尊之者曰聖人，斥之者曰異端，濫觴於莊、列，決裂於申、韓，誣於巫覡，而晦於神仙，而遂以爲聖道之害。噫！此後世之老子，非孔子時之老子也。

録自戴名世集卷十四。

老子論下

或曰：『子以老子之言頗有可採者，其說可得聞乎？』曰：『老子之書具在，吾非敢臆而說也，後之人以異端之解解之，此其所以與聖人亂也。孔子適周見老子，其叮嚀付授不過數語，而孔子嘆異之，其後所著書上、下篇，大抵不出此數語之中。吾不知孔子當日曾見其書與否，而數語叮嚀，夫子不以爲非，則其書未可盡非也。吾觀其書，其大旨不過謂恃法則法亡，爭功則功去，不知足者召禍，可欲者喪身，靜可以觀動，柔可以勝剛，其於禍福之相倚，盈謙之相越，天道人事得失，諄諄乎反覆言之而深切，不見其有謬戾聖人者也。而獨其有數言不能為老子解者，曰「禮者，忠信之薄而亂之首」，曰「大道廢，有仁義」，曰「絕聖棄智，民利百倍；絕仁棄義，民復孝慈」。蓋所謂大道者，混混之時，悶悶之風也。所謂仁義者，煦煦之仁，孑孑之義也。彼見世之溷濁，而慨想於太古荒遠之事以爲憤激之言，又其視仁義太小，不可為訓，此老子所以不得為聖人也。其他所論著，往往多有與聖賢相發明。而世之盪檢逾閑、放棄禮法、無復忌憚者曰「老氏」，人亦從而指之曰，此「老氏」也。不知此固老氏之所深戒，而猥以擬之，不已謬乎？』

『今夫佛氏之為教也，戕賊其身，枯槁其性，歸於空虛無有，夫空虛無有誠不足以治天下。而老子所言皆行己治人，涉歷世故之道，初非等於頽墮滉瀁不可致詰者。而世又有樸遬迂謹、頑鈍寂寞之徒，託之「老氏」以自掩其無能，不知此又老子所深戒而不取也。』

或曰：『子之誦法者孔子，孔子之道，亙萬世莫之及矣，而子猶欲為老氏別白者，何耶？』曰：『所以尊孔子者也。自三代之後，老也，佛也，儼然與孔子並立而為三者也。夫老子非孔子匹也，周衰之時，一隱君子而不大謬戾於聖人者也。吾所以云云者，以後世尊老子為聖人，而欲以抗孔子，又或斥以爲異端，而謂有害於孔子，皆非老子也。吾以告夫世之論老子者也。』

録自戴名世集卷十四。

史論

昔者聖人何為而作史乎？夫史者，所以紀政治典章因革損益之故，與夫事之成敗得失，人之邪正，用以彰善癉惡，而為法戒於萬世。是故聖人之經綸天下而不患其或敝者，惟有史以維之也。史之所繫，如此其重，然而史之難作久矣，作史之難其人抑又久矣。

今夫一家之中，多不過數十人，少或十餘人。吾目見其人，吾耳聞其言，然而婦子之詬誶，其釁之所由生，或不得其情也，主伯亞旅之勤惰，或未悉其狀也。推而至於一邑一國之大，其人又眾矣，其事愈紛雜而不可詰矣。雖有明允之吏，聽斷審讞，猶或有眩於辭，牽於眾，而窮於不及照者。況以數十百年之後，追論前人之遺跡，其事非出於吾之所親為睹記。譬如聽訟，而兩造未列，只就行道之人，旁觀之口，參差不齊之言，愛憎紛紜之論，而據之以定其是非曲直，豈能以有當乎？夫與吾並時而生者，吾譽之而失其實，必有據其實而正之者，吾毀之而失其實，其人必與吾爭辯而不吾聽也。若乃從數十百年之後，而追論前人之遺跡，毀之惟吾，譽之惟吾，其人不能起九原而自明也。孟子曰：『盡信書則不如無書。』吾於諸家之史亦云。然則史豈遂無其道乎哉。

夫史之所藉以作者有二，曰國史也，曰野史也。國史者，出於載筆之臣，或鋪張之太過，或隱諱而不詳，其於群臣之功罪賢否，始終本末，頗多有所不盡，勢不得不博徵之於野史。而野史者，或多徇其好惡，逞其私見，即或其中無他，而往往有傷於辭之不達，聽之不聰，傳之不審，一事而紀載不同，一人而褒貶各別。嗚呼！所見異辭，所聞異辭，所傳聞異辭，吾將安所取正哉？書曰：『三人占，則從二人之言。』吾以爲二人而正也，則吾從二人之言，二人而不正也，則吾仍從一人之言，即其人皆正也，而其言亦未可盡從，夫亦惟論其世而已矣。一事也必有一事之終始，一人也必有一人之本末，綜其終始，核其本末，旁參互證，而固可以得其十八九矣。子曰：『眾好之，必察焉；眾惡之，必察焉。』察之而有可好，亦未必遂無可惡者；察之而有可惡，亦未必遂無可好者。眾不可矯也，亦不可徇也，設其身以處其地，揣其情以度其變，此論世之說也。吾既論其人之世，又諳作野史者之世，彼其人何人乎？賢乎，否乎？其論是乎，非乎？其為局中者乎，其為局外者乎？其為得之親見者乎，其為得之逖聽者乎？其為有所為而為之者乎，其為無所為而為之者乎？觀其所論列之意，察其所予奪之故，證之他書，參之國史，虛其心以求之，平其情而論之，而其中有可從有不可從，又已得其十八九矣。嗚呼！史之難作如此，而自古以來諸家之史不能皆得而無失，此吾所以謂作史之難也。

曾氏鞏曰：『古之所謂良史者，其明必足以周萬事之理，其道必足以適天下之用，其智必足以通難知之意，其文必足以發難顯之情，然後其任可得而稱也。』又曰：『史者所以明夫治天下之道也，故為之者亦必有天下之才，然後其任可得而稱也。』由此觀之，作史之人豈不難哉。自古稱良史莫過於馬、班二家，然以司馬氏之雄傑，覆冒百代，而不無是非顛倒，採摭謬亂，是其智雖足以通難知之意，其文雖足以發難顯之情，而明固不足以周萬事之理，道固不足以適天下之用矣。至於班氏之文，較之於司馬氏，又尚有不逮焉。夫班、馬二家，豈非天下之才乎，而猶有所憾若是，而況於魏、晉以後，區區之破析其體，藻繪其辭，而義類盡失者哉！此吾所以謂作史之難其人也。

且夫作史者必取一代之政治典章因革損益之故，與夫事之成敗得失，人之邪正，一一了然洞然於胸中，而後執筆操簡，發凡起例，定為一書，乃能使後之讀之者如生於其時，如即乎其人，而可以為法戒。譬如大匠之為巨室也，必先定其規模，向背之已得其宜，左右之已審其勢，堂廡之已正其基。於是入山林之中，縱觀熟視，某木可材也，某木可柱也，某木可棟也，榱也，某石可礎也，階也。乃集諸工人，斧斤互施，繩墨並用，一指揮顧眄之間，而已成千門萬戶之鉅觀。良將之用衆也，紀律必嚴，賞罰必信，號令必一，進止必齊，首尾必應，運用之妙，成乎一心，變化之機，莫可窺測，乃可以將百萬之衆而條理不紊，臂指可使，兵雖多而愈整，法雖奇而實正。而吾竊怪夫後世之為史者，規制之不立，法律之茫然，舉步促縮，觸事尯𩨨，是亦猶之尋丈之木，尺寸之石，而不知所位置，五人十人之聚，而駕御乖方，喧嘩擾亂而不可禁止，又安望其為巨室而用大衆乎哉！此吾所以謂作史之難其人也。

且夫為巨室者，羣工雜進，而識其體要，惟度材是任者，大匠一人而已。用兵者，卒徒雖多，偏裨雖猛勇，而司三軍之命者，大將一人而已。為史者雖徵文考獻，方策雜陳，而執筆操簡，發凡起例者，亦不過良史一人而已。而吾又怪夫後世之為史者，素不聞有博通諸史之學也，素未知有筆削之法也，分編共纂，人人而可以為之，一人去又一人來，往往一書未成，而已經數十百人之手，曠日逾時，而卒底於無成。今夫良史者，或數百年而一見，令人人可以為之，是天下之才不足爲難，而子長、孟堅比肩接踵而出也。衆拙工而治一器，衆懦夫而治一軍，器安得而不窳，軍安得而不敗哉。是故以司馬氏、班氏、歐陽氏之為大匠良將，而史記，而漢書，而五代史可成也。新唐書非歐陽氏一手之所定，遂不能與五代史齊觀，則夫史氏非專家之學不可以稱其任，此亦可以見矣。夫所謂專家之學者，天下之才也。如曾鞏氏之所謂『明足以周萬事之理，道足以適天下之用，智足以通難知之意，文足以發難顯之情』，如此而後可以為良史矣。而或謂史之難作如此，作史之又難其人如此，顧安所得如司馬氏、班氏、歐陽氏者出而任之？此亦視乎上之所重而已矣。上之所重在經學，則天下之通經者出；上之所重在史學，則天下之良史者出，而又何患於史之難作，與作史之難其人哉。

録自戴名世集卷十四。

左氏辨

左傳果丘明所作乎？曰，非丘明所作也。唐啖助、趙匡始斷其非丘明所作，其說是矣。以左傳為丘明所作者，司馬遷也，劉歆也，班固也，杜預也。司馬遷因論語有『左丘明恥之』之語，遂懸斷其為左丘明，而劉歆欲立左於學，諸儒莫應，乃謂好惡與聖人同，親見夫子，蓋爲張皇誇大之語，欲藉夫子以重左氏，其說不必皆有所自也。班固謂仲尼與左丘明觀魯史而作春秋，而丘明作傳，杜預謂左丘明受經於仲尼，皆踵其說而訛愈甚者也。啖助言論語所引丘明乃史佚、遲任之類，集諸国以釋春秋者，別有一左氏耳，而後之論者，遂求其人以實之。或曰左氏六国時人也，或曰楚人也，或曰晉人也，或曰漢儒之文也。為是說者，皆不考其世，且不知文章之體制者也。古者列國皆有史，不獨魯也，左史紀事，前後相繼，亦不出自一人之手也。晉之史則紀晉之事獨詳，楚之史則紀楚之事獨詳。左氏者，纂輯列國之史以成書，非皆其所自為者，奈之何於其紀載之獨詳者，遂懸斷其為某国之人乎。左氏紀魏、韓、智伯之事，又舉趙襄子之謚，自獲麟至襄子卒已八十年，使丘明與孔子同時，則孔子既沒八十年，而丘明猶能著書，必無之事也。或遂以左氏為六國時人。夫自古著書之家，一書之成往往經數人之手，安知非獲麟之後，又有人焉補其所不及，如褚少孫之補史記，班昭之補漢書，而又安得懸斷其為某世之人乎。左氏初出於張蒼之家，顯於劉歆，而或遂謂為漢儒之文。信斯言也，則是左氏者，鑿空妄譔，附會春秋而成此一書。如此則六經、諸子皆出漢儒之所譔，而三代以前之書，無片言半辭之可信者矣。且夫文章之體制與時為升降，宋之文不及唐，唐之文不及漢，漢之文不及六國，六國之文不及春秋。左氏之文，奇質古奧，已非六國所及，其敍事為千古史法之宗，而謂漢儒能執筆為之，其說迂謬不通之甚者也。

吾以爲左氏者，魯之史官而不與孔子同時，即或同時，而未嘗奉教於夫子者也。觀其所引仲尼之言多非其真，蓋假託於仲尼以自信其說，亦或傳聞之未審而遂以筆之於書耳。至於列國之事，則皆取列國之史排纂編輯而成。故自隱、桓以至定、哀，文格已屢變，而各國之事之所序述，筆勢亦迥有不同。蓋事辭則因其舊，而時時加以己之所斷制。至於左氏之所未及，則又有人焉為之補其殘缺，而姓名不顯，則遂以爲左氏一家之書云爾。其或補其殘缺者即為左氏，而前此著書之人，世遠人湮，他無紀載，其姓名或為後起者之所掩。自古書籍之流傳，往往後起者多孤行，而行之又久且遠。凡此者皆不可知，而固難以懸斷者也。子曰：『左丘明恥之，丘亦恥之。』『亦』之為言彼此相效，而前後不殊之辭，此必丘明之生在夫子之前，而夫子云云乃『竊比老彭』之義。後之人以左傳屬之丘明，而且以爲受經於孔子，豈其然哉？左傳之外，又有國語，而說者謂左氏為內傳，國語為外傳。兩傳文體尤爲懸絕不倫，而牽合為一人所作，本司馬遷之臆度。遷又以左丘為姓，名明，又因其名明，而遂謂其失明，附於孫子臏腳與己之腐刑，以致其悲憤之意，而後之人遂稱左氏為『盲左』。

嗚呼！秦火而後，事之若明若晦無從考據者，豈少也哉？而穿鑿附會，賢者有所不免。後之學者，亦惟考其世，視其文章之體制，而可以辨之矣。

録自戴名世集卷十五。

曲阜縣聖廟塑像議

三代以前，天子諸侯之廟皆有主，至於卿大夫士之家，頗不設主，或束帛以依神，或結茅而為菆，無有所為像設也。塑像之設自佛教之入始，孔子之塑像不知始於何時。夫孔子之所以異於人者，聰明睿智，道德之高耳，其形體狀貌不能有異於人也。吾觀諸子中有言孔子之形狀為特異者，豈以其道不同而詆之耶？抑謬為張皇而怪言之，以使人驚異耶？自孔子沒，歷年久遠，其子孫已杳不知聖人之形體狀貌為何如，而亦不難誣其祖宗，以爲聖人之生果異於人，而形體狀貌必出於怪也。名世嘗至曲阜，見孔子塑像，其面則髯而黑也，其齒牙則長出至髭也，凡眉目口耳，皆為怪異可駭之形。至於諸賢之侍立者，因顏子之早夭而為白皙瘦削之形，且短其頤；因子路之好勇而微赭其面，為糾糾武猛之形。及觀石刻孔子像，則又不必皆同也。然則孔子之像果即毫髮無差，已非神而明之之義，況其所刻所塑者，又本非孔子之像耶。

名世嘗奉程子之意而推廣其說曰：人之子孫圖其祖父之形容，必其眉目顴頰口耳髮膚之無一不似，而後可得而指之曰『此吾之祖父』，於是陳於其上而拜於其下，致其誠而冀受其享。若有幾微之不似，則已非其祖父矣，非其祖父而俎豆薦之，巫史祝之，則其祀之者為無源之痛，而享於其上者，正不知為誰氏之祖父也。況以聖人為萬世之師，而顧可使非其像者而冒居其上耶！明洪武中詔建太學，自天子以下，像不土繪，祀以木主，一洗漢、唐以來異教之陋，而昌平、曲阜猶像設如故時。嘉靖中乃撤去京師國學塑像，而曲阜之廟其像至今尚存。吾聞今各郡縣亦尚有塑像未盡毁，而郡各殊狀，縣各殊形，其為怪異可駭，大抵皆同。此尊崇聖人者所當盡為撤去，而無疑者也。嗚呼！自孔子像設既立，而唐開元中，遂出王者袞冕之服以衣之矣；宋祥符中，遂加冕九旒，服九章矣；已而改用冕十二旒，服十二章矣。孔子至聖，而受此誣僭不韙之冠服，皆自像設啓之。故夫像設一去，而名號亦可以永正，祀典亦可以永清矣。

録自戴名世集卷十五。

紀老農夫說

頃余讀書山間，西鄰有農夫，年老矣，猶治田事甚勤，暇則休乎樹下而臥焉。余嘗視之，樸且鄙，然其意有以自得者。一日，余謂之曰：『汝勞苦田間，手足胼胝，顧不識亦有所樂於此乎？』曰：『否也，然吾平生亦不知所為憂戚。吾儕小人，生僻壤，未嘗見世事，忽忽以老，筋骨之勞與夫風雨暴露之苦，無歲無之，吾豈有樂哉？然而聊且治生，無飢寒之患，平居鮮與往來，終其身未入城市，雖貧且賤，無求於世。縱橫荊棘之中，出入麋鹿之侶，以此往往習而自安。』余聞之而嘆曰：『至哉樂乎！何謂不得耶？』老農又曰：『吾幼未學書，曾不識字，其何敢望君，而君若有慕於余者，何也？』余聞其語，愈益慕之，因書其說。

録自戴名世集卷十五。

永康縣令沈君募助說代

余同年友沈君某，以康熙某年為婺之永康令。永康在萬山中，土田磽瘠，人民淳樸。沈君之爲人，和厚而詳明，其為縣令也，噢咻拊煦，縣父老子弟皆懷其德，上官將欲文章薦之，會以他故掛誤失官。先是庫金因公事挪移凡四千餘金。令甲，官吏去任，庫金不足者必償之，乃得無事，於是沈君遂流滯永康不能歸。沈君家故貧，勢無以得償，縣父老子弟患之，相率謀曰：『以吾侯之賢，而以邑稅賦故累侯，其何以安！』於是醵金助侯。而永康故小縣，民又貧，所醵金僅得四分之一，無以紓沈君之急。復相向咨嗟，束手無策。適某巡部至婺，具知其狀，召沈君而謂之曰：『力大則任易舉，人多則事易集。今之官茲土者，自持節大吏至於州縣，先後乘權而來者，皆有賑難恤災之責，況以平廉之吏，困躓愁苦而在耳目之近，豈能漫然不為之計？古人有言，惠不期大小，期於當厄。夫欲甦憔悴之民，當先甦憔悴之官，宜亦仁人君子之所用心也。以先後之分言之，諸君子或為其上官，或為其同僚。一客向隅，舉座為之不歡，此人人之所同情也。某不敏，當捐俸相助以倡其事。沈君持吾言去，徧告於諸君子，必有起而應者，永康之父老子弟其無患。

録自戴名世集卷十五。

天貴人而賤物

方靈皋曰：『人與物並生於天地之間，而天貴人而賤物。羊豕雞豚之屬，屠割滿街市，日宛轉於刀俎之下，而天不為之動焉。一人寃死，則或泣鬼神而召變異，其故何哉？蓋以人懷五常之性，而物無之也。然則人爲失其五常之性，與禽獸無異，則亦將屠割滿街市，而天不為之動矣。』由是言觀之，吾為世之人懼焉。

録自憂庵集第十四條。

山水記遊文字

山水記遊文字，馬第伯封禪記為最美，柳子厚永州諸記序似尚不逮也。大抵紀山水之勝，必身入其中，躬親探討，習與之親，乃能摹其形容，盡其變態。余之于名山，大率依人往遊，其人好事不能如余，不過一覽而去。諺所謂『走馬看花』，安能盡花之勝哉，故余記遊文字亦頗少。至於天臺、雁盪，雖係盡日一覽，然每過絶奇處，其狀態默識于心，已乃書之，可得其十六七，故天臺、雁盪皆有記。記僅一草稿，歸自江寧，一門人付刻工蔡氏者刊之，蔡氏失去，余悵恨良久。復略追所見，得一稿，不能得其仿佛矣。大凡文字，視一時興會所至，過此一時，復作不能滿志矣。

録自憂庵集第一〇六條。

序跋類

濤山先生詩序

先生家濤山，手植竹數十箇，老屋三間，塵塵蔽風雨。先生年老矣，家甚貧，陶然自樂，人見先生樂，不知其貧，先生竟亦不自知其貧也。命二子種秫為酒，酒熟飲客，客醒，然先生已醉。客不至，先生獨持杯滿飲，飲亦必醉。每醉輒誦其所賦詩，即不知詩者亦為誦之。誦已，大呼自豪，往往淩其座人，淋灕酣適，若不可羈御。其大都如此。

先生曰：『吾家少豪富，居金陵數年，遭喪亂，歸來為學官弟子。已而不屑也，走窮山中，飲酒賦詩，以此樂而終其世。家人或以粟盡告余，余不聽，曰「姑取酒來」。酒罄，貸之鄰家，或出錢往沽，或無錢，輒脫衣典酒。生平好為詩，於詩好唐人，於唐人獨好樂天，每為詩不樂天若，不為也，每為詩未有不樂天若也。噫！吾見夫世之逐逐者而不知止也，富貴者多驕矜，貧賤者多悲蹙，輾轉汩沒，曾不能得吾之一日，吾哀之，吾又自喜也。吾左手持觴，右手援筆，飲一觴得一句焉，吾醉而詩已就，而曠曠然，而熙熙然，而無所介其懷也，豈不足以高視天下而發笑矣乎？』

名世嘗讀先生之詩，瀟洒不羈如其人，其風味直仿佛樂天不誣也。而先生奇情曠達，與人交無畛域，或有不合，面斥之，事過則已，復歡如平常。人無知其意者，獨時時見其意於詩。先生，余外祖也，故以命小子曰：『今之時，子之文未有雙也，吾詩待子而傳。』小子不敏，謹譔其說而以書之於集之首。

録自戴名世集卷二。

齊謳集自序

余少好誦古人之詩，時時誦之，然輒不復記憶。間為詩，其於古人之旨不肖也，因遂棄去。自是荏苒浸尋，身在貧困，而曾無吐發憤懣之什，嘗自惜且恨之。數年以來，客遊四方，篋中無他書本可以度日，而有所感觸，輒亦偶為詩一篇兩篇，既成，猶軼不錄。蓋余之志欲入山窮居，專精思慮，以務比肩於古人，非是弗為，為之亦弗存也。戊辰、己巳之間，自燕逾濟，遊於渤海之濱，遍歷齊魯之境。同遊者數人，與余皆困不得志，於是多賦詩以自遣，而余故不工詩，勉而為之，得一百餘章。方擬棄去，而同遊者顧謬加賞歎，力勸余存其稿，余俯仰從之，然非余之志也。

嗚呼！詩之衰久矣。世之人粗能識字，即高自詩詡，欲登壇坫以爭名聲，其於古人之詩，多能議論短長，分別門戶。譬之盲童跛豎，各以其意喜怒主人，而揎腕攘臂於藩籬之外，而主人曾莫之知也，不亦大可悲乎。余行且歸隱故山，終身弗出，縱觀古人之詩，而因以有吐發憤懣之什，或有當乎。而茲集之存者，同遊數人者之志，非余之志也。數人者為無錫劉齊、武進白賓、宿松朱書、溧陽史騏生、常熟翁振翼、華亭畢大生、山陰胡賡昌云。

録自戴名世集卷二。

劉陂千庶常詩序

詩之亡於人間久矣，其故果安在耶？古之人未嘗欲名其詩也，而固已有詩；今之人徒欲名其詩而已，徒欲名夫詩，而固已無詩矣。古之人雖田夫野人女子皆能自言其情，情之至而詩自工。今之人以詩為取名聲爭壇坫之具，自汩其情而亡其己之詩，以務摹擬夫古人之詩，此詩之所以衰也。數百年來，詩數變，而其變愈下，彼此呰謷，互起迭仆，陵遲至於今，而世之說詩者，其術更黠，而其說更譎詐而不可窮詰。彼蓋知古人之不可非也，於是據其一說而指之曰：『古人在是也。』為之峻其牆垣，固其藩籬，仿佛其形貌之萬一，以為己之所獨有，而他人之所不能至。又懼天下之不吾信也，於是恫疑虛喝而傲睨顧盼，以濟其術之窮，庶幾天下之可欺，不深察吾之所以而震而驚之，而吾之詩可以名矣。嗚呼！世之說詩者，此其術也，而豈復有詩哉！

余不能詩也，而於詩之旨猶稍稍能識之。自遊學四方，見世之所名之詩不復有詩也，而頗意世所不名之詩，其中必有詩焉，而果得庶常劉君陂千之詩。陂千，退讓君子也，其容貌粥粥然，其與人交溫溫然，其言語辭氣恂恂然。嗚呼！此陂千之詩也。陂千之言曰：『吾惡夫世之名其詩者，吾之詩，吾自抒其情而已，不以名也。』蓋陂千之詩皆深自藏匿，不以示世。余索而讀之，見其情皆陂千之情，而詩皆陂千之詩，按之古人之旨，自不相遠也。使世之説詩者見之，必求其瑕疵而議之曰：『某句不似某家。』即不然，或謬為稱之曰：『某句似某家，某句又似某家。』必欲盡汩陂千之情，使之輾轉惝怳而無所適從。嗚呼，其亦不仁甚矣！宜陂千之匿不以示世也。

陂千之尊府先生詩最多，亦最工。先生生平不以詩示人，人亦未有以詩名先生者。而吾又嘗見陂千仲弟檢討君詩數章，其旨亦如是。嗚呼！詩亡於人間久矣，而猶存於劉氏之一門，凡其所以存者，皆不汲汲於名者也。彼世之説詩者，其名竟何有也。

録自戴名世集卷二。

朱翁詩序

無錫朱翁，與余同客於宣武門之西偏，曰寄園，蓋且月餘。一日，出其詩示余，多鏗然可誦之句，而其讀史諸作，幽憂激楚，哀音怨亂，余感其意而悲之。翁好遊，遊輒有詩紀之。翁為人落落穆穆，而其意念直不可一世，其詩亦不輕以示人，獨行吟燕市中，無所遇。嗚呼！俗之衰久矣，非獨其仁義道德功名之際蕩焉無餘，雖以詩文之末技，而天下皆懵不知其事，宜乎翁之垂老無所遇也。

吾讀杜子美之詩曰：『長嘯宇宙間，高才日陵替。』又曰：『朝扣富兒門，暮隨肥馬塵，殘羹與冷炙，到處潛悲辛。』以子美之才氣，天下無雙，顧潦倒終身，而時時步庸人之後塵，分昏愚之一飽，豈不痛哉！翁之詩雖遠不及子美，而遭逢之略同，則固有可感者。今翁且挾其書並詩以歸，誓終隱於煙水之間不復出。翁至是始悔其出，乃欲為鴻，飛之冥冥，於人世已不復置其一喙，而吾猶諏諏焉，為之悲憐其遇，其猶燕雀之見也夫。吾聞無錫有隱君子曰陸紫宸，方躬耕岩澤之間。而吾友劉言潔窮臥城南，終年不出戶外。此兩人皆與翁交，翁歸而以吾言示之，其必有蹶然而興，喟然而嘆者矣。

録自戴名世集卷二。

天籟集序

天籟集者，元初白仁甫所作詩餘也。詩餘莫盛於元，而仁甫所作尤稱雋妙，至今流傳人間者無多，而此集乃仁甫自定，藏於家，距今逾四百年，屢經兵火，其子孫皆能守之不失。而今裔孫某懼其磨滅，乃介其鄉人楊君希洛請序於余，而屬為刊而行之於世。余惟子孫之欲不朽其先人者，其情無所不至，至於文字之可以公之於世者，即殘編斷簡而不忍其沒焉，必思所以流傳於不朽。故古之作者，賴有賢子孫為之表彰，不致泯滅而無聞。如白氏之世守其先人遺書數百年，而卒顯於世，此孝子慈孫之所當效法者也。

頃余有志於先朝文獻，欲勒為一書，所至輒訪求遺編，頗略具。而今僑寓秦淮之上，聞秦淮一二遺民所著書甚富，當其存時，冀世有傳之者而不得，深懼零落，往往悲涕不能自休，死而付其子孫。余詣其家殷殷訪謁，欲得而為雕刻流傳之，乃其子孫拒之甚堅，惟恐其書之流布而姓名之彰者。嗚呼！祖父死不數年，而其子孫視之不啻如仇讎，其終必至於磨滅。倘其見此集而比量於白氏之裔孫，吾不知其顙有泚而汗浹於背否也。余故感某之意而牽連及之。至於仁甫詩餘之雋妙，則當元時已有稱為如鵬搏九霄，而今詞家之所共宗仰者也，故不著。

録自戴名世集卷二。

方逸巢先生詩序

逸巢方先生有二才子，曰舟，曰苞，皆工為文章，一落筆輒名天下，而先生工為有韻之言，跌宕淋漓，雄渾悲壯，有古詩人之風。人皆謂方氏父子或工於文，或工於詩，各據其勝而不能相通，此其說非也。吾嘗侍先生側，竊聞先生之論詩矣。先生曰：『詩之為道，無異於文章之事也。今夫能文者，必讀書之深而後見道也明，取材也富，其於事變乃知之也悉，其於情偽乃察之也周，而後舉筆為文，有以牢籠物態而包孕古今。詩之為道，亦若是而已矣。吾未見夫善讀書者之不能為詩也〔一〕，吾未見夫不讀書者之能為詩也。世之人不於讀書之中求詩，而第於詩中求詩，其詩豈能工哉。』蓋先生之論詩者如此。吾與先生二子過從甚密，見先生時時手一編不置。六經三史，不開卷而盡能舉其辭，此先生之詩之所自出也。然則先生之詩固以為文之道為之，是即先生之文也。其所以教二子之為文者，即以己之所以學詩者教之而已矣。而二子之稟承家法，悉得先生之詩學以為文，其所為跌宕淋灕，雄渾悲壯者，猶之先生之詩也。故人謂方氏父子或工於文，或工於詩，各據其勝而不能相通者，其說非也。

嗚呼！世之學為文學為詩者，舉未有能讀書者也。不讀書而乾坤或幾乎息，其荒蕪榛莽而不可救者，又豈獨詩與文為然哉！此吾所為讀方氏父子之詩與文而喟然而嘆也。

録自戴名世集卷二。

【校】

〔一〕中華本無『善』字，方宗誠批校本作『善讀書』。

先大人詩序

嗚呼！士之窮而不怨者，豈不難歟，然其窮有所止，則其怨亦有所止也。至於窮之大者，其怨更深，而無所發洩，則必有以自鳴其怨，自鳴其怨而更有不能盡焉，則繼之以死。嗚呼！此吾先君之所以不獲永年也歟！

先君為人醇厚忠謹，無他腸，顧內自憂思刻苦，竟以終其身，蓋其所遭有難言者矣。嘗以謂小子曰：『讀書修善欲報，如捕風捉影。如吾等輩豈宜至此，家之人莫我信，外之人莫我知，而操心慮患，時時莫必其命。吾其死於憂乎？吾死，禍必及子，然毋效我憂也。』語畢，相對泣，不能仰視。亡何，先君果客死於舍館。小子治喪既畢，一日發先君之笥，得其所為詩，自其十餘歲至其卒之年，凡百餘卷。蓋其生平無他嗜好，獨好詩，一日往往得數章。其言極推尊杜子美，以為非他家可及，時時誦之不厭。而其所作，詞旨悲愴沉鬱，有古詩人之義焉。

嗚呼！先君之窮且怨者，不能以告人，而著之於詩，而詩亦不能言其然也。小子能薄才劣，自恨無以發名成業，以振先人之盛德與其文章，於是泣涕而書之。

録自戴名世集卷二。

郭生詩序

桐與舒皆古群舒之地也。古舒地即今安慶，秦、漢時號曰廬江郡，今廬州之屬有獨以廬江名縣，以舒名縣非古也。桐、舒兩縣皆大山連環，犬牙相錯，而吾桐獨為名勝。余嘗登投子，東北而望，數十里之外，山勢嵯峨極天，問居人，云逾此屬舒邑。余壯之，恨不得遊，又怪其峰巒峻拔，而鮮有秀特之士聞於世焉，何也？今年春，余逾岐嶺，浴於湯泉。有郭生者，遣其二子受學於余，遠近聞余至，多來學，皆詣郭氏。每相與步林間，坐石上，縱論古今，窮文章之源流，述人情之變態，生未嘗不以余言為然。一日，出其詩若干首以示余，而請序之。嗚呼！江淮之間，世之好為詩者莫多於桐。余桐人也，而不遑為之，乃生吮筆和墨以從事於其間，其猶有桐之風也歟。夫山川瀠洄蜿蜒，其中必有秀出者，豈得龍舒之山無人乎哉！然生不汲汲求世之知，荒丘絕壑，若將終身也者。倘世有因余文而求生之詩，生必悔之矣。

録自戴名世集卷二。

潘木崖先生詩序

數十年來，海內學者絕響，而吾師木崖先生巋然抱獨守殘，振音於空谷之中，其俯仰慷慨見之於文章詩歌，既以流傳天下矣。今復刻其近詩若干卷曰丙丁草，曰萊戲草，曰倚廬草。嘗進小子而詔之曰：『余窮於天下久矣，處靜以窺動，居逸以觀勞，而世道之升降已不知其幾變也。從事形跡之間，與人世角逐，爭一旦之榮利，吾不安焉。謝絕人事，托跡林壑，而力不能買山以隱，每望龍眠諸峰在煙雲縹緲之間，未嘗不神往也。日閉戶著書，論古人成敗，其於有韻之言尤篤好焉者，謂可寫吾之憂思，以終余年而娛余志。此亦見其老而無倦焉，不忍棄也。』

小子退自思，不幸遭憂患，有膏肓沉痼之疾，而呻吟俚鄙，輒不敢多作。又以饑寒馳驅，糊口於四方，思欲稍脫於憂患，幽閒無事，侍先生几杖，以考詩學之源流而知所從事，則弗可得。顧嘗從事於古文辭，頗有所論述，時人無知者，獨先生以為有司馬遷、韓愈之風。荏苒歲月，濩落無成，恐遂以廢業，負先生惓惓獎勵之意，故於其集之出而序之於此。至其詩詞之雅健工絶，則人皆能道之，而不必小子之喋喋也。

録自戴名世集卷二。

四逸園集序

泗州王蒙修先生既以其身殉國難，閲三十餘年，而其孫某輯其詩與文若干篇，雕刻之以行於世，且介其友盱眙李君某而屬序於余。余讀之而嘆曰：嗟乎！文章之事，豈不存乎其人哉。其人之不賢也，雖其文采爛然，而聲名動於當時，文章播於後世，人之讀之者猶且為之扼腕太息，愛其文而愈益悲其人，卒不以其文之工而掩匿覆蓋其生平也。其人而賢也，雖其世遠風微，而聞之者猶且哀而思之，求其遺跡，以想像仿佛其為人。故即片言半辭，亦為之咨嗟傳誦，流連反覆於不已，而況其文章甚具，一一流傳人間，有不為之慨歎而興起者乎？

當先生之世，天下之事已如土崩瓦解，萬不可為。及國亡君死，而先生以身隨之。先生之大節固已爭光日月，而區區辭章之際，何足以重先生。顧使世之讀先生之集者，有以想像仿佛先生之生平，且因是而有所感發奮起，此亦所以傳先生於不朽也。先生之詩與文不事雕飾，而性情之真，自時時流露於其間。嗚呼！當明之晚節，士大夫爭為壇坫以炫聲名，一時菁華爛漫者何可勝數。未幾遭變亂，已而改節易行，往往而是。今求其所為菁華爛漫者已澌然盡矣，而先生之集乃獨重於人間。信乎文章之事存乎其人也，豈不然哉！先生故與姜燕及楊機部遊，兩人皆極稱先生之賢，而先生之集，黃海岸、汪長源實為之序。此數人者，皆與先生後先死國難，一時君臣朋友之際不相背負。嗚呼，此可為流涕歎息者也，余故牽連書之如此云。

録自戴名世集卷二。

陳某詩序

余嘗聞東南江海之堧，土田肥饒，山川秀美，魚稻贏蚌之利，花鳥之奇麗，都邑之繁庶，莫不擅天下。而姑蘇之台，震澤之濱，長洲之苑，尤為秀絕，往往為幽人之所棲息。余同年友陳君某實生長其間，而家在郊野，村落環匝，原隰上下，雲煙縹緲。陳君時時與樵夫漁父野老相狎，一觴一咏，悠然自得。其所為詩歌，皆以自寫其性情，莫不可傳而可誦也。今年春，來京師謁選天官，出其詩示余。余往復數過，而陳君胸懷之灑落，與夫吳中之名勝，俱可於此仿佛得之。君旦暮為縣令親民事，則其以風雅飾吏治者，將於是乎在，故為之書。

録自戴名世集卷二。

道墟圖詩序

浙東、西地多名勝，而紹興山水尤為秀絕寰區。其間名臣鉅儒，魁奇俊偉豪傑不群之士，比肩接踵而出，自宋以來，至於明，稱極盛焉。蓋其山區水聚，風氣完密，而俗尚氣節，敦詩書，皆非他邦所及。去郡城二十里而遥，有墟曰有道，背偁山而面稷山，峰巒回合，川原映帶，章氏世居之，自其始祖至今凡數十世，子孫蕃衍，冠蓋相望，紹興著姓稱章氏為第一。余於章氏獲交惺村及其兄爾卓。惺村司閫江寧，多善政，而雅歌投壺，不改儒素。爾卓讀書闔署，方從事制舉之學。兩人不余棄而與余遊，每為余言其家鄉山水人物，與其風土之樂，余未嘗不神往也。歲庚辰、辛巳間，余以事至紹興者再，謁禹陵，登府山，游蘭亭，泛鏡湖，而有道之墟稍為僻遠，獨未得至焉。聞章氏子弟多才且賢，而余不獲交其一二，是則余之陋也。

今年夏，余讀書長干，爾卓別余而歸。尋復至，且攜其族人某所為墟中圖凡十八，詠其圖者凡十人，共詩一百八十首，出而示余。余披其圖：泉石之美秀，峰嶺之峭拔，園林之幽深，亭館之參差，雲樹之縹緲，魚鳥之飛躍，以及桑麻果蔬、牛羊雞犬、藩籬村落、場圃帆檣，莫不歷乎其在目，而恍若身遊於其中，則余又何必以未至有道之墟為憾乎。讀其詩，摹寫物情，頌美祖德，稱述土風，清辭麗句，時時錯出，信乎章氏子弟之多才且賢也。爾卓為言十人者皆年少秀出，素知余名而欲得一言焉。余書此以復之，且以告於惺村曰：『他日致政歸，而優遊歌詠於偊、稷之間，有客擔簦緣磴而相訪者，非他人，必余也夫。』

録自戴名世集卷二。

吴他山詩序

余遊四方，往往聞農夫細民倡情冶思之所歌謠，雖其辭為方言鄙語，而亦時有義意之存，其體不出於比、興、賦三者，乃知詩者出於心之自然者也。世之士多自號為能詩，而何其有義意者之少也。蓋自詩之道分為門戶，互有訾謷，意中各據有一二古人之詩以為宗主，而詆他人之不能知，是其詩皆出於有意，而所為自然者，已汩沒於分門戶爭壇坫之中，反不若農夫細民倡情冶思之出於自然，而猶有可觀者矣。又其甚者，務為不可解之辭，而用事則取其僻，用字則取其奇，使人茫然不識所謂，而不知者以博雅稱之。以此為術而安得有詩乎！此詩之一變也。

他山吴氏，年近八十矣，杖而訪我於姑蘇寓舍，因相與論詩。余曰：『君之詩宗何代乎？』曰：『否。』『僻事以為奧，奇字以為古乎？』曰：『否。』『然則君之詩可觀矣。』因出以示余，余為擇別其合者若干首。他山畹晚不遇，策杖行吟，時時懼其詩之不傳，蓋猶不能忘情於名者。余與世論詩多不合，而獨喜他山所見略與余同，而他山顧欲得余言以為重。蓋余昔讀書山中，時當初夏，百鳥之噪於簷際者不絕也。一日，黄鸝來為數囀，百鳥皆喑，已而爭逐使之去，復相與音鳴如故。『余也方為黄鳥之遠去，而他山猶欲爭名於燕雀啁啾之間乎？』他山曰：『吾以待之後也。』因書而歸之。

録自戴名世集卷二。

成周卜詩序

余少而學文，恥為趨時之作，有里老父謂之曰：『汝之所好者，何境可以象之？』余曰：『遠山縹緲，秋水一川，寒花古木之間，空濛寥廓，獨往焉而無與徒也。』里老父曰：『斯境淒清而幽絕，不已甚乎？汝之致則高矣，雖然，富與貴也，無望於汝矣。』自是以後，余之所為文未知果能有此境與否，而大名成君周卜之詩則似之。余生平用意多悲，與世往往不合，人之所不趨者就之，人之所必爭者去之，蕭疏寂寞，其意象獨宜於山林之間，里老父之言則驗矣。而成君家世隆盛，以貴公子而同於羈人騷士之所為，其於人世之富貴，視之夷然不屑也。余讀其所為之詩，大抵皆淒清幽絕之音，舉凡駢麗之體，濃豔之辭，與夫一切爛然可喜、吉祥美善之語，世之人所震而好之者，成君一不以入其筆端，則是成君之為人與其詩也誠高矣。

余嘗以為人之所好慕，一皆秉之於性，互易焉而有所不可。譬如盛夏之時，溽暑炎蒸，林木茂密，鳥獸翔舞，至於屠沽之肆，腥穢之所，飛蟲之所集，驅之而不能去，維時眾竅齊鳴，雖其至陋惡不可聽，亦相與自得，而時時聒於人耳。此則乘時而得志，其言語文辭所謂趨時之作，夫亦猶是也。及至於霜降木落，萬籟歇絕，當此之時，惟有幽澗之鳴，孤松之韻，迭奏於荒涼清冷之地，而人世所為榮華之境無有一焉。此則吾與成君今日之意象，與其所作者是也。人有見者，無不笑之，然以彼之所為易之於此，此之所為易之於彼，豈能以一刻安哉。故曰，人之所好慕，一皆稟之於性而不可強也。余喜成君之所好與余同，爰書之以序其詩。

録自戴名世集卷二。

倪生詩序

余僑居吳門郭外凡數載，余性簡而地又僻，且聲勢名位之所不在，車馬鮮至其門，獨里巷之間二三窮士，間以其所業來請謁焉，而西鄰倪生山堂過我尤數。生年少，其文與詩皆用力焉尚淺，而氣甚鋭，志不欲苟焉以沒世。一日，謂余曰：『小子性尤好詩，苟用力焉而不已，十年之後，或有可觀者，至是當請先生序之。』余笑曰：『序則不難為也，但詩之為數，小數也，學之豈必待十年而後成耶？』已而余北游燕趙，生時時貽書訪消息，且屢作詩懷余。生窮士，不自聊賴，又志不甘汩沒於世俗，故惓惓於余如此。逾年余南還，到家即問倪生，而倪生已死二月餘矣。生之父臞然老儒，傷其子之早世，為刻其詩若干首，而謂余曰：『君許吾子以十年後之序，而吾子不及待矣，今聊志數言於首簡，可乎？』余悲而許之。

蓋余平居竊歎，以為世道之敝，不復有有志之人生於其間，苟有毫髮之不同於世俗，則必受毫髮之困折，以至不同於世俗者愈甚，則困折亦愈多。而昏庸之極者，則樂安亦處其極，苟有毫髮之昏，則亦必享毫髮之福焉。此天道之變，不可致詰者也。而生之志不與世俗同者，僅區區詩文小數，天並奪其年而不使之成焉，豈不可歎也哉！為書以貽其父，使刻諸簡端，固生之志也。

録自戴名世集卷二。

巢青閣集序代

吾素聞天下湖山之美稱錢塘為第一，其間岩姿壑態，激湍奔流，與夫名葩異卉之芬芳，城郭都邑之富麗，無不擅東南之勝。且其人士類皆被服儒雅，譜宮度商，風流自賞。蓋其山區水聚，風氣完密，故才雋之彥獨盛於他邦。自余官京師，學士大夫嘗為余言，西陵陸君某，天才綺麗，主盟壇坫蓋已數十年，而垂老不得志，豐於才而嗇於遇，為可悲也。及余來督學浙江，行部至溫州，則陸君實司訓永嘉，執手版來謁，且出其所著巢青閣集示余，凡詩若干卷，詞若干卷。余見其詩清真淡樸，寄託深遠，不事雕飾，為詩家之正格。而其詞則豪情豔趣，婉約纏綿，不涉淫哇之習。信乎陸君之豐於才也。永嘉山水秀絕寰區，曩者亦騷人詞客之所萃也。陸君秉鐸於茲，倡明風雅，鼓吹休明，使其邑之人士翻然奮起，斌乎質有其文，以復還於曩日之盛，則陸君之有造於永嘉人士，亦未為不得志也，而又何必以不遇為撼哉。陸君屬余序，余因書而歸之。

録自戴名世集卷二。

德政詩序代

民之有謠也，以頌其長吏之功德，見於左氏傳，國策，以及司馬子長、班孟堅之書，自是歷代之史往往多載之。然必皆其指事切情，初不至於失實，其言亦質直古樸，多或數語，少或一二語。上之人不肯干譽於下，下之人亦不敢阿諛以事上，是故循良之傳，謳歌之辭，足以光史冊而聲施至今。沿至後世，而直道之亡久矣，吏治民風已不逮古遠甚，而有一官必有一官之德政詩冊，連篇累幅，或刊於板，或鐫於碑，據其所言，什百於古所稱。上之人無其實而欲得其名，務為塗飾以欺世，而下之人攀援貢媚，亦不難以過情之譽奉於衆所不與之人。又或今日頌之，明日謗之，而謗之之人還即頌之之人，愛憎毁譽，悉視乎勢與利，而直道不與焉。古君子之居官也，務為其所當為者而已。吾為其所當為，止求無愧於心，原非有諔詭奇怪，冀人之聞而感動，以是為獵取聲名之具，下之人知之可也，不知之亦可也。下之人受長吏之德，亦其義所當然，初非出之於分外，得之於不意也。吾儕小人竭力以事君子，吾予之以直，而彼不至廢厥事以毒吾民。償我者亦未有以加於我也，歌之可也，不歌之亦可也。其或一二事出於創始，關係至巨，而艱難勞苦，僅乃得之，於以志不忘，而采風者則為之指事切情，形之謳歌，而不至於失實，此亦古者之所不廢。惟夫上之人與下之人皆不能無所為而為之，斯乃背義傷道之甚，而世顧相習以為固然，則亦惑而已矣。

余視學兩浙，其以德政書冊見投者，余多不及視，獨於頌金華貳守魯君者，往復披覽，竊以為與他人固不同也。魯君初為羅山，羅山人頌之；繼貳金華，金華人頌之；及奉上官之檄，核嘉興、秀水兩縣，兩縣人頌之。余駐嘉興，知之甚悉，其殆所謂指事切情而非若近世失實者之為歟。金華人彙其各處詩歌成帙，請序於余，故述所聞於古與君子所以居官之道，為魯君更進一得焉。若夫恣睢民上而悍然不顧，並無所事於虛譽也者，其人又出於塗飾欺世者之下，不足為魯君道也。

録自戴名世集卷二。

戴氏宗譜序

昔者先王之制禮也，以為人治之大莫大於親親，於是為之上治祖禰，下治子孫，旁治昆弟。又懼其久而相離而至於相傷也，於是立為大宗小宗之法，以明其等殺，序之以昭穆，別之以尊卑，使諸侯世國，大夫世家，氏族之傳不亂，雖其歷世之遠，而族黨之義卒不等於途人者，有宗法以維之也。禮大傳曰：『人道親親也。親親故尊祖，尊祖故敬宗，敬宗故收族，收族故宗廟嚴，宗廟嚴故重社稷。』以至於『庶民安，財用足，百志成』，莫不由此焉。嗚呼，此先王之所以為平天下之要道也歟！

自三代之衰，禮樂崩壞，人皆廢古忘本，骨肉之恩薄，渙然無所統紀，往往疑貳猜阻見於父子兄弟之間，而況於疏遠之屬乎。雖以巨家大族，不數傳而其子孫或迷不知其所自出。以故有仁人孝子之思者，欲崇本原始，莫大於立祠祀，正宗祧，修譜牒。吾戴氏系出微子，為神明之胄，支裔最為蕃昌，蔓延於天下，而莫盛於新安。吾桐之戴遷自新安，已三百餘年於今，家世躬耕讀書，仕宦皆不顯，而十餘世譜系皆存。松江之戴遷自浙之會稽，會稽亦新安之戴之派別也。松江之戴曰容若者，嘗錄為圖譜一卷，自得姓之始，以至於吳、會諸戴，支分派別源流，考據最詳且確。容若者，崇本原始之道，仁人孝子之心，可以見矣。嗚呼！先王之制禮也，五服之外猶有袒免之禮，凡以別於途人也。蓋宗族雖繁且遠，而其初固原於一人之身也，一人之身而化為途人，途人其宗族，是即途人其父母祖宗也，而可乎！

容若持其圖譜示余，且曰：『兄其為我序之。』余既錄而藏諸篋中，仍以其舊本歸容若，且告之曰：『是譜也，當持以盡示戴氏之人。苟有仁人孝子者見之，崇本原始，敦倫睦族，未必不由此乎也，吾戴氏神明之胄其不替乎！』

録自戴名世集卷三。

李太常案牘序

昔者先王之治天下也，其為教也甚詳，設之以學校，董之以司徒，明之以人倫，導之以和睦。又懼民之不率也，於是乎有士師之官，有流宥之刑，制其輕重，別其科條。凡皆動之以愧恥，而創之者乃所以教之也，殺之者乃所以生之也。書曰：『明於五刑，以弼五教。』然則五刑不明，五教亦無以施於天下，故夫五刑者，所以為五教之具也。魯頌・泮水之五章曰：『淑問於皋陶，在泮獻囚。』夫泮宮者，揖讓絃歌，學道之地，立教之所，非有關於訟獄之事也，然而獻囚必於泮宮者，豈非以獻囚固所以為教，而學校之士出而敷政臨民，不可不慎於此也歟。

在昔帝舜之命皋陶曰：『欽哉，欽哉，惟刑之恤哉！』而皋陶惟能明允，故能有以祗承帝命。聖人懼民之不率而又不忍傷之，且恐其濫也，其兢兢如此。後之折獄者，或以姑息為政，博忠厚之名，而養奸釀亂，其禍不可勝言。其反是者，則又擊斷嚴酷，文深網密，使人無所措手足。嗚呼，是豈聖人明刑弼教之意哉！

且夫後世設官既多，而明刑弼教之官往往分而為二，各司其事，不相侵越。司獄訟者不復留心於學校之事，而職司教士之責者，凡律令聽斷一委之有司，而已無與於其間，雖有司聽斷之有不得其平，出於耳目之所聞見，而亦若非己之咎者。嗚呼，何其傎也！

至於大吏之為風憲之官，秉節鉞之重者，州郡之間，星羅棋佈，民之死生，俗之美惡，其權可得而操也，然而民之冤者不能為之昭雪，而無罪而被戮辱者不可勝窮也。夫以刑獄為職者且如此，而況于非其職者乎。今夫督學使者，三年而一易其人，行部考校，不過文義之優劣，而不暇及於其他。夫文義者，教士之一節，而有大於文義者，置之不問，是何本末倒置也。嗚呼，是豈聖人明刑弼教之意哉！

太常李愚庵先生為洗馬時，督學畿輔者再，前後凡五六年。嘗於校文之暇，取訟獄之事有涉士子者，手披目覽，務得其情，躬自聽斷，一訊而服，其於有司文移批駁，如親睹之者。宿豪猾吏，搖手相戒，莫之或欺。蓋其所以扶植人倫，獎進善類，誅鋤奸猾者，不可勝數，而要莫不出於至誠，惻怛仁心為質，而義以制其斷者。夫督學之為職，不專主於訟獄，非涉學校之士親來告理者不與。而閭閻之愁苦，刑獄之冤濫，與夫宿豪猾吏之為害於民者，不知其幾矣，使先生為風憲之官，秉節鉞之重，出鎮千里之地，其為扶植人倫，獎進善類，誅除奸猾者，所及不更廣且大哉！

今年客先生家，得睹其案牘一書，知先生之能折獄者如此，故序之，而原本於六經之旨，以著先王之教，以為為人牧者告焉。

録自戴名世集卷三。

方百川稿序

金陵之城北有二方子，曰百川，曰靈皋，兄弟皆有道而能文者。靈皋之文，雄渾奇傑，使千人皆廢。而百川之文，含毫渺然，其旨雋永深秀。兩人皆原本於左、史、歐、曾，而其所造之境詣則各不相同也。靈皋客遊四方，其文多流傳人間。百川閉戶窮居，深自晦匿，世鮮有見其文者，要其文淡簡，亦非凡近之所能識，以故百川聲稱寂寞，甚於靈皋。頃余家青溪之涯，距二方子四五里而近，時時相過從，得盡讀兩人之文，往往循環雒誦，不忍釋去。已又悲世有佳文，使之沉淪里巷之中，略不知惜，而紫色鼃聲，世相與尊崇推奉，使之志滿氣得，以為當然，良可歎也。今年靈皋北遊，糊其口於涿鹿，而余亦賣文燕市，未有過而問其直者，將遂歸老江上，灌園自給，與百川兄弟寂寞著書，以俟之於後世。而靈皋自涿鹿貽書於余曰：『知吾兄之深者莫如戴子，是宜為文以序之。』嗚呼！余自從事於文章，舉世不以為工，獨二方子環堵一室，相與咨嗟吟誦，人皆笑之，今又以序方子之文也，適增其笑而已矣。他日歸，當盡取百川之文次第排纂，為闡發其波瀾意度所以然者，且刊以出之於世，而今為聊且書其梗概如此。

録自戴名世集卷三。

闕里紀言序

闕里紀言者，湖州宋豫庵先生之所作也。先生自少沉浸反覆於宋五子之書，慨然以斯道為己任，而傷邪說之横行也，人心之陷溺也，聖人之道之不明也，作闕里條議如干篇。遂乃渡江，涉淮，逾濟，至曲阜，謁闕里，志其所見聞又如干篇，共名之曰闕里紀言，而刊佈之於京師，冀有讀其書而行其說者。余考其旨，大抵定邪正之辨，補典禮之缺，正世俗之謬，而於佛氏尤痛絕之不少假。刊且成，屬余序之。

余少而失學，長而羈滯流落，於聖人之道茫不見其津涯，其何能為役。然竊以謂先生之說雖未果即能行，而留以俟後之君子有所折衷考訂，則是書之刊亦不可以已也。今夫佛氏之為患也，莫大於竊吾儒性命精微之旨以為明心見性，而其最淺陋惑人之甚者，莫過於福田利益、輪回生死之說。佛亦自知其妄也，曰：『吾特寓言以驅天下之人之入於善也。』已則誕妄而欲人之從己，佛至是亦悔其窮矣。而世俗靡然從之，相與叛聖以媚佛者，在吾儒之徒為甚。先生以篤老之年，山川之臞，不憚辭而辟之，呼號痛切，攘臂扼腕而與之爭。彼佛氏之徒聞之，以整以暇，不動聲色，而吾儒之徒皆為之固其壁壘，樹其旗幟，相與裂眥大呼，按劍操刃於先生，以快彼之心而後已，則為吾道患者不在於佛氏明矣。故佛之佛易去也，儒之佛不易去也；明心見性之佛易去也，福田利益，輪回生死之佛不易去也。士苟有志者，共伸討賊之義，而毋操同室之戈，使儒之佛還為儒，則佛之佛不攻而自破。使福田利益、輪回生死之佛不得逞其說，則明心見性之佛亦沮喪而不振，安知不由先生是書爲之嚆矢也哉。

録自戴名世集卷三。

中西經星同異考序

古之聖人，敬授人時，而在璿璣玉衡以齊七政，則夫推測盈虛以通曆數，是亦知天之學，而博物君子之所尤宜用心者也。吾聞之先輩顧寧人之論曰：『三代以上，人人皆知天文，「七月流火」，農夫之詞也；「三星在天」，婦人之語也；「月離於畢」，戍卒之作也；「龍尾伏辰」，兒童之謠也。後世文人學士，有問之而茫然不知者矣。』易曰：『觀乎天文以察時變。』又曰：『仰以觀於天文。』自後之儒者空疏不學，於天文尤甚，而遂以是為疇人曆官之事，於是荒徼海外之人皆得傲之以其所不知，而西學之入中國，無不從而震之。然其說不主於占驗，以為天象之變異皆出於數之一定，而於人事無與焉，君子譏其邪妄為已甚矣。獨其所為測天之器與其諸所為圖志，實亦精且密，與中國之法大抵多同，而亦不無有異者。如一經星也，有西法之所有而中國之所無者，有中國之所有而西法之所無者，要當博採而兼收之，其說不可盡廢。此梅君爾素中西經星同異考之所為作也。

往在燕市，獲交於爾素之兄定九，定九於書無所不讀，而尤精於曆學，直超出從前諸家之上。其所作曆論及中西算學通，嘗屬余序之，余諾而未果為。蓋定九時時欲傳其絕學於世，頗屬意於余，而余亦欲得定九親相指授，洞悉其源流，體會其精要，而後乃敢序定九之書。乃皆以饑寒糊口於四方，東西奔走，不能合併，至於今而此志未遂，所為誦寧人之言而抱慚不能自已者也。今余讀爾素之書，中西兩家所傳之星數星名，考其同異多寡，為古歌、西歌以著之，使覽者一見了然，而其說詳見於發凡九則，余讀之，而向時願學之意益復津津然動矣。今聞定九將自閩歸，而余倘得稍暇無事，即褰裳涉宛水登敬亭，訪爾素兄弟而就學焉，以酬曩昔之志，其未晚乎？爾素曰：『此某兄弟之志也。』遂書之。

録自戴名世集卷三。

方靈皋稿序

始余居鄉年少，冥心獨往，好為妙遠不測之文，一時無知者，而鄉人頗用是為姍笑。居久之，方君靈皋與其兄百川起金陵，與余遥相應和，蓋靈皋兄弟亦余鄉人而家於金陵者也。始靈皋少時，才思横逸，其奇傑卓犖之氣，發揚蹈厲，縱横馳騁，莫可涯涘。已而自謂弗善也，於是收斂其才氣，浚發其心思，一以闡明義理為主，而旁及於人情物態，雕刻鑪錘，窮及幽渺，一時作者未之或及也。蓋靈皋自與余往復討論，面相質正者且十年。每一篇成，輒舉以示余，余為之點定評論，其稍有不愜於余心，靈皋即自毁其稿。而靈皋尤愛慕余文，時時循環諷誦，嘗舉余之所謂妙遠不測者，仿佛想像其意境，而靈皋之孤行側出者，固自成其為靈皋一家之文也。靈皋於易、春秋訓詁不依傍前人，輒時有獨得，而余平居好言史法。以故余移家金陵，與靈皋互相師資，荒江墟市，寂寞相對。而余多幽憂之疾，頽然自放，論古人成敗得失，往往悲涕不能自已。蓋用是無意於科舉，而唾棄制義更甚。乃靈皋歎時俗之波靡，傷文章之萎薾，頗思有所維挽救正於其間。

今歲之秋，當路諸君子毅然廓清風氣，凡屬著才知名之士多見收採，而靈皋遂發解江南。靈皋名故在四方，四方見靈皋之得售，而知風氣之將轉也，於是莫不購求其文，而靈皋屬余為序而行之於世。嗚呼！自余與靈皋兄弟相率刻意為文，而侘傺失志莫甚於余，回首少時，以至於今，已多歷年所，所為冥心獨往者，至今猶或貽姍笑。今幸靈皋以其文行於世，而所為維挽救正之者，靈皋果與有責焉。而百川之文亦漸以流布於四方，則四方之士所賴以鼓舞振起者，獨在方氏兄弟間，而余亦且持是以間執鄉人之口也，於是乎書。

録自戴名世集卷三。

徐詒孫遺稿序

雲間汪建士刻余亡友青陽徐詒孫遺稿若干篇，既成，而余為之序曰：

嗚呼！余天下之窮人也，而所交多窮士。其間潦倒困阨，窮不自振，而復不永其年以死者，往往多有。如無錫劉言潔，祁門汪獻其，文章學問皆卓卓過人，而賫志以沒。至於詒孫，死不以正命，尤可悲而歎也。當丙寅、丁卯之間，余與詒孫先後貢於太學。太學諸生與余最善者莫如言潔，詒孫則僅識面而已。而詒孫最善方靈皋，靈皋與余同縣，最親愛者也，詒孫介靈皋以交於余，而靈皋介余以交於言潔。此數人者，持論斷斷，務以古人相砥礪，一時太學諸生皆號此數人為『狂士』。已而詒孫、言潔相繼歸，而余與靈皋以賣文留滯京師。歲丙子冬，聞言潔之訃，余與靈皋為位而哭。明年春，余醵金歸葬言潔，而靈皋亦南還。又明年冬，詒孫之友曰吳七雲，至自青陽，訪余於秦淮之上，為言詒孫發狂投水死。嗚呼！士之能自豎立而不與世波靡者，抑已少矣。苟有其人，必窮不能振，舉世皆欲殺之以為快，鬼神而助之以速其淪亡。此可為痛哭流涕者也。詒孫故有幽憂之疾，不能自解釋，靈皋嘗指余以示之曰：『君不見戴子乎，所遭極人世至窮之境，而不能戕其生者，能自解釋故也。吾子不從吾言，必發狂且死，可不戒哉！』詒孫聞之，瞿然自失也，而靈皋之言卒果驗。七雲曰：『詒孫將死，為書一函致戴、方二子，隨取燒之。』七雲因檢其遺稿付余。而建士素不與詒孫、言潔相識，以余故，乃慨然欲為雕刻其文，而言潔之文，其家匿不肯出，於是遂刻詒孫文單行於世。

詒孫性狷隘，不能容物，而文亦似之，故多訐露之言，善於雕鏤物態。而言潔之文，渾涵汪洋，多澹蕩之趣。此兩人所為文，以視世之登高第者，豈可同日而道，乃潦倒困阨，不能自振，而復不永其年以死，而詒孫之禍尤烈。余與靈皋每追憶舊遊，未嘗不涕淚之横集也。七雲收其遺文於敗篋故紙之中，而建士為表章而出之於世，此兩人可謂愛朋友好文章，而余亦可藉是以慰詒孫於九原矣。獻其之文，余採入他書者頗多有，故不復另刊。而詒孫有妻弟曰孫涵士，字渟淵，能文，早卒。往余在京師，今順天巡撫侍郎李厚庵先生嘗見其試卷，極賞之，因問其生平於余。余歸而欲述其語以達於渟淵，而渟淵已死一二年矣，因附錄數篇於詒孫遺稿之末。蓋詒孫存時，嘗為余極稱渟淵，今錄其遺文，亦詒孫之志也。

録自戴名世集卷三。

杜溪稿序

杜溪稿者，余友朱君字綠所為古文也，字綠家宿松之杜溪，因以為號。其稿凡數十萬言，屬余序之，且曰：『吾之文章，非吾子莫之傳焉。』嗟乎，余之自廢棄也甚矣！流離奔走，枯槁憔悴之餘，舊學盡失，而字綠之才氣，橫絕一世，其奇偉博辨之作，視余不啻倍蓰過之。余嘗以謂文章者非一家之私事，余雖有志於文章，然家貧多事，不能著書。今得字綠巋然傑起，即余亦可以輟筆。而字綠尤愛慕余文特甚，且以傳其文見屬，此以知字綠之虛懷樂善，而其文且日進而莫可涯涘也。余荒陋無能為役，然字綠之請不可以辭，則仍舉曩日之所以語字綠者言之而已矣。

昔余嘗與字綠言曰：『世有一世之人，有百世之人。所謂百世之人者，生於百世之後，而置身在百世之前。唐虞之揖讓於廷而君臣咨警，吾目見其事而耳聞其聲也。南巢、牧野之戰，吾親在師中而面領其誓誥也。吾又登孔子之堂，承其耳提面命而與七十子上下其論也。吾又入左氏、太史公之室，見其州次部居，發凡起例，含毫而屬思也。以至後世戰爭之禍，賢君相之經營，與夫亂賊小人之情狀，無不歷歷乎在吾之目，是則吾生於今而不啻生於古。自堯舜至今凡三千餘年，而吾之身已三千餘年而存矣。而吾所著之書傳於後世，而後世之人讀吾之書，如吾之謦欬乎其側，是則吾之身且與天地無終極而存也。此之謂百世之人也。若夫一世之人，則止識目前之事而通一時之變，雖其至久遠不過百年，以天地之無終極者視之，須臾而已矣。乃若生於一世，而一時之事猶懵不能知，則莊周氏之所謂朝菌也，蟪蛄也。朝菌不知晦朔，蟪蛄不知春秋，吾安得百世之人而與之言百世之事哉！』既以語字綠，輒自顧而歎，而字綠聞之，未嘗不奮袂而起舞也。

余與字綠年相若，余之學古文也先於字綠，而字綠之為古文，余實勸之。乃余與字綠東西奔走，不能合併者凡七年。至是遇於金陵，而字綠之志益高，讀書益勤，而文章日益工。嗟乎！以余之幽憂多疾，精力漸衰，回首曩日著書之志，已自廢棄，所謂百世之人已屬之字綠，而余之與朝菌、蟪蛄相去幾何。此所為序杜溪稿，不禁輟筆而三歎也。余將歸隱故山，與杜溪相距二百里而遥。尚欲網羅散軼，一酬曩昔之志，苟有撰著，必就正於字綠而後存，則余之文且賴字綠而傳也，而余又安能傳字綠之文哉。金陵龔君孝水、朱君履安方校讎字綠文字，聞余言而善之，皆曰：『戴子之言是也。』遂書之。時庚辰十月。

錄自戴名世集卷三。

初集原序

有道於此焉，驅天下之人，揚眉瞬目以從事於其間，則豈非文章之為道歟。然言既出而不傳，身未沒而名喪，無不歸於泯滅澌盡，而其可傳而不朽者，或數百年而一見，是何業之者之多，而成之者之少乎。夫文章之事，固天之所以與我者，非可以人力與也。世之學者，其天之所與既不逮古人，而又無好古之心，往往肆其胸臆，好高自大，又或拘牽規矩，依傍前人，曰：『吾學某，吾能似某。』寸寸而比之，銖銖而稱之，然而未嘗似也，即一一似之，而我之為我者盡亡矣。

余生二十餘年，迂疏落寞，無他藝能，而竊嘗有志，欲上下古今，貫穿馳騁，以成一家之言，顧不知天之所以與我者何如，妄欲追蹤古人。然家無藏書，不足以恣其觀覽，又其精神心力困於教授生徒，而又無相知有氣力者振之於泥塗之中。昔李翺學古文，韓退之謂其家貧多事，恐不能卒其業。是以每一念及，輒用此為悵悒，恐遂廢業，不能有所成就。然而胸中所思有時而不能自遏，輒亦往往有激昂發憤之詞，非敢自謂有當於古人之旨也，若夫承訛踵謬如俗學之失，則知免矣。假令天而不遺斯文，使余得脱於憂患，無饑寒抑鬱之亂其心，而獲大肆其力於文章，則於古之人或者可以無讓。而荏苒歲月，困窮轉甚，此其所以念及於斯文，而不能不慨然而泣下也。竊又嘗謂世衰道微，求如向之俗學已不可多有，苟讀書著文，時人相嗤笑之，而重以余之落落無所合，且詬厲從之矣。今夫都會之間，車輿輻輳之地，即培塿小阜亦足以稱為名勝，而奇怪硱硉之觀在於窮鄉僻壤，則無有載酒其中而歌詠其勝者。夫文豈有異於是乎！

歲辛酉，余教授江濱洲渚之上，菰蘆之中，無可以度日，偶從事於文章，得若干篇，彙為一集。雖不足觀，然睹於此，已知吾之有志於斯道而未逮，因合前數歲之作，編以為初集云。

録自戴名世集卷三。

自訂周易文稿序

余家世治詩，余亦治詩，後更治易。嗚呼，易之道大矣！夫子以為可以寡過，往時讀其言而不知自省也，既學易而後知其生平動靜，無時不在過之中，而無有一當，輒不禁涕淚之横集也。先是余之學易也，一二師友皆教余勿看講章，勿聽俗儒講説，余從之，果有得焉。已而見近世所刻衷旨諸書，其荒謬不通不可勝舉，而時文宗之，而易幾亡矣。自始皇、李斯焚燒詩書百家之語，而易獨不與其禍〔一〕，至今幾二千年，而亂於鄙夫小生之訓詁與科舉之業。豈天之欲喪斯文滅六經，而假手於俗儒，以補秦火之遺漏，不然，則鄙夫小生其罪不減於始皇、李斯，而獨居窮經之名，取富貴之資，聖人之道幾何而不息也！

余以歲庚申冬，讀書於友人趙良治家，始靜觀周易之義。每夜篝燈為文，不蹈襲時解，頗有所發明，而文字一洗訓詁舉業之陋，凡五十日，得文數十篇。而先君子江干之變聞矣，踉蹌棄去。今無事，偶一理之，惘然如隔世。以余之窮且多患，已無復知有生人之趣，何況於區區之文字。然是文也，於易之義不無小補，因存之。而吾且絶意世事，欲擕周易一卷，隱居深山之中，朝夕占玩，考較諸家，而勒為一書，或可借以稍寡其過，亦足以樂而終身矣。因書以俟之。

録自戴名世集卷三。

【校】

〔一〕方宗誠批校本『禍』作『稿』，讀作『其稿至今幾二千年』。

讀易質疑序

『九師興而易道微，三傳作而春秋散』，善哉！文中子之論也。易之為書，廣大悉備，而其變動不居，不可為典要〔一〕，自聖人已言之。是故淺學曲士，一切瑣屑紛紜術數之説，皆得托之於易，雖皆不可謂非易之所有，然徒執區區之言易，則已非易矣。易之理，至程傳而明，至本義而益大明，然而年湮世遠，師傳歇絶，自晚周至宋，凡千餘年，伊川、考亭，鑽研反覆，得其不傳之意而著之為書。其書出於草創之際，豈無十之二三與文王、周公、孔子之本旨不相比附者？世苟有通經學古之士，潛心冥會，融釋貫通，其於程、朱繼志述事，能補其所未及，是亦程、朱之功臣也。若乃騁其私見小慧，支離曼衍，顯無忌憚，而務求勝於古人，是乃所謂叛臣者也。其或讀古人之書，而阿諛曲從，不敢有毫髮之別異，是乃所謂佞臣者也。佞之為古人之害也與叛等。

吾友汪君聖功出其族人默庵氏所著讀易質疑示余，余讀之，實有獲於余心焉。其書折衷群説，而一以朱子為宗，條分縷晰，燦若黑白，而據文疏義，引申觸類，時亦有補朱子所未及者，可謂善繼其志，善述其事，非叛而亦非佞者矣。吾故以是書為不愧朱子之功臣也。余自幼學易，迄今未有所得，默庵是書，要亦不可謂無助者，故不辭聖功之請，而樂為書之。

録自戴名世集卷三。

【校】

〔一〕康熙刻本汪璲讀易質疑戴序作『可為典要』。

唐宋八大家文選序

人之目而有所眯者，塵之侵也，入乎塵而求目之無眯，不可得也，去乎塵而求目之無明，亦不可得也。孔子曰：『所信者目。』而目猶不可信，其不可信者，則其眯之時也。古人有言曰：『視日者眩，聽雷者聾。』世之學者，視古人之書不啻若日與雷然，惟有眩且聾已耳。有導之者曰：『爾勿眩，吾有以視爾。』及其視之，而目罔不眯者，則其導之者塵也。導之者先自眯，而因以眯人，於是乎百物之光華，五色之燦爛，皆莫之見焉，而自以為覽宇宙之大全，則其目勢且至於瞽，豈特眯而已乎。

唐宋八家之文，皆學者所當誦習，而卷帙浩繁，往往窮年而難究。有明之世，歸安茅順甫有八家之選，號曰文鈔，其擇取者不無過多，而評點論次，亦多疏略而未備，學者眩之。至近日而吳、會間所行刻本，則眯目者紛然出矣。句句而圈其旁，語語而頌其美，其意思之所存，與其法度之所在，選者茫然不知也，讀者亦茫然不知也。以眯導眯，而八家之文於是乎為塵之所蒙而不可出矣。今夫欲窮山水之觀者，必問其徑於曾經遊歷之人，某泉則如此，某石則又如彼，舉所為岩姿壑態，一一了然於指點之下，而後聽者可以臥遊而神會之。今乃據瞽人之說，而曰山水之勝，吾已得之，其說豈可信哉。

余少好古，而尤嗜八家之文，居嘗蓋有讀本，其擇取者僅二百餘篇，而八家之美已盡。一二學徒復請余為之評點論次，於是閒書無事，乃執筆為著明其指歸，與夫起伏呼應，聯絡賓主，抑揚離合，伸縮之法，務使覽者一望而得之，雖不敢謂開學者之明，而救其眯目之患，而八家之塵，區區竊不欲其纖毫之有存矣。聞之適秦者立而至焉，有車也；適越者坐而至焉，有舟也。二三子以是書為為文之舟車也，其庶乎哉。

録自戴名世集卷三。

劉退庵先生稿序

淮上劉退庵先生，今之篤行君子也。自俗靡之也，禮義仁讓先廢於士大夫之間，先生嘗痛之。生平立身行己，悉中於法度，而高致遠識，超然塵埃之表。余以賣文糊口游於士大夫間，區區一二十年，而以為可以式習俗之靡，無逾於先生。先生以進士起家，歷官郎署，非其好也。未幾，即引疾歸。歸而閉戶課子及孫與其群從，惟以讀書修行，廉恥忠信為訓誡，其家皆遵其教唯謹。余嘗過淮上，謁先生於怡園。怡園者，先生讀書之所也，板橋流水，槐柳環匝，四時之花草不絕於庭。先生謝絕世事，倐然獨往，以視世之貪饕於富貴，而苟焉以決性命之情者，豈可同日而道哉！先生往官京師，其邸舍蕭條如寒士，車馬鮮至其門。每余至，先生輒大喜，命酒歡飲，縱論當世事，往往至夜分而罷。以余之疏放蹇拙，與世多齟齬，諸公貴人或且有無故而欲摧折之，獨先生不以為不肖，而辱蒙獎許，以為不同於世俗。余深愧先生言也，而先生之所見，其與世人之好惡相去遠矣。先生諸子皆有道而文，而伯子紫涵尤與余善。蓋余游於劉氏父子間，見先生之篤行，觀其子弟，皆循循孝謹，竊以為劉氏一門，古之道猶有存焉。詩曰：『自古在昔，先民有作。』此余之所為肅然敬也。

歲丙戌冬，余客吳門，適紫涵自淮上來，以先生文稿一編見示，余讀之，亦非今人之文也。昔文中子分別前人之美惡，而即其文以推論而得之，說者謂其評斷不爽毫髮。今先生之文，高潔渾厚，則亦與先生之為人適有相肖者。余與先生游，多歷年所，竟未得先生之文而讀之，甚矣，余之陋也。而先生之韜藏自晦，其奇為世人之所不識者，又豈特此而已也耶。後有文中子者，讀先生之文，考先生之世，與其立身行己之詳，必能出一言以評之，而余為書先生生平之大略以待焉。

録自戴名世集卷三。

辨苗紀略序

今天子盛德神功，彪炳宇宙，自御極以來，削除僭亂，平定四海，凡有征伐，悉奉廟算指授，往無不克，復躬統六師，肅清沙漠。六合之内，八極之表，莫不稽顙叩闕，來獻其琛。一時熊羆之佐，方叔、召虎之臣，奔走後先，比肩接踵，而關中俞公功尤著。

先是楚、蜀、黔三省之交，有苗曰紅苗，其地周千二百有餘里，獷悍不知法度，有司駕御失宜，奸民頗常相侵害，而官兵多無故入其中奪其牛馬。苗故嗜殺好劫掠，至是憤怒，遂闌出為邊患，往往執兵民，要金帛贖取，於是楚之南大擾。是時俞公方為陝西總戎，天子移之全楚，使為提督，任征苗事。公引兵襲奪其險，宣上威德招來之，於是苗就撫者三百餘寨，納稅糧為編氓。事既定，公乃著為辨苗紀略一書，凡苗情苗俗，形勢險阻，道路曲折，營壘軍陣，攻奪方略，與夫起釁之由，弭變之策及章奏文移，無不具載。書既成，屬余序之。

余惟苗之患不同於盜賊之飄忽無常也，彼其有險之可據，吾即以其險困之；有妻子室廬之戀，吾即以其妻子室廬牽制之；其黨有相與為仇敵之人，吾即以其仇敵圖之。是在當事者之駕御處置，得其機宜而已。公奉命不數月而靖累年之亂，其功可不謂偉歟。後之人披斯圖也，按斯籍也，其要領可以具得，遵其成法，勿至隕墜，則苗皆可漸化而為衣冠文物，豈止楚、蜀、黔三省永無震擾而已哉。吾序是書而略述公之績，且原本於天子之威德，以見生成之造不遺於荒徼，非獨內地之安，而苗亦咸安其生，各遂其性。民生是時，何其幸也，何其幸也！嗚呼，豈不盛哉！

録自《戴名世集》卷三。

章泰占稿序

質者，天下之至文者也。平者，天下之至奇者也。莫質於素，而本然之潔，纖塵不染，而采色無不受焉。莫平於水，而一川泓然，淵涵渟蓄，及夫風起水湧，魚龍出沒，觀者眩駭。是故於文求文者，非文也，於奇求奇者，非奇也。會稽章君泰占之文，無愧於質且平之二言。夫為文而至於質且平，則其品甚高，而知者亦甚少，非世俗之所能為，亦非世俗之所能識也。今夫浮華濃豔，刊落之無遺，而後真實者以存。潦水既盡，寒潭以清。此其所以造於質且平也。假使世俗而為之，則其所為質且平者，枯槁頑鈍而無一有，安在其文，亦安在其奇耶？嗚呼！世俗莫不好文而惡質，好奇而惡平，彼其所謂文與奇者，既已不知其非是，而吾與君方抱其平與質者，以支離攘臂於其間，豈能以有合哉。余方欲與時謝絕，而君浮沉世俗，猶欲冀其有合於世，其尚終抱其質而毋漓之，終守其平而毋鑿且汩之也哉。

録自《戴名世集》卷三。

程偕柳稿序

昔者余亡友方百川氏之論文也，曰：『文之為道，須有魂焉，以行乎其中，文而無魂焉，不可作也。』余嘗推其意而論之曰：『凡有形者謂之魄，無形者謂之魂。有魄而無魂者，則天下之物皆僵且腐，而無復有所為物矣。今夫文之為道，行墨字句其魄也，而所謂魂也者，出之而不覺，視之而無迹者也。人亦有言曰：「魂亦出歌，氣亦欲舞。」此二言者，以之形容文章之妙，斯已極矣。嗚呼！文章生死之幾在於有魂無魂之間，而執魂之一言，以觀世俗之文，則雖洋洋大篇，足以譁世而取寵，皆僵且腐者而已，而豈可以謂之文乎。』宣城程君偕柳，與余交十年，間歲相見，則文益進。今年秋，余游江都，偕柳亦適授徒於此。一日，盡出其全稿示余〔一〕，余蓋一再諷誦涵泳，而歎其有魂焉以行乎其中，誠非世俗之所及也。因悼百川氏之早逝，未獲見焉，為述其緒言，而書之於簡端。

録自戴名世集卷三。

【校】

〔一〕方宗誠批校本作『盡出其全稿』，從之，中華本無『其』字。

梅文常稿序

吾江南文學禮儀之邦，推宣城為最。其士大夫多崇禮讓，敦實行，以清風高節砥礪末俗，而士人讀書為文章，不肯雷同詭隨，以趨時俗之所好，居常被服古人，闇然自晦，不求人知，蓋猶有先民之遺風焉。往者余得交於梅氏二君子，曰定九，曰雪坪，皆粹然儒者也。已而遇程君偕柳於金陵，又因偕柳以識梅君文常〔一〕，文常，定九之族孫，而雪坪之仲子也。偕柳、文常，兩人文采斐然，而有至性篤行，與人交，肫肫乎其意之有餘也。

歲丁亥秋，吾來南陵，客劉氏之慕園，而文常亦適自郡至。慕園者，吾師光祿公課子及孫讀書之所，而文常實公之婿也。公在朝既以風節名天下，及致政歸，而閉戶蕭然，論文著書，不改寒素。吾讀公之文，如泰山喬嶽，嶄然不可攀躋也〔二〕。吾讀公諸子之文，凌雲馭風，飄飄乎莫不瀟灑而自得也。而其家塾則沈君元珮、王君次雲為之師，文章行誼，卓卓不同於流俗。吾歎宣州之多賢如此，乃自公而外，皆沉冥寂寞，相與嘯歌於山之巔，水之涯，世未有知殷勤鄭重過而顧之者。彼夫吳、會之間，士相與飾虛聲以自炫耀，奔走逢迎於貴人之門，以釣高位而取厚資。而沉淪掩遏，顧在於抱殘守缺，冥心孤詣之人，豈不可歎也哉。

文常以其所作近藝示我，大抵多作於慕園，與劉氏諸子及元珮、次雲共為商榷者也，詣深而造微，較余曩者之所見，意境又不同焉，而與數子者，久為有司之所斥弗收。余歎制科之不足以得士，而猶幸先民之遺獨存於宣州。君子之處於世，為其己之所當為者而已，人世之得喪榮辱，夫何足道。因書於其稿之首簡，而並以質於定九、雪坪、偕柳以為何如也。

録自戴名世集卷三。

【校】

〔一〕方宗誠批校本作『又因偕柳』，從之，中華本無『又』字。

〔二〕『嶄然』，中華本作『嶄嶄』，從方宗誠批校本。

齊天霞稿序

余年十七八時，即好交遊，集里中秀出之士凡二十人，置酒高會，相與砥礪以名行，商榷文章之事。當是時，意氣甚豪也，顧傲睨自喜，視天下事不足為。而此二十人者，年皆與余相若，日相與往還議論，其中惟齊君天霞與其弟蘇署尤好余，不以余為不肖，而常以余之論為是。居無何，則各以家貧教授生徒，分散以去，歲一再相見，而齊氏兄弟學益高，文日益進，諸同學之士皆稱之，以為莫及。久之，余遊學燕山，自是奔走趙魏、河洛、齊魯、閩越之間，凡十餘年而歸，則天霞方以貢入於太學，而蘇署適還自嶺南，時時過我，相與慰問平生，輒悲喜之交集。天霞與余雖蹤跡錯互，而書問不絕，其所作文章，亦嘗於郵筒中相示，至是見蘇署所作，余蓋歎兩人之衣食於奔走，而不輟其業，且屢進益工，不覺自顧而歎其衰之甚也。逾一二年，而蘇署卒於家，余方在外，聞之悲悼良深。天霞檢其遺文，時展視之，涕淚零落，傷其弟之有才而不得志早亡也。

歲乙酉，天霞舉於京師。明年，成進士。又逾一年，其同年生方君靈皋為刊其稿於金陵，而取蘇署所作若干篇附之。時余方客淮上，天霞以書來曰：『願有言也。』

余惟區區數十年間，朋友之際，其為聚散離合，盛衰生死，萬變不齊，回首少時，宛如昨日，而意氣已略無復存。蹉跎荏苒，卒老於風塵之中，讀書無成，修名不立，即諸同學之士，亦多食貧作苦，蠖屈不伸。而至於蘇署者，墓木幾拱焉。追念舊遊，忽忽已往，以故序天霞之稿而牽連及之，輒不禁百感之横集也。若夫天霞之文奇矯，而蘇署之文清曠，靈皋之論如此，余無以易其說焉。

録自戴名世集卷三。

四書朱子大全序

四書義讀，取朱子一家之言為之，採掇會粹，以類相從，而附於章句集注之下，蓋發端於程君鳳來，而余之屬筆則在於乙酉、丙戌間。後因簡帙重繁，又屬程君去其重複，正其訛舛。丁亥秋，程君舉以歸余，余更略為出入，而後其書乃為定本，程君於是鋟之於板，以廣其傳。明年春二月，刻且成，而余為之序曰：

四書歷漢及唐，至宋諸儒出而其義乃大明。蓋自二程子始發孔孟之祕於千載廢墜之餘，至朱子出而其學尤為純粹以精，其闡明四書之義者，尤為詳密而完備。雖其精義微言時時見於他書，而集注則朱子以為稱量而出，增損一字不得者，於章句則引溫公之言，以為平生精力盡在此書。故余於是書，一以集注章句為主，其於朱子他書，採掇會粹，凡有合於集注章句者，列而存之；其稍有不合者，為朱子早年未定之論，則弗之録也。兢兢擇別，不敢有失。黄勉齋之序朱子語録後也，所謂其辨愈詳，其義愈精，讀之歷千載而如會一堂，合衆聞而悉歸一己。此則余與程君區區為是書之意也。

嗚呼！自朱子没而諸儒競起，人各為書，或不能盡得朱子之本旨，其陽奉而陰違者，亦往往有之。明永樂中，詔諸臣編纂四書大全，一時諸臣皆不知聖人之道，竊取倪氏、吳氏兩家龐雜割裂之書以應詔，是非互陳，邪正並列，自是學者眩瞀莫辨，雖顯背於朱子之旨者，亦與朱子並奉以為不刊。蓋四書之義既大顯明於朱子之手，而復混淆於諸儒者，歷二三百年矣。近日平湖陸氏，長洲汪氏，為之抉摘其疵謬，以告於世，於是大全之雲霧漸掃。而余以謂古人罷黜百家，獨尊孔氏，今之尊朱氏，即所以尊孔氏也。故余是書一以朱子為主，其余朱子之書，一以集注章句為主，至於朱子他書與集注章句互相發明者，採其精要，集而次之，而務一其旨歸，其於諸儒之說，概弗之參載焉。

夫諸儒之說，其龐雜割裂而疵謬者，使學者眩瞀莫辨而誤其所從，汰而去之，固其宜也。然其中不無可採之論，至當之言，而亦莫之入者，何也？夫其可採之論，至當之言，原不能出乎朱子涵蓋之內，而余之為是書也，所以類聚朱子之語，欲得其全而觀之也；既得其全而觀之，則於諸儒之說，雖其至當而可採者，固亦有所弗暇及也。譬如一堂之上，衆說喧呶，紛紜攻訐，苟非窮理之深，析義之精，聽之焉能無誤哉？惟得一明允之吏，片言立剖，而紛紜之辯自息。是故學者但明於朱子一家之言，而諸儒之說，是非邪正，自了然於胸中，而不為其所亂。此則余與程君區區為是書之意也。

昔張宣公以程子之意，將孔孟之言仁者類聚觀之，而朱子深恐長學者欲速好徑之心，滋入耳出口之弊。則是書也，得毋犯朱子之所恐乎？然在程子之意，則以其比並較勘，便於觀覽而玩索也；在朱子之意，則預憂夫學者之或因是以失於鹵莽，而不偏考於諸書也。蓋朱子亦嘗輯周、張、二程之言以為近思録矣，其言曰：『窮鄉晚進有志於學，而無明師良友以先後之者，誠得此而玩心焉，亦足以得其門而入矣。如此，然後求諸四君子之全書，沉潛反覆，優柔饜飫，以致其博而反諸約焉，庶乎其有以盡得之。若憚煩勞，安簡便，以為取足於此而可，則非今日纂集此書之意也。』余不自揣譾陋，竊本朱子此意，而惓惓書於序之篇終云。

録自戴名世集卷三。

困學集自序

學之廢久矣。嗚呼！學以明道也，道以持世也，自學廢而道不明，而世如之何其不亂以亡也。聖人既沒，於今幾千年矣。自孟軻氏而後，學者不絕如綫，迨宋興而諸儒繼起，可不謂甚盛者歟〔一〕。然皆不幸而窮於世，上無明天子，不克信用而擯斥以老，卒不得出其萬一，使當世獲儒者之效，世亦由是大壞，積為從古未有之禍。

自明室開太平，文物治安之盛遠過前代，而當時儒者之於道，類不及曩時君子，吾嘗慨焉惜之。夫道之不明以為世患，道明而不得用，此世之不幸，非儒者之命之艱也。要無廢於學，使道自吾而大明，即不用亦所以持世於不傾也。

余生二十餘年，當天下棄學，世所謂學，不過呫呫諷誦，習為科舉之業，曰『是乃學』而已。此學之所以廢也。嗚呼！平仲、幼清不得為學者也，當今之日，求稍稍有如此兩人者，豈復可得，是可以觀世變矣〔二〕。余多憂之人也，又生而遭多難，惴惴莫必其命，胸中雖稍識是非，時時向學，而顛連相繼，即有異俗之心，絕人之才，且沮傷而不得進，況余才質魯鈍，頑然無所得於心，就令專精思慮，無他閒雜，猶無以望其成，而加以辛苦拂亂，神志荒惑，又奔走求食，時人既不皆信余，徒教授童子章句，日不暇給，如此豈復能有所成就哉。孟子曰：『困於心，衡於慮，而後作。』余不能作也，而困加甚，而衡加甚，其亦不可解也夫，其亦不足惜也夫。居常偶一命筆為文辭，頗能往往類古。蓋昔之君子好古之道，輒亦好古之文，以古之文所以明古之道也。余既不學未聞道，何有於區區者，蓋學又不在於文詞而已也。學為文，文即工，非學之大也。余困甚矣而未學，以未學而更困，以困學名其集者，所以志也，因書之以自警云。

録自戴名世集卷十。

【校】

〔一〕中華本無『甚』字，方宗誠批校本作『甚盛者』。

〔二〕中華本作『足』，方宗誠批校本作『是可以觀世變』。

蔡瞻岷文集序

時文之外有學，而時文非學也。制科之外有功名，而制科非功名也。世俗之人第從事於時文，以期得當於制科。久之，果得當焉，則眾相與賢之，以為是人也，讀書於是乎為有成矣。殊不知其人雖登高科，躋膴仕，而不可謂讀書之有成也。夫讀書之有成者，不必其得當於制科，雖以布衣諸生，蕭然蓬戶，而功名固已莫大乎是焉，則亦視乎其學之遠且大者而已矣。學莫大於辨道術之邪正，明先王大經大法，述往事，思來者，用以正人心而維持名教也。且獨立於波靡之中，而物誘不足以動其中，富貴貧賤不足以易其節，苟其得志也，持是而往，恢恢乎有餘也，苟其不得志也，亦若將終身焉。此則真所謂功名者也，此則真所謂讀書之有成者也。彼時文之士，制科之徒，曾有一於此乎？

余客遊四方，與士大夫交遊，而求學者於時文之外，求功名於制科之外，頗得數人焉。於浙江則得萬君季野，於燕京則得劉君繼莊、王君崑繩，於吾同郡則得蔡君瞻岷。此數人者，其學其功名，誠如余之所云云者，而非世俗之人之所及也。瞻岷通敏有才辨，其氣甚豪，而鑽研於典籍者又精且熟。此數人者各居異地，而惟瞻岷與余居相邇，聲聞頗數。往數人嘗與余約偕隱舊京，而瞻岷不果至，余亦尋自金陵返故鄉，繼莊則早死吴市，季野亦旅卒燕山。久之，瞻岷亦沒於江都，而余與崑繩南北間隔，皆躑躅行吟，落寞無所向，其亦不能無慨也已。

季野之書在史館，繼莊之書今雖零落，然異日必有刊而傳之者，而瞻岷遺稿，其友人某方捐貲刊刻之於江都。諸君子雖不得志，而立身行己，卓然為狂瀾之砥，其學明體達用，輔經翼史，而文章足以發先聖之緒，砭末學之愚，其功名豈小也哉！嗚呼！時文之士，制科之徒，雖一時僥倖得志，不轉盼而已灰飛煙冷。乃蕭然蓬戶之中，布衣諸生獨為其遠且大者，而學問功名之事尚存於人間，此吾所為序瞻岷之文而不禁喟然興歎者也。

録自戴名世集卷三。

章泰占文稿序

以文諛人者，其文可知也。好人諛己之文者，其文亦可知也。古者贈人以言，必取其所不足而規之，委曲開導，務期其有成，此古人忠厚之道也。自世風之靡，一切皆趨於浮薄，而獨諛人之文不嫌其過。夫諛人之文，與其人無一之相似也，而人顧從而好之，相與為欺謾，以為情之厚，豈不異哉。夫稱其人之所長，而時時聒於耳，以求其悅也，此非小人，其孰能為之。倡優巧笑，便嬖善柔之技，而用以施之於文字之間，所可歎者，不但文章之衰而已也。余名為能古文，而人之以文來請者不絕。余之稱之者，不敢為溢美之言，務適符乎其實，而或期之於其後。其人得之不愜意，則往往私以己意竄入佞諛之詞於篇中，至使全篇皆不足觀。余未嘗不悔其輕諾而失言也，自頃以來，而余之應人之請者亦絕少矣。

山陰章君泰占，屬余序其文者屢年，余諾之而不果為。去年冬，以書來趣之，且曰：『吾非好諛者，知吾子不以世俗待我也。』嗚呼！世俗之好諛也，欲得余之諛甚於他人，而章君若惟恐余之諛之者，則章君之文從可知矣。章君之所宗仰為其鄉人西河毛氏，而章君要自有蕭然獨得者。至於規其所不足，以托於古者贈人以言之義，則余之荒落已久，無可效於章君者。章君其過吾友靈皋氏而問焉，靈皋氏亦不肯以文諛人者，章君素與善，必有以得其言矣。

録自《戴名世集》卷三。

種杉說序

婺源何翁，精於種植之術，而樹木以杉為貴，其獲利也多，以其栽植培養澆灌之方，一一書之於紙，分為數則而廣布之，使人有所效法，其意厚矣。翁諸子請予序之。

余惟讀書之士，至今日而治生之道絕矣，田則盡歸於富人，無可耕也；牽車服賈則無其資，且有虧折之患；至於據皋比為童子師，則師道在今日賤甚，而束修之入，仍不足以供俯仰。若夫修身以取必於天，而天道之爽，百求之而無一應也，將欲求之於人，而一引手援之，非可望於澆淳散樸之世也。天與人皆不可恃，而求之輒應，且不我欺者，惟地力而已矣。地力之獲利者多，惟樹而已矣。蓋余聞武進有老儒吳氏，貧無隔宿之儲，室前有隙地丈許，偶種瓜數本，每日以盥面之水澆之。時順治九年，東南大旱，餓殍抱金錢珠玉以死，而老儒獨以瓜熟累累，活其家七八人。夫種瓜之效且如此，而況於樹木乎。夫樹木之勤苦，計一月間，從事於栽植培養澆灌者不過數日，而得以其暇從事於學問之事，積十年而已得利焉，積之愈久，則獲也愈多。故讀書之士所以治生者，舍樹木無他策焉。而人顧舍是，而徒求於不可恃之天與人，則亦終窮且沒而已矣。昔者諸葛孔明位為丞相，而家之所給者，僅成都之桑八百株，其家已不為貧矣。然則樹木以治其生，豈獨讀書宜然哉。是故居沃土市廛，則宜種花果，居川澤則宜種桑柳，居郊野則宜種竹，居岩壑山谷間，則宜種松杉。杉之利雖稍遲，而百倍於他木。或曰，士欲種杉，而力不能辦則奈何。曰，如翁之法，則買苗之費無多也，山石磽角，人所不爭，其值甚賤，可易得也。倘以其獲利稍遲也，而置不為，以至窮且沒世，孟子所謂七年之病，求三年之艾，苟為不蓄，終身不得者是也。人之一生，壞於因循惰窳而不為者，又豈獨此也哉。

余素有志於種樹而頗不諳其方，今得翁是書，而年已垂老，不能為矣。故書此以告夫士之欲治生者。

録自戴名世集卷三。

禹貢錐指序代

非博學好古之士，不能著書以自見於天下。然自古以來，著書之家亦頗多有，而非生遭聖明之世，無右文之主為之表章，則或湮沒而不顯。彼其穿穴經傳，條貫古今，搜抉奇異，冥心孤詣，積數十年而成一書，其意欲以傳於後世，然不過藏之名山，傳諸其人而已，倘其人不可得，則遂至放軼而散失者有之。是故著書既難其人，有其人而又多不逢其世。吾於德清胡君朏明所著禹貢錐指一書，竊幸其遭逢之獨奇，為自古著書之士所未有也〔一〕。

昔之釋禹貢者，孔安國、蔡仲默兩家皆立於學官，蔡氏因陋就簡，無所發明，而孔傳尤多牴牾，先儒疑其為後人偽撰。胡君博學好古，於書無所不讀。其於禹貢，剖析鑽研，反覆不去手，參驗故實，網羅傳注，為之正其同異，辨其是非，窮其端委，研精覃思，凡二十年而成，名曰禹貢錐指。會今天子聰明神聖，四海之內，薰蒸浸漬，莫不彈冠振衿，輻輳而出，相與黼黻鴻業，鼓吹休明，雖布衣之士，幽隱伏匿之儒，耆艾之老，山澤之臞，亦思自奮起，以期無負於盛世。而胡君年逾七十，平生閉門掃跡，上下千古，討論六經。錐指一書，正孔傳之偽，而訂蔡氏之訛，其有功於後學尤大。

先是康熙四十四年春正月，學士臣查昇已代為呈進。未幾，車駕南巡狩，臨幸浙西，胡君匍伏道左，恭進是書，並獻頌一篇。天子覽之稱善，賜膳，賜御書詩扇，賜御書匾額，一時士人嘖嘖嘆羨以為榮。夫以布衣之士，幽隱伏匿之儒，耆艾之老，山澤之臞，苟有一技可取，一書可觀，皆得以其所業與其姓名上達天子，褒寵頻加，恩賜備至。臣於是仰見我皇上右文之至意，礪世磨鈍，鼓舞激勸，真有超出前古者。天下之士，其孰不奮袂而起，思出其奇，以求得當。行見博學好古之士，著書立言之家，接踵而出，潤色太平，不獨胡君一人之榮遇而已。余故書之以為胡君賀，並以為天下之士也幸。

録自戴名世集卷三。

【校】

〔一〕中華本作『自昔』，從方宗誠批校本作『自古』。

狄向濤稿序

自科舉興，而士之以功名垂於世蓋少矣〔一〕。夫士皆研精覃思〔二〕，從事於場屋之文以應科舉，其得之者，往往登高第為大官，流俗之人相與豔羨之，即其人亦莫不自以為功已立而名已成也。嗚呼！此士之所以無功名也。且夫功見於天下，名施於後世，若古大臣之為者，一代之中正不可多有。又其次，或效一職，建一議，卓然為一世之所倚毗。他如濂、洛、關、閩，不必身都爵位，而功名為古今之所莫敵，此真所為功名者也。世之人求功名之說而不得，而以富貴當之，舉世之登高第為大官者，皆相與指而目之曰功名。嗚呼！此士之所無功名也。

古者先王之教興，士自小學以入大學，舉正心修身，齊家治國平天下之理，莫不犁然具備，以故施於天下後世，而功名直昭垂至今。其理載之於書，書具在，後之人棄而不務，而研精覃思以從事於場屋之文。夫從事於場屋之文，不可以謂讀書也，世之人第以是為讀書之事已畢矣。夫以從事於場屋之文為讀書，以科第富貴為功名，是故世之無功名者，由世之無讀書者也。當此之時，苟有卓然自立於其間者，必去其富貴科第之見，而後可與共功名也，必罷去場屋之文，而後可與語讀書也。

吾友狄君向濤，年逾二十，即舉進士，登高第，入翰林，人莫不豔羨之，而其場屋之文為士林之所傳誦。果如世俗之議，則向濤之功已立而名已成，而讀書之事已畢矣。向濤不色喜，而抑然自下，蓋其於古人之道，方日進而未有已者。然則向濤之得第，非向濤之功名，而向濤場屋之文，又向濤之糟粕煨燼，而非向濤之所以為讀書者。由向濤之道而日進不已，吾見向濤之追蹤古人不難也。至於向濤文章之美，余友劉太史陂千序之詳矣，而向濤復屬余為序，余故獨著向濤之志如此，以見世猶有卓然自立，不為世俗之所浸淫者，並以告天下科舉之士，其必有以余言為然如向濤者也。

録自戴名世集卷四。

【校】

〔一〕中華本作『士之有功名以垂於世』，方宗誠批校本作『士之以功名垂於世』。

〔二〕中華本作『士之研精覃思』，方宗誠批校本作『士皆研精覃思』。

甲戌房書小題文序

制義之有大題小題也，自明之盛時已有之，而小題猶號為難工。蓋小題也者，其勢最為逼仄，而其法律更為謹嚴，往往有毫髮之失，而遂至於千里之隔者。譬若行於深峭之澗，危石當其前，飛瀑懸其左，而下臨於千尋之潭，境窮路絶，攀蘿援綆而過，稍一失足，則墮於深淵，而莫知其所止，此其難也。然有習於此者，色不變而目不瞬，舉步自如，輕身而飛度。若是者何也？久而熟焉故也。及至於險過隘出，而之乎康莊之途，據鞍顧盼而縱其馳騁，夫何難之有哉。故夫小題者，文章之峭澗也，而大題者，文章之康莊也。今夫大題也者，其體崇，其勢宏闊，固可以縱其馳騁，然而其法律之謹嚴，要無不與小題同，夫惟久而熟焉於小題，而大題已舉之矣。吾聞有明先正之為制義也，小題時時不釋手，雖臨場屋，猶作小題數十篇，故先正大題文之工，由于小題文之工也。今之學者務為速化之術，往往棄去小題不觀，後生小子甫執筆學為文，即皆從事於大題。譬如仄徑，窘步未嘗涉歷，氣浮力弱而遽試千里之驥，銜勒不施，轠轡俱絶，其勢未有不顛仆者也。

往余與汪君武曹嘗慨歎及此，思欲維挽風氣，當從小題始。會今年南宮試士，得雋者先後郵致其平居所作制義，不啻數千首。因相與抉擇其最工者，大題小題各為一帙，要皆有當於吾之所云云者，為之排纘點定，而去年秋二三友朋舉於鄉者，其所授行卷亦間附焉。於是次第刻於吳中，適小題先成，因著其說如此，以告世之學者，欲工於文章，當從此書始也。

録自戴名世集卷四。

小學論選序

文章風氣之衰也，由於區古文時文而二之也。時文者，時之所尚，而上之所以取於下，下之所以為得失者，則今之經義是也。至於論者，則群以為古文之體，而非上之所以取於下，下之所以為得失者，則遂終其身而莫之為。夫經義者，天下之人，童而習之，至於白首而猶茫不得旨趣，而況於論者，群震以為古文之體，且又以為非功令之所在，而終其身而莫之為。以朝夕從事於時文，猶茫不得其旨趣之人，而使之為古文，宜其驚愕皇惑而不能執筆也。頃者，功令又以小學論一篇試童子，與經義而並行，則是時之所尚，而上之所以取於下，下之所以為得失者，將又在於論，論亦且化而為時文。時文之謬悠庸爛，浸淫蔓延，屢救而不能振，於今數十年，而今又以其謬悠庸爛者出而為論〔一〕，於是乎經義與論且同歸於臭敗而後已。嗚呼！此余是編之所為作也。

今夫經義之與論也，雖皆古文之派別，而其體制亦各有不同者。今之經義，則代聖人賢人之語氣而為之摹擬，其語脉之承接於題之上下文義，皆各有所避忌，蓋其法律極嚴以密，一毫髮之有差，則遂至於倡狂淩犯，斷筋絕臏，而其去題也遠矣。至於論者，則可以出一己之意見〔二〕，反覆辨難，窮盡事理，以求無餘藴，而於題之上下文義不必有所避忌，但須斟酌損益，而不使輕重賓主或至倒亂於其間。今或一以經義之法繩之，徘徊四顧，左支右吾，而謂上下文之亦當有所避忌，是烏知夫論之體制者哉。且夫世俗所言作論之法，又大有謬悠庸爛而不合於古者，曰：『論有首，有項，有腹，有腰，有股。』此等之言，皆似是而實非者也。夫文章之事，千變萬化，眉山蘇氏之所謂如行雲流水，初無定質，其馳騁排蕩，離合變滅，有不自知其所以然者。既成，視之，則章法井然，血脈貫通，回環一氣，不得指某處為首，某處為項，某處為腹，某處為腰，某處為股也。而方其作之之時，亦未嘗預立一格，曰此為首，此為項，此為腹，此為腰，此為股也。

天之生人也，妙合而凝，形生神發，而必預立一格以為人，曰，如是以為首，如是以為項，如是以為腰腹，如是以為股肱手足也，而人之生者少矣。故曰，文章不可以格言也，以格言文，而文章於是乎始衰。而或又追咎於始為之者，曰，其禍實始於眉山蘇氏。夫以蘇氏之奇才横溢，而謂為謬悠庸爛者導之以先路，天下之謬悠庸爛者，比肩接踵，不可勝數，此輩雖至愚妄，亦未有自命為蘇氏者。今皆號之曰，此蘇氏也，是亦猶見里之醜人捧心而矉其里，遂號之曰，此西子也，而因以詬西子之不美也。此所謂奔者東走，逐者亦東走，將使誰正之哉。嗚呼，外間所謂之俗法，其說相延已久，今功令初頒，而群又鼓其說以迷惑幼學之士，使經義與論同歸於臭敗而後已。此余是編之所為作也。

是編文凡百二十篇，其平居與三數友人授徒之作，以及一二先達與夫督學使者之所為課擬且五十篇，而唐宋大家及有明諸先輩之文題之見小學者，亦稍稍附入焉。或曰，其文甚高，恐幼學之士學之而不能以驟入，無已，則又合坊刻諸選本而擇別之，得文逾六十首，為之芟其繁雜，辟其蕪穢，陶汰潤色，共訂為一集，雖不得盡謂之古文，而要使天下幼學之士漸去夫謬悠庸爛之習。論之體既正，而經義之與論同為古文之派別者，亦浸尋漬漸以合於古，此則余之區區以古文為時文之意也。

録自戴名世集卷四。

【校】

〔一〕中華本作『而令』，從方宗誠批校本作『而今』。

〔二〕中華本無『一』字，從方宗誠批校本。

丁丑房書序

歲丁丑，武曹論次新進士之文，而自姑蘇以書召余於青溪曰：『願與吾子共商之也。』比余至，而書已垂成，余以己意增入之者且百篇。既卒業，而語於武曹曰：

『經義之文，自天順以前，作者第敷衍傳注，或整或散，初無定式。而成化以後始有八股之號。嗣是以來，文日益盛，而至於隆慶及萬曆之初，其法益巧以密，然而其波瀾意度各有自然者，歷數百年未之有異也。今之論經義者有二家，曰鋪敘，曰淩駕。鋪敘者，循題位置，自首及尾，不敢有一言之倒置，以為此成化、弘治諸家之法也。淩駕者，相題之要而提挈之，參伍錯綜，千變萬化而不離其宗，以為此史、漢、歐、曾之法也。於是言鋪敘者則絀淩駕，言淩駕者則絀鋪敘，兩者互相詆訾而莫之有定。余以為文章者，無一定之格也。立一格而後為文，其文不足言矣。夫為鋪敘之說者，舍史、漢而取法於成化、弘治，此則便於不學無文之人，亦自知其說之不可以通，乃復為之說曰：「學者代古昔聖賢而為言，誠宜以題還題，而不可以己意與乎其間。」夫彼之所謂以題還題者，不過循題位置，尋討聲口，兢兢不敢失尺寸，言之既無文，而於道理曾不能有毫髮之發皇，此則謂之未嘗為是題可也，非以題還題也。吾之所謂以題還題者，必扼題之要，而盡題之趣，極題之變，反覆洞悉乎題之理，而無用之卮辭，不切之陳言，無所得入乎其間，此則所謂以題還題也。史家之法，其為一人列傳，則其人鬚眉謦欬如生，及其又為一人列傳，其鬚眉謦欬又別矣。蘇子瞻論傳神之法曰：「凡人意思各有所在，頰上添三毫者，其人意思蓋在顴頰間也。」吾以為一題亦各有一題之意思，今之論文者，不論其意思之所在，一概取耳目口鼻具而已，而反笑傳神者之為多事，不已陋乎。』

或者曰：『如子之說，則當以淩駕為主乎？』余曰：『夫文章者，無一定之格也，立一格而後為文，其文不足言矣。以淩駕為主者，是又立一格以為文也。余非有意於淩駕，但取其相乎題以立言者而已，其相乎題者，相其題之意思之所在也。吾取其相乎題之意思以立言者，而彼以吾為主於淩駕，夫安知文章之波瀾意度各有自然者，歷數百年原未之有異乎。今夫成化、弘治諸家之文具在，其鴻文名篇世所號為鋪敘者，未嘗不扼題之要，而盡題之趣，極題之變，反覆洞悉乎題之理，而非如今之講鋪敘者，僅僅循題位置，尋討聲口，遂以為盡題之能事也。特其時風氣渾樸，含蓄不盡，故但見為鋪敘，而不知其鋪敘之中未嘗無淩駕者在也。至於隆慶、萬曆以來，其法益巧以密，人但見其為淩駕，而不知其以題還題者，無以異於成化、弘治諸家，蓋又以淩駕為鋪敘者也。

『嗟乎！四書五經，明道之書也，而既以命之題而為之文，則涉於文章之事矣。吾未聞文章之事而可廢夫史、漢、歐、曾之法者。吾以史、漢、歐、曾之法告天下，而天下且曰，經義之文無所事此。夫文章之事莫大於經義，而以為無所事此，則惑之甚而已矣。』

武曹曰：『子之言是也。』遂書之。

録自戴名世集卷四。

己卯科鄉試墨卷序

以四子之書，幼而讀之即學為舉業之文，父兄之所教督，師長之所勸勉，朋友之所講習，而又動之以富貴利達，非是途也，則無以為進取之資，使其精神意思畢注於此，而鼓舞踴躍以赴之。而人之學之者，自少而壯而老，終身鑽研於其中，吟哦諷誦，揣摩習熟，相與揚眉瞬目，以求得當於場屋。若是之專且久，則宜其見理也明，擇言也精，各自出其心思才力，以縱橫馳騁於世。然而其於四子之書之精微義藴，茫無所得其毫釐，而出言吐詞，非鄙則倍，且其所為鄙倍者，又非盡出所自造，而雷同剿襲，大抵老生腐儒之唾餘，雄唱雌和，自相誇耀。及其入於場屋，則以此書之於紙而獻之於有司，於是乎有得有不得焉。其有得有不得者，非其所為之有工有不工也，以為有時命存焉。而得之者輒舉而歸其功於所為之文，矜倨護惜，惟恐人之摘其疵謬。當其氣滿志得之日，而固已臭敗而不可近矣。夫以終身用力於其中，既專且久，出於精神意思之所注，而鼓舞踴躍以赴之者，止成其為鄙倍之甚，不越宿而已臭敗不可近焉。況乎未嘗用力於其中，非其精神意思之所注，而又無教督勸勉講習之人，舉業而外，如古文辭，又由古文辭而上之，至於禮樂制度、農桑學校、明刑講武之屬，凡聖人之大經大法，而悵悵焉一無所知，固其所也。嗚呼！大之禮樂制度、農桑學校、明刑講武之不知，次之古文辭之茫如，而其所為舉業之文得當於場屋者，又臭敗而不可近，雖其富貴利達之僥倖而獲，而固已為有志君子之所不屑矣。

今夫有志君子之所為也，必不苟焉以同於衆人，衆人之所趨，未有不在於鄙倍，而其所好，未有不在於臭敗者也。君子非一切故與世乖異，獨其見理不可以不明，而擇言不可以不精者，文章之道莫外乎此也。

夫四子之書，自晚周歷漢及唐，千餘年而始明，宋之儒者辨晰之於錙銖毫髮之間，已無不達之旨。後之人即不能發皇恢張，而於宋儒之書，曾無所尋繹，與夫尋繹之而不得其旨趣，是亦猶日月出而不見其明，雷霆動而不聞其聲，率天下之人而聾瞶之者，舉業之文其一矣。君子者，沉潛於義理，反覆於訓詁，非為舉業而然，引伸觸類，剖析毫芒，於以見之於舉業之文，實亦有與宋儒之書相發明者。且夫言之行世而垂遠，則又不可以無文。君子冥心孤詣，其於古人之載籍，沈浸醲鬱，得其精華而去其糟粕，舉筆為文，灑灑自遠，雖歷年之多，而常新不敝。此所謂擇焉而精者也。眾人之志滿氣得者，方共笑為迂闊，以為進取之無望，而究之鄙倍者未必盡得，而君子未必盡不得。迨夫霜降木落，是非較然，妍媸異態，獨君子之文常存於人間，而向之臭敗不可近者，已灰飛煙滅而不知何往矣，豈不悲哉！

歲己卯秋，當鄉舉之期，凡得當於場屋之文，余皆次第觀覽，而江南、浙江則主司親授余全卷，山東、江西亦有全卷流布，至於順天以及他省所見，或三之一，或五之一，最少或十之一。余就所見排纘為一書，凡得文三百二十篇，其中豈無有志君子見理也明，擇言也精，而不可苟焉以同於眾人者，顧往往不可多得，而所為鄙倍之甚，至於臭敗不可近者，雖欲盡汰之，而亦有所不能。於是得失互見，瑕瑜不相掩，而各為略指其美惡之所在。苟有覽而瞋目變色，勃然以起者，固已不問而知其為眾人也。而余之所望於有志君子者，由舉業而上之為古文辭，由古文辭而上之至於聖人之大經大法，凡禮樂制度、農桑學校、明刑講武之屬，悉以舉業之心思才力，縱橫馳騁於其間，而不以四子之書徒為進取之資，是則余區區之志也。

錄自戴名世集卷四。

庚辰會試墨卷序

歲庚辰，南宮會試之役，天下士集於禮部者數千人，既登第者凡三百人。其場屋文字號為墨卷者流傳江南，余所得見僅一百五十四人之文，凡四百餘篇，因就其中選而錄之，凡一百餘篇，為刊而行之於世。因復取去年冬所定己卯鄉試墨卷，詳審擇別，汰其半，存一百八十餘篇。合之會試墨卷，凡二百九十餘篇，既卒業而序之曰：

制舉之文之有選本也，自萬曆壬辰始也，而旁有批點則始於王士驌房仲。於是選家濫觴，而是非得失，錯見互出，余乃益以知文章之無定論，而是非得失，誠不可以為據也。夫士從事於制舉之文，每三年而一試，其獲雋者，宜其文之無不工也；其不工者，宜其為主司者之所斥而不錄也。然而撤棘之後，其墨卷次第入於選家之手，選家不一其人，輒無不精慎以從事，丹鉛甲乙，分別黑白，曰某也工，某也不工。其議論斷斷，足以補主司之所未及，是亦不可謂無關於文教。及刊本四出，而此之所非，或為彼之所是，此之所取，或為彼之所棄。嗟乎！彼亦一是非，此亦一是非，其論將安所定哉。且夫選家者，大抵多布衣諸生，日習為制舉之文，非荒疏鹵莽以從事者之所可比，又其為時甚寬，優遊整暇以卒業，非若場屋之中，刻日竣事，則宜其論之衷於一也，而是非去取，亦卒無一定，而況在場屋之中，日不暇給，而目力有所不能盡遍者乎。吾故以為文章者未嘗無定論，而非所語於制舉之文也。夫同是制舉之文也，此一人選之以為工也，而彼一人者以為弗善也；此一人者選之，大書深贊以為至善也，而彼一人者亦選之，而猶以為不滿其意也。吾由是而知場屋之中，其取舍甲乙，亦不過如是而已矣。是故同此應試之人，亦同此應試之文，以一人而為主司，其取舍甲乙既定矣，使易一人而為主司，其取舍甲乙，必大相懸焉，又易一人而為主司，又必大相懸焉，然則選文者而以為，吾之所定確不可易，則亦惑之甚矣。昔張大寶知貢舉，所取進士中書有覆落者，下學士院令作貢舉准格。學士李懌笑曰：『余少舉進士登科，蓋偶然耳，使余復就禮部試，未必不落第，安能與英俊為准格耶！』吾讀史至此，未嘗不歎古人之虛懷得大體如此。然則制舉之文，必欲區區執成見於胸中，而以為吾之所定確不可易焉，固已為古人之所笑矣。余草茅書生，文章之事無有責焉，而四方之士顧欲余有所選錄，以為定論。嗚呼！余論之不可為定也，余自知之矣。

録自戴名世集卷四。

有明歷朝小題文選序

世之學者，從數千載之後，而想像聖人之意代為立言，而為之摹寫其精神，仿佛其語氣，發皇其義理，若是者謂之經義。其體為古文之所未有，發端於宋，至明而窮極變態，斯亦文章中之一奇也。其道譬之於畫家之寫生者也。寫生之技，莫妙於傳神，然亦莫難於傳神。古之能傳神者，惟顧、陸，蘇子瞻稱引顧虎頭之言而推廣之，以為傳神之難在目，其次在顴頰，目與顴頰似，餘無不似者，眉與鼻口，可以增減取似也。吾以謂經義者，擇聖人之言而命之題，每一題必有一題之目焉，顴頰焉，眉與鼻口焉，然而傳神者，必知其人之意思之所在，而乃舉筆貌之，況以學者從數千載之後，而想像聖人之意代為立言，苟不深知聖人之意，則亦安能為聖人之言耶？

夫能知孔子之意者，則當其立言時宛然一孔子，能知孟子之意者，宛然一孟子。其宛然一孔子一、孟子者，是為能傳孔子、孟子之神者也。孔子、孟子之神，即其題而已具者也。今夫題之目與顴頰者，其義理也，題之眉與鼻口者，其語氣也。目與顴頰之精神得，而眉與鼻口之精神亦無不得矣。且夫有一題必有一題之神，苟為不得其神，則注視者一人而無毫髮之似，衣冠形骸之徒具，而與其人無與也。今之作者，大抵盡衣冠形骸之徒具者也，甚或衣冠形骸之亦不具者也，豈可以代聖人而為之立言乎。嗟夫！人之度量相越之遠也，什乎己、百乎己者，其意已非吾之所能測，況由什己、百己而上之至於聖人，欲知其意而為之傳其神也，此實難矣。

子瞻又言，傳神之道，法當於眾中陰察之。然則欲得聖人之天，亦不可無以察之矣。夫惟沉潛反覆於論語、孟子、曾子、子思之書，以及易、詩、書、春秋、禮記，與夫濂溪、橫渠、明道、伊川之所論著，考亭之集注，並其師弟子間往復辨難答問之言，貫穿融洽，怡然理順，渙然冰釋，因遂旁涉於左、國、莊、屈、荀、韓、馬、班、韓、柳、歐、曾、蘇、王之文章，夫而後一題入手，相其神之所在，而舉筆貌之，而聖人之天可察，而聖人之意可得矣。至於子瞻之所謂蕭然有意於筆墨之外者，此又作者自有其天，不可學而能，亦未始不可學而能也。

余少從事於經義，即厭世俗之文，而惟有明先輩之是尚，以謂此經義中之顧、陸也。自是窮搜博採，而大題文及小題文各選錄千餘篇，多世間之所未見，而亦不拘於科目，凡諸生未遇者之文，皆入焉。余之經義，大抵多得力於此。而今歲之春，友人張子山來、張子逸峰謂不可以不公之於世，於是為余次第排纘，更加擇別，先出其小題文刊而布之，復恐卷帙繁多，學者難以卒業，為刪去其十之二三。工既竣，而余乃以傳神之說發明經義之為道，以告今之作者，毋衣冠形骸之徒具，並衣冠形骸之不具，而必思夫得聖人之意；又勸之以悉屏去世俗之文，而一意諷誦研窮於此書，則人人皆顧、陸也。

録自戴名世集卷四。

汪武曹稿序

吾友汪子武曹刻其所為舉業之文，而以書貽我於秦淮，曰：『願有言也。』夫舉業之文號曰時文，其體不列於古文之中，而要其所發明者，聖人之道，則亦不可不以古文之法為之者。然天下人人為之，而人人舉莫能知之，背義傷道，剿說雷同，相習而莫悟其非，蓋舉業之名存而實亡也久矣。武曹乃以先儒之旨，前輩之法，為之正告天下，天下之從事於舉業者，乃恍然悔悟其向者之非，而思改其所為，非汪氏之書不讀也，風氣於是為之大變。而武曹所自為之文，要自橫絕一世，所謂以古文為時文者，吾於武曹見之。是則舉業已久亡，而實賴武曹以存之也。嗟乎！武曹之志，豈嘗欲存舉業之文者哉。

武曹之言曰：『時文興而先王之法亡。世之從事於舉業者，冥冥茫茫，不以通經學古為務，其於古今之因革損益，與夫歷代治亂廢興之故，無所用心於其間，則雖其文辭爛然，而識不足以知天下之變，才不足以應天下之用，是舉業之有累於先王之法也。』余嘗與武曹讀書蕭寺，相與抵掌扼腕，未嘗不歎息痛恨於此。而武曹熟諳前代典故，其利弊變更，言之洋洋灑灑，無不洞悉其原委。酒闌燈灺，解衣磅礴，余聞之，未嘗不為之色飛而起舞也。顧武曹抑鬱不得志，第以舉業教授生徒。念時文之是非，關人心之邪正，俗學紛起，講解訛謬，於是正其闕失，明其旨趣，而聖人之道以大著。夫聖人之道著，是即先王之法存也。故夫武曹之於舉業，以不存者存之也。嗟夫！舉業者，人爭為之，而適以亡之，武曹本不欲存之，而適以存之。然則讀武曹之書與讀武曹之文者，其亦可以悲武曹之志矣。

武曹古文辭深得司馬、歐陽家法，區區所為時文，即武曹亦不欲自存。顧自時文興而古文亦亡，頃者，余與武曹執以古文為時文之說，正告天下，而真能以古文為時文者，武曹而外，余未之多見也。是則時文賴武曹而存，而古文亦存，而先王之法亦未嘗不存。使時文而皆如武曹也，則雖存之可也。

録自戴名世集卷四。

九科大題文序

自乙卯、丙辰至於己卯、庚辰，其間為鄉試者十，為會試者九。余選此九科之文分為三集，曰墨卷，曰大題文，曰小題文，將次第刊刻而布之於世。

夫此三集之選，何以始於乙卯、丙辰也？曰：以晚村呂氏之選終於壬子、癸丑也。今夫制義之有選本也，始於萬曆壬辰，而自乙卯而後，日益多且盛，至於一科之文，其為選本輒有數百部，順治以來猶有數十部，迄今日而或不能盈十部。其多寡雖懸殊，而文之不可無選本，與選本之未必盡美也，則已非一日矣。蓋昔者有明之季，東鄉艾氏嘗深歎，以謂天下之為選政者，以草莽而操文章之權，其轉移人心乃與宰執、侍從及督學之官等，而深有望於大儒者為之別黑白而定邪正，使天下曉然知所去取。余考艾氏之時，文妖疊起，而諸選家為之揚波助瀾，以故文日益趨於衰壞。艾氏乃不顧時忌，昌言正論，崇雅黜浮〔一〕，而承學有志之士聞艾氏之風而興起者，比肩接踵。然而艾氏之為書也，擇焉而不精，語焉而不詳，後之論者猶有憾焉。而近日呂氏之書盛行於天下，不減艾氏，其為學者分別邪正，講求指歸，由俗儒之講章而推而溯之，至於程、朱之所論著；由制義而上之，至於古文之波瀾意度，雖不能一一盡與古人比合，而摧陷廓清，實有與艾氏相為頡頏者。嗚呼！文之難知久矣，其謬迷顛倒而無所取裁，不獨衡文者之不可憑也，即選家者亦往往是非邪正之莫辨，蓋有佳文而沉埋於廢紙破篚之中者多矣，而大書特贊乃在於臭腐爛惡，至於義理之幾微疑似，毫釐千里之隔，尤不能為之剖晰而辨別。吾讀呂氏之書，而歎其維挽風氣，力砥狂瀾，其功有不可沒也。雖其興起人才不能如艾氏之盛，而古今運會之際，要非有可以強而同者，而二十餘年以來，家誦程、朱之書，人知偽體之辨，實自呂氏倡之。自丙辰以後之文，呂氏無所點定，而其家有三科述評一書，三科者，自丙辰而己未而壬戌，或曰即呂氏作，或曰非也。呂氏以癸亥歲卒，而其後數科之文多有遠盛於前者，惜乎呂氏未之見也，而余為編次斯集，以補呂氏之所未及，亦使讀者可以考數十年來文章之盛衰得失，而艾、呂兩家之緒言，猶可於此書得之也。

録自戴名世集卷四。

【校】

〔一〕『崇雅黜浮』，中華本作『崇雅點浮』，從方宗誠批校本。

金正希稿序

余少而聞長老多道金正希名，不知其何如人也，心志之。長而從事於舉業之文，見經生所習皆不是，以為當求之古人。歲乙卯，偶於書肆廢紙中，及人家敝筐棄不取者求之，得金正希稿數十篇，甫讀其一二，則大喜曰：『是當然矣。』因乞以歸，人亦以其棄物也，而不吾吝焉。歸而理之，多脫落朽敗，於他處搜求補綴，得睹其全，因裝寫為一集。蓋深幸夫向者之不迷惑於衆人汩沒之途，而文章之果有真也。嘗習誦讀之，但見其獨往獨來，吐棄一切，非卑論儕俗者之所能曉，無惑乎今人之不習也。而特其激昂豪宕之氣，時見於行墨之中，則又私心疑之，以為此何如人乎，寧直文士而已哉。已而得先生出處大概，乃執書而歎，想像其為人，蓋未嘗不悲其志，而壯其節也。夫人平居談天下之事，非不翹然可喜，迨以身試焉，而畏首畏尾，彷徨瞻顧，當夫生死之交，易節改行，苟偷旦夕之命，於其向之言，不啻若兩人。然則先生之不朽者，豈第是區區之制舉文章哉。

先生遭國家多難，腐儒懦夫，搖手相戒，莫敢出聲，而先生深情壯氣，不可抑遏，功未成而挫折以退。退而家居，帕手袴鞾，以鄉兵保捍鄉里，親身行伍之中，苦心焦思，卒以賈群小之怒。嗟夫！當是時，居高位據要津者，皆譏夫小人，其才力足以傾人之社稷，而魁奇英偉之才，反遺棄擯斥於荒山墟市，無可如何而付之一死，則其顛覆流離而莫之救，豈足異哉，豈足異哉！

古之志士仁人，脱然於死生之間，非不知事之不可成也，事不成，而姑以盡吾心，事終不成，而又不敢愛吾死，先生其可謂志士仁人歟！先生之文章氣節並顯於天下，距今不過三十年耳，天下不知有先生之文，亦並不知有先生之人，而獨一渺然小生，拾其遺文於破簏故紙之間，誦之於空山寂寞之内，其亦可歎也已矣。乃書以為序。

録自戴名世集卷四。

慶曆文讀本序

吾友汪君武曹既舉其平日所藏隆慶、萬曆兩朝文讀本，雕刻之以行於世，刻且成，適余過吳門，武曹悉舉以示余，且屬為之序焉。

余自少時從事制舉文字，即於兩朝諸先輩之文，心摹手追，奉以為程式。當是時，學者好雷同，以時文相尚，無讀先輩文者，而余孤行側出，為世所共棄，浸尋荏苒，轉徙漂泊，棄去不理者，蓋十餘年於今矣。今得武曹是書，往復循環，不能自已。追念曩者，荒江寂寞之濱，抱獨守殘，恍若隔世，而武曹是書正當風氣將變之時，人人思欲揣摩而誦法之，此余之所為開卷而三歎者也。

嗚呼，有明一代之文盛矣！當其設科之始，風氣未開，其失也樸遬而無文。至成化、弘治、正德、嘉靖以來，趨於文矣，而其盛猶未極也。迨於天啟、崇禎之間，文風壞亂，雖有一二鉅公竭力搘拄，而文妖疊出，波蕩後生，卒不能禁止。故推有明一代之文，莫盛於隆、萬兩朝，此其大較也。當是時，能文之士相繼而出，各自名家，其體無不具，而其法無不備，後有起者，雖一銖累黍毫髮，而莫之能越。在天啟、崇禎中，休甯金氏，臨川陳氏兩家，奮然特興，橫絕一世，而其源流指歸，未有不出於先輩者。然則為文而不本之於先輩，則必破壞其體，滅裂其法，其卑者蹈常習故，既奄奄而不能振，而好高者又鉤奇索隱，失之於怪迂險賊，而不可以訓，無惑乎文之愈變而愈下也。

往者文章風氣趨於雷同，而先輩之文世所不好，於是以為易餅餌糊籠篋之具，其不至蕩焉無餘者幾希。頃者以來，先輩之文稍稍間出，世之學者多能知而好之。然而世所流傳諸書鮮有善本，所謂擇焉而不精，語焉而不詳，則先輩之文尚未盡出，雖其出之，而其所以為文者尚未出也。武曹是書，大半皆世之所未見者，為之疏解其義蘊，抉摘其旨趣，發明其波瀾意度所以然者，研精覃思，用以朝夕課讀，而一旦出之於人間，使作者之精神不至於淹滅弗傳，而學者朗然知文章之源流，而不為風氣之所汩沒，則武曹之有功於文章也大矣。余雖學殖荒落，而文章之事與有責焉，方將理其舊業，而與世之學者左提右挈，共維挽風氣於日盛也，故因武曹之請而樂為之書如此云。

錄自戴名世集卷四。

己卯行書小題序

己卯秋，各省士子之獲售於場屋者，多以行卷授余為之點定行世，先後至者凡若干篇，而余為淘汰擇別，得其尤工者二百七十有餘篇。既卒業，而為之說曰：

在昔選文行世之遠者，莫盛於東鄉艾氏，余嘗側聞其緒言曰：『立言之要，貴合乎道與法。而制舉業者，文章之屬也，非獨兼夫道與法而已，又將兼有辭焉。』是故道也，法也，辭也，三者有一之不備焉，而不可謂之文也。今夫道具載於四子之書，幽遠閎深，無所不具，乃自漢唐諸儒相繼訓詁箋疏，卒無當於大道之要，至宋而道始大明。乃程、朱之後，已有浸淫而背其師說者，況以諸生學究，懷利祿之心胸，而欲使之闡明義理之精微，固已難矣。且夫道一而已，而法則有二焉：有行文之法，有御題之法。御題之法者，相其題之輕重緩急，審其題之脈絡腠理，佈置謹嚴，而不使一毫髮之有失，此法之有定者也。至於向背往來，起伏呼應，頓挫跌宕，非有意而為之，所云文成而法立者，此行文之法也，法之無定者也。道與法合矣，又貴其辭之修焉。辭有古今之分：古之辭，左、國、莊、屈、馬、班以及唐、宋大家之為之者也；今之辭，則諸生學究懷利祿之心胸之為之者也。其為是非美惡，固已不待辨而知矣。自舉業之雷同相從事為腐爛，則如艾氏所云，因其辭以累夫道與法者，亦時有之，故曰，三者有一之不備焉，而不可謂之文也。

且夫制舉業者，其體亦分為二：曰大題，曰小題。小題者，場屋命題之所不及，而郡縣有司及督學使者之所以試童子者也，或為單辭隻字，逼窄崎嶇，法有所難施，雖有能者，亦或以雋巧傷其理道，是則小題之道，與法與辭，較之大題，殆又有難焉。而吾嘗謂作舉業之文，誠能久而熟焉於小題，而大題已舉之矣。何者？其道與法與辭，則未之有異也。舉其難者，而其易者豈不恢恢乎為之有餘裕哉。故余於諸行卷中錄為小題文一書，兢兢奉艾氏之緒言，其於道也，法也，辭也，有一之不備焉，弗之敢錄也。然艾氏他日之序房選有曰：『一時行卷之盛至六七千首，而吾所錄無多，雖不明言其故，然未嘗不掩卷三歎，恐其遂至於凋零磨滅，而彷徨追惜，恒慮吾鑒之未能精者，未嘗一日忘也。』嗚呼！此艾氏之歎，亦余之志也。

録自戴名世集卷四。

鄭允石制義序

往余自浙東逾仙霞，經建寧、延平而至福州，其間山巒之峭拔，水之瀠洄，石之奇怪，與夫名葩異卉之芬芳，其佳麗直冠於東南〔一〕。而士人皆好讀書，能文章，平居友朋講習，磨礲砥礪，皆有元本，尤為他邦所不及。是時余友孫檢討子未為福建考官，得人最盛，而鄭君望士名居第一，余因與望士往來，略識閩中人士。今年余友編修阿雲翥主考福建，其得人與子未前後相望，而鄭君允石名居第八，則望士之兄弟行也。允石計偕北上，道出吳門，而以其全稿致余於金陵，屬為序之。

蓋閩中之工為經義者，自有明稱極盛，數十年來，流風餘韻，不至歇絕。安溪李厚庵先生，冥心孤詣，超出前人，而後來之秀，無逾於漳海鄭居仲，他如吳位子、林修伯名最著，此三人皆子未所取士也，其文余皆得而見之。今年冬，宿松朱字綠新從閩來，為言閩之能文家頗多有，而惜余多未之見。今見允石之文，凡二百餘篇，皆能自出機杼，不蹈窠臼，卓然成一家之言。而觀其友朋所綴評語，則知其平居講習，磨礲砥礪者，既深且久，而允石之文，直可頡頏於居仲、位子、修伯之間也。嗚呼！自余游閩於今六七年，其山川花鳥，歷歷如在目前，而嘗竊有遺恨者三，未食荔枝，未游武夷，未見隱士洪石秋。今聞字綠之言，則吾未見閩之能文章者猶多也。故因序允石之文連而書之。

録自戴名世集卷四。

【校】

〔一〕中華本作『真冠於東南』，從方宗誠批校本作『直冠於東南』。

左尚子制義序

吾縣先達之善為制舉文者，推少保左忠毅公為最。忠毅者，天啟中死崔、魏之禍者也。忠毅舉萬曆丁未進士，當是時，文妖疊出，波蕩後生，莫可救止。而忠毅所為文，超然獨出塵壒，蓋其生平好為清真切實之文，深入骨理，盡落皮毛，而剛勁之氣，不可遏抑。余少從事制舉之文，輒取忠毅之遺編，時時誦法之不倦。而忠毅之孫曰未生，與余同學相善，兩人心摹手追，未嘗不歎息忠毅公之文之不可及也。居久之，未生嘗為余稱其侄尚子之文能不墜其家法。尚子方居荒江之墟，而余居城市，間歲輒一見，見即別去，余固未嘗得尚子之文而一覽觀之也。頃余僑居金陵，而尚子常過江訪余於青溪之曲，先後出其稿數百篇示余，余反覆卒讀，而歎忠毅之家法果尚存也。歲己卯之冬，尚子復踵門而來請曰：『吾將刊其稿以行於世，願吾子序之。』蓋尚子以今歲之秋舉於鄉，其場屋之文，四方流播，莫不稱歎以為工絕，因遂欲盡讀其稿，而尚子亦不能自匿也。

嗚呼！方余與未生誦法忠毅之時，兩人年甫二十，傷俗學之日非，追前賢之遺緒，盱衡抵掌，自謂舉世莫當。浸尋荏苒，忽忽又二十餘年。未生伏處田園，無意進取，而余飄泊四方，賣文以糊其口，未有訪沉冥而叩寂寞者。而尚子最後起，乃能出其精氣光怪，受知於主司，而流布於天下。回首舊遊，欣愧交集，其亦可慨然而興歎已矣。

顧余猶有言於尚子者，忠毅以清風勁節罹於黨禍，海內至今仰之，如五緯在天，芒寒色正，而余向之誦法忠穀者，固不徒以其文之善也。尚子為其後人，能不墜其家法，則他日所以自豎者，吾於今日所綴之文卜之矣。尚子欣然而作曰：『有是哉，子之言是也，余雖不敏，敢不勉之！』

録自戴名世集卷四。

庚辰小題文選序

新進士平居之文章，書賈購得之，悉以致於選家為抉擇之，而付之雕刻以行於世，謂之房書，其來非一日矣。顧世之論者多曰，場屋之文，其所挾以取科第者也，房書者未必盡出於其手，即出於其手，而亦未必其果善也，彼所挾以取科第，人亦當據是以取科第，而房書者又何所事焉。此其説非也。如彼之説，將場屋之文，雖其爛惡臭腐，人人之所厭惡，而亦將誦法之不倦，至於房書，雖極雄偉博辨、離奇變化之作，而必疑而棄之乎！大江之濱有漁人焉，得明月之珠而弗善也，見有魁然者老蚌之甲，以是為珠之所出也，必奇於珠，乃擕而鬻之於市，市之人皆笑之。然則房書之行於世，固珠之光之不可掩也，而奈之何疑而棄之。且吾非謂場屋之文之盡不善也，亦非謂房書之盡善也。人之精神心力，終身用之於科舉之業，雖不能文者，亦必有數篇之最工。而能文之士，其所為雄偉博辨、離奇變化之作，益多不可勝數，而至於場屋之文，則一日之間，意趣有佳惡，舉筆有得失，能文者未必其皆工，而不能文者，亦未必無一得也。故吾之所據以定其人之有文無文者，非房書無由得也。

歲甲戌、丁丑，吾友汪君武曹從事房書之選，余實襄其役。今年，余為浙東西之游，已無意為房書之選，而書賈以房書之選郵寄，屬余點定者若干篇，余再三辭之而不獲也。舟車之暇，乃為抉擇小題文之最工者，凡三百餘篇，既卒業，而書其説如此，使天下知論者之言之非是，而不足信也。

録自戴名世集卷四。

壬午墨卷序

文章之是非有定乎哉？何以場屋之中得者未必是，而失者未必皆非也。文章之是非無定乎哉？何以得之者而天下卒不以為是，失之者天下卒不以為非也。嗟乎！有定者在天下，而無定者則在主司而已矣。且夫主司所恃以衡文者，其道有二，曰公，曰明，斯二者不可一之有缺者也。公者，是是非非無所或偏也。明者，是是非非無所或淆也。自非窮極文章之源流，而深識文章之變態，不能於是非之際而一無所蔽，故夫明之一言，主司尚或不敢遽以之自信也。若夫請謁苞苴之不行，而主司者可以自信為公矣。謂夫吾之是是非非未必盡當，而此心之一無所私，一無所徇，可以告無愧於司衡之責矣。夫以為一無所私，然已私於其非之者矣，以為一無所徇，然已徇於其非之者矣。賢否倒置，進退乖舛，其為不公，孰大於是乎！鑒必明也，而後人之照之者妍媸立見。夫其妍媸之莫能掩者，公也，而必須乎鑒之明焉。今也持其至昏之鑒以照人，而妍與媸皆莫辨，於是憑臆以斷，指毛嬙、西施為天下醜惡，而以戚施、籧篨為佳麗，無過於是焉而可乎？故夫明所以成其公，不明者，不公之至者也。有訟於此，其曲直勝負，一人聽之而得其平，一人聽之而直者負，曲者勝。此兩人皆請謁苞苴之不行者也，而既已聽之而失其平矣，尚以為一無所私，一無所徇，沾沾然自得，妄冀輿聽之，而與得其平者並稱為廉吏乎哉。吾故謂不明之罪甚於不公，而不明乃其所以不公也。僅區區請謁苞苴之不行，而適以見其不公而已矣。且夫文章之定衡，原在天下也，其得者未必皆是，而失者未必皆非也，人皆能訟言之，而卒不知其得失之故也。

或有為之說曰：『其得之者命也，其失之者亦命也。』世蓋有星家術士，挾其支離瑣細之技，往往為人推測支干，曰某某者，吾知其必得也；又曰某某者，吾知其必失也。主司者以大吏而操文章之柄，非若星家術士為也，至使文章之事無權，而一聽其命之得失於場屋之中，固已為星家術士之所笑矣。

或又有為之說曰：『科第之事，類有鬼司之。』假使得所當得，而失所當失也，則是人有權而鬼為無權矣。吾以為文章之事，非鬼之所得與也，非其職而妄干之，且舉是與非而顛倒之，鬼之淫昏抑已甚矣。在主司者，奈何以己之權而委之於淫昏之鬼耶？然苟公且明之主司，進退上下，一以其權歸之於己，而是時並無所謂鬼也者，得以闌入之也。然則文章之是非果其有定，而可以閉星家術士之口而窮其技，可以使淫昏之鬼不得肆其虐於場屋之中，是在主司之明而已矣。

今歲壬午，當賓興之期，如余之所論固萬萬無有，然而草野書生，深思過計，輒往往好言文章之事，而主司者多大賢而能受盡言者也。詩曰：『如彼飛蟲，時亦弋獲。』輒敢附此義以著其公與明之說，要使無定者歸之有定，是賢主司之所許，而不以為狂且悖者也。適墨卷既竣，而為之書其說如此。

録自戴名世集卷四。

自訂時文全集序

余少而多病，家又貧，未嘗從塾師學為時文也。稍長，病有間，因窮六經之旨，稍見端倪，而旁及於周、秦、漢以來諸家之史，俯仰憑弔，好論其成敗得失，間嘗作為古文以發抒其意。將欲閉戶著書，以自見於後世，而余多幽憂之思，性又不耽世榮，遂欲棄塵離俗，岩居川觀，為逸民以終老，區區之志如此而已。

當是時，家甚貧，先君子授徒他方。而余自六歲從塾師受學，凡五年，而四書、五經讀已畢。余以疾且偷惰，遂廢棄不知自力於學，比讀書稍有得，年已二十矣。先君子束修之入不足以給饔飧，余亦謀授徒以養親，而生徒來學，惟時文之是師，余乃學為時文。而見近日所雕刻流傳習熟人口者，卑弱不振，私竊歎之，因以其平日所窺探於經史及諸子者，條貫融釋，自辟一徑而行。先君子曰：『此所謂為於舉世不為之時者，得無不免於困乎？』先大父曰：『困何傷。』因撫余項而勉之曰：『是在勿怠而止耳。』里中有潘木崖先生，博雅君子也，家多藏書，余往往從借觀，因師事之。而縣司教為王君我建，兩人皆奇余曰：『此文章風氣之所繫，其在韓公伯仲間乎。』韓公者，即故大宗伯慕廬先生，是時適以雄駿古雅之文登高第，所謂為於舉世不為之時者也。居久之，乃得入縣學，又數年，貢於太學，先後受知於督學使者為諸城劉公、吉水李公，皆以國士相待。而余自入太學，居京師及游四方，與諸君子討論文事，多能輔余所不逮。宗伯韓公折行輩與余交，而深惜余之不遇。同縣方百川、靈皋、劉北固，長洲汪武曹，無錫劉言潔，江浦劉大山，德州孫子未，同郡朱字綠，此數人者，好余文特甚。靈皋年少於余，而經術湛深，每有所得，必以告余，余往往多推類而得之。言潔好言波瀾意度，而武曹精於法律，余之文多折衷於此三人者而後存，今集中所載者是也。余自年二十以來，於時文一事耗精敝神，雖頗為世所稱許，而曾無得於己，亦無用於世。回首曩昔之志，輾轉未遂，必有高人逸士相與竊笑於窮岩斷壑之中者矣。始余之為文，放縱奔逸，不能自制；已而收視反聽，務為淡泊閒遠之言，縹緲之音；久而自謂於義理之精微，人情之變態，猶未能以深入而曲盡也，則又務為發揮旁通之文。蓋余之文，自年二十至今，凡三變，其大略如此。

余本多憂，而性疏放，尤不好時文，既以此教授，則不當以苟且之術貽誤生徒。而世所雕刻流傳，習熟人口者，諸生以余教誡，故不學，而余不得已，間嘗自有所作，示諸生以為之式。而武曹好余文，嘗教余多作，余不可，則嘗閉余於蕭寺中，命題以數十百計，作畢乃聽出，曰：『六經之旨，借君手以明耳。』而余嘗以一月或十餘日，作已畢。故余生平之文甚多，然皆出於勉強，非其中心之好，而散軼零落不自收拾者，不知其幾矣。篋中所存，尚無慮五百餘篇，往者常自擇別，分為兩集，集各近二百篇，韓公及武曹、大山、百川為敘而行之於世。海內學者，翕然信之，不以為非，轉相購鈔〔一〕，幾於家有其書矣。今年秋，一二門人來謁曰：『往者所刻板刓敝不可印，盍再刊之。』余乃悉取舊本更定，刪去若干篇，復增入未刻諸作而以授之。

嗚呼！余非時文之徒也，不幸家貧，無他業可治，乃以時文自見。失足落人間，究無救於貧困，而人世得失榮辱之境，其為幻妄，夫何足道，虛名雖盛，而譏謗亦隨之，蓋至是而先君子之言果驗矣。余向者所與討論文事諸君子，皆登科擢高第以去，百川、言潔，則九原不可復作，而先大父先君子與潘、王二先生及劉公、韓公，皆相繼謝世。余已年垂五十矣，抱其區區無用之書，手持而食，雜於市人村豎之間，擁褐高吟，與二三子論文講藝於塵囂雜遝之地，不亦愚且惑之甚乎。行且舉手謝時人以去，山林杳冥，窮居不出，尚欲一酬曩昔之志，而此集也，視之已不啻遺跡，亦何所用其喋喋為。而特書其為時文之本末，以告海內學者，庶幾其悲余之志也。

録自戴名世集卷四。

【校】

〔一〕中華本作『轉相購買』，從方宗誠批校本作『轉相購鈔』。

意園制義自序

余少而狂簡，多幽憂之思，厭棄科舉，欲為逸民以終老。年逾二十，家貧無以養親，不得已開門授徒，而諸生非科舉之文不學，於是始從事於制義。以為制義者，亦古文之一體也，乃集學徒，告以文章之源流，而極論俗下文字之非是。諸生作文，輒嘗請余命筆以為之式，雖時時散軼，而存者猶四百餘篇。歲癸酉秋，余自福建還江鄉，偶於破簏故紙之中檢出，淘汰其十二三，存其可觀者三百篇，彙為一集，舉以授二三門人，且告之曰：

余之為是也，非苟易也。根底於先儒理學之書，未之敢失也；取裁於六經諸史，以及諸子百家之言，未之有遺也。每一題入手，靜坐屏氣，默誦章句者往復數十過，用以尋討其意思神理脈絡之所在，其於集注亦如之。於是喉吻之際，略費經營，振筆而書，不加點竄，此二三子之所見而知者也。竊以謂天下之景物，可喜可愕者不可勝窮也，惟古之琴師能寫其聲，而畫史能貌其狀〔一〕，至於用之於文則自余始。當夫含毫渺然意象之間，輒擬為一境，以追其所見。其或為海波洶湧，風雨驟至，瀑瀉岩壑而湍激石也；其或為山重水複，幽境相通，明月青松，清泠欲絕也；其或為遠山數點，雲氣空濛，春風淡蕩，夷然翛然，遠出於塵外也；其或為江天萬里，目盡飛鴻，不可涯涘也；其或為神龍猛虎，攫拏飛騰，而不可捕捉也；其或為鳴珂正笏，被服雍容；又或為含睇宜笑，絕世而獨立也。凡此者，要使行墨之間，仿佛得之。故余之文章，意度各殊，波瀾不一，不可以一定之阡陌畦徑求也。二三子即余言以求其意象，當亦有惝恍遇之者乎。嗚呼！文章之事，難言之矣。余之為是也，窮而滋甚，世未有殷勤而愛惜之者，獨三四故人窮士知而愛之，而余亦不忍棄也。今以授二三子，二三子不以余之窮為戒，則於是集必有所得也夫。

録自戴名世集卷四。

【校】

〔一〕中華本作『貌其像』，從方宗誠批校本作『貌其狀』。

閩闈墨卷序代

余也少而讀書，竊聞長老之言，以為先輩於場屋之文，能預定其取舍及其名之次第。士每出闈，輒鈔寫以請正於鄉先生，鄉先生一覽即決之曰，某也錄，某也弗錄。其錄者曰，某也前，某也後，已而果然，無一爽者。余聞而心異之，以為主司之所見，何其與外間之擬議，適相符契有若此也。蓋文章風氣之盛，於此驗之矣。當是時，人人自為機杼，不相剿襲，其品格之高下，辭章之雅鄭，波瀾之大小，皆一一自呈露於行墨之間。其或得或失之故，與夫名次之前後，彼實自為之，而主司無與焉。主司者第如其所自為者以付之而已矣。故主司之所見，與外間適相符契，職此由也。

自世俗趨於雷同，士之所作皆若出於一手然者，主司於此，雖欲操衡量定其短長輕重，而已困於錙銖毫髮之間，故其錄者，未必果勝於弗錄者，其錄之居前者，未必果勝於居後者也。

癸酉之役，余奉命典試八閩。余之弗文，學殖荒落，獲從諸君子之後，而荷司衡之任，欲其取舍無弗當，而名次之前後無或爽也，豈不難哉。鎖院之內，手披目覽，往復較勘，惟恐失一士，而衡量之有差也。既撤棘則頗聞外間之評論，實有與符契者。為選而雕刻之以行於世，且以質之大人先生，有所教益，以誨余之不逮，是則余之幸也夫。

録自戴名世集卷四。

浙江試牘序代

司文章之衡，其道有二，曰公，曰明，其說由來舊矣。所謂公者，苞苴則盡絕也，請托則盡謝也，而不敢惟私之是徇。至於文之當斥者斥之，當錄者錄之，各有一定之位置，而無毫髮錙銖之差謬，所謂明也。是二者苟失其一焉，而士子遂有屈抑之患，僥倖者得志，而真才淪沒，其文體由是大壞，而風俗人心亦趨於衰敝。然則司文章之衡者，夫豈可苟焉而已哉。

余以為公與明者不可缺一，而明之為道，更難於公，不明之為禍，更烈於不公。今夫人苟非甚不肖，未有不計利害而顧名義者。一時貪婪自恣，而誚讓非笑之者，四面而至其旁。而探囊胠篋，趨而去者，比比皆是也，一旦罹於功令，則惟己實受其咎。故苟有志者，未有不以公自矢者也。至於文章一事，人之識見各有短長，又性情之所好尚，或執一格以為去取。且以一人而定數十百縣之文，迫於時日，困於目力，則當斥而不斥，當錄而不錄者，容有之矣。雖有錙銖毫髮之差謬，而在司衡者，初未嘗於其間有所上下其手，則其於心宜亦可以無愧。而余以為不明之為禍更烈於不公者，何也？余起家縣令，即以縣令之聽訟者譬之。今有兩人於此，同為縣令，一則鬻獄，而視其賄之多寡以為曲直，一則廉潔自持，而疏於讞決，情偽不審，而聽斷失平，是非倒置。夫倒置於貪吏之手，猶得以賄為辭，而所為是非者故在也。倒置於廉吏之手，則屈者無以自明，而宿奸巨猾猖狂橫行，而莫之禁。至是而違經乖義，舉所為是非之常，竟蕩然不復存矣。今夫貪吏之鬻獄者，則不公之說也，而廉吏之聽斷失平者，則不明之說也。由是觀之，則不明之為禍更烈於不公可知已矣。

余少為諸生，即嘗持此說以論司衡之任如此。自登第以後，屢司文章之柄。去年秋，主考江南，撤棘之後，所取文字，頗不為大人先生所非，然余實惴惴不敢以自信也。今復視學浙東、西，其所以進退多士，蓋亦猶夫前日主考江南之志云耳。余又以為文章者，無一定之格也，執一格以言文，而文不足言矣。多士試取江南墨卷觀之，其中無體不具，而誠不敢執一格以為去取，則今日所以進退多士者，亦猶是志也。余雖不敢自謂公也，而苞苴之有不絕，請托之有不謝者，蓋已無矣。至於位置失當，錙銖毫髮之差謬者，豈遂無之，然平生之志，實有竪於此，而不敢以不慎。於是取其所錄之文之最合者，次第刊之，以請正於大人先生，並使多士知所從焉，而毋執一格之文以求售焉。

錄自戴名世集卷四。

贈葉蒼巖序

昔吾縣葉文莊公舉萬曆癸丑進士，入翰林，烈皇帝時為禮部尚書。當天啟中，婦寺之禍流毒天下，吾縣士大夫仕於朝者，一二人外，皆能抗直持大節，自左忠毅公被禍，而文莊公與中丞方公亦岌岌幾不免。方公者，巡撫順天，諱大任者也。公好讀書，時時刻苦鑽研，終其身不厭。既貴，則盡購遺書數萬卷，一一丹鉛排纂，而翰林榮選，宗伯閒官，益得以肆其力於學。其所為文章，有歐陽子之風。公之家孫曰子寧先生，雅好余，嘗哀余之遇，曰：『嗟乎！使子得遇文莊公，豈困至此乎。』小子生也晚，間讀公書，與公子弟游，輒喟然歎道之衰也。子寧先生之子曰蒼巖，與吾生同歲，自兒時初學文，即意氣相得歡甚。已而蒼巖召余讀書其家，每一文就，必質之子寧先生以為常。自是後從事朋友往還多矣，其知我深而信我篤，鮮有及先生父子間者，而後歎文莊公之澤猶不墜諸子孫。

余稍長益困，遊學四方，而蒼巖家益落，且屢困於州縣。蒼巖不以咎有司，而深自愧悔其業之未工，一日謂余曰：『吾始與而學也，於今幾年，今子之學已至，而道已成矣，而余猶泛濫於制舉業而不知所歸宿，而未有涯也。惟子有以拯余之病，而救余之惑。』余曰：『科舉之業非余所好也，然嘗試之矣，於足下義不可以默，則吾還且問子，將俯仰順時，與之遷徙上下，而志不素定，力不專而氣易動歟？』曰：『然。』

『然則子之為此也，欲速之意甚，而得失之念交戰於胸中，故輾轉汩沒而至此歟？且又有人焉，梏子之性，咻子之聽，而教以從眾之悅目歟？』曰：『然。』

『夫此數者，皆世俗人之情，以吾子之賢而出於此，亦惑且甚矣。夫時文未有定也，而吾子與之轉移，豈非以順時則得，不順時則失故耶？然世之應有司之試者，未有不順時者也，而往往得者十一，不得者十九，未見其必得也。且夫庸夫小人僥倖而有獲，而輒以譏評豪傑，見有異己者輒笑之，輒詬之，輒阻且撓之，而不使之有成。今子亂於毀譽之說，而失於趨向之宜，豈非惑之甚也歟！』

世衰道微，有志者宜自振立於天壤之間，而不可稍為委曲以悅世徇俗，即艱難摧折有不顧，況文章乎哉，況區區時文乎哉。吾聞文莊公家故貧，少時從塾師，塾師教以讀時文，公不應，潛誦莊子，見人至輒掩匿。嗚呼！

余之困久矣，其何能望公。然士固有異世而相合者。公與方中丞最善，兩人微時，日相聚茅屋中，接膝密語，旁若無人者，後兩人官位相埒，而俱以清風勁節顯名天下。蒼巖有志，勉之而已。

録自戴名世集卷五。

送許亦士序

自周之衰至於今，儒學既擯焉，聖人之道掃地無餘。獨幸有其書尚存，而學者大抵皆淺陋，不能申明聖人之意，自漢之訓詁箋疏已失其旨，而學官所立五經家，皆無當於大道之要。蓋道莫著於宋，宋之時不能用之，至有明而顯。嗟夫！其言雖顯於明矣，而其道或未之能行也。天下之士，非科舉之文無由進，而科舉之文，非宋氏諸儒之說輒斥不收。夫非宋氏諸儒之說不收，其意豈不盛哉，而學者第假其說以為進取之階，問其何以學，曰以科舉故也。則即其始學之日，而固已叛於宋氏諸儒之道矣。然當世學者習其書，猶能為其言，兢兢不敢失墜。至於正德、嘉靖以來，諸儒紛紛而起，良知家言最行於天下，浸淫蔓延，而士皆以叛攻宋氏為賢，於是橫議之禍漸流為門戶，天下亦自此多故矣。

頃者以來，士已有稍稍能分別是非以告天下者，而天下猶迷不知悟。江之北有兩生焉，曰褐夫氏，曰亦士氏。此二人者，蓋讀宋儒之書而喟焉興歎，肅然再拜曰吾師云。褐夫氏生於桐，桐為大縣，而能誦宋儒之書者不過數人，然此數人之誦之者，非吾之所云云也，吾不與之學宋儒。乃者客於舒，舒尤荒陋，而亦士獨為有志於道者。嗚呼！當大道淪散，士不知學，而一二腐儒小生，區區抱獨守殘，淪落於窮岩斷壑之中者，徒為世所嗤笑謾侮，然其所維係豈少也哉。余既以迂拙不容於世，遁逃山中，而亦士不鄙余，謂余知道者，余非其人也，而亦士則真宋儒之徒也已。他日余且買山隱焉，取四書、五經之訓詁注疏，而去其諸家之背謬，與其駁雜迂訛者，重訂為一書，而竊附於宋氏諸儒之後，亦士要為有志者，當與亦士共勉之也，因先為言以期之。

録自戴名世集卷五。

送朱字綠序

歲在甲子，余浮江往金陵，舟次舊縣，登岸與舟子相與語。有兩生攜手立江干，聞余言，前問曰：『子得非桐縣人乎？』余曰：『是也。』一生曰：『桐有某秀才，子豈嘗識之。』蓋余姓名也。余曰：『足下何郡人，乃識秀才？』生曰：『吾宿松人也，素知秀才，故問之。』余曰：『足下家宿松，亦知宿松有朱字綠者乎？』生曰：『我是也。』余曰：『戴秀才即我也。』因相視一笑。至余舟趺坐，各道平生，則皆大喜過望。蓋余與字綠同郡，而又同受知於學使者劉公。庚申之秋，余謁劉公於句曲，劉公數為我言朱生，公好士，士苟能文者，輒時時記憶之，而尤篤念字綠不置。余為字綠道劉公語，字綠未嘗不感歎流涕也。余自識字綠姓名並其文章，而至今凡四五年，以未一見字綠為恨，字綠之於余亦然。今者江皋孤艇，荒煙落日，邂逅一遇，而相與問姓名，歡然抵掌，豈不快哉。

字綠有道而能文者，而其愛余文實甚。余之蹇拙困頓，為鄉里小兒所欲殺，而大江南北類多咨嗟向慕，蓋近者難以為工，而遠者多不知其不肖也。

兩生者，其一為方某，字綠同縣人，亦能文詞，與字綠皆素知余者。字綠其並以余言示之！

録自戴名世集卷五。

送蕭端木序

余居鄉，以文章得罪朋友，有妒余者，號於市曰：『逐戴生者視余！』群兒從之紛如也。久之，衡文者貢余於京師，鄉人之在京師者，多相戒毋道戴生名。閩人蕭君端木，從余鄉人處識余，亦以鄉人視余，莫知余也。而蕭君同縣人為我言，蕭君好古博雅君子也，余因出余文一編示蕭君，蕭君大奇之，以為異世人，非天下所有也。余深愧蕭君言。自是蕭君與余往來甚數，余益得以悉蕭君之為人與其文章。蓋余平居為文，不好雕飾，第以為率其自然而行其所無事，文如是止矣。嘗按秦、漢以來，諸家之旨皆如是，余好之，蕭君之嚮往適與余同，則蕭君之奇余也，而豈徒哉。

歲丁卯，余與蕭君試於京兆，皆被放，而分校黜余文者，亦閩人也。蕭君告余曰：『某某至愚極汙，余鄉人也，余知之。吾子脱不幸出其門，辱吾子不可湔矣，幸而被放，甚善。』蓋蕭君之愛朋友敦氣誼如此。余自讁劣不容於鄉邦，而名字往往在人間，然其相知愛慕之甚者，莫如蕭君。余所見天下之士多矣，其好古愛朋友敦氣誼，亦莫如蕭君。余方幸與蕭君遊也，而蕭君遽別余而歸，余且悵悵乎其何之也。先是蕭君告余曰：『吾由閩至燕，往還萬餘里，不得吾子之文以歸，則是役為無益矣。』余諾之未果為，至是再三云，余因書此以送其行。而又幸蕭君之歸故鄉守田園為足樂，而余之落廓羈窮，且不知其所終極，竊自傷也。

録自戴名世集卷五。

送蔣玉度還毗陵序

今之所謂才士者，吾知之矣，習剽竊之文，工側媚之貌，奔走形勢之途，周旋僕隸之際，以低首柔聲乞哀於公卿之門，而世之論才士者必歸焉。今之所謂好士者，吾知之矣。雷同也，而喜其合時，便佞也，而喜其適己，狼戾陰賊也，而以為有用。士有不出於是者，為傲，為迂，為誕妄，為倨侮，而不可復近。蓋今之士與士大夫之好士者，其相得如此。嗚呼！亦一異矣。

蔣君客京師數年，凡三試南宮不第，士大夫弗謂蔣君為才也者而棄之，士皆嚻嚻嘵嘵，惡蔣君之不類己，而又見蔣君之困也，則又相與笑蔣君。蔣君旅泊蕭然，因別余而歸。余送之行而告之曰：『君子得志則為龍蛇，不得志則為蚯蚓，安能與蚩蚩者爭是非得失也哉。』昔者梁國之鴟欲以腐鼠嚇鵷鶵，嗟哉其嚇也，而鵷鶵故不受嚇也。今之嚇蔣君者，其腐鼠也耶，蔣君其有以自處矣。因書以贈之。

録自戴名世集卷五。

送劉繼莊還洞庭序

自科舉之制興，而天下之人廢書不讀久矣，以未嘗讀書之人，而付以天下之事，其不至決裂者，蓋未之有也。昔者科舉之興，亦未嘗無人矣，在上者長養之以廉恥，而在下者亦不務為苟得，是故其功名猶有可觀。至其晚節末路，相習為速化之術，而風俗之頹，人才之不振，其流禍至於不可勝言。此有心者所為歎息痛恨於科舉之設也。

劉君繼莊，博通古今，讀書自適，而不從事於科舉。其於陰陽、曆數、樂律、兵法之類，無不有以窮其元本，而臻其微妙，蓋繼莊真能讀書者矣。繼莊尤留心於史事，購求天下之書，凡金匱石室之藏，以及稗官碑誌、野老遺民之所紀載，共數千卷，將欲歸老洞庭，而著書以終焉。繼莊一書生，擔簦游燕市，諸公貴人無好士能知繼莊者，繼莊衣食不遑給，而奔走拮据，出金數百購求遺書，凡繼莊之所為者，其力既已勤，而其志亦已苦矣。

繼莊有友曰王崑繩及余二人，約偕詣洞庭，讀其所購書，而繼莊家無擔石之儲，無以供客，余二人之行皆不果，而繼莊先攜其書以歸。余與崑繩行歌燕市，一市人皆笑之。羈窮落拓，此數人者，大抵皆同，而余輩之窮至欲讀書而不得，此天下之所以不讀書也。嗚呼，良可悲矣！吾聞洞庭擅東南湖山之勝，而繼莊家在西山，尤為幽人之所棲息。繼莊歸而為余懸一榻焉，余雖不能即行，終必圖與繼莊著書終隱，以酬曩昔之志。繼莊曰：『然。』遂書之。

録自戴名世集卷五。

贈劉言潔序

自先王之道不明，而世有講章時文之學，蓋講章時文之毒天下也久矣。昔者聖人之遺經，掇拾於秦火之餘，漢、唐儒者，其為訓詁箋疏不啻數十家，皆未能盡得聖人之旨，至朱子出而其道始大明。講章之徒，曾不能窺漢、唐之藩籬，而欲以破有宋之堂奥，何其惑也。六經者，文章之本也。周、秦、漢、唐、宋以來，作者多有，而其源流旨歸未有不一者也。時文之徒曰：『吾無所事乎此也。』其為說主於苟且，以從世俗之好，而以是為奔走勢力之具。數十百年以來，天下受講章時文之荼毒，而後之踵之者愈甚，而世益壞。是故講章時文不息，則聖人之道不著，有王者起，必掃除而更張之無疑也。

吾友劉君言潔，奮然獨立於波靡之中，非朱子之說不遵也，非周、秦、漢、唐、宋之文不觀也。講章時文之徒皆非且笑之，而言潔獨超然於埃壒之表，故吾以言潔為賢。余於世事多所感憤，嘗欲買岩石一穴，舉手謝時人以去，躬耕讀書而老焉。平生欲重訂四書五經大全，入山著書，首當從事於此。又自朱子沒後，群史繁穢，意中時時欲勒成一書，以繼綱目之後。而有明一代之史，世無能命筆者，更經一再傳，則終淪散放失，莫可稽考。當仿依太史公書，網羅論次，既成，則以藏之名山，傳之其人。平生之志，如此而已。然而生遭憂患，凡人世險阻阸窮之境，莫不嘗之。無儋石之儲，無環堵之室，徒糊口於四方，以托一日之命，而其志安從辦之！古之人家貧客遊，往往有王公大人供其資用，令極意於學。而揚子雲微時，文章得達天子，遂自布衣召見。子雲自奏，少不得學，而心好沉博豔麗之文，願休脫直事之繇，得肆心廣意，以自克就。於是天子詔尚書賜筆墨錢六萬，使觀書於石渠。嗚呼！後之學者，其所遭之變，所遇之時，不同於古之人者多矣，然則余且抱無涯之志，而莫之遂也。

余與言潔兩人自客遊河濟之間，以至燕市，每相與往復論難，窮人情之變，考文章之旨，未嘗不蹶然以興，而復為之喟然以歎也。言潔長余二歲，蓋已四十，而余年三十有八，浸尋荏苒，曾無成就。自慚多不及言潔，將遂入窮山之中，為農夫以沒世。而言潔學甚博，力甚勤，斯文之責，實在言潔。昔漢家從秦火之後，收拾遺經，於是田何、施、孟之易，申公、轅固之詩，董子、胡母子都之春秋，大小戴之禮記，伏生、孔安國之尚書，皆相繼而出。今夫講章時文，其為禍更烈於秦火，倘世有表章六經者出，則如向之儒者，豈遂無其人乎。因書以貽言潔，且以勉之也。

録自戴名世集卷五。

張天間先生八十壽序

余生江淮之間，菰蘆之內，見聞寡陋，學殖荒落，垂三十年，而始躡屩擔簦，遊學於四方，求天下之士而交之，以輔其所不逮。於是客燕、齊之間凡四五年，而氣類之相從者，亦頗得數人，而華亭張君長史其一焉。長史年少有才名，其於邇者游士之習，波靡齷齪之態，夷然不屑也，余是以賢長史而從之遊。長史常為余言其家世，余因以知張氏世有盛德，而天間先生則長史之大父也，年且八十，齵然為鄉黨之望，衆皆推以為長者，宜其有後，而以長史之賢為之孫也。

余家世躬耕讀書，仕宦皆不顯。而先曾大父當鼎革之際，痛哭入山不出，猶及見余之壯。而余大父宦游不遂，罷歸里居，凡數十年，今亦年近八十，猶日能飲酒一石。蓋余曾大父及大父皆以高年待其子孫之有成，而余浸尋荏苒，漸就廢棄，曾無所成就以慰垂白之望，余愧不及長史多矣。長史落落寡合，多否少可，而獨與余遊甚歡，故不以余之不文而乞言於余，以為其大父壽也。余因為書之，所以向仰天間先生之盛德，且賢長史，並以識余之愧也。

録自戴名世集卷五。

送王序綸之任婺源序

百里之地，萬家之邑，役屬其人民而為之君長，趨走之吏畢具，衣其租，食其稅，泰然無所不足於心。四封之内，老者待之以安，幼者待之以養，鰥寡孤獨者待之以恤，風俗待之以厚。其能舉是職者，則又尸而祝之，社而稷之，俎豆於其邦，而百世猶思之不能忘。此古之侯王君公之位，而所以行其道以興太平者，其任豈輕也哉。今也一介之士，乘傳捧符而來，無其道而居其位，乃且晏然肆於民上，而行其恣睢之意，蓋子女玉帛，其盡於刀筆筐篋之間者，不知其幾矣。然而宿胥巨猾之手之所上下，邑子里豪之袒之所左右，與夫過賓羈客之徒之所請謁，煩濫侈靡之費之所耗散，不啻去其十四五矣。至於大吏之居其上者，睨而甘之，則又傾囷倒廪，挈筐探囊以去，而莫之敢違，蓋己與民兩受其弊，而天下益以多故，不可勝理。夫以古之神明之胄，茅土之封，以之行道致治者，而今之所以為之顧如此，豈不惜哉！

吾友王君序綸，年甚少而才足以有為，常憤世俗長吏之害民蠹國，往往形諸慨歎，而所以講求牧民之略者甚具。今為徽州之婺源，得以其平居所學者出而試之於民，吾甚為婺源之民幸也。嗚呼，吏治之衰久矣！自大吏以至小官，轉而相食，不以為非，而民之憔悴凋敝，且不知其所止。安得如王君者，星羅棋佈，以甦吾民乎？余故書之，以為凡為長吏者告也。

録自戴名世集卷五。

贈僧師孔序

師孔，楚士，姓程氏，世族也。年十八，棄家為僧，於今二十有二年矣。崇禎間，天下兵起，其祖、父皆死於難，師孔嘗痛之。而師孔有母與妻，皆在孝感。師孔既為僧，行遊天下，不嘗至鄉里，絕書問者且十年。蓋師孔非浮屠氏流也，好儒書，與儒者遊，然當世儒者齷齪無可當意。嘗北至幽州，南抵金陵，以及江、淮、閩、越，所至輒陰求豪傑奇士。最後至吾縣，居西山中。師孔性疏傲，人無知之者，以故困甚。一日大風雨，溪水泛濫，師孔餓數日，陶然自得也。然師孔類有激楚怨懟之情，往往悲歌泣下，不可告人其故。歲庚申之春，余攜書數卷入西山訪師孔，因讀書其間，凡一月。每讀罷，輒與師孔俯仰古今，嗟歎世事，師孔往往張目視天，汪然出涕。嗚呼！以道之衰，而人情之陷溺也，天下方且在呻呼嗆囈之中，而一二羈窮少年，枯槁老衲，相與痛哭於山砠水涯之間，事固有不可解者。會余既出山，師孔與主人不合，棄去。居投子，亦不合，亡何，又棄去。一日來告我曰：『吾將歸楚省老母，請與子辭。』余曰：『佛氏之所以害教傷義者，莫大於棄其君親，而子豈浮屠氏之流也歟。子歸奉而親以終而身，以治而生，慎毋出遊，遊必困。』師孔曰：『然。』遂書以為序。

録自戴名世集卷五。

蕭翁壽序

余往聞七閩山水妙天下，而玉華、武夷尤為奇麗工絕，又龜山、考亭之遺跡在焉。余嘗私淑兩先生之道，而性又好佳山水，嘗欲往遊焉而未果也。今年春，余遇蕭君端木氏於客舍。端木氏家玉華洞之旁，為我稱玉華洞之奇，以及閩中諸山之勝，余聞之蓋飄然有出塵之想。端木氏有道之士也，與余交最善，兩人浮沉燕市，燕市人莫能知之。久之，端木氏告我曰：『余小子之違二親而來此也，宦遊不即遂，無以慰二親之惓惓。顧二親之教余小子者勤矣。吾父躬耕山澤之間，敦厚樸質，里中皆稱為長者。余小子兄弟凡七人，皆縱之使遊學，其所以督課之者甚至，即吾母亦如之。今吾父六十有四年，而吾母亦已六十矣。願吾子賜之一言，而歸以為親壽，是余小子之所效於二親者也。』

夫燕市諸公貴人有氣力者，肩相摩，踵相接也，其言足以為榮，其譽毁足以為重輕，端木過而不顧，而獨有取於羈窮迂拙枯槁憔悴之人，不已過乎，其斯以為端木已矣。他日者，余且攬江山之奥區，窮幽遐之瑰異，浸尋及於閩嶠荒海之間，訪故人於洞口，拜二親於堂下，相與徜徉於白雲之間，而笑傲乎塵土之碌碌也，豈不快哉。遂書之以為二親壽，並以志吾之懷也。

録自戴名世集卷五。

送韓某序

俗之頹也久矣，然而獨行之君子，以及閨房之中貞靜慈淑之女，世固未嘗無之。徒以生於遐荒僻壤，名不在於士大夫之口，而無文章之紀載，以故不傳於世，世遂以天下鮮有其人也，豈其然哉。嗚呼！人之子孫者，迷不知其父母之德，不以告之於世，而遂至於沉没者多矣。然則人之德之傳於世也，固賴有賢子孫無疑也。

洪洞韓君某，痛其二親之亡也，懼其德不傳於世，於是件繫其事走京師，而乞言於學士大夫以志不朽。學士大夫皆悲而許之，自誌、銘、論、傳、序、贊之類，其體無不具，而韓君二親之德，遂以炳著於人間，若韓君者，可謂賢矣。嗚呼！天下之事，雖其榮華甚盛，然皆不逾時輒已飄零銷落，獨文字之在人間，愈遠而常存。韓君之所以不朽其親者，其賢於世俗也豈不遠哉。韓君僑居津門，今將奉其二親之柩反葬於洪洞。余嘉韓君之能不朽其親也，因書以送之。

録自戴名世集卷五。

贈顧君原序

古之學者，為一事必經營反覆，委曲推勘，務盡其事之變態，極其理之精微，窮神造化而後止。其於六藝，雖號為兼通，而資力之所近，必有深嗜篤好於一事，而為之造其極者。古人有言曰：『用志不紛，乃凝於神。』是故一家之學興，而百家之學亦興，何者？人各務其所獨得，而各出其所專長也。後之學者，始涉其藩，而遽欲名其技，曰：『吾所業者已在是矣。』一切俱苟焉以從事。或舉古之法而盡棄置不講，遂至寖消寖滅而不傳，豈少也哉。

算數之術，莫精於古人周徑之說，然而徑一周有餘，周三徑不足，自秦以後，頗失其傳。長洲顧君原，年八十矣，居於窮巷，日事探討，自謂得之。嘗為余言曰：『周徑之法不明，無以定曆律，叶宮商，察盈昃，至於周髀漢斛，盈虧寬狹，皆何由定？蓋先王之所以利民用者，莫大於算數，而學者忽焉，何也？昔者祖沖之、唐應德兩家稍知端倪，而未窺閫奧，惟高捷、趙達兩家似有得焉。趙達秘其術未顯言，而捷之說曰：「內方六十四，弧矢須裁畫，四隅三十六，相並乃成百。」此其於周徑之法猶未見其了然也。余窮年求之，乃有得焉，蓋嘗為之歌曰：「周徑互相求，方員皆可獲。有周積可求，有徑能知積。員內問容方，方問員之實。弧矢亦求方，三角求弧率。半周與半徑，互問皆明白。弧背可求員，弧弦問方直。立方方更方，立員從方測。員積既環田，內容如太極。錠田欲從方，截弧成兩翼。牛角作勾股，灣須雙引纆。」』蓋周徑之法，其大旨所獨得者，約略如此。

余少而貧且病，固陋失學，其於算數尤暗。嘗見數度衍一書，乃同縣方陪翁所著，號為精密。而吾友宣城梅定九，綜中西之法而獨得其精妙，向者諸家之所不及也。余欲就學焉而未遑，當以君原之說往而質之。

録自戴名世集卷五。

芥舟翁壽序

吾戴氏系出微子，本神明之胄。洪武中自新安遷桐城，支屬蕃衍，稱為著姓，自頃以來，衰微亦已甚矣。然吾觀邑中鉅族大家，一時冠蓋赫奕，鄉人震畏而榮耀之，不數傳而頹敗零落，或至降為編氓，夷於皂隸。吾戴氏雖無顯位於朝，而以詩書孝悌世其家，垂三百年而猶不盡墜，較之於彼，所得孰優而孰歉也。吾聞諸父老云，當戴氏之盛也，農服畎畝，士勤絃誦，恂恂禮讓，而家皆饒裕，恥為非義之取，睦婣任恤之風，他姓往往取以為法。

迄於今日，而以吾所聞驗諸所見，其流風果能一一盡存而無替歟。昔震川歸氏為其叔祖存默翁六十壽序，述其家世云：『詩書一線之緒，僅僅能保。如百圍之木，本幹獨存，而枝葉向盡，無復昔日之扶疏。』盛衰消息之際，蓋家家為然矣。

芥舟翁為余大父行，其尊人庶野府君，博學高隱，與其兄綺玉府君、為章府君，皆以盛德享高年。以余小子之譾陋，而府君輩時時獎勵之。今府君輩皆已謝世，而余垂老困頓，又如歸氏所云，無以庇其九族，有葛藟之感。此余所為序翁六十壽而不禁三歎也。翁以尊行為族之長，一族之轉移實系之，故以吾譙國之故事告焉。至於吾家之得壽者，項背相望，自邑志所載，及余所見，不一其人也。歸氏之序存默翁也曰：『壽自吾家所有，無容祝禱之矣。』余於翁亦云。

録自戴名世集卷五。

戴母湯太孺人壽序

吾戴氏自婺源遷桐，於今三百有餘歲，以耕桑忠厚世其家。鼎革之際，家世零落。而名世自為童子，常於歲時伏臘從王父及宗族諸長老置酒為壽，得聞先世遺訓。當是時，余王父同祖兄弟凡五六人，而與子勷府君誼尤篤。子勷府君同產兄弟三人，皆居東郭外，王父時時攜余造其家，相與述先世軼事及祖宗創業之艱難。余時雖幼，備志之於心。府君舉子三人，與余年相若，往往肩隨入府君內室，府君配湯太孺人輒撫摩之，等於諸子。久之，余游四方，而王父與諸叔祖相繼謝世，即諸叔祖母亦無存者，而湯太孺人巋然獨存。回憶童子時，至今三四十年間，而聚散存沒之感，其何能無慨於中耶！

始余家之衰也，往往因鬻賣田宅，遂一敗而不復起，恆產既失，則於先世之遺訓有不能復遵者矣。吾王父所受田宅皆存，而子勷府君晚而食貧，且被病。太孺人左右支吾，勸無鬻田宅，今尚有數畝之遺，數椽之庇，以居其子孫。喬木森然，園廛無恙，而諸孫濟濟繞膝，則太孺人有功於戴氏甚大，而享大年以覯子孫之復盛，固理之不爽者矣。太孺人所居曰官山，蓋移自東郭者已逾二十年，而太孺人年已七十矣。余所居去官山十餘里，欲徒步往為壽，適有吳門之役，乃書此使諸弟持往太孺人所，揭諸屏間。

録自戴名世集卷五。

送王雲衢之任新津序

人之情從其少者則貴之，從其多者則賤之，此貴貴賤賤之常也。今有人焉，貴其多而賤其少，舉凡紛紛紜紜，觸目而皆是者，其品甚下，其直甚輕，其類甚多，顧相與榮且豔之，而於希世之物，特立之姿，塵垢之所不得而侵，譁囂之所不得而亂，乃以為卑且賤而莫之異，豈不謂之大惑矣乎。且夫物有本非賤者，而置之不得其處則賤，予之不得其人則又賤。一臠之肉，一簞之食，未遽為賤也，乃落於群乞人之手，方相與攫而食之，有人焉，睨其旁而為之朵頤焉，染指焉，非其情也，豈必伯夷之徒始望望然去之也哉。而或者相與笑之，以為斯人也，力不能取而去也。又或相與惜之，以為區區者庶幾其可得，而奈之何其決然而舍去也。是二人者皆惑也，糞壤之中，豈復有西子，眾鬭之內，豈復有仲由。今之應科舉者，幾於無人而不得矣，而吾友王君雲衢獨不與焉，且望望然去之，惟恐或浼。嗚呼！王君而外，天下之貴者蓋幾乎少矣。

王君以太學循資當為縣令，得蜀之新津以去，笑之者固非矣，惜之者又豈為知王君者哉，是皆貴其多而賤其少者也，是皆失其貴貴賤賤之常者也。王君文章妙天下，且其年富而才敏，其於吏治自不啻十百於科第之徒。今其行也，同學諸生多以吏事相勉，而余獨為是說，以祛世俗之惑。

録自戴名世集卷五。

朱太孺人壽序

歲丙戌冬十月某日，為朱太孺人六十之生辰，其子某屆期讌集賓客，奉觴上壽，而先期謁余，請為稱壽之文。蓋事有不合於古，而不失其為古之道者，今之生辰為壽是也。古者君臣上下、親戚朋友之間，相與飲酒燕樂，必酌觥為壽，以高年相祝頌。而至於生辰為壽，則不見於三代之文，豈其時禮儀尚有缺而未備者耶？抑其事偶不載於經傳及諸子，而實有不異於今者耶？ 夫人子之所欲致於親者，未有窮極，親之年愈高，則子之情愈歡忭無已。 於其親之生辰，率其家眾羅列拜舞，而賓客親族鄉黨之人盈門滿座，置酒高會，歲歲皆然，每閱十年，則又較平時加盛。 此在人子，樂其親之高年，承歡養志，為一門之盛事，豈非事之不合於古，而不失其為古之道者歟！ 然而世俗稱壽之文，則有可異者： 雷同諛佞，不以為怪，甲可移之乙，此可移之彼，其所稱述，皆過其情而失其實，腐爛之辭，鄙俚之言，咸以為吉祥而可喜。 此則非君子所以壽其親之言也，君子不敢以世俗之事待其親，則亦豈敢以世俗之言壽其親乎。

先是歲丙子，太孺人五十之生辰，稱壽之文則吾友汪庶常武曹實為之序。 武曹固不肯為雷同諛佞之言者也，而某今又以屬余，則某之所以事其親者可知矣。 余嘗客朱氏，知太孺人具有賢行，而某奉母命讀書，與賢士大夫交遊，太孺人聞之，輒驩然喜也，則太孺人之所以教其子者可知矣。 夫親之望於其子者，亦無有窮極，在世俗之情，亦不過欲其子之富且貴，與已之能受其奉養而已矣。 而太孺人之所以教其子者若彼，其去世俗也不亦遠哉，宜乎某之不敢以世俗之事待其親，並不敢以世俗之言壽其親也。 某歸持吾言以獻於太孺人，太孺人其亦當驩然喜乎。

録自戴名世集卷五。

恭紀賚賜慈教額序

翰林院編修臣灝方侍直南書房，歲乙酉春，聞母劉太夫人訃，維時天子暨東宮皆為之嗟悼，所以慰唁賙恤之者甚至。 灝奔喪還休寧，隨遣官敦促還朝。 東宮賜灝楹帖一聯，復書匾曰『慈教』，遣官賚賜太夫人柩前。 灝感激流涕，自以遭遇非常，恩及其母，哀榮兼備，為古今所未有，亦矢殫厥忠誠，以報國家，因為文以紀其事，而屬桐城戴某使序之。

今天下之稱孝友家，首推休寧汪氏。 編修自少孝於親，友愛於其兄弟，為一家之表率，其鄉黨亦多有化之者，一門割股之事，在庶吉士朱書所著太夫人墓誌中。 編修既受知天子暨東宮，天子賜御書則曰『知本』，東宮賜睿書則曰『移孝』。夫以臣庶之家，庭闈孝弟之事，至動深宮之獎歎，夫亦可見聖朝孝治天下，崇本厚始，其所以平章百姓，協和萬邦者，具見於此，而編修之精誠感格動帝廷，不偶然也。

編修立身行己，忠直敬慎，悉原本於家學，而編修父贈公已前沒二十餘年，其教子有成者，太夫人之力尤多。今夫為人之父母者，莫不欲其子之賢，而子未必能賢者，由於其父母之姑息以為慈愛，而不知所以教之。易曰：『家人有嚴君焉，父母之謂也。』世俗以嚴屬之父，以慈屬之母，不知父未嘗不慈，而母未嘗不嚴，嚴君之稱，母實與父共之。慈莫慈於母，而必嚴以為教者，正所以成其慈也。人之生也，長於其母之懷，顧復鞠育之恩尤深，故其教尤易入，而非母之賢不能教其子，非子之賢不能奉母之教，此太夫人與編修之所以為慈母，為孝子，而遂動深宮之獎歎也。今天子純孝格天，為前古帝王所莫及，而東宮侍奉左右，先意承志，至慈至孝，可法於萬世。當此之時，和氣薰蒸，家崇仁讓，而汪氏一門尤為首稱，可謂盛矣！

夫世無不可成之子，而義方之訓不得之於其親，則所以事親、事君、立身者皆失其道。今東宮所賜『慈教』二言，舉凡天秩天敘，人綱人紀，先王之至德要道，皆包含隱括於其中，豈止褒汪氏一門之盛，亦所以為天下之為人父、為人母、為人子者垂訓也。詩曰：『孝子不匱，永賜爾類。』某不敏，敢竊取詩人之義以書之。

録自戴名世集卷五。

戴母唐孺人壽序

唐孺人，雪舟府君之配，而余大母行也。余兒時嘗從學於府君，受其論語句讀，童子同學者凡十餘人。一日，府君蓄金魚於盆，與孺人臨視，余過其側，府君指余而謂之曰：『此吾家之秀出者也。』以故孺人視余不與他童子等。未一年，余以病歸，不復至府君舍。久之，余與府君同入縣學，而余尋客遊於外，往往七八年乃一歸，歸即去，而府君亦多客遊，踪跡錯互，不相見者動十餘年。歲己卯，府君以應試至金陵，適余僑居金陵之青溪，府君過訪，留飲數日甚歡。久之，余挈家還故里，買宅於南山，距府君舍四五里而近，而府君卒已數年矣。孺人今行年已七十，聰明強健，無異曩昔。回憶受府君之課督，依依孺人之側，忽忽遂至四五十年，恍如昨日，而余亦老矣。孺人子祿符，承歡膝下，能得孺人之心。會孺人生日，祿符欲得余文以為孺人壽，故為之書。

録自戴名世集卷五。

淩母嚴太安人壽序

歲丁亥四月，吳門淩君某，介余族婿姜君賦三而來謁曰：『七月某日為吾母設帨之辰，蓋年臻八十矣。世俗壽其親必有稱壽之文，鋪張其平生之跡，以致其頌禱之意。然而駢儷之體，廓落之辭，雖有盛德懿行，反以掩其實，非君子之所以壽其親也。且稱壽之文，世皆以出自達官貴人為重，往往使人代為之，而嫁名於達官貴人。夫達官貴人之名，果足以為親重乎？若是者，余亦以為非是，故吾今為吾母壽，其文莫如子宜。』既又曰：『吾淩氏為吳中名族，自大司馬詳山公、侍御存義公、大參約庵公，相繼登第為大官，而吾母實為嚴靖文公曾孫。始吾母來歸，兩家皆隆盛。會遭鼎革之際，干戈擾攘，所在無安土，吾母及先君奉王父母轉徙飄泊，幾罹於禍，僅而得免。後王父母相繼謝世，家漸銷落，而喪葬之事，吾父母獨任之。尋吾外氏有宗族牽連之禍，家亦毀。久之，江南奏銷案起，吾淩氏與外氏俱掛名籍中，吏議嚴迫，而吾先世之所貽，至是蕭然已盡。吾母勉強措拄，佐先君以經理家事，漸復其舊業，而力已殫矣。吾母至性純孝，吾王母疾，割股以進。外王父母晚年家落，依吾母以居，奉養及喪葬皆如禮。及先君捐館，而吾兄弟二人競競自守，不致隕墜〔一〕，則吾母之教督，視先君存焉尤為嚴切。蓋吾母始享安樂，中間備歷艱苦，晚而家復振，今年臻八十，而耳目聰明，手足便利，操持家政如曩時，其享壽殆未可量也。』

余聞之而歎曰：『淩氏之復興也宜哉。夫人家之廢興，惟視乎女德，雖有奇尤異敏之士，而苟無壼德內助，則其家亦必不能有成。夫古之稱女德者，雖其至纖悉之事，如盥漱櫛縰笄總衣紳之飾，箴管線纊鞶帙綦履之珮，羔豚腒鱐滫瀡醓醢之調，縫紉灑掃周旋慎齋之節，要不過為閨幃內則之常，而君子猶樂為稱道之〔二〕，況從艱難困苦之餘，復能昌大厥家，豈不尤賢乎哉。然則太安人之以盛德享高年，固其宜矣。而淩氏兄弟之所以壽其親者，亦可謂有君子之心焉。余故不辭其請，而樂為書之。

録自戴名世集卷五。

【校】

〔一〕中華本作『不敢隕墜』，方宗誠批校本作『不致隕墜』。

〔二〕中華本作『獨樂』，方宗誠批校本作『猶樂為稱道』。

學博王君壽序 代

吾桐為下邑，僻處江干，而人文獨甚於他邦。説者謂其山區水聚，迴環縈繞，而學宮實倚鳳起山之中峰，不獨冠蓋之盛，即其來教是邦者，莫不卓犖奇傑，亡何即擢美仕以去，而歷數異時諸君子為驗，固地脈如此云耳。往者，桐俗重士，士尤重學博士先生，往復酬答，長養成就，士之盛與有力焉。邇者士賤甚矣，而學宮之中，師弟子之間，相與有成。其風猶有古之遺焉。余仕於朝久矣，輒聞里中某士賢，又輒聞某學博士賢，往往心識之，而鄉人之來京師者，尤嘖嘖稱王先生云。王君，上海人，來教吾桐甫兩年，而士皆蒸蒸嚮風。蓋余聞之鄉人之語曰：『其爲人也，魁奇磊落而正直，其祀先聖賢，必誠信，其教士也，先行而後文，是殆古之君子歟！』余未見王君，而樂聞其風，以爲桐人士之幸。今年某月日，為王君六十之生辰，邑諸生奉觴為壽，而遣使屬序於余。余惟國家方重崇儒育才之令，有以王先生事聞於朝者，必得美仕，將見其教益廣，而某從退食之暇，從容得盡聞里中之習俗士風，豈不快哉！即書之，以爲王君壽云。

録自戴名世年譜第六二一—六二三頁。

謝某稿序

制科之設也久矣，其所據以進退天下士者，一以時文為準，而士之欲得志於世者，非時文無由進。是故時文者，夫人而能為之也，夫人而能為之，此所以夫人而不能為之也。昔之人所以為時文者，不徒於時文求工而已也。自六經之文，以至歷代史乘，諸子百家之書，無不有以心知其意，其為之也難，故其知之也亦難，往往聲華寂寞，而畹晚僅乃一遇。要其可傳於世者，其得失寸心知之，而非外間之所得與也。後之人務為速化之術，目不覩古人之書，而但剽竊乎世俗之習，以之逢迎當世，世喜其雷同近己，遂從而稱之，而要豈得謂之文哉？

楚中謝生，以庚午之秋，舉於其鄉，入京師，攜其文數百篇來謁。余掇其尤者十餘篇，將雕刻之，而生且自鐫其文若干篇，大抵多試於督學使者，以及郡縣有司課試之作，蓋生自為童子，及為諸生，應試之文，無一落者，楚之人多稱之。生之文，世之知之者，則既眾矣，其遇不可謂不幸，而余更欲勉其思也，故書以告焉。

録自戴名世年譜第二〇七—二〇八頁。

崇祀鄉賢録序 代

鄉先生沒而祀之於其鄉者，禮之鉅者也。昔者先王之制禮也，有功德於其土者祀之，義不專係乎鄉也。鄉先生沒而祀之於其鄉者，義則不專係乎鄉也，其專係乎鄉者何也？今夫人之有善，沒而祀之，所以表其人之善，而亦以致其鄉人父兄子弟之情，且使後生小子知所嚮慕，相與沐浴薰陶，以厚其鄉人之俗，故曰禮之鉅者也。且夫世俗之所慕者，莫大於富貴，然而同一富貴也，或則身未沒而名泯，甚至庸人孺子，聞其名而唾之，或則聲施於後世，父以語諸其子，兄以語諸其弟，津津然稱之不能已，思之不能忘，即匹夫之為善於鄉者，亦不以其貧且賤，而忘於人之心，此以知人心之有同然也。先王因其鄉人之情，以制為祀之禮，故曰鄉先生沒而祀之於其鄉者，義則不專係乎鄉也。

皇帝御極之二十有九年，陝西巡撫中丞，以涇陽劉先生崇祀鄉賢，具其狀申於禮部。是時余方為秩宗，見其狀，知先生之賢，誠無愧於古之所稱鄉先生者，其祀之也宜矣。先生之大母及母兩世，皆以苦節著，而先生以盛德繼之，故能昌大。厥後先生之子某，登科至郡守，遇覃恩得封先生如其官，而其孫某某，相繼入翰林。余在翰林，掌其院事，見兩人之才，出諸翰林右，已而問，知為先生之孫也。蓋嘆盛德者之必有後，理固有不爽者。

先生既已祀於其鄉，而先生之家，將取其鄉人父兄子弟所申於有司之文，與其件繫臚列先生之事，並縣文學以上至於守令、督學、巡撫表揚褒美之語，都為一集，曰崇祀鄉賢録，而請序於余。余惟先生之賢著於其鄉，而鄉之人服其化，被其德，而俎豆之不忘，此皆古之道，而先生之所深許者矣。吾見先生之流風餘思，施於鄉而播於後者，且未有既，豈僅劉氏一家之故事已哉？因書是以爲序。

録自戴名世年譜第二四四—二四五頁。

蘭聚文讌序

數百里之內，四方之人，其聲之相聞而氣之相合者，相與聚而讌於一堂之上，賦詩論文，定為平生之交，磨礱以德義，砥礪以名節，此其事古有之乎？曰君子以朋友講習，吾為一鄉之士，而一鄉之士，與之友矣；吾為一國之士，而一國之士，與之友矣；吾為天下之士，而天下之士，與之友矣。古之道固然耳。然而世之君子，往往有孑然自處，絕交遊而不悔者，何也？蓋朋友聚散離合之故，難言之矣。人之情，所處者卑而遂欲借其尊於人，所操者孤而乃欲資其勢於衆，所欲者得而已散矣，所欲者不得而愈散矣，倏而離，倏而合，終歸於萍梗之相值，或至反唇而攘臂者有之，曾何磨礱砥礪之有哉？特以是為號而已耳，此君子之所以孑然而不悔也。

松陵諸君子，集吳越之秀若干人於吳郡之秀野草堂，命題綴文，分韻賦詩，既畢而觴之。學山氏實始其事者，舉觴而言曰：『吾輩之為是會也，將以挽友道之衰也。獨唱而無和，則疏於歌，獨行而無侶，則倦於步。吾輩之為是會也，磨礱砥礪在於文章其小者也。』學山氏與諸子，皆有道而文，而所集之士，類有名聲在人耳目者，然則挽友道之衰而反於古，其在茲會也乎？

吾聞昔有復社起於松陵，而天下之英咸集，德義之士，名節之臣多出焉，始其事者，實為學山氏之祖。松陵之人士，篤於友朋，重氣誼，所從來非一日矣。其曰『蘭聚』者，何也？蓋取諸易，易曰：『同心之言，其臭如蘭。』吾聞之古矣。鮑魚不與蘭茝同篋而藏，夫申椒杜茝，美人之所懷服也，漸而之於滫，則不能保其芳。今日之與斯讌者，豈有滫之出於其間乎？古者擇而後交，吾為君子效一得焉。

録自戴名世年譜第五八七—五八八頁。

改堂初刻序

唐君次衣刊其所著古文，曰改堂初刻，而屬余序之。夫古文之不興於今久矣，余嘗有志於此，亦間求友於四方，頗得學者數人，欲相與共挽其緒於既墜之餘，而或以家貧客遊，奔走於衣食，而不遑以爲，或則幽憂失意，而其業不無漸隳，或則繫官於朝，而遂以渝其初志。至於余者，垂老無成，廢棄尤甚，是則古文之興，其無日矣乎？

今讀唐君之文，樸而腴，淡而不厭，非世俗之所能及也，君其勉乎哉。夫從事於文章者，有其志無其才焉，不可也，有其才無其志焉，不可也，有其才有其志矣，而時有所不足，力有所不能，則亦往往不克有成。君之志則大矣，才則敏矣，年方富而為學之時又多矣，所不能者力耳。古之學者，類有王公大人供其資用，而君視之今，果有其人乎？自諉於力之不能，而因循自棄如余者，今雖悔之，而已嘆時之不我與矣。毋姑待於異日，毋希助於他人，毋營情於名位。羈窮困辱，一飽無時，古之人發憤著書，此正其日也。君果能如是，則古文之興，不患其無日矣。

録自戴名世年譜第七二五—七二六頁。

程視公壽序

歲丙戌某月日，為休寧程戸部視公五十之誕辰。其宗人修三，介余弟雲奏，求余一言以爲壽。余未獲與視公交，而竊聞其賢，念世俗祝釐之辭，皆諛佞雷同，俳優者之所為，非所以壽賢者，乃為原本於新安風俗之厚，與程氏之世德，及視公生平之卓卓不同於世俗者，而所以得壽之理自在，不必沾沾效世俗語也。

古者諸侯世国，大夫世家，往往傳世數十，而源流派別，較然不紊，一時賢才皆出於大家世族。蓋自三代以後，宗法廢已久，而其遺猶有存者，惟吾新安一郡。人皆聚族而居，正譜牒，修祠祀，崇本原始，敦宗睦族，而英偉豪傑之士，前後相望，老成名德，著艾魁碩，為海內之所欽式者，其人時時不絶，豈非宗法不廢之明效歟？

休寧之程氏，尤爲鉅姓，自唐某公至今，傳世凡□十，子姓蕃衍，異才輩出，不可勝數，而在今以厚德文雅著聞於世者，莫逾於視公。視公嘗仕於朝，為大司農屬，既勤且敏，舉於其職，朝士大夫，翕然稱之。先是視公尊人某翁先生好施與，鄉黨皆懷其德。視公稟承家訓，務以濟困扶危為事，視人之急，如痛在體；而愛文章，好交遊，傾蓋結納，往往傾橐中裝不顧。自世道衰，人皆習於齷齪瑣碎，苟有贏餘，固其扃鑰而藏之，置於無用之地，已與人皆不得其利焉，無幾何而壅而積者，已不知何往矣。視公之輕財樂善如此，其雅量高致，豈不賢於世俗遠甚哉？吾又聞視公讀書之暇，圖畫山水，臨摹物態，筆墨蕭然，得古人之趣。至於風雨之辰，明月之夕，間取素琴，鼓一再行，陶然自寄，古音縹緲，聞者感動。夫亦可見視公之文采跌宕，風流自賞，真飄然塵壒之表者矣。

視公與修三，為兄弟行，屬疏頗遠，然相親愛，無異同父。而吾友翼雲，方授經於視公家，翼雲亦視公之族，其文學為吾黨所推服，而每與余言視公諸子才而能文。蓋余於程氏之多賢，而嘆其流澤之遠，本支百世不替，故因序視公之壽，而及新安宗法之善。蓋宗法立則家道嚴，家道嚴則賢才眾，賢才眾則傳世久，其關繫豈起小也哉？余書此為視公壽，付雲奏以復於修三，修三其以爲然否也？

録自戴名世年譜第七二六—七二八頁。

書信類

與余生書

余生足下：　前日浮屠犂支自言永曆中宦者，為足下道滇黔間事。余聞之，載筆往問焉，余至而犂支已去，因教足下為我書其語來，去年冬乃得讀之，稍稍識其大略。而吾鄉方學士有滇黔紀聞一編，余六七年前嘗見之，及是而余購得此書，取犂支所言考之，以證其同異。蓋兩人之言各有詳有略，而亦不無大相懸殊者，傳聞之間，必有訛焉。然而學士考據頗為確核，而犂支又得於耳目之所睹記，二者將何所取信哉？

昔者宋之亡也，區區海島一隅如彈丸黑子，不逾時而又已滅亡，而史猶得以備書其事。今以弘光之帝南京，隆武之帝閩越，永曆之帝兩粵，帝滇黔，地方數千里，首尾十七八年，揆以春秋之義，豈遽不如昭烈之在蜀，帝昺之在崖州，而其事漸以滅沒。近日方寬文字之禁，而天下所以避忌諱者萬端，其或菰蘆山澤之間，有廑廑志其梗概，所謂存什一於千百，而其書未出，又無好事者為之掇拾，流傳不久，而已蕩為清風，化爲冷灰。至於老將退卒，故家舊臣，遺民父老，相繼澌盡，而文獻無征，凋殘零落，使一時成敗得失，與夫孤忠效死，亂賊誤國，流離播遷之情狀，無以示於後世，豈不可歎也哉。

終明之世，三百年無史，金匱石室之藏，恐終淪散放失，而世所流布諸書，缺略不詳，毀譽失實。嗟乎！世無子長、孟堅，不可聊且命筆。鄙人無狀，竊有志焉，而書籍無從廣購，又困於饑寒，衣食日不暇給，懼此事終已廢棄，是則有明全盛之書且不得見其成，而又何況於夜郎、筇、笮、昆明、洱海奔竄流亡，區區之軼事乎？前日翰林院購遺書於各州郡，書稍稍集，但自神宗晚節，事涉邊疆者，民間汰去不以上，而史官所指名以購者，其外頗更有潛德幽光，稗官碑誌，紀載出於史館之所不及知者，皆不得以上，則亦無以成一代之全史，甚矣其難也！

余夙昔之志，於明史有深痛焉，輒好問當世事，而身所與士大夫接甚少，士大夫亦無有以此為念者，又足跡未嘗至四方，以故見聞頗寡，然而此志未嘗不時時存也。足下知犁支所在，能召之來，與余面論其事，則不勝幸甚！

録自戴名世集卷一。

答伍張兩生書

人來，承示近日所為文數首，並以為文之道殷殷下問。余學殖荒落，安有以發足下者耶，顧其平日頗有志，不肯為世間言語，既辱二生之問，其曷敢以匿。蓋余昔嘗讀道家之書矣，凡養生之徒從事神仙之術，滅慮絕欲，吐納以為生，咀嚼以為養，蓋其說有三，曰精，曰氣，曰神。此三者煉之，凝之，而渾於一，於是外形骸，淩雲氣，入水不濡，入火不爇，飄飄乎御風而行，遺世而遠舉，其言云爾。余嘗欲學其術而不知所從，乃竊以其術而用之於文章。嗚呼，其無以加於此矣！

古之作者未有不得是術者也。太史公纂五帝本紀，『擇其言尤雅者』，此精之說也。蔡邕曰：『煉余心兮浸太清。』夫惟雅且清則精，精則糟粕、煨燼、塵垢、渣滓，與凡邪偽剽賊，皆刊削而靡存，夫如是之謂精也。而有物焉，陰驅而潛率之，出入於浩渺之區，跌宕於杳靄之際，動如風雨，靜如山岳，無窮如天地，不竭如江河，是物也，傑然有以充塞乎兩間，而蓋冒乎萬有。嗚呼，此為氣之大過人者，豈非然哉！今夫語言文字，文也，而非所以文也。行墨蹊徑，文也，而非所以文也。文之為文，必有出乎語言文字之外，而居乎行墨蹊徑之先。蓋昔有千里馬牝而黃，伯樂使九方皋視之，九方皋曰：『牡而驪。』伯樂曰：『此真知馬者矣。』夫非有聲色臭味足以娛悅人之耳目口鼻，而其致悠然以深，油然以感，尋之無端而出之無跡者，吾不得而言之也。夫惟不可得而言，此其所以為神也。

今夫神仙之事，荒忽誕漫不可信，得其術而以用之於文章，亦足以脫塵埃而游乎物外矣。二生好學甚篤，其所為文章，意思蕭然，既閑且遠，蓋有得於吾之云云者，而世俗之人不識也，吾故書以告焉。吾聞為方仙道，形解銷化，其術秘不傳，即傳，其術不能通。嗚呼，遇之而傳，傳之而通者，非二生吾誰望之！

録自戴名世集卷一。

與劉言潔書

言潔足下： 僕平居讀書，考文章之旨，稍稍識其大端。竊以為文之為道，雖變化不同，而其旨非有他也，第在率其自然而行其所無事，即至篇終語止，而混茫相接，不得其端。此自左、莊、馬、班以來，諸家之旨未之有異也。蓋文之為道難矣。

今夫文之為道，未有不讀書而能工者也，然而吾所讀之書而吾舉而棄之，而吾之書固已讀，而吾之文固已工矣。夫是故一心注其思，萬慮屏其雜，直以置其身於埃壒之表，用其想於空曠之間，遊其神於文字之外，如是，而後能不為世人之言。不為世人之言，斯無以取世人之好，故文章者莫貴於獨知。今有人於此焉，眾人好之，則眾人而已矣； 君子好之，則君子而已矣。是故君子恥為眾人之所好者，以此也。彼眾人者，耳剽目竊，徒以雕飾為工，觀其菁華爛漫之章，與夫考據排纂之際，出其有惟恐不盡焉，此其所以枵然無有者也。君子之文，淡焉，泊焉，略其町畦，去其鉛華，無所有，乃其所以無所不有者也。僕嘗入乎深林叢薄之中，荊榛罥吾之足，土石封吾之目，雖咫尺莫能盡焉，余且惴惴焉，懼跬步之或有失也。及登覽乎高山之巔，舉目千里，雲煙在下，蒼然，茫然，與天無窮。頃者游於渤海之濱，見夫天水渾淪，波濤洶湧，惝怳四顧，不復有人間。嗚呼！此文之自然者也。文之為道如是，豈不難哉。

僕自行年二十即有志於文章之事，而是時積憂多愁，神智荒惑，又治生不給，無以托一日之命。自以年齒尚少，可以待之異日，蹉跎荏苒，已逾三十，其為愧悔慚懼，何可勝言！數年以來，客游四方，所見士多矣，而亦未見有以此事為志者。獨足下好學甚勤，深有得於古人之旨，且不以僕為不才，而謂可與於斯文也者，僕何敢當焉。偶料檢篋中文字，自丙辰至於丙寅十年間，所著有蘆中集、天問集、困學集、岩居川觀集，為刪其十之二三，彙為一集，而以請正於足下。足下以為可存則存之，不然，即當削去。行且入窮山之中，躬耕讀書，以庶幾稍酬曩昔之志，然而未敢必也。名世頓首。

録自戴名世集卷一。

答趙少宰書

少宰閣下：前日名世出都門，閣下親枉車騎相送，且言：『文集刊已垂成，欲得吾子序之。』名世南行二十餘日而抵家，家貧多事，未遑以為。閱二月而於郵傳中得閣下書，云序不及待，已使人代為之矣。名世江淮鄙人，無爵位於朝，無聲譽於天下，為舉世之所共棄。而閣下出持節鉞，入貳天官，序閣下之文者皆公卿大夫，而閣下猶勤勤懇懇欲得不肖之文，豈非以其人雖賤，而其言尚有可取耶。

今夫立言之道莫著於易，家人之象曰：『君子以言有物而行有恆。』夫有所為而為之之謂物，不得已而為之之謂物；近類而切事，發揮而旁通，其間天道具焉，人事備焉，物理昭焉，夫是之謂物也。夫子之釋乾之九三也，曰：『修辭立其誠，所以居業也。』惟立誠，故有物。苟其不然，則雖菁華爛熳之章，工麗可喜之作，中庸之所謂『不誠無物』也，君子之所不取也。夫代人而為之言者，彼之意吾不之知也，彼之聲音笑貌吾不之見也，吾之意非彼之意也，吾之辭非彼之辭也，為剽，為偽，為欺謾而已矣。今以不誠之人而事閣下，以不誠之文而序閣下之文，宜為閣下之所斥勿收，而閣下顧使人為之，則非閣下始所取於名世之心矣。區區之誠，尚欲自達，而代作之文，惟閣下削而去之。幸甚，幸甚！名世再拜。

録自戴名世集卷一。

上大宗伯韓慕廬先生書

布衣窮居之士欲自刊刻其文，念無以取重於世，乃求序於王公大人，王公大人賜之序，則欣欣然以之自多，不自多其文，而多王公大人之序以為榮耀。夫文者必待王公大人而重，則是孟子七篇成，而必請序於齊宣、梁惠，司馬遷史記成，而必請序於丞相公孫弘、大將軍衛青也。且夫意氣不足以孤行，而後有所附麗，言語不足以行遠，而後思所以炫其名聲，彼乞序於王公大人，而欣欣然遂以之自多，不待觀其文而已知其不足重矣。彼王公大人不能卻其請之堅也，亦不知其文之工拙果何如，率爾命筆，不無過情之言，人之見之者，讀未終篇，輒已掩卷而去，而況於其所序之文乎。是則王公大人之序且不能自重，而又安能重士之文？此所以有志之士不求序於王公大人，凡所以自重其文，而王公大人之賢者亦不輕與人以序，亦所以自重其序也。今之大人先生以文章名天下者，獨閣下一人。往在京師，閣下嘗為不肖言，士之以求序來者比肩接踵，然大抵多所謝絶，於是不能得閣下之序而去者不啻十之九矣。嗟乎！惟閣下不輕與人以序，而乃可以序不肖之文，惟不肖不求序於王公大人，而乃可以求序於閣下也。不肖在京師，前後凡五六年，未嘗上書宰相，獻文當塗。賢公卿弘奬士類，其所為大書深刻標榜窮士之言，充几盈案，而不肖不與焉。獨閣下見其所為文，而以為可與於斯文也者，一日偶序不肖舉業之文若干篇，不肖歸而刊刻之於金陵，天下讀閣下之序者，往復諷誦，詠歎咨嗟，初非以閣下名位之故，而讀不肖之文者謬相引重，亦初非以閣下之序故也。惟如是而閣下乃可以序不肖之文，而不肖乃可以求序於閣下矣。

嗚呼！文章之事，雖非有用於世，而未可以爵位勢分緣飾於其間，亦視乎求序者之人與文何如，與序之者之人與文何如而已。頃者，金陵一二人士取不肖所為古文刊刻其十之二三，用是潔誠齋慮，北面叩首，而求閣下以序之。夫舉業之文非閣下之所好，而亦非不肖之所好也，閣下猶肯執筆而為之序，而況不肖之古文，固閣下素所咨賞，以為可與於斯文者乎。知閣下之不與他人而一概謝絶之者，蓋他人之所求者乃尚書之序，學士之序，而不肖之所求者，乃慕廬先生之序也。俯伏候命，不勝至願。謹再拜。

録自戴名世集卷一。

再上韓慕廬大宗伯書

名世再拜。名世平居讀書，考文章升降之際，竊見夫文章之事，未有不上與下合而能至於極盛者也。上與下合，而風氣之權操之自上，上之人懸其令以倡率之，而下之人莫不奔走恐後，而不敢有異議於其間。若夫上之人所操者，不足以厭服乎下之心，而下之人紛然囂然各持其說，各挾其技，而有菲薄乎上之心，考校之文一出，而心非巷議，嗤點流傳，共指以為笑，於是乎上之與下，兩相訾謷，齟齬扞格，截然而分為二，而文體遂不可振。

曩者文章之風氣，亦嘗萎薾卑弱而不振矣，儒先之精義不明，古文之規矩盡裂，上之人所以取於下，下之人所以獻上者，皆雷同相從而已。雖其風氣之不振，而上之與下，訾謷之聲不出於口，齟齬扞格之狀不形於色，而風氣欲變之機，固已伏於此矣。當此之時，閣下遂獨以雄奇渾古之文出而大魁天下。天下之人讀閣下之文，恍然如寐之方覺，如醒之忽醒，皆翻然思改其所為。三十年來，窮巷枯槁之士，被服先民，抱殘守缺，以不自棄於斯文，閣下之力也。

閣下既以古文取高第，為大官，而天下之人又翕然向風，愈久而不衰，則宜上之與下合而為一矣，乃訾謷而不入，齟齬扞格而不相通，未有甚於今日者，何也？則毋乃下之信且從於閣下者，遍以望於上之人，而不克副其望歟，遂直為此紛然囂然也。

令甲三年而一試士。棘未撤，士或私相許曰，某某者必得售也； 又或私相誚曰，某某者必斥勿錄也。已而斥之者則其許之者也，錄之者則其誚之者也，不能不相顧以駭，以群不逞遂藉以行其私，至於詆訐叫號而不可止。上之人患之而未能有以弭之也。竊以為弭之之道，在上之人勿故與下之人相反而已矣。下之人曰『是也』，而上之人必曰『非也』； 下之人曰『非也』，而上之人必曰『是也』。參差之見先橫據於胸中，其說究無以勝乎下之人，則安能厭服乎其心，而使之不敢有異議於其間也哉。且夫下之人其所操未必盡是也，紛然囂然而至於詆訐叫號，即下之人有志者，亦未嘗不非之也，然而公論多出於其間。公論者，上與下共之者也。下之人方以公論自張，而上之人故欲反之，非其心也，則毋乃拘於曩者之風氣，而不能以閣下之道為進退天下士之具歟。

下之人以其信且從於閣下者遍望於上之人，其所以待上之人者甚厚，而上之人不能以閣下之道為進退天下士之具，於是乎上之與下，兩相訾謷，齟齬扞格，截然而分為二。而閣下以一身居上下之間，則驅之使合，其權仍在閣下而已矣。閣下之文，無論知與不知，莫不肅然起而斂衽退避，以為不可及，而閣下之名德清望，又為海內之所嚮仰。謂閣下之道，下之人信且從之，而上之人獨不肯信且從者，必無之事也。轉移之權，則惟在閣下一為昌言正告之而已矣。

名世往在京師，與閣下游凡一二年，相與縱論當世，獨未嘗言及文章之事。名世身在卑賤，有言不信，故不得不黯黯以居，默默以處。而閣下方在日月之際，經綸密勿，更有重且大者，文章一事遂有所不暇及耳。然而當今文章之責實在閣下，不宜使窮巷枯槁之士觖然失望，坐視上之與下呰謷而不入，齟齬扞格而不相通也。名世南歸數載，不復有志當世，行吟江上，將欲灌園以終老。習見夫下之人所以仰望閣下者如此其至，而轉移之權，使上之與下相合而無二，非閣下不能，故輒為達其區區之情焉。冒瀆尊嚴，無任惶悚，不宣。

録自戴名世集卷一。

與劉大山書

去年春正月，渡江訪足下，留信宿。而足下出所為古文十餘篇見示，皆有奇氣，足下固不自信，而謬以僕之文有合於古人矩薙，因從問其波瀾意度所以然者。僕回秦淮，將欲檢篋中文字，悉致之足下，冀有以教我。會足下北游燕薊之間，而僕亦東走吳越，遂不果。今年冬，有金陵門人欲鋟僕古文於板，僕古文多憤時嫉俗之作，不敢示世人，恐以言語獲罪，而門人遂以彼所藏鈔本百篇雕刻行世，俟其刊成，當於郵傳中致一本於足下。其文皆無絕殊，而波瀾意度所以然者，僕亦未能以告人也。惟足下細加擇別，摘其瑕疵，使得改定，且作一序以冠其首簡。幸甚，幸甚！

當今文章一事賤如糞壤，而僕無他嗜好，獨好此不厭。生平猶留意先朝文獻，二十年來，蒐求遺編，討論掌故，胸中覺有百卷書，怪怪奇奇，滔滔汩汩，欲觸喉而出。而僕以為此古今大事，不敢聊且為之，將欲入名山中，洗滌心神，餐吸沆瀣，息慮屏氣，久之乃敢發凡起例，次第命筆。而不幸死喪相繼，家累日增，奔走四方，以求衣食，其為困躓顛倒，良可悼歎。同縣方苞以為：『文章者窮人之具，而文章之奇者其窮亦奇，如戴子是也。』僕文章不敢當方君之所謂奇，而欲著書而不得，此其所以為窮之奇也。

秦淮有余叟者，好琵琶，聞人有工為此技者，不遠千里迎致之，學其術。客為琵琶來者，終日坐為滿，久之果大工，號南中第一手。然以是傾其產千金，至不能給衣食，乃操琵琶彈於市，乞錢自活，卒無知者，不能救凍餒，遂抱琵琶而餓死於秦淮之涯。今僕之文章乃余叟之琵琶也。然而琵琶者，夷部之樂耳，其工拙得喪可以無論，至若吾輩之所為者，乃先王之遺，將以明聖人之道，窮造化之微，而極人情之變態，乃與夷部之樂同其困躓顛倒，將遂碎其琵琶以求免於窮餓，此余叟之所不為也。嗚呼！琵琶成而適以速之死，文章成而適以甚其窮。足下方揚眉瞬目，奮袂抵掌而效僕之所為，是又一余叟也。然為余叟者始能知余叟之音，此僕之所以欲足下之序吾文也。庚辰十二月望日，戴名世頓首。

録自戴名世集卷一。

答朱生書

朱生足下：正月十七日，人來得書，三復之間，何其念我深而責我厚也，且尤惓惓欲僕以近日之狀相告。僕二十餘年憂愁窮苦，皆世所不多有，固吾子之所素知，不必復為吾子道也。惟是年來好讀書，一日不讀書，輒忽忽如有亡失，但一得書，往復觀玩，可以忘寢食。然家貧無買書之資，先世藏書，屢經兵火無復存，存者亦不屬僕。又交遊鮮少，無從借觀，就令借得一二，居無幾何，即歸之其人，更增於悒。譬如卒然之間遇異人勝士，相對開懷抱，吐肝膽，有故各散去，不知復何時合。而富家巨室架上所貯，塵埋蠹蝕，已不知歷幾日月。凡造化之不齊，大都類是，是僕之欲讀書而不得，此其所以窮之甚也。而獨其胸中之思，掩遏抑鬱，無所發洩，則嘗見之文辭，雖不求工，頗能自快其志。而鄉黨少年往往詬厲之曰：『是蚩蚩者庸且妄，自謂能文章，文章何益，坐見其窮且老以死耳。』僕本多憂，而人心世道之感復交迫於胸臆。蓋聞有家貧而負債多者，勢無以得償，時時憂念不知所出。或告之曰：『汝亦烏用是戚戚者耶？汝家產盡矣，持券而來者皆為無用之券，而子憂之，不亦為無用之憂乎？』其人聞之，恍不知債之在其身也。嗚呼！若僕者，天地間一窮人耳，憂患之至，甚於負債，今且隨俗任運，漫不以為念，此亦家貧而多債者之術也。自別吾子以來，其狀約略如此。

録自戴名世集卷一。

與趙良治書

田有白：生平好交遊，交遊中如趙君極少，在家時日日相過從，不厭其數。今來荒山中，嘗獨念趙君不置，以趙君知我也。蓋懷人之作莫工於國風，不肖之於趙君，殆在雄雉二章之卒言矣，知吾子之心與我同也。嗚呼，友道難矣！僕多誤，良治亦多誤。倏忽俄頃之間，反復變更之際，而以落寞之蹤，浮沉上下，其安能有以合乎。

名世一妄愚人耳，勞苦困餓，拂亂空乏，人皆笑之，惟吾子深相哀憐，往往為余泣下，吾何以得此於足下哉！非吾子莫以知我，非我亦無以知吾子之深也。今吾顧有進於足下者，足下愛我甚，豈謂為不然耶？如是則請盡言而不諱，可乎？蓋世有好獵者，一經顛仆而終身不敢乘馬。足下天性誠樸，謂人如己而信之太真，以故常受小人之侮，而一再顛仆。既一再悔矣，意足下必且深懲前日之害，謝絕交遊，而吾嘗觀之，未見其然也。不及此徐步安行，而猶蹀躞於坑坎之途，馳驟於污泥之坂，則其害豈特顛仆而已哉。蓋足下之病與余同，而余又加甚焉。凡余之所與友，足下其亦見之矣，其亦太息而痛恨之矣。今不肖已自托為枯槁無用之人，人曰：『夫夫也，其為枯槁無用之人也歟。』此余之所以自藏者也。今足下既往之悔已無及矣，將來之悔能不思所以免焉。足下不以吾言為不然，則吾更有以效於足下者，為足下盡言之。

録自戴名世集卷一。

與弟書

吾家式微，而先人以盛德壯年奄棄我兄弟，斬焉在衰絰之中，困窮轉甚。內外之人見其如此，益用詬侮。嗟乎！人情抑已甚矣，鬼神而又助之，則我兄弟尚能向人言語，且覥顏容足於天地之間耶？夫服仁義，稱先王，世俗所大怪以為不祥，余嘗歎之，自今而觀，而後知人言之不謬，而果不可為祥也。

余生抱難成之志，負不羈之才，處窮極之遭，當敗壞之世，而無數頃之田，一畝之宮，以托其身。乃且以授經客游，乞食於異方，歲得一鍰兩鍰，不足具甘脆以養親，而母子兄弟，累月逾時，音問隔絕，私自生傷乃至此。弟又遠客金陵，金陵自佳麗，弟自苦耳。丈夫雄心，窮而彌固，豈因一跌仆而憂傷憔悴，遂不復振耶！五經二十一史，今之視為土梗，而天下幾無讀書者矣。宇宙間物，人盡取之，獨讀書一事留遺我輩，此固人之所不能奪，而忌且怒焉固無傷者也，可自棄耶？遠地惓惓，惟此而已。勉旃，勉旃！無怠，無怠！

録自戴名世集卷一。

上劉木齋先生書

正月十九日，桐城戴名世謹再拜獻書木齋先生。名世生於山林岩石之間，獨立無與，徒以年少志大，不肯稍有苟且雷同，所為文字猶不悦世俗。頃者先生來為督學，不遺鄙陋，拔之於稠人之中，期許甚至。夫古之君子得一士也，終身不忘於心。其未得也，窮搜遠索，孜孜而若有失；其既得也，長養而教育之，惟恐其無成。夫其所以愛惜人才至於如此者，非以冀士之被其德而私感之也，而士之困於塵埃之中不能自振，一旦有提挈以起而指示以途者，亦豈能一日而忘於心哉。今先生之所以賜於名世者可謂至矣，名世之文先生識之，名世之名先生振之，而先生既去，每遇吾縣士大夫，輒惓惓問名世不置，此以知先生之於名世蓋無日而忘於心，每端居深念，未嘗不感歎而欲泣也。

然而不肖時命乖蹇，日益加甚。自謁先生於句曲，歸未久而失我先人，斬焉衰絰之中，狼狽顛倒，無所控訴。名世家貧，無擔石之儲，傭書客遊，乞食自活，家累二十口，嗷嗷待哺。而鄉邦之間，骨肉之際，横逆百端，迂愚固陋，莫必其命。憂患怖畏之餘，獨於文章一事不敢稍自廢棄。三四年間，所作制義亡慮三百餘篇，又著書數種，曰困學集，曰柳下集，曰岩居川觀集。道里遼遠，不獲致其一二以請正於先生，而世之人忽近而貴遠，傭耳而賃目，既無明效大驗，誰復以為工哉。

癸亥之冬，敝邑吳氏使者歸自海上，復傳道先生不忘名世之語。夫以名世之迂疏，世人之所共棄，而先生之去於今數年，向之所取士亦已多矣，而獨惓惓於不肖如此，不肖區區無以為知己之報，而饑寒衣食之是憂。世無大人君子如先生者為之振拔，迍邅坎坷，曾不能仰首伸眉，發名成業，以赴先生之望，將抱無窮之志而莫之遂也。先生高臥海濱，天下所共瞻仰，小子不敏，竊在下風，猶冀先生之有以提挈而指示之也。偶因便郵，冒瀆威嚴，不勝惶恐之至。

録自戴名世集卷一。

與王雲濤書

田有白：田有自兒時常侍先曾王父，往往為小子道平生事甚悉，且曰：『吾昔客於定遠。定遠之俗，豪武勁直，不類江淮以南，且屬明高皇帝故鄉，一時從龍之佐如徐、常輩，皆其產也，距今數百年，其人民謠俗猶有曩時之遺烈。』又曰：『縣名士若而人，某某吾之友，又某某吾之弟子也。』復以手計之曰：『如王某者，其吾門之選乎。』蓋即足下之尊府也。時余年雖少，然謹志之於心不敢忘。蓋生十有八年而曾王父卒，其後每侍大父及先人，其言亦云爾，蓋吾家之交於王氏三四世矣。

去年秋，始識足下於秦淮之上，相與道姓名，具述累世之好與夫平生嚮往之意，兩人皆大喜過望，而足下尤愛僕時文，以為難得。已而足下登賢書入燕京，而鄙人歸自秦淮，沉冥寂寞，所謂時文者，亦不復為人所識。蓋田有少好左氏、太史公書，亦欲有所譔著，而竊嘗聞程、朱氏之緒言，亦不敢自棄於斯文。然往往以此不悅於世，鬼神而助之以降其大罰，死喪疾病，無歲無之。平生著書學道之志卒難遂，不得已而隨俗作所謂時文，以之教授子弟，而餬其口於四方，亦足以見其命之窮，而志之可悲也已。敝邑江君某歸自燕京，告我曰：『吾與王君抵掌燕市，相得甚歡，然王君意殷殷未嘗不在吾子也。』鄙人自度，無可以當王君存念，然且乍相見而歡，既去而思，即鄙人之於王君亦然，豈非以累世通家之好不能有忘，而況文章意氣之感更有相愛者，而非世俗之所知也。

今歲授經於舒城，舒之司訓何君與足下同鄉里，因為書一通付之以達於左右，冀有以教我。幸甚！不宣。

録自戴名世集卷一。

與何屺瞻書

三月十九日，田有頓首。屺瞻足下：往時僕家居，於時文選本中見足下名，然第以吳中名士視足下，未知足下也。及與足下先後至燕山，往來一再晤，始奇足下。亡何，足下別去，僕惘然自失，而汪君武曹為余稱足下之賢甚具。僕好交遊，孳孳求之，惟恐不及。然其於當世之故不無感慨忿懟，而其辭類有稍稍過當者。世且以僕為罵人，僕豈真好罵人哉，而世遂爭罵僕以為快，不罵僕者，足下與武曹而已，而世亦以足下與武曹為好罵人，其於足下也尤甚。嗚呼！若足下者乃可以罵人，然亦可以不罵人，吾罵之謂不當齒之哉，此乃所以齒之也。是故僕以之自戒，亦願足下之稍稍戒之也。

頃者，史君千里自吳中以足下所為行遠集者示余，余讀之，回翔往復，不能釋去。今夫文章之陋久矣，妄庸相授，日日已甚。僕嘗以為文章者非一家之私事，至今日而不得不引為一家之私事，默守其是而已。彼妄庸人者，如今之所謂名士，開口說書，執筆屬文，天下之人皆其流輩，以故從而稱之，雖語以是非之故皆不省。是故如僕者，氣力單弱，視其倡狂恣肆而不敢措拄其間。足下獨惻然流涕，不但為之昌言正告，舉向之所為妄庸相授者，一舉而廓清之，甚善，甚善！然余讀集中所載，有云：『經義始於宋，作者但依傍宋人門徑足矣，唐已不近，況高談秦、漢乎。』足下之言云爾，余以為非也。夫自周、秦、漢、唐以來，文章之家多有，雖其門戶阡陌各別，而其指歸未有不一者也。即宋人之門徑，未有不本之於周、秦、漢、唐者，今必區而別之，是為今之名士低就一格，以為其妄庸地也。聖人之道衰，至宋之儒者而發皇恢張，始以大明於天下，故學者終其身守宋儒之說足矣。至於文章之道，未有不縱橫百家而能成一家之文者也。今之名士巧為自飾，拾取宋人語句以欺天下，或竟以古人為不當學。足下排而斥之，而足下復云爾耶？倘或別有所見，則過而存之可也，不然，願足下改正之。

僕前年冬有送武曹序，近於罵人之作，久而悔之自匿也，然異日當錄一通以示足下。平生所為經義數百篇，今存二百有奇，不敢自信，欲錄一副本付足下，為是非而去取之。適友人吳君游便，輒附狂言云云，不宣。

録自戴名世集卷一。

與洪孝儀書

田有頓首。前日過揚州，至足下寓舍，時足下方注杜子美詩，尚未成，而先以所注二三卷示我。蓋近日注杜詩者有二家，皆盛行於世，曰虞山錢氏，曰松陵朱氏。此兩家不無互相牴牾，而自僕觀之，支離傅會，牽強穿鑿之失，向來注杜詩者之所略同，而此兩家亦或有所不免。今見足下此書，考據纂輯，既詳且確，為此兩家之所不及，甚善，甚善。顧僕尚有請於足下者。

古人有言曰：『夏後氏之璜，不能無瑕；明月之珠，不能無纇。』夫瑕也，纇也，豈有損於玉與珠哉，而或且曲為之說曰：『此非瑕也，非纇也，玉與珠之所以為美者正在是也。』於是乎玉與珠之真者無以自見於世矣。今夫詩莫盛於唐，而唐詩莫盛於杜，所謂聖於詩者，古今惟子美一人而已〔一〕。然而自古著述之家，畢一生之力，疲精敝神，為書數十百卷，勢不能盡無瑕焉，無纇焉。蓋其氣有時而盛衰，其思有時而枯潤，鍛煉結構或偶有所未盡其力，則亦往往有瑕與纇之錯出於其間，而要皆無損於其全體之美，後之讀之者，第得其意思之所在而已矣。乃世之論杜詩者，懾於其久定之名，昧於瑕瑜不相掩之義，概而稱之，而不敢有分別，甚且指其瑕與纇而以為美在是也〔二〕，使讀之者或竟惟其瑕與纇之是學，其貽誤來者不更甚乎哉！且夫毛嬙、西施，其體固無一不悅於目也，而或悅之過甚，至謂其溺為香澤也，而珍而視之，鮮有不以為狂惑者矣。

昔者朱子謂子美夔州以後之詩頗不佳，雖未必盡然，而大約數十百卷之書，豈能無瑕與纇之錯出，苟能一一為抉摘以明告後學，則古人之心安，而學之者不至於有所誤，此固讀書之法，不獨注杜詩為然也。虞山錢氏以詩自豪，其所論斷，人皆信之，而僕以為珍毛嬙、西施之溺，在錢氏為甚，使子美而可作也，未有不笑其狂惑，而有所不樂受者。僕往者嘗欲取杜詩為之評點論次，抉摘其瑕纇以明告後學，非敢苛於論古人也，正所以愛古人也，愛古人亦所以愛來者也。顧終歲客遊，未及卒業。而足下故工於詩，往見足下辨論風騷，別裁偽體，無所或爽。苟能於此書考據纂輯之外，更加以評點論次，務使瑕瑜不相掩，則子美之真者畢出，不致為過於推尊者所溷。足下倘有意乎，則僕也一二鄙陋之見可以備商榷者，當俟面論焉，不宣。

録自戴名世集卷一。

【校】

〔一〕中華本作『為子美』，方宗誠批校本作『惟子美一人而已』。

〔二〕中華本作『直且』，方宗誠批校本作『甚且』。

與友人

余尺牘皆不存，今檢故紙中，有與友人書稿一通，辭雖簡而意致可悲，因録之。

聞足下南嶽之遊，欲修煉不出，僕喜足下之先我，方將褰裳相就，偕為避世之舉，胡乃忽爾遄歸，更易田宅，熱中仕宦，自此時時鑿混沌之天，步步皆崎嶇之境矣。僕本山林麋鹿之性，少遭不偶，百憂為心，萬苦在體，乃書生弱力，側足人間，幾欲舉隻手以障洪流，啣撮土而填滄海，不自度量，抑亦甚矣。果潦倒之無成，使日月之空逝，浸尋自悔； 又欲築意中之園，而著心上之史，亦復貧病因循，恐遂終成廢棄。前日偶遊青霞洞天，遺世之志遂決，後至靈峰諸境，則已乘雲馭風，恍惚仙去。嗟乎！俗情難割，濁世易流，二者僕誠自知不可免，收聲息影，故邱可懷，白雲浮渡之間，尋有披簑而釣者，必我也。足下倘初心不負，試一乘槎相訪，僕有道書數卷，當待足下付之。

録自憂庵集第九五條。

傳狀類

沈壽民傳

沈壽民，字眉生，南直隸宣城人。崇禎中，延綏盜起，蔓延遍天下，湖廣總督熊文燦撫張獻忠於穀城，兵部尚書楊嗣昌從中主其議。自賊初起，屢撫屢叛，卒釀禍不可支。文燦不知兵，好為大言，自以得賊要領，撫必成，嗣昌信之。嗣昌者，故宣大總督，以奪情起為兵部尚書者也。是時天下多故，上所用人，文武皆不效，謂科舉不足得天下士，歲丙子，復薦舉之制，應天巡撫張國維以壽民應詔。壽民至京師，上書言：『嗣昌以居喪起用，當慷慨誓師，自請躬歷戎行，乃因循偷惰，師老財匱，禍有難言。』又言：『嗣昌既不能躬履行間，軍旅之事一付文燦，未正誅剿之名，而並失招撫之實。天下有不能殺人而能生人者乎？有授柄於敵而可制敵，聽命於人而可服人者乎？文燦憒然不知擒縱之有方，而嗣昌復夷然不顧養癰之可畏，正恐掃蕩無期，臣不知其所終矣。』通政使張紹先不為奏。壽民復上書通政，以為：『區區之誠一日不達，決難緘默自已，毋使獲罪執事，幸甚。』紹先具疏言：『壽民兩書，字多逾格，請上裁。』詔不允封進，嗣昌亦具疏待罪。壽民曰：『吾兩書以逾格故不進，上未嘗拒使勿言也。』復隱括兩書之意，使就格上之。留中不報，遂拂袖而歸。居無何，獻忠果叛，群賊皆應之。上怒，誅文燦。嗣昌自請督師，如壽民旨。壽民之論嗣昌也，並及奪情之非，詹事黃道周曰：『此大事，在廷不言，而草野之士言之乎。』於是具疏論嗣昌奪情非是，繼而論者，台諫則有何楷、錢增、林蘭友、成勇，翰林則有劉同升、趙士春，南京兵部尚書范景文復率南京九卿具公疏，上大怒，諸臣皆斥去。壽民言不用，既歸，名益重。

是時科目積重不可反，諸薦舉者為州縣，吏部率皆予以荒殘地，多罹賊禍，其免者又往往中以文法，於是凡薦舉者，多欲棄去，復入場屋以取科第。督學御史勸壽民出應試，張國維亦移書趣之，壽民曰：『前論嗣昌者皆得重罪，而壽民首事發機之人，假使上怒早及，已先諸君子受禍矣。今敢尚思進取哉！』於是隱居姑山，授徒自給。

歲甲申，京師陷，留都再立，而黨禍大作。阮大鋮者，名在逆案，廢錮居南京，以新聲高會，招來天下之士，利天下有事行其捭闔。東南名士顧杲、吳應箕等，大書其罪，布於通衢，壽民亦與焉。禮部主事周鑣實為諸名士所附，及大鋮得志，殺周鑣，分捕諸名士，壽民變姓名攜家匿金華山中。南京隨破。溧陽陳名夏，先是名亦在捕中，亡去，北降，久之用事。名夏故與壽民善，遣使貽書壽民，欲薦之朝。壽民對使焚其書，且與之書曰：『龔勝、謝枋得，其智非不若皋羽、所南也，所以死者，為多此物色故耳。今之欲征僕薦僕者，直欲速僕死者也。』名夏得書，歎息而止。

壽民自守以嚴，一介不妄取予。其與人交有至性。當周鑣下獄，禍且見及，鬻田為貲用，不令鑣知。鑣子數歲，自金華歸，即招之來學。渡海葬其友周梅骨於海外。皂帽裹頭三十年，雖盛暑未嘗去。歲乙卯，屬疾，臨卒書曰：『以此心還天地，以此身還父母，以此學還孔孟。』年六十九。著有姑山文集若干卷，閑道録若干卷，學者稱耕岩先生。

贊曰：沈先生清風高節，不可及矣。當明之既亡，東南遺民義不忍忘故國，多有愚昧以觸罪戾，至於覆其宗祀。海上之役，金壇、丹徒、宣城三縣士大夫受禍尤烈。先生獨超然遠覽，自全於耕鑿之間，可不謂智勇絶人者乎。

録自戴名世集卷六。

陳士慶傳

陳士慶，河南鄧州人，當年少時，其族有登科為知州者，其父羨之，教之學書，不成，棄去。與一二道家者游，聞神仙之術，欣然慕之，乃棄其業，辭父母，出遊名山，冀遇神仙者流，無所遇。已而入函谷關，至終南。有老人籜冠羽衣，坐石洞中，辟穀久矣。士慶拜於洞口，老人閉目不答，如是者累日。一日，老人出，問曰：『若何人，乃溷老夫為？』士慶曰：『吾欲求神仙之術。』老人熟視之曰：『若遍體皆凡濁，豈神仙中人耶？去！毋溷我。』復入洞，閉目坐。士慶又跪且拜者累日，每饑則乞食村中。一日，老人謂士慶曰：『吾知若苦饑，當有以餉汝。』命童子予一物若飴，食之，氣蒸蒸然滿腹，遂不復饑，士慶愈益奇之，不肯去。又累日，老人因出書一卷授之，曰：『去！求仙非汝事也〔一〕。』士慶拜謝而去，視其書皆不省，惟末四紙頗能識之，皆禁方也。

士慶歸至河南，有巡撫之女，秋千墮地而折其足，募能治者予百金。士慶以其方試之，立愈，乃挾百金以歸。當是時，流賊起關陝，蔓延遍天下，河南群盜亦起。其父母相與謀曰：『兒不治生產而好遊，遊且數年。今天下大旱，荒且亂，而兒羈窮在外，挾金以歸，得毋從賊乎？』乃詣官言狀，官因繫士慶。而其族人為知州者方家居，為請於官而免之。士慶自言得異書，父怒，奪而焚之。士慶急從火中掇拾，僅存末四紙而已。

居有頃，群賊破鄧州，士慶家皆亡，士慶為張獻忠所虜，在賊中，依其書試之，煮水成膏。有讒之獻忠者曰：『某男子乃妖人也。』獻忠命速斬之。將斬，士慶呼曰：『吾有禁方，能使死者復生。』獻忠笑曰：『姑留之勿殺。』然不之奇也。獻忠性兇殘，每以大梃撻左右輒死，死或付士慶治之，皆立起。獻忠破武昌，楚王死，宮中有婢曰老腳，為獻忠所嬖。一日，獻忠召老腳，老腳不即至，獻忠怒，持刀自往刺之，揕其胸及腹，洞數寸，肝腸肺胃皆劃然委於地。獻忠旋悔之，召士慶而告之曰：『吾固欲殺若，若自言有仙術能活人，今能活老腳，當貰而死。』士慶曰：『嘻，烏有肝腸離體而可復生者乎？然不敢違大王之令，當且徐而活之。』使人舁一木扉至，臥老腳其上，納肝腸肺胃於腹，以線紉之，而傅以藥。一日而老腳呻吟，又一日而求飲食，又三日起坐扉上，又三日而侍獻忠側矣。獻忠由此大奇之。

孫可望者，獻忠之平東監軍也〔二〕，飲酒醉而殺其嬖妾。士慶見之，曰：『此監軍之最寵者也，醉而殺之，醒必悔，且泄怒於左右矣。』持以去，亦線紉之而傅以藥，以衾裹之，置車中。閱一二日，起營，行數十里，下壁。士慶問可望曰：『前夜將軍何自殺其愛妾？』可望撫膺歎曰：『吾固悔之。』士慶曰：『吾今復得一美人，以進監軍，監軍毋傷也。』乃召人持車至，啟衾出美人，即前所殺之妾也，視其項，紅痕如縷，美麗倍於平時。可望拜而謝曰：『公，真神仙也〔三〕。』

賊中有驍將祁三鼎，臨陣而為官兵削其頰車折齒，士慶為斷一俘之頰車，以合其齦，一日夜而飲食言笑無異。獻忠愛將白文選，與官兵戰而砲中脛，負痛馳歸，瀕死，獻忠命士慶治之。士慶曰：『傷甚矣，治之稍難。吾無子，文選能父我而養我以終其身，乃能如大王命。』獻忠偽許之，士慶曰：『彼素反復變詐，須書券來乃可。』獻忠命文選書券如其言。士慶先以藥僵其痛處〔四〕，鋸去其脛骨寸許，殺一犬，取犬足骨如其長，合之而傅以藥，閱三日，而文選馳騎入官軍，斬發砲者頭來。其奇效多類此。

其後獻忠死，士慶遨遊孫可望、李定國間。定國既反正，久之，戰敗入蠻徼中，士慶隨之以行，年老矣，猶日能飲酒數斗，御數婦人。人求其術，輒不言，曰：『此非我所能傳，有司之者。』先是獻忠在湖南破長沙，獻忠謂士慶曰：『吾欲號汝為老神仙，而恐軍中不盡知也。今為汝申令於軍中，可乎？』乃命其兵各持一几來，頃之，得几數十萬。獻忠命軍士纍几為台，高且百丈，教士慶登其巔。士慶愕然曰：『吾身不能騰空，焉能躡之而上也。』獻忠曰：『不登，且殺汝！』命軍中數十萬人持弓矢環之，且曰：『吾有呼，則全軍皆呼。』士慶登其半，欲止，獻忠命軍士引滿擬之，士慶懼而上，登其巔。獻忠呼曰：『老神仙』，軍士皆呼曰『老神仙』，聲殷然震山谷。自是賊中皆稱為老神仙，不知其姓名，而士慶前亦自匿其姓名，不以告人也。在蠻徼中，蜀人劉蒞與之善，許為士慶作傳，乃為告其姓名及遇仙始末如此。其後士慶隨其養子白文選入邊投誠，而病死於騰越州。

贊曰：余讀陳士慶事，洵奇怪，然竊歎其挾有異術如此而為賊用，可惜也。吾又聞降將王安者，自言在賊中時，嘗從老神仙取藥，見其聚群婦人，剜取其陰上肉方寸，置爐中，雜以藥熬之。須臾，爐中火起，光滿室中，其火着物不然，老神仙曰：『藥成矣。』復投以藥而火息。然則士慶之術，非為賊亦不能試也。嗚呼，殺人以活人，其術又烏足尚哉！

録自戴名世集卷六。

【校】

〔一〕中華本作『求神仙』，南山集偶鈔為『求仙』。

〔二〕中華本作『將軍』，南山集偶鈔為『監軍』。

〔三〕中華本作『神仙也』，南山集偶鈔為『真神仙也』。

〔四〕中華本作『傳其痛處』，南山集偶鈔為『僵其痛處』。

李逢亨傳

李逢亨，字太初，廬州舒城人也。崇禎間為國子生，與其兄伯及其弟叔季相友愛。當是時，流寇起秦中，渡河而南，浸尋及於江淮。崇禎八年，破中都，遂南至舒城。逢亨兄弟聚鄉勇，駐天馬山。賊尋去，圍桐城，走湖湘。丁丑春，寇復大至，蔓延山谷間。逢亨兄弟避亂西山中。逢期者，逢亨之季弟也，其子曰天秀，父子皆以氣勇聞。逢期與賊遇，大戰，殺數人，賊懼而走。賊中相戒，以為逢期勇士，必生致之。於是率眾襲執逢期，至營中，勸之降，不肯，曰：『李逢期天下壯士，豈作賊者耶！』賊怒殺之。逢亨聞弟之被執也，曰：『吾弟死，吾何忍獨生。』旦日，率天秀及家奴數輩，持刀入賊營救逢期。時逢期已死，兩人大哭且罵，奮勇殺數賊，皆自刎而死。邑士大夫聞之，以報縣令，縣令獎歎焉。申報上官請恤之，已而城陷，其事遂寢。

贊曰：流寇之禍烈矣。當是時，天下承平久，民不知兵，輒駢首就戮，豈不悲哉！觀逢亨、天秀父子兄弟間，其義烈何其壯也。使當時文武大吏皆能如此兩人，賊之禍豈至是耶，吾是以論著之。

録自戴名世集卷六。

楊維嶽傳

楊維嶽，字五莫，一字伯峻，廬州巢縣人也。生而孝謹，好讀書，毅然自守以正。嘗以文見知於郡守，一日往謁，適富民有犯法者，守教維嶽為之代請，可得金數百。維嶽謝曰：『犯罪自有公法，使此人不當罪，而維嶽受其金則不祥；使此人當罪，以維嶽故貰之，是以私愛而撓公法也。維嶽兢兢自守，懼無以報德，其敢以是為公累。』郡守由是益敬重之。嘗讀書至忠孝大節，往往三復流涕。慕文文山之為人也，畫像以祀之。崇禎中，陝西盜起，都御史史可法巡撫淮揚，維嶽曰：『此當代偉人也，不可以不見。』乃徒步詣軍門往謁，可法故好士，一見奇之。居無何，寇益急，詔天下勤王。時可法已拜南京兵部尚書，尚書以府庫虛耗，軍資竭，兵不得出，傳檄諭天下，捐資救國。維嶽捧檄泣曰：『國事如此，吾何以家為。』即毀家以為士民倡，而人皆無應者。

崇禎十七年，上崩於煤山，維嶽聞之，北向痛哭，累晝夜不能寢食。時福王世子即位南京，改明年為弘光元年。維嶽條例時務十三事，上陳當事。未一歲，北兵渡江，京師潰，而史可法以大學士督師揚州，城破死之。維嶽泣曰：『國家養士三百年，以身殉國，奈何獨一史公。』於是設史公主，為文祭之而哭於庭。家人進粥食，麾之去，平日好飲酒，亦卻之，曰：『踐土而思禹功，食粟而思稷德。吾家世食膠庠之澤，今值國事如此，飲食能下咽乎！』居三日，北兵至，下令薙發，維嶽不肯。人謂：『先生曷避諸？』維嶽曰：『避將何之，吾死耳，吾死耳！』其子對之泣，維嶽曰：『小子！吾生平讀書何事，一旦苟全倖生，吾義不為。吾今得死所矣，小子何泣焉。』人有來勸慰，偃臥唯唯而已。搜先人遺文，付其子曰：『當謹守之。』乃作不髡永訣之辭以見志。凡不食七日，整衣冠詣先世神主前，再拜入室，氣息僅相屬。人來觀者益眾，忽張目視其子曰：『前日見志之語，慎毋以示世也。』頃之遂卒。是歲弘光元年七月二十九日也，年五十六。聞者莫不為之流涕。私謚為文烈公。

贊曰：嗚呼！遭時亂亡，士之自立，可不慎哉。三代以來，變故多矣，為人臣者，往往身為大官不能為國死，而布衣諸生又以死非吾事，則是無一人死也，君臣之義幾何而不絕也哉！自古死節之盛莫如建文之時，而姓名半且磨滅，吾嘗惜之。迨甲申、乙酉間，天下亂又非靖難比也〔一〕，故余所至輒訪問父老，有死事者，為紀次之，無使其無傳焉。而龍舒山中余有門人曰余生，為我道貢士楊維嶽事，余嗟異之。已而睹其子弘抱所作家狀良然，遂為論次如此。

録自戴名世集卷六。

【校】

〔一〕中華本無『亂』字，南山集偶鈔為『天下亂』。

王養正傳

王養正，字聖功，一字蒙修，鳳陽泗州人也。舉崇禎戊辰進士，官至建昌兵備副使。歲乙酉，大兵破建昌，養正被執，不屈死。

養正自成進士至乙酉死國難，中間凡十八年。其宦遊大半在江西，而江西號為文章節義之鄉，一時名宿如姜曰廣、袁繼咸、楊廷麟、黃端伯，皆天下有道高明之士，養正嘗從之遊。養正初授海鹽令，以父喪不果行。服闋，知秀水。秀水大縣，田六十一萬八千餘畝，豪有力者多據沃壤，隱丁賦，而貧弱者往往困徭役。養正為之正經界，均田賦，賦役始平。而豪有力者以是側目，遂中傷養正，左遷以去。無何，升襄陽府推官。是時群盜張獻忠、馬守應等，引衆數十萬據穀城，偽降於制府熊文燦，文燦信之，全楚兵吏皆以為不可，文燦不聽。養正出入賊中，知賊降非實，不敢與撫賊功，已而賊果叛。久之，遷刑部主事，再晉員外郎。是時天子綜核，群臣惴惴，每有大獄，輒懸揣意旨，或持兩端相避就，不敢爭，而養正獨多所執奏。奉命恤刑江西，巡歷十三郡，多所平反。既還朝，擢知南康府。九江土賊鄧毛溪、熊高聚衆山谷間，南康人恇懼，議請兵。養正移疾閉閣臥，陰遣間說鄉兵殺賊，居數日，賊盡殲。暇時輒與諸生講論道義，復修白鹿洞學舍。黃端伯與養正同年，相友善，設精舍廬山下，日與往復議論，諸生多所興起。

甲申春三月，李自成犯京師，烈皇帝死社稷，南中立君，是為安宗皇帝，以養正備兵建昌。養正抵建昌，部署既定，而大清兵已渡江，遣降將金聲桓定江西〔一〕，江西諸郡皆望風潰。養正歃泣誓師，堅城拒守。聲桓遣其精兵來攻，養正以鄉兵敗其前軍。會所征滇兵叛內應，因襲陷建昌，執養正。養正不屈，因執之赴武昌見主兵者。過南康，南康人號泣隨之，養正謝曰：『父老良苦，然吾有死所矣。』臨難之日，主兵者再三說養正使降，養正卒不屈，奮首大罵，遂死，時乙酉八月二十一日也。是年，黃端伯盡節於南京。明年，袁繼咸死於燕市，楊廷麟守贛州，城破死。又二年，姜曰廣起兵南昌，戰敗自殺。

贊曰：余嘗讀先生詩文〔二〕，蓋其孫贊化所刻四逸園集者是也。余既已為之序，而復書其事如此。嗚呼！淮、泗之間，高皇帝之所以起也。當其初起，雲蒸龍變，一時將相皆出於其間。而及其亡也，一二孤忠間出，斷脰決腹，一瞑而萬世不視。觀明之所以起與其所以亡，而淮、泗之盛衰亦可以考見焉。

録自戴名世集卷六。

【校】

〔一〕中華本作『遺將』，南山集偶鈔為『遺降將』。

〔二〕中華本作『余讀』，南山集偶鈔為『余嘗讀』。

劉孔暉傳

劉孔暉，字默庵，先世廬陵人，其大父游楚之邵陽，因家焉，遂為邵陽人。孔暉事親孝謹，而與其伯兄相友愛，幼時從兄詣塾師學書，課已畢，而見其兄課不能竟，則伏几泣，師詰之，以實對，師喜，每稱其友愛純至，以勵他子弟。天啟辛酉，舉於鄉。明年，計偕入京師，道聞兄疾，即反侍湯藥弗懈。久之，兄死，而其母亦相繼卒。孔暉居喪盡哀，見者皆為感動，楚人多稱之。

孔暉起家為龍陽教諭，巡按御史林鳴球知其賢，遂表為縣，得河南之新鄭。當是時，群盜起關隴，蔓延豫、楚之間，張獻忠已破襄陽，李自成擾中原，河南大亂，孔暉從間道抵新鄭。新鄭城且頹，歲復凶，人民多逃徙。或教孔暉棄城走民寨自全，賊勢甚盛，毋守死空城為也。孔暉謝曰：『朝廷不以孔暉為不肖，待罪茲土，縣存亡即孔暉之存亡，敢逃死乎！』於是修城垣，浚湟池，城守略具，而自成兵且至。賊呼：『城上人速降，且獻官與印，不然，城且屠。』孔暉繫印於肱，登城守禦，而賊來益眾。縣人洶洶欲走，無固志，有富豪縋城降賊求生，孔暉執而斬之。而賊已斬南關入，焚掠倉庫，譙樓皆毀。縣人皆走，孔暉大呼百姓巷戰殺賊，莫有應者。賊射孔暉中臂，墜城而隕。賊尋去，圉人張賀等舁至民家，燒湯灌之，閱二日而甦。移文上官，言孔暉旦暮且死，請急遣官來署縣事，且收印。巡撫高名衡不可，於是孔暉仍城守如故。賊復引眾至，執孔暉，賊見印在肱間，折臂取印去。執至朱仙鎮見自成，不屈，遂遇害。從者圉人馮三立亦感憤罵賊死，其僕劉廷及門人鍾寬、楊芳，皆從孔暉殉難。是為崇禎壬午正月十二日也。賊移兵攻汴，新鄭人收其骸骨，歸葬於楚。天子聞之，贈尚寶寺卿，廕一子入監。祀鄉賢祠。

贊曰：　自古盜賊之禍，莫烈於明，然明之群盜最為鶩下，非實有絶人之略，覬覦天下之志也。起饑寒，聚群不逞，一折箠可制，而國家以畏死無能之書生當之，宜其敗也。前後建牙大吏皆不難捐天下以予賊，使能如新鄭令以一城效死弗去，賊之禍豈至是耶！　故余讀先生之事，輒不禁三復而歎息也。

録自戴名世集卷六。

一壺先生傳

一壺先生者，不知其姓名，亦不知何許人，衣破衣，戴角巾，佯狂自放。嘗往來登、萊之間，愛勞山山水，輒居數載。去，久之復來，其蹤跡皆不可得而知也。好飲酒，每行，以酒一壺自隨，故人稱之曰一壺先生。知之者飲以酒，即留宿其家。間一讀書，唏噓流涕而罷，往往不能竟讀也。與即墨黄生、萊陽李生者善。兩生知其非常人，皆敬事之，或就先生宿，或延先生至其家，然先生對此兩生每瞠目無語，輒曰：『行酒來，余為生痛飲。』兩生度其胸中有不平之思，而外自放於酒，嘗從容叩之，不答。一日，李生乘馬山行，望見桃花數十株盛開，臨深溪，一人獨行樹下，心度之曰，其一壺先生乎？比至，果先生也，方提壺飲酒，下馬與先生同飲，醉而別去。先生蹤跡既無定，或留久之乃去，去不知所之，已而又來。康熙二十一年，去即墨久矣，忽又來，居一僧舍。其素所與往來者視之，見其容貌憔悴，神氣惝怳，問其所自來，不答。每夜半，即放聲哭，哭竟夜。閲數日，竟自縊死。

贊曰：　一壺先生，其殆補鍋匠、雪庵和尚之流亞歟？吾聞其雖行遁，而酒酣大呼，俯仰天地，其氣猶壯也。久之，忽悲憤死，一瞑而萬世不視，其故何哉？李生曰，先生卒時，年已垂七十。

録自戴名世集卷六。

竇成傳

竇成者，蜀人也。崇禎中，陝西盜起，自澠池渡河，奔突江淮、汝洛、湘湖之間。當是時，成仗劍從軍為小卒，無所知名。崇禎八年，流賊陷中都，圍桐城不下。桐為四通之道，賊往來豫楚、濠泗必由桐，安慶巡撫遣其將廖應登領兵三千人戍桐城，成與焉。成多髯，軍中稱曰竇髯，為人好氣，善飲酒〔一〕，其戍桐也，縣中百姓多喜與之遊。

歲壬午冬，成從應登往謁巡撫史可法於廬州。至舒城，解鞍休馬，遇張獻忠兵，皆被縛。當是時，江北諸郡縣相繼皆屠滅，獨桐城屢圍不能破，至是賊攻益急，縣中設守嚴，出奇計擊賊，賊多死。賊計無所出，乃挾應登誘降其部卒，因遣成至城下，獻忠使二賊隨之。成仰呼城上守兵曰：『我竇成也，賊使我招降若等，若等宜堅守。今賊計窮矣，若等努力無懈，且速請兵來援。我死矣！我死以活若等及縣人。』二賊怒，拔刀刺之，成至死猶大呼不絕。賊凡攻圍且數十日，縣中洶洶，謂城且旦夕破〔二〕，莫知所為，及聞成語，士卒皆起〔三〕，人人具香焚之，煙縷起屬天，相與望城下流涕而拜，因守益力。使人間道請救於總兵黃得功，得功引兵來救，賊大敗走楚。縣人立祠於城內西山之麓祀之。成死之日，是為歲壬午十一月二十一日也。

應登既陷賊，賊殺之沙河，其三千人屬於孫、羅二將，仰食民間。已而城內食匱，剽掠郊野，大兵至，悉散去，執兩將至江寧，殺之。

贊曰：余嘗至竇公祠，拜其像，慨然流涕者久之。嗚呼！賊蹂躪遍天下，而吾縣以孤城懸寄，猶得父子兄弟相保也，烏可忘其所自耶！當此之時，建牙大吏其不為賊用者少矣，國家之敗亡，庸獨群盜之罪乎。殺身成仁，得之戍卒，可敬也夫！可悲也夫！

録自戴名世集卷六。

【校】

〔一〕中華本作『喜飲酒』，南山集偶鈔為『善飲酒』。

〔二〕中華本作『城旦夕且破』，南山集偶鈔為『城且旦夕破』。

〔三〕中華本作『士卒皆起』，南山集偶鈔為『士皆起』。

吳文煒傳

吳文煒，字山帶，廣東南海人。為人樸茂篤行，與人交有至性。於書無所不讀，而亦能詩善畫，時時行吟道中，其有所得名章雋句，即為人誦之，解衣盤礴，旁若無人。其於山川、草木、蟲魚、鳥獸，凝神諦視，舉筆貌之，洪纖畢肖，其所親者持去無所惜，而有力者往往以金帛購之不能得也。少為諸生，不屑意進取。嘗讀書，輒慕江浦劉巖、桐城戴名世、長洲汪份、德州孫勷、臨晉謝陳常之為文也。康熙癸酉，陳常以檢討為廣東主考，其友勸之曰：『君固無意於進取〔一〕，然檢討固君所誦法者，今為主考，君出試，宜得游其門下，以慰疇昔之願，不亦可乎。』文煒曰：『諾。』遂出試，果舉第三，而先是檢討鄉舉亦第三，蓋檢討以己之科名處文煒，其愛之如此。廣東有名士曰陳恭尹、屈大均，皆持高節，不妄交遊，而獨時時與文煒相過從不厭。大興人薄有德，負氣好交遊，嘗識文煒於場屋中，即延文煒主其家，遍贊之賓客。歲甲戌，下第南歸。越二年，廣東巡撫高中丞使其子入都應試，聘請文煒與之俱行，文煒不獲辭，然再入京師，非其志也。是時檢討已請告還家，而文煒仍主有德。頃之，疾大作，就醫於行唐。知行唐縣劉某為文煒故人，已而不得志於行唐，辭入京師，次定州，遇有德家人以函來，發函視之，則參藥也。文煒歎曰：『我友不忘我也，然命已止此矣，將奈何？』行至良鄉，卒於車中。將死，告其僕曰：『身後之事，有高公子及薄君在，汝勿憂。』於是公子為具棺，而有德親視殯殮，復相與謀歸其櫬，而雕刻其詩文以行於世。

贊曰：歲甲戌五月，余與二三友人游於虎丘之上，適吳君過此，持刺來謁，僂然行也。余輩與之飲酒，問以粵東山川人物，吳君為土音，余輩多不能解，已而畫一扇贈余而去，今聞其死，甚悲之。又聞陳、屈兩先生或病且死，以不得見其所著書為恨，無錫王完趙曰：『兩家之書，吾當為君致之。』王完趙者，吳君之友也。且曰：『吳君客死良苦，然得吾子為之傳，死且不朽矣。』因書其行狀示余，而吾稍採次其語云。

録自戴名世集卷六。

【校】

〔一〕中華本作『無志於進取』，據足本南山集偶鈔。

畫網巾先生傳

順治二年，既定江東南，而明唐王即皇帝位於福州。其泉國公鄭芝龍陰受大清督師洪承疇旨，棄關撤守備，七閩皆沒，而新令薙髮更衣冠，不從者死。於是士民以違令死者不可勝數，而畫網巾先生事尤奇。

先生者，其姓名爵里皆不可得而知也，攜僕二人，皆仍明時衣冠，匿跡於邵武、光澤山寺中。事頗聞於外，而光澤守將吴鎮使人掩捕之，逮送邵武守將池鳳陽。鳳陽皆去其網巾，留於軍中，戒部卒謹守之。先生既失網巾，盥櫛畢，謂二僕曰：『衣冠者，歷代各有定制，至網巾則我太祖高皇帝創為之也。今吾遭國破即死，詎可忘祖制乎！汝曹取筆墨來，為我畫網巾額上。』於是二僕為先生畫網巾，畫已，乃加冠，二僕亦互相畫也，日以為常。軍中皆譁笑之，而先生無姓名，人皆呼之曰畫網巾云。

當是時，江西、福建間有四營之役。四營者，曰張自盛，曰洪國玉，曰曹大鎬，曰李安民。先是自盛隸明建武侯王得仁為裨將，得仁既敗死，自盛亡入山，與洪國玉等收召散卒及群盜，號曰恢復，衆且逾萬人，而明之遺臣，如督師兵部右侍郎揭重熙，詹事府正詹事傅鼎銓等皆依之。歲庚寅夏，四營兵潰於邵武之禾坪，池鳳陽詭稱先生為陣俘，獻之提督楊名高。名高視其所畫網巾班班然額上，笑而置之。

名高軍至泰寧，從檻車中出先生，謂之曰：『若及今降我，猶可以免死。』先生曰：『吾舊識王之綱，當就彼決之。』王之綱者，福建總兵，破四營有功者也。名高喜，使往之綱所。之綱曰：『吾固不識若也。』先生曰：『吾亦不識若也，今特就若死耳。』之綱窮詰其姓名，先生曰：『吾忠未能報國，留姓名則辱國；智未能保家，留姓名則辱家；危不即致身，留姓名則辱身；軍中呼我為畫網巾，即以此為吾姓名可矣。』之綱曰：『天下事已大定，吾本明朝總兵，徒以識時變，知天命，至今日不失富貴。若一匹夫，倔強死，何益？且夫改制易服，自前世已然。』因指其髮而詬之曰：『此種種者而不肯去，何也？』先生曰：『吾於網巾且不忍去，況髮耶！』之綱怒，命卒先斬其二僕。群卒前捽之，二僕瞋目叱曰：『吾兩人豈惜死者！顧死亦有禮，當一辭吾主人而死耳。』於是向先生拜，且辭曰：『奴等得事掃除泉下矣！』乃欣然受刃。之綱復謂先生曰：『若豈有所負耶？義死雖亦佳，何執之堅也。』先生曰：『吾何負？負吾君耳。一籌莫效而束手就擒，與婢妾何異，又以此易節烈名，吾笑夫古今之循例而赴義者，故恥不自述也。』出袖中詩一卷，擲於地，復出白金一封，授行刑者曰：『此樵川范生所贈也，今與汝。』遂被戮於泰寧之杉津。泰寧諸生謝韓葬其骸於郊外杉窩，題曰『畫網巾先生之墓』，而歲時上塚致祭不輟。

當四營之既潰也，楊名高、王之綱復追破之，死逃略盡，而敗將有願降者，率兵受招撫於邵武。行至朱口，一卒獨不肯前，伸項謂其伍曰：『殺我！殺我！』其伍怪之，且問故。曰：『吾熟思之累日夜矣，終不能俯仰事降將，寧死汝手。』其伍難之，乃奮袂裂眥，抽刃相擬曰：『不殺我者，今當殺汝！』其伍乃揮涕斬之，埋其骨而去。

揭重熙、傅鼎銓先後被獲，不屈死。張自盛、曹大鎬等後就縛於瀘溪山中。

贊曰：自古守節之士不肯以姓字落人間者，始於明永樂之世。當是時，一夫守義而禍及九族，故多匿跡而死，以全其宗黨。迨崇禎甲申而後，其令未有如是之酷也，而以余所聞，或死或遁，不以姓名里居示人者頗多有，使弔古之士莫能詳焉，豈不可惜也夫！如畫網巾先生事甚奇。聞當時軍中有馬耀圖者，見而識之，曰『是為馮生舜也』，至其他生平，則又不能言焉，余疑其出於附會，故不著於篇。

録自戴名世集卷六。

唐允隆傳

唐允隆，字吉人，宣城人也。為人倜儻負氣，少為諸生，有文名。吳甘來、周宗建皆前輩達尊，負海內重望，一見允隆，皆器重之。允隆家故饒於貲而好施，屢散金數千不顧。性剛直，好議論人物，一無所諱忌，以故群小側目，輒為中傷，往往危而獲免。生平排難解紛，拯人於厄者，不可勝數也。嘗以事至姑熟，姑熟有富人被誣，官吏利其財，將謀繫之獄，允隆聞之，拂袖起，詣富人曰：『吾義不忍視若冤。』富人付允隆金數百，允隆為營救之，事竟解，悉還其金。富人出金謝允隆，允隆不受，疾馳去。同邑子魏某被誣，繫蕪采營，鎮將梁化鳳素善允隆，允隆為言於化鳳而釋之。及允隆沒，魏某朔望必呼其家人曰，『唐先生活我』，相與集允隆祠拜之。

歲乙酉，大兵渡江，總兵方國安自蕪湖遁入浙江，取道宣城，兵不戢，所在皆設守與抗。將至允隆里，里人且欲禦之，允隆曰：『若是，禍且不測。』乃具壺觴，殺羊豕，往迎謝過。其部將大喜，令軍中曰：『過唐秀才里，敢掠者斬！』於是一軍肅然去。去之他里，他里與抗者皆遭殺掠，里人始曰：『微存齋，吾儕其不免乎。』存齋，允隆別號也。當是時，盜賊蜂起，丹陽湖尤為盜藪。丹陽湖與允隆里鄰，上官下教，居人於湖濱築樓守望，工程嚴迫，費且不貲，人皆避去，允隆獨慨然任之，不費官帑及民錢，刻日而板築就。歲丙辰，丹陽湖盜又竊發，官兵先後至湖濱，居人驚駭，欲散去。允隆遍歷諸營，結其將領，供糗糧無缺，居人卒賴以安堵。先是歲丙戌，以收債至建貧梅墅，值歲饑且疫，允隆視其貧乏者周之，不能償者為焚券二百餘紙。

允隆少嘗從休寧金聲遊，明亡，聲以少司馬起義兵死，允隆仇家告允隆實聲黨，被逮至安慶，慬而不死。嗣後屢被奸人連染，家遂毀，而氣不為衰止。於朋友親故，時以行誼相切責，往往鬚張面發赤。久之，人諒其無他，雖仇家亦多為感化。里中有爭訟，必質允隆，片言立斷，無不心折去。族人有相仇害，允隆出己橐中金為排解，爭遂以息。從兄犯法，破其產，並累允隆，產且盡，贓未盡輸。有司知其故，謂允隆曰：『吾聞若頗有債未收者，盍列名以聞，為追而代償之，不亦可乎？』允隆對曰：『生已得禍，而又以禍他人，所不忍也。』卒自稱貸，輸之有司，皆歎異焉。年七十有二，卒。先是允隆預知死日，及期，異香滿室，端坐而逝。

贊曰：宣城之唐氏，世為著姓，存齋先生，才氣實有過人者，而遭時不偶，坎坷終身，豈不惜哉！其曾孫名世，嘗從余遊，今年冬，貽書於余曰：『願有言也』，余是以論著之。

録自戴名世集卷六。

先世遺事記

余家世孝弟力田，至南居府君尤多隱德，鄉里稱為長者。南居者，所居地曰南灣，因以為號也。後遷於縣治之城東，使其子面峰府君至南灣，部署奴僕治田事。面峰府君，余祖之曾祖也。農人有掘地得白金二甕，其上皆金玉寶器，不敢匿，以告主人。於是面峰府君歸至家，請命於南居府君，將取之。府君大怒曰：『吾聞之，有無望之福者，必有無望之禍。吾家世力田自給，今汝不自力，而欲取非義以長其驕，吾家焉用此不才子！』乃杖之。農人私自喜曰：『是固天所以賜吾也。』即歸，與其妻子潛掘載而去之鄰邑，買田宅為富人。

居數年，其子來哭而訴曰：『吾父取非其有，以有今日。吾父之始去也，為盜所窺，居無何，盜入室，盡劫其金錢以去。金玉寶器有稍稍存者，持入市易物，獄吏見而豔之，誣吾父為盜，曰：「汝等賤人，何自有此。」遂謁於官，家破，竟罹禍以死。今吾無所歸，念與主人有故，惟憐而活之，敢以請。』南居府君悲憐其事，復與以故所種田。顧謂面峰府君曰：『向不從余言，則汝今日者，且不知乞憐於誰氏之門也。』人有聞者皆服。余大父為余言先世事多此類。且曰：『祖宗有善而湮滅不著於後世，子孫之責也，汝他日當盡為表彰之。』小子僅先志其一節若此云。

録自戴名世集卷六。

先君序略

先君諱碩，字孔萬，號霜巖，一號茶道人。先世洪武初自徽之婺源徙居桐，至先君之高高祖南居府君，族始大。家世孝弟力田，以貲雄鄉里，里中皆稱戴氏忠厚長者，縣大夫輒嘗餽問，以風示縣人。南居府君之長子為面峰府君，面峰府君之幼子為默齋府君，始以國子上舍為處州經歷。時太守有羸疾，不能視事，知府君長者，事皆屬府君治，吏懾服不敢欺謾，一府中皆稱其能。歷署篆，每去，士民追送百里。時鄰縣百姓難治，不服官府約束，曰：『吾儕百姓非敢抗逆，但得某縣戴公來，則吾等安矣。』上官知之，調府君往，事輒平，以故常兼攝兩縣事，其清廉如此。居鄉好賑恤貧乏，鄉老大夫莫不加敬焉，屢舉鄉飲大賓。生四子，長曰孟蕣府君，即吾之曾祖也。曾祖弱冠為諸生，有聲，後國變，痛哭，薙髮服僧衣，入龍眠山中不出。年七十五，以庚戌年卒。時名世已十七歲矣。吾祖官江西，回侍養山中，後因家焉。先君生五歲，而祖母吳孺人卒。祖母，贈工部主事諱應寵之女，河南左布政使諱一介之女孫，諭德諱應賓之從子也。生姚氏姑母及先君。先君自失母乃困，至今四十八年，竟以窮而死。

先君為人醇謹，忠厚退讓，從不言人過失，與人交無畛域。與人語輒以為善相勸勉，津津不休，一見之此語，再見之亦此語，有興起者輒喜不寐。無老幼賢愚，皆服其長者，不敢犯，犯之亦不校，生平未嘗有與人失色失言者。第其艱難險阻，備嘗人間苦，不能以告人也。歲甲午，年二十一，補博士弟子。家貧，以授經為業。歲辛丑、壬寅間，始擔囊授徒廬江，歲一再歸，博奉金以活家口。頃歲授徒里中，然性不喜家居，輒復客於外。今竟死於外。嗚呼，悲哉！

其為文不屬草，步階前數回，即落筆就之，不改竄一字。尤喜詩，詩辭大抵多悲思悽楚之音，凡百餘卷，皆可傳誦也。自以荏苒半生，坎坷無一遇，米鹽常缺，家人兒女依依啼號，而頻年旱荒，終歲傭書，不足以給朝夕為俯仰之資，而不肖名世好讀書，不通時務，曰：『是將復為我也。』嘗曰：『讀書積善欲獲報，如捕風捉影。如吾等者，豈宜至此。』時形諸感歎。每詩成，則朗朗吟詠，眉乃一開也。嘗借飲酒以解其憤懣，每飲輒擲骰爭勝負以為樂，大醉乃已。家人惟吾母事之謹，兒子輩妄意他時富貴以娛親，朝夕定省，甘旨皆缺，未享人子一日之養，而已不及待矣。

先君卒於陳家洲，洲去縣一百四十里，以去歲十月初一日往。謂名世曰：『諸生皆治詩，汝勿治詩，汝今治易。吾為彼等講毛詩。』蓋吳氏先聘不肖名世以今年館於其家者也。先是，先君客舒城山中，夏秋之間，治裝歸矣，忽瘡起於足，痛幾危，越月，始稍稍愈，愈而歸，歸不復去，以山多峻嶺，不可騎，難以徒步也。居無何，足大愈，適吴氏來請，遂去。名世送之郭外，豈知其永訣而遂不復見乎！到洲五十日而卒。先是十日前有書來云，瘡發於項偏左。名世等以先君壯年盛德，此足疾餘毒，不為意，而諸生皆駭，又江濱荒陋無良醫，延一醫治，曰無傷，飲藥數劑，病癒甚。諸生請致信家中，曰：『不可，吾七八月間不死，今豈遂死乎。』已而諸生知不可起，始使人來報，比至，則已不及待矣。先君居洲未兩月，而洲之人皆感動，其死也，皆呱呱而泣曰：『天無眼矣。』嗚呼！人莫不有死，而先君客死，早死，窮死，憂患死，此不肖名世所以為終天之恨，沒世而不能已者也。

先君生於明崇禎癸酉年五月二十二日，卒於康熙庚申年十一月十九日，享年四十有八。今暫厝於默齋府君塋兆之旁，俟卜地葬祖母而附葬於其旁。娶吾母方氏，生男子子二人，長即不肖名世，娶李氏；次子平世，娶汪氏。女子子三人，長字邑庠生徐廷錦，次尚未字，三字姚姑母之幼子應運。先是姑母以戊午年卒，卒年亦四十有八。康熙辛酉二月十六日，不肖孤子名世謹述。

録自戴名世集卷六。

左忠毅公傳

左光斗，字共之，南直隸桐城人。舉萬曆丁未進士，起家中書，選授浙江道御史。天啟初，與給事中楊漣俱以清直敢言負重望，每國家有大議，公卿大臣輒問二臺省云何，二臺省者即光斗、漣也。兩人公忠一體，有所舉劾，必諮而後行，權貴人皆凜凜畏之，一時海内有道高名之士，皆從之遊，而小人之趨利貪權勢者，皆弗之便也。

巡視中城，搜獲假官、假印、假文卷以百數，吏胥宿蠹，為之一清。尋巡視屯田水利，上書言：『國家倚漕東南不可恃，而京以東，畿以南，兩河以北，荒原一望，率數千里，高者為茂草，窪者為沮洳。請一切有司首課農政，興水利。田野不治，即異才高等，亦注考下下。』制曰『可。』光斗親巡行阡陌，督官吏，教民種植桑麻稿秸，仿佛江南。及光斗去，後至者漫不以為意，由是田復荒不墾。

神宗不豫，太監劉朝、魏忠賢矯太子令，索嘉靖中戚晼莊田，光斗封還不啟。已又奏太監陳登奪民籽粒，壞屯政，且請蠲十三場逋租，民咸復業焉。尋又督學畿輔，光斗能知人，往往所取士能預決其得失利鈍，後皆卒如其言，無一爽者，而識史可法尤奇。光斗念天下承平久，人不知兵，而疆埸多故，每行部，輒教諸生射，奏開屯學，又奏開武學。光斗多諳朝廷典故，而留心於當世之事，慨然以天下自任，其才無所不通，未及盡試，而崔、魏之難作。

當神宗晚節，遼東事起，北關新破，天子怠荒，不視朝者三十餘年。光斗上疏曰：

臣惟今日之事，遼安則天下安，遼危則天下危。皇上御朝則天下安，不御朝則天下危。早御朝則救天下之全，遲御朝則救天下之半，若終不御朝，則終無救而已矣。何也？今天下非無全力也，救遼者非不多方也。譬如病者在床，醫者在門，曾不得望主人而切脉，即投溫投涼，治標治本，總無當也。善醫者則不然，但請主人正襟危坐，察言審色，伸脊容身，而病已霍然矣。臣非不知陛下靜攝日久，而悅社稷自不得悅君，若能及此時而一御朝，臣謂有十二善焉。

歷數在躬，厥惟天子。有為子三十餘年不見父母者乎？及此正朔新頒，一出而天怒可回。一善也。

二祖八宗，憑依者陛下。有為子若孫三十餘年不見祖宗者乎？及此太廟時享，躬親匕鬯。二善也。

人主天也，群臣萬物也。有萬物三十餘年不見天日者乎？陛下一出，而陰霾解散，陽氣發舒。三善也。

不但此也，大塞朋來，睽孤乍合，陛下無所厭苦群臣，群臣無所責難陛下。四善也。

主憂臣辱，主辱臣死，動色相戒，懼心以生。五善也。公憤盈朝，私門自平。上曰：『余一人之罪。』群臣曰：『諸大夫之罪。』如兒女爭言，見主人而自息，如兄弟鬩牆，遇外侮而自消。六善也。

而後問兵馬於邊臣，何以閱視敘功，則在在飽騰，調發應援，則在在單弱？不但三韓，九邊盡然，不但九邊，天下盡然。破積習而討軍實，七善也。

而後問糧餉於戶部，何以兵既不足，而餉不見有餘，餉既不足，而兵不見有餘？核而清之，歲可省京儲數十萬，籍而沒之，歲可增邊儲數十萬。八善也。

又且問用人於吏部，毋以人試官，毋以官試地，論定取自上裁，不效罪坐舉主。九善也。

又且付罪臣於法司，如楊鎬、李維翰、李如楨等，國有常刑，毋令賄免。十善也。

又且申陳力就列之義於大臣，能如于忠肅之入守出戰，王忠毅之北討南征，則請拜樞密，否則，奉身而退，無久妨賢路。十一善也。

臣更有寒心者，自陛下不見群臣百姓以來，人人皆無固志，富商大賈，席捲南還，勳戚貴臣，陰圖轉徙，卒然有急，二三宦豎，掉臂而去耳。陛下一出，而群情無恐，效死勿去。十二善也。

有此十二善，不過舉步之勞，片刻之暇，何憚而久不為此，此必有物以為之祟。將在內廷耶？在外廷耶？在外廷，則不當有此臣子，在內廷，則陛下奈何甘受其祟，而不悟也哉！誤不可再，時不可失。幸而及臣所謂僅救其半，不幸而不及，不忍言矣！

疏三上，皆不省。當是時，大學士方從哲，兵部尚書黃嘉善，皆以不稱職為光斗三四糾。而嘉善採人言，許天下募兵者，自領至京師受職，光斗論其害，事寢不行。

初，御史熊廷弼巡撫遼東，自謂天下才，傲狠自用。光斗時時規諷之，廷弼不悅。既去遼，遼敗，復起經略，廷臣欲斥前沮廷弼者以謝之，光斗疏救之，廷弼愈不平。光斗嘗謂同縣倪太僕曰：『熊公才優而量不逮，前以之守遼可也，今以之恢復，豈不殆哉。』居有頃，廷弼果敗。

光宗崩，李選侍居乾清宮，熹宗居慈慶宮。選侍者，光宗所愛幸。上崩，諸內臣教選侍矯遺命，母天下，聲言欲垂簾決事。而劉遜、劉朝、姚敬忠、李敬忠等，盜寶漏泄，恐誅，欲倚選侍自固，皆出死力佐之。於是光斗與都給事楊漣謀，恐為他日患，乃上疏，略曰：『內廷之有乾清宮，猶外廷之有皇極殿也，祖宗以皇帝御天，居之，皇后配天，得共居之。其餘妃嬪雖以次進御，遇有大故，即移置別殿，非但避嫌，亦以尊制，歷代相傳，未之有改。今大行皇帝賓天，選侍李氏儼居正宮，而殿下乃居慈慶，不得守几筵，行大禮，典制乖舛，名分倒置，臣竊惑之。且聞李氏侍先皇，無雞鳴脫簪之德，侍殿下，又無撫摩養育之恩，此豈可托以聖躬者？伏乞收回遺命，仍守選侍之職。或念先帝遺愛，姑與以名稱，速令移置一號殿中。殿下仍回乾清宮，守喪次而成大禮，庶幾宮闈清而名分正矣。』疏上，選侍大怒。而楊漣等力爭，內臣王安亦主漣、光斗議。選侍不得已，乃出居噦鸞宮，上還乾清宮。光斗復奏：『移宮以後，固當存其大體，捐其小過。陛下如天之度，宜無所不包涵，先帝在天之遺愛，宜無所不體恤。若株連蔓引，使宮闈不安，此非國體，亦非臣等建言初心矣。』御史賈繼春上書，以為移宮非是，首排光斗，其黨相繼譁於朝，迄數日不定。後崔、魏殺三案諸臣，三案者，此其一也。

光宗年號未定，或議削去，否則，仍以明年為泰昌元年。召廷臣共議之，光斗議曰：

年號何為而議也？曰為泰昌也。泰昌之年號何為而議也？曰為泰昌之崩而存之，非為泰昌之生而改之也。何為其改與存也？曰生而急欲尊之，之為改，崩而不忍削之，之為存也。故今日之議，兩言決之曰：天啟之議泰昌，非泰昌之議萬曆也。泰昌之議萬曆，則不宜改，而天啟之議泰昌，則當存也。若使泰昌晏駕稍待半載，又使泰昌之詔未宣，而泰昌之曆已頒，可以無今日之議，惟詔已頒矣，曆未改矣，天啟之明年已定，於是乎追思先帝之懿美，不得不曲全先帝之年號，而紛紜之議，直欲削之，不知其解矣。

天下事，情與理而已。泰昌雖一日，亦君也，今一月，而萬曆四十八年之祚厚其終，天啟億萬年之祥開其始，將不稱宗乎？不祔廟乎？稱宗祔廟，有廟號而無年號乎？將孫稱祖號，弟襲兄年，如建文、景泰，以叔侄兄弟之事行於父子之間乎？泰昌之於萬曆，猶天啟之於泰昌也，泰昌不忍於其親則存之，天啟獨忍於其親則削之，是陷上於不孝也，即不忍於祖而忍於父，猶之不孝也。急欲全泰昌之孝，而不思所以全上之孝，是議者之過也。何也？泰昌之改元以明年，亦曰億萬年，行有待耳，今已矣，復何待哉。生為一世之君，歿不得享一日之號，仰既不能得之於父，俯又不能得之於子，泰昌在天之靈必不安。奪子之不足，以增己之有餘，萬曆在天之靈亦必不安。皇祖考之靈不安，而謂上安之乎！

載考綱目，唐睿宗太極元年下分注，玄宗皇帝先天元年。唐德宗貞元二十一年分注，順宗皇帝永貞元年。晉武帝崩於四月，不書太熙，直大書孝惠皇帝永熙元年。而資治通鑑於玄宗直書先天元年，注，是年八月，改元先天；於順宗直書永貞元年，注，是年八月，改元永貞；晉永熙之書亦如綱目。由此觀之，晉、唐二君皆當年改元，一四月，兩八月，不必正月而後改元明矣。唐之玄宗則以太上見在而改，在者如此，況崩者乎。夫千古禮法、史法之宗，無如朱紫陽、司馬溫公，今之高論，度不能加兩公上。如溫公議則獨存泰昌，如紫陽議，存萬曆並存泰昌，兩書具在，可無煩聚訟為矣。

嗟乎！自古逾年不改元之非，甚於不逾年改元之非。今成先帝不忍改元之是，而又貽上逾年不改元之非，宜以先帝御極之辰，追書之曰『泰昌元年八月朔，即皇帝位』，盡歲止，而哉生魄以前仍為萬曆四十八年云。

於是公卿皆以為光斗議是，詔從之。

是時大學士沈漼與外戚鄭養性、太監劉朝交通亂政，先後典重兵。光斗與刑部尚書王紀等先後論奸相典兵，外戚典兵，內監典兵，必為國患。居無何，此三人皆敗。而魏忠賢新專國命，廷臣三案，異議者皆附之，其黨崔呈秀、魏廣微尤用事。光斗已歷官至僉都御史，而楊漣為副都御史。是時吏部尚書趙南星、侍郎陳于廷、左都御史高攀龍、吏部都給事魏大中，皆負海內清望，群小畏惡之。光斗同郡阮大鋮者，謁忠賢，進百官圖曰，某宜先驅，某宜後擊，某宜正攻，某宜旁射。於是忠賢大喜，按圖殺諸君子，往往多用大鋮之策。

御史崔呈秀，初，巡按淮揚，賕累巨萬，高攀龍劾之，遂父事忠賢。大中亦劾大學士魏廣微，兩人教忠賢速殺漣、光斗、大中等。事未發，會楊漣奏忠賢二十四罪，於是忠賢罷兩人官而逐之。廣微嗾忠賢劾光斗裝以逮，忠賢不應，已而覘光斗就道，惟襆被而已。廣微私自喜曰：『幸未劫也。』先是給事中傅櫆與東廠理刑傅繼教相善，繼教與傅應星結為兄弟。應星者，蓋忠賢之甥云，或曰，即忠賢子也。櫆應星通於忠賢，忠賢因以其第宅居櫆。櫆欲殺光斗、大中以媚忠賢，求兩人瑕隙不可得，乃曰：『光斗客有汪文言者，並游於楊漣、魏大中之門，今當誣文言為兩人畫策納賄，鍛煉文言，以成其獄。如此，則兩人可殺也。』遂上書論之。光斗奏辨數四，乞罷歸養親，不許。至忠賢逐光斗歸，終朝拷掠文言，文言不服，遂殺之。而御史徐大化者，忠賢黨也，論漣、光斗妄議移宮，且受熊廷弼賄誤封疆，及屯吏金。故事，御史巡視屯田，屯吏餽金數百，御史受之以為常。光斗獨卻不受，諸御史皆慚且恚，至是大化誣奏之。忠賢矯旨，遣緹騎逮光斗、漣入京考鞫。緹騎至桐，光斗泣語諸弟曰：『父母老矣，吾何以為別。』家人環泣，生祭縣中。父老子弟張檄示擊緹騎，光斗曰：『是速死矣。』固止之。檻車出郭，縣人擁馬首號泣，焚香拜北闕，緹騎皆為流涕。壯士數百人潛行，欲伏闕訟光斗冤，至黃河，光斗知之，固辭謝，乃還。容城舉人孫鐘元，欲脫光斗於客氏，以告光斗，光斗曰：『吾雖不肖，豈能懼寺人之禍，而求生於媚人之手乎！』

定興人許顯純者，素無賴，尤疾惡士大夫，及忠賢用事，顯純謁忠賢，求為獄吏，士大夫入獄者多不能免。至是顯純嚴刑訊光斗坐賕二萬金。是時熊廷弼兵敗下詔獄，為狀告於朝曰：『楊、左兩人前日皆欲殺我者也，何以余為通賄？』而畿輔好義者皆設部分募應鹿太公。鹿太公者，太常卿鹿善繼父也。太公為人好氣樂義，日夜奔行郡縣，醵金為光斗償賕，欲以脫光斗。初，光斗督學畿輔，畿輔人德之，故爭應太公。金入未畢，而忠賢已殺光斗於獄。先是光斗在獄，出片紙寄其家曰：『辱極，汙極，痛極，死矣！死矣！如二親何。願以此報天子，報二祖列宗。』是歲天啟五年七月也。卒之夜，長虹亙天，里中星隕如斗，而楊漣、魏大中皆死。

閱二年，熹宗崩，烈皇帝立，誅魏忠賢、客氏、崔呈秀，而褫阮大鋮、魏廣微等，贈光斗右副都御史，予祭葬，再贈太子少保，謚忠毅，予三代誥命。縣人立祠祀之。

初，大興人史可法，幼貧賤，奉其父母居於窮巷，光斗為督學，可法以應童子試見光斗，光斗奇之，曰：『子異人也，他日名位當在吾上。』因召之讀書邸第，而時時餽遺其父母貲用。一日，光斗夜歸，風寒雨雪，入可法室，見可法隱几假寐，二童子侍立於旁，光斗解衣覆之，勿令覺，其憐愛之如此。及光斗逮繫，可法已舉於鄉矣。

可法知事不可為，乃衣青衣擕飯一盂，佯為左氏家奴納槖饘者，賄獄卒而入。見光斗肢體已裂，抱之而泣，乃飯光斗。光斗呼可法而字之曰：『道鄰宜厚自愛，異日天下有事，吾望子為國柱石。自吾被禍，門生故吏，逆黨日邏而捕之。今子出身犯難，徇硜硜之小節，而攖奸人之鋒，我死，子必隨之，是再戮我也。』可法拜且泣，解帶束光斗之腰而出。閱數日光斗死，可法仍賄獄卒，入收其屍，糜爛不可復識，識其帶，乃棺而殮之，得以歸葬。後可法果以功名顯。

贊曰：余與左氏子弟遊，得見公獄中手書，血跡斑斕，可悲也。當天啟初，正人在位者不少，相繼覆滅，海內寒心。而逆黨根株蔓延，雖以烈皇帝之英武，不能盡為掃除，竊位釀亂，至於亡國，哀哉！

録自戴名世集卷六。

楊劉二王合傳

楊畏知，字介夫，陝西臨潼人。劉廷傑，字霞起，福建上杭人。而王運開、王運宏，所謂『夾江二王兄弟』者也。崇禎庚午，畏知舉於鄉，庚辰召試，授戶部主事，累遷洱海道副使；廷傑以貢士通判永昌，皆滇屬云。當是時，永昌推官為王運開。運開以進士起家，而其弟曰運宏，崇禎壬午舉人也，運宏以蜀亂，亦擕其家從兄居永昌。

崇禎中，陝西群盜起，天下大亂，而滇以僻遠得脫，承平且三百年，其富麗擬於中原矣。黔公世守滇南，十餘傳而至沐天波。天波自年少，政出多門，諸土司時時欲叛，天波不知也。乙酉秋七月，吳必奎反。冬十二月朔，沙定州反，襲破滇，天波走楚雄。明年，沙定州自將兵圍天波於楚雄。當是時，洱海道楊畏知駐楚雄，永昌推官王運開亦適以他事至，相與嬰城守，定州不能破，而使其將李曰芳攻大理，王朔攻蒙化，皆陷之，天波懼，又走永昌。明年，張獻忠死於蜀，其平東監軍孫可望〔一〕、安西將軍李定國率其餘黨，收潰卒，由蜀入貴州，聞滇亂，遂引兵襲滇，破之，沙定州敗走。明年，孫可望西略地，且及楚雄，畏知奮曰：『可望國賊，罪大惡極，豈可坐而待其至乎！』率其兵千餘人，迎戰於祿豐縣之啟明橋，兵敗，自投水中。可望素聞畏知名，使人救之起，再三説畏知使降，畏知不肯，痛哭求死甚哀，可望曰：『公無自苦，公志在尊明，吾亦且歸正，興復明室。公盍留此身，與吾濟大事，奈何死也！』可望因折箭為誓。畏知乃喜曰：『爾既與吾輔翼王室，則自今請勿殺人，勿焚廬舍，勿淫人女子。可望遂下令軍中如其言。以故迤西諸郡雖不守，而皆無屠殺淫掠之慘者，畏知之力也。

可望尋至大理，使人招天波於永昌，天波欲降，索諸司印與俱，而是時通判劉廷傑署郡守，推官王運開署參議，兩人正色告天波曰：『吾曹之官皆權攝也，其印何敢與公爭，然印在吾而與公以降賊，是吾兩人亦降賊矣。吾兩人受先帝命守此土，自分死久矣，豈能復向賊求活？且吾兩人書生，猶義不為賊屈，公世臣，奈何賊未至輒降，他日死〔二〕，何面目見祖宗於地下？吾兩人在，印不可得。必欲印，請待吾兩人死，而後惟公之所為。』天波不能答，而陰告永昌人曰：『不降，城且屠。』永昌人洶洶，兩人因悉遣其家人西走騰越。運開謂其弟曰：『爾未仕，義可不死，其將吾妾俱西〔三〕，勿令此輩在，徒亂人意耳。』衆日集參議門，哭且譁曰：『明公固效死，奈滿城生靈何？』參議慰之使退，乃又趨府署，譁如前。廷傑從容坐堂上，召之曰：『來，吾語汝。逆賊詭譎，他州縣之降而屠者多矣。處亂世，生死有命，若何恐之甚耶。』衆或前曰：『人誰不畏死？』廷傑笑曰：『汝以吾為畏死耶？吾欲死久矣。』乃命取卮酒〔四〕，開筵投鴆，將飲，衆大驚皆走。一夕，運開過廷傑相與語，臨別，運開舉手曰：『吾熟思之，惟此一路宜走也。』廷傑曰：『諾。』衆有竊聽者，私相告且賀曰：『兩人走，我輩生矣。』旦日集參議門視之，而見有老僕哭而出，往告廷傑曰：『吾主人夜半自縊死矣。』廷傑喟然歎曰：『嗟乎，君子哉！遂先我而死耶。』乃沐浴焚香，撰上烈皇帝表，又賦詩四章以見志。既畢，以素練懸梁上，既縊，練忽絕，復甦。有客持之泣，廷傑叱之曰：『去！』復整衣冠，更以帛自縊死。王運宏在騰越聞之，與劉氏子弟來治喪，既殯，復走騰越。兩人既死，沐天波使人攜印往降可望，可望陰遣將劉文秀引兵襲永昌，執天波以歸。可望既降天波，取永昌，聞兩人死節事，驚歎良久，將求其後官之。或言運開有弟曰運宏，今在騰越，可試召之，乃發使召運宏。行至潞江中流，出手中書一行付其僕曰〔五〕：『志之。』遂躍入江死。僕視其書云：『得我屍，同吾兄合葬，題曰「夾江二王兄弟之墓」』。數日，得其屍沙上，面如生，遂合葬之。

可望還滇，自稱為平東王，鑄錢曰『興朝通寶』，營宮室，造印敕，設部、寺、台、省侍從官，浸尋自帝矣。而其黨故等夷不相下，每揎腕怒目相爭，曰：『爾自王，誰實王之？』先是烈皇帝之崩也，弘光帝南京，未幾而敗，隆武復帝閩越，又敗；而兩粵間乃立桂王子永明王於肇慶，改元永曆。楊畏知聞之，告可望曰：『君自王滇南，眾且不服。今明天子新立廣東，君能束身歸命，當得爵士之封，眾誰不服者〔六〕？』可望曰：『善。』即使畏知朝行在，請王封。廷臣議不決，畏知再往返，而帝拜畏知為大學士〔七〕。已而可望黨賀九義至行在，以封事與廷臣爭辯，擅殺宰相嚴起恒，畏知深自悔恨，痛哭上疏論九義罪，可望怒，使其黨鄭國執畏知至，數之曰：『何負約？』畏知曰：『爾負我，我豈負爾耶〔八〕？吾兩人始約尊明，今明室秋毫未得爾力；始約勿殺人，今且殺大臣矣。逆賊終不可與有為如此〔九〕！』奮起搏可望不得，乃取頭上幘擲可望面。可望益大怒，遂殺畏知。於是召九義等還，而訟言背叛，益驕蹇無忌矣。已而李定國卒破走可望，可望部卒多降明，本畏知始謀云。

贊曰：吾聞永曆帝之崩也，其骨毀，且棄之於墟中，滇人相向悲泣，乃相率提筐於墟中拾取之。軍中見之感其意，各給以金錢，頃之，錢滿筐，遂以葬其骨云。吾歎滇人之義勇如此，而先是已有此四人者，嗚呼，烈矣！顧楊公所為尤極難矣，其志雖不成，而國家之祭號猶延於諸賊之手者，且十餘載焉，而畏知已前死久矣。吾又於奏封一事，深歎永曆諸臣之不能用諸賊也。

録自戴名世集卷七。

【校】

〔一〕中華本作『平東將軍』，南山集偶鈔為『監軍』。

〔二〕中華本無『死』字，南山集偶鈔為『他日死』。

〔三〕中華本作『吾妻妾俱西』，南山集偶鈔為『吾妾俱西』。

〔四〕中華本無『乃』字，南山集偶鈔為『乃命取卮酒』。

〔五〕中華本無『中』字，南山集偶鈔為『出手中書』。

〔六〕中華本作『眾無不服者』，南山集偶鈔為『眾誰不服者』。

〔七〕中華本無『大』字，南山集偶鈔為『大學士』。

〔八〕中華本無『豈』字，南山集偶鈔為『我豈負爾耶』。

〔九〕中華本作『盜賊』，南山集偶鈔為『逆賊』。

薛大觀傳

薛大觀，字爾望，雲南昆明人。其先江蘇無錫人，洪武中遷雲南。大觀之妻曰楊氏，生子二女一，其長子曰之翰，之翰之妻曰孟氏。大觀父子為諸生，能文章，重然諾，以氣節重於滇南。崇禎末，群盜張獻忠等陷蜀。已而大清兵討張獻忠〔一〕，破殺之於鹽亭，其將孫可望、李定國等走滇，滇人多附可望得官，而大觀父子名士，或勸之出，大觀曰：『此孫氏之官，賊官也，余義弗為。』當是時，永明王即帝位於廣東，可望陽臣永明，實不用其命。而李定國與可望貳迎帝入滇〔二〕，可望走北降。滇人之前不附可望者，皆爭出自表異，或又勸大觀，大觀曰：『此李氏之官，仍非明官也〔三〕。』於是挈家隱居城北之黑龍潭，潭上有觀曰龍泉觀，有樓曰魚樓，大觀父子讀書其間，誓弗出。

歲戊戌，清兵破李定國軍，浸尋至滇，帝出奔如緬甸〔四〕。大觀聞之，嗚咽流涕，謂之翰曰：『國君死社稷，臣死君，義也。今日之事，雖天命不可以力爭，顧獨不可效死一戰，乃崎嶇域外，依小夷求須臾活，豈可得乎。吾書生，不能徒手搏敵，計惟有一死。汝其勉哉！』之翰泣對曰：『父為國死，兒安能不為父死。』大觀曰：『汝死誠善，第汝母及汝妻皆在，將奈何？』當是時，楊氏、孟氏皆在旁，乃曰：『君父子為國家死〔五〕，吾姑婦獨不能為君父子死耶。』而旁有婢曰鎖兒者，抱大觀幼子在懷，聞諸人語，乃前曰：『主等死有名，婢子何以處此，婢子死亦可乎？』大觀曰：『婢為主死，亦義也。』於是相率登魚樓，大觀夫婦上坐，子婦拜，鎖兒亦拜。拜畢，攜手下樓，俱赴黑龍潭死之。明日，屍相牽浮水上，幼子在婢懷，兩手抱如故，道旁人舉而瘞之。先是大觀之女適同縣鄒生，是日隨其夫避亂西山，距魚樓數十里。兵至火起，其夫復他逃，女曰：『嗚呼！吾一婦人，將安逃，脫辱身非義，不如死也。』遂赴火而死。

贊曰：自神廟以來，天下多故，行間大吏，計惟有逃耳。一逃而廣寧失，再逃而流寇猖，又逃而金陵亡，而閩亡，而滇黔亡。嗚呼！東南諸帝之死，視烈皇帝之死爲何如也。大觀諸生，以其家死，無孑遺焉。余讀其臨死之語，尤悲之。

録自戴名世集卷七。

【校】

〔一〕中華本作『大兵』，南山集偶鈔為『大清兵』。
〔二〕中華本作『共迎帝』，南山集偶鈔為『貳迎帝』。
〔三〕中華本無『仍』字，南山集偶鈔為『仍非明官也』。
〔四〕中華本作『帝出奔於緬甸』，南山集偶鈔為『帝出奔如緬甸』。
〔五〕中華本作『為国死』，南山集偶鈔為『為國家死』。

書許翁事

翁姓許氏，名登雲，字亦淩，廬州舒城人。十世祖榮。元至正間，江淮起兵，州郡騷然，榮散家財起義兵，保障鄉里，民之全活者數萬人。傳八世為士北君，翁之大父也。士北君為人任俠好氣，然事其親孝謹，撫諸弟有恩。諸弟壯大，顧皆詬其兄，往往群謀毆之，君輒踰垣走。其子曰在茲君，即翁之父也。治博士業，為諸生，好與道家者游，得黄白之術。既卒，其術不傳。生兩子，翁其長也。年二十一，為諸生。是時流寇起，蔓延江以北，祖、父相繼歿，翁秉家政，經營拮据，群從兄弟十餘人，俯仰皆依翁，即族人子弟亦多賴翁者矣。

翁為人豪邁，其才又俊，多藝能，少即工騎射，旁及刀槊，擊刺之術無不精。流寇之至也，翁挈其家走山寨。寨破，翁挾弓持矛而下，望見數賊與一人戰於山麓，即翁父也，翁前救之，賊即釋其父前搏翁。時有二僕負一篋隨翁父，賊疑篋中有金，故力戰不肯釋。翁呼僕置篋於地，且以足踏其篋使破，以示無有，倉卒不得破而戰益力，賊遂棄去。

翁家故饒裕於貲，奴僕凡數百人，自賊至家破，貲且盡，桀黠奴往往叛去。當是時，桐城有守將，領數千人防賊。舒與桐接壤，翁家奴一人亡抵營中，小校周某收之。翁自往捕，奴知之，以告周某，某使卒誘翁至門，則盛侍衛，列劍戟，且多設縛具以懾翁。翁未入，適一校來謁周某，乃某約以來，欲共辱翁以唬其金者也。校先與翁語，翁固有口辨，灑灑數千言，辭氣激昂，面無懼色。校大驚，為禮，貌甚恭，入罵周某曰：『是人寧可辱耶。』翁遂得脱。以狀謁兵使者，兵使者即逮周某，治以法。

寇既平，鄉里逃死者略盡，田土荒蕪。翁募耕者，墾田數百頃，悉收其群從兄弟於家，衣食之，且延師教之，已而盡以所墾田分給之。或有後言不知德翁者，翁置不校。翁輕財好施，不沾沾治生產，然家亦復振。治西沖別墅，極精麗，晚年徙家焉。或曰翁以他故徙，非輕去其家者也，然翁亦卒不言云。

翁敦一本之誼甚篤，有侮其族子弟者，不難破產救之，然負翁者亦往往而有，翁卒不以此惰志焉。一族老貧無依，或告之曰：『盍往亦淩氏，斯得所矣。』詣翁，翁養之終身。已而得惡疾，見者皆欲嘔，翁自督童僕左右之甚勤。其人死，喪葬皆極厚。其敦本尚義如此。親知故人有急難，得翁之計畫皆立解，其斷決明敏，披肝瀝膽，人皆服其才而信其誠，雖鄉黨之賢豪，皆自愧莫及。

年五十餘，即謝去諸生服，習音律，挾少年數輩歌舞，自吹洞簫，執檀板，聲音節奏，響振林木。客至，布氍毹，管弦雜作，出歌者數人，行歌侑酒，客無不極歡而去。如此者十餘年，復厭之，歌者先後散去。篤信空門，日讀佛氏書，意氣蓋少衰矣。然而酒闌燈炧，長笛一聲，山谷皆應，其風流蘊藉，故態猶存焉。

余客翁家兩載。嘗與余登高山，馳馬直騰，回翔上下，趫健如少壯，見者不知其為七十餘人也。翁季子從余遊，請書梗概，余故書以付之。

録自戴名世集卷七。

書許榮事

元至正中，江淮兵起，皖賊趙雙刀、六賊祝真，剽掠州郡。烏沙人許榮率眾駐高峰，保障鄉里。高峰者，在舒城縣南山，四面皆山環之，有山巍然獨高曰高峰，而烏沙其山下之市也。許榮既駐高峰，其後歸之者眾，高峰小不能容，移駐方山。歸之者日又益眾，移駐舒城，賊不能犯舒城。元授榮樞密院同知，與左君弼守廬州，太祖皇帝攻之不下。榮嘗曰：『凡吾所以起兵，第獲保鄉土親戚，以待真主，束身歸命，吾之願也。』已而太祖遣胡大海詣榮，與之書曰：『將軍久守廬州，既不為逐鹿之謀，又不為尉佗之計，但欲保鄉土親戚，以待真主，不知當今真主，誰足當之。』隨大發兵攻廬州，左君弼開城走，許榮以廬州降。辭官歸，隱居烏沙之灣塘，死葬焉。洪武二年，詔取前所與書去。

余登高峰，高峰故有許榮祠，祠壞不治。榮子孫散處烏沙、灣塘之間，世以貲雄鄉里。人皆以榮保障全活之功甚大，而不知其托身聖朝，功成歸隱，非區區武臣驍將之所能也。當干戈初起，英雄角立，迷惑失身，以至屠滅不救，與夫貪戀富貴，迷不知止，晚節末路，前功盡棄者，多矣。若榮之所為，顧不賢耶。榮事史不載，知當時熊羆之臣所以輔翼真主，猶有不盡傳者。廬州故有惠民碑載榮事，碑今不存。舒城縣誌及許氏家狀，崇禎間毁於兵火。其十世孫曰亦淩氏者，猶能記憶之，為余道之如是，因書之。

録自戴名世集卷七。

艱貞叟傳

艱貞叟者，姓白氏，諱眉，字靜遠，山西保德州人也。少為諸生，多節概。嘗出遊，得遺金於逆旅，叟匿之床下，候至日中，遺金者還，悉以予之，其人欲分其半以予叟，叟不可，其廉潔自持如此。順治戊子，貢於京師。嗣後一為州判，一為縣丞，一為府同知，再署縣，其治績皆多可紀云。

其為沂判也，攜童奴一人抵任，沂故荒殘，而叟至不能給饘粥，叟怡然自得也，居三年而去。其丞無錫也，無錫大縣，賦繁役重，其白糧皆解京師，官吏緣以為奸，額外苛斂，民不堪。叟請於上官，一切革去。無錫人德之，紀其事曰留棠集云。其同知彰德也，抵任未久，即署武邑，又署安陽。其署武邑，多惠政，武邑人件繫其事，播之風謡，傳為歌詠，往往而然。其署安陽也，一如其署武邑。已而安陽新令來，耄且昏，適有盜案，叟故所笞胥吏怨叟，因嫁禍於叟，遂罷官去。居家，讀書自適。施惠於人不求報，人有以横逆至者，叟受之無怨言，鄉黨中皆稱為長者。年六十有九，卒。晚自號曰艱貞叟。

贊曰：自吏道衰，而大吏以至小官轉而相食，以故民愈困，民愈困而官愈貪，蓋相習不以為非久矣。余讀白先生之事，非今之所常有也，未竟其用而罷，惜哉！先生之子曰君琳者，不遠數千里，而求余文以彰先生之德，余故書其梗概如此。

録自戴名世集卷七。

書光給諫軼事

光時亨，字含萬，桐城人，舉崇禎甲戌進士。時亨為人有才氣，斷決明敏，而清正自守，性嫉邪，不為群小所悅。起家知四川榮昌縣。是時流賊起陝西，天下大亂，而四川受禍尤烈。榮昌之沖有石橋，曰思濟，為山水所決，修而復壞者三四。至是縣人復謀醵金修之，時亨集諸父老而告之曰：『修橋費不貲，流賊旦暮且至，而雉堞不修，其何以守禦。今當撤橋設渡船以通往來，而移石修城垣，此兩便之道也。』父老以為然，於是募役夫數十百人，運石至城下。一大石運至中途墮於地，裂有聲，役夫聳之不能動。時亨就視之，中有物，光爍爍射人。命石工鑿之，得一石龜焉，色如紫玉，身有龍文，具八卦，乃蓄於署內池中。當石工鑿石時，微傷龜身，有血。背上三字橫列，一即『光』字而形稍異，一為三畫，又一字不可識。每池中氣與雲接，則天雨，晴亦時有異光，蜀人奔走來觀者不絕。

一日，時亨出外，有豕闌入輿前，左右叱且捶之不去。時亨心動，曰：『豕有冤乎？有則跪伏。』豕即跪伏。時亨掣一籤付一吏曰：『爾隨豕所往，豕往何家，則擒其人來。』豕前導，吏隨之，豕即至吏家。吏惶懼來白曰：『小人平生無過惡。』時亨曰：『豕冤果在此人，再跪伏。』豕即跪伏。時亨詳鞫吏，吏實無過惡。時亨曰：『爾家更有何人乎？』吏曰：『妻兄游三，實他縣人，攜其妻秦氏來居此月餘矣。』時亨曰：『豕所告必此人也。』即遣人至吏家捕游三，而游三已挈秦氏走數十里矣，追而執之。先是游三與秦氏通，秦氏棄其夫奔游三，而秦故與諸生某通，其夫疑某匿之，告於官，官繫某鞫之，而獄未決，秦氏父忿恚死。至是鞫之，俱得其情，乃抵游三及秦氏罪。豕尋不食死。自是蜀有疑獄，上官必囑時亨治，皆立剖。

已而時亨征入京師，歷兵、刑二科給事中，旬月間，凡彈劾權貴及言軍國事，書凡百餘上，直聲震京師。居有頃，流賊陷山西，入畿輔，直逼京師，有為南遷之說者，時亨言於上曰：『賊四面環集，乘輿將安往？請固守根本，以定人心。』及城陷，時亨與御史王章巡城，章為賊殺，時亨墮陴折左股，匍匐入尼庵，夜半自經，尼救之不死。尋為賊蹤跡得之，過御河，與御史金鉉同投河，鉉死，而時亨為人所救。移時甦，遂潛行南還。至宿遷，夜夢一豕為人言，呼曰：『光公，光公，速遁去，少頃大難至矣！』時亨驚而寤。旦日開舟，行不數里，岸上有軍士數輩持劍上船曰：『誰為光給事者？吾等為大帥劉澤清所遣奉迎者也。』時亨方持劍問之，而鐵索已系其頸矣。先是，時亨同郡阮大鋮者，名在逆案中，天啟中左、魏之死，大鋮有力焉。時亨嘗切齒詬詈大鋮，而大鋮度時亨清正，不可以術數籠致，至是嗾澤清使執之，以阻南遷為時亨罪，而與金壇人周種、涇陽人武愫同日殺之。周、武兩人固降賊者也，故野史誤稱時亨為降賊，至今無白其冤者。先是時亨自榮昌召入京，其家子弟還桐城，挈龜以還。是時流賊方擾江北，光氏子弟渡江避亂於祁門，蓋光先世祁門人也。一夕，雷電晦冥，風雨大作，龜騰空而去。識者曰：『光公其不免乎？』及聞時亨死，果是日也。

時亨初墮陴及自經、投河，屢死不得，而志遂移，卒喪其軀於奸人之手，惜哉！惜哉！康熙丁卯，余入京師，有役事我於舍館，京師所謂長班者也，年八十餘矣，謂余曰：『始我事給事光公，當都城破時，予從御河中救給事起。』復拊膺歎曰：『豈知其送與阮、馬殺乎！』此亦可證野史之誣，因並書之。

録自戴名世集卷七。

李庶常家傳

李本涵，字海若，山東大嵩衛人。其父曰贊元，順治乙未進士，官至兵部侍郎。侍郎以諸生起家為大官，本涵實為其伯子，從官京師，侍郎每有繁劇，輒委本涵，條分縷晰，事無不辨，侍郎以此奇之。本涵貴公子，無紈綺之習，守寒素如故時，而喜賓客，重然諾，慷慨好施予，嘗屢散千金不顧，侍郎每顧而喜曰：『此吾家之才子也。』本涵好讀書，尤喜與四方名士交遊，切劘討論，文日益進。康熙丁巳，舉於順天。歲戊辰，成進士，入翰林。本涵性至孝，自侍郎歿，其孤十餘人皆幼，本涵中情深愛，其或偶有疾痛，往往憂念至終夜不寐。延師教之，亦時時自督課，諸弟皆感動思奮，學益勤。十餘年登、萊間稱文章家，輒歸李氏。學使者行部至登州，獎歎用以冠冕諸縣，皆本涵子弟也。本涵性孝謹退讓，其化行於一家，而宗族、鄉黨、賓客，所以存恤周給之者，無不備至。自俗之穨也，人人各務封殖自私，獨本涵急人之困，如傷在體，諸公貴人皆笑之，而本涵卒不為衰止。然事過輒忘，終身未嘗言：某人吾嘗有某事相濟也。歲己巳之秋，卒於京師邸第，弔者相哭於途。生有二子，曰欄，曰栻，皆能讀父書，人以為本涵不死云。

贊曰：余以己巳之夏自濟南入京師，海若每訪余於旅舍，議論今古，閱數月而海若卒。其卒也，夜半方讀漢書，聲朗然出戶外，忽咳嗽數聲，遂卒，年僅四十有二耳。余既為文哭之，又志其墓，載海若事詳矣。今年秋，其弟鑒湖來請為傳，余故復為書其大略焉。

録自戴名世集卷七。

張翁家傳

張翁諱某，字某，江南華亭人，遷嘉興。君性好佳山水，每遇名勝，輒徘徊不忍去。少時學畫，為倪雲林、黃子久筆法，四方爭以金幣來購。君治園林有巧思，一石一樹，一亭一沼，經君指畫，即成奇趣，雖在塵囂中，如入岩谷。諸公貴人皆延翁為上客，東南名園，大抵多翁所構也。常熟錢尚書，太倉吳司業，與翁為布衣交。翁好詼諧，常嘲誚兩人，兩人弗為怪。益都馮相國構萬柳堂於京師，遣使迎翁至，為之經畫，遂擅燕山之勝。自是諸王公園林，皆成翁手。會有修葺瀛臺之役，召翁治之，屢加寵賚。請告歸，欲終老南湖，南湖者，君所居地也。暢春苑之役，復召翁至，以年老，賜肩輿出入，人皆榮之。事竣，復告歸。卒於家。

贊曰：余聞張翁事父母頗孝謹，其父卒，為營墓地不得，忽夜夢見父攜游郭外，指一阡隴言曰：『此吾葬處也。』明日，有人持一地圖來求售，宛如所夢，遂售之。一日出遊，宿王尚書園亭，夢父撫其背曰：『爾急歸，爾母且逝矣。』覺而奔抵家，母果不起，得君訣乃卒。其子為余言如此。子治父術亦工。

録自戴名世集卷七。

金知州傳

金之純，字健之，湖廣廣濟人。萬曆四十三年舉人，崇禎中，由醴陵縣教諭歷官至興安州知州。當是時，海内承平，人不知兵。流賊起陝西，官吏或走或死，漫不知守禦，於是賊所至，名城皆破。興安尤當賊沖，而旁近郡縣若紫陽、白河、洵陽、漢陰、石泉、平利，諸遺民逃徙來者不絕。之純到官未幾，賊即至，簡料民兵，經畫器械，為守禦計。是時久旱，夜忽大雨，漢江漲，濠水驟高數尺，賊不能渡，城中亦得為備，賊引去。水尋涸，復至，拒卻之。凡四薄城，久之，食盡，城且陷，之純請救於旁郡遊擊唐通。通以兵至，之純縋死士出，與之合，殺賊渠數十人，賊乃解圍走。御史上言狀，天子嘉興安獨死守，超遷之純漢中府知府。未及離興安而卒，年四十有六。興安自被賊，歲饑且疫，之純給醫藥，設粥糜，全活者甚眾，死者官為殣之，民皆感泣，及其卒也，州人醵金共襄事，乃得舉櫬還，州人哭送百里外乃反。

唐通者，涇陽人，用兵有紀律，善戰。後積功至總兵，封定西伯。歲甲申，以居庸降賊，賊方虞邊騎之從河套入也，使通守石峽。先是，保德州人陳奇瑜為五省總督，實縱賊於車箱谷，以成甲申之禍，即之純守興安之年也。通故在其麾下，奇瑜好貨，家貲鉅萬，陰召通以兵來護其家，於是通移駐保德。已而知賊事不成，仍稱定西伯，為先帝發喪，旦夕縞素哭臨，沿河州縣皆據之。尋大兵定燕京，遣將徇山西，而通以其眾降，封為定西侯，解其兵柄，隸之旗下。居久之，思出鎮不得，意鬱鬱不樂，卒。

贊曰：金先生之守興安，本全興安者，唐通力也，故余為牽連書之。先生他事多見於王尚書、朱庶常所著傳中，茲不具錄。鼎革之後，先生之手澤存者僅與唐將軍書一通，先生孫啟洛與余同遊太學，嘗以其稿示余，辭氣激昂，其一時駕馭之略，可以想見。使得如先生者數人，與通同事，終始周旋，其晚節安至是哉！

録自戴名世集卷七。

溫澲家傳

溫澲，字其旋，先世太原人。明初溫祥卿以布衣謁明太祖，太祖使佐耿炳文守長興，子孫因家焉。祥卿叔某遷烏程之七里村，壽九十有九，是為七里溫氏之始祖。曾孫璋運糧入京師，道出山東，歲荒民大饑，璋盡賑以所運糧，歸而自買穀以輸。自璋傳十世而至澲，澲幼讀書，能文章，有聲，年十七入學宮為弟子。崇禎中，東南諸名士結復社，以文章節義號召天下，澲亦與焉。復社者，諸名士置酒高會之所，名為繼東林而起，東林故仇浙人，其於相國體仁尤甚，體仁，澲兄弟行也。吳門徐枋見澲於復社，以體仁故，意頗不相得。後明亡，復社諸生多出試場屋，澲棄諸生服，終身不出。而枋匿跡太湖之濱，與世絕往來，聞澲高節，屢作畫與詩貽澲。澲懸之壁間，曰：『吾與昭發時相對也，然昭發今日知我耳。』昭發，枋字也。徽州司李璜亦澲兄弟行，先是璜知天下不可為，使人召澲至，曰：『吾當以死報國家，宗族事恃有汝在。』相與飲泣而別。居無何，南京失守，徽州隨陷，璜殺妻女自刎死。澲時年三十，遂隱居不出，曰：『吾不忍負吾兄一訣也。』與其友五六人者，皆以行誼自矢。久之，其友皆變節以去，澲獨與同縣高士嚴三求及學佛人棲雲善。棲雲者，姓沈，名葵明，亦明諸生，隱於僧者也。

澲為人忠厚，見人之傷，如己之傷，人有以緩急告者，無不應，橐中金不足，往往稱貸給之。宗族事無大小，悉身任，雖勞且怨不避。葺其書室曰屏山草堂，堂先世所遺，古松二株，高千尺，澲讀書其間，每日皆有紀錄，曰讀某書，為某事，見某客，時自省察，其刻勵如此。年六十有三，卒。

贊曰：明之亡也，諸生自引退，誓不出者多矣，久之，變其初志十七八。先生方年少，有文譽，卒不食其言，可謂賢矣。吾讀先生子棐忱所作過庭紀，述先生言有曰：『歲乙酉，吾自留都還，宿鎮江，望見揚州火光燿天，鼙鼓聲振動，江水為沸。及至吳門，則皆習競渡，畫船簫鼓勿絕也。嗚呼！廟堂之玩愒抑已甚矣，而郡國亦復然，欲不淪胥以溺，得乎！』蓋先生悲感往事，老不能忘如此。棐忱介其族兄鄰翼請作傳，余是以論著之。

録自戴名世集卷七。

張驗封傳

公姓張氏，諱福衍，字嵋谷，福建龍溪人。康熙甲子舉人，戊辰進士，起家行人，遷刑部主事，升吏部主事，歷員外郎、郎中，皆在驗封司。其在刑部充纂修律例官，區分條晰，輕重務得其平。常決獄，悉心詳察，罪有可出，則喜形於色，否則，不懌者累日。其在驗封所掌為誥封諸事。故事，諸臣有罪削籍，其父母誥命俱追奪之。公曰：『令甲無概行追奪之例，今以子孫故，而盡累其父母，豈天子孝治天下之意哉！』於是獨排眾議，凡罪不至追奪者，悉不追奪，人皆以為得體。康熙己卯、壬午、乙酉，當賓興之期，公皆為分校，所得士最盛，眾論翕然稱之。其升郎中也，引見之日，上曰：『爾籍貫姓名，朕所熟記，才品出眾，朕固深知之。』公以夙望浮沉郎署，一旦被優旨獎歎，人皆以為榮。

公天性好施予，急人之困。幼時居漳之南靖，南靖多水火之災，一遇災，呼號之聲相聞。公使人謂之曰：『哭無為也，若所須，於吾是取。』聞者問其年，曰：『十歲耳。』人皆奇之。常以繩貫錢置囊中，出遇老弱貧困者，故墮於地使拾去，不令知。人家有喪不能辦者，寡婦幼子方哀迫不能為計，公輒密投金於戶內而去，其家獲之，以為神賜，終莫知其所自來。鄉里有大工大役，公往往出己橐中金，身任其事。至其自奉淡泊，飲食及被服居處，蕭然若寒士也。為人寬厚和平，平生未嘗有疾言怒色，有犯者皆不與校。素不信二氏之學，嘗為人指陳其誕妄之狀，多化之者。康熙丙戌卒於京師，年四十有二。

戴某曰：余鄉舉實出先生之門，比晉謁，先生殷勤屬望，有加無已。自是或閱二三日，輒至先生署內，因得悉先生之生平，然未及半載，而先生卒矣。嗚呼！豈不悲哉！余採其一二遺事為述而傳之，並書數通以貽同門之士，使讀此而奉先生之風範猶如在也。

録自戴名世集卷七。

方舟傳

方舟，字百川，江南桐城人，遷江寧府，入上元縣學為諸生。受業於其父逸巢先生，年十四五，盡通六經諸史及百家之書。貫穿融會，發揮為義理之文，窮微闡幽，務明其所以然之故。當舟之世，天下文章靡矣，舟獨掃除時習，而取法於古，深思自得，無所依傍，自成一家之言，由是舟之文章名天下。

舟與其弟苞皆好學，日閉戶謝絶人事，相與窮天人性命之故，古今治亂之源，義利邪正之辨，用以立身行己，而以其緒餘著之於文，互相質正，有一字之未安，不敢以示世，意度波瀾，各有其造極，人以比之眉山蘇氏兄弟云。舟天性醇篤，孝於其親，既長不異孺慕。逸巢先生嘗曰：『吾體未痛，二子已覺之。吾心未動，二子已知之。』其先意承志如此。舟厭時俗齷齪，以名節自砥礪，謹法度，慎交遊，而留意經世之學。平生所為，經晝區處，悉中肯綮。而性恬淡，不慕富貴。其所與友善，如高淳張自超，江寧龔纓，同縣戴名世、劉捷數人。而金陵風物甚美，花草妍麗，城之西北尤多園林之勝，嘗曰：『吾讀書之暇，與此數人者，挈榼而往，盡醉而歸，以此終吾世足矣。』舟少有嘔血之疾，壬午游京師，疾復作，尋歸，逾二年卒，年三十七。舟臨卒時，自取其文稿燒之，今行世者僅六十餘篇。

贊曰：百川嘗謂余曰：『天之生君子，即有小人，亦猶父母之生子，有才亦有不才也。父母即惡其子之不才，而有人焉，為之掩匿覆蓋，其心必喜。有人焉，數其惡而暴其狀，無纖悉之遺焉，在父母之心，必有甚怒而不樂者。天之於小人也亦然，吾與子所刺譏，悉中小人之疾，欲天之喜而勿怒，得乎？』余之困，甚於百川，而百川且不永其年以卒，然則百川所言，其果信而非激者矣。

録自戴名世集卷七。

邵生家傳

生姓邵氏，名士楨，字振周，徽州休寧人，家蘇州之常熟。徽人善為生，多能貨殖致素封，其家子弟皆習纖嗇，鮮能讀書親師友。而吳中之俗侈靡，士習於儇薄，多以虛聲相炫耀。生年少，獨夷然不屑也。其言曰：『有財而壅而積之，是棄其財也。吾有財而能得其用，財乃為吾有。且吾年方富，倘不自暴棄，學必成，成而世莫我知，無憾也。若夫從事於聲利之途，與世人相角逐，吾不忍為也。』生為人醇樸真摯，而其志趣以遠大自期。平居刻苦為文，讀書寒暑不去手。督學使者賞其文，遂入常熟縣學為諸生，尋以例入太學，非其好也。年二十六而卒。

其師姜燕臣，余友也，為余述之如此，且言其家欲得余為之傳。余嘉其志，壯其言，而惜其早卒，故為約略書之。嗚呼！叢蘭欲茂，秋風敗之。天道之不可問者，豈少也哉。

録自戴名世集卷七。

何翁家傳

翁姓何，名龐，字溪威，徽州婺源人。少貧困，嘗為縣吏自給，已而棄去。或教授生徒，或入幕府掌書記，久之亦棄去。家居，精種植之術，稍稍至贏餘。性孝謹，重然諾，慷慨能任事。婺源有餘糧之弊，起於明末，自是胥吏為奸日益增，民有田者輪役，當役之年，每糧一石，正供外，私加白金至二三兩，合一縣計之，每歲苛征無慮萬金，民皆困。翁與縣人朱烈等，愬之上官，弊竟革，而豪猾吏以此怨恨側目，思報翁。歲甲寅，七閩賊起，闌入徽州界，於是守婺源者迎降之。先是，翁登陴守禦，有方略，怨翁者至是報渠魁，謂翁與朱烈等實抗守。渠魁怒，蹤跡翁等，得之，倍加酷刑，幾死。已而縛稍疏，翁與烈夜逸，遂免。赴徽州請兵復婺源，賊兵遁走。浮梁人何某，故與翁善，受賊官，尋逃至婺源，為官兵所執。翁曰：『某，吾故人，今旦暮且死，吾獨無計全活之乎。』竭其資產，厚賄執者，某得釋。其急朋友之難如此。父早卒，母年逾七十，翁事之不異孺慕。妻周氏有賢行，自未嫁時，嘗割左股以愈母疾，及歸何，事姑亦謹，不異於翁。姑得痢疾，醫不能治，周割右股以進，姑稍稍愈。已而疾又大作，腸出寸許，世偉者，翁之幼子也，為祖母所愛，及祖母疾，侍湯藥，衣不解帶者年許。一日，得藥置竹管內，吹入穀道中，糞流入口不顧。及祖母不起，遂哭泣悲哀而卒。人皆賢翁之事親能化其子如此。婺源僻處深山，田少且磽，居民多種杉為生，翁最精種植之術，為書其方以廣布焉。

贊曰：翁之伯子濬從余遊，故具知翁之生平，又嘗讀翁臨卒時自序千余言，蓋有道之士也。余嘗欲種樹以自給，而無尺寸之地可試，今得翁種杉之法，而余已浸尋將老矣，惜早不獲與翁相遇也。

録自戴名世集卷七。

楊允正傳

楊允正，字子展，江南休寧人，系出漢司農震。允正父上達，讀書博洽，敦於孝友。允正從受學，無所不通，而忠信孝弟，一奉其父為師法。允正有弟二人，仲早卒，季讀書應舉。當父在時，家稍稍落，父謂允正曰：『食指數百人，所入不能贍，余老不能治生，汝其勉之。』於是允正客游四方，為計然之術，積累至贏餘，而先業復振。居久之，允正客於外，忽心動，距家八百里，馳三日夜而歸，歸則父病甚，欲得允正與訣，而允正適至。父悲且喜曰：『兒歸乎？』對曰：『兒恨不早歸也。』父曰：『汝仲弟早卒，其子幼，汝撫之以有成。汝季弟讀書，家事惟汝治，勿以繁劇累之。』允正遵父命唯謹。閱十餘年，家人或欲析產，而仲弟之子及季弟所受，較父所遺輒多數倍。宗人皆賢允正，相與議醵金為賀，且以勸來者，允正謝弗受也。先是仲弟為商於青陽，耗父貲且盡，困甚，冬月衣單衣，懼父怒不敢歸。允正蹤跡得之，衣以其衣，偕之歸，百方為調釋，父怒乃解。仲弟庶出也，而篤愛不異於同母，人以為難。

允正為人忠厚，遇凡可以利物者，無不竭力為之。性不喜畜奴婢，曰：『此輩質多愚劣，不善事主，何能不加笞詈，彼亦人子也，其忍傷之，吾故不多蓄也。』又嘗以談笑解紛亂，人多其智。歲甲寅，七閩寇起，浸尋及於徽州，是時允正商於宜興，宜興人亦思逞，其亂將作矣。一人夜奔告允正曰：『君胡不避，詰朝寇且至，至則無所遁矣。』允正資頗厚，先為訛言嘗之。允正紿之曰：『若猶不知乎，閩寇已大敗遁去，余何避焉。』由是市中皆傳相呼曰：『閩寇已大敗且遁矣。』亂人懼，不敢發。越日報至，果如所言，於是宜興遂得無事。允正卒年六十有五。

贊曰：『徽人善為生，往往徒手致素封，然其處家庭朋友，多仁讓有厚德。蓋貨殖之事，非有士君子之行，亦不能以有成也。如楊翁之事，其義豈不高哉。翁之子勗祖為余言如是，且請為之傳焉，余是以書之。

録自戴名世集卷七。

岳薦傳

岳薦，字西來，其先山西人，賈於淮安，因家焉，遂為山陽人。山陽人無知薦者，獨進士劉昌言與之善。薦少為諸生，讀書於諸子百家無所不貫穿，而篤信宋儒，沉浸反覆，一以程、朱為師法。其學務體認天理，而踐履篤實，闇然自晦，不求人知，平日晏安危坐，如對神明，雖盛暑未嘗袒裸，與物無競，寡言笑。然與論天下事變，考古今是非成敗，娓娓不倦，悉能中其肯綮。當崇禎之末，天下多事，傷亂憂國，往往義形於色。歲壬午，當鄉舉之期，郡守拔薦文第一，督學使者至淮安，而適聞流賊破鳳陽，祖陵被毀，薦大哭，不就試，郡守敦迫數四，卒不應。逾二年，京師陷，遂棄諸生，奉其親隱居不出。當是時，年甫二十餘。薦家故貧，父性豪邁，不事家人生產，薦曲為承順，凡所欲為，竭力副之，用是貧日甚，食或雜糠覈，而養親者未嘗稍缺。及父母相繼歿，哀毀幾絕，自是以羸病終其身。薦有庶弟，甫生而其母死，適薦產女，命婦棄其女而乳弟，弟患瘍，日夜啼不止，夫婦更抱撫之，遂俱染瘍毒，而弟亦竟殤。劉昌言既善薦，命二子從之遊，後皆成進士。時俗，師弟子相授受，惟以舉業文字，獨薦教二子以程、朱之學，後二子學行俱高，人以為不愧其師云。

康熙丁未，昌言官廣西之岑溪，欲邀薦與偕行，而岑溪遠且僻，多瘴，又近洞傜，從行者皆憚不敢往。薦曰：『人生賦命於天，豈必瘴鄉能死人哉。』遂行。至則周視城垣，有頹缺處，勸昌言修築之，以備不虞。且請於上官，練兵三十人城守。始民皆謂不便，未越月，鄰盜數千人夜薄城，將登，兵以鳥槍斃其二人，遂驚散。平旦視其處，即薦所指示修築者也。明年，病卒於岑溪官署，年五十有一，昌言經紀其喪以歸。薦無子，後昌言二子為選薦宗人子為後，為買田宅以利其嗣人，使世世奉祀云。先是，薦所作文章詩歌，往往自焚其稿，劉氏二子請存之，薦曰：『人顧力行謂何耳，區區文藝，非儒者事也。』以故詩文皆無傳。

贊曰：西來先生行誼醇備，而悃愊無華，其得力於宋儒者深矣。吾嘗聞其言有曰：『聖賢之學，體用渾淪，皆天理也。世謂管晏有用而無體，佛老有體而無用者，不知聖賢之體用者也。佛老自有其體，未可謂得聖賢之體。管晏自有其用，未可謂合聖賢之用。』其言豈不有旨哉。劉文起先生，西來之高第弟子，而岑溪君之長子也，每為余稱先生之學，而請為文以表章之。嗚呼！觀於劉氏一門之於西來，朋友師弟之情，死生終始之義，備矣。是豈不可以風末俗哉。

録自戴名世集卷七。

朱銘德傳

朱銘德者，吳江諸生，好讀書，有大節。明崇禎十七年春三月十九日，流賊陷京師，烈皇帝自縊於萬歲山，銘德聞之，號慟幾絕。自是每歲三月十九日，陳俎豆於野，望祭思陵，哭盡哀而反。蓋年二十餘，至卒時，凡歷數十年，怨慕如一日。當鼎革之始，下令薙髮，變衣冠，銘德不忍薙髮，剪其髮使短，髮長更剪之，而衣冠不改，匿跡於水澤之間，窮餓自守，不以姓名示世。康熙初，烏程、朱氏有明史之役，引述舊文，語有觸忌諱，坐死者數千人。銘德亦與分纂，而卷不列姓名，以故獨得免。自明之亡，東南舊臣多義不仕宦，而其家子弟仍習舉業取科第，多不以為非。銘德獨使其子孫為農工自給，僅以一孫讀書，而不應有司之試，孫亦佯狂罵世。銘德七十餘卒。未卒前數日，每薄暮，輒衣冠揖讓於庭，若與人為酬對者。其孫窺之不敢問，孫即佯狂罵世者也。逾數日，告其孫曰：『有人召我，吾今修史去矣。』遂正襟危坐而逝，孫亦尋卒。銘德於書無所不讀，丹鉛滿篋笥，其所著詩文亦多，卒後皆零落，無一存者。吳門姜邵湘云。

贊曰：朱先生身為遺民而能免於刑戮，要不失為中庸之道。跡其哭祭舊君，終身哀毀，其志豈不可悲哉！嗚呼，自明之亡，江、浙、閩、廣間，深山大澤，如先生輩者亦不少，而湮沒無聞於世者多矣，安得各郡縣如姜君者，若而人為之遍加搜訪，而盡使得見之於吾文也哉！

録自戴名世集卷七。

王學箕傳

王學箕，字禹疇，南直隸南陵縣諸生也。歲乙酉，大清兵下江南，學官召學箕偕諸生出應試，學箕辭曰：『以漢高祖之功，而魯兩生猶不肯行。光武中興，嚴子陵猶抗節不屈。況明統三百年之久，豈可無一義士，四海之大，乃不許有一頑民哉！』為文告孔子，取諸生巾服焚之，卒不出。當是時，新令薙髮，變衣冠，不從者死，家產沒入官，妻子為俘。而學箕不從新令，家之人環泣反覆諫，不聽，乃為說示之曰：『吾有不足惜者三，有可已者三。以高皇帝創造之基，而破壞如是，何有於臣民之家產，不足惜者一。以先帝之英敏大有為，而不得正其終，何有於臣民之首領，不足惜者二。皇后公主，潔身殉國，以掖庭之淑恣，青宮之玉質，而淪沒賊手，何有於臣民之妻子，不足惜者三。吾雖諸生，未登仕籍，然自補弟子員，於今二十有餘載，升沉進退，如是而已，可已者一也。吾兄弟早逝，年皆不滿三十，今吾年四十餘矣，可已者二也。世有年六七十而無嗣者，今吾有三子一孫，可已者三也。昔王莽篡漢，陳咸猶用漢家祖臘。劉裕移晉，陶潛惟書義熙甲子。志存忠義，不論受爵之有無；憤協神人，遑云量力之大小哉。』當是時，知縣宋朝儒貪甚，奸人劉有成者用事，因告學箕從兄某及縣人王某不奉新令，二人急，遂薙髮，且獻金以免。而有成所告，辭連學箕，縣符未下，而學箕已懷刃將入學宮自殺，有成聞之，私念恐遂成學箕名，密言於知縣寢其事。學箕遂遁逃山中，自號薇隱子。家困窮益甚，時時絕糧，而一介不妄取，每念故君舊國，未嘗不感慨涕零也。卒之日，深衣大冠，束髮而殯。年五十有二。

先是崇禎中，學箕見賊勢甚盛，行間大吏皆以招撫誤國，歎曰：『天下事為書生所壞。』乃輯古今名臣事略為一書，又取左氏春秋言兵事者為之評注。福王之即位南京也，作中興滅賊略，而是時馬、阮執國命，事無可為。嘗論天下形勢，謂上游莫重於荆、襄、唐、鄧，上控蜀漢，下牽吳會，小有動搖，淮海之間，未得高枕而臥也。居無何，左良玉反，盡撤河淮之兵以禦之，大清兵乘虚而下，國遂以亡，果如學箕之所料焉。

贊曰：當時守節不屈之士，得免於死者，百不能一二，而薇隱先生獨以奸人之恐成其名而免之，得以天年終，使遇洪承疇諸人，豈有幸哉。杜子美詩曰：『喪亂死多門』，明之士民死於饑饉，死於盜賊，死於水火，後又死於恢復，幾無孑遺焉，又多以不薙髮死。此亦自古之所未有也。余是以論次先生之事，而為之喟然三歎焉。

録自戴名世集卷七。

程之藩傳

程之藩，字鎮野，南直隸歙縣人。善擊劍，工騎射，勇力絶人。年少時隨其父行賈於四川，至建昌，主雅州宣慰司董僕家。土司所屬，深谷峻嶺多巨木，伐之以為利，役夫嘗數百人，必剛猛有臂力者，始勝是役。之藩遂為之長，結以恩信，役夫無不悦服，悉聽其部署。天啟中，遼事急，征天下兵，詔遵義土司奢崇明援遼。崇明反，其部將樊龍、樊虎刺殺巡撫徐可求於重慶，遂引兵圍成都四十餘日。董僕引其兵來救，崇明敗走，樊龍、樊虎死。先是，右布政使朱燮元守成都，征僕兵來救，僕猶豫未決，之藩告以大義，乃發兵。之藩盡散己家貲給餉，構繕戎器，率役夫二百人以殿。之藩客蜀久，諳蜀道，導師循溝塹中潛行而進，薄賊營，崇明猶不知，倉卒接戰，大敗，遂棄甲仗走。追擊，復大破之，役夫二百人戰尤力。燮元遂留之藩幕府中，委之殺賊。崇明之敗也，走歸寨自守。其黨宋榮最驍勇，之藩故嘗行賈至其寨，識宋榮。一日，諜知榮夜宴，之藩召一卒謂之曰：『詰朝爾立於孔道高岡，執黃蓋，時偃時仰如常，賊至則走。』於是身率敢死士數十人，乘夜間道抵寨，就席上斬榮首，復斬七人，擒十一人。賊眾驚，自相殺數十百人，崇明倉皇走。雞鳴，之藩出寨，賊兵追之，望見高岡上黃蓋，以為之藩憩而朝食，急追之，至則執蓋者已棄去，岡虛無人，而之藩仍從間道還至軍矣。久之，賊勢且困，夔元謀招撫，使之藩入賊寨議之。既入，適疾作，臥宋榮家。榮子侍立，適一鼠方竄，榮子曰：『請為君刖其前足。』取匕首擲之，果中前足。欲以嘗之藩，之藩不為動。集諸酋長，宣天子威德，諭利害，辭氣激昂慷慨，諸酋長多聽命，卒就撫。

夔元奏其功，請授官。兵部因賄不入，授遵義府都司僉事。先是萬曆間滅楊應龍，設遵義府，置都司僉事，至是有議裁去者，故以授之藩。之藩方蒞任即裁去，乃入京師候改授。日至兵部堂陳己功，官吏索賄不得，則置不答。久之，之藩憤激，至誚讓兵部，兵部亦無以罪也，凡八年而不得請。會賊起，天下大亂，天子怒將驕卒惰，親遴選天下武勇之士，凡八年而之藩中選者六。已而大閱天下將材，之藩為首選，於是兵部敘前功，授遊擊將軍，管湖廣承天府守備事。當是時，楚地受賊禍尤劇，而承天則獻陵在焉，為重地。之藩至承天，主兵者使守獻陵。總兵王觀光不之奇也，而巡撫余應桂奇之，嘗使援黃州，援德安，所至皆有功。將上書請破格特用，而余應桂以他事罷去，之藩還獻陵。而王觀光亦罷，邊將錢中選來為總兵，一見奇之，使為練總，練陵上兵。一日，統兵殺賊，凱歌旋，頒賞，有首功而無俘獲，疑之，驗所殺多良民，乃與監紀程九萬誓於士曰：『嗣是論功行賞，俘獲第一，斬馘次之。』凡有俘獲，驗系良民即釋之，將士乃不敢復殺良民以冒功矣。歲己卯，巡撫方孔炤使守荊門州，之藩率所部千人往。會賊眾且至，之藩出奇計，走張獻忠數十萬人於郊外。

居無何，巡按御史林鳴球將還朝。鳴球貪人也，屢從之藩索貨不入，心嗛之，之藩又嘗發其私人賕罪，鳴球濱行，屬巡撫宋一鶴、巡按汪承詔斥逐之。兩人不肯，且為左右之甚力，而適兵部以前後所上軍功升廣東香山參將。之藩貧無道路費，乃孑身之香山，而留妻子於承天。林鳴球在朝，嗾言官誣奏其罪，於是先繫之藩妻子於獄，而移文廣東逮之藩。比之藩至承天，而妻子已幽死於獄中矣。巡撫、巡按鞫之無一實，乃上書白其冤。是為崇禎十五年也。明年，李自成破承天，錢中選遇害，餘兵五百人無所屬，而之藩已失官益困，士人供其饘粥。五百人者，故之藩所練，且屢從殺賊，乃奉之藩為帥，受約束。明年，李自成陷京師，帝崩，福王即位於南京。是時全楚皆為賊據，之藩率兵陸行七百餘里至漢川，將渡江而南，會賊至，之藩兵少食匱，驟與之遇，大戰，遂與五百人俱歿，年五十六。士人收其屍瘞之，豎碑其上曰『程老將墳』。楚人過其地者，見碑皆指曰：『此程老將之墳也。』多為流涕。

贊曰：嗚呼！古人有言曰：『亡國之臣貪於財。』豈不信夫。有明之季，內外諸臣之貪黷甚矣，卒之君死國亡，而已之身家亦多糜碎，其金錢竟安歸哉。之藩以貧故，始見抑於兵部，繼受挫於御史，此之兵部、御史，何以異於張獻忠、李自成？群盜滿朝，國欲不亡，得乎？吾聞之藩廉介，不以貧故易其節，巡撫余應桂嘗發獄訟七十二事於之藩，使之決，稍受金，可得萬兩，以助軍資，而之藩虛心平反，無一金入者，應桂嗟異之。而承天小民有獄，往往不肯就有司訊，而願質之於之藩。嗚呼！之藩固非獨忠勇絕人也，使為文吏，豈至貪以亡國哉。

録自戴名世集卷七。

李月桂家傳

李月桂，字含馨，瀋陽人也。其先世出隴西，至明之中葉遷瀋陽，遂為瀋陽人。月桂生三歲而孤，其大父撫之以至於成人，嘗以謂人曰：『吾後當有興者，其在斯兒乎。』年二十一，貢於禮部，起家知忻州，是為順治某年也。當是時，山西兵起，屢創而不散，忻尤為用兵之衢。忻有三村，曰部落，曰郝索，曰解原，戶口凡數千。先是三村皆大亂，亂稍定，有二校入村中掠婦女，村人執而殺之，主帥以為討，兵發有日矣。君知主其謀者監司也，往謁之，曰：『聞將屠三村，有諸？』監司曰：『然。』君曰：『兵戈甫息，人心猶瞻顧彷徨，今以小釁而殺無辜之人，恐三晉自此多事矣。況二校以淫掠而死，曲不在民。』監司無以答，徐曰：『此主兵者之意也，余何能為。』君乃入軍中，以利害告其主帥，事乃解。他日君巡行郊外，老幼擁馬首拜而呼曰：『使君活我！』久之，守平陽府。先是平陽屢經兵火，民不得耕作，逋賦至七十余萬。君奏記上官，請上疏蠲除，同官者皆以為難，君曰：『吾不忍民之死於敲撲也，豈可預料其事之難濟，而遂止乎。』再三言其利害，上官亦心動，遂以民困入告，得旨報可。守平陽五年，遷河東運使。君凡三視鹺政，最先河東，次兩淮，次兩浙，皆能相商人之輕重緩急，而次第布之，不為一切[一]。已而升關西參政。先是秦中數有警，郡縣多宿重兵。事既定，有詔滿洲諸營俱撤回京師，夫役車騾，俱取給於民，絡繹不休。又横索金錢，人不堪命。君每親往部署，有不馴者，必屬其主帥嚴治之，軍士稍稍斂戢。秦楚之間用兵，累年不得休息，詔四省會戰，君被檄督餉，而秦中之米運至興安、白水間，以達楚之房、竹。是役也，秦人尤苦之。蓋人負米不能過三斗，而日食一升，從漢中至興安千餘里，道路崎嶇，月餘方可達，比至則米已盡矣。君曰：『以米運米，必不能達之，勢也。』乃設一短運之法，力省而用寡，秦人皆便之。

擢廣西按察使。尋以他事詿誤，左遷兩淮運使。人有惡君者劾奏之，遂罷去。已復補兩浙運使，居有頃，升江南督糧參政。先是江西自康熙甲寅以還，所在兵起，大兵恢復，俘其子女不可勝數。君偕同官捐金，多所贖取，好義者多從而效之。又江西旱澇頻仍，君發倉廩賑卹，多所全活。參政職司漕運，漕運積弊已久，軍民皆困，君按籍稽核，躬親督率，漕政之弊為之一清。自滇南起亂，江西介閩、楚之間，被兵既久，民死亡無算。君以丁缺田荒，移文制府，請悉蠲逋，制府上疏，為戶部所格，不行。久之，奉覃恩逋賦悉免。君嘗曰：『天下無不可感之民，無不可格之主，顧立身行己何如耳。』以故其政績多可書，今不具載，載其大者。

贊曰：余讀李氏家傳，至君之事，皆君之所自記。嗚呼！自兵興以來，天下之子女玉帛盡於兵燹水旱，何可勝數，其有存者，又盡於篋筐刀筆之間，豈非有司者之罪歟。若君之隨事補救，可謂能舉其職者矣。余是以論著之。

録自戴名世集卷七。

【校】

〔一〕中華本作『操切』，方宗誠批校本作『不為一切』，按李月桂施鹽政，依事區別對待，『一切』是。

胡以溫家傳 代

胡以溫，字公厲，其先山西忻州人，明洪武中遷塞上，占籍宣府前衛，遂為宣府人。年二十二，舉順治丙戌進士，除江西樂安縣知縣。縣有巨豪殺人，前縣不敢問，至是持千金來賂，卻之，竟抵其罪。邑子有為不善，其族之人詣縣訴之，請置之死，乃召邑子來，先曉譬以大義，邑子悔過謝罪，竟自新，其族之人皆大悅。當是時，天下猶未定，江西兵時時起。總兵金聲桓起南昌，郡縣多殺長吏以應之。一日，數十人操刃入縣堂，擁以溫出國門去，有兩人左右護持之甚力。以溫問曰：『汝輩何為者？』對曰：『某曩有冤，公卻千金以直我者也。』『某曩有罪，公釋我，使我自新者也。』既至南昌，凡長吏被執者多不免，以溫獨得脫。事定，巡撫都御史、巡按御史上章薦之，為部議所格，竟罷去，時年二十有八。既家居，不慕仕進，時時著書不輟。每上官行部至宣府，聞以溫名，多欲見之，輒閉戶弗與通。所著書凡數百卷，藏於家。年六十有八，卒。

贊曰：往余視學畿輔，而宣府亦屬余部內。先生之伯子，與余同年友也。余至宣府，欲一見先生不可得。今先生歿，而余門人李某以其家狀示余，請為之傳，余故書其大略云。

録自戴名世集卷七。

上海周翰林

上海周翰林，博學能文，余初入京師，偶見余文一篇，愛之，遂相與往來。後數年，余主其家逾半年，見其讀書不釋手，語言亦不涉塵俗，心竊賢之，而惜其吝於財，為不能盡脫時俗也。嘗與余言山林之樂，欲棄官隱居洞庭之西山，余曰：『君誠往，余亦當覓草舍數間於君之左右，為君附庸耳。』一日薄暮，至余舍中，時天暑，見其所揮掌扇上有字一行云：『日講官起居注司經局洗馬』，蓋其官銜也。余曰：『君不能請告矣。』曰：

『何也？』曰：『扇上且不能忘一官，安能棄官入山耶？』相與一笑。逾年，竟請假歸，為詩數十首，極稱隱居之樂，厭塵囂之苦，辭旨皆可愛玩，且徧求屬和於士大夫，自言飄然長往不復至矣，士大夫頗驚訝其事，雖余亦自悔其失言也。逾四五年，忽入京師補官，余往謁，告余曰：『至尊親征沙漠良苦，余小臣敢安田園自適耶！』居數年，遷官至講讀學士。典試山西，回，病不能興，告歸，旋卒。夫事非出於誠，必不能久，於兹可見矣。

録自憂庵集第一三七條。

日照李學士

日照李學士，爲人有才幹，然忠厚樸誠，居家孝友，在當今士大夫中不可多得者。嘗為余言：少貧困，為諸生，入場屋不第，輒悲憤不能自持。某年鄉試，揭榜前一夕，自恐不登科，痛飲大醉，嘔吐狼藉，欲借病酒以過此數日。忽聞報得雋，即起，宿酲盡解，往時宿酲，非數日不能解也。後入翰林為洗馬，督學畿輔。督學為美官，頗戀之。及事畢入京，忽得衰疾，畏風，居密室中，簾櫳重疊，群醫畢集診視，多相顧不敢決，醫方藥餌滿案上。又畏聞人聲，問疾者緩步行至榻前，或無一語問答即去。一日，見一司閽者立榻前良久，問之曰：『外間有何事？』曰：『內閣王公使人來賀。』曰：『何賀？』曰：『淩晨命下，我公復任督學三年。』即披衣起，召王使入勞之。賀者踵至，迎送笑語，終日不輟。已，騎馬至暢春苑謝恩，往返風雪中數十里不倦。家中賓客滿座，日置酒高會，數日稍定。偶入密室中，見葯裹盈几，始憶前病。因曰：『人心樂則無病，即病，忽有非常之喜，病即除，無所事於藥餌也。』余笑曰：『世間病酒及寒疾者多矣，豈能皆得舉人及督學為之葯乎？自今本草、醫書中當增一方矣。』

録自憂庵集第一三八條。

休寧徐旭齡

休寧徐某，入錢塘籍，舉進士，歷官至漕運總督。生平所歷多美官，家財以數十萬計，顧吝於一錢，雖持節鉞為大吏，而署中米鹽之事，皆親自操之，一絲一粟不使人侵也。年老無子，群妾七八人，惟舉數女。家中箱篋以數百計，百貨無所不有，鑰數百，盛於一篋中，封鎖置卧室内，惟開此篋之鑰繫於裩帶間。凡開箱取物，皆自己取，不假手於妻妾也。一日，有妾須紅綢五寸，某自查號簿，零細綢帛約有數箱，開視遍閱，紅綢則有三四寸者，有六七寸者，而妾所須五寸，式不合，遂不予。其苛細至此。舉家衣麤食淡，無異寒士，怨詈之聲盈耳，若不聞也。迨病甚，已昏憒不知人，而棺與衣衿皆未辦。其夫人憂之，適侍湯藥，乘帶於裩帶間，取鑰欲開箱，取金辦後事，而某或醒，以手遍索腰間，大聲呼曰：『吾鑰安在？』夫人急以鑰置原處，曰：『在此，適脱去，吾仍繫之耳。』某怒曰：『爾輩望我死乎？』大呼曰：『我偏不死！我偏不死！』凡呼十餘聲，聲漸微，遂瞑。不數日，族人及諸婿瓜分家財遂盡。吾聞此君好為官，每經營陞擢，費一二十萬金不惜。其未卒時，使人輂金十餘萬於京師，謀陞総憲，卒後此金為他有矣。

録自憂庵集第一五七條。

雜記類

嚮雪亭記

余曾大父隱於龍眠山中。山深徑迂，峰巒回合相抱，四時之花開謝於庭。而去舍百餘步有溪焉，兩山夾之，皆石為底，為岸，為坳，為坎，為坻，磅礴屈曲而下。每聞其深處有隱隱澎湃之聲，乃攀木沿溪而入，得異境焉，四面皆青壁，斗絕百仞，缺其右，為溪水所出也。仰首望見飛泉噴薄激怒，自天上來，匯而為池，有大石，狀若柳葉，橫亘其中為梁，水從梁下暗渡入於溪。旁三面石壁上，大樹皆倒生，枝葉扶疏下垂，四時不凋，根蔓延石壁若龍鱗。乃命石工鑿其左為梯，以屬於山，折而南，平其土為亭，與瀑布相對，見飛泉掛樹間。每雨後，人立石梁上相語，輒不得聞，重累扶棧上石梯，以次至亭上耳語。先是有石欲裂，及鑿時遂隕而下，至梁之盡處，可坐數人飲。水之支流，從石旁數折而注溪，水緩則可以流觴。瀑布之巔，亦皆古樹偃仰，臨其流不得至，但望見之云。龍眠山水，蜿蜒委折，一旦以此為第一，蓋自古無辟其境者。曾大父為之銘，有曰：『不陰常雨，盛暑猶雪。』遂以名其亭，而命小子記之。

録自戴名世集卷十。

芝石記

有樵童自山間來，貽我芝一莖而言曰：『吾析薪，率山麓而行，至水之湄焉。見芝生沙中，雜於細草之間，懼牛羊之踐之也，因掇取而歸，敢以為獻！』余受之，置石盆內，供之几上。芝以石為根，沙土凝結而成者也。長不盈尺，而岡巒岩穴畢具，芝生於其旁之左峰，群峰錯立，其部署若有神工之相其成，觀者莫不歎賞而去。

夫芝之為瑞久矣。世傳芝之生也，必有吉祥善事之至，芝固為吉祥善事而生也，倘或然耶？然吾觀自古之驕主佞臣，他務未遑，而獨於芝也窮搜遠采，獻者踵至，以文天下之平。然是時天下果有道，四方皆清明乎，未見其然也，則芝亦安在其為吉祥善事而生耶！然芝秉山川清淑之氣以生，終不可謂非天下之瑞，特當此之時，薦之朝廷，固不若其蒙翳於榛莽荒草之中也。今此芝也，幸無徵召之求，而為樵夫野人所得，又以歸余。余拙人也，撫時感事，自甘廢棄，蕭然蓬戶，猶之乎窮岩斷壑也。余方幸芝之類余，而又辱與余處，以不自失其天也。作芝石記。

録自戴名世集卷十。

唐西浦記

唐西浦在桐城西山，去縣治十里。由畫溪而入，循水涯走二里，折而西。涉水無徑，水中有大石，水浸之，其高處水不及者，側足以次躍而過，蓋左右兩山夾之云，水出其間焉。逆流而入，兩山相向不一丈，溪居其二，草木與徑居其一。兩山之上皆大石，縱橫布列。每一石輒一大樹覆之若蓋，其幹與葉若桂，四時不凋，蓋不知其名云。如此者數里不絕。涉水行數武，有兩石豎道旁尤奇，高數仞，赭色，內連外開若龕然。又行數十步至唐西浦。來徑甚隘，至此地開數畝，高高下下，樹數百株，竹數千個，梅百本，老屋數間。余至時，梅花盛開。先是有僧居此，伐梅為薪，且數十本。余聞之，逐僧去，遂讀書其間。每讀倦，往往至梅下流連久之。溪中皆大石，水行石間，余或踞石而坐，水瀌瀌鳴足底。常尋其去徑，去徑復隘如來徑，數里不能窮。余居此凡一月，會有他故出山，時時念之不忘。因記其大略，時一覽觀，如臥而遊焉，然而不能詳也。

録自戴名世集卷十。

遊浮山記

浮山去縣治一百里，其奇怪名天下，而縣之人罕有至焉。蓋以其遠且僻，車船輒窮日而至，以故遊者棄之，類悵望不能至。其至者又多因他事過其下，偶一登覽遂去，莫能盡其奇也。而負郭道旁之山，無可觀者，而相率遊者甚眾。嗚呼，以遠且僻，而其奇不得售焉，其售者又止如此，豈非其地使然哉！

余嘗聞浮山之勝，欣然慕之，自以生此邦，有終焉之意。辛酉之秋，與二三子者浮舟出江濱，經浮山之麓，私心獨喜，庶陟而遊焉，以娛吾志。二三子者不可，曰：『去！去！』及風之迅也。先是余在舟中望見之，高不一里，廣袤不二三里，若無奇焉，而其中岩壑秀麗，蓋已工絕。夫以遠且僻，不得售其奇，而其奇又限藏含蓄如此，此其所以至之者少也。余既悔其去而不得盡其奇也，已而歸過山中，登覽二日而還。俟他日買田其間以終焉，而庶以寫浮山之形容，而先為記之如此，使僧鑱諸石壁上。

録自戴名世集卷十。

石門沖記

由魯硔逾唐家山，路險峻，數步一折，行者輒數步一休。既上復下，其險峻亦如之。山水皆僻陋，無可觀者。至平地，行二三里，得石門沖，兩山夾之，中為溪，巨石當其流若門焉。水流其罅，砯砯有聲。其他怪石參錯，不可勝數。兩山縱橫千尋，其最高者，直排空淩雲氣，陡峭不可上也。兩山相向，委折錯互，勢欲合，凡一二里乃窮。余至其間，因徘徊嗟異良久，若在世外，又歎此怪偉幽邃之區，在於荒山僻壤，亘數千百年來，無有識其奇者。會日暮，從者促余去，行數里，日已入。時山中多虎，居人燒山林逐虎，山東西火起，照耀如晝，余從火光中行五六里，抵主人宿。

録自戴名世集卷十。

西園記

嗚呼！此故魏國之園也，小子執筆流涕而為之記。

先是余自樅陽浮江至金陵，取陸道往句曲，因周覽其山川，慨然太息。問道旁父老：『有山童然，有牆頹然者，何也？』曰：『孝陵也。』『草間塚累累然，或且發掘者，何也？』曰：『故王侯將相之墓也。』『斷石砌道，有文字款識者，何也？』曰：『故碑碣也。』又為余指曰，某方山，某棲霞，某牛首，余慨歎上馬而去。已自句曲回江寧，寓西園，留信宿。園今屬吾縣吳氏，自其祖司馬公居此凡數十年，而古松數株在其中，世傳為六朝松云。嗚呼！自六朝至魏國，世已幾變，自魏國至今，世又已幾變，其市朝第宅改矣，人民謠俗異矣，魏國失官，其澤既已斬矣。凡治亂興亡之故，蓋有難言者，而此松猶存，此吾之所以悲也。因記而書之於壁。

録自戴名世集卷十。

兔兒山記

入西安門，折而南曰蠶池，蠶池者，蓋異時宮人治蠶之地云。余客蠶池且一年，凡往來道所經，有殿曰光明殿，殿之側為兔兒山，余嘗登之。山之左右各有徑，折而上，皆布以磚，磚刻畫為龍文。徑之左右皆大石，排比相屬，高五六尺，或八九尺，大抵山之前後左右皆布以石云。余嘗從其左拾級以上，十餘步即得一石門，數折至平地為亭，又從亭側折而上，又得一石門，又數折為一臺，蓋其巔云。其右之徑與石與門亦如之。山之下累石為洞者三，又鑿白石為龍蟠於地，龍之首今斷去。有銅鐘臥其旁，摩挲久之，莫得其款識。其前有臺曰旋馬臺，溝而環之，渡石橋，橋白石為之，刻畫為龍者五。臺圜其外而方其內，凡三折而上至其巔，若旋螺然。巔故有亭，亭已毀，臺之下皆廢為畦，其高得山之半。山有樹數十株，突兀披離甚奇。其他舊跡尚有存者，大抵皆敗瓦頹垣而已。

余讀酌中志云：『九月九日，皇帝登萬歲山，即幸兔兒山，至旋馬臺，飲菊花酒，食迎霜兔。』又聞世宗好道家之術，嘗煉丹於此。嗚呼！天下承平且數百年，人皆習於逸樂，即天子巡遊不出大內，其扈從者皆寺人宮女，而外之文恬武嬉，抑又甚焉。余登山而望，宮闕歷然可按圖以數。其山之巋然而特高者，今曰景山，即向之煤山也。其園林之叢茂者，今曰瀛臺，即向之西苑也。御河瀠繞如帶，白楊老柏，丹瓦崇垣，傍河而殿者曰承光，跨河而梁者曰金鼇玉蝀，曰積翠堆雲也。有土巍然倚河而高，塔其巔而寺其麓者，莫知其名，或曰此即遼後梳粧臺也。城內外百萬家，一舉目而盡，而西山蜿蜒磅礴，在煙雲縹緲之間。嗚呼！此山在禁中，異時雖公卿莫能至，而今則游人羈客皆得以游覽徘徊而無所忌，蓋物理之循環往復有固然者。於是手書之以示余友朱字綠，字綠蓋嘗與余同遊者云。

録自戴名世集卷十。

遊西山記

頃余游燕市，嘗於道中望見西山橫空黛起，度其中飛瀑流泉，茂林幽谷，必有仿佛於東南者。而曾無一二名字流傳人間，徒以近於朝市，故遊者鮮少。然而西山之奇，固不可勝窮也。一日，鳩茲甘君以遼陽張君之言來告曰：『聞吾子欲探西山之勝，某當執榼承飲以從。』三人者遂騎而往，於碧雲寺得古松數株，得龍湫，於香山得來青軒云。

龍湫者，泉出石間，匯而為池，溝而環之者數折。有亭焉，敞然而幽。有竹焉，琅然而立。有槐焉，大五六圍，蒼然而欹。有洞焉，窈然而深。有石壁焉，峭然而高。於時蒼翠滿前，萬籟俱歇，水流有聲，因相與流觴數巡，甚歡。張君曰：『去此二里有香山，余嘗遊之。』復導余輩往。山有寺，寺皆已傾頹，獨來青軒甚佳麗。來青軒者，明神宗皇帝之所名也，山左右抱之若環，玉泉山橫亘其中，縱觀之，莫得其涯云。見有若霞若霧遠在天末者，張君指而告余曰：『是其下京師也，風飄埃舉而為此也。』

念此二者皆在西山之麓，而其勝已迥絕人世如此，進而深焉，其幽窅奇怪不知當何如也。余且攜襆被往焉，曲討微尋，二子者當亦能褰裳而從余乎？

録自戴名世集卷十。

游爛柯山記

歲辛巳二月十日，余至衢州。二十二日淩晨，出通仙門，俗號為小南門也。門外即渡一橋，居人甚少，僅籬落數區。是時春已漸深，綠鋪麥野，黃滿菜畦，草木皆滋榮，時時有香氣襲人。沿路聽溪聲活活，望見遠村桃李盛開，點綴於平原茂樹之間，遠山疊立雲表。行二十里，小舟渡一溪，即入山徑。逶迤曲折，不一二里，道旁有古松二株，枝幹蟠屈為攫拏之勢，有碑題曰『戰龍松』，後署『晦翁書』，則此松在宋時，已數百年物矣。又曲折行里許，至柯山寺，即爛柯山之麓也。

寺門古樟四株，中二株尤奇，蔦蘿蔓引，苔蘚斑剝，蔭蔽數畝。入寺，坐佛殿。少頃，一僧導出寺門，取路寺左，數十步有墓，其碣曰『右都御史忠烈徐公墓道』。又行百餘步，望見左側山頂有穴，露出穴外之天，而樹枝橫斜，忽蔽或見。綠石蹬而上，盤旋迂曲，忽睹一穹然豁然者，彎環起伏，宛如梁狀，即道中所望見之石穴，而王質遇仙之處，道書所稱青霞洞天也。高十餘尋，深十餘尋，縱二十餘尋，青巒翠巘，如髻如環如螺，或遠或近，攢簇於石梁前後。當梁之南面，一石負土突起，有樟生其上，披離甚古，傍石而亭曰遲日亭。從亭側攀蘿緣磴而上，皆窄徑窘步，至其巔，正與亭相對，其下即石梁也。又欹側而行，路僅容足，俯而窺石縫中，則見天一綫，蓋石梁上又一石梁覆之，首尾無端倪，而此處偶露間隙。遂復下至亭上，眺覽良久，不忍去。已而雨作，飯於寺，取故道還。秉燭作詩二章，擬他日鑱諸石壁上。其詩曰：

採樵偶向洞天行，一局中間世已更。不看仙人貪看弈，模糊仍復覓前生。謫向塵寰病未瘥，同班仙侶近如何？語君弈罷朝天去，為謝狂生罰已多。

録自戴名世集卷十。

遊吼山記

紹興山水秀絕寰區，向誦陸務觀詩云：『山重水複疑無路，柳暗花明又一村。』余居此凡一月，登府山，游蘭亭，謁禹陵，服古人言語摹仿真切不誣也。有稱吼山之勝者，余乘舟往。溪流回轉，桑麻林麓，映帶遠近。既抵吼山，舟行徑入石穴中。四圍皆峭石立百仞，如壁如甕如龕，或連或斷，或偃或仰。從者試燒爆竹取聲，水激石怒，天地若裂。按其形容，皆刀斧鑿削而成者，蓋此地本頑石，石工取石者日數十百人，空其中而留一穴為出入，久之，石不可取，溪水來注，而遂為此觀也。倚石壁有屋數楹，頗壯麗。余未及登岸，乘舟出。不半里，望見有石壁甚峭峻，維舟登岸尋之，得一尼庵。欵門入，蓋皆石壁環焉，中為池，池廣一二畝，菰葉浮水上皆滿。登一小樓，下轉而東，尋道中所望見石壁者。石壁狀略如吼山，緣磴而上，至山之半，有寬坦處，坐少頃。有雨點數十，浮空而下，墜於衣裾，且落石罅中流去。仰視之，則山巔有松數株，水點點從松根飄落，或題其壁曰『淙玉岩』，余更其名曰『晴雨岩』。吼山之水，瀠洄深窈不可測，不及此濛濛涓滴，出於天成也。登舟記其狀如是。

録自戴名世集卷十。

古樟記

樟樹灘違衢州二十里，岸有大樟樹，故以名灘。余以二月初十日晚泊灘上，欲登岸往觀之，會天雨，道濕不可行。已而雨歇，月朦朧欲出，輕雲蔽之，余與同舟六七人，呼從者秉炬上。居人繚其幹以垣，枝葉皆扶疏垂垣外。余輩先入門視其幹，高數丈，分數枝，四面橫斜而下，余輩手相牽，環抱之，凡六人乃周，更上一二尺則更大矣。其枝幹披離甚古，往往出人意外。頂甚平，可列坐十餘人，非梯不能上也。秉炬照之，但見轇轕輪囷，蜿蜒攫拏，若群龍相鬥。枝之出於垣外者皆成幹，屈曲下屬地。其北一枝尤奇，直入土中，大數十圍，類自為一樹，不屬於幹者。然其文理皆成龍形，騰挪宛轉，若龍之升於天。自垣內視之，則系幹之別枝，若虹之垂地，首尾無端不可測。居人以為神，祠而祀之。

嗚呼！樟本名材，而其托根也大，其楨基也固，含日月之精，受雨露之潤，多歷年所，遂魁然獨出其奇於人間。而彼榆櫟之屬，拳曲臃腫，無故而離立於其旁，何為也哉！

録自戴名世集卷十。

遊天台山記

天台周回八百里，以劉晨、阮肇採藥遇仙，遂著名人間。余於歲辛巳九月二十九日至天台縣，明日入山遊，自赤城始。先一日道旁望見赤城，類有三四峰。及至其下，則峰皆不見，赭色若霞，上銳而下方，石罅層層皆露，若磚甃痕，故曰赤城。上一二里，有洞曰紫雲洞天，高十餘丈，長數十丈，僧為層樓其間。望群山環列，煙雲縹緲，宜為隱者之所棲息，而石穴中往往有士人讀書，視其書皆腐濫文字。又上一二里，又一洞差小，而洞側石上文理自成二字曰『玉京』。竊優曇洗腸之井，登葛洪煉丹之竈，乃下。既下，回視之，無所為岩洞也，第見為磚甃痕而已。

行數里至國清寺，僧為指點寒山、拾得遺跡。逾金雞嶺，飯於高明寺，觀圓通洞，洞臨深溪，石自土出為壁，左壁有欹削處，一石筍撐之，後壁石罅中可側身行，一大石為蓋，橫於左右壁上，類人為之者。出視之，大石偃蹇負土出，長廣數十丈，其末覆於洞上。凡洞皆因山，而此洞平地特起，亦一異也。

行十余里至曇華亭，觀石梁水。一自康嶺來，一自華頂來，會於曇華亭之左。凡三折至石梁下，則洶湧澎湃，滾滾而去。石梁長數丈，石上下相疊，中露一痕，上仄而下稍寬，行者稍一失足，即墮深澗。一大石當梁之盡處，有銅龕豎其前，中為佛與羅漢像，亭上道士能行梁上，觀者皆為顫掉。水自梁下落為深淵，復流下石壁，成大瀑布。道士導余，自亭之右逶迤行不半里，攀條而下，見瀑布雪濺珠翻，轟然若雷。其下匯為一潭，奇石列水中及左右皆滿。是日宿上方廣，距亭半里許，板橋流水，亦為幽絕。

明日淩晨起，有客自華頂來者言日出狀，是為十月朔。華頂距上方廣約二十里，為天台最高處。先是有言華頂十月朔，日月並行海上，宜往觀焉，僧皆言雲氣濛濛，多不得見，而余足力不勝而止。及是客言日出狀，與海濱諸高山望之大異，而未見所為日月並行也。復至曇華亭觀石梁，下觀瀑布，良久乃行。

十餘里至斷橋，水行溪石中，一石若橋而中斷，水自斷處瀉下，一石甕受之，甕深不知所底。諸石林立，皆峭削聳峙，亦奇觀也。水自甕出，紆回行石上約數丈，從絕壁下為珠簾。余從斷橋旁曲折下，久無人跡，草蒙茸不可行，徑為水嚙皆壞，余刈草開徑凡里許，乃得觀珠簾。石壁高數丈許，水纍纍如貫珠，且萬縷方幅而下，故曰珠簾。亦匯為一潭，潭旁多石，坐石上，神骨俱清，幾不知為人間世矣。斷橋與珠簾左右無僧舍，亦無人居，腹且饑，回飯於上方廣，乃還，仍過國清。國清地勢高爽，群山環之，水流於前，古松約數千株夾立，是時暮色蒼然，遠山皆隱不見矣。

天台之勝不可勝窮，而余之所至為紫雲，為玉京，為國清，為高明，為石梁，為斷橋，為珠簾。他如桃源為劉阮遇仙處及瓊臺雙闕，號為天台第一景者，路東西不相值，遂未獲至，姑以俟之異日。

録自戴名世集卷十。

雁蕩記

甌中多名山，而三雁蕩最勝〔一〕：曰南雁蕩，在平陽縣南；曰中雁蕩，在樂清縣西；曰北雁蕩，在樂清縣東九十里。今之名天下者，則北雁蕩也。高四十里，深六十里，頂上有湖，方可十里。雁蕩山皆石，而湖獨有泥，葑草蘆荻生焉，時為雁所棲宿，故曰雁蕩。

其間嶺有七：曰東嶺，曰丹芳嶺，曰飛泉嶺，曰謝公嶺，曰馬鞍嶺，曰溫嶺，曰西嶺。谷有四，馬鞍嶺界之，曰東內谷，曰西內谷，曰東外谷〔二〕，曰西外谷。而東內谷復有谷三，曰水簾，曰安禪，曰會賢。東外谷復有谷二，曰南閤，曰北閤，水自西北來界之。

東內谷峰四十八：曰雙鸞，曰寶印，曰嶢闕，曰小卓筆，曰獨秀，曰重樓，曰茶爐，曰石指，曰天柱，曰展旗，曰招賢，曰獅子，曰伏龜，曰礪齒，曰石碑，曰天冠，曰總角，曰金鼎，曰蓮花，曰迎陽，曰石燕，曰碧霄，曰淩雲，曰朝天，曰五雲，曰雙穴，曰槖駝，曰戲獅，曰犀角，曰香爐，曰倚天，曰鳳凰，曰超雲，曰丹桂，曰象牙，曰蟾蜍，曰芝草，曰虎蹲，曰龜子，曰藥杵，曰架海，曰朝陽，曰佛掌，曰鼓槌，曰覆船，曰卷螺，曰鉢盂。

東外谷峰五：曰石佛，曰獅子，曰雙峰，曰老人，曰吹簫。

西內谷峰二十四：曰紫極，曰棲鳳，曰華陽，曰戴辰，曰戲龍，曰群鳳，曰回鸞，曰石龜，曰朝陽，曰瓊臺，曰石筍，曰卧龍，曰淩霞，曰瑞鹿，曰抱兒，曰獅子，曰石碑，曰立筍，曰削玉，曰卓筆，曰天藥，曰宴坐，曰常雲〔三〕，曰剪刀。

西外谷峰二十四：曰連珠，曰靈犀，曰山冠，曰石表，曰立戟，曰羽人，曰射垛，曰含珠，曰含翠，曰朝陽，曰靈芝，曰二仙，曰招賢，曰寶冠，曰寶簪，曰石鏡，曰鳳凰，曰香爐，曰伏虎，曰天冠，曰五雲，曰雙穴，曰獅子者二。

岩三十有二，東內谷者凡十九：曰觀音，曰槖籥，曰注金，曰石相，曰楞嚴，曰神跡，曰文會，曰霹靂，曰棲真，曰神王，曰石臍，曰聽詩叟，曰修道，曰赤石，曰侍郎，曰騰波，曰巾子，曰響岩，曰說法，曰聽泉。東外谷者凡六：曰散水，曰隱仙，曰石佛，曰仙岩，曰讀書，曰方岩。西内谷者凡五：曰白雨，曰火焰，曰童子，曰文英，曰寶陀，曰寶香。西外谷者凡二：曰梅雨，曰天柱。

石之奇者：曰僧抱石，曰含珠石，曰龍潭石，曰飲羽石，曰獼猴石，曰觀音石，曰石廡，曰石明堂，曰石屏風，曰石魚，曰石倉，曰石斛，曰石橋，曰石棋枰，曰石浮屠，曰石室，曰石居士，曰小石屏，在東内谷。曰石梁，曰石行廊，在東外谷。曰虎蹲石，曰覆盂石，曰鴟尾石，曰圓蘿石，曰石門柱，曰石城，曰石茶爐，在西内谷。曰招賢石，曰大梁石，曰石鏡，曰石天窗，曰石塚，在西外谷。

洞十有二：東内谷者，曰天聰，曰龍游，曰新月，曰羅漢，曰烏洞，曰南碧霄，曰北碧霄。東外谷者，曰石洞。西内谷者，曰道松。外風洞二，一在大龍湫之右連雲鄣石壁上，每大風將起，則洞口木葉飛舞。一在照膽潭上，洞口大如斗，風自口出，遊人以手向洞口，夏涼而冬溫。而山之西北趾鄰永嘉界者，曰道姑洞，尤奇，石室層疊，宛如堂房，常若有人居者。洞外巨石長數十丈，坦平如床，側立者如屏風。瀫川之雲霞洞，亦號為絕勝焉。

溪有四：曰新溪，水北出南流，會於寒坑，入海。曰筋竹溪，一曰錦溪，水自大龍湫出，經龍坪塘入海。曰白溪，水自靈峰諸谷中出，東流入於海。曰石溪，水自山東北諸谷中出，東行十餘里，與大龍湫水合流，東會於石門，入海。

湫有三：曰大龍湫，曰小龍湫，曰上龍湫。

寺十有八：東内谷之寺曰靈岩，曰靈峰，雁蕩奇秀多稱二靈。介於二靈之間者，淨名也。淨名與石梁、真濟皆在東外谷。西内谷之寺曰能仁，曰羅漢，曰瑞鹿。西外谷之寺曰天柱，曰華岩，曰普明，曰石門，曰古塔，曰本覺，曰寶冠，曰靈雲。今諸寺大抵多廢，而余所至為能仁，為羅漢，為瑞鹿，為靈峰，為靈岩，為石梁。石梁寺者，以石梁得名也。寺側緣磴上有石洞，一石自地出，橫斜而來，覆於洞上，視之若虹之跨於空，故曰石梁。靈峰之瑰詭，殆不可指數，環左右前後而列者，爭奇獻怪，目不給賞。大抵雁蕩諸峰，巧通造化，移步換形，其名字因象取義者，尚多有之，而路窮徑塞，蒙翳於荊榛荒草之中，其奇未出於人間者，亦不少也。靈岩直靈峰之西，展旗峙其左，天柱峙其右，奇特雄偉，嶄然不可躋。而天聰洞、小龍湫為尤勝。後有屏霞障，高廣數百丈，石色如塗丹堊，上有溫泉石室，旁有龍鼻泉，下有安禪谷。

蓋雁蕩之障有四，屏霞障之外，有連雲障，在大龍湫，而在淨名者曰鐵城障，曰游龍障。兩障相夾，深數百仞，呀然劃然，人行其間，望見天僅尺許。障內有谷曰珠簾谷，有洞曰維摩室〔四〕。珠簾谷者，澗水嚙石而出，如萬斛珠飛落。蓋雁蕩無山不崖，無崖不洞，無水不瀑，至大龍湫則瀑水化為煙雲。怪怪奇奇，直出造化意表〔五〕，宇宙內更無有能得其彷彿者矣。

初，余入雁蕩自樂清來，宿於芙蓉村，是歲辛巳四月也。十月自黃岩來，宿於大荊，皆入雁蕩之道。道中望見雁蕩上插霄漢，仙風靈氣，飛墮襟袖，懷抱頓仙。嗚呼，余懷遁世之思久矣，輾轉未遂，至是垂暮無成，萬念歇絕。他日人見有草衣芒鞋〔六〕，拾橡煨芋，而老於此間者，必余也夫，必余也夫！

録自戴名世集卷十。

【校】

〔一〕中華本作「最盛」，南山集偶鈔為「最勝」。

〔二〕中華本作「東升谷」，南山集偶鈔為「東外谷」。

〔三〕中華本作「曰紫雲」，南山集偶鈔為「曰常雲」。

〔四〕中華本作「維摩洞」，南山集偶鈔為「維摩室」。

〔五〕中華本作「真出」，南山集偶鈔為「直出造化意表」。

〔六〕中華本作「衣草衣，履芒鞋」，南山集偶鈔為「草衣芒鞋」。

龍鼻泉記

雁蕩諸寺之最勝者稱靈岩。障曰屏霞。谷曰安禪，曰會賢。湫曰小龍湫。峰曰天柱，曰展旗，曰雙鸞，曰卓筆，曰玉蟾蜍。洞曰天聰。石曰僧抱石，石屏風。泉曰劍鋒〔一〕，曰溫泉，曰龍鼻泉，而龍鼻泉尤奇。從寺後上石磴，盤旋數十折，至一大石龕〔二〕。龕高數十丈，深數十丈，石壁皆奇削。龕脊嵌一石，若龍陷入石中，從下視之，見其脊隆然外露，繞下數十丈，勢盡乃垂入龕底，作懸鼻，色紺碧而膩滑。鼻端有小孔出泉，水時時下滴，飲之清寒，雖盛暑如冰。鼻上下皆有石若爪，為攫拏之勢，半露半入石中。遊者或歌笑〔三〕，或奏管弦，聲輒繞石罅中，悠揚不即出。下有呂祖廟，牆陰有碑鐫絕句一章，末署『回道人題』。名區絕境，宜為仙靈之所往來，而余好山水，多搜剔奇異，遇異人而授吾書，換吾胎骨者，倘有日也耶？

録自戴名世集卷十。

【校】

〔一〕中華本作『劍峰』，南山集偶鈔為『劍鋒』。

〔二〕中華本無『一』字，南山集偶鈔為『一大石龕』。

〔三〕中華本作『或歌或笑』，南山集偶鈔為『或歌笑』。

游大龍湫記

距樂清六十里，有村曰芙蓉，倚山而濱海。余以歲辛巳四月二十日，由芙蓉逾丹芳嶺，至能仁寺。坐少頃，出寺門里許，有泉曰燕尾泉。水自大龍湫來為錦溪，錦溪之水至此從巨石落下，成小瀑布，石中高而旁低，水分左右下，若燕尾然。循錦溪而行，凡三四里，有峰屹立溪水中，旁無所倚，高數百丈，兩股如蟹螯，望之若剪刀然，曰剪刀峰。至峰下，行百餘步，忽變為石帆，張於空中，曰一帆峰。又行百餘步，又變為石柱，孤撐雲表，曰天柱峰。左右皆石壁峭削，詭狀殊態，不可勝數。又行百餘步，徑窮路轉，得大龍湫，為天下第一奇觀。水自雁湖，合諸溪澗，會成巨淵，淵深黑不可測。其側有石檻，檻中作凹〔一〕，水從凹中瀉下，望之若懸布，隨風作態，遠近斜正，變幻不一。或如珠，或如毬，如驟雨，如雲，如煙霧〔二〕，或飄轉而中斷，或左右分散而落，或直下如注，或屈曲如蜿蜒。下為深潭，觀者每立於潭外，相去數十步，水忽轉舞向人，灑衣裙間，皆沾濕，或大注如雷，或為風所遏，盤桓而不下〔三〕。蓋其石壁高五千尺，水懸空下，距石約一二尺許，流數丈輒已勢遠而力弱，飄飄濛濛，形狀頓異。他處瀑布皆沿崖直走，無此變態也。潭之外有亭曰忘歸亭，其側有亭曰觀不足亭。而龍湫右側絕壁曰連雲障，障上有風洞，每洞口木葉飛舞，則大風徐作〔四〕。又有小龍湫在東谷靈岩寺，水自石城諸溪澗來，會於霞障之右，從岩上飛流而下，高三千尺。半沿崖，半懸流，變態稍不及大龍湫，而其下稍西，水湧出石罅，直上指二尺許，形如立劍，望之光明瑩潔而搖動，亦奇觀也。相傳大龍湫上數里復有上龍湫，飛流懸瀉亦數百丈，與大龍湫相似，昔有白雲、雲外二僧居之，地僻無人跡，今不知其處矣。余性好山水，而既遊雁蕩，觀大龍湫，則已乘雲御風，恍惚仙去，今追而記之，不能詳也。

録自戴名世集卷十。

【校】

〔一〕中華本無『檻』字，南山集偶鈔為『檻中作凹』。

〔二〕中華本作『如煙如霧』，南山集偶鈔為『如煙霧』。

〔三〕中華本作『盤溪横而不下』，南山集偶鈔為『盤桓不下』。

〔四〕中華本作『大風疾作』，南山集偶鈔為『大風徐作』。

青布潭記

龍眠山口有三都館，昔左忠毅公讀書處也。余往來山中，輒過其地，望見其下半里許有石壁，甚峭峻，臨水之崖。往往指目之曰『是必有異』，嘗欲往搜其勝，未遑也。今年春始遊之，與數人者偕，先至三都館，見雙鶴先生。先生，忠毅公子也。先生曰：『是為青布潭。其石壁縱百尋，横百尋，其上苔蘚蔓延，間生青草，下臨深潭。其旁有石徑，側足而上，僅得至其麓，大石亂布，縱横無端，人前後行其隙間，一石蹲潭旁尤奇。』余輩遂往，涉河至其上，相與踞石而坐，良久，寒氣侵肌膚。先生又曰：『先忠毅家居時，讀書三都館，每操舟順流而下至此，或日一過。』因指其維舟處及他舊跡，相與感歎久之。時天寒冰凍，諸子下至河干，拾小石拋擊冰上取聲以為樂。是歲壬戌正月也。

録自戴名世集卷十。

河墅記

江北之山，蜿蜒磅礴，連亘數州，其奇偉秀麗絶特之區皆在吾縣。縣治枕山而起，其外林壑幽深，多有園林池沼之勝。出郭循山之麓，而西北之間，群山逶邐，溪水縈洄。其中有徑焉，樵者之所往來，數折而入，行二三里，水之隈，山之奥，岩石之間，茂樹之下，有屋數楹，是為潘氏之墅。余褰裳而入，清池洑其前，高臺峙其左，古木環其宅。於是升高而望，平疇蒼莽，遠山回合，風含松間，響其水上。噫！此羈窮之人，遁世舉遠之士，所以優遊而自樂者也，而吾師木崖先生居之。

夫科目之貴久矣，天下之士莫不奔走而豔羨之，中於膏肓，入於肺腑，群然求出於是，而未必有適於天下之用。其失者未必其皆不才，其得者未必其皆才也。上之人患之，於是博搜遍採以及山林布衣之士，而士又有他途捷得者，往往至大官。先生名滿天下三十年，亦嘗與諸生旅試於有司，有司者好惡與人殊，往往幾得而復失。一旦棄去，專精覃思，盡究百家之書，為文章詩歌以傳於世，世莫不知有先生。間者求賢之令屢下，士之得者多矣，而先生猶然山澤之臞，混跡於田夫野老，方且樂而終身。此豈徒然也哉。小子懷遁世之思久矣，方浮沉世俗之中，未克遂意，過先生之墅而有慕焉，乃為記之。

録自戴名世集卷十。

硯莊記

世之人以授徒賣文稱之曰『筆耕』，曰『硯田』。以筆代耕，以硯代田，於義無傷，而藉是以供俯仰，此貧家之士不得已之所為也。

余家世耕田讀書，故稱饒裕。余始祖自婺源遷桐，至先王父凡十世，未有以授徒賣文為生者。明崇禎中，遭賊亂家破。久之，先王父募人墾荒田數百畝，聊足自給。先人兄弟三人，而先人所分受田宅僅十之二，食指甚多，不能給，於是始授徒他方以糊其口，而匱空日益甚。先人既沒，所遺債負若干，余次第償之，喪葬之事，余獨任其費，而所遺田宅及室中之需，盡歸於吾弟。余脫身遊，或教授生徒，或賣文制碑，東西奔走，何啻二三萬里。所與士大夫交遊頗多，然無度外之人為一憫其窮而援之者，而每歲所獲存家中，盡為戚黨奸人盜去。計自歲丁卯至壬午，凡十五六年，存於友人趙良冶所者凡千金。是時吾縣田直甚貴，而良冶為余買南山岡田五十畝，並宅一區。田在腴瘠之間，歲收稻若干。屋多新築，頗宏敞，屋前後長松不可勝計。良冶復代余名堂額曰『硯莊』，而余以歲壬午冬，自江寧歸居於此。家眾凡十餘人，皆遊手惰窳，不諳種植。歲所收稻，僅足供稅糧及家人所食，而余遂不能常居硯莊，每歲不過二三閱月，即出遊於外，奔走流離，而余已浸尋老矣。

余之歸也，年已五十，尚無子，家之人遂有覬覦此土，而欲攘而有之者。余自維潦倒一生，未曾憑藉先世尺寸，憂愁勤苦之餘，僅僅有此，皆得之筆耕，用以休息餘年，終吾世則已矣，遑惜其後哉。請姑待之。

録自戴名世集卷十。

數峰亭記

余性好山水，而吾桐山水奇秀，甲於他縣。吾卜居於南山，距縣治二十餘里，前後左右皆平岡，逶迤回合，層疊無窮，而獨無大山，水則僅陂堰池塘而已，亦無大流。至於遠山之環繞者，或在十里外，或在二三十里外，浮嵐飛翠，疊立雲表，吾嘗以為看遠山更佳，則此地雖無大山，而亦未嘗不可樂也。出大門循牆而東，有平岡，盡處土隆然而高，蓋屋面西南，而此地面西北，於是西北諸峰盡效於襟袖之間。其上有古松數十株，皆如虬龍，他雜樹亦頗多有，而有隙地稍低，余欲鑿為池，蓄魚種蓮，植垂柳數十株於池畔。池之東北仍有隙地，可以種竹千個。松之下築一亭，而遠山如屏，列於其前。於是名亭曰數峰，蓋此亭原為西北數峰而築也。計鑿池、構亭、種竹之費，不下數十金，而余力不能也，姑豫名之，以待諸異日。

録自戴名世集卷十。

綠蔭齋古桂記

距虎丘三里而近，有朱氏園林，蓋昔朱某翁先生之所創也。園昔為田為圃，先生買而為園，園之大二百畝，凡費金錢數萬。其間竹木水石，亭榭樓閣，重疊映帶，極一時之盛。先生垂沒，而園分授諸子，於是其季子某得其東偏之綠蔭齋，以讀書其間，而時時召集朋友賦詩飲酒，自是朱氏之園惟綠蔭齋為最著。齋之東有古桂一株，蓋百餘年物，其枝四面紛披而下，其中可坐數十人。每花開，召客讌集其下，綠葉倒垂，繁英密布，如幄之張，如藩之設，風動花落，拂襟縈袖。行酒者傴而入，繞樹根而周，客無不歡極稱歎而去。

天標嘗導余遊遍園中，臺榭多傾圮矣，水或涸而石或頽矣，竹木存者十不及一二矣，苔生於牖，草環於亭，非復曩日之盛。而園中故有七松草盧，七松者，有松七株，蓋宋元時物，數里外望之，挺然離立雲表。自先生沒，而七松地屬某氏，某氏斧以為薪，存者僅一株，差小，以隔於朱氏之垣得免焉。嗚呼，物理之盛衰，何常之有！良材異質，辱於匹夫之手者多矣，吾悼七松，所以幸古桂之遇也。

録自戴名世集卷十。

窮河源記

黃河之源，自古未有窮之者，元時始得之，而後人頗有疑其非真。康熙四十三年，遣使尋河源，得其處，與元史合。是年余入京師，聞其事，訪得其詳，乃為記之。

按黃河之源，土番名曰古兒班索而嘛，其來已久。至是，上諭使臣某往尋其源，且曰：『聞其地多瘴癘，不可進則止。』使者於四月初四日發自京師，五月十三日至一地曰呼呼諸而，有大澤，水色深碧，水旁低而中央特高。澤之西有石山一，土山三，東西寬而南北稍隘，澤周六百餘里，產魚二種，身圓而無鱗，腹闊，頭尾皆尖削，其色黃，其口齊，身有黑點，長二三寸至四五尺，口小者土番名曰那胡，口大者名曰布哈。明日至一地曰呼呼布拉克其，土番之長曰色卜滕扎而，色卜滕扎而導使者行。六月初七日至星宿海之東，有澤曰鄂陵，周二百餘里。初八日至鄂陵之西，有澤曰扎陵，周三百餘里。此二澤東西相隔三十里許，中皆產那胡、布哈二魚。初九日至一地曰鄂墩搭拉，即星宿海也。登高山望之，見小泉億萬，不可勝數。群山四周，土番名曰庫而棍，即昆侖也。山最高，在東北者曰烏蘭杜石。在西南者曰布胡珠而黑。在南者曰古兒班吐而哈，其諸泉曰噶而馬塘。在西者曰巴而布哈，其諸泉曰噶而馬滁穆朗。在北曰阿克塔因淒奇，其諸泉曰噶爾馬沁尼。此三山之泉流為河三支，即所稱古兒班索而嘛也。三河東流入於扎陵，自扎陵流入於鄂陵，自鄂陵流出，是為黃河也。自三河外，他山之泉與平地之泉流為小河者，不可勝數，皆入於黃河。自呼呼諸而至星宿海，產野牛，野騾，豹，猞狸猻，盤羊、鹿麃、小黃羊、羦羊，獐、獺、貛、狐等獸。

使者於六月十一日發自星宿海，不由舊道，東南行，欲視冰山並河所流經之處。行二日，登哈而給山，見黃河東流至呼呼諾而山，南流繞撒除克之南，北流至巴而托羅海山之南。逾數日，望見冰山，山最高，雲霧蔽之。土番言此山有九高峰，長三百餘里，自古至今冰不消，常雨雪，一月中得晴三四日而已。又行十餘日，至席拉庫特爾地，見黃河流過冰山。又南行過高嶺曰扯庫里，行百餘里，又至黃河岸。蓋黃河自巴而托羅海山東北流，入歸德堡之北達喀山之南，從兩小山峽中流入蘭州。

自京師至星宿海計七千六百餘里，地勢最高，人氣閉塞多喘，非瘴癘也。昆侖高入雲表，彌望蔓草無際。風甚厲，人馬行其上，慄烈不勝吹，未幾輒有死者。土番貧無食者，於星宿海旁取那胡、布哈二魚自給云。

録自戴名世集卷十。

蓼莊圖記

余讀陶淵明桃花源記，慨然有遺世之思。說者謂淵明生當晉、宋之際，志欲棄塵離垢，高舉遠引，託而為此記，非真有是事。今以蓼花莊觀之，則夫幽岩深谷，靈區異境，隔絶人世者，世固未嘗無也。

蓼花莊地近東鹿，距京師三百餘里而遥，西山面之，渾河繞之，奧阻幽深，人跡之所不到。居民千餘家，淳淳悶悶，渾乎太古之意，桑麻林麓，遠近映帶，婚姻嫁娶，不出其里。居人自其始祖迄今，無一識字讀書。縣吏一來征租，信宿盡收而去。子孫曆世無一入城市，家家足衣食，無貴無賤，無貧無富。凡囂競淩害，偷盜訟獄，干戈擾攘之事，離別羈旅之苦，父老子弟傳世數十，耳未嘗聞。當崇禎之末，燕趙間無地不被兵，李自成陷京師，尋敗走，大清定鼎，徵兵傳檄滿天下，久之，外人來傳說，始知之。其山川風物，人民土俗，是亦燕趙間之一桃花源也。

給諫趙恒夫先生罷官居京師，歲戊辰、己巳間，始聞其絶境，窮搜得之，構屋築圃於其間。初，居人不知種稻，先生謂地多水宜種稻，教以種植之法，由是稻絶美，勝他縣。其地昔無網罟，河魚肥美，人不知食，先生結網得魚，嗣後多有食魚者矣。先生尋還京師，然抗懷高寄，嘗書蘇文忠詩於壁曰：『惟有皇城真堪隱，萬人海裏一身藏。』是先生視京師猶之乎蓼莊也。顧猶時時念蓼莊不置，使善畫者為之圖。余嘗披圖，見其群山矗立，高入雲表，浮青飛翠，千疊萬重，而煙波浩渺，蓼花彌望無際。嗚呼！余久懷遁世之思，嗟宇宙無所為桃花源者，何以息影而托足，不意人間復有之。昔者武陵漁人既出，迷不復能入。今先生有居在焉，無迷津之患，葛巾藤杖，飄然竟往。余得以相從終老於其間，先生其許我乎？

録自戴名世集卷十。

慧慶寺玉蘭記

慧慶寺距閶門四五里而遥，地僻而鮮居人，其西南及北皆為平野。歲癸未、甲申間，秀水朱竹垞先生賃僧房數間，著書於此。先生舊太史，有名聲，又為巡撫宋公重客，宋公時時造焉。於是蘇之人士，以大府重客故，載酒來訪者不絕，而慧慶玉蘭之名一時大著。玉蘭在佛殿下凡二株，高數丈，蓋二百年物，花開時茂密繁多，望之如雪。虎丘亦有玉蘭一株，為人所稱，虎丘繁華之地，遊人雜遝，花易得名，其實不及慧慶遠甚。然非朱先生以太史而為重客，則慧慶之玉蘭竟未有知者。久之，先生去，寺門晝閉，無復有人為看花來者。

余寓舍距慧慶一里許。歲丁亥春二月，余閒晝無事，獨行野外，因扣門而入，時玉蘭方開，茂密如曩時。余歎花之開謝自有其時，其氣機各適其所自然，原與人世無涉，不以人之知不知而為盛衰也。今虎丘之玉蘭意象漸衰，而在慧慶者如故，亦以見虚名之不足恃，而幽潛者之可久也。花雖微，而物理有可感者，故記之。

録自戴名世集卷十。

日本風土記

日本即古倭國，與中國隔絕東海，於諸夷中最強大。有三十六島，島各有王統之。國主曰京王，居於東京，擁虚位，逸樂自恣，而一國之權則屬之大將軍。東西直大抵與江南、浙江相對，北則鄰高麗，南則鄰琉球。所產米穀甚美，過於中國，亦多嘉魚，他花樹亦多奇品。所需於中國者，氈毯綾絲之屬，尤重古窯器。其國不鼓鑄，惟用中國古錢，古錢以洪武通寶為最貴。其人多好詩書、法帖、名畫及古奇器； 初購十三經、二十一史，往往不惜價千金。人相見無禮文，一盤膝，一低首，即為恭敬。男婦皆跣足，僅曳一皮屐而已。衣無襟裾，但縫成一大幅，略作短袖掩半臂，用大帶束股。人皆去鬚髮，留鬢毛及腦後髮為一小髻於後。所居屋高大，席地而坐，入門置屐於戶外。飲食，尊者居中，餘圍坐。其饌皆乾炙，無羹汁。酒香烈，飲之易醉。其餘大抵與中國同。

凡中國有商舶至，即遣小舡來詰何等貨，名曰『班舡』，復遣一小舡監護之。海濱列市數十以居中國人，號曰『庶街』，每百年則發兵盡殺之，名曰『洗街』。島之大者曰薩摩，一曰撒斯瑪。商舶所集最盛者曰長崎，長崎多官妓，所居皆大宅，無壁落，但以綾幔分私室，夜則私室各張燈懸琉璃，諸妓各賽琵琶，諸商多溺惑，盡傾其資。其俗好佛敬僧，稱中國人曰唐人。蓋唐時兵威所懾，亦猶漢武帝征匈奴後，稱中國人曰漢人也。

明之季，有西洋人為邪術曰天主教者入日本，日本人信之。其教大抵男女群居，各授以秘術，人各自持，雖母子夫婦不以相泄，入其教者，雖死生患難不肯易。教主遂集眾作亂，其國大擾，大將軍發兵盡滅之，焚其舟，於是絕西洋人往來。凡他國人至者，於通衢置一銅板，刻天主形於上，使踐踏而過之，搜索囊橐中，有西洋一物，必合船盡殺焉。明遺臣有乞師於日本，日本許之，已而師不果發。至今海外諸國無不上表入貢，聞日本獨否。

録自戴名世集卷十。

北行日紀序

往余居鄉，以教授糊口，不出一百二百里之內，歲得一鍰兩鍰，與村學究為曹伍。計四時中省親一再歸，歸數日即去，雖無安居之樂，亦無行役之苦。後以死喪債負相迫，適督學使者貢余於太學，遂不得已而為遠役，則始於歲丙寅之冬，距今十五年。往返奔走，遍歷江淮、徐泗、燕趙、齊魯、閩越之境，凡數萬里，每行輒有日紀。余性懶，不自收拾，往往多散軼。而乙亥之夏，自金陵至燕山，有北行日紀，付宿松朱字綠。丁丑之春，自燕山返金陵，有南還日紀，付祁門汪獻其，已而獻其卒於客舍，其稿無從尋覓。而今年春，字綠自福州來金陵，偶檢北行日紀稿歸余，余讀之而歎曰：嗚呼！客遊之困，未有甚於余，而馳驅奔走之無益，亦未有如余之甚者也。子路曰：『傷哉貧也！生無以為養，死無以為葬也。』陶淵明詩曰：『饑來驅我去，出門何所之？』以余之狷隘，憂憤滿懷，而僕僕於朝市之間，所往而輒躓，固早自知之，然而不能不為此者。誦子路之言與淵明之詩，其亦可泫然而流涕已矣。

易曰：『旅即次，懷其資，得童僕貞。』是三者余皆無之。方其始謀出門，多方假貸，經營數月，而後成行，行李略具而已。途中所食皆粗糲，往往閱月不能肉食。舟車之費，皆從節嗇，猶有資用乏絕之患。其於陸行也，余與奴各賃一騎，執鞭者見余書生則大喜，往往多索其直，一切頗不用命。而騎又多不良，且善驚，雖執轡甚謹，猶時時遭顛仆，行淖中尤危險，往往泥塗被體，衣被盡濕。而逆旅主人與執鞭者表裏為奸，每於常直外多索錢，狺狺張目視，髮盡豎，如其言償之乃已。此在北方為甚，一勺之漿，一杯之酒，非數倍其價，不可得也。其於舟行也，舟子尤多桀黠，時時勞之以酒食乃喜。而余每乘舟，風輒不利，或日行數里，或日行數十里，小舟如葉，坐臥不能伸脊，見他舟之順風行者，甚羡之，而余平生未嘗遇順風，真可怪也。其或資用既竭，不能獨賃一舟，則與途人共賃一舟，廝養、走卒、輿夫皆不暇擇，與之雜處，彼亦引吾為曹偶，喧嘩叫囂，其困尤不可一刻安。其行以暑也，雞未鳴即起，及早涼行數十里。日漸當午，則熱氣薰蒸，喘息皆欲絕。車馬所踐踏，塵土揚起撲面，目不能開。日晡，小歇，食於旅店，食中皆雜塵土，不能擇也。每日行百餘里而宿。西北方無床，以土為炕，壁蝨之所聚處，嘬人肌膚，遂成瘡痏。至於舟行，則不能設帷帳，蚊終夜集於身，以手撲之，血滿掌。惟於冬寒之時，頗以舟行為便，無風雪霜露之侵。而陸行當嚴寒，手足皆僵如痿痺，冰結於髭鬚，冷氣徹骨。抵暮，以厚直買束薪燒之，良久乃得暖氣，肌膚漸甦，寢才安，而圉人已趣之起矣。關津之設也，如密網，商賈之船皆早已輸稅，餘舟次第過，邏者猙獰，林立岸上，一舟過，輒一人躍入舟，衣被皆開視，勢如虎狼。舟中人皆震恐，雖無絲毫之匿，亦必稍稍賂之乃去。而西北有響馬賊，禦人於途，懷重貲者恒惴惴懼不保性命。東南則多竊盜，乘夜為暴，亦或殺人。而余行李蕭然，襆被之外無長物，晝夜幸皆無驚。嗟乎！古人之濡手足，焦毛髮，勞其身以為天下，經營拮据，其勤苦豈特如此而已哉。而余所處不過為一身一家之計，而猶不能遂。窮岩斷壑之中，必有高人逸士起而笑余者矣。

余之游四方，以賣文為生。自文體之壞也，是非工拙，世無能辨別，里巷窮賤無聊之士，皆學為應酬之文，以游諸公貴人之門。然必濟之以狡獪諛佞，其文乃得售，不然，雖司馬子長、韓退之復生，世皆熟視之若無睹。而余性疏慵頹放，即己亦自厭之，而不能改。宰輔大官相見，一揖之外無他語。酒酣論世事，咄嗟吁嘻，旁若無人，人頗怪之，然諒余之無他，多不以禮數相責。而余文章之名故在四方，所至必有主人延掌書記，或遣子弟受學，然大抵皆出於耳食，計日傭賃而已，未有行度外之事，而給余養親隱居讀書之費者。而倡優便嬖之徒居其門下者，輒傾困到廩以與之而無所惜。昔白居易為元稹作墓誌，謝文七十萬。皇甫湜作福光寺碑凡三千字，裴晉公每字酬以一縑，湜大怒，以為太薄。以今視昔，文章輕重，風尚美惡，竟何如也。嗚呼！客遊之困，果未有甚於余，而馳驅奔走之無益，果未有如余之甚者也。余性硜硜自守，平生於非道義，雖毫髮不苟取。士大夫中雖號為深交，平日以文章道義相砥礪，一旦出而連城數百里，世俗所稱美仕，然亦罕有念及憔悴窮愁之故人，以一函來問，即余亦未嘗一往謁也。故余也非賣文更無生計。今且世事愈變，文章更無所售，雖狡獪諛佞之徒皆易術以去，而余抱區區無用之學，舉世不知之技，以浮沉於遊士幕客之間，所謂操隋侯之珠而以彈雀者也。至是而愧悔交集，不覺其汗之浹於背矣。

前年之秋，老母謝世，方嘗營一抔之土，與先君子合葬，則為子之事已畢矣。而余年近五十，未有子息。平生欲著書一二種，而購求遺書之費，復頗不貲，今雖稍稍略具，而所購未備，不敢聊且命筆，恐皆不能成就。將遂舉手謝時人以去，獨身處荒山中，拾橡煨芋，以終餘年，不復能遠役矣。偶因讀北行日紀，而書其志如此，時庚辰二月。

録自戴名世集卷十一。

乙亥北行日紀

六月初九日，自江寧渡江。先是浦口劉大山過余，要與同入燕，余以資用不給未能行。至是，徐位三與其弟文虎來送，少頃，郭漢瞻、吴佑咸兩人亦至。至金陵閘登舟，距家僅數十步耳。舟中揖别諸友，而徐氏兄弟復送至武定橋，乃登岸，依依有不忍舍去之意。是日風順，不及午已抵浦口，宿大山家。大山有他事相阻，不能即同行。而江寧鄭滂若適在大山所，滂若自言有黄白之術，告我曰：『吾子冒暑遠遊，欲賣文以養親，舉世悠悠，詎有能知子者。使吾術若成，吾子何憂貧乎。』余笑而頷之。

明日，宿旦子岡。甫行數里，見四野禾苗油油然，老幼男女俱耘於田間。蓋江北之俗，婦女亦耕田力作，以視西北男子遊惰不事生産者，其俗洵美矣。偶舍騎步行，過一農家，其丈夫方擔糞灌園，而婦人汲井且浣衣，門有豆棚瓜架，又有樹數株鬱鬱然，兒女啼笑，雞犬鳴吠。余顧而慕之，以為此一家之中，有萬物得所之意，自恨不如遠甚也。

明日，抵滁州境，過朱龍橋，即盧尚書、祖將軍破李自成處，慨然有馳驅當世之志。過關山，遇宿松朱字緑、懷寧昝元彦從陝西來，别三年矣，相見則歡甚，徒行攜手至道旁人家縱談，村民皆來環聽，良久别去。過磨盤山，山勢峭削，重疊盤曲，故名，為滁之要害地。是日，宿岱山鋪，定遠境也。明日，宿黄泥岡，鳳陽境也。途中遇太平蔡極生自北來。薄暮，余告圉人：『數日皆苦熱，行路者皆以夜，當及月明行也。』乃於三更啓行，行四五里，見西北雲起，少頃，布滿空中，雷電交作，大雨如注，倉卒披雨具，然衣已沾濕。行至總鋪，雨愈甚，遍叩逆旅主人門，皆不應，圉人於昏黑中尋得一草棚，相與暫避其下。雨止則天已明矣，道路皆水，彌漫不辨阡陌。私歎水利不修，天下無由治也。苟得良有司，亦足活其一邑，惜無有以此為念者。仰觀雲氣甚佳，或如人，或如獅象，或如山，如怪石，如樹，倏忽萬狀。余嘗謂看雲宜夕陽，宜雨後，不知日出時看雲亦佳也。是日僅行四十里，抵臨淮。使人入城訪朱鑒薛，值其他出。薄暮獨步城外，是時隍中荷花盛開，涼風微動，香氣襲人，徘徊久之，乃抵逆旅主人宿。明日，渡淮。先是臨淮有浮橋，往來者皆便之，及是浮橋壞不修，操舟者頗因以為奸利。余既渡，欲登岸，有一人負之以登，其人陷淖中，余幾墮，岸上數人來共挽之，乃免。是日行九十里，宿連城鎮，靈壁縣境也。明日為月望，行七十里而宿荒莊，宿州境也。屋舍湫隘，牆壁崩頹，門戶皆不具。圉人與逆旅主人有故，固欲宿此，余不可，主人曰：『此不過一宿耳，何必求安。』余然之。是日頗作雨而竟不雨。三更起，主人苛索錢不已，月明中行數十里。余患腹脹，不能食。宿褚莊鋪。

十七日渡河，宿河之北岸。夜中過閔子鄉，蓋有閔子祠焉，明孝慈皇后之故鄉也。徐、宿間群山盤互，風氣完密，而徐州濱河，山川尤極雄壯，為東南藩蔽，後必有異人出焉。望戲馬臺，似有傾圮。昔蘇之瞻知徐州，云：『戲馬臺可屯千人，與州為犄角，然守徐當先守河也。』是日熱甚，既抵逆旅，飲水數升。頃之，雷聲殷殷起，風雨驟至，涼生，渴乃止。是夜，腹脹愈甚，不能成寐，汗流不已。明日，宿利國驛。憶余於己巳六月，與無錫劉言潔自濟南入燕，言潔體肥畏熱，而羨余之能耐勞苦寒暑。距今僅六年，而余行役頗覺委頓，蹉跎荏苒，精力向衰，安能復馳驅當世？撫髀扼腕，不禁喟焉而三歎也。明日，宿滕縣境曰沙河店。又明日，宿鄒縣境曰東灘店。是日，過孟子廟，入而瞻拜。欲登嶧山，因熱甚且渴，不能登也。明日，宿汶上。往余過汶上有弔古詩，失其稿，猶記兩句云：『可憐魯道遊齊子，豈有孔門屈季孫。』餘不復能記憶也。明日，宿東阿之舊縣。是日雨，逆旅聞隔牆群飲拇戰，未幾，喧且鬥。余出觀之，見兩人皆大醉，相毆於淖中，泥塗滿面不可識，兩家之妻各出為其夫互相詈，至晚乃散。乃知先王罪群飲，誠非無故。明日，宿茌平。又明日，過高唐，宿腰站。自茌平以北，道路皆水彌漫，每日輒紆回行也。聞燕趙間水更甚，北行者皆患之。二十六日，宿阜城，夜夢裴嫗，嫗於余有恩而未之報，今年二月病卒於家，而余在江寧，不及視其含斂，中心時用為愧恨，蓋自二月距今，入夢者屢矣。二十七日，宿商家林。二十八日，宿任丘。二十九日，宿白溝。白溝者，昔宋與遼分界處也。

七月初一日，宿良鄉。是日過涿州，訪方靈皋於舍館，適靈皋往京師。在金陵時，日與靈皋相過從，今別四月矣，擬為信宿之談而竟不果。及余在京師，而靈皋又已反涿，途中水阻，各紆道行，故相左。蓋自任丘以北，水泛濫，橋梁往往皆斷，往來者乘舟，或數十里乃有陸，陸行或數里數十里，又乘舟。昔天啟中，吾縣左忠毅公為屯田御史，興北方水利，仿佛江南。忠毅公去，而水利又廢不修，良可歎也。初二日，至京師。蘆溝橋及彰義門俱有守者，執途人橫索金錢，稍不稱意，雖襆被俱欲取其稅，蓋榷關使者之所為也。途人恐濡滯，甘出金錢以給之，惟徒行者得免。蓋輦轂之下，而為禦人之事，或以為此小事，不足介意，而不知天下之故，皆起於不足介意者也。是日大雨，而余襆被、書籍為邏者所開視盡濕，泥塗被體，抵宗伯張公邸第。

蓋余之入京師，至是凡四，而愧悔益不可言矣，因於燈下執筆書其大略如此。

録自戴名世集卷十一。

庚辰浙行日記

歲己卯冬，鴻臚寺少卿兼戶部科給事中保德姜公，奉命督學浙江，貽書於余，欲余入幕中贊理其事。庚辰五月抵任，其公署在嘉興，是月十五日，遣一役及一僕至江寧相迓。余於十八日由虎踞關出太平門，是日天氣頗暑，而道旁多樹陰，余時時下肩輿憩於樹下。私自念年近五旬，而無數畝之田可以托其身，經歲傭書客遊，閉門著書之志將恐不得遂，為之慨然泣下。姜公頗知余，或能成余志，窮生妄念駸駸乎動，又不覺自笑也。是日，宿龍潭。過中山王及岐陽王墓，塚木森然，牆垣無恙，蓋兩家子孫尚多，歲時上塚修葺，不似孝陵之荒涼也。十九日，至鎮江，登舟，宿丹徒鎮。二十日，宿戚墅堰。二十一日泊虎丘。登岸，遇六安楊希洛，坐可中亭下談良久。二十二日未至平望二十里宿。二十三日昏夜，到嘉興。

姜公見余至，大喜，命酒歡飲，且曰：『吾知子甚深，校閱之事一以委子，他酬應文字亦惟吾子焉賴。吾子平生著書之志，吾亦當為吾子成之。』閱三年，既滿任，而公之言頗不讎。浙中文風敝極，而士習偷薄，為他省所未有。外間知余專校閱之事，而素忌余論文之嚴，深懼其不售，又知余之不可以私相干也，於是嘉興、湖州兩府之士多造作蜚語，以搖姜公，而冀余之去也。胥役某，姜公所愛信，亦忌余在內不得行其奸，於是表裏為讒言。姜公始亦不能無動，尋察知其妄也，任余益專。而姜公公且明之譽，遠邇無間言，輕薄之士及猾吏自是不敢為飛語，且相與頌之，而文風亦稍稍變矣。

嘉興試事既畢，於八月初六日往湖州。是日大雨，余坐肩輿出城，衣盡濕。登舟，宿平望。明日，到湖州行署。署狹隘甚，同行者多人，人各數尺地，殊不可一朝處。九月初四日，始得往杭州。是日，宿菱湖，泊奎章閣下。明晨，登閣望之，菱滿湖中，人家約數千，岸上皆桑樹。蓋東南蠶桑之盛莫過於湖州，而此地煙水茫茫，兼收菱芡之利，其風景甚可樂也。是日行數十里，望見杭州諸山，宿北新關。初六日，入舉場。蓋杭州校士，舊有公署，而日就傾圮不可居，故督學校士即在舉場也。十月初五日，乃得暇出遊西湖，觀所謂十景者，遍遊飛來峰、冷泉亭、靈隱、韜光及靈泉之勝，薄暮還署。初十日，出草橋門，渡錢塘，過蕭山。十一日，至紹興。紹興行署為故提督田雄府，田雄乃明末副將，執安宗以降於本朝者也。其府甚壯麗，相傳其楹帖一聯有曰：『手擒三天子，身總五諸侯。』蓋雄既執安宗，復執潞王，走魯王。或曰，隆武之敗，雄亦在師中，魯王亦嘗監國，雄所指三天子，謂弘光、隆武及監國也。降後，部下有五總兵受其節制，故云。十一月初三日，謁禹陵，有窆石亭，碑文韓揚撰，天順六年也。岣嶁碑，御史王紳立，嘉靖二十年也。陵下有大禹碑亭，陵旁有泉曰飛泉，碑臥地。初五日，登府山，游蘭亭。初七日，自紹興啟行，泊舟舞陽侯廟，換小舟，遊吼山及樂壽庵，還舟宿。初八日、初九日，所過為上虞、餘姚。初十日過西壩。壩左右各豎一柱，各繫索挽舟使上，既上，縱而使下，若轆轤然。是日，至寧波。二十八日，過鄞縣署，縣令姚君銳，余同縣人，留余飲，夜二鼓乃還。二十九日，啟行還嘉興。十二月初二日，過北新關。初三日，至嘉興。

是時幕中賓客有漢陽王孟穀，溧陽周簡如，丹徒張鶴天，各辭姜公歸，余亦欲歸江寧，經理家事。姜公與余及周、張二君期，俱以正月復至。初九日，余與三君同舟行。初十日，至閶門，大雨，不得登岸。是夜，風雪大作，凡八日乃止，舟頗不得行。孟穀留吳門，不即歸。簡如至無錫，先別去。余與鶴天至丹陽乃別。十五日，自丹陽僱肩輿行，雪更甚，深且數尺，彌望皆白，真奇景也。十七日，到虎踞關寓舍。

録自戴名世集卷十一。

辛巳浙行日紀

余以再赴督學姜公之約，於正月初八日啟行，策蹇驢，宿句容。次日，至丹陽賃舟，是時各官以賀新歲往蘇州謁巡撫，舟盡賃去，薄暮乃賃一小舟，僅如葉，晝夜行。十一日，至吳門，宿友人汪武曹家。次日，晤顧俠君、顧有常，晚乃登舟。十三日，至嘉興。時姜公已發檄試嚴州，十九日啟行。二十日，泊新碼頭。二十一日，渡錢塘，順風行五十里。次日，過富陽，宿桐廬。又次日，未至嚴州五六里宿。二十四日，大雪，至嚴州。先是余已嘗登釣臺，慨想子陵、臯羽之風節。至是聞有石洞，距城二三十里許，洞門左右各有石如樹，一為桂，一為楊梅，枝幹果實，無一不似，此奇景也。余與幕中諸人皆鋭欲往觀，而胥吏以夫役不辨為辭〔一〕，姜公信之，遂不果往。

二月初八日，啟行往衢州，歷蘭溪、龍游。初十日，未至衢州二十里宿，曰樟樹灘。登岸觀樟樹，蓋千餘年物。歸以告姜公，公亦往觀之，歸曰：『吾嘗至江南，過溧水，行署內一古桂，更大於樟樹，花開時香聞十里，此樟尚未為奇也。』十一日，至衢州。二十二日，游爛柯山。二十三日，啟行往金華，是日仍宿樟樹灘。次日，順風行一百八十里。次日，大雨，宿金華城外。又次日，入行署。署在唐為州治，宋為保寧軍節度府，元初改浙東道宣慰司，大德六年改廉訪使，明改為御史行臺。內有宋崇寧五年御書手詔碑、御書籍田手詔碑、皇子節度使加魏王詔書碑，又有浮槎圖石刻、常中丞和陶諸詩石刻，騎牛圖石刻，方直指規吏石刻，又有植松碑記。金華山水秀絕，所謂仙洞者尤奇，皆不能往遊，為之歎息。

三月十四日，啟行往處州。是日宿永康，次日宿縉雲。此兩縣峰巒峭拔，途徑曲折幽深，山花粲發，瀰望不窮。昔人稱山陰道上，應接不暇，正不逮此遠甚也。十六日，過桃花嶺，至處州，為先高祖宦游地，郡志皆不詳矣。三月三十日，大雨，啟行往溫州。是日登舟，舟小，僅能載兩三人。行二十里，至青田界，雨後群山皆有瀑布。次日，過青田，薄暮至溫州。四月十三日，游江心寺。十四日，登望海亭。十七日，啟行往台州。是日，舟行三十里至館頭，陸行，宿樂清。次日，宿大芙蓉。次日，遊雁蕩。次日，宿黃岩。次日，至台州。連日皆重嶺絕巘，肩輿不可上，則徒步行，力疲氣喘，時時坐地憩息，顙汗滴於地若雨點然。幕中諸人皆相與歎息，以為勞苦其形體以為他人，何益也。余曰：『藉是以遍觀佳山水，不亦可乎。』五月初六日，登巾山。初七日，遊東湖，中有雙忠祠，祀方正學及東湖樵者。

初八日，啟行往寧波，蓋歲試已畢，而科試又自寧波始矣。是日，宿朱嶴。次日，宿寧海。謁正學祠，觀義井。途中見耕耨者，皆裸體匍匐田中良苦，甚憫之。次日，宿奉化。次日，至寧波。寧波行署湫隘，略似湖州。二十二日，仍飲鄞縣署中。

六月二十三日，啟行反嘉興。二十五日，過曹娥江，登岸，入曹娥廟。娥有塑像，見群婦女執扇扇之。余問之居人，居人云：『此地婦女有所祈禱，必執扇扇娥。其扇之數或以萬計，或以千計，皆豫定於家，擇日入廟，焚香拜而扇之，扇已復拜。』余問其義安在，則云：『娥以溺水死，其衣皆濡濕，今扇之使乾，娥之神必來佑也。』余聞之為一笑。次日，過錢塘，泊新碼頭。次日，過石門。次日，至嘉興。

七月初九日，啟行往湖州。十一日，至湖州，會姜公病，試事稍濡滯。至八月初七日，乃得啟行往杭州，次日，至杭州。九月初九日，啟行往紹興。是日觀潮，相傳錢塘之潮以八月十八日為盛，過此則漸減矣。及是至江干，問居人曰：『今日有潮否乎？』居人曰：『數日間潮甚盛，不異八月十八，少頃即至矣。』俄望見海中橫一白痕，已而痕漸高，已而痕漸有聲，聲漸大，距余立處約計十里許。江中波浪接天，聲怒發如萬鼓齊鳴，及至余立處，則雷轟雲卷，平地皆為震動，真奇觀也。潮退，乃渡江。次日，至紹興。姜公病復作，試事又緩。至九月二十四日，乃得啟行往台州。是日舟行，宿三界，會稽、上虞、嵊縣交界之地，居民數十家。次日，至嵊縣，嵊縣水與娥江水通，即剡溪也。次日，陸行四十里，至新昌，遊南明洞。次日，行一百二十里，至天台縣。次日，遊赤城及天台諸勝，而石梁之旁有曇華亭，亭內塑關壯繆像及賈似道像，相對立，亦一異也。次日，行九十里，至台州，是十月初二日。台州城甚峻峭，下臨溪，溪與海通。前此之來，從西門外過浮橋入城，此則自西來，緣城行，仍入西門。十二日，復登巾山。是日，有群雀鬥於署。先是檐隙有數雀巢焉，至是忽有二雀來爭，相與鬥，鬥不勝，則各引雀數百來互相鬥。雀怒，則羽毛皆張，嘴爪及翅皆用為擊搏，往往羽毛有飄墮者，啅噪至日暮乃已。余笑語諸人曰：『君等志之，此一部廿一史也。』

十三日，啟行往溫州，是日宿黃岩。次日，宿大荊。余欲再入雁蕩，姜公不可。次日，宿大芙蓉。次日，宿樂清。次日，至館頭，登舟乘潮行，晚至溫州。溫州濱海，海舶泊於城外者，帆檣相屬不絕，寧波亦然，此則憂在他日，而當事者漫不以為意也。十月二十七日，啟行往處州。次日，過青田。次日，過石門洞，距青田七十里，登岸往觀焉。兩石豎道旁如門，石壁甚峻峭，飛泉自上瀉下，亦多有奇趣。是日，宿海口。次日，至處州。十一月初九日，遊三岩洞。初十日，啟行往金華。是日，宿縉雲。次日，宿永康。次日，至金華。十一月二十四日，啟行往衢州。是日，宿蘭溪。次日，游塔山趙氏園，又至城隍廟觀鳳尾樹。次日，過龍遊二十里宿。次日，風順，日午至衢州。十二月初六日，啟行往嚴州。次日，未至蘭溪，而余有僕自桐城來，相遇於此，知友人方百川病卒，為之大慟。次日，至嚴州。十九日，啟行返嘉興，凡六日乃至。是時歲、科兩試皆畢，諸人次第散去。余與上元張兆人同舟反江寧，凡八日乃至，未及逐日記其宿處也。

録自戴名世集卷十一。

【校】

〔一〕中華本作『夫役不便』，方宗誠批校本作『夫役不辨』，按『不辨』謂夫役不識途也，於理稍合。

丙戌南還日紀

丙戌四月，余自京師南還。十四日，使僕賃車。十五日，諸友來送者，鹽城成永健，保應喬從烈，睢州湯之旭，石門譚有年，而江寧蔡學洙，臨清徐恕則使使來送。居停主人趙景行及門人趙繼忻、趙畢元送之門。余登車，見車夫兩目皆赤，疑之，問其姓名籍貫，識之。是日行七十里，宿良鄉。十六日，行一百四十里，宿定興。先是燕趙間久旱不雨，麥不收，道中彌望無樹木，草皆枯。而北人習於惰，不治恆產，道旁往往有遊手枕塊而臥，至市集處，臥者尤多，風起，車馬所踐塵蔽體，皆寐不醒。嗚呼！天下有事，起為盜賊，死填溝壑者，皆是物也。十七日，飯於安肅，見一人僂而行，視其踵則在前，指在後，骨起於背，隆然聳高。逆旅主人曰：『是吾鄰也，其形體生如是。』是日，宿清苑，凡一百二十里。道旁有楊柳。十八日，行一百二十里，過慶都，宿定州之清風店。

先是道旁逆旅中，多有書老爪事於壁，使行道者知所備。老爪者，賊號也，其黨無所不有，大抵皆畿南河北人為之。佯具行李為商賈，或為仕宦狀，與行道者同行且同宿，漸親密，輒誘人於雞未鳴時起行，其黨已於前途二三里許掘坎待之。至其地，則皆縊殺而埋之，不留一人，劫其裝去，毫無蹤跡。車人亦多其黨也，蓋殺人已不可勝數。是夜余見二僕飼馬，余曰：『車夫安往？』曰：『彼乃此地人，歸其家去，云明日早來。』余曰：『彼前告我曰大名人，今乃又云此地人耶？』因問逆旅主人曰：『爾知其姓名乎？』主人曰：『知之。』為余言之，則又與前所告余者不合。明日早果來，則有二人隨之，余竊心疑為老爪，而不可言也，自是時時防之，見其與彼二人者嘗指目車中私語。

十九日，過定州、新樂，宿真定之福成驛，凡一百二十里。是日始聞布穀，又見池中有荷，岸有野花。二十日，行一百里，過真定，渡滹沱，宿落城。北方多立碑或建坊於道旁，書古人遺跡，頗多附會，而真定道中有坊曰『孔子落筆』，曰『伏羲畫卦』，尤荒唐可笑也。二十一日，行一百里，宿柏鄉，是夜始有雨。二十二日，行一百二十里，飯內丘，宿邢台。此兩縣皆有山相連屬，居人項多瘦。余見道旁有賣棗者，棗大於常棗數倍，買一升食之，則中乾而味苦，以予乞人。噫！余之見欺於龐然大者，固已多矣。

是夜余頗不寐，未三更，聞有人叩門告車夫曰：『吾等前行待汝，即來毋誤也。』車夫曰：『諾。』衣不及披，倉皇執火至余榻曰：『起！起！天明矣。』二僕皆起治裝，余堅臥不起。車夫急且連呼『起！起！』不已，隨牽馬至，盡移余囊篋至車上，而趨余榻前，趣之愈急。余曰：『汝他日不如此，今日何急也。』車夫知余不可動，叫號詬厲，自投於地而臥。良久，天乃明。行數十里，至沙河。沙深沒馬腹，馬畏之，往往車不能行。是日行一百二十里，過臨洺，宿邯鄲。臨洺道中有冉伯牛墓，邯鄲有黃粱仙跡。而車夫先所與偕來者二人，自是不復見矣。

二十四日，行一百里，過磁州，柳陰夾道，數十里不絕，蓋北人不好種植，而南人官於北者多種柳，取其易生也。是日，始聞鶯聲。渡漳河，望銅雀臺。宿安陽之豐樂店。二十五日，過彰德、湯陰。湯陰城外有碑曰『宋武穆王岳氏先塋』，城內有坊曰『宋岳忠武王故里』。是日，宿濬縣之宜溝驛，凡一百一十里。二十六日，渡淇水，過淇縣，宿汲縣，凡一百一十里，道中有比干墓。二十七日，過延津，道中有碑曰『陳平張倉故里』，凡行一百一十里，宿封丘之于家店，距黃河不遠矣。

明日啟行，余坐車中假寐，既覺，見所行非大路也，問車夫，車夫曰：『此捷徑，可省二三十里。』余密語二僕，此可虞也，各執利器備之。蓋自磁州以南，土肥而連得雨，故麥皆有秋，至是刈麥者相望，而人家亦頗稠密，車行往往無路，或行麥田中，輾轉達於黃河之岸。而前此累經雨，路多泥濘，前後左右往往有淖，不可過也。車夫不辨路東西所向，輒策其馬使東，東復策使西，馬不知所為，則絕靷而奔，阻於淖而止。車夫徐行至其前，拊其背，抱其項，誘之來使就轡，既就轡，仍鞭之，馬負痛復逸，如是者數焉。余與二僕皆下車行，車凡陷於淖者三四，盡去車之所載，舁之良久乃得起。一居人為指示大路，薄暮乃得達。是日約略行百餘里，乃達大路，則距昨日所宿僅二三十里耳。盡日不食，饑且疲，車夫時時目余怒曰：『沙河誤我事。』余佯為不聞，至是益信其為老爪之黨，而此日之小徑行，實欲速，反得紆回，非有他也。明日早至黃河岸，無渡船，候至日中，乃得渡。高岸重疊，直接於開封，黃河故道依稀可見。蓋開封濱於河，河勢高而地勢低，固崇禎間致為盜所灌。今河既徙，而泥沙淤塞，地勢遂高，嗣是汴梁可無河患矣。是日入城，宿逆旅。蓋開封既遭河決，城郭人民盡沒，後於舊址築城加高。而今城中之人，皆遷自他方者，所居之屋，其下數尺或一二丈，皆舊時人家，居人為屋，往往掘土取磚石，或間得金銀云。是夜，車夫告去，余乃免於警備。

三十日，往謁巡撫汪公，公與余為二十年舊交，而力不能賑余之困乏。是日，留飲酒。在座有濱州人李君，自言三為縣令，而皆不得善地，且備言為令之困。余不日即當為令，頗欲行其志於一縣，聞李君言，逡巡不敢決矣。明日，開封府徐公來訪，蓋臨清進士徐恕有書及之，意甚款洽，每暇輒召余飲，備言中州州縣之困，甚於李君所言。又自言曾官雲南，有上官樹，其枝葉花類梔子，香亦如之，每花十二瓣，其年閏月則多一瓣。又騰越州香櫞樹，所結實既黃而不及摘者，至明年春復青，冬復黃，雖經多年，終不自隕落。此二樹者，素未嘗聞，故記之。時在座者有德清徐公聖可。

五月初三日，余辭汪公南行。公欲留余幕府，而余有他事，欲至吳門，期以九月復至汴，於是乃出。徐公曰：『時已迫暑，難陸行也。吾已賃舟於周家口，君與徐君同舟去為善。』蓋是時水涸，周家口去汴三百餘里，乃賃車於初四日出城，徐公使人送之郊外。是日，宿陳留。陳留令許遇，余友也，往訪之，適值其召丞、尉及司教、司訓飲酒，余遂入座中，飲甚酣。初五日，行一百二十里，過許，宿扶溝之李家潭。初六日，行一百一十里，至周家口。道中見居人頗勤於地利，夾道植桃，凡數十里不絕，實且熟，累累然垂樹上，彌望無際。周家口屬商水。先是徐公已使人在舟中相迓矣，余與徐君登舟，辭徐公使去。

初七日未行。初八日，行九十里，泊襄城之淮方口，是時水涸，過灘甚艱險，往往相視咫尺，逾時不能過。余與徐君上岸，行一二十里，至淮方口候之，夜將半，舟始至。初九日，行六十里，泊界口。初十日，行九十里，泊潁州之界牌集。十一日，行八十里，泊潁州之洄溜集。十二日，行九十里，泊潁上。十三日，行六十里，泊正陽關。關不開，至十六日始開關，順風行九十里，泊壽州之下蔡。十七日，風不順，行可四五十里，泊處不知名，鄰舟落落無多，頗有警，徐君終夜不成寐。十八日，順風行一百八十里，泊長淮衛。十九日，行四十里，迫臨淮。二十日，順風直抵盱眙。

先是余與徐君計之，舟過洪澤湖，風濤險惡，而舟甚輕，尤難行，莫若自陸路至揚州為善也。明日早，各使一僕登岸，各賃肩輿一、驢三，午後始回，云有牙儈者任其事，金已付矣，約以明日行。二十二日淩晨，驢至而肩輿不至，問牙儈，則云，輿人者既得金則逸矣。盱眙令周振舉與余舊相識，則往拜之，告以故。周君笑曰：『倘非此事，君竟過我門而不入我室乎？』並召徐君及縣人李嵲瑞相與飲於署，共談甚歡，李君與余為同年貢於成均者也。明日，周君薄責牙儈，而使人賃肩輿二，余輩乃得成行。宿天長之張官鋪，凡九十里。是日始見陂塘堤堰，男婦具下田分秧，宛然江南風景矣。二十四日，行九十里，宿天長之人和鋪。二十五日，行九十里，至揚州。是日熱甚，輿人流汗且喘，余憫之，或徒走，或賃驢行。既至，余與徐君各賃一舟。余入城訪友人吳菘、洪鉽，此兩人皆徽人而客於揚者也。宣城程元愈客於吳氏，皆相見，略述契闊，即辭登舟。明日，諸人至舟相送，即開帆，至三汊河，泊舟登岸，是時造有行宮，一僧導余入，遍為之指示。復登舟，至江干，見無風波，遂過江，泊丹徒之新里。二十七日，行百數十里，泊無錫。二十八日，抵蘇州寓舍。

録自戴名世集卷十一。

孑遺錄自序

余所著孑遺錄既成，北平王源為之序，而余復自為之說曰：

甚哉，明之亡也非其罪，豈不可哀也哉！自秦、漢以來，天下承平之久未有如明，而其敗亡之禍，亦未有如明之烈者也。明之取天下也於盜賊，而其失天下也亦於盜賊。彼秦寇者，皆國家之赤子，受休養之恩垂三百年，非若敵國外患，而一旦稱兵起事，橫行天下，斬艾良民，藩王滅，天子死，而國祚隨之，此自古以來之所未有也。當是時，天下承平久，人不知兵，士大夫漫不以賊為意，而行間大吏相繼縱賊，以成賊之強。中朝以門戶相爭，而操持閫外之事，使任事者輾轉彷徨，而無所用其力，直至於國亡君死而後已焉。此其罪甚於盜賊萬萬。嗚呼！豈非天乎！賊起秦入晉，蔓延畿南、河北，復渡河蹂躪於江淮、河洛、湖湘、巴蜀之間，名都大邑，所向皆破，而吾桐獨完。桐小縣，僅彈丸黑子，率數千瘡殘之民，疲敝之卒，而抗百萬方張之寇，前後凡十餘年。瀕於陷者屢矣，而卒獲完，豈非以賢有司之撫循，士大夫之設守，而兵民之戮力歟。余從諸父老問吾桐前後攻守之事，稍稍得其梗概，因著為一書，而當時文武用兵之略，亦以附見，使作史者有所採擇焉。

録自戴名世集卷十二。

孑遺録

桐城居深山之中，地方百餘里，一面濱江，而群山環之，山連亘千餘里。與楚之蘄黄，豫之光固，以及江淮間諸州縣，壤地相接，犬牙錯處，雖山川阻深，而人民之所走集，皆為四達之衢。桐之西有嶺曰掛車，東有關曰北峽，皆險阻地，昔者三國時吳人所以圖曹休也。凡桐之境，西至於潛山，又西至於太湖、宿松。西南至於蘄黄，南至於安慶，桐即安慶之所屬邑也。東至於廬江、無為州。東北至於舒城，又東北至於廬州、鳳陽。北至於六安、英、霍，又北至於光、固。自前世天下有變，桐必受兵。明高皇帝起江北，定中原，王跡實由此興，而建都南京，則桐為王畿內地。自是天下承平且三百年，桐士大夫仕於朝者冠蓋相望，而持節鉞為鎮撫者遍天下。四封之內，田土沃而民殷富〔一〕，家崇禮讓，人習詩書，風俗醇厚，號為禮義之邦。

當萬曆晚節，天子倦勤，而士大夫文恬武嬉，抑又甚焉。陵遲至於崇禎，天災流行，盜發秦隴，天下為之騷然，而所在奸民皆思乘間為變〔二〕。崇禎三年，桐四野鬼哭。四年，有鳥集於四郊，其形如鴉，其色赤。有史生者，遼東人也，舉家遷桐數年矣，見而歎曰：『兵火其將作乎，是為火鴉也，其兆之矣。』遂挈其家去。五年，東門外地泉湧如血。七年八月，縣人黃文鼎、汪國華反〔三〕。先是縣士大夫類多長者，皆有德於其鄉，而民莫不畏官府，敬士大夫。迨天啟、崇禎中，世家鉅族多習為淫侈，其子弟僮奴往往侵漁小民為不法。於是奸民積不能堪，而兩人遂為亂首，燒富家第宅，掠金錢，建旗幟，營於北門之外。司理薛之垣自皖來，與賊誓於神而去。安池兵備副使王公弼率其將潘可大討賊，次於練潭不敢進，賊勢益張。當是時，縣人職方郎方孔炤致仕家居，得民心，亂人獨不犯職方家，職方因誘致亂人而盡殺之。王公弼聞桐亂已定，乃帥師如桐，而流賊之警適至，桐人因留可大駐桐防守。是年，蜀之筠連人楊爾銘來為縣令。爾銘年少有奇才，為桐七年，民愛之如父母，禦寇治兵皆有法度。桐之不亡，由前後兩縣令之力居多，兩縣令者，爾銘之後為張利民也。其後明亡，爾銘棄官，流落江湖以死，而張利民逃匿山中不出，桐之父老至今歌思之。

崇禎八年正月，流寇犯桐。先是流寇起秦中，渡河曲，燕南、河北皆苦之，然而京師峙其北，黃河繞其南，賊禍不能遍天下也。賊入晉而秦以為功，賊入豫而晉以為功，行間大吏，大抵皆玩愒縱賊，賊禍遂不可支矣。當賊之渡河而南也，河南巡撫玄默不為備，賊乃乘堅冰自澠池渡河，河南郡縣皆陷，浸尋及於鳳泗，而江、淮、楚、蜀之間，處處皆賊矣。賊之眾且百萬，蔓延往往千餘里不絕，或曰三營，或曰五營，或曰十三營，名號甚多，不可得而詳書也，而張獻忠尤為兇殘且狡，群賊多附之。潘可大兵單弱不能禦寇，楊爾銘與縣士大夫謀設守：每陴十，懸高燈一；二十，火球一；五十，置一小炮；百，一大炮。譙樓下各貯火器，招募勇士百餘人助潘可大守城。而賊前已破鳳陽，趨舒廬，長驅至桐矣。初，賊在河南也，縣人孫晉為給事中，告於兵部尚書張鳳翼曰：『群賊今且逼鳳泗矣，鳳泗破，桐皖其必不免，為之奈何？』尚書笑曰：『公，江南人也，何憂賊乎。賊秦人，不食江南米，賊馬不飼江南草，賊不犯江南決矣。』人有聞者皆笑之。至是，賊至桐，潘可大接戰於東郭外，兵敗，死者百餘人。賊射可大馬，中之，馬蹶而可大顛，部卒劉應龍以己馬付可大，乘之而走，將入門，可大又墜地。賊急追之，應龍持矛與賊騎戰於衢隘，殺賊五六人，賊不能前。比賊殺應龍，鞭其馬進，則城門已闔矣。是為乙亥正月二十七日也。先是賊所至皆用土著為嚮導，以故道路曲折及虛實堅瑕，莫不盡知之，由此勢如破竹。桐之奸民已前死，無與賊通，城以故獲全。明日，賊奮力攻城，以巨絙聯木板藏其下，負以趨，名曰木牛。鑿城，城堅不能入，城上人以大石擊之多傷。又造梯數十，長數丈，擁至城，城上砲石擊之不能近〔四〕。於是焚居民屋舍，風烈火舉，守陴者不能逼視，乃鼓噪欲登城，又射卻之，而乘間下擊，殺賊以百數。凡攻三日不能破，乃求賂請罷去。而徽人黃仙崖獻砲，以木為之，貯以火藥，藏火線，請謬謂以金寶給賊〔五〕，而先以真者餌之。賊喜，遂以砲數十百懸而下〔六〕，賊爭取之，至賊手，火發皆糜碎。於是賊度不能攻，遂拔營而西至潛山〔七〕。城外居民死傷者數千人，向者煙火萬家，至是幾盡矣。賊殺人之慘，不可勝言。嘗掠民間一婦，有美色，賊渠置之座上，飲以酒，婦覆酒擲杯於賊面，曰：『吾良家女子，不幸落賊手，速死為幸，安能從賊飲乎！』且泣且詈。賊大怒，曰：『姑勿殺，吾當眾辱之。』且日縛婦於河橋之柱，裸而磔之，寸寸以解。城上人望見，無不流涕者。

自賊西去，楊爾銘移文上官，敘潘可大守城之功，而請恕其敗兵之罪，於是可大駐桐如故。爾銘進父老諸生而告之曰：『今賊雖已西去，而飄忽不可測，城守之事，當於父老諸生早計之。』於是諸生邱山等，及父老百餘人具十議以進：一修城門，一增窩鋪，一修女牆，一請援兵，一備兵餉，一嚴偵探，一設常住兵，一核文移，一詰奸宄，一增火砲藥弩。爾銘曰：『兵食及文移往來，其權在上官，當往請之，餘縣中可自辦也。』於是諸生往蘇州謁撫軍張國維，請增可大兵一千二百，軍資餉金取給於正賦。而給砲大小共二百餘。上下文移具有輪環字號，蓋賊是時多於途中劫取文移，詐為官兵入城，城往往陷，以故文移尤宜謹焉。

五月，上命史可法監安廬軍。可法大興人，起家進士，嘗著惠政於關中。異時故有安池兵備道，而池在江南，安在江北，當賊亂時，池懸隔大江，不罹賊禍，於是朝議改安池道為安廬道，駐廬州。可法有大將才，痛自刻厲，與士卒同甘苦，大小數十百戰，俱以己先三軍。可法馳驅江淮間，衣不解帶輒至十餘日。軍行不具帷幕襆被，當天寒討賊，夜坐草間，與一卒背相倚假寐，須臾，霜滿甲胄，往往成冰，欠伸起，冰霜有聲戛戛然。敬士愛民，所募健兒俠客，皆得其死力，雖古名將莫過也。

八月，賊眾萬餘人自豫逼鳳陽，潁、亳大震。史可法命總兵許自強率兵五千守桐，而自引兵三千至廬州當賊。賊自潁亳入英霍山中，出舒至桐。可法回軍駐北峽關，與許自強為犄角。賊復由英霍走黃麻。十月，賊由黃麻走鄖陽，又轉入太湖、潛山。史可法率潘可大等禦之於潛山，賊又入英霍。十二月，許自強率吳淞兵三千，與可法駐北峽關。是時流賊李自成等圍滁州。明年正月，總理盧象昇、總兵祖寬大破賊於朱龍橋，滁州圍解。

天子以賊勢蔓延，建牙之吏不足任討賊，於是以太監盧九德率京營兵征豫楚諸賊，而以黃得功、宋紀隸焉。黃得功者，遼東開原衛人，起家行伍，生有神勇，殺賊，賊不敢逼視。得功一部皆為精兵，每與賊戰，輒飲酒數斗，提鐵鞭上馬，前自沖陣，而三軍隨之。得功威名震於賊中，賊相戒勿與黃將軍苦戰。一時名將，如曹文詔早死，不竟其功。而左良玉養賊自重，迄以亡國。鄧玘、許自強輩，尤齷齪庸懦不足數。而盧九德惟賄是徇，賊急，輒募群僧誦佛號，以祈免死。於是江淮之間以得功為長城矣。

賊聞京兵之出也，其在豫鳳者多奔楚，二分其軍，一犯德安，一趨江北，據山扼險，以英霍為窟穴。五月，賊自英霍出掠潛山，史可法禦之，部將朱三才斬賊首數十。六月，賊夜襲可法營，遇伏走。當是時，關外有警，兵部因移制府洪承疇於薊遼，盧象昇於宣大，而以熊文燦為總理。文燦畏與賊戰，一意招撫，賊弄文燦，文燦莫之知，賊由是大橫。

十二月，賊由黃麻至潛山。明年正月，至桐。潘可大守桐，史可法守皖。先是賊之至也，沿途剽掠而已，至是深山大澤，鄉村聚落，皆賊騎充斥，人死無算。近山者逃入深林叢薄〔八〕，天雨凍死。又或因小兒啼聲〔九〕，搜捕無得免者，於是人多自殺其兒。惟濱江湖者，泛舟而逃乃免。而縣中巨族，多有渡江而南者。賊至西山，山之阿故有老嫗，鄰女多奔嫗家避匿。居有頃，人報賊且自山外來，諸婦女皆懼，啼泣不知所為。嫗曰：『以吾一人死，而易若等生，若等速走，毋啼泣為也。』因扶杖出，曰：『且日當於某地覓我。』嫗遂至路口，賊尋至，曰：『嫗亦知此間有馬牛女子乎？』嫗曰：『知之。』賊曰：『導我往，不然且殺嫗。』嫗乃前行，群賊隨之。嫗故紆回引賊他往凡數里，不前，賊趣之，嫗罵曰：『死賊，吾向者誑若，此間荒僻，非有馬牛女子也。』賊怒，拔刀刺嫗而去。當嫗之誘賊去也，嫗家婦女盡奔入深谷林薄，皆免。明日使人於某地覓嫗，果在，尚能言，舁之以歸，遂死。賊至龍山，居民斷溪橋，賊不得渡，執一男子使治橋，曰：『治橋，免爾死。』男子曰：『余一人生，豈衆人遂當死耶？』卒不治橋，賊殺之。是時城中設守嚴，賊分騎野掠，四封之內皆賊，而盧九德、左良玉、黃得功、宋紀皆急盧鳳，不遑救桐。史可法守皖，恐其渡江，而禁江上艟艨無泊北岸。二月，賊衆往攻皖，至練潭，知有備乃還。二十七日，賊北去，遺民逃匿者聞賊去多出，明日賊復回，多捕殺之。史可法引兵至桐，路遇賊大戰，救百姓千餘人以還，凡男女死者十餘萬人，被虜者不與焉。史可法謂楊爾銘曰：『賊勢甚盛，俱在光、固、潁、亳間盤旋出沒，安廬一帶，兵單餉少，何以克濟？君與縣人當為久遠計。』於是公議三策行之：一立桐標營，立官主之，賊去則偵，賊來則守。一築欄馬牆，繞城外築土牆，使避難之民居之，內以護城，外以防賊。一立堡寨，以遠鄉之民無可守之險，無可戰之人，輒至屠滅，乃相視險隘築堡立寨，立長主之，賊去則耕，賊來則守，而於城四隅各築砲臺。是年，李樹結實如瓜。

三月，皖兵敗績於酆家店，參將程龍、潘可大等死之。初，可法率程龍等禦賊於潛山，夜聞二鬼哭於幕下，可法憂之，至是兩將皆歿。總兵左良玉過桐，兵二萬有餘，輪蹄雜遝，絡繹百有餘里。良玉留三日，軍於東郭外，縣士大夫出謁之。良玉曰：『賊就撫者十之一，擒者十二三，戰死者亦十四五，然而日引月長，滋曼不止者，歲荒政亂，奸民無以為生，故相率從賊耳。與王師戰，勝則乘勢長驅，敗則散金錢於地，名曰買路，以故軍中縱敵者多。』縣士大夫曰：『閫外諸君豈皆受賊賄乎？』良玉曰：『無不受也。但良玉左手受金錢，右手即斷賊頭耳。』縣士大夫曰：『由將軍之言觀之，賊終不可滅乎？』良玉曰：『滅之亦無難也，但今日者內外異心，功垂成而禍及之，故主兵者莫肯殺賊，吾恐國家之大患終必由此也。』

四月，總兵劉良佐率兵七千守桐。良佐殺賊亦有威名，每乘斑馬破賊，故賊中稱之曰『花馬劉』云。閏四月，賊大掠桐西，而史可法方奔潛太之急。桐與潛太，皆為豫楚之沖，官兵與賊之往來者無時無之，而潛、太兩縣舊無城郭，以故受賊禍尤烈。可法欲築城於潛、太，與桐為犄角。量地授工，築有日矣，而賊自英霍出掠潛山，可法禦之，賊小卻。凡十餘日，賊來益眾，而官兵止二千餘人，賊圍之數重。皖兵夜從間道往救之，殺傷過當。可法知救至，乃命部將朱三才奮勇大戰，賊圍始解。軍行至雞鳴，賊復追之，且戰且走，乃全軍還皖。至是，可法為桐請救於鳳陽總兵牟文綬，文綬率其兵來，與劉良佐同拒戰於石井。深入賊圍，大戰不決，軍中食盡，楊爾銘使人呼於市曰：『官兵圍賊，賊且敗矣。軍中不暇作食，縣人當速濟之！』於是人家各炊熟米麥數百餘車，募壯士強弓勁弩護入軍中。軍中既得飽食，而縣人夜持火炬，鳴金鼓出西門，取山徑噪而前，賊疑救兵且至，遂解圍去。

是時廷臣議，以安慶重地，宜設一軍，而以史可法為巡撫，割楚之黃麻，豫之光固皆隸焉。可法於是設五營，以副將廖應登領兵一千五百為前營，杜先春領兵一千五百為左營，李自春領兵一千五百為右營，汪鎮國領兵一千五百為後營。以朱三才領兵一千五百為中營，以某為制勝營，以某為水師營，共萬餘人。而桐城當賊沖，乃立桐標營，以部將張韜主之。張韜江南人，狀貌文弱而有勇力，身任殺賊，常棄大營趨利，可法甚愛重之。

可法部署既定，因遂親巡所屬州郡，問民間疾苦，撫循軍士。七月，至桐城，而左良玉亦自舒至，兩人杯酒論兵。良玉曰：『剿賊譬如逐鹿，鹿之性善奔，使前無所禦，而第自其後追之，安能得鹿？惟巨網張於前，而利兵隨其後，鹿雖善奔，不能逸也。今豫楚之兵誠能禦之於前，而江淮之兵追而捕之，此逐鹿之術也。明公與制府諸公共圖之。良玉介冑之士，嚴整部伍，以聽約束而已。』居數日，良玉西去，而可法北巡廬、六、光、固而還。當是時，豫楚諸撫軍皆以空名得節鉞，無能為國討賊，可法無與共功名，賊勢遂不可支矣。

八月，賊自英霍分隊而出，一走黄麻，一走潁亳，一走潛桐，一襲廬江、無為州，謀渡江。史可法命廖應登扼舒城山隘，杜先春扼桐城山隘，別遣將守江，命兵備副使湯道衡守合肥，而自率南兵萬餘人禦賊於潛山，傳檄盧九德、左良玉以兵來會。賊走蘄黄，而賊小袁營、過天星等又謀襲六安。可法引兵救六安，賊復走英霍，掠太湖。十月，潛太告急，可法回軍來救，遇賊於潛山，賊小卻。頃之，賊全軍皆至，圍可法數重，可法火器已盡，賊圍之急，可法斷梁柱如砲狀，臨高向賊營，佯欲擊之，賊卻，可法因冒圍而出，汪鎮國為殿。可法登舟墮水中，部卒焦承恩入水援之乃免，可法以承恩為守備。

明年為崇禎十一年戊寅，總理熊文燦受張獻忠降，全楚兵吏皆以為不可，巡撫方孔炤爭之尤力，文燦不從。已而獻忠叛於穀城，左良玉追擊之，復縱獻忠去。詔逮文燦，大學士楊嗣昌出督師。嗣昌傳檄孔炤守襄陽，而調其標將與川、沅兵合擊，深入至香油坪，川、沅兵失期不至，遂敗。嗣昌歸獄於孔炤，孔炤罷去，自是嗣昌亦不能制獻忠矣。

盧九德守承天，聞賊在潛桐間，遣黄得功來救，得功出賊不虞，殺賊數百騎，賊入山不出。而賊中食匱，時時自間道掠鄉村，朱三才率兵多捕獲之。史可法以其間築潛、太城，而桐亦築寨凡數十，遠近之民暫得所棲泊，而諸寨先後皆破，不能守也。是時方孔炤亦發軍資火器助桐城守。一日，朱三才飲酒醉，握刀上馬，入山中殺賊。得功慮其敗也，率數十騎隨之。三才遇害，得功怒，提鐵鞭擊殺賊騎數百而還。是時得功兵僅二千餘人，俟盧九德至桐會戰，而九德又入豫，不能至。得功軍舒、桐間。

己卯春，史可法以父喪歸，繼可法者為鄭二陽。二陽行軍，儀衛甚盛，然恇怯不知兵，賊皆揶揄笑之。三月，盧九德、左良玉至桐。四月，張獻忠自蜀入楚，左良玉奔楚之急，盧九德亦援河南。時朝議皖軍新設，兵勢單弱，不能控御州郡，於是設一兵備道駐太湖，而以太湖知縣楊卓然為之。卓然楚人，與宰相楊嗣昌善，嗣昌之代熊文燦督師也，薦之於朝。先是卓然欲入山說賊使降，計未決，無何，而賊西自楚來，縣人登陴設守。適鄭二陽在桐，聞賊至，倉皇莫知所為，乃撤譙樓大砲置署門外，以備城破巷戰，且以其所著陰德書出示士民，而戒民間毋捕傷禽鳥，一縣中皆笑之。李蟲兒者，諸生李充之僕也，被虜逃回，至城下，縋之以入，二陽使人召蟲兒，問賊中事甚悉。賊尋入英霍，二陽忽斬蟲兒於郭外，而以擒斬賊首李重耳報聞。又繪各堡寨圖奏覽，謂星羅棋佈，足以控制群賊，令其首尾受敵，賊可旦暮平也。當賊既退，二陽分兵入山，名曰捕賊，賊既去遠矣，命所過堡寨俱聽官兵出入，於是堡寨多被掠。諸生邱山等謁二陽而愬之，二陽曰：『兵之出征，猶諸生之赴試也。兵入山叩堡寨，猶諸生之赴試投逆旅主人也。叩寨即云破寨，投主人即云劫主人，可乎？』諸生逡巡而退，由是兵益驕。

庚辰夏四月，賊掠桐之崆口，都司張韜死之。六月，皖兵大敗於楓香驛，遊擊杜先春、張士俊等死之。七月，鄭二陽命廖應登守桐，而以杜先春兵屬焉，先春部將羅九武不悅，於是與應登有隙。十月，盧九德等駐桐。先是楊卓然見賊盤踞深山，欲說賊使降，乃從十餘騎入潛、太山中，說賊勸其歸命。賊渠與卓然握手飲酒甚歡，且曰：『吾等有絕世之才，朝廷無所用余，故皆因饑荒為盜。若國家處置得宜，焉知不可為忠義之士乎。且吾聞劉國能、李萬慶十餘營，前後歸誠，為國家效死，戮力行間，顧余獨不能乎。但吾眾且十萬餘，置之何地，而主之何人，餉從何出，而以何等官爵待吾也。』於是卓然舉手別賊而出，告於鄭二陽，二陽移文豫楚諸軍，毋得殺賊。賊亦禁焚掠，以待朝命。盧九德還鳳陽，黃得功駐廬州，宋紀駐桐城。楊卓然入京師，面見天子及公卿議之。公卿皆曰：『賊謀甚狡不可信，穀城之變，其明效大驗也。且賊欲擁眾仰食縣官，歲費金錢巨萬。今東南諸郡縣死亡過半，土田荒蕪，正供無有，新增軍餉大半取給江南，何處更議增稅畝？此事未易言也。』桐之人相與謀曰：『往者賊眾四分剽掠，勢如飄風，不可捕捉。今賊聚於窮山之中，旦且饑餒，當此之時，誠以楚兵壁蘄黃，豫兵壁光固，南兵壁舒桐，予黃得功、左良玉通侯印，而拜史可法為大將軍，節制諸軍，提邊兵禁旅，卷甲疾趨，此滅賊之一時也。』乃黨禍方烈，廷臣日以門戶相爭，漫不以賊為意。

辛巳正月，流賊李自成陷河南府，福王遇害。是時桐有征糧之擾。先是朝議以禁兵在舒桐間，即以桐城漕米給禁軍，而以戶部主事方煜來徵發。自兵起，土田多荒，歲復饑，民死亡過半。桐之遺民竭力以供正賦，而戰守之資不與焉。至是，方煜督之甚急，楊爾銘不能卒應，請少緩之，方煜不從。一日，爾銘方坐公堂，方煜之從者直上撲爾銘於地，而手格之。百姓皆忿，譟於方煜署門外。方煜疑變，逾牆走，至諸生王雯耀家。百姓患方煜出城引兵入也，環王生宅。王生出教爾銘諭眾使退，而使教官王熙章、典吏張士節置酒王生家謝方煜，王生力保無他虞，方煜與王生及熙章飲於庭，夜半還署。旦日，方煜報鄭二陽、盧九德，以桐民為亂，九德右方煜，且歸罪縣諸生。久之乃解。

當楊卓然之主招撫也，廷議未決，卓然還太湖候命。而賊亦覺朝廷無意赦之，俱乘間欲起。二月，張獻忠陷襄陽，督師大學士楊嗣昌卒於軍中。三月，潛太諸賊出山焚掠，且抵桐境。宋紀獲賊諜宰八手等十餘人，盧九德欲以為質，留宋紀軍中不殺。是時禁兵將謀夜叛，宋紀擒其魁七人者斬之乃定。四月，九德駐鳳陽，得功守舒桐。五月，九德傳檄宋紀至鳳陽與小袁營會戰。宋紀始行，宰八手逸去，諸賊大半移於桐城山間。六月，桐標營張寶山夜入山襲賊，死之。先是魯硔山中有寨曰虎頭寨，寨人屢襲賊殺之，至是請寶山入山為助，寶山以七十餘人往，猝遇賊，眾皆潰，寶山與蜀兵十六人駐山隘自守，賊圍殺之。自是諸營以寶山為戒，無敢襲賊者矣。寶山蜀人，總兵鄧圮之小校也，為巡撫陳良訓所知，以書薦之於史可法。戊寅三月，可法命寶山率其屬守桐，適遇賊於桐之南郊外，城上人望見一將率數十人與賊戰，大呼格鬥，賊皆披靡，始不知為寶山也，既勝，乃開城納之。後屢襲賊有功，至是敗歿，桐人莫不傷之。而桐之諸堡寨刀兵，夜出火有聲，前後皆破滅，土寇亦起。小兒腹疾死，多棄於市，而疾疫亦漸作矣。

鄭二陽命廖應登自舒守桐，應登之眾不敢入北峽關，黃得功送之。應登兵既入關，賊自山出逆之，應登兵大潰。得功有愛將曰林報國，每用兵，報國輒為前驅，賊畏之亞於得功。至是，報國至，而賊趙虎者佯北，誘報國深入殺之。群賊正相賀，而得功突入虎陣，斬虎首，賊眾復潰而走。賊中有勇將，年少嗜殺，號無敵將軍，於是無敵將軍呼於陣曰：『汝曹何怯也，吾為汝曹擒黃將軍以來。』賊眾皆按轡觀之。無敵將軍奮勇大呼，馳至得功前，得功立擒之，橫置馬上，左手按其背，右手其策馬去，賊眾大驚潰，於是應登潰兵乃得會於桐。

七月，兵備副使張亮至桐。亮有儁才，鄭二陽倚之如左右手。是時環桐之境皆賊，桐萬分孤危，於是議撤皖兵守桐。九月，楊爾銘以卓異征入京師，授御史。桐人攀挽涕泣，祀爾銘於浮屠老子之宮。十月，有賊數十詐為民，負米入城中。人有匿草間者，聞其謀，間道至城告之，有頃，賊果至，伏壯士皆擒殺之。是時皖兵盡至桐，營於牆內，賊馬守應等共五營，營於河外，相距不及一里。而桐之堡寨亦多破散，民相攜入城中，流離死亡殆盡。城中食亦匱，人多餓死，或割死人肉以為食。十二月晦，皖兵忽入東門，居城上，數日復下，入人家劫掠，民饑餓不能支。皖兵十百為群，橫行縣中。當是時，署縣事者為教官王熙章，束手無策。典史張士節，秦人，性伉直，有氣概，集少年數百而告之曰：『賊亂於外，兵亂於內，一縣之中，如困湯火。今吾與若等潰圍力戰，或以是激勵三軍之士，而少紓賊禍。』少年皆從之，於是歃血祭纛，每夜出襲賊，斷賊首，奪其牛馬及其糧食。皖兵輒邀劫之於路，而謂所殺者皆官兵，於是少年皆逃散，不敢復殺賊。

壬午二月，賊野掠盡，乃皆拔營去，官兵亦出城。城中稍甦息，而疫大作，死者無算，張士節亦死。三月，張獻忠潛屯北峽關，遣數十騎夜襲南城，梯而上。而守陴者有張科，夢神呼之起，起見賊，遂手格之，賊驚皆墜。復擁而上，張科大呼，而城下居民聞之，皆上城與賊戰，賊皆復墜。獻忠謀不成，乃去。賊自辛巳春入桐，至壬午二月始去，遠方之民避賊於縣者，相扶攜還家，暫得休息，而又有楚兵為害之事。皖楚之用兵也，相為唇齒，楚聞桐之告急也，遣五千騎來援。楚兵至而賊已退，楚兵貪其無賊也，遂留不去，焚掠略等於賊，桐皖之間皆苦之。縣人姚孫棐方為荊南副使，縣諸生致書荊南，轉告撫軍，乃撤回楚。

五月，張利民來為縣令。利民，福建侯官人，為人長者，多惻怛。為桐數年，掩胔骼，賑饑荒，扶綏流離，除奸猾〔十〕，捕土寇，省獄訟，治兵給食，其名聲與爾銘前後相望也。是年，鄭二陽罷，而楊爾銘征入京師，已掌河南道御史。縣諸生邱山客爾銘家。當是時，有給事中劾黃得功擅殺桐將張寶山，邱山請爾銘上書白其冤。爾銘猶豫未決，曰：『言官劾之，而言官救之，毋乃不可乎？』邱山又以告給事中孫晉、光時亨，兩人皆縣人，於是兩人教爾銘具疏，敘得功功在江淮，天子乃以得功為都督兼宮保，予禁兵三千，用兵江淮、豫楚之間。

七月，黃得功至鳳陽，率兵破張獻忠，獻忠遁去。九月，獻忠自無為州間道至桐，圍之，誓必破桐。桐急請救於得功，得功來救，斬賊首數千級。得功射獻忠馬中之，復舉刀向獻忠，而得功馬蹶，乃易馬追之。獻忠逸去，多棄牛馬於隘以塞道，得功馬不能馳。賊奔已遠，遺民男女數千人，救之以還。縣諸生父老出謝得功，得功曰：『諸君守城勞苦，得功殺賊自其職，何謝也。前日科臣奏得功擅殺部將，久之不能昭雪。夫斥一武夫何足輕重，然賊乘間破十三州縣，生人幾盡，誰之過也？天下事大抵破壞於此輩，不可為矣！』因饋諸生牛二頭，父老等牛五頭，而引兵還鳳陽。諸生及父老賣牛築宮以祀之。是時張亮亦至桐，見利民調度從容甚整，歎曰：『桐之不陷，不獨黃將軍力也。』賊既去，自春徂夏不雨，民大飢。土寇四起，自稱將軍，掠良善。張利民開誠勸導之，賊渠孫計欲散其黨，江務不肯，殺孫計，利民使人擒江務誅之。自是土寇多散，而獻忠又且從黃麻至矣。

廖應登營於西山巔，適應登生日，諸生往為壽。應登曰：『獻忠在黃麻，游騎及於潛太，意在破桐，否則誓不去也。』諸生曰：『何以禦之？』應登曰：『頃者賊破六安，得其軍資火器。破太湖，又得其軍資火器。今來破桐，必以大砲憑高下發，守陴者難以立，則城危矣。今吾先屯於此，賊雖至，無險可據。黄將軍聞桐急，必引兵來救，賊不能破桐矣。且吾夜觀城中氣亦旺，桐必無患。但夜過半輒有鬼數千繞余營而號，是可怪耳。』是年，史可法服闋，起為淮揚巡撫，總督漕運。一日，廖應登率竇成等二十餘騎之廬州謁可法，行至舒城，方解鞍歇馬，忽有賊數十騎突至，虜應登及其騎以去，蓋獻忠兵也。報至桐，應登部將羅九武登陴設守。有頃，賊挾應登至城下，使之招降城中兵。應登大呼曰：『吾已被執，爾士卒可速降。此時城外精騎不過五十人，其機不可失也，稍緩則其全營皆至，不可為矣。』蓋應登佯為賊説〔十一〕，而陰示以賊中虛實，欲九武出襲賊也。九武固與應登有隙，佯不解應登意，乃駡曰：『被執不能死，是即賊也。』應登曰：『我寒甚，可飲我酒。』九武不應，彎弓射之。賊擁應登去，有頃，殺之於沙河。當應登之將往廬州也，有兵二人故降賊，忽騎而去，數日乃還。或疑其往賊中教賊執應登於途，蓋九武之謀也。

賊既殺應登，去數日，復擁竇成至城下，教之招降城中兵。竇成呼曰：『我竇成也，賊使我招降若等，若等宜堅守。今賊計窮矣，其糧盡，火藥亦盡。若等努力無懈，且速請兵來援。我死矣，我死以活若等及縣人！』賊怒，殺之，成至死猶大呼不絕。於是城上人具香焚之，煙縷起屬天，相與望城下流涕而拜，後立祠於城内西山之麓，成死之日是為壬午十二月二十一日也。獻忠乃率其全營環城攻之，自屯於城外西山巔，俯瞰城中，固即廖應登之所營也。賊於山上放砲擊城，越城而墜，自傷其卒。乃驅被虜百姓，伐樹覆土築高臺，期與城平。城上砲石藥弩擊之，築者皆死，死即覆土於其上，城上矢石如雨，而築者不休。每十步一賊將督之，築者稍緩即殺之。賊之督者數十人，以凶具自遮蔽，矢石不能傷。又掘隧道，欲穿城而入。凡五日，城中糧食火藥將盡，眾皆懼，莫知所為。張利民使人亦築臺於城隅，加高一丈五尺，俯瞷賊臺，以矢石擊之，賊不能前。又出精騎數百殺賊山上，賊與兵相持，因以其間懸勇士下，舉火燒臺，臺土少木多，遇火皆然。賊暫退，城中氣稍振，然恐賊隧道將穿，乃值賊隧道之地築小城，俟其穿，即擊之。復募勇士雷鳴道、王祥、董自、趙仁甫、方宣等共十人，各挾刀持鋤縋而下，視隧道深淺，城上人舉砲發矢以護之。賊率衆來戰，王祥中砲死，董自中賊鉤失其一耳，賊又鉤趙仁甫臂，雷鳴道大呼，殺用鉤之賊。衆乃前視隧道，深僅盈尺，下皆石骨不能穿。於是雷鳴道等復縋而上，城上守益固。賊計皆窮，城上因發大砲擊賊，屢發不能中。或曰，砲固有靈，當祭以牲禮。於是張利民咬指出血以祭之，比發，中獻忠愛將李混江，頭裂而死。獻忠獨脫，移營下山去。初，賊虜婦女，裸其體，跪於山上，向城而罵，城上舉砲，砲不鳴，乃取黑犬向城外殺之，砲乃皆中。

是時守陴者日夜力已竭，目盡腫，皆思逃散。張利民告於衆曰：『桐困極矣！忍死須臾以待救。度城中兵食可支八日，今當遣人間道請救於黃將軍，度往還凡八日可至，至期救不至，士大夫及婦女皆自殺，軍民逃散未為晚也。』衆皆曰：『諾！』於是作書，遣縣人林構、朱正往，約以四日到鳳陽。兩人夜出賊營，如約而至。適安慶巡撫黃配玄亦傳檄為桐告急，兩人擊軍門鼓，與之偕入。得功即時出師，兼程進，如期而至。日方中，賊有自西北來者，呼於軍中曰：『走！走！黃家兵至矣。』賊營皆亂，倉皇棄其軍資而去。羅九武開城取其輜重，並斬賊之傷不能行者。桐人歡聲如沸，相慶更生。得功自鳳陽三日行六百餘里，至北峽關，賊塞關以守，前鋒至，不能入，頃之，全軍皆至，乃破關。賊且戰且走，黃將軍至城下，獻忠已走數里矣。將軍追及之，獻忠呼曰：『黃將軍，何相扼也！吾為將軍取公侯，留獻忠勿殺，不亦可乎？』得功曰：『吾第欲得汝頭耳，何公侯為也！』急擊之，賊大敗，獻忠走，黃將軍縱馬追之，而賊以輜重馬牛遺民男女塞道，追少緩，逸走。夜半，得功回桐。明日，縣人出謝得功，得功深自辭讓，而勞苦將士及諸生父老，且曰：『今賊已西，一二孑遺當深耕易耨，而戶口流亡，室廬已盡，今吾將所獲賊牛五百給與民間，有司當勸耕無怠。』又告羅九武、虞宗文，當終始立功名。是夜，賊復回襲營，遇伏乃走。明日，復逐之，不及而還，得功於是遂引兵北去。越二日，復至城下，慮賊復來，潛伏山間待之，賊不至乃還。頃之，張亮至桐，親巡戰處，於是亮嘉利民功，再拜謝之，復拜羅九武、虞宗文，而厚賞兩營將士。為文祭竇成，哭之甚哀，軍中皆感動，祭畢，厚恤竇成妻，成妻亦賢，守節以歿世焉。先是土寇之未滅者，乘獻忠之去，復出剽掠，張亮率兵次第擒滅之。

是時兩營將士凡五部十司，自以城守功高，驕悍不可以法度治，時時劫掠居民。民不堪其命，訴之亮，亮多右民而左兵，兵皆怨，相謀作亂。適黃得功、劉良佐援楚過桐，兵謀乃息。癸未正月，黃、劉西入楚，張亮還安慶，桐兵亦驕，羅九武請於利民曰：『桐困久矣，今幸逆賊遠遁，瘡痍之餘，稍稍自振。縣故燈火甚盛，請復舉以示休息，不亦可乎？』利民曰：『不可，恐滋亂階，不如已也。』九武固請之，於是軍中及民間各出燈火甚盛。居數日，軍民皆送燈公堂，兵忽亂，驅民擊之。利民大怒。旦日，羅、虞兩將自詣利民謝罪而抶亂者。

桐人苦兵之擾也，紛紛渡江而南，張亮恐邑空虛難守〔十二〕，禁之不能止。是時安慶巡撫黃配玄以母喪歸，張亮行撫軍事。二月，天子以亮為巡撫。亮奏設總兵官駐安慶，而羅九武、虞宗文授遊擊將軍，永守桐城，不行調發。四月，張獻忠陷武昌，左良玉避賊東下，駐皖城，兵六萬人，淫掠江南江北，桐人之避亂江南者，家復破。五月，給事中左懋第奉命至皖，給良玉餉百萬。良玉回楚，襲賊空虛之地，名曰恢復，而其民已盡矣。先是庚辰、辛巳、壬午以來，以用兵故，歲復饑，民力不支，且恐齎盜糧，故桐城漕米皆未輸，至是，上官移文補征之。桐人朝不給夕，無所控訴，給事中光時亨為請免之。而自乙亥以來，江淮兵興，旱蝗繼之，疫疾復起，桐城田畝三十九萬，荒者十七八，惟東鄉僻在江干，不數經兵〔十三〕，民耕桑如故，以故桐之稅糧皆取給於東鄉。自癸未受左兵之掠，繼以田鼠食禾稼為災，稅糧無出，於是諸生謁之張亮，為奏免十分之七焉。

初，桐標營三千人，廖應登領前營，杜先春領左營，羅九武為先春部將。已而先春戰死，應登並領其眾，九武由此不平，後應登之遇害也，九武有力焉。張獻忠之圍桐也，九武領前營，虞宗文領左營，九武不悅。賊既退，九武欲併其眾，謀不成。張亮慮兩人之有變也，命宗文別戍，而以孫得勝領左營。得勝木強質直，而九武驕蹇，於是兩人亦不相悅。然九武權譎，得勝每隨之俯仰，以故卒與同禍。自獻忠之退，九武自謂城守功高，桐之子女玉帛，相隨入兩營者不可勝計。癸未秋，督師孫傳庭徵兵不應。甲申春，淮揚巡撫徵兵勤王，亦不應。是時歲復大饑，兵餉無出。張利民命士卒墾荒萊屯田，兩營之兵皆掠民人為之耕，奪民牛，橫行四郊，劫行旅，道路皆苦之。張利民為請於九武，斬三人，行旅稍通。

甲申三月，李自成犯京師，烈皇帝崩於煤山，桐人聞之，相對悲號，不能寢食。四月，大清兵入關，李自成敗走西安。五月，史可法、馬士英立福王世子，即位南京，改元弘光，頒詔陞賞將士，而授羅九武、孫得勝參將，加副將銜。兩人乘中外危疑，益肆剽掠無忌。當此之時，總兵劉澤清轄淮海，駐淮北，經理山東。高傑轄徐泗，駐泗水，經理開歸。劉良佐轄鳳壽，駐臨淮，經理陳杞。靖南侯黃得功轄滁和，駐廬州，經理光固。號為四鎮，皆擁重兵，尋進封侯伯。羅九武、孫得勝薄其官，頗鞅鞅失望。皖人阮大鋮者，天啟中黨附魏忠賢，烈皇帝立削其籍〔十四〕。阮大鋮固與馬士英善，至是士英薦之，拜兵部尚書。大鋮不知兵，徒以倡優媚人主，而欲盡翦除向之異己者〔十五〕，黨禍復烈。八月，大鋮親引兵巡江閱軍，抵皖城。自以歸故鄉，張軍威示榮耀，左右皆曼聲美色，而倡優皆衣錦繡。桐之兩營將士，皆召至皖覈軍實。於是兩營之兵自東抵皖，掠百餘里。比其還桐，復自西抵桐，掠百餘里。而羅九武從數騎獨後，夜宿道中，密為書付其孌童前行，教其兵作亂，俟九武至桐乃止兵。其童行未一里，忽有虎自山出，傷其童，童死。九武大驚，由此九武滅桐之計卒濡遲不決。九月，士英以楊鎮宗為總兵駐安慶，開藩置幕，提督江南江北軍馬。當是時，士英及大鋮以爭黨報復恩仇，避禍者多入左良玉軍中，教良玉起兵誅君側奸臣。大鋮、士英慮之，故設大營於安慶，名為雄固上游，實以備良玉。十月，張利民以治行第一，行取入南京，桐人泣送之，凡數十里不絕。

乙酉二月，袁秉華來為縣令。秉華自在京師，聞桐之守兵驕橫，求於兵部，加監紀銜，得以兼制軍民，兩營將士皆怒，釁從此起矣。縣士大夫曲為解之，僅而不亂。頃之，左良玉全軍東犯，安慶戒嚴。羅九武等乘間遂掠倉庫，辱秉華。李大有者，九武之部將也，勸九武嚴飭軍士，九武不應，已而軍士殺大有於轅門之外，九武亦不問。桐人如在水火，時時莫必其命矣。左良玉之東犯也，死於九江，其子夢庚統其衆百萬，蔽江而下，沿江州縣皆屠之。楊鎮宗部將馬進寶者，兇悍無人理，時時欲叛，夢庚兵抵皖，進寶為之内應，而鎮宗不之知。四月初八日夜半，皖兵開城納賊，皖人死者十八九。張亮走入山中，楊鎮宗走桐，九武迎鎮宗入居縣中。是夜，九武命其兵作亂，大掠三日乃止。十七日，分兵入西鄉焚掠。又數日，分兵入東鄉、南鄉、北鄉焚掠，少婦、幼男子被虜者凡五六千人〔十六〕，相號於道。楊鎮宗見之，扼腕歎恨。頃之，靖南侯黄得功傳檄，召兩營將士至蕪湖，九武以其部將龐天泰領兵五百往。得功擊左夢庚於板子磯，大破之，夢庚敗走，淫掠安、池間。皖兵叛者潰入桐城，與兩營合，無遠不掠。居有頃，大清兵入破揚州，督師大學士史可法死之。大清兵下南京，聖安帝遁，盧九德降。尋至蕪湖，靖南侯黄得功死之，龐天泰降。九武等尚持兩端，縣幾遭屠毒，賴諸生王雯耀說之乃定。

及大清豫王遣將卜從善、張國禄至桐城〔十七〕，擒九武、孫得勝等，而散其所部兵，凡所掠子女俱令釋去。九武妻常氏有賢行，罵九武曰：『不聽吾言，宜及此禍。吾不忍偷生也。』乃投井而死。是時楊鎮宗降大清，仍授為總兵。鎮宗曰：『九武等為江北害，吾目擊也，不可赦。』於是斬九武等於市。自是天下漸定，而桐、潛之間時時兵起，名曰義兵，其實皆為民害，然皆不逾時輒削平。非桐之所以存亡，故不著。

録自戴名世集卷十二。

【校】

〔一〕中華本無『而』字，南山集偶鈔為『田土沃而民殷富』。

〔二〕中華本作『乘機』，南山集偶鈔為『乘間為變』。

〔三〕中華本作『江国華』，南山集偶鈔為『汪國華』。

〔四〕中華本作『不能進』，南山集偶鈔為『不能近』。

〔五〕中華本作『給賊』，南山集偶鈔為『以金寶給賊』。

〔六〕中華本作『數千百』，南山集偶鈔為『數十百』。

〔七〕中華本作『而西去』，南山集偶鈔無『去』字。

〔八〕中華本作『近山者逃入深山，林木叢薄』，『山』、『木』二字衍，南山集偶鈔無是二字。

〔九〕中華本作『又或聞小兒啼聲』，南山集偶鈔為『又或因小兒啼聲』。
〔十〕中華本作『誅除奸猾』，南山集偶鈔無『誅』字。
〔十一〕中華本作『陽為賊說』，南山集偶鈔為『佯為賊說』。
〔十二〕中華本作『空難守』，南山集偶鈔為『空虛難守』。
〔十三〕中華本作『不數經賊』，南山集偶鈔為『不數經兵』。
〔十四〕中華本無『立』字，南山集偶鈔為『立削其籍』。
〔十五〕中華本無『盡』字，南山集偶鈔為『欲盡翦除』。
〔十六〕中華本作『幼童』，南山集偶鈔為『幼男子』。
〔十七〕中華本作『張天祿』，南山集偶鈔為『張國祿』。

崇禎癸未榆林城守紀略

明時，天下之勢在九邊，而陝西有三，曰延綏，曰寧夏，曰甘肅。延綏之屬有四衛，曰慶陽，曰延安，曰綏德，曰榆林。榆林與河套接壤。河套東接山西偏頭關，西至寧夏，相距二千里而遙，北濱黃河，南以邊牆限之，自古郡縣繡錯其中。明初即唐受降城故地營東勝，跨河北以衛套中，已而棄東勝不守，則河套遂失，而鎮將駐綏德，苦遙制非便。成化中，都御史余子俊巡撫延綏，相度形勢，增置營堡，而移綏德重兵鎮榆林。清釐陝人，有伍籍詭落及罪謫者徙實之，興屯田，立學校。事皆創始，而經畫周密，自是榆林遂為大鎮。其地多沙磧，民不事生產，大抵荷戈從軍，俗尚武雄而多將才，有氣節，視他鎮為最。

崇禎初，府谷人王家胤反，自是盜大起，名賊巨猾皆在延安府屬，官軍不能制。崇禎十六年，米脂賊李自成陷西安，遣其偽亳侯李過、偽磁侯劉芳亮引兵北略地至榆林。綏德王氏，世將家，世國、世臣者兄弟也。府谷尤世祿、世威，閥閱亞王，而威重過之。此兩家官榆林久，遂家焉。李昌齡者，鎮藩衛人，起家勳胄，以故總兵僑居榆林。會延綏巡撫崔源之、總兵王定先後望風走，於是兵備副使祥符都任，督餉戶部郎中黃岡王家祿，副將惠顯、潘立勳，與諸將及士民集議。參將劉廷傑曰：『賊雖破西安，三邊尚為國守，吾榆林為天下勁兵處，一戰必奪其氣，然後約寧夏、固原，為三師以遞進，賊可破也。』眾曰：『將軍議是。』故總兵尤世威曰：『受國厚恩，敢不執橐鞬、援枹鼓以效死！』王世欽，故山海關總兵也，前曰：『今日之事，死戰而後可以死守，苟不然者，非丈夫也！』衆皆憤激瞋目〔一〕，擐甲登陴。適延安人舒君睿與賊將黄色俊，先後以自成手書來説降，且賫五萬金來犒師。衆從城上遥語之曰：『吾榆林之人，男不知耕，女不知織，縣官轉餉以食我，垂三百年矣，忠義節俠，著於九邊，肯為賊屈乎！』

賊稍稍退，於是衆共推昌齡署總兵事，街巷各聯結大社習兵。先是賊將至，或告昌齡曰：『公罷官久，無軍旅之任，且此土非公之鄉也，盍去諸。』昌齡曰：『普天之下，莫非王土，榆林亦王土也。吾為國大臣，奈何舍之而去！果此城不守，吾當與之俱亡耳。』至是，昌齡瀝血誓師，分汛以守。而南城樓則為都任、王家禄、惠顯、劉廷傑、尤世威、定邊副將尤翟文、坐營遊擊李英〔二〕，而故保德州知州鐘乾健佐之。城之東南隅則為右營遊擊劉芳馨、姬維新，而安邊參將馬鳴廉佐之。城之東觀遠樓為潘立勳、故山海關副將楊明、兵備中軍柳永年、火器營都司郭遇春。東城信地樓則為故永平督餉戶部郎中張雲鶚，而故西安參將李應孝佐之。前東門空心樓則為王世欽、右營遊擊尤養鯤，而奇兵營中軍楊正韡等佐之。後東門樓則為李昌齡，而故天津總兵王學書、故孤山副將王永祚佐之。北城敵樓則為故真州知州彭卿，後西門樓及水西門樓則為故柳溝總兵王世國、故山海鐵騎營參將尤岱，而故隰州知州柳芳佐之。新添門樓則為故遼東總兵尤世禄、故山海關總兵侯拱極，而左營遊擊陳二典、故湖廣監記趙彬佐之。督巡街巷則為定遠副將張發、旗鼓都司文經國，晝夜巡視。部署甚整，而時時出兵大戰，頗多斬獲。

先是賊自謂榆林中父老皆其鄉人，度不煩兵而下。至是賊怒，悉衆薄城。城三面倚山〔三〕，一面臨河，城北有護城五墩相與為犄角〔四〕，賊不敢近，而東南山阜參差，祠廟林木隱蔽，賊依之而軍。而海潮寺尤逼城下，賊入其中，潛為地道穿城，為故總兵侯世禄與其子侯拱極所覺，亦穿地道截之。賊乃於沙上起飛樓，與城樓相對，矢石交至，尤世威與尤翟文自南門出，戰於榆楊橋，賊乃卻，翟文戰死。翟文者，世威之從弟也。東門亦懸壯士出擊賊，賊披靡，將退守綏德請益師，而城中有奸民舉火應之，賊復還攻。越日，南城將穿，都任撤屋材為重城以備缺。又越日，城陷，士女皆登屋巷戰，刀楯之聲不絕，是為崇禎十六年十二月二十七日也。

都任被執見賊帥，賊帥曰：『若固壯男子，苟降，無憂不富貴。』任怒罵不絕口，遂遇害。王家祿拔佩刀自刎死。劉廷傑被執，賊語之曰：『若能降，仍以若為大將。』廷傑大罵賊，賊怒，支解之。廷傑綏德人，有從弟曰廷夔，為諸生，以任俠聞。當廷傑之死也，來榆林收其屍而瘞之，且哭曰：『伯兄死，吾何獨生為哉。』遂投雲岩谷死。廷夔妻高氏，撫遺孤稍長，一日，泣告其子曰：『我所以偷生者，憐汝耳，今汝已有知識，吾將去矣。』遂不食而死。惠顯清澗世家子，其伯兄曰世揚。世揚者官至九卿，初與楊忠烈、左忠毅齊名，白首名德，負海內重望。賊之破西安也，世揚為賊脅，匍匐受偽官。顯少為諸生，非其好也，已而棄去，以白衣從軍，積功至延綏副將。城破被擒〔五〕，賊語之曰：『若固世家子而有武略，且為世揚弟，能相從則權將軍可得也。』權將軍者，賊中領兵之最尊者也。顯大罵不屈，賊怒，亦支解之。其從子漸，時為撫邊守備，亦罵賊死。漸，世揚子也。而李昌齡、尤世威、王世欽、王世國四人，俱以檻車送至西安，距西安四十里曰回軍店〔六〕，四人沐浴更衣曰：『將以下見祖宗也。』既入賊庭，挺立，仰視天，賊欲跪之不屈。自成曰：『吾虛上將以屈四將軍，奈何固執不相與共富貴也？』昌齡等罵曰：『驛卒敢大言！吾輩朝廷大將，汝草竊，且滅不久〔七〕。』自成本迎川驛馬夫，故呼之曰『驛卒』，欲以激怒自成使速殺之。自成笑前解四人縛，世威叱曰：『勿前汙將軍衣！』自成怒，命斬之。四人臨死歎曰：『吾輩不早殄此賊〔八〕，致有今日，真死有餘恨〔九〕！』

先是王世國傾其家貲招套人為援，而撫邊中軍馬應舉亦以孤城不可獨守，乃往河套乞師，曰：『河套本吾中國地，本朝宏覆之量，使爾得居之，爾且時時闌入為邊患，在本朝無負爾也。今逆賊李自成以國家赤子稱兵作亂，橫行天下，今且圍攻榆林，榆林堅守不下。爾套中誠能發精騎隨吾往救，而榆林將士復自城出擊之，賊腹背受敵，可不戰而走，此千秋之義也。且賊中輜重子女甚盛，不可失。』套人感動，以數千騎至榆林西門，見賊勢甚盛，不敢敵，遂引而去。至是賊入，殺應舉，懸首於凱歌樓。

王學書、楊明、尤岱、侯世祿、侯拱極、潘立勳、中軍劉光裕，皆罵不絕口，遂遇害。潘立勳漢中人，以武狀元起家。餘文武諸將吏皆死，無一人降者。尤世祿、郭遇春與榆林舊守官高顯忠等二十四人，以明年春自成征赴西京，西京者西安〔十〕，自成所更名也，行至魚河，皆殺之。榆林衛指揮黃廷政，千戶廷用，百戶廷弼，皆黃演孫，演在嘉靖中以副將戰死芹河者也。廷政中砲死。廷用、廷弼手殺賊甚眾，及城破，兩人曰：『吾其從我祖於地下矣。』遂偕死。綏德衛管屯指揮鐘茂先知力不支，先置二匕首於左右蔽膝中，賊入茂先家，茂先佯勞以酒，乃左手持觴，右手拔匕首剸賊，賊負傷走，茂先入殺其妻子而自刎。指揮崔重觀，初散家財聚眾於漢壽亭侯祠，喋血質神，期以死守。城破，重觀至家，焚其餘積，曰：『毋為賊資也。』賊怒殺之。右營材官張天敘指其囷粟曰：『吾不能殺賊，亦不可餉賊也。』焚之而自縊於庭樹。李耀宇、李光裕者，皆材官也，耀宇抽矢數十，巷戰，每發輒應弦而倒，賊不敢近，矢盡乃自殺。光裕趣家人俱自殺而後死。千戶賀世魁，陳衣冠於庭，取家世承襲牒文置案上，焚香東向拜，曰：『臣力竭矣。』更衣深衣，與其妻柳氏從容自縊。故西安參將李應孝、李淮，皆使其妻女自縊，各率子挾刃弓搏戰，殺數十人而後死。百戶馬鳴節舉火焚其妻孥，出持刀巷戰，殺十餘人，力竭，顧其家火正烈，亦赴火死。威武守備苗青與妻凡氏，榆林衛指揮傅佑與妻杜氏，皆自縊。

他如遊擊傅德、潘國臣、李國奇、晏維新、文侯國，守備尤勉、賀大雷、楊以偉，指揮李文焜、李文燦等，皆遇害。而常懷德、李登龍、孫貴、白恒衛、李宗敘，皆以廢將守城死之。尤養鯤等姓名已見前者，其死多不書。凡榆林人皆不書其地者，不勝書也。而諸生之罵賊死者，曰陳義昌，曰沈濬，曰沈演，曰白拱極，白含章。而張連元、張連捷縊於漢壽亭侯祠。李可柱縊於余肅敏公祠。胡一魁、李胤祥皆縊於家。商人張禮亦罵賊死。而延安衛人曰台元者，當賊入城時，兩手握大石欲狙擊賊，鄰人恐禍及，縛之回至家，不食五日死。其中婦女之就義甚烈，有姓氏可紀者，曰榆林衛右所掌印百戶楊坤妻柳氏，曰教授徐可徵妻潘氏，曰兵備副使巡捕官喬國雲妻劉氏，曰趙之珍妻馬氏。曰吳伯裕妻王氏，以石自碎其首，不死，乃縊。曰諸生劉伯新妻張氏，攜二女投井死。曰管登魁妻傅氏，攜幼子投井死。曰中軍劉永昌妻高氏，先永昌死。曰崔國安妻米氏。曰王世欽妻高氏。曰榆林衛百戶王坤妻高氏，高氏謂長婦曰：『吾寡居，不見姻親中一男子者十餘年矣，今肯見賊乎。』攜長婦投井死。賊退殯之，閱三月，合葬於夫之壙，啟棺視之，香聞數里。曰吳守中妻楊氏，楊氏家饒於貲，楊以寡婦督子及孫年十五以上者皆操戈登陴，躬着布韝，日夜備糗糧以餉守卒，城破，投井死，年八十餘矣。

賊既破榆林，使其偽權將軍王良智、偽節度使周士奇、偽防禦使張宏祚鎮榆林，偽權將軍高一功守綏德。賊遂以兵臨寧夏，寧夏總兵官撫民迎降。攻慶陽，三日城陷，屠之。已又屠甘肅。三邊皆入於賊，賊無所顧忌，遂長驅過河入山西矣。明年夏四月，高一功來巡城，徙榆林壯丁二千於鄜陽，又徙千餘丁於保寧。尋偽加良智確山伯，一功臨朐男，而自成已破京師稱帝矣。五月，自成又令遷榆林大族於西京，會大兵入關而止。是為順治元年也。

順治元年六月，高一功、李過殺王良智於演武場，一功代之，李過引兵東守河津。冬十月，大兵臨河，李過潰走，一功盡毀廨舍，造懸樓，置大砲，日坐譙樓搜間諜〔十一〕，殺人無算。十二月，英王自保德州過河，孤山、黃甫川諸堡皆降。王以大兵自鎮川溝南取西安，分別部唐通、姜瓖略地至榆林。順治二年春正月，一功拒戰於常樂，敗奔響水，姜瓖又追破一功於波羅，一功遁走。

姜瓖者，亦榆林人。順治六年春，以大同舉兵，山西、陝西皆震。延綏巡撫王志正檄召延安參將王永疆，協防清水營、黃甫川諸堡，會神木高家堡諸賊田秉貞、張秀擁廢將高有才、郭毓奇作亂。永疆與賊通，引兵襲殺延綏總兵沈朝華〔十二〕，王志正自縊死，永疆遂自立為延綏大元帥，而召魚河故將平德為山西總兵，又以裨將謝汝德為延綏總兵。高有才等亦各自署官爵，不相統攝。永疆勒兵至延安，而有才亦出兵於富平。頃之，大兵破永疆於美原，永疆奔石浦川自縊，有才聞之，宵遁入府谷。平德至汾州，聞美原之敗，退軍紫柏，與大兵戰而大敗，走葭州。榆林復平，大兵遂圍葭州。葭州破，德復東渡河，大兵追擒德斬之，遂圍府谷，明年冬始克之。有才、毓奇皆投河死，延綏諸賊悉平。

録自戴名世集卷十三。

【校】

〔一〕中華本無『眾』字，南山集偶鈔為『眾皆憤激』。

〔二〕中華本作『劉李英』，南山集偶鈔無『劉』字。

〔三〕中華本作『傍山』，南山集偶鈔為『三面倚山』。

〔四〕中華本無『為』字，南山集偶鈔為『相與為犄角』。

〔五〕中華本衍『之日』二字，南山集偶鈔為『城破被擒』。

〔六〕中華本作『回車店』，南山集偶鈔為『回軍店』。

〔七〕中華本作『不久且滅』，南山集偶鈔為『且滅不久』。

〔八〕中華本作『滅此賊』，南山集偶鈔為『不早殄此賊』。

〔九〕中華本無『真』字，南山集偶鈔為『真死有餘恨』。

〔十〕中華本無『西安』二字，南山集偶鈔為『西京者西安』。

〔十一〕中華本作『批簡牒』，南山集偶鈔為『搜間諜』。

〔十二〕中華本作『沈朝筆』，南山集偶鈔為『沈朝華』。

崇禎甲申保定城守紀略

崇禎十六年，因賊禍孔棘，建牙之吏遍於畿輔，人地乖互，權位牽掣，乃撤去總督二、督治二、巡撫一、總兵二〔一〕。而保定舊設一總督一巡撫，至是撤去總督，而以兵部右侍郎徐標為巡撫，為標別募兵七千〔二〕，肄習戰車火器成一軍。京師方千里〔三〕，凡設總督二，巡撫九，皆治兵以擁護京師。自山海、永平達於通州、天津，而昌平，而懷柔，而陽和，而宣府，而大同，而寧武，至山東、河南，凡十三節鎮，居京師咽喉臂指之處，即有緩急，可呼吸惟命。然法令久弛，兵與將多不習戰，賊至輒望風潰，惟保定堅守不下，死義甚烈焉。

初，賊之漸逼畿輔也，上倚督師李建泰、保定巡撫徐標以為重。建泰之出也，遷延觀望，托言有疾不能軍，其左右已陰通賊。而徐標行部至真定，為副將謝嘉福所殺，遣人出固關迎賊。是時新任保定知府何復未至，同知邵宗元署府事，而郡人張羅彥以光祿寺少卿家居。羅彥兄弟五人，其兄進士張羅俊，弟諸生張羅善，武進士張羅輔，皆守死，而張羅詰出亡幸以免。

初，上之命李建泰督師也，甫出京而宣、雲已報陷。保定總兵馬岱介而見張羅彥曰：『賊分兩路來，任珍自固關，劉芳亮自河間。吾當出鎮蠡縣，居衝要以待敵，請先殺妻子以決死戰〔四〕。城守之事，一惟公等任之！』羅彥曰：『諾。』旦日，岱果焚其妻孥十一人，率師去。羅彥兄弟與宗元，及後衛指揮劉忠嗣主城守事，收召鄉兵得二千人，與郡人故邠州知州韓東明，故平涼通判張維綱，諸生韓楓等，刑牲盟北城上。而適聞真定之變，謝嘉福以反書至，羅彥裂之，而分汛設守，部署稍稍定。監視太監方正化者，舊守保定有功，素善羅彥，因羅彥以識宗元，與知府何復先後至。復之來為保定也，誓必死而後入。既入，宗元欲以印授復，復曰：『城守事先定自公〔五〕，不可臨敵易主，以搖視聽，吾當同死耳〔六〕！』大會諸生，講『見危授命』章，聞者為之益奮。

李建泰軍道潰，所齎帑銀以數萬，衛者僅親軍五百人，退師抵保定，守者不納。賊將劉芳亮且至，建泰使其中軍郭中傑、李勇因金毓峒以求入。金毓峒者，為監察御史有聲，十七年春正月，召見便殿賜宴，命監宣大軍，宣、大俱奉建泰節制者也。及宣、大失，復命留守保定。是時保定之屬，賊騎已充斥，毓峒入城，謂守者曰：『勉之！戮力固守，以為京師捍衛，此睢陽之烈也。』散家貲犒士，士皆為之感泣。至是，毓峒謂羅彥、宗元曰：『吾等不可使督師陷賊。』乃開城納之。

明日，芳亮兵抵城下，呼曰：『城上人何以不降？』羅彥顧謂其下厲聲曰：『苟欲降者，取我首去！』劉忠嗣撫劍曰：『有不從張氏兄弟者，劍砍之！』怒目髮上指，眾諾聲如雷。賊驚顧，退五里而舍，是為三月二十日也。明日，賊大至，環攻。會聞京師已陷，羅彥兄弟、宗元等哭曰：『曩者只城守，今則復君父仇矣。』各飲泣北向拜，又羅拜，重訂盟。毓峒大出銀牌懸之堞，購賊頭，羅彥復出錢佐賞。賊乃穿城壕涸其流，伐木治攻具。二十二日，賊大攻西北陬，守者奮殺賊無算。賊繞城詬，守者更切齒。張光祿隨射書入城，說以國亡誰與守，建泰得之，以示何復、方正化，曰：『宜為闔郡生靈計，得一用印降書，足以免。』正化泣不應。復曰：『復固未嘗受印也。即有印，復必不為此。』乃召宗元，宗元至而自顧其肋曰：『前日何公讓印而宗元不辭，為城守先在宗元耳。今事急且抱印死，即何公爭亦不與，肯以送閣下印降書乎。宗元江南一老貢生，下吏薄祿，尚不肯北面事賊，閣下以宰相專征，不圖報萬一，乃為人趣降，獨不念皇帝親祖正陽門，群臣相別時乎？』建泰不能答。其從卒欲兵之，思奪其印，宗元擲印於地，拔佩刀欲自刎，左右力持之，俄而羅彥、毓峒馳至，取印納宗元懷中，曰：『亟上城禦賊！』

二十四日，賊火箭燒城西北樓，何復焚死，李建泰親軍反，殺方正化於城上，城遂陷。張羅彥歸之家，先是書壁曰『光祿寺少卿張羅彥義不受辱誓死井亭』，及是，視其妻妾及子婦入井，而後自經。有三犬守之不去，一賊跣足過，犬嚙之，絕其拇。群賊駭，乃藉藁埋之。羅俊擊賊，刃脫，兩手抱一賊，齧其耳，血淋灕口吻間，大呼曰：『我進士張羅俊，不降者我也。』群賊刺殺之。初，羅輔欲衛其伯兄羅俊潰圍出，羅俊不從，至是射殺數賊，矢盡，馳馬横刀砍賊，賊圍之，裂屍死。羅善投井死。而羅彥之子晉，羅俊之子坤，皆不屈死。宗元挈印自投城下，賊獲之，欲奪其印，不肯，罵賊死，手猶持印不解，賊斷其兩指，取印去。毓峒守西城，城陷，一綠衣賊追毓峒入三皇廟，毓峒拳擊賊僕地，攜監軍御史印投廟前古井死。武舉金振孫者，毓峒從子也，振孫素負氣，城守多殺賊，至是，同事者多解甲匿，振孫衣其銀鎧，戴胄佩劍，大呼曰：『我金振孫，金御史侄，城頭殺賊者我也。』賊支解之。劉忠嗣先城未破一日，手授其婦女弓弦令自盡〔七〕，身仍登陴，城破被執，猶奪賊刀殺兩人，剜目劓鼻以死。左衛巡捕文運昌同妻宋氏死。韓東明投井死。子仲淹射賊墜城死。張維綱罵賊死。舉人高涇死於水，孫從範被殺〔八〕。張爾翬同妻唐氏死。貢生郭鳴世手擊賊死。諸生賀誠同妻女死。何一中同妻趙氏死。王之誕同妻齊氏及三子二女俱死。韓楓同妻王氏死。

其餘殉城者，世襲指揮則有劉洪恩、戴世爵、劉元清、呂九章、李照、李一廣，千戶則有李尚忠、楊仁政、紀動、趙世貴、劉本源、侯繼先、張守道，百戶則有劉朝卿、劉悅、田守正、王好善、強忠武、王爾祉等。職官散官則有守備張大同與子之坦戰死，副總兵呂應蛟縊死，武進士陳國政投井死，忠順營中軍梁儒孝，把總申錫、郝國忠，中衛鎮撫管民治，主簿沙潤明，材官王遵義，醫官呂國賓、王之璜、王之瑄等。諸生則有杜日芳、王紘、馮澤、王胤嘉、吳拭、韓廷珍、楊善舉、何光嶽、韓紹淹、頡學曾、王敬嗣、王繼桂、趙君晉、王昌祚、孫誠、趙世珩、楊拱辰、王建極、阮積學、王世珩、王致中、周之翰等。義民則有田仰民、田自重，互殺其妻，乃皆自縊〔九〕，劉宗向、楊強子、張嘉喜、鄭國寧、李茂倫、王捷、張智、劉養心、朱永寧、胡來獻、胡得迎等。儒士則有劉士璉、王景曜、黃棟等，或罵賊被殺，或自縊死。而婦女之殉節者則有陳禧祖母張氏〔十〕，母楊氏，妻常氏，妹諸生金纓妻陳氏，並侍婢四人，進士王廷綯妻張氏等，凡六十人，俱投井死。諸生高植妻王氏，舉人高桂妻劉氏，錦衣衛千戶賀喆妻霍氏等十一人，俱自縊死。而張氏一門自羅彥下死者二十有二人，羅彥伯母李氏罵賊死，羅善妻高氏攜其三女，羅輔妻攜其幼子二女，張晉妻師氏、羅士妻高氏、羅喆妻王氏、張震妻徐氏、張巽妻師氏、羅彥妻宋氏、錢氏、田氏，皆投井死。而羅彥妻趙氏，當城破之時，語羅彥曰：『余忝受朝廷誥命，願與君同縊。』乃結雙環於井亭。先引環，環絕，墮地傷股，落二齒，及少甦，匍匐入井，是時子婦及妾已死於井矣，自投而下，逾一日夜不沉。家人聞井中有聲，出之，復索刀欲自裁，家人防之不得，復投於井中，旋浮水上，又不死。閱兩日夜，有鄰人挽之出，曰：『夫人繯不能死，井不能死，此天欲以孤付夫人也。』是時晉幼子華宗尚存，乃匿空室中，已而潛出城以免。

初，自成聞保定堅守，議出師，及既陷，猶欲屠之。或有止之者曰：『保定守於京師已亡，此忠義也，何可盡殺。』乃止。然城中街巷死屍狼藉，溝渠皆滿，偽官使其軍士舉之，三日不能盡。而郡人故工科給事中尹洗，舉人劉會昌，貢生王聯芳，諸生王世琦，皆與韓東明、張維綱佐羅彥、宗元城守者也，劉芳亮仍執而殺之，且懸賞購張氏、金氏子弟之存者，郡人莫應。已得毓峒侄肖孫，問毓峒子所在，備極炮烙，終不言，賊釋之，遂以免。而李建泰竟降賊，賊率之入京師，而以偽將張洪守保定。

張洪分兵收諸下邑，而馬岱居蠡縣，勢弗支，自刎弗殁，張洪縛而致之自成，自成以其將懟釋之。尋為僧遁去，不知所終。

録自戴名世集卷十三。

【校】

〔一〕中華本作『總督二、總督治巡撫九、總兵二。』文字有誤，南山集偶鈔文如上。

〔二〕中華本脱『為』字，南山集偶鈔為『為別募兵七千』。

〔三〕中華本作『凡千里』，南山集偶鈔為『京師方千里』。

〔四〕中華本脱『先』字，南山集偶鈔為『請先殺妻子』。

〔五〕中華本作『城中事』，南山集偶鈔為『城守事』。

〔六〕中華本衍『生』字，南山集偶鈔為『吾當同死耳』。

〔七〕中華本脱『令』字，南山集偶鈔為『令其婦女自盡』。

〔八〕中華本作『縱範』，南山集偶鈔為『孫從範被殺』。

〔九〕中華本脱『皆』字，南山集偶鈔為『乃皆自縊』。

〔十〕中華本脱『祖』字，南山集偶鈔為『陳禧祖母』。

弘光乙酉揚州城守紀略

弘光元年四月二十五日，大兵破揚州，督師太師、太子太師、建極殿大學士兼兵部尚書史可法死之。史公字道鄰，順天大興人。始為西安府推官，有聲。歷遷安廬兵備副使，升巡撫。丁父憂，服闋，起總督漕運，巡撫淮陽。久之，拜南京兵部尚書。當是時，賊起延綏，蔓延遍天下，江北為賊沖，公與賊大小數十百戰，保障江淮，江南、江北安危，皆視歸乎公，公死而南京亡。

先是崇禎十七年四月，南中諸大臣聞京師之變，議立君，未有所屬，總督鳳陽馬士英遺書南中，言福王神宗之孫，序當立。士英握兵於外，與諸將黃得功、劉良佐、劉澤清等深相結，諸將連兵駐江北，勢甚張，諸大臣畏之，不敢違。五月壬寅，王即皇帝位於南京，改明年為弘光元年。史可法、馬士英俱入閣辦事，而得功等方各擁兵爭江北諸郡。高傑圍揚州，縱兵大掠，且欲渡江而南。公奏設督師於揚州，節制諸將。士英既居政府弄權，不肯出鎮，言於朝曰：『吾在軍中久，年且老，筋力憊矣，無能為也。史公任岩疆，屢建奇績，高傑兵非史公莫能控制者。淮南士民仰史公盛德，不啻如神明慈父，今日督師之任，舍史公其誰。』史公曰：『東西南北，惟君所使，吾敢惜頂踵，私尺寸，墮軍實而長寇讎？願受命。』

吳縣諸生盧渭率太學諸生上書，言可法不可出。且曰：『秦檜在內而李綱在外，宋終北轅。』一時朝野傳誦〔一〕，稱為敢言。東閣大學士兼禮部尚書高宏圖、姜曰廣及士英廷議，請分江北為四鎮，以黃得功、劉良佐、劉澤清、高傑分統之。傑駐徐州，良佐駐壽州，澤清駐淮安，得功駐廬州。尋進封黃得功為靖南侯，又進封左良玉為寧南侯，封劉澤清為東平侯，劉良佐為廣昌伯，高傑為興平伯。

高傑者，本流賊，其妻邢夫人，李自成妻也，傑竊之，率兵來降〔二〕。當王師之敗於郟縣也，傑奔延安。自成既陷西安，全陝皆不守，傑率兵南走，沿途恣殺掠無忌。馬士英以其眾可用，使使聘以金幣。上手詔：『將軍以身許國，當帶礪共之。』於是傑渡淮至於揚州。其兵不戢，揚州人畏之，登陴固守，而四野皆遭屠殺無算。江都進士鄭元勳，負氣自豪，出而為調人〔三〕，往傑營，飲酒談論甚歡，傑酬以珠幣。元勳還入城，氣益揚，言於眾曰：『高將軍之來，敕書召之也。即入南京，尚其聽之，況揚州乎！』眾大閧，謂元勳且賣揚州以示德，遂共殺之，食其肉立盡。傑聞元勳死，大恨怒，欲為元勳報仇，將合圍而公適至。初，傑兵殺人滿野，聞公將至，分命兵士中夜掘坎埋胔骸。及公至，升坐召見傑，傑拜於帳下，辭色俱變，惴惴懼不免，而公坦懷平易，雖偏裨皆慰問殷勤，傑驕蹇如故。浹旬，公上書請以瓜步屯其眾，揚州人乃安，傑眾亦稍稍戢。已而公巡淮安，奏以澤清駐淮安，高傑駐瓜州，黃得功駐儀真，劉良佐駐壽州，各有分界。而督師與諸將各分汛以守：大江而上為左良玉，天靈州而下至儀真三汊河為黃得功，三汊河而北至高郵為高傑，自淮安而北至清江浦為劉澤清，自王家營而北至宿遷為危險重地，公自當之，自宿遷至駱馬湖為總督河道王永吉。而高傑必欲駐揚州，要公爲請於朝，揚州人又大閧，且以無府第為辭，公遂遷於東偏公署，而以督府居傑。既入城，號令嚴肅，頗安堵無患，其間小有攘奪，官亦不能禁也。

當是時，登萊總兵黃蜚奉詔移鎮京口，取道淮揚〔四〕，慮為劉、高二營所掠。蜚故與黃得功善，使人謂得功以兵逆之，得功果以兵往，而高營三汊河守備遽告傑曰：『黃得功軍襲揚州矣。』傑乃密佈精騎於土橋左右，而得功不之知。行至土橋，角巾緩帶，蓐食且飲馬，而伏兵皆起，得功不及備，戰馬值千金，斃於矢，得功奪他馬以馳，隨行三百騎皆沒。而傑別遣兵一千人襲儀真〔五〕，為得功部將所殲，無一存者。黃、高交惡，各治兵欲相攻。萬元吉奉朝命往解，史公親為調釋，僅而後定〔六〕。諸將惟高傑兵最強，可以禦敵，傑至是始歸命史公，奉約束惟謹。公決意經略河南，奏李成棟為徐州總兵，賀大成為揚州總兵，王之綱為開封總兵，李本身、胡茂貞為興平前鋒，總兵諸將皆傑部將也。而傑遂於十月十四日引兵而北。將行，風吹大纛將折，炮無故自裂，人多疑之，傑曰：『偶然耳。』不顧而行。是時大兵已收山東〔七〕，浸尋及於邳、宿，而史公部將張天祿駐瓜州，許大成駐高資港，李棲鳳駐睢寧，劉肇基駐高家集，張士儀駐王家樓，沈通明駐白洋河。十一月，宿遷不守。公自抵白洋河，使監紀推官應廷吉監劉肇基軍，監軍副使高岐鳳監李棲鳳軍，進取宿遷，大兵引去。越數日，復圍邳州，軍於城北，劉肇基、李棲鳳軍於城南，相持逾旬，大兵復引去。是時馬士英方弄權納賄，阮大鋮、張孫振用事，日相與排斥善類，報私仇，漫不以國事為意。史公奏請，皆多所牽掣，兵餉亦不以時發，南北東西不遑奔命，國事已不可為矣。

公經營軍務每至夜分，寒暑不輟。往往獨處舟中，左右侍從皆散去，僚佐有言宜加警備，公曰：『有命在天，人為何益。』後以軍事益繁，謂行軍職方司郎中黃日芳曰：『君老成練達，當與吾共處，一切機宜可以面決。』對曰：『日芳老矣，不能日侍左右，相國亦當節勞珍重，毋以食少事繁，蹈前人故轍，且發書走檄〔八〕，幕僚濟濟，俱優為之，徵兵問餉，則有司事耳。相國第董其成，綽有餘裕，何必躬親，以博勞瘁損精神為耶？』公曰：『固知君輩皆喜安逸，不堪辛苦。』日芳曰：『兵者殺機也，當以樂意行之。將者死官也，當以生氣出之。郭汾陽聲色滿前，窮奢極欲，何嘗廢事乎？』公笑而不答。是冬，紫微垣諸星皆暗，公屏人夜召應廷吉，仰視曰：『垣星失耀，奈何？』廷吉曰：『上相獨明。』公曰：『輔弼皆暗，上相其獨生乎？』愴然不樂，歸於帳中。明年正月，餉缺，諸軍皆饑，史公葷酒久不御，日惟蔬食啜茗而已。公所乘舟桅輒夜作聲，自上而下，復自下而上，祭之不能止。有頃，高傑凶問至，公流涕頓足，歎曰：『中原不可為矣，建武、紹興之事，其可望乎！』遂如徐州。

初，高傑與睢州人許定國有隙。定國少從軍，積功至總兵，崇禎末有罪下獄，尋赦之，仍以為總兵。崇禎十七年冬十一月，掛鎮北將軍印，鎮守開封。至是，聞傑之至也，懼不免，佯執禮甚恭，且宴傑，傑信之，伏兵殺傑及其從行三百人於睢州。定國渡河北降，且導大兵而南。傑部將李本身等引兵還徐州。傑既死，諸將互爭雄長，幾至大亂。公與諸將盟，奏以李本身為揚州提督，本身，傑甥也。以胡茂貞為督師中軍，李成棟為徐州總兵，其餘將佐各有分地。立其子高元爵為世子，於是眾志乃定。而高營兵既引還徐州，於是大梁以南皆不守。大兵自歸德，一趨亳州，一趨碭山、徐州，李成棟奔揚州。當土橋之變也，黃得功怨望甚，不能忘，及聞傑死，欲引兵襲揚州，代領其眾。揚州城守戒嚴。公自徐至揚，使同知曲從直、中軍馬應魁入得功營和解之，亦會朝命太監高起潛、盧九德持節諭解，得功奉詔。

邢夫人慮稚子之孤弱也，知史公無子，欲以元爵為公子，公不可。客有說公者曰：『元爵系高氏，今高起潛在此，公盍為主盟，令子元爵而撫之，庶有以塞夫人之意而固其心。』公曰：『諾。』明日，邢夫人設宴，將吏畢集，公以語起潛，起潛曰：『諾。』受其子拜，邢夫人亦拜，並拜公，公不受，環柱而走，起潛止焉。明日，起潛亦設宴宴公並高世子，公甫就坐，起潛使小黃門數輩挾公坐不得起，令世子拜稱公為父，邢夫人亦拜，公怏怏彌日。自是高營將士愈皆歸誠於公。

馬士英、阮大鋮忌公威名，謀欲奪公兵權，乃以故左春坊左中允衛胤文監興平伯軍〔九〕，軍中皆憤不受命。尋加胤文兵部右侍郎，總督興平軍，駐揚州。揚州又設督府。幕僚集議曰：『公，督師也，督師之體，居中調度，與藩鎮異，今與彼互分汛地，是督師與藩鎮等也。為今之計，公盍移駐泗州，防護祖陵，以成居重馭輕之勢，然後上書請命，以淮、揚之事付之總督魏子安、總河王鐵山乎〔十〕？』子安，胤文子，鐵山，永吉子也。公曰：『曩之分汛，虞師武臣之不力也〔十一〕，吾故以身先之。移鎮泗州，亦今日之急務。』遂使應廷吉督參將劉恒祿、遊擊孫桓、都司錢鼎新、于光等兵，會防河郎中黄日芳於清江浦，渡洪澤湖，向泗州而發。

先是，公所至，凡有技能獻書言事者輒收之，月有廩餼，以應廷吉董其事，名曰禮賢館，於是四方倖進之徒多接踵而至。廷吉言於公，請散遣之。公曰：『吾將以禮為羅，冀拔一二於千百，以濟緩急耳。』廩之如故。然衆皆望公破格擢用，久之不得，則稍稍引去。城破之日，從公而及於難者尚十有九人。至是，移鎮之議既定，公命廷吉定其才識，量能授官，凡二十餘人。明日，諸生進謝，公留廷吉飲酒，從容問曰：『君精三式之學，嘗言夏至前後，南都多事，此何說也？』廷吉對曰：『今歲太乙陽局，鎮坤二宮，始擊關提〔十二〕，主大將囚。且文昌與太陰並，凶禍有不可言者。夏至之後，更換陰局，大事去矣。』公噓欷出袖中手詔示廷吉曰：『左兵叛而東下矣，吾將赴難，如君言，奈天意何！』因令廷吉督諸軍赴泗，便宜行事。會泗州已失，而廷吉等屯高郵、邵伯間。公至燕子磯，而黄得功已破左兵於江上。公請入朝，不許，詔曰：『北兵南向，卿速赴之盱泗應敵。』

當是時，馬、阮濁亂朝政，天下寒心，避禍者多奔左良玉營，而良玉自先帝時已擁兵跋扈，不奉朝命，其衆且百萬，皆降賊，素慕南都富麗，日夜為反謀。良玉被病，其子平賊將軍夢庚欲舉兵反，適有假太子之事，一時失職被收諸臣如黄澍、何志孔等，又為春秋與趙鞅之說以贊成之，遂以奉太子密旨誅奸臣馬士英為名〔十三〕，空國行，豎二旗於鷁首，左曰『清君側』，右曰『定儲位』，遂破九江、安慶，屠之，江南大震。馬、阮懼，相與議曰：『左兵來，寧北兵來，與死於左，不如死於北。』故緩北而急左，邊備空虛，大兵直入無留行矣。

史公至天長，而盱眙、泗州已失，泗州守將侯方岩敗歿，總兵李遇春等降，史公率副將史得威數騎回揚州，登陴設守。而揚州人訛言許定國引大兵至，欲盡殲高氏，高營兵斬關而出，奔泰州。北警日急，黄日芳率兵營茱萸灣，應廷吉率諸軍來會，營瓦窯鋪以為犄角〔十四〕。史公檄召各鎮兵來援，皆觀望不赴。惟劉肇基、何剛率所部入城共守，城陷之日，何剛以弓弦自縊死。剛，上海舉人，崇禎十七年春正月，上書烈皇帝請纓自效者也。肇基以北兵未集，請乘其不備，背城一戰。公曰：『銳氣未可輕試，姑養全力以待之。』及大兵自泗州取紅衣炮至，一鼓而下，肇基率所部四百人奮勇巷戰，力盡皆死。先是有使自北來，自稱燕山衛王百戶，持書一函，署云『豫王致書史老先生閣下』。史公上其書於朝而厚待使者，遣之去。至是大兵既集，降將李遇春等以豫王書來說降，又父老二人奉豫王令至城下約降，因縋健卒下，投其書並父老於河，李遇春走。豫王復以書來者凡五六，皆不啟，投之火中。部將押住者〔十五〕，本降夷也，匹馬劫大兵營，奪一馬，斬一首而還，公賞以白金百兩。是時李成棟駐高郵，劉澤清與淮揚巡撫田仰駐淮安，皆擁兵不救。大兵攻圍甚急，外援且絕，餉亦不繼，而高岐鳳、李棲鳳將欲劫史公以應大兵。公曰：『揚州吾死所，君等欲富貴，各從其志，不相強也。』李、高中夜拔營而去，諸將多從之。公恐生內變，皆聽其去不之禁，至此備禦亦單弱矣。

四月十九日，公知事不支，召史得威入，相持哭。得威曰：『相國為國殺身，得威義當同死。』公曰：『吾為國亡，汝為我家存。吾母老矣，而吾無子，汝為吾嗣，以事吾母。我不負國，汝無負我！』得威辭曰：『得威不敢負相國，然得威江南世族，不與相國同宗，且無父母命，安敢為相國後。』時劉肇基在旁，泣曰：『相國不能顧其親，而君不從相國言，是重負相國也。』得威拜受命。公遂書遺表上弘光皇帝，又為書，一遺豫王，一遺太夫人，一遺夫人，一遺伯叔父及兄若弟，函封畢，俱付得威。訣得威曰：『吾死，汝當葬我於太祖高皇帝之側，其或不能，則梅花嶺可也。』復操筆書曰：『可法受先帝恩，不能雪讎恥；受今上恩，不能保疆土；受慈母恩，不能備孝養。遭時不造，有志未伸，一死以報國家，固其分也，獨恨不早從先帝於地下耳〔十六〕』。書畢，亦付得威。

二十五日，大兵攻愈急，公登陴拜天，以大炮擊之，大兵死者數千人。俄而城西北崩，大兵入。公持刀自剄，參將許謹救之，血濺謹衣，未絕，令得威刃之，得威不忍。謹與得威等數人擁公下城，至小東門。謹等皆身被數十矢死，惟得威存。時大兵不知為史公，公大呼曰：

『吾史可法也。』大兵驚喜，執赴新城樓上見豫王。王曰：『前書再三拜請，不蒙報答。今忠義既成，先生為我收拾江南，當不惜重任也。』公曰：『吾天朝重臣，豈可苟且偷生，得罪萬世。願速死，從先帝於地下。』王反覆說之不可，乃曰：『既為忠臣，當殺之以全其名。』公曰：『城亡與亡，吾死豈有恨。但揚州既為爾有，當待以寬大，而死守者我也，請無殺揚州人！』王不答，使左右兵之，屍裂而死。闔城文武官皆殉難死。

初，高傑兵之至揚州也，士民皆遷湖瀦以避之，多為賊所害，有舉室淪喪者。及北警戒嚴，郊外人皆相扶攜入城，不得入者稽首長號，哀聲震地，公輒令開城納之。至是城破，豫王下令屠之，凡七日乃止。

公既死，得威被執，將殺，大呼曰：『吾史可法子也。』王令許定國鞫之，逾旬乃得免。既免，亟收公遺骸，而天暑，眾屍皆蒸變，不能辨識，得威哭而去。先是得威以公遺書藏於商人段氏家，至是往段氏，則段氏皆死，得威彷徨良久，忽於破壁廢紙中得之，持往南京，獻於太夫人。其辭曰：『兒仕宦凡一十有八年，諸苦備嘗，不能有益於朝廷，徒致曠違定省，不忠不孝，何以立天地之間，今日殉城死，不足贖罪。望母委之天數，勿復過悲。副將史得威完兒後事，母以親孫撫之。』其遺夫人書曰：『可法死矣，前與夫人約，當於泉下相俟矣。』其遺伯叔父兄若弟書曰：『揚州旦夕不守，一死以報朝廷，亦復何憾，獨先帝之仇未復，是為大恨耳。』遺豫王書不得達，其辭曰：『敗軍之將，不可言勇，負國之臣，不可言忠，身死封疆，實有餘恨。得以骸骨歸葬鐘山之側，求太祖高皇帝鑒此心，於願足矣。弘光元年四月十九日，大明罪臣史可法書。』

當揚州圍時，總兵黃斌卿、鄭彩守京口，常鎮巡撫楊文驄駐金山。五月初十日夜，大霧橫江，大兵數十人以小舟飛渡南岸，守兵皆潰。鎮海將軍鄭鴻逵以水師奔福建，黃斌卿、鄭彩、楊文驄皆相繼走，鎮江遂失。而忻城伯趙子龍已先於初五日夜使人賫降書往迎大兵矣。馬士英奉皇太后如杭州。上幸太平，入黃得功營。十八日，豫王入南京，劉良佐來降。二十二日夜，良佐率其兵犯駕，左柱國、太師、靖國公黃得功死之，其將田雄、張傑等奉上如大兵營。

明年春三月，史得威舉公衣冠及笏葬於揚州郭外梅花嶺，封坎建碑，遵遺命也。已而敕賜旱西門屋一區以處其母妻，有司給粟帛以養之。歲戊子，鹽城人某偽稱史公號召愚民，掠廟灣，入淮浦，有司乃拘繫公母妻。江寧有鎮將曰：『曩者維揚之下〔十七〕，吾為前鋒，史公實死吾手，賊固假託名字者，行當自敗，何必拘其母妻哉。』乃釋之。

録自戴名世集卷十三。

【校】

〔一〕中華本衍『爭相』二字，南山集偶鈔為『朝野傳誦』。

〔二〕中華本作『求降』，南山集偶鈔為『率兵來降』。

〔三〕中華本作『出而調停』，南山集偶鈔為『出而為調人，往傑營』。

〔四〕中華本作『淮陽』，南山集偶鈔為『取道淮揚』。

〔五〕中華本作『二千人』，南山集偶鈔為『遣兵一千人』。

〔六〕中華本作『僅』，南山集偶鈔為『慬而後定』。

〔七〕中華本作『攻』，南山集偶鈔為『已收山東』。

〔八〕中華本作『立檄』，南山集偶鈔為『發書走檄』。

〔九〕中華本脱『左』、『伯』二字，南山集偶鈔為『左中允衛胤文監興平伯軍』。

〔十〕中華本作『王鐵山手』，南山集偶鈔為『王鐵山乎』。

〔十一〕中華本『虞師』後『之不』二字衍，南山集偶鈔為『曩之分汛，虞師武臣之不力也』。

〔十二〕中華本作『以繫關提』，南山集偶鈔為『以擊關提』。

〔十三〕中華本脱『奉』字，南山集偶鈔為『奉太子密旨』。

〔十四〕中華本脱『為』字，南山集偶鈔為『以爲犄角』。

〔十五〕中華本作『押佳』，南山集偶鈔為『押住』。

〔十六〕中華本脱『早』字，南山集偶鈔為『早從先帝』。

〔十七〕中華本作『淮揚』，南山集偶鈔為『維揚』。

弘光朝偽東宮偽后及黨禍紀略

嗚呼！自古南渡滅亡之速，未有如明之弘光者也。地大於宋端，親近於晉元，統正於李昪，而其亡也忽焉。其時奸人或自稱太子，或自稱元妃，妖孽之禍，史所載如此類亦間有，而不遽亡者，無黨禍以趣之亡也。

黨禍始於萬曆間，浙人沈一貫為相，擅權自恣，多置私人於要路。而一時賢者，如顧憲成、高攀龍、孫丕揚、鄒元標、趙南星之屬，氣節自許，每與政府相持。而高、顧講學於東林，名流咸樂附之，此東林、浙黨所自始也。國本論起，兩黨相攻擊如仇讎。嗣是有妖書之役、梃擊之役，迄數年不定。神宗晚節，鄭貴妃寵愈甚，其子曰福王，上於諸子中獨憐愛之。王皇后無子，光宗於兄弟居長，久未冊立，而貴妃早貴，顧天下有出鄭氏上者輒觖望，即上亦兩難之。一時名流以倫敍有定，請早建太子，語頗侵鄭氏。上怒，或黜或廷杖，相繼不絕，而言者彌眾，皆以斥逐為名高。政府如沈一貫與申時行、王錫爵，皆主調護，而言者遂並攻之。然上意亦素定，卒冊光宗為太子，而福王之國河南，所以賚予甚厚，諸子不得與比焉。

國本既定，兩黨激而愈甚。泰昌、天啟間，紅丸之役，移宮之役，中朝相爭，如蜩螗沸羹，與梃擊號為三案。及魏忠賢為政，浙黨盡歸魏氏，作書言三案事，詆斥東林〔一〕，號曰三朝要典，於是東林駢死牢戶，餘斥逐殆盡。烈皇帝立，定逆案，焚要典，而魏黨皆錮之終身。崇禎十四年正月，流賊李自成陷河南府，福王遇害，世子走懷慶。事聞，上震悼，輟朝三日，泣謂群臣曰：『王，皇祖愛子，遭家不造，遘於閔凶。其以特牛一告慰定陵，特羊一告於皇貴妃之園寢。河南有司改殯王，具弔襚，世子在懷慶，授館饋餐，備凶荒之禮焉。世子尋嗣封福王。王元妃黃氏早薨，繼妃李氏殉難死，王與潞王先後避賊南奔。

崇禎十七年四月，烈皇帝凶問至南京，諸大臣議立君，意多屬潞王，而東林以三案舊事有嫌於福邸，亦不利立福王。總督鳳陽馬士英遺書諸大臣，言福王神宗之孫，序當立。士英負縱橫才，初為太監王坤所構，謫戍。阮大鋮者，名在逆案中，時時欲出不得間，而與士英最善。崇禎中，大學士周延儒之再召也，大鋮歸誠於延儒，求薦己，延儒難之，遂以士英為托，曰：『瑤草復起，是即大鋮復起也〔二〕。』瑤草，士英字也。延儒入京見帝，言馬士英有邊才可用，遂起為鳳陽總督。至是，大鋮與士英謀立福王，以福王與東林有郤，福王立，東林必逐，如此而逆案可毀，己可出也。兵部尚書史可法，詹事府正詹事姜曰廣，兵部右侍郎呂大器，遺書士英，言福王有失德，非人君之度，不可立。而是時士英兵權在握，與大將黃得功、高傑、劉澤清、劉良佐深相結，諸將皆願立福王如士英旨，吏科給事中李沾復從中主其議，於是以福王告廟。五月己丑，群臣勸進，王辭讓，遂以福王監國。是日，大清兵入北京。壬辰，以史可法為東閣大學士兼兵部尚書，姜曰廣為東閣大學士兼禮部尚書，俱入閣辦事。以馬士英為東閣大學士兼兵部尚書、都察院右都御史，仍總督鳳陽。可法請分江北為四鎮，以得功、傑、澤清、良佐分統之，所收中原州縣即歸統轄，天下既定，爵為上公世襲。復奏設督師於揚州，節制諸將。馬士英率麾下兵渡江，與群臣合疏勸進。壬寅，王即皇帝位，以明年為弘光元年。甲辰，以忻城伯趙之龍總督京營戎政。密諭參將王之綱迎母妃於河南郭家寨。李自成遣偽制將軍董學禮率兵南下至宿遷，總督漕運路振飛遣兵擊敗之，擒偽防禦使武愫。尋尊皇考福恭王曰：貞純肅哲聖敬仁毅恭皇帝，妣□氏曰：孝誠端惠慈順貞穆皇太后，皇祖妣貴妃鄭氏曰：孝寧溫穆莊惠慈懿憲天裕聖太皇太后。皇太后，太皇太后，皆生稱也。嘉靖中已釐正先朝之誤，而禮臣不考，猶仍其失焉。遂上母太妃鄒氏尊號曰：恪貞仁壽皇太后，謚元妃黃氏曰：孝哲懿莊溫貞仁靖皇后，繼妃李氏曰：孝義端仁肅明貞潔皇后。

帝既立，可法為首輔，亟召天下名流以收人心。而士英挾擁立功入政府，內通中官，外結四鎮，出可法於外為督師，士英遂為首輔。四鎮惟黃得功忠勇奉朝命，餘皆驕悍不可法度使。得功進封靖南侯，左良玉寧南侯，封高傑為興平伯，劉澤清為東平伯，劉良佐為廣昌伯。可法至揚州，為高傑所困；可法開誠示傑，傑感動，願為可法死。黃、劉與傑交惡，士英亦怒傑之為可法用也。文武離心，內外解體，可法疲於奔命，而國事日裂。上優柔不斷，而性寬厚，政事一委任大臣，不從中制，坐是法紀皆廢，而廷臣無不恣肆通賄賂。中官之攬權婪賄尤甚，自以從福邸來，流離奔竄，取金錢為衣食資，上亦憐之，而不之罪也。及阮大鋮入而黨禍復烈，譏慝宏多，國家日以多故。上在宮中，每頓足謂『士英誤我』，然大權已旁落，無可如何。而上多聲色之好，自六月庚辰詔選淑女，自是訪求之使四出，識者早已料其不能終矣。

誠意伯劉孔昭奏：『都察院右都御史張慎言、李沾已升太常寺少卿，奏呂大器定策時懷二心，兩人大鋮黨也。』上曰：『朕遭時不造〔三〕，痛深君父，何心大寶，直以宗社攸關，勉承重任。效忠定策諸臣，朕已鑒知，餘不必深求。』已而慎言及曰廣皆以爭大鋮之出，相繼引去。士英薦前光祿寺卿阮大鋮知兵，予冠帶召見。戶科給事中羅萬象，御史王孫蕃、陳良弼，大理寺丞詹兆恒，應天府丞郭維經，懷遠侯常延齡等交章言：『大鋮名在逆案，不宜召。』上弗聽。大鋮入對稱旨，且伏地哭曰：『陛下只知君父之仇未報，亦知祖母之仇未報乎？』祖母謂鄭貴妃也。以三案挑激上怒自此始。安遠侯柳祚昌復薦之，以為兵部右侍郎，旋進尚書。右都御史劉宗周言於上，請勿用。弗聽。

七月己丑，以左懋第為兵部右侍郎兼都察院右僉都御史，奉使燕京，傑、澤清舉故總兵陳洪範副之。至燕京，懋第不屈死，洪範陰輸款，且請南行為間。既至，密奏得功、良佐與敵通，二人上疏自辨。上曰：『此反間，不足信。』洪範尋給假去。後洪範奉太后並執潞王以杭州降。自李自成敗走西安，山東諸州縣殺其僞官，復為明守，而南中無一官一兵出河北，自濟寧以西皆北降，惟濟寧設守。八月，大兵趨濟寧，下之。先是劉宗周在籍，自稱草莽孤臣，請上親征。又言四鎮不宜封。姜曰廣擬優旨宣付史館，而宗周建疏言中外諸臣皆可誅，四鎮皆怒。傑、澤清、良佐，各疏劾宗周『激變軍情，動搖乘輿』。又與得功合疏，言姜曰廣等謀危社稷〔四〕。四鎮之橫日甚，而士英藉以逐姜、劉，用大鋮。自是中朝之權，藩鎮皆得操之矣。

初，大鋮以逆案廢錮，屏居金陵城南，溷於聲伎。當是時，東南名士繼東林而起，號曰復社，多聚於雨花、桃葉之間，臧否人物，議論蜂起，而禮部儀制司主事周鑣實為盟主，其排詆大鋮不遺餘力〔五〕。大鋮嘗以梨園子弟為間諜，每聞諸名士飲酒高會，則必用一二人闌入伶人別部中，竊聽諸名士口語。顧諸名士酒酣，輒戟手詈大鋮為快，大鋮聞則嚼齶搥床大恨〔六〕。會流賊擾江北，烽火及於瓜步、浦口，諸名士疑大鋮且為賊內應，則刊檄討之，署曰『留都防亂』，無錫顧杲為首，而貴池吳應箕、劉城，宣城沈壽民、唐允甲，宜興陳貞慧，松江徐孚遠，吳縣楊廷樞、錢禧，歸德侯方域，數十百人附之。大鋮內銜且懼，獨身逃匿於牛首之祖堂，而使其腹心收買檄文，愈收而布愈廣。大鋮之客語大鋮曰：『周鑣之名，以詬公而重，諸名士黨人又以詬公者媚鑣。』於是大鋮怨鑣及諸名士次骨〔七〕，思一旦得志〔八〕，即起大獄殺之，而未有以發也。及驟貴用事，與中官比暱，逐諫臣，逆案諸人如袁宏勳、楊維垣等次第起用。先以蜚語逮鑣及前山東按察使僉事雷演祚，繫刑部獄，從吏訊而捕因諸名士，校尉紛出，蹌踉奔竄，善類為之一空。定從逆六等條例，凡素有清望不悅己者，輒竄入其中。其或真失節者，反以賄免。群臣日上書相詆諆，上亦厭之，詔曰：『朕遭九六之運，車書間阻，方資群策，旋軫故都，乃文武之交爭，致異同之日甚。先皇帝神資獨斷，彙納眾流，天不降康，咎豈在上。爾諸臣尚鑒於前車，精白乃心，匡復王室。若水火不化，戈矛轉興，天下事不堪再壞，且視朕為何如主！』皇太后至自河南，遣靈壁侯湯國祚告於南郊。

楊維垣追論三朝黨局。上曰：『宵人躁競，不難矯誣君父以遂其私，姑不追究。其三朝要典，禮部訪求入史館，以存列聖慈孝之實。』又奏逆案多枉，命吏部分別起用。九江總督袁繼咸上疏言：『三朝要典為先帝所焚，不宜存。』而左良玉亦上疏論之。上曰：『此朕家事，列聖父子兄弟數十年無間言，諸臣妄興誣構，今物故幾盡，與在廷諸臣功罪無關，朕已悉從寬宥，不必疑猜。』袁弘勳奏繼咸庇護三案，繼咸上疏自辨，上曰：『繼咸身任封疆，當一心辦賊，不得借端生釁。』先是湖廣巡按御史黃澍以論士英被收，倚良玉不至，先後得罪者亦多奔良玉軍。而呂大器，先是劾士英以入朝為名，橫據政府，賣官鬻爵，請上罷斥，上弗聽，尋致仕去，至是逮之亦不至。失職之臣駸駸挾藩鎮以抗朝廷矣。

是時庶官非賄不入，政府與中官、勳衛、藩鎮皆得操用舍之權，吏部尚書徐石麒不獲舉其職去位，兵部之婪賄尤甚，奸民挾多金入都，即日可為大帥。前官方在任，而後官升授者累累皆是，及抵任互爭，乃令新者候缺，而舊者欲固其位仍輸賄，新者亦更加賄，以求舊者之速去。武弁橫行都邑，人莫之敢指。大鋮黨益盛，張孫振、趙之龍、馮可宗皆為之爪牙，日以報怨殺人為事。其大旨務以離間骨肉、危動皇祖母中諸名流以非常之法。當擁立時，操異論者僅數人，而士英輩欲自張其功，凡有糾劾，必以此誣之。

元年春正月，開封總兵許定國北降，誘殺興平伯高傑。二月，鴻臚寺少卿高夢箕奏，先帝太子在杭州。先是有妖僧曰大悲從北來〔九〕，自稱為先帝，又稱爲齊王，又稱爲潞王，下鎮撫司訊，又稱為神宗子，因宮闈有隙，寄養民間，長而為僧，辭連潞王與故相申時行，禮部尚書錢謙益。於是潞王常淓奏奸僧誣衊，戶部侍郎申紹芳為祖訟冤，錢謙益上疏自白，俱奉旨慰諭。而張孫振、阮大鋮欲藉以起大獄，為匿名帖布於通衢，海內清流，如徐石麒、徐汧、陳子龍、祁彪佳、夏允彝、楊廷樞之屬，皆入其內。士英性疏闊，本不欲殺人，而大悲所言一無所牽染，其獄遂止。二月晦，棄大悲於市，而明日國中傳言曰：『太子至矣。』上初閱夢箕奏甚喜，遣中官蹤跡至錢塘江上，得之。三月朔至京，廷臣及士民擁觀，人人色喜。明日，舉朝始知為高陽男子王之明也。

之明發垂肩，肌理白，而舉止輕率，身傴僂而容有愁。初至，居興善寺，已移至錦衣衛馮可宗邸舍。上御武英殿，命群臣及左春坊左中允劉正宗，右春坊右中允李景廉，前詹事府少詹事方拱乾等審視，正宗等皆前東宮講官也。拱乾上，指稱方先生，及問正宗等，皆不識。又問講書何地，講何書，習何字，皆不符。兵科給事中戴英進曰：『先帝十六年冬，御中左門親鞫吳昌時，太子侍旁，憶之乎？』不對。群臣環詰之，乃言姓名為王之明，故駙馬都尉王昺之侄孫，曾侍衛東宮，家破南奔，遇夢箕家奴穆虎於逆旅，遂共臥起，穆虎教之詐稱太子，拱乾則於侍衛日識之也。奏上，下之明中城兵馬司獄。之明在獄中嬉戲自得，好飲酒，酒酣即長歌，終夜不止。獄囚與之親者問：『汝果太子耶？偽耶？』皆不答。居數日，上遣中官張朝進同東宮伴讀邱志忠至錦衣衛，召之明再行審視。之明色甚恐，志忠審視良久，言曰：『太子識余乎？』之明不答。錦衣衛從容勸其無恐，之明對曰：『休矣！休矣！』志忠仰而祝曰：『以先帝之仁聖，遭禍亂至此，今無血胤，海內傷之，若果先帝子，願天誘其衷。』遂辟踴大哭。之明卒不語。

當是時，天子闇弱，馬、阮濁亂朝政，人情憤激，皆謂太子為真，訛言繁興，一唱百和，不可止也。蓋大鋮輩又欲藉以起大獄陷清流，而夢箕被酷刑，欲其有所連染。夢箕大言曰：『入他人罪，不能出我也。』於是人情益懼。黄得功上疏言：『先帝之子即陛下之子，真偽未辨，乞多方保全，以謝天下。若遽加害，即果詐偽，天下必以為真東宮矣。』乃命養之獄中，俟布告天下，愚夫愚婦皆已明白，然後正法。袁繼咸及湖廣巡撫何騰蛟俱上疏乞保全，而劉良佐並言太子、童氏之事，謂上為群臣所欺，將使天倫滅絕。

童氏者，河南人，自稱上元妃。河南巡撫越其傑、巡按陳潛夫信之，具儀從送至京。上大怒，下童氏錦衣衛獄。童氏色美而甚口，秉筆太監屈尚忠至獄中視之，童氏一見知其姓名，而所言王宫事皆不合，乃刑之。言在福王府為西宫，又言為邵陵王宫人，且曰：『吾之與王別也，嚙胸為記，分金為質，別後生一子，今四歲矣。』在獄中時時號泣，且念其子不置。既被刑，稱病，上命醫調治候鞫，勿令致斃，於是醫者進視不輟。一日，忽不肯飲藥，求獄官為之祈禳，自言己干支，生三十二年矣。獄官詭為之書符祈禳，童氏稱謝曰：『我不忘先生也。』居數日，產一男子，屬獄中婦人曰：『勿泄，泄則我必死，累汝矣。』投之廁中。復下刑部獄。五月壬辰，帝奔，京師亂，童氏出獄，不知所終。

當大悲之既誅也，王之明與童氏先後至，而同時有妖人，衣冠為道家裝，直入西長安門，門者止之，乃曰：『我天子也，汝不聞黄牛背上綠頭鴨乎？』門者執之，乃為癲狀。奏聞，杖而釋之。越一日，又一人衣青衣，入西華門，過武英殿，幾入西寧宫，乃太后所居也。閹人叱之，則云：『取御床來，吾今日御極。』擒送錦衣衛鞫之，自言姓名為詹有道，南京人也，平居奉佛，佛擁之入宫御極云云。奏上，上命杖一百，刑畢，膚肉不傷，亦無聲，枷其項，則已死矣。

初，上之見良佐疏也，曰：『朕元妃黄氏，先帝時冊封，不幸早世。繼妃李氏，又死於難。朕即位之初，即追封后號，詔示海內，卿為大臣，豈不知之。童氏冒詐朕妃，朕初為郡王，何東西二宫之有？且稱是邵陵王宫人，尚未悉真僞。王之明為王昺之侄孫，避難南來，冒稱東宮，正在嚴鞫，果真實非僞，朕於夫婦伯侄之間，豈無天性，況宮媵相從患難者頗多。朕於先帝無纖芥之嫌，因宗社無主，不得已從群臣之請，勉承重寄，豈有利天下之心，加毒害於其血胤？朕夫婦之情，又豈群臣所能欺？但太祖之天潢，先帝之遺體，不可以異姓之頑童淆亂。宗社宮闈，風化攸關，豈容妖婦闌入？國有大綱，法有常刑，卿不得妄聽妖訛，猥生疑議。』因命法司先將二案審明情事，昭示中外，以釋群疑。然而流言日甚。而大兵已取盱、泗，過徐州，駸駸乎及於儀、揚矣。

左良玉在先帝時，驕蹇縱賊，釀成亡國之禍。及上即位，數上書侵擾朝政，聞有太子事，上疏言：『大臣蔽主，危害王儲。』時良玉且病，其子中軍都督府右都督夢庚，性凶狡，遂舉兵反，以奉太子密旨誅奸臣馬士英為名。陷九江，良玉病死，復陷東流、安慶。京師戒嚴，公侯伯分守城門，征靖南、廣昌、東平兵入衛，命史可法至江北調度，阮大鋮率兵巡防上江。大兵至，無禦之者。及大兵已至儀、揚間，而士英輩皆謂無虞，且欲藉北兵以破左。楊維垣等請追恤三案諸臣劉廷元等二十一人，並復原官，仍各贈蔭有差。殺周鑣、雷演祚於獄。棄前兵科給事中光時亨於市，時亨有清望，以阻南遷下獄，至是與從賊周鐘、武愫同殺以辱之。上曰：『朕為天子，豈記匹夫夙嫌，曾得罪皇祖妣、皇考者，自今俱勿問。文武諸臣復舉往事汙奏章者治罪。』都督黃斌卿等與左兵戰於銅陵，敗之。得功大破夢庚兵於板子磯，進封得功靖國公世襲。加大鋮太子太保，諸將各升蔭有差。

四月丁丑，大兵破揚州，史可法死之。五月丙戌，趙子龍密遣使齎降書請大兵渡江，使者遭大風，舟幾覆。庚寅，京師晝晦，大兵抵南岸。壬辰，上如太平，幸得功營，阮大鋮隨之。馬士英奉太后如杭州。明日日中，奸民數百人破中城兵馬司獄，出王之明，稱皇太子，奉之入宮。宮中金帛器玩，掠之幾空。有太學生徐瑀，手執表，號召軍民入宮勸進，無應之者，趙子龍執瑀殺之。乙未，保國公朱國弼入宮執之明出，幽於別室。大兵至，獻之，不知所終。或曰，主兵者遣之去，之明不肯，遂留軍中，效僕隸之役焉。百姓又相聚殺士英故所部黔兵及其姻黨，破人家，劫財物，之龍捕數十人斬之，城門晝閉。

帝之出奔也，群臣自盡者十餘人，而吏部尚書張捷，都察院左副都御史楊維垣，皆馬、阮黨也，晚節自全，人皆異之。錢謙益本東林黨魁，文章氣節名天下，先帝時為邪黨擠之幾死。及上即位，起禮部尚書，乃與諸邪黨合。大兵之至也，謙益降，且獻阮氏及妃嬪數人於豫王為贄。阮氏者，諸生阮晉之女，謙益選為帝妃，與諸嬪妃皆未入宮，至是獻之。豫王以阮氏賜孔有德，謙益授內院學士，未幾罷去。乙未，豫王營於郊壇，之龍率群臣出迎。己亥，豫王入南京。降將劉良佐引兵至蕪湖，劫駕如大兵營，黃得功死之。丙午，上至南京。甲寅，北狩。順治丁亥五月初六日，上崩。

馬士英之走杭州也，杭州人不納，逡巡錢塘江上。而是時魯王監國於紹興，唐王即皇帝位於福州，改元隆武。山陰王思任以書抵士英曰：『閣下文采風流，素所向慕。當國破眾疑之際，擁立新君，閣下輒驕氣滿腹。政本自由，兵權在握，乃不講戰守之事，而但以聲色逢君，門戶固黨。以致人心解體，士氣不揚，叛兵至則束手無策，強敵來則望風先遁，致令乘輿播越，社稷丘墟。睹此茫茫，誰執其咎！余為閣下計，莫如明水一盂，自刎以謝天下，則忠憤之士尚可相原。若但求全首領，亦當立解兵柄，授之守正大臣，呼天搶地，以召豪傑。今乃逍遙江上，效賈似道之故轍，人笑褚淵齒已冷矣。且欲來奔吾越〔十〕，夫吾越乃報仇雪恥之國，非藏垢納汙之地也。吾當先赴胥濤，乞素車白馬以拒閣下！』士英浸尋入浙東〔十一〕，持兩端觀望。既屢戰敗，則與總兵方國安、大學士方逢年北降，然猶與隆武通，為大兵所覺，駢斬於黯淡灘。

大鋮自蕪湖走浙江，先是大鋮已先士英降矣。金華人朱大典，以東閣大學士兼兵部尚書城守，而大典故督師南中，與大鋮同事，至是大鋮抵金華，自言窮迫來歸，大典憐而納之。大鋮為內應，金華破，屠之，大典自殺，闔家五百人皆自焚死。大兵遂連收金、衢諸郡縣，將逾仙霞嶺，抵青湖下壁。會大鋮有微疾，軍中相與親愛者謂之曰：『公老矣，得無苦跋涉。吾等先逾嶺，而公姑留此調攝，徐徐至福州，可乎？』大鋮艴然變色曰：『吾雖老，尚能射強弓，騎壯馬，且今欲取七閩，非吾不可，奈何而言若是！』復慨然歎曰：『此必東林、復社來間我也。』軍中不解『東林、復社』為何語，曰：『公行矣，非敢相阻也。』明日，全軍逾嶺，大鋮下馬步行，趫捷如飛，持鞭指乘馬者而詬之曰：『若等少壯男子，顧不及老禿翁！』顧盼矍鑠，軍中頗壯之。行至五通嶺，則喘急氣息不相屬，坐一石上，遂死。其家人最後至，見之，乃下嶺買棺；而是時沿途居民皆奔竄，遍覓無棺。閱一二日，乃舁木扉至嶺上，會天暑，屍蟲盈於路，僅存腐骨而已。

嗚呼！南渡立國一年，僅終黨禍之局。東林、復社多以風節自持，然議論高而事功疏，好名沽直，激成大禍，卒致宗社淪覆，中原挺解（十二），彼鄙夫小人，又何足誅哉！自當時至今，歸怨於孱主之昏庸，醜語誣詆，如野史之所記，或過其實。而餘姚黃宗羲、桐城錢秉鐙（十三），至謂帝非朱氏子，此兩人皆身罹黨禍者也，大略謂童氏為真后，而帝他姓子，詐稱福王，恐事露，故不與相見，此則怨懟而失於考矣。觀帝言宮媵相從患難者頗多，流離顛沛之餘，不能絕衾裯之愛，一則幸舊好之猶存，一則憤偽託之妖妄，皆未可知也。而王之明一事，至今猶流傳以為真，余得備著其說以告世焉。

太子性仁弱，生十年，行冠禮，執圭見群臣，進止不失尺寸。既講學，出居端敬殿，上手詔講官稱先生，餘官稱官名。諸臣進講章，上親為刪正。太子於經籍，多宮中所講習，書法尤工。既長，元旦早朝，未嘗不在側。上有所誅賞，引之共視，且曰：『群臣所上書，其意多為人營私解救，而故用浮詞嘗我，勿為所欺也。』太子母弟二，次為懷隱王，次定王，故宮中呼定王為三皇子。永王年與鈞，田貴妃出也。當賊之陷京師也，上御便坐（十四），命宮人曰：『傳主兒來。』主兒謂太子二王也。太子二王猶常服入，上曰：『此何時，可弗改裝乎！』亟命持敝衣至，上為之解其衣換之，且手繫其帶而告曰：『汝今日為太子，明日為常人，亂離之中，匿形跡，藏姓名，遇老者翁之，少者伯叔之。萬一得全，來報父母仇，無忘我今日言也。』太子二王及左右皆哭失聲。班亂，上起入后宮，后已崩。上尋傳硃諭至文淵閣，命成國公朱純臣總督中外諸軍事，托以輔翼東宮，會閣臣皆出，中官置硃諭案上而去，純臣與太子皆不之知也。賊入，得硃諭於閣內，即收純臣殺之。純臣無他技能，上徒以其元勳班首，故托以太子。而太子為賊所得，羈於賊將劉宗敏所。李自成之西竄也，人見太子衣緋乘馬隨自成後。

初，左懋第之北使也，密書與史可法，言太子在燕京。而可法先是亦誤以為王之明為真太子，嘗上書爭之，及得懋第書，自悔，為書與馬士英，具述懋第語，且言一時有偽皇后偽東宮二事，深可怪歎。士英因將可法書刊而布之。

初，賊之以太子出也，不知何以得脫於賊，徒步至前嘉定伯周奎家，奎，烈后父，太子外祖也。是時太子姊長公主養於奎家，相見掩面哭，奎舉家拜伏稱臣。已而奎懼禍，言於官曰：『太子不知真偽，今在奎家，奎不敢匿也。』因遍召舊臣識之，或謂為真，或言為偽。謂為真者皆死，太子絞殺於獄中，都人皆言其謀出大學士謝陞〔十五〕。陞，崇禎中位至宰相，予告家居，弘光時加陞上柱國、少師兼太子太師、禮部尚書，而陞已北行矣。至是，以太子事〔十六〕，都人圍其第宅而詈之，陞不安，請告去，尋死，自言見錢鳳覽為厲而殺之。錢鳳覽者，亦言太子為真被殺者也。先是弘光元年二月，傳言太子及二王皆遇害，乃謚太子曰獻愍，定王曰哀，永王曰悼。而二王不知所終。

謹按：余考崇禎十一年四月己酉夜，熒惑逆行尾八度，為月所掩。五月丁卯，退至尾初度，漸至心，心，太子之象。郄萌曰：『犯太子，太子憂。犯庶子，庶子憂。』至十七年十月，前星下移四五度，『太子撫軍監國，不離其位，下移者〔十七〕，為主器已亡之象。』嗚呼，明之亡也，雖曰人事，豈非天命哉！

録自戴名世集卷十三。

【校】

〔一〕中華本作『訴斥東林』，南山集偶鈔為『詆斥東林』。

〔二〕中華本作『大鋮復成』，南山集偶鈔為『大鋮復起』。

〔三〕中華本脫『時』字，南山集偶鈔為『遭時不造』。

〔四〕中華本作『將危社稷』，南山集偶鈔為『姜曰廣等謀危社稷』。

〔五〕中華本作『誹詆』，南山集偶鈔為『排詆』。

〔六〕中華本作『聞之』，南山集偶鈔為『聞則嚼齶搥床大恨』。

〔七〕中華本作『刺骨』，南山集偶鈔為『次骨』。

〔八〕中華本脫『思』字，南山集偶鈔為『思一旦得志』。

〔九〕中華本無『曰』字，南山集偶鈔為『妖僧曰大悲』。

〔十〕中華本作『欲求奔吳越』，南山集偶鈔為『且來奔吾越』。

〔十一〕中華本脱『浸』字，南山集偶鈔為『浸尋入浙東』。

〔十二〕中華本作『瓦解』字，南山集偶鈔為『中原挺解』。

〔十三〕中華本作『錢秉澄』，誤，錢澄之，字飲光，初名『秉鐙』，明末清初桐城學者。

〔十四〕中華本作『上御便殿坐』，南山集偶鈔為『上御便坐』。

〔十五〕中華本作『朝中皆言』，南山集偶鈔為『都人皆言』。

〔十六〕中華本無『以太子事』，南山集偶鈔有此文。

〔十七〕中華本作『下離』，南山集偶鈔為『下移』。

憂庵記

戴子所居曰憂庵。客問之曰：『吾子素無環堵之室，顧不審憂庵何在也？』戴子曰：『憂庵者，無之而不在也。余好遊，時時行役四方，水行乘舟，舟中即憂庵也。陸宿逆旅，逆旅即憂庵也。或授經於人家，必有書室以居其先生，書室即憂庵也。或朋友宦遊而從之行，則所駐者為行臺為公署，行臺、公署即憂庵也。必擇一畝之地，經營綢繆，構屋數楹，而始顔之曰憂庵，則是庵也，無日而可得矣。』

客曰：『庵之義則吾即得聞之矣，敢請其憂？』戴子曰：『吾之生也與憂俱，凡數十年於今矣，吾故以憂名吾庵，志其實也。』

客曰：『子之憂何如？』戴子曰：『五行之乖沴入吾之膏肓，陰陽之顛倒蠱吾之志慮，元氣之敗壞毒吾之肺腸。糾紛鬱結，彷徨輾轉，輟耕隴上，行吟澤畔，或歌或哭，而莫得其故，求所以釋之者而未能也。』

客曰：『是為有憂疾矣，吾請為子治之。吾將以泰華為莞簟而寢子，以江海為羹湯而飲子，且以唐虞三代之帝王為之醫，以皋、夔、稷、契、伊尹、周公為之調劑，以井田、學校、封建為之藥餌，以仲尼、孟軻為之針砭，如是，而子之疾其瘳矣乎？』戴子恍然而悟，欣然而作曰：『疾痛愁苦，病者之所自知也，切脉按方，醫者之所能也。吾聞醫門多疾，疾之奇未有如余者，吾之疾而吾自莫之知，疾且益殆。今客嘉惠鄙人，而得國醫以愈吾疾，吾憂庵之號請從此去矣。』庚辰正月。

録自戴名世集卷十四。

金陵無賴子自宮求進

金陵父老有爲余言曰：『當明弘光時，寺人得志，勢傾朝野，金玉錦繡之遺不絕於道。一閭巷無賴子見而慕之，遂自宮欲求進，瘡未合而国亡，其人遂費無用，流落乞食以死。』余曰：『此等輩蓋多有之矣！吾讀史至唐之末造，宦官内訌，藩鎮跋扈，盜賊蠭起，天下之勢亦岌岌矣。而士之營營求進者不止，卒以次第斃於亂賊之手。黄巢將逼潼關，士之候舉者賦詩曰：「與君同訪洞中仙，新月如眉拂戶前，看取嫦娥攀取桂，便從陵骨一時遷。」時文家無人心一至於此！夫古之盛時，以三公九卿徵天下之士，士固拒而不肯出。及其衰也，苟有一命之獲，不難屈辱而就之。今夫骨之投於地者，當天氣和煖之時，骨皆枯燥，蟲蚋蠅蟻過之而不顧。天將雨，濕氣上蒸，骨為滋潤，於是蟲蚋蠅蟻群聚而嘬之，雖驅之而不去，少焉時雨降，蟻蚋與骨皆漂流不知所在矣。此人之自宮而卒廢無用者，是睨其骨而羡之，而並未嘗一嘬焉者也。當天氣和煖之時，豈復有此等事乎？』

録自憂庵集第四條。

東南糧艘北行

余嘗由水道自江陵往天津，見糧艘北行，啣尾而去，凡一二千里不絕。嗚呼！此東南民命也，東南之人何罪之有哉？西北之人習於惰窳，水利不興，種植之法不講，其憂在萬世，而歷代漫不爲意，可不為痛哭流涕已乎！

録自憂庵集第十九條。

洪承疇伐孝陵樹木

洪承疇之在江寧，登觀象臺，望見孝陵樹木甚茂，氣象鬱葱，恐有再興之事，下令盡伐其樹。樹皆歷二三百年，多海外異種奇香，至是皆盡。人家飲爨悉用之，香氣滿於街衢者一兩月。

録自憂庵集第三二條。

長江洲岸崩頹

余生長江濱，往來江上日久。見洲岸之崩頹者，截削如壁，水痕層層皆露，或為凸，或為凹，或深而為穴；其土自上墜者，或中分如劈，縱横參錯，異態殊狀。益信混沌初開，高山峭石，悉本風水所激，凝而成象，勁氣所貫，土皆成石，不足異也。

録自憂庵集第三九條。

燕京街道不治

街道之不治，莫甚於燕京。糞皆堆積道上，深且丈餘，雨則泥淖沒脛，泥淖皆糞也，晴則塵灰滿面，塵灰皆糞也。滿眼皆濁惡之物，滿鼻皆汙穢之氣，人全身浸在糞穢中，飲食寢處其間，又何必笑蜣螂之轉丸，蝍蛆之甘帶乎。即此一事，未見京師之可愛，而何以人多不忍舍之去也？

録自憂庵集第五九條。

清代科舉頌聖一體

明太祖初禁四六文字，可謂深明文章之體要，其所見卓超前代矣。及定取士之法，分爲三場，而第二場用表一篇，于士之初進而教之諂，所謂『作法於涼』者也。然吾嘗觀明時之表，多擬古事以爲題，且表中規諷之辭，隱切時事，無所避忌，亦以見有明之制之寬大也。至於第三場策問五篇，原以觀士之抱負經濟。而近日考官，其策題所問，率含糊不明，不得其旨要所在，第臚列功德讚美稱述而已；士子亦第就其意讚美稱述，略加恢擴而已，是策亦化爲表也。至於經義，則代聖人賢人而立言，自開講以下，悉聖賢口氣。近日乃有頌聖一體，為吉祥冠冕之辭，不必與題相切，大抵多用之於開講，或篇終亦間有之，是經義亦化爲表也。夫以百世之前之聖賢，預頌百世之後帝王之功德，於理順乎？於文義安乎？初出之時，觀者皆驚駭嗟嘆，久之則相習以爲當然矣。其事始於歲庚午之浙江，然亦不過僅見，後來則甲戌以後，會試往往以此為定元魁之格矣。此體為之者既多，遂有不能盡得第，徒喪失其所以為心而已。

録自憂庵集第六六條。

崑腔

優人之演戲者，其初有二種盛行於世，曰弋陽腔，曰海鹽腔，其聲音無從容之節，而排場亦鄙俚。自成化以後，崑山人魏良輔創為崑腔，以絲竹管弦應人之音，每一句必曳其聲使長，從容曲折，悉叶宮商，其排場亦雅。於是弋陽、海鹽僅為田野人之所好而已。崑腔之於生旦，尤重其選。旦則擇少年子弟之秀者為之，扮為婦女，態度纖穠，宛轉嬌媚，人多為所蠱惑。於是蘇州聲色之名甲天下。近日納妾者必于是焉，買優人者必于是焉。幼男之美者，價數十金至數百金； 女子之美者，價數百金至千餘金。父母利其多金，且為媒妁之誘，遂不顧其遠去。計三四十年以來，北行者何啻數萬。妖冶之風盛，骨肉之恩薄，其中仳離失所者亦不少，其故始於崑腔。古人戒奇器淫巧之作，豈徒然哉！

録自憂庵集第七一條。

趙士麟疏浚杭州水道

余至杭州，乘小舟由水門入，河道深廣，無泥沙壅塞之患，往來者皆便之。問之，知為巡撫趙士麟所疏浚者也。夫水道之壅塞，一由居民之侵佔其地，一由棄糞土於其中，久之遂堙塞。有司者第知攫金錢耳，豈復留意地方之利弊。因嘆蘇州、江寧二郡，無趙公其人者為之疏浚，將來無復所爲水道矣！夫衆可與樂成，難與慮始，為大事者，豈惜小怨？顧廉吏能為，貪吏必不能為也。趙公後官至吏部左侍郎，與余善。

録自憂庵集第八四條。

明代奄人墳墓

吾在京師，嘗至西山，見明諸奄人墳墓、祠宇，窮極壯麗。土人云，當時每一墳費或數萬金，或一二十萬金。佛宮之盛，亦天下所無，其中立奄人牌位，稱爲山主，亦奄人所造也。其額皆曰敕建，計其費亦不訾矣。嗚呼！賄賂安得不盛，國帑安得不匱，民力安得不凋，天下安得不亂乎。

録自憂庵集第一〇三條。

布衣窮士入京

京師中，士大夫之所萃處，布衣窮士入京，或藉其援引，或資其飲食，輒執贄稱門生，至有勢利者，則其門尤奔走如市。夫執贄為弟子者，本以師其文學，師其德行耳。今之諸公貴人，文學德行安在？彼以有勢利而來，則亦以勢利而往，故有得其力而忘之，或背之；不得其力則怨之，未見其有終也。吾友方百川在京師嘗作師說，譏切時輩，韓尚書甚賞之。

録自憂庵集第一二〇條。

明末大吏受賄

近日銀少而貴，民之困極矣。余按有明之初，禁用銀，用銀者罪死不赦，民間惟以錢米交易，貢稅亦止錢與米，故曰『錢糧』。自正德間，大同巡撫上書，言米多浥爛，而邊外有用銀之處，請以銀代米，于是有本色、折色之稱，然不過一年即罷耳。嗣後內地有引其例者，漸行於天下，而勢不可止矣。民窮盜起，此其故也。長老為余言，官吏之貪風起於萬曆之末，此後日增月益，遂至於亡。始也，持節大吏過縣，縣令之餽之者，僅四金而已，後來有長夫一名、二名之說。蓋大吏過其地，夫役已辦於州縣矣，此縣送至彼縣，其夫曰短夫。長夫者，時時不離供役，其傭直十二金，大吏既有短夫供役矣，長夫無所用之，州縣欲饋之而無名，乃設為長夫之名，送大吏自雇，其實用以充大吏囊橐而已。大吏過縣，縣令庭參畢，或無賄，或大吏不受賄則已，如行賄，則前進一二步，大吏即起，面屏風而立，縣令至案前，出長夫銀於靴中，一名則十二金，二名則二十四金，置案上，微作響，大吏乃轉身，相向一揖，乃退。天啓、崇禎間，則又有『過夜金』之稱，大吏行縣，宿公署，縣預備被褥，甚且褥中藏黃金數兩，其金或作餅狀，或作長條，貪者受之，廉者卻弗受也。涓涓不息，遂成江河，孰知其後之累百、累千、累萬、累十萬，無有已極哉！夫銀用之則貴，不用則賤，銀賤而天下平矣。

録自憂庵集第一二一條。

清初官員之文字忌諱

文字之忌諱，至今日已為極，亦亙古所未有也。自場屋之文與士大夫往還問答之書，及一切酬應之文，皆以吉祥之辭相媚悅，而古人所造之字，其可刪去不用者，不可勝數矣。不特字義忌諱也，即字形亦多忌諱。如『函』字從『了』，今人以了為不祥，改而從『羊』，其不通多類此。一大僚為余言：『一同寅為尚書，時時共事，因得熟悉其性情。每閱簿書文卷，望見有字意不吉，如哀、病、死、卒、休、廢、悲、哀、傷、嘆、罰、黜、兇、惡、噫、嘻、嗟、籲、嗚呼等字，即以手推遠之，而身作遠避狀，連呼曰：「看不得！看不得！」搖頭蹙額，向地嘔吐，痰從喉出，神氣皆辭，良久乃定。』其人京師人，歷官至吏部尚書。

録自憂庵集第一三六條。

士大夫狀銘多鑿空無據

凡士大夫之卒，必有行狀，其葬也，必有誌銘。行狀則他人代爲，而其子出名；誌銘亦他人代爲，而以貴公出名。據其狀銘，則人人皆大賢君子也，其實未必然，十有二三之真者，則已僅矣。余至京師，聞西北諸公狀銘，多鑿空撰出，並無事實，余頗未信。久之，有以狀銘屬余者，但具官爵、生卒與子女多少而已。問其事實，曰：『唯君為之。』大約言居家則如此如此，居官則如彼如彼，務期鋪敘繁多，逞意盡辭，無稍缺略，使覽者好看而已。余謝曰：『素性迂拙，不慣作此等文字，未能表彰尊先人，以屬他人可也。』自是有以狀銘見屬者，雖有厚贈，皆謝不為。其有不得已而作者，稿即焚棄不存。鄞縣萬斯同留心史學者，一日告余曰：『此事關係至大，異日国史皆於此考信，若如此，是史皆鑿空無據，不可信者也。』不可不記之以告來者。夫自義理不明，人皆知以美行榮名奉其親之為孝，而不知有一毫之失實，即為不孝也。

録自憂庵集第一三九條。

東南奴婢

東南有人滿之患，惰蠹窮民往往攜妻子女投充富貴家為奴婢，主僕之分一定，歷代不能改易。亦有黠民投充顯貴家，藉其勢以侵漁里閈，主富強則附之，主貧弱則叛而之他。主人之暴悍者，笞撻既所時有，甚至有私其妻女者。平居猶可以名分相維，及變亂則反噬者多有。當鼎革之際，主勢皆孤危，於是叛僕之禍踵作。西北之人投充為奴婢者甚少，士大夫一旦顯貴，則奴僕林立，中最多忠謹，蓋吃工食者為多。吃工食者每年酬之二三金，或七八金，皆量其財力之大小、職任之勞逸授之。彼之去留，亦聽其自便，不之強也。獨有一事大可異者，雖賢士大夫之家亦所不免，習而成俗，莫知其非也。一人爲官抵任，則三黨之親其窮者皆來執奴僕之役，雖族屬之尊者，中表之有服者皆不避，左右給事，叩頭侍立，或有過則怒而撻之，無怨言，一切與諸吃工食者無異，其傭之值亦不能獨多也。此則害教傷義之甚者矣。貨殖傳曰：『富相十則卑下之，千則役，萬則僕。』司馬氏西北人，自是言其鄉之俗如此，豈爾時役僕亦及於三黨耶？東南則三黨之極疏遠者，皆來踞高座，叫囂索需，稍不稱意，則發怒大罵，抑又過矣。

録自憂庵集第一四〇條。

江南縉紳受挫辱

歲戊辰、己巳以後，十餘年來，江南縉紳之體陵夷極矣。其禍起於一二家之横，致得重罪，他處遂多效之。官吏務以挫辱士大夫為能，逢迎上官，皆得美擢。里巷姦民以詐財爲生者，不于其黨類而于縉紳，以爲縉紳不敢與我抗且辨也，一抗且辨，則訴之于官，而彼之折辱更甚矣。至于諸生，猶官吏之草芥視之者，而彼等猶自相矜重，偶有一遇挫辱，遂群起告訐，或哭於文廟，或相要約不赴試，卒不能取勝，斥逐者累累，因致死傷者亦多。彼於縉紳視之不啻奴隸，況若輩乎。吾每聞各處諸生與有司鬨者，皆嘆其不識時務也。歲壬申，余自京師還里，入北峽関，見壁上有知縣告示，曰：『示諭生員、監生人等知悉，嗣後有假冒百姓者，察出重究。』余訝之，問里人，里人曰：『生員輩與百姓訟，無問曲直，必百姓勝，遂有自匿其衣衿而詐稱百姓，遂獲直者。後縣官知之，故云云。』此縣令係舉人起家，杭州人，亦復爲此。

録自憂庵集第一四一條。

寧波『棺材銀』

寧波山多田少，地瘠而民貧。貧家舉女，至三四歲，或不能給衣食，輒有窮民以銀數兩買去為撫養之。至十五六歲，即配為夫婦，往往其夫至五六十，而其妻不滿二十者。配不多年，其夫死，其妻轉嫁他人，得金二三十為棺殮葬埋之費。其妻號曰『棺材銀』。故其地嫠婦甚多，亦有守志不願嫁者。街巷間往往有丈夫抱幼女於懷，不知者以爲其女，其實『棺材銀』也。吾友姚藻如為鄞縣令，告余其事。

録自憂庵集第一四五條。

官吏德政碑去思碑

近日吏治不修，一官來，人皆恨之，一官去，人皆思之。非思之也，如水益深，如火益熱，猶覺前日之為寬耳。然每一官必有一德政之碑，去思之碑，豎立於路旁，大抵本地姦人婪其金而為之，又以醵金為名，利其贏餘入己。日來則又多立書院，書院者，生祠之別名也，亦有碑記。人之受其害者，見碑輒指而罵之，即不受其害者，亦指而哭之，或至鏟去其姓名，夫亦何榮之有乎！

録自憂庵集第一五二條。

清代盜版書

人心詐僞，愈巧愈毒，如近世之翻板者，所謂『殺越人于貨，凡民罔不憝』者也。書賈之刊一書也，聘請選家者金若干，募寫之者金若干，買板金若干，募刻之者金若干，募刷印之者金若干，其他雜費多寡不等。既成，而書不行，虧折之患，家遂以破。苟其書盛行，而翻板之患作矣，皆江西、福建人爲之。翻板者，木則彼家自有之，不必買也；即以其書糊之於板而刻之，不必募人寫也；刊工潦草，字畫皆訛，不必別募精工也；不須選金，自為刷印，一切之費無所用之；紙則其土之所出，又用其最惡者，價直無多也；紙過關津則有稅，而印之有字則無稅，又漏国課也。車船裝載，行之四方，原板價貴，而翻板價輕，如原板一錢，翻板則只須五六分。讀書者多貧士，惟價輕者是買，而原板遂費不行。譬如人持飯皿方食，忽有人奪之飽食，而持飯者坐視其歠饜，而自枵腹以死。此其罪在劫奪之上，而當事者曾不肯為之聽斷，可嘆也！余十餘年以來，自刻其稿行世，欲以自活，而翻板不止江西、福建，並北方亦有之矣。資生無策，奈之何哉！

録自憂庵集第一五八條。

張膽捐貲造橋

徐州東北二十里，有津曰荊山口，湖流巨浸，風濤甚險，而其地為南北衢道，操舟者因以爲姦，往來者皆苦之。有州人張膽捐家貲造石橋其上，長四五里，為費不啻巨萬，行旅往來過是橋者，無不頌其義。居人又稱其樂善好施，嘗賑災荒，築河隄，修學宮，設義塾，又為民償積逋，又求大吏疏減丁賦。若此人者，可謂好行其德者矣。頃有其鄉人云：『此君明末為參將，復降本朝為副総兵，其家財皆破城屠邑所得者，此等事何足為貴？』余曰：『人有一善，君子亦不以其他眚而沒之，況此君之造之者大矣。彼夫數十年來，屠城破邑而富其家者，不可勝數，曾有一人肯出其分毫以濟世者乎？立論太苛，是阻人遷善之路也。』

録自憂庵集第一六二條。

水月庵記

余來山中，山中有僧曰無無，好讀書，與儒者遊，愛文章。歲壬午，葺其所居之庵而新之，名之曰『水月』，而請余以爲記。余謾應之，不果為。已而請之者凡五六，其意甚堅，而其辭益迫。余問其所以欲言者，曰：『庵壞不治久矣，余居此數歲，虎入其室，余慬而得免，每風雨，則上漏旁穿，壁頽棟壓，余親自築堵編茅，次第以治，欲求能文者誌之，使繼余居者，不忘吾勞也。度能文者，莫如子，故敢以爲請。』嗟乎！余之文，非苟且為也，世亦無以相請者，直土梗視之而已耳。平晝閒居，精神寂寞，其或有往還贈答，非謂其人之真能知之也。聊且命筆，稍稍藉以發洩其胸臆，然而外間紛紛，多能妄論短長，毀譽失實，余有懲焉，故不敢復以半辭片言落人間。乃今無無之請之者，凡五六而未已，聽其言，類知余音，以視外間，則大有別矣，其能已矣乎？無無曰諾，起而展紙於几，而吾為之書之。

録自戴名世年譜第九九—一〇〇頁。

臥龍山居記

余性愛山，每入山，輒尋其深處，遇幽岩好石，往往徘徊不能去。蓋余平居深念，嘗有志焉，欲遍遊天下名山川，與夫海外絶島，出入煙樹之淺深，浮沉雲水之上下。所至之處，苟愛之，輒僑寄良久，盡領其異趣而去，遊既遍，乃擇其最奇者而家焉，以終吾世。而凡其所愛，輒皆記之，時時覽焉，則曩者之遊，仍皆在吾目，仍皆在吾懷也。

余叔父先我而隱，其所居之地，山曰臥龍，水一溪，繞其前，瀑十丈，懸其左，種花於圃，列竹於庭。余以乙丑正月往造焉，當門有梅二樹，皆半含半吐，一紅一綠，幽香若縷，對而觴之，不忍去也。因自念平生之志，既輾轉束縛，而莫能遂，則為之恍然以失俯仰，太息而深思。叔父曰：『小子記之。』乃記之而去。

録自戴名世年譜第一三二—一三三頁。

新修長吳會館記代

京師都會之地，為四方人士之所萃處，其客於是者最多，而其居之日又最久。夫四方人，辭其父母親戚而客於外，有貲用之費，有逆旅之苦。周易有之，在旅六二曰：『旅即次，懷其貲。』蓋言旅之不可不求其安也，況在京師僦屋賃廡之用，數倍於他處，而羈旅之所與者，又皆疏而不親。此會館之所為得『即次』之安者也。會館者，醵其鄉之人之金，而構為公署，鄉之人之來京師者，如歸其家，無僦屋賃廡之費，而貲用以之減其十二三。且夫客遊者，去國數日，見其所知而喜，去國旬日，見所常見於國中者而喜，及至於歸也，舊國舊都之暢然，況見見聞聞者也。而會館之相與出入者，非其親戚，則其友朋，所見者鄉之人，所操者鄉之音，如在其鄉焉。此會館之設，所為能得『即次』之安者也。

長洲、吳縣之會館，舊在正陽門內，順治某年，遷於門外之東偏，而有堂曰『雲興』，堂之前有屋數楹，祀関壯繆於其中。今兩縣之人某等，以爲湫隘敝陋，非所以妥神，於是醵金建樓三楹，曰『聚星』，而移壯繆像於其中，堂之左，又建閣三楹，以祀文昌。自今年五月至八月，凡百餘日而畢工，而會館於是乎改觀焉。登斯樓也，見西山蜿蜒磅礴，出入雲表，而南望郊壇松柏，鬱然高出雉堞之上。蓋凡兩縣之人客於京師者，不但有『即次』之安，而與其親戚朋友，復有流覽登眺之樂，可以忘其羈旅之困，此皆可書者也。余長洲人也，往亦常客於雲興之堂，今雖在邸第，而亦嘗話其鄉之人於會館，月數至焉，喜鄉之人有此盛舉也。故因其請而書以勒之石。

録自《戴名世年譜》第三三九—三四〇頁。

碑誌哀祭類

汪河發墓誌銘

河發諱崑，字河發，姓汪氏，世為桐城人。曾祖世澄。祖國士，崇禎辛未進士，仕至按察使僉事。父鶴齡，嫡母張氏，母宋氏。河發娶錢氏，卒，繼娶方氏，又卒，皆無子。蓋河發與余之相慕也數年未得交，交甫逾年，而河發死。悲夫，河發不與余長相友也！先是余於人家壁上見河發詩，固已奇河發，而河發於同舍生所見余文，謂非今世所有，時時向人稱說。自庚申年始相與交，則益悉其為人。河發好讀書，凡經史百家，一覽悉能記憶，尤善詩。桐俗故多好為詩，而河發少年傑起，跌宕悲壯，里中前輩多遜謝不及。河發性倜儻，好交遊，視世俗群兒，屑屑不足當意。師事同縣錢雁湖、方素北，兩人早知河發，河發名布揚者，此兩人之力也。其所與交遊，自同縣至江東南，凡二十餘人，皆著才知名之士，河發自言搜抉二十年而得者。然人無賢愚，皆嚮往河發，紈綺子弟或請納交，附河發為重，河發頷之而已，亦不之拒也。河發家貧，自其大父遭寇難，家盡毀，河發又少孤，以故貧甚。奉其母隱於臥龍山中，欣然手一編，諷誦不輟。粵東人姚子莊為縣令石埭，聞河發名，召至署中，欲為河發入粟為太學生，河發不可，曰：『汪崑豈以金錢列名士籍者。』姚君由是愈奇河發。嗚呼，孰謂河發竟賫志以沒，可悲也夫！

河發病凡兩載，自去年秋始甚，蓋自是遂不復入縣。余訪之於山中，問其病，曰無他病，但咳不止耳。因與各言生平遭逢，相視慨歎。已而攜手沿溪聽水聲濊濊，時有童子數人持竿河側，余取投之，不能得，河發一釣得之，童子皆笑樂，教河發再釣，再得之，至日暮乃反。飲酒笑語，縱論當世事，其意氣固未嘗少衰也。今年春，余又往山中視河發，知其必不可起，即榻前慰問者久之。

余辭出山來江濱，時時憂念，逾兩月而河發死。垂死而深以戀戀老母，與諸師友不能決舍為恨，尤可悲也。

河發生順治丁亥年某月某日，卒於康熙辛酉年三月十三日，得年三十有五。以其兄之子某為嗣。擇於五月初二日葬於投子山之麓。其山為錢氏地，初，河發妻錢氏葬於其地，因合葬之。先是河發病中，諸師友醵金相助，為藥餌與棺衾葬埋之費，並其母太夫人養老之資，皆古道之不可多見者。而河發有義僕曰館元，昔嘗逮事僉事公，崇禎中河發父陷於賊，館元持金帛冒死往贖，賊脅求不已，凡往來數四，卒贖以歸。事河發三十餘年，不以河發困故不為盡力，採薪治圃，以給其資用。河發病中，為奔走求醫尤力。先河發十餘日而病死於縣中，將死，曰：『嗚呼！我死毋憾，但我主人聞之，病又加甚耳。』其中心愛主，誠篤如此，因並志之。

銘曰：籲嗟汪生才非常，下筆流輩莫敢當。平生嶽嶽氣激昂，鬼神忌之俾淪亡。蒙其跋鰲福命長，如何誦義稱先王。英英精爽歸帝旁，猶勝塵埃生埋藏。執筆論次泣數行，汪生不朽此銘章。

録自戴名世集卷九。

誥封光祿大夫又封榮祿大夫驃騎將軍副總兵官都督同知張公墓誌銘

公諱膽，字伯量，姓張氏，世為徐州人。其上世皆莫可考，至公之大父，贈光祿大夫曰敬川公，始有聞於州。敬川之子，贈光祿大夫曰曙三公，為諸生，有才略，多節概，生三子，公其長也。崇禎中，曙三公為歸德府通判，而公是時亦已中武舉，授參軍，城守歸德，父子俱仕一邦。當此之時，流賊起秦隴，擾中原，通判公督餉往睢州，會睢州守將舉兵叛，通判公遇害。公聞之痛哭，親提兵與賊大戰，盡殲之，威名震於中州。

公自少負奇氣，不屑屑章句儒生學，而留心當世之務與用兵之略，睥睨顧盼，欲發奮以立功名。已而持節專城，殲叛賊以伸國討，報家讎，其大節已卓然矣。尋皇清定鼎燕京，豫王引兵南下，擢公副總兵官，有貂蟒鞍馬之賜。從征揚州，下金陵、京口，以及吳、淞、兩浙，所至皆有戰功。公號令甚整，三軍皆畏服之，每城下，無敢剽掠，士女皆安堵。公之入吳中也，舟行至錫山，泊湖邊，湖故有寇，出沒不常，至是寇大至，公左右僅數十人，皆懼，莫知所為。公從容引弓射之，應弦而殪，連射之，死者數人，寇皆引去。當是時，浙閩總制為張存仁，公領其左營。浙人之逃匿山澤者，多相聚為亂，死者不可勝數，且互相告訐，無辜者往往被羅織。公案驗得實，即釋之，所全活者甚眾。制府知公之才，請於朝，欲以公為漳南監司，廷議以八閩未靖，公宿將，不可以文吏奪公任，於是以公為中軍副將，鎮守浙閩諸郡縣。居無何，山東有寇曰梁敏、楊立吾等，屯榆園，勢甚張，而張存仁移為直隸、山東、河南總制，存仁欲得公與俱，請於朝，許之，於是公率兵征榆園賊。榆園者，山徑崎嶇，草木蓊翳，敏等依以自固，大兵莫能制。公既至，乃使人陰縱火燒其林，而復使勇士持巨斧伐之幾盡，寇失所據，多逃亡。寇嘗穿地道甚遠，急則潛行以遁，公使人決黃河水灌之。寇計窮，不逾時授首，其黨皆詣軍門降。總制馬光輝上疏，請以天津總兵授公，廷議以公功高，而中州為重鎮，乃推公為開歸提督總兵。而公念其母劉太夫人春秋高，遂乞歸終養矣。

公既戮力行間以功名顯，而樂善好施，雖家居不倦。自辛酉以來，淮徐之間，仍歲饑饉，公頻出米數千石賑徐人，更出其廩之餘蓄，減值鬻之，復嘗運麥三千餘石輸淮安，分賑各縣，淮徐間皆德之。徐濱河，河水泛溢，徐人築石堤障之，貲用不給，公捐貲相助，堤成，徐人由此無水患。徐之學宮故在州治旁，後圮，移濱河，河溢輒徙。公乃言於廣文周君，於其故址築土授工，親自督之，閱數月而成，為費不下數千金。復於里中設義塾，延名師教諸貧家子弟之不能學者，廩餼貲用，皆取給於公。徐地斥鹵，賦輕丁重，民不堪，多逃散他縣。公謁於上官，特疏汰除民之積逋，不能償者，輒代為償之，民乃得還故鄉，戶口由是蕃息。凡一州之內，饑者食之，寒者衣之，疾病死喪，皆為之竭力經營。尤厚於宗族，貧不能自給者，嫁娶喪葬，公皆任之。州東北二十里，有津曰荆山口，湖流巨浸，風濤甚險，而其地為南北沖道，操舟者因以為奸，往來者皆苦之。公造石橋其上，長四五里，為費不啻巨萬，行旅往來過是橋者，皆曰：『此張公之所建也。』由是張公好義之名遍天下。嗚呼！公之功在河南、北，在山東，而公之澤在浙、閩，出其緒餘，猶能名顯鄰州，恩施宗族鄉黨，出則為大將，而居則為長者，公誠可謂人傑矣。

公生於前萬曆甲寅十二月十八日戌時，卒於康熙庚午年二月初七日巳時，春秋七十有七。官至總督直隸、山東、河南等處部院中軍副總兵官都督同知。順治八年，遇覃恩，誥授驃騎將軍，尋以子道祥貴封光祿大夫，以子道瑞貴封榮祿大夫。元配朱氏，累贈一品夫人。繼室孔氏，累封一品夫人。子六人，長道祥，以恩廕起家中書，官至湖廣按察司使，先公卒於任。次道瑞，武進士，選授侍衛，現任福山遊擊。俱朱氏出。三道源，工部營膳司主事。四道溥，候選知縣。六道淵。俱側室趙氏出。五道洴，候選光祿寺典簿，側室陳氏出。女六人，長適諸生吳廷焞，夫死守節，奉旨建坊旌表。餘適周家棟、王興元、趙士魁、遲維埏，其一尚幼未字。孫五人：彥琦、彥璘、彥瑛、彥璟、彥珍。孫女十三人，曾孫一人，曾孫女二人。今擇於某月某日葬公於某處，而膳部君來乞銘，銘曰：

徐之山逶迤兮，徐之水蒼茫以長。徐之風土兮實勁以武，中有異人兮為國之良。千人辟易兮戮力疆場。及退老於其鄉兮，其澤洋洋。徐之人祀公兮，俎豆不忘。後嗣沄沄兮，既熾而昌。我銘幽石兮，千年萬年固其藏。

録自戴名世集卷九。

孫宜人墓誌銘

宜人姓孫氏，安丘之淩河人，太學上舍曰恕者，其父也。宜人既長，歸於行人諸城劉公，是時劉公已舉於鄉矣。先是行人娶鄭宜人，生二子，皆幼，鄭宜人卒。行人母聞孫氏女賢，遂為行人聘之。當宜人之歸也，行人遭兵火之餘，家業蕭然，宜人屏去服飾，躬操作，以勤且儉，為一家之率。行人教其子，每不稱意，即撻之，宜人常以身翼蔽，即觸行人怒不顧。或有止之者，宜人曰：『予豈不知子宜教，第子非吾出，或者外人不察，將奈何？』蓋是時宜人已舉二子一女矣。既而子女相繼殤，宜人哭不哀，蓋恐人之以為溺其所生也。後宜人之卒也，二子念此尤痛，至於失聲。宜人雖時時為二子寬釋，而輒教督之，勉以讀書立功名，後其子多登仕籍，固行人之教，亦宜人之力也。側室楊氏舉二子一女，皆長成於宜人之懷抱。宜人以雍睦率其一家，每聞子婦室中稍有訴誶不翕，即趨至為譬釋，導使和好，否則即不食，必諸子婦固請謝罪乃解，以故數十年一家雍睦無間言。宜人娣姒凡數人，終身怡怡愉愉如也。族中親屬，俱接以禮。其遇奴婢俱寬厚，或行人欲有所譴責，宜人亦佯怒，命子若孫代懲之，或引之他所示撻責狀，實陰縱之，移時乃徐為申解，其遇眾有恩如此。歲己未，次子果以刑部郎出為僉事，督學江南，便道過家省親。時二親邀覃恩得封，僉事制冠帔進之宜人，宜人喜且泣曰：『向我二子者即在，未必如此，汝誠孝矣。但汝廉吏，得毋以此重累汝耶。』明年，宜人得疾，遂不起，以正月二十八日卒，得壽六十有二。子四人，長禎，廩貢生。次果，戊戌進士，官至江南提學僉事。鄭宜人出。次棨，次棐，側室楊氏出。孫四人，孫女三人，曾孫二人。以某年某月日葬宜人於某處，而僉事君來乞銘，銘曰：

萬世滔滔，人生幾何，惟有令德，可以不磨。有高其墳，群山之阿，幽靈長存，我銘無多。

録自戴名世集卷九。

鄭允惠墓誌銘

吾友王君汶山客於鄭君允惠家，嘗數數為余稱鄭君之賢。鄭君蓋徽人而賈於蘇州，因家焉。凡善為生者，客遊徒手致素封，往往而是，大抵用纖嗇起家，一縷一絲，一粒一粟，弗敢輕費。其有以緩急告，雖義不可已，亦忍而弗之割。其居貨也，讎過其值，猶不以為慊也。其道務求贏餘，而俯拾仰取，低昂盈縮，皆有術數，而忠信之說用之於貨殖，則以為立窮。獨鄭君反其道用之，而卒亦未嘗不富。此汶山之所以稱君之賢不置也。余於丙戌夏自燕山南還至蘇州寓舍，始一識君。已而君招余飲於虎丘舟中，客凡七八人，君樸茂誠慤，與客語無多，而意常歡然有餘，余是以益信君之賢。是時九月之初，涼風驟起，新月乍生，余等樂而忘歸，豈知其不逾年，而君遂奄忽已逝。嗚呼！可悲也矣！其子介汶山以志銘見屬，其曷敢辭。

按狀：君姓鄭氏，諱僑，字允惠，號恂菴，世居休寧之梧林村。鄭本大族，至君之世而稍衰。君之至蘇也，年甫弱冠，即精計然之術，勤敏練習，為人又誠樸不欺，人皆信任之。嘗有商販貨於君家，商，秦人也，與君金誤，多若干，商已去，君使人追及於滸墅，還之。商歎曰：『鄭君長者。』而言於秦中諸商，於是秦中諸商來蘇者，皆詣鄭氏，鄭氏座為滿。其他以忠信感人者多類此。君兄弟數人，而祖父母及父母之葬，皆獨力任之。嘗捐金修闔閭城，縣令獎歎，給扁額以旌之。親戚之貧者，無不賑恤，其他有以匱乏告，亦無不應也。君以國學生考授州同知，誥封儒林郎。祖諱某，父諱某，母某氏，娶某氏。生四子，長昭，早卒；次星，考授州同知；次昌，候補光祿寺典簿；次景，國學生。孫六，曰世元，世科，世雄，世永，世松，世順。孫女八人。君生於明崇禎壬午十一月二十一日，卒於清康熙丁亥六月初四日，得年六十有六。其子卜以某年某月某日，葬君於某山之陽。銘曰：

噫吁嗟乎！士而賈兮，歎世態之紛紛，吾求士於吳之市兮，誰與懷古道而軼群，惟忠信以處世兮，噫吁嗟乎鄭君。有欲考君之行，視此文。

録自戴名世集卷九。

敕授承德郎工部屯田清吏司主事劉公墓誌銘

山陽有績學篤行之君子曰工部主事劉公，方以名德巋然為一時之望，忽疾終於家，遠近之人皆為泣下。年家子戴名世辱公之愛最深，知公之生平為詳，會其孤永禎等，將擇以年月日葬公於某鄉某原，而以公配高安人祔，先期請銘於名世。名世雖不文，然銘公之德，使不至於久而無傳，此後死者之責也，其曷敢辭。

公姓劉氏，諱愈，字文起，晚自號退庵。按劉氏自上世遷淮安，以梅花老人為始祖。梅花老人者，諱彥廣，明洪武時以縣官入覲，召對稱旨，賜梅花一枝。十一傳而至公，以萬曆己卯舉人，沈邱知縣諱世光為高祖，以萬曆己丑進士，歷常山、信豐知縣諱一臨為曾祖，以敕贈岑溪知縣諱自靖為祖，以順治己亥進士，岑溪知縣諱昌言為父。公康熙丁巳舉於鄉，壬戌成進士，起家行人，升工部屯田清吏司主事，兩充順天鄉試同考官，一奉命宣赦書浙江，一奉命典試山東。安人姓高氏，舉人諱登泰之孫，太學生諱士廉之女。男子子四，曰永禎，曰永禧，曰永祿，曰永祺。女子十三，孫十一，曾孫三。公生明崇禎己卯五月初五日，卒康熙丁亥十一月二十五日，得年六十有九。

公少與弟吏部公受業於岳西來氏。西來氏淮上儒者，好學持高節，岑溪公敬之，使公兄弟師事焉，為講程、朱之學，公終身誦法不衰。岳氏早死無聞，公每與人言，未嘗不稱師學，人由是始知岳氏之為名儒，公之立身行己，悉本岳氏家法也。事父岑溪公與母王太宜人皆得歡心。當岑溪公之抵任也，岑溪屬廣西，道遠多瘴癘，又盜賊輒不時發。公屬高安人侍養太宜人於家，請從行。公體素弱多疾，岑溪公不可，固請，遂行。既抵任，縣事多賴公之助。鄰縣賊彭奇率其黨圍城，公巡行城上，從者中賊弩多死，眾皆潰，公指揮自若，賊箭從公喉旁過，着關壯繆旗竿。會官兵發鳥槍殺一賊，賊走，彭奇旋就擒，岑溪人志其箭為孝子箭。當彭奇之未擒也，縣人以為憂，公曰：『今所急者在安人心，不在彭奇也。人心若安，彭奇可坐得矣。』已而果然。徐又排眾議，釋彭奇黨不窮治，令自安，事遂以定。

岑溪公卒於任，公護櫬歸。哀毀勞瘁，疾大作，嘔血，久之乃起。時吏部公已舉於鄉，尋登第，入京為朝官，公奉太宜人家居。自是益大肆其力於學，日取通鑒與綱目合併校勘，考其同異。尤熟復程、朱之書及歷朝典故，經世有用之學無所不貫穿，惜不得盡見之施設，而所施設一二，未足以盡公之志也。其典試山東也，入闈誓於神，情辭真切，同事者皆感動，及撤棘，有弊絕風清之稱焉。其為工部也，憫鋪戶交收柴炭之苦，為爭於同官，為省其浮費若干。堂上官信公之誠，事多咨於公而後決，往往指目之曰：『古君子也。』時有言海運之便者，公曰：『明臣邱濬言海運可行，濬獨計漂溺舟米之失，而未一計漂溺之人。夫米漂溺，而載米之舟，挈舟之卒，管卒之官，獨能免乎。考元史，海運有漂米二十四萬五千有奇者，有漂米二十萬九千有奇者，如濬言，則歲溺而死者殆五六千人，何忍以數千人付之洪波怒濤中乎。』已而海運卒不果行。

歲壬午，太宜人卒於家。時公患病京邸，子永禎不敢以告，但微言太宜人病瘧，乃即請假歸。歸始知太宜人之變，一慟而絕，良久乃蘇，由是病益劇。喪除，病乃已，遂絕意仕進。宅傍有小園數畝，欣然終老其間。諸子皆讀書孝謹，能承公意，而公自督課諸孫不稍假。每月望，召合族子弟皆來會講。常居閉戶，謝絕人事不與聞，惟事關風化者，輒慷慨任之，如烈女祠、貞女祠，其所倡建者也。岳西來氏無子，公擇其族子為之後，又買田宅各一區授之，使奉其祀。久之，公與縣人請於上官，祀岳氏於鄉賢祠。公與吏部公自少至老，友愛無間言。公之卒也，吏部公稱引蘇子由之銘東坡云：『我初從公，賴以有知。撫我則兄，誨我則師。』每稱引畢，輒流涕不能自止。公好言人善，於不善疾之如仇，或相遇，則避弗見，其或不及避，往往面誚讓之，雖遭怨怒弗顧。名世與公伯子永禎為同年生，因得辱交於公，公不以名世為不肖而殷勤獎勵，有加無已。當公之官京師也，時時召余飲酒，縱論當世事，每至夜分而罷。余一同姓往嘗游於公父子之間，其人後為清議所擯。一日謁公，門者止傳其姓，公以為余也，趨出，至屏門，見非余也，即趨而入，使從者以他辭辭弗見。歲乙酉，余適京師過淮上，公留余園中凡信宿，其精神意氣未嘗少衰也。逾二年，余入京師，復過淮上，而公已捐館數月矣。

高安人名家女，嫻於內則。當公之從岑溪公抵任，安人嘗侍太宜人疾，晷刻不離，衣不解，睫不交，間以裳藉地少息，微聞呻吟聲，即起問所苦，扶持仰搔無少失，藥必長跪進。凡數閱月，於是膝為濕氣所中，醫者謂宜節勞苦，安莞席。而安人顧重姑，不自護惜，姑愈而安人患膝痺，遂沉痼終其身。公自岑溪歸，病三年，安人侍公疾一如侍太宜人，公疾亦藉以起。及公成進士，未服官而安人已卒矣。安人生明崇禎庚辰八月二十五日，卒清康熙癸亥閏六月二十一日，得年四十有四。銘曰：

視胥黑，白也全。探皆沸，冰也堅。古先民，淮之堧。抱乃璞，不受鐫。舒隻手，障百川。生典型，死豆籩。葬同穴，有賢媛。固其藏，千萬年。

録自戴名世集卷九。

王氏墓表

嗚呼！吾讀詩之二南，而知女子不妒忌之德之大，而能逮下之難也。周南十一篇，其不言女子之德者僅三篇，甘棠、羔羊、騶虞而已，其間言女子之德不妒忌而能逮下者有四，曰樛木，曰螽斯，曰小星，曰江有汜。夫后妃夫人之行，至於侔天地而奉神靈，而詩人稱其德不過曰能逮下而無妒忌之心而已，故吾謂女子之德固莫有大於此者也。嗚呼！為妾媵者，懷五常之性，而能守從一而終之義，豈有異於世之為婦者乎。自世之人賤視之，而或制於悍婦之手，遂有自視亦賤，而中道而去，不克守從一而終之義者多矣。以余所聞舒城任生姬王氏，獨明於大義，而守志不去以死，誠可悲而書也。

任生世家子，其婦翁為京朝官。任生當年少，家居未娶，依其兄嫂以居。因患病，先納姬曰王氏，久之，病良已。而任生婦翁之官粵東，攜其女便道歸，令任生去姬乃娶婦。任生佯為去姬，陰匿姬於其師鄒氏，已而姬病，復令就醫於表兄湯氏。任生既娶婦，婦知之，婦素嬌貴，頗怨望，日誚讓不止。先是婦陰以姬許適某氏，一日，乘任生入山，鼓吹來迎者盈湯氏門，姬大驚，曰：『吾雖賤妾，然義不可以事二夫。』因紿眾使退，而引刀自刺，不死，眾驚走。湯氏欲以姬歸，姬不可，乃復至鄒氏。閱數日，任生自山歸，知其狀，為婦言姬義不肯去，婦大怒。已而婦好言勸任生迎姬歸。姬事婦甚謹，婦顧令去其環髻，衣飾不得與諸婢比，時時罪過姬，捶楚動數百，瀕於死者屢矣。欲以威迫姬使去，而姬卒不可。

居數年，任生婦翁解官歸，同產姊迎謂其母曰：『母新從粵東來，不知妹氏以王氏姬故，憂鬱得疾且死矣。』遂掩袂而泣。母遽往任氏，持其女泣。蓋婦新產甫一月，非疾也。姬出拜母，母指而詬之，姬俯首不敢語。閱數日，婦歸寧，言於其父母欲去姬，其姊為左右之。父母及婦同產兄使人召任生至，曰：『何不速去姬，吾等意已決。』任生還告姬，姬曰：『君意何如？』任生曰：『若等勢洶洶，吾已治裝他出避之。』姬曰：『將何以處我？』任生曰：『有兄嫂在，何憂。』姬哂之。蓋任生素依其兄嫂以居，而兄嫂皆憐姬之志者也。姬曰：『君他出，姑待來日。』因目任生良久，意甚悲。薄暮，任生在外與客語良久，入內，姬已屈首水甕中溺死矣。

先是，姬本江寧王氏女，育於和州運漕之方氏，年及笄，適有舒城富人欲買為妾，因詭聘為孫婦，載之歸。其妻詬曰：『若老且死矣，忍妾此弱女子耶。』適鄰有沈翁嫁女，而買姬為媵，翁知其故，言於女婿楊生，當善遇之。楊生與任生同學相善，從容為任生言，任生因欲聘之。楊生歸以語姬，姬曰：『聞任生所聘名家女，素嬌貴，得毋類其姊乎？』蓋其姊以善妒聞而出其妾者也。後姬之死也，姊實有力焉。任生以書致楊生為設誓，姬乃從之。已而曰：『吾信君之一言，遂委身事君。第婦人之義，從一而終，後此歲月遙遙，大婦之德未可知。』因欷歔泣下，後果不免於死。任生念以己故累姬死，悲思痛悼不能自休，而介余友許君亦士來請書其墓上之石，曰：『吾無以報姬，使姬之志不沒於人間，惟吾子賴焉。』亦士亦為余言其事之始末，蓋信而有征也。

吾讀小星之詩曰：『夙夜在公，實命不同。』呂氏曰：『夫人無妒忌之行，而賤妾安於其命。彼夫所遭之不幸，而一死以自明，是亦安於其命也。』若任生之姬，可謂知命者矣，以一死自安其心，且以安任生，又以安其大婦，為任生之姬，惟有一死而已矣。嗚呼！懷妒忌之心而不能逮其下，此婦人之常態，無足怪。獨是妒其夫之妾者，而因以妒人之妾，卒擠之以死，豈不過甚矣哉。詩云：『女子有行，遠父母兄弟。』為之父母兄弟者，豈無委曲開導之方，善處之道，乃助之以焰，而致死無罪之人，以成其守志不去之義，亦非所以愛其子女者矣。余故採次任生之言，所自為行狀，合之亦士所云者，詳悉書之，以慰姬之魂於地下，此任生之志也。

録自戴名世集卷九。

贊理河務僉事陳君墓表

天之生才難矣，或百千萬人之中而生一才焉，或百千萬人之中而不得一才。及其生之也，則又多廢棄不得有所施設。而有所施設者，往往又窮於名位之無以自見。而或有所附托，以成功名，其間又或功已垂成而敗，以不能竟其用。嗚呼，此可為太息流涕者也！

康熙十有二年，河決，南北運道梗。上咨於群臣，舉能平治之者，廷臣奏言，巡撫安徽侍郎靳輔足當其任，制曰：『可。』於是遂以大司馬總制河道，而攜其客陳君天一以行。先是司馬之奉命撫皖也，思得度外之士與俱，聞陳君名，聘致幕府。司馬故好士，一見奇之，待以上客。君亦曰：『吾所見士大夫多矣，皆齷齪不能用大度之言。吾今見司馬，是誠可與共功名者。』遂留司馬幕府，先後凡十有七年。司馬推心委任，悉聽其計畫，故所至功績，迄用有成。

當滇南之變起也，皖據長江上游，為江南門戶，軍行絡繹不絕。君凡為司馬所條陳，往往先中。會司農以軍興度支不繼，議天下騎置歲費金錢數百萬，減之可佐兵食，因下其事巡撫議之。君告司馬曰：『驛之敝，由於馳騎太多。今自王公將軍以下，不論事之大小緩急，凡有馳奏，輒須三騎，還時且至十餘騎，是一事而用十餘騎也。今除軍政重事而外，卒彙三事傳奏，而僅須一騎，驛困且蘇，統計之可減費十四五，歲節財百余萬矣。』司馬以為然，上其義於朝，遂著為令。

當河之決也，山東、淮北皆苦之。司馬築清水潭，改南北兩運口，而河與淮及運河皆安，其策實自君發之。清水潭者，淮水由高家堰、高良澗決於高郵、寶應兩湖，而兩湖又從此決為大潭，下河七州縣所由之道也。先是屢築輒壞，歲久，潭益深且廣。南運口者，由運河以入於黃，北運口者，由黃以入於運河之道也。運河與黃通，受黃之灌，致泥沙淤塞，歲須挑濬，自運漕以來，官民俱困於此。司馬召一府中官吏共議之，言人人殊。君延袤荒度，報司馬曰：『疏濬，當先浚其下，塞決，則先治其上。前清水潭之屢塞屢決者，由上流未斷也。今上流有減水壩者三十里，誠能堤而塞之，則上流既治矣，然後越潭避險，相視河中淺處築堤，使堤根牢固，自能垂久。夫越險而築堤似迂，且視築清水潭之道里，長且數倍，然一深一淺，其為難易固懸絕矣。故工部費帑六十萬金者，今不過十萬金足矣。北運口為黃所灌者，蓋以運口遼闊，黃漲，漫及運河，及黃落，則水流緩而沙易停，且黃水東流，運北注，黃漲水高，勢自橫奪。法當高運河之水，而亦東之。案水下行一里，當低一寸，今杜運河之水，不由遼闊之口以與黃河相狎，而於大澤中迤東鑿河二十里，以約束運河之水，可高於黃二尺。運河之水既湍迅東注，於黃則又安能回波逆流，而灌運河哉。其南運口居黃下流，故益為黃所膠，所當遠黃就淮，而移其閘於淮內，則運河所受惟淮水，淮水清，可以無泥沙淤塞之患矣。』司馬以為然。於是一府爭之，皆以為不可：『減水壩者，所以泄淮之怒也，已數十百年於今。夫以淮之暴，雖分泄其怒，而陂障之尚難，諺曰：「具費千金，不敵西風一浪。」今盡築上流，是下決未塞，而上壅先潰也。』或又曰：『湖中築堤與大澤中鑿河，皆事所未經。且向也工程六十萬金，今且減其八，其何能濟？』君持議益堅，司馬卒從君策，未幾而築塞皆成。君先是預度：為時幾何，役夫幾何，土石材木幾何，及是皆如君言。蓋自是清水潭不再決，而兩運口不再塞。事竣矣，一府中乃服君之能，且歎司馬之知人能用君之策也。

歲甲子，上南巡閱河，河害悉平，上大喜，問司馬曰：『向曾得士與共理乎？』司馬對曰：『臣客有陳潢者，實贊其成。』潢即君諱也。上即命侍臣書君姓名佩之。既而司馬屢欲以君功入告，君固辭曰：『潢幸獲從公，公不鄙其言而用之，足矣，顧安用爵祿為。且夫黃河自古治而旋壞者無他，既治之後，不為善後之計也。今幸河災已平，一治不復壞，非明公不能成此功，潢竊願布衣相終焉。今夫黃河地中行，淤地所在多有，辟而耕之，三年所獲，可以償前此之費，過此以往，其息亦無涯。即以每歲所獲，次第為善後之計，則經費有出矣。請更於黃河南岸，堅築高堤六百里，而於河之北岸，更鑿中河一道，障之以堤，復於中河迤北，間以重河，而亦障之以堤，使山東之水由此入海，復相地形，多建閘壩，夫河行千里，即有千里內之溪澗行潦從之，迨黃河驟漲，而又加以附從之水，於是河身不能容納，東西衝突，以故堤為所決。決則不由正道，水無所歸，而上流於是乎亦決。誠引山東之水，別有入海之道，則黃不憂其加漲，而且有所從泄，其南岸又有堅堤以為之障，則下流不憂其埂潰。且夫下流不壅，則上流有歸，將黃河從此不復他徙矣。國家漕艘，自南而北，取道黃河二百里，雇募挽溜之費，每船輒數十金，往往遭漂沒。嘗見守風者，以二百里之程，俟至四旬有餘。今誠鑿中河，則運艘亂流以渡，俄頃之間，即由砥道以達北河，去風波之險，無挽溜之費矣。宿遷、桃源、清河、山陽、安東、沭陽、海州七州縣，地勢卑下，旱澇皆為害，歲即有秋，而不通舟楫之利。今誠鑿中河，而又間以重河，復於重河之間，導以運河，旱既有資，潦復有泄，時至秋成，舳艫相望，至便也。又今四方多荒，流民不少，誠鑿中河，即招流民，計口授食，而使之治田，則流亡有歸，田且日辟，下有裨窮苦之民，上不廢司農之帑，黃河一治不復壞，而國賦日增。惟明公其熟圖之。』司馬以為然，具疏入告，制曰：『可。』於是司馬與君經營拮据，手足胼胝，而中河蜿蜒三百餘里，鑿已告成，即今由清河以入宿遷之道也。

已而言者紛起，以為君陰壞河道，並論屯田擾民，於是屯田遂罷。蓋君之志，嘗欲以興西北水利為急，其言曰：『燕、齊之地，古皆稱沃壤，今土田荒蕪，而財賦俱仰給東南，此兩敝之道也。今誠興水利，教民力田，則西北可復為財賦之藪矣。』當司馬撫皖時，即獻溝田法，欲盡辟江北荒萊，會以軍興不果行。及司馬總制河工，六年之後，兩河歸故道，淹地盡涸，乃得鑿河濬溝，稍行其志。而有司奉行多不善，致議者紛紜，遂罷。先是歲丁卯，上以下河七州縣久為水困，遣使問司馬有何善策，具以實對。司馬即以君議上奏，曰：『臣前已將陳潢姓名上達天聰，蓋以徑治上流之法，實出陳潢一人之見也。臣之愚衷，惟願國事有濟，不敢居功蔽賢，亦不敢引嫌避忌。』上本知君功，遂特授君贊理河務僉事。及言紛起，司馬罷去，詔君就司寇獄。時君已病閱數月矣。既抵京，疾轉甚，有詔免獄調治，蓋異數也，而君竟不起矣。嗚呼！君之才世所不常有，幸而見知司馬，推心委任，得以出其能。又以布衣受人主之知，格外擢用，則君不可謂不遇。惟是君之長既有所不能盡，而困於人言，又遽以疾死，此則天之意，其不可知者也。

君生平於子、史、眾緯及農桑、易數、地理諸書，無不通核，而尤優於治河。作測水法，以水流迅則如人急行，日可三百里，水流平則如人緩行，日可七八十里。即用土方法，以水縱橫一丈高一丈為一方，計此河能行水幾何方，然後受之，其餘皆泄宣之。此出彼入，使遊波寬衍，不致薄堤。凡置閘通關，大抵用此法也。君自在司馬幕府，司馬昌言入告，天下聞之，不多君之才，而多司馬之以人事君，得古大臣之道也。

君先世汴梁人，自宋南渡，占籍錢塘。曾祖諱某，祖諱某，父諱某，妣仲氏，生二子，君其長也。君娶汪氏，無子，以弟之子良樞為嗣。君以康熙戊辰八月十八日卒，年五十二。今良樞卜於某年月日葬君於某。初，君與余訂交京師，余羈窮潦倒，得君提挈者為多。今君忽忽已没四年矣，使其功與行不著，是則余之罪也夫。會其嗣子來京師，求余書其墓上之石，余因泫然流涕而書之。君性孝謹，而勇於行義，與人交皆有至性也，他人鮮有能得其一節者。而君之功名於治河為最著，余故書之有詳略焉。

録自戴名世集卷九。

方苞選集

點校　江小角

整理説明

方苞（一六六八——一七四九），字鳳九，一字靈皋，晚年號望溪，安徽桐城人。世居金陵（今江蘇南京）。姚鼐説：『望溪先生之古文，為我朝百餘年文章之冠，天下論文者無異説也。』袁枚稱方苞為『一代正宗』。因此，他歷來被認為是桐城派的創始人，他對桐城派的形成起到了決定性的作用。所以人稱『昔有方侍郎（方苞），今有劉先生（劉大櫆），天下文章，其出於桐城乎』？

方苞是明初四川斷事方法的裔孫。祖幟，字漢樹，號馬溪，歲貢生，有文名。父仲舒，字南董，號逸巢，國子監生，詩人。『余先世家皖桐，世官達。自遷江寧，業盡落。賓祭而外，累月逾時，家人無肉食者，蔬食或不充』。六歲時，方苞隨父遷至上元城内土街。方苞説他『僕少所交，多楚、越遺民，重文藻，喜事功，視宋儒為腐爛；用此年二十，目未嘗涉宋儒書』。二十歲左右，外出授徒。二十三歲應鄉試，落榜。後隨高裔去京師，遊太學。其文章得到李光地、韓菼等人的賞識，同時得交史學家萬斯同，鑽研經學。三十二歲時，舉江南鄉試第一。三十三歲至京師，兩次參加禮部考試，均未及第。康熙四十五年，應禮部試，中進士，名列第四。殿試之際，方苞聞母病遽歸，失去奪魁的機會。

康熙五十年（一七一一），左都御史趙申喬上奏康熙皇帝，以戴名世所著南山集中『語多狂悖』為由，彈劾戴名世。方苞因給該書作序，受到牽連，被逮下獄。康熙五十二年，『南山集案』獄決，方苞被判死刑，李光地等人極力營救，被赦免釋放。方苞被召入南書房，開始了三十餘年的官宦生涯。

雍正皇帝即位後，以張廷玉為代表的桐城學人對其影響頗大，這也使方苞的政治處境較康熙朝有了進一步改善，方苞合族均被赦歸原籍。先後任詹事府左春坊左中允、内閣學士兼禮部侍郎、一統志館總裁。乾隆二年擢禮部右侍郎，方苞以足疾辭。方苞七十五歲時，以患疾病，辭官回家，安度晚年，乾隆皇帝許之，並賜翰林院侍講銜。乾隆十四年八月十八日，卒於上元里第，享年八十二歲。

縱觀方苞一生，可以『南山集案』分為前後兩個時期。此前，他以求學、治學、撰述、授徒為業； 此後，則宦海沉浮，非編撰之職不就，始終不脫離一個文學辭臣的位置。盡己所能，為國為民； 盡己之才，立德立言，堪稱清代文人之典範。

方苞自幼接受封建綱常禮教的教育，又深受儒家倫理道德思想的影響，為人敦厚，篤於倫理，講求禮法。生平言行，待人接物，事父侍母，親兄愛友，悉遵古禮。

方苞事親至孝，與朋友交可謂至善。他對待朋友、親戚以誠相待，以禮相交，嚴於律己，寬善待人。他對錢財看得十分淡薄，從不苟受貨財。方苞一生，文名顯赫，但從不自滿，晚年給李穆堂先生文集作序時，還謙稱：『余終世未嘗一日離文墨，而智淺力分，其於諸經，雖粗見其樊，未有若古人之言而無棄者，而文章之境，亦心知而力弗能踐焉。』正是這種謙誠待人、愛恨分明的品格，贏得了時人的尊敬。

方苞性格剛直，不阿權貴，處處事事體現出古代高雅之士的骨氣與風範。他時時以『於君不敢欺，於事不敢詭隨，於言不敢附會』來要求自己，但却招致許多人『常欲擠之死地』。惟獨大學士朱軾等篤信其言，認為方苞以天下為己任，與諸大臣所言，常以天下之公與古賢之大節相砥淬，而未嘗言及自己之私利。因此，後人稱他『可負天下之重』、『品高而行卓』、『憂國忠友』。

方苞自從以白衣入直南書房，經歷了康熙、雍正、乾隆三朝。前十年是作皇帝的文學侍從，中間十年主要擔任編修官，負責朝廷典籍的纂修工作，後十年任翰林院侍講、內閣學士兼禮部侍郎等職。在這三十年中，他憑藉自己在學術上的影響，在文學上的地位和政治上親近皇帝，對那些身居高位的師友、交誼友好的地方官吏及自己的學生後輩，廣施影響。在吏治民瘼、選賢任能等方面，盡己所見，必盡言無隱。他對一些社會現象的剖析，見解獨到，入木三分，充分表現出他憂國憂民的政治抱負。

他利用自己的地位和影響，不斷呈送奏疏，請求皇上興利除弊： 以期實現他『分國之憂，除民之患』的心願。他先後提出了一系列事關國計民生、富國強兵、開發邊疆的設想，具有很強的針對性。許多奏議，言及邊疆、民生，體現對國計民生的憂慮和關心。他還根據當時農村的實際情況，提出不誤農時、解民之困的建議，是關心民瘼的具體表現。方苞身處朝廷，敢於犯顏直諫，置得罪御史、巡撫以及地方官吏於不顧，憂民之憂，急民所急，為民請命，令時人景仰，百姓愛戴，時人李塨說他是『講求經世濟民之大猷』。此外，方苞的愛國情懷還表現在關心國家人才的培養、吏治的整治方面。清代頗有名節的學者全祖望稱頌他『正色立朝』。

方苞作為桐城派的創始人，一生注重名節，身懷天下之志，主張經世致用，體察下情，造福於民，這些對桐城派中後期代表作家『經世致用』思想的形成，產生了十分重要的積極影響，也是桐城派之所以綿延幾百年而不衰的主要原因之一。

『義法』說是方苞文論思想的核心。『義法』是指文章體裁對創作內容的要求和限制。方苞從文學自身的主體性出發，在文章內容方面，強調『言有物』；在文章形式方面，強調『言有序』，並且認為內容決定形式。他通過評析、考察前代作家的文學作品，得出各種文體在創作上的不同要求。根據『義法』說的要求，創作出來的文章就可以戒空戒浮，達到內容與形式的完美結合。『義法』是對文章選材以及材料取捨詳略提出的要求。方苞指出文章體裁的選擇以及材料的運用，都是『義法』所要討論的範疇。方苞在史記評語中，也是從繁簡詳略方面來規範『義法』的。作文宜詳則詳，當略則略，必須符合法度，所以方苞說：『蓋紀事之文，去取詳略，措置各有宜也。』

『義法』要求作文追求雅潔的文風。方苞所言的潔，不僅指作文在語言文字方面要簡練，而且要在『義法』的原則下，對文章所要表達的內容有所取捨，只有這樣才真正符合他所說的『氣體最潔』。

方苞的散文創作實踐是以他自己創立的文論思想為指導。他的文章結構嚴謹，講究取材的多樣性和典型性。其散文創作特色，主要體現為敘事簡潔傳神，說理透徹新穎，語言質樸雅潔，寫人生動形象。因此，從他的創作實踐來看，方苞也堪稱為桐城文派之正宗與楷模，為後人樹立了典範。

總之，在『義法』理論指導下，追求道與文並重，把古文寫得清新雅潔、自然流暢，並富有極強的感染力，在清初文壇可謂獨樹一幟，開創了一代文章風氣之先。同時他的文章精煉平實，澄清淡雅，注重寫實，憂國思民，寓意深遠，在當時可以說起到了矯正文風的作用。

本選集以咸豐元年戴鈞衡搜輯刊刻的望溪文集十八卷、集外文十卷、集外文補遺二卷為底本，參校直介堂、抗希堂等刻本和民國年間的石印本。選文以奏議、記、書等居多，從寬多選；而壽序、傳狀、墓誌銘、哀辭等從嚴少選，旨在使讀者通讀文選，了解方苞開發邊疆、忠君愛國的進步思想，師法自然、關心民瘼的百姓情懷，揭示桐城派作家對清代社會的認識及其對清代社會所產生的影響。刻本中明顯訛誤之字，直接改正，不出校記；文中少數舛誤之處，在篇後附注釋，供讀者參考。

由於學識、能力有限，錯誤在所難免，懇請方家批評指正！在選集點校過程中，參閱今人已有點校成果，在此一併致謝！

江小角

二〇〇七年六月

目録

附録

周公論

劉子古塘問於余曰：『周公不以東征屬二公，而親加刃於管叔何也？』余曰：『是乃所以為周公也！明知管叔之當誅，而假手於二公，是飾於外以避其名也。觀後世亂臣賊子必假手於他人，或賣而誅之，以塞眾口，則周公之純乎天理可見矣。蓋天理不可以為僞，且以昭萬世之人紀，使知大義滅親，雖弟可加刃於其兄，又以明居位而不能討亂，則與之同罪。孔子作春秋，於隱之大夫而臣於桓，桓之大夫而死於莊、閔之世者，皆不書其卒，以示皆有可誅之罪也。然觀鴟鴞之詩，早已歎「育子之閔斯」，則終公之身，長隱痛乎文考文母之恩勤，而愍然無以自解；蓋討賊之義，與哀兄之仁，固並行而不相悖也。』

古塘復問曰：『以周公之聖，暴師三年，而僅乃克奄何也？』曰：『此時也、勢也。武王「徵九牧之君，登豳阜以望商邑」，已憂未定天保，而夜不能寐。及三叔流言，武庚「誕紀其序」，凡羞行暴德逸德之人，皆乘時而思逞，雖有善類，亦追念殷先王之舊德而不能忘。當是時，非大動以威，不能革也，故滅國至於五十之多；非誠服其心，不能久而安也，故「破斧缺斨」之後，「衮衣繡裳」，駐大師於徐、兗之間，俾東夏無搖心；然後徐察其鄉順者而教告之，取其不迪者而戰要囚之，周防如兕虎，撫育如嬰兒；至班師之日，東人以公歸不復為悲，則奄雖屈強，無與同惡矣。故討其君而罰不及民，分其族姓以隸兄弟之邦，遷其尤桀驁者於新邑，而身拊循焉，所以久安而無後患也。匪特此也，形勝者，守國之末務，而聖人亦不廢。當武王克商之初，即定周居於洛邑，周、召卒營之，以為蒐狩會同之地。良以雍州雖固，而遠於東夏，難以臨制諸侯；故宅土中，陳、杞、許、蔡國其南，虞、虢、韓、魏、晉、燕國其北，齊、魯國其東，宋、衛夾河而居，非王室之周親，即三恪、大嶽之裔胄，開國之股肱；蓋懲於鬼方之叛殷，萊夷之爭齊，而早為盤石苞桑之固也。故周之衰，卒賴四方諸侯艱難守禦，以延共主之虛名者垂六百年。蓋時勢不可以私智矯，形勝不必以武力爭，惟聖人能以道揆，而不失其時義，以安宗社，以奠生民，則仍天理所運用也。』

古塘曰：『旨哉！由前之說，則知聖人一循乎天理，而無不可處之事變；由後之說，則知聖人深察乎世變，而所以禦之者，仍不越於道揆。前世之尚論者，未嘗及此，後之君子，宜有聞焉。』退而正於吾兄百川，亦曰『然』，乃敘而錄之。

錄自望溪文集卷三。

漢高帝論

二帝、三王之治，盪滅而無遺，雖秦首惡，亦漢高帝之過也。方是時，古法雖廢而易興也，俗變猶近而易返也，文獻雖微而未盡亡也，天下若熬若焦，同心以苦秦法，則教易行、政易革也，而高帝乃一仍秦故，漢氏之子孫，循而習之，垂四百年，不獨君狃其政，民亦安其俗矣，而後此復何望哉！

古聖人之有天下也，若承重負行畏途，而懼於不勝，至於秦則用天下以恣睢，而專務自慊於上。秦皇帝縱觀，高帝曰：『大丈夫當如此矣。』及叔孫通定朝儀，乃曰：『吾今而知皇帝之貴。』則其所見去秦皇帝蓋一間耳！

傳曰：『古之欲明明德於天下者，必先格物致知，正心誠意，以修其身。』是乃二帝、三王之學，孔氏之徒由詩、書所稱，推尋而得之者也。總而計之，惟有虞氏以元德升聞，而登天位，其餘非天子之子，則繼世之侯伯，生有聖德，童而預教，而學之為君師者且數十年，故其所以治天下國家者，能一循乎天理之自然而無所矯拂也。後世開創之君，大抵奮跡干戈擾攘之中，任威權，騁謀詐，以得其志，雖有聖賢者出，驟而語之以二帝、三王之道，亦安能一旦盡棄其所知所能，而由其所不習哉？

自漢高以後，比次諸君，其性資可與復古者，惟光武為近，而下無名世；諸葛亮之才幾矣，乃崎嶇於亂亡之餘。使亮與光武，並世而相遭，庶乎其猶有望也與！

錄自望溪文集卷三。

蜀漢後主論

昔成湯之世，伐夏救民，皆伊尹主之，而湯若無所事也。周武王之世，戡亂致治，皆周公主之，而武王若無所事也。蓋大有為之君，苟得其人，常以國事推之，而已不與，故無牽制之患，而功可成。大有為之臣，必度其君之能是，而後以身任焉，故無拂志之行，而言可復。亡國之君若劉後主者，其為世詬厲也久矣，而有合於聖人之道一焉，則『任賢勿貳』是也。其奉先主之遺命也，一以國事推之孔明，而已不與。世猶曰：以師保受寄託，威望信於國人，故不敢貳也。然孔明既歿，而奉其遺言以任蔣琬、董允者，一如受命於先主。及琬與允歿，然後以軍事屬姜維，而維亦孔明所識任也。夫孔明之歿，其年乃五十有四耳。使天假之年，而得乘司馬氏君臣之瑕釁，雖北定中原可也。即琬與允不相繼以歿，亦長保蜀漢可也。然則蜀之亡，會漢祚之當終耳，豈後主有必亡之道哉！

抑觀先主之敗於吳也，孔明曰：『法孝直若在，必能制主上東行。』是孔明之志，有不能行於先主也；而於後主，則無不可行。嗚呼！使置後主之他行，而獨舉其任孔明者以衡君德，則太甲、成王當之有愧色矣。

録自望溪文集卷三。

灌嬰論

漢之再世，諸呂作難，定天下安劉氏者嬰也，而議者推功於平、勃，誤矣。平為丞相，聽邪謀以南北軍屬產、祿，使勃有將之名而無其實久矣；一旦變起倉卒，而勃不得入於軍，則平已智盡而能索矣。鄉使紿說不行，矯節而謀洩，平、勃有相牽而就縛耳，如產、祿何？前古用此以敗國殄身者衆矣。平、勃之事幸而集，則嬰為之權藉也。呂氏雖三王，懸國千里外，無一夫之援，而諸侯合從西鄉，空國兵以授嬰。當是時，呂氏所恃者，嬰耳，而嬰頓兵滎陽，與諸侯連和，以待其變，是猶孤豚局於圈檻，而虎扼其外也。呂氏心孤，故酈寄之謀得入，而公卿吏士曉然知產、祿之將傾，同心於踣之，故矯節閉殿，莫敢齟齬，以生得失，譬之於射，勃矢而嬰弦機也。鄉使呂祿自出以當齊、楚，而產兼將南北軍以自定或不足；以倡亂賊諸大臣有餘力矣。呂氏本謀，欲待嬰與齊合兵而後發，故雖聽酈寄之言，尚猶豫未有所決也。及賈壽自齊來，知嬰謀，然後以印屬典客。蓋自知無以待嬰，而欲改圖以緩死。故得因其瑕釁而乘之。由是觀之，定天下安劉氏者嬰也審矣！其推功於平、勃誤也。

抑吾有感焉！三代以下，漢治為近古，其大臣謀國，若家人然。嬰之功雖掩於平、勃，受封猶次之。至平陽侯窋屢發產謀，以關平、勃，折其機牙，功不在嬰下。及事平，以不與誅諸呂奪官，而無一言以自列。嗚呼！何其厚與！韓、富，賢人也。其相宋也，以不共撤簾之謀生怨。豈人心之變，隨世以降，而終不可返於古邪？抑上所以導之者異邪？此有國家者所宜長慮也。

録自望溪文集卷三。

于忠肅論

孔子曰：『可與立，未可與權。』易之道，正或有過，而中則無之。中非權不得，而遭事之變，則尤難。明景泰中，于忠肅公不爭易儲。為之解者曰：『公陰爭之而不敢暴也。』或曰：『景泰有定國之功，有天下者，宜其子孫。』是皆未得公之心也。宋太宗挾傳子之私，而光美、德昭不得良死。季桓子有疾，命正常曰：『南孺子之子，男也，則以告而立之；女也，則肥也可。』桓子卒，康子即位。既葬，康子在朝。南氏生男，正常載以如朝，曰：『夫子有遺言：「南氏生男，則以告於君大夫而立之。」』康子請退。公使共劉視之，則或殺之矣。方景泰帝決志易儲，爭者雖盈廷不足忌，而公則其身之所由以立也，動在社稷，中外之人心繫焉，公有言，則心孤而慮變矣。帝之度量未必遠過宋太宗，而威權則十百於康子，是乃公之所心悸也。南城高樹之伐，殆哉！岌岌乎而敢輕試哉？

魯昭公之出也，叔孫婼自祈死而不誅其司馬鬷戾，先儒病焉，不知婼之心亦猶是也。春秋時，強家脅權而相滅者，無國無之。季氏之惡稔矣，其不動於惡，以國制於己，而昭公在外為不足忌耳。若婼誅鬷戾，則季氏之慮變矣，非獨叔孫氏之憂，吾恐圉人犖、卜齮之賊復興，而公衍、公為不得復安於魯也。為叔孫計，必力能誅季氏、定昭公，而後可加刃於鬷戾，故不得已而以死自明，此叔孫之明於權也。

吾因正常而得于公之義，又因于公而得叔孫婼之心，故並論之，使遭變而處中者，有以權焉。

録自望溪文集卷三。

原人上

孔子曰：『天地之性，人為貴。』董子曰：『人受命於天，固超然異於群生。』非於聖人賢人徵之，於塗之人徵之也；非塗之人徵之，於至愚極惡之人徵之也。何以謂？聖人賢人為人子，而能盡其道於親也；為人臣，而能盡其道於君也；而比俗之人，徇妻子則能竭其力，縱嗜欲則能致其身，此塗之人能為堯、舜之驗也。婦人之淫，男子之市竊，非失其本心者，莫肯為也；而有或訐之，則怍於色，怒於言。故禽獸之一其性，有人所不及者矣，而偏且塞者不移也。人之失其性，有禽獸之不若者矣，而正且通者具在也。宋元兇劭之誅也，謂臧質曰：『覆載所不容，丈人何為見哭？』唐柳燦臨刑，自詈曰：『負國賊死其宜矣！』由是觀之，劭之為子，燦之為臣，未嘗不明於父子君臣之道也；惟知之而動於惡，故人之罪視禽獸為有加；惟動於惡而猶知之，故人之性，視禽獸為可反。孟子曰：『人之所以異於禽獸者，幾希！』痛哉言乎！非明於天性，豈能自反於人道哉！

録自望溪文集卷三。

原人下

自黃帝、堯、舜至周之中葉，僅二千年，其民繁祉老壽，恒數百年不見兵革，雖更姓易代，而禍不延於民。降及春秋，胥胥大亂，尚賴先王之遺澤以相維持，會盟討伐，徵辭執禮；且其時戰必以車，而長兵不過弓矢，所謂敗績，師徒奔潰而已，其俘獲至千百人，則傳必特書以為大酷焉。自戰國至元、明，亦二千年，無數十年而無小變、百年二百年而不馴至於大亂者；兵禍之連，動數十百年，殺人之多，每數十百萬。歷稽前史所載民數，或十而遺其四三焉，或十而遺其一二焉。何天之甚愛前古之民，而大不念後世之民也！

傳曰：『人之於天也，以道受命，不若於道者，天絕之也。』三代以前，教化行而民生厚，舍刑戮放流之民，皆不遠於人道者也，是天地之心之所寄，五行之秀之所鍾，而可多殺哉！人道之失，自戰國始。當其時，篡弒之人列為侯王，暴詐之徒比肩將相，而民之耳目心志移焉，所尚者機變，所急者嗜欲，薄人紀，悖理義，安之若固然；人之道既無以自別於禽獸，而為天所絕，故不復以人道待之，草薙禽獮而莫之惻痛也。秦、漢以還，中更衰亂，或有數十百年之安，則其時政事必少修明焉，人風必少淳實焉；而大亂之興，必在政法與禮俗盡失之後，蓋人之道幾無以自立，非芟夷蕩滌不可以更新；至於禍亂之成，則無罪而死者，亦不知其幾矣！然其間得自脱於瘡痍之餘，剝盡而復生者，必於人道未盡失者也。

嗚呼！古之人日夜勞來其民，大懼其失所，受於天耳；失所受而不自知，任其失而不為之所，其積也，遂足以干天禍而幾盡其類，此三王之德所以侔於天地也與！

録自望溪文集卷三。

原過

君子之過，值人事之變而無以自解免者，十之七；觀理而不審者，十之三。眾人之過，無心而蹈之者十之三；自知而不能勝其欲者，十之七。故君子之過，誠所謂過也，蓋仁義之過中者爾。眾人之過，非所謂過也，其惡之小者爾。

上乎君子而為聖人者，其得過也，必以人事之變，觀理而不審者則鮮矣。下乎眾人而為小人者，皆不勝其欲而動於惡，其無心而蹈之者亦鮮矣。眾人之於大惡，常畏而不敢為，而小者，則不勝其欲而姑自恕焉。聖賢視過之小，猶眾人視惡之大也，故凜然而不敢犯；小人視惡之大，猶眾人視過之小也，故悍然而不能顧。

服物之初御也，常恐其污且毀也，既污且毀，則不復惜之矣。苟以細過自恕而輕蹈之，則不至於大惡不止。故斷一樹，殺一獸，不以其時，孔子以為非孝。微矣哉！亦危矣哉！

録自望溪文集卷三。

先天後天圖說

宋邵氏所傳八卦二圖，與說卦傳合。朱子謂『先天圖方位無可疑者，而後天圖多不可曉。至卦位所以易置之故，則自昔無聞焉』。

按之經文，一則以八卦之實象明其體，一則以四時之常運著其用，合此二者，而後圖相變之義可見矣。火之精為日，日生於東而明盛在晝；水之精為月，月生於西而明盛在夜；雷藏地中，伏氣於東北，而發聲起蟄，應春始作；澤匯東南，而水潦盛昌，百谷滿盈，其候惟秋；又土膏發於春夏，而成功亦在秋，此四正之位所以易也。風陰氣，位西南，而蘇息長養，發用於春夏之交；山起西北，而脊脈皆東北行，其中鳥獸胎育，樹木甹蘖，多在冬春之交，蓋山氣之萌養也；南者，乾之正位，而戰於西北，盛陰相薄，終不滅息，而為復生之始，於此見『於穆不已』之命焉；北者，坤之正位，而卦辭則利西南，蓋土盛於夏秋之交，萬物皆致養焉，此四隅之位所以易也。以天、地、水、火、雷、風、山、澤之實體，合四時五方以徵其實用，則二圖相為表裏，而不可缺一明矣。

邵氏及朱子以先天圖為伏羲所作，後天圖為文王所作，而經、傳、百家之言無可證者；攻之者遂謂此雜家之術，不足道也。不知二圖雖後人創作，其理固不可廢，況與說卦合哉？然必謂羲、文已有是圖，而孔子以說卦解之，則鑿矣。其諸宋之儒先因說卦以作圖，而邵氏傳其學與？

錄自望溪文集卷三。

謚法

謚之作也，人心之不知其然而然者也。遂古帝者之號，多不知其義所取。烈山氏始為農師，而民神之，故因而號焉。堯、舜之聖，民無能名。禹平洪水，相與震而驚之，故稱大焉。至於湯，則或嘉其功而稱成，或象其德而稱武，此周公所以因之而作謚也。

有祖而又有宗，亦人心之不知其然而然者也。商之世嘗衰矣，至帝戊而中興，故尊之而因以號焉；其後屢衰，武丁振而興之，功最高，故尊之而因以號焉。漢之太宗、世宗用此義也。

至東漢，而祖宗謚號之義皆失矣。祖者，始也；故宗無定數，祖一而已。以光武之復有天下而稱祖，是二始也。謚以易名，因以為廟號，春秋所書桓宮、武宮是也。廟別有號，是再諡也。主是議者，必以祖有功而宗有德，又祖一而宗無定數，以為祖賢於宗。不知殷人宗湯，周宗武王，乃二代始受命之君，不聞湯、武之賢，以不稱祖而貶於稷、契也。其廟別為號，蓋緣文帝稱太宗、武帝稱世宗而然；不知曰『太』曰『世』，非諡也，非『顯』與『明』、『肅』與『章』之比也。至於唐而歷世並稱宗，至於明而繼世並稱祖，傷名愆義，實自東漢始。東漢之經學，後世莫並焉，而若此類乃不能辨，惜夫！

録自望溪文集卷三。

異姓為後

神不歆非類，民不祀非族，以其氣之不相屬也，故古無以異姓為後者。春秋書莒人滅鄫，而傳者謂立異姓以蒞祀。於經則疎，然足徵自周以前，未嘗有是也。

漢、魏以降，其流益漫，自王公及士庶，蹈此者跡相疊。蓋俗之衰，人多不明於天性，而骨肉之恩薄；謂後其有父母者，將各親其父母，無父母而自知其所出，猶有外心焉，故常舍其兄弟之子與其族子，而求不知誰何之人，取之襁褓之中，以自欺而欺人。嗚呼！是謂不有其祖也。其為之後者，苟自知其繫姓，則俟養己者歿，求其族以後之，反其田宅，而脫身以復其宗，禮也。不自知其繫姓，而養己者之族，亦無可承，則廟祭其先，而祭養己者於其墓，祭者稱名，所祭舉姓字，奕世不廢焉。古之有天下國家者，祀九皇六十四氏，以及因國之無主後者，有道有德者，祭於瞽宗，皆以義屬耳，而況取諸襁褓，或收育於孤稚流離之日乎？然以恩與義屬而世祀焉，則誠也；以氣屬而命之曰為後，則偽也。禮不可以為偽，故曰：『名之必可言也。』

繫姓之不知，則其祭也如之何？曰：『是特與生而喪其父母、生而不及其大父母者，同實耳。致愛而導之以哀，致慤而加之以痛，胡為其不可以承祀也。姓無所受則逮子若孫而氏以己之字可也。』其於養己者之祭，則不可以及其祖宗，是何也？義止於其身，而及其祖宗，是以氣屬而為偽也，此謂誣於祭。若舍是而求順比俗之情，則非吾之所敢知也。

録自望溪文集卷三。

讀古文尚書

先儒以古文尚書辭氣不類今文，而疑其偽者多矣。抑思能偽為是者，誰與？夫自周以來，著書而各自名家者，其人可指數也。言之近道，莫若荀子、董子。取二子之精言，而措諸伊訓、大甲、説命之間，弗肖也；而謂左丘明、司馬遷、揚雄能為之與？而況其下焉者與？

然則其辭氣不類今文何也？嘗觀史記所采尚書，於『肆覲東后』，則易之曰『遂見東方君長』；『太子朱啟明〔一〕』，則曰『嗣子丹朱開明』；『有能奮庸熙帝之載』，則曰『有能成美堯之事者〔二〕』；如此類，不可毛舉。因是疑古文易曉，必秦、漢間儒者得其書，苦其奧澀，而稍以顯易之辭更之，其大體則固經之本文也。無逸之篇，今文也。試易其一二奧澀之語，則與古文二十五篇之辭氣，其有異乎？

遷傳儒林曰：『孔氏有古文尚書，而安國以今文讀之，遂以起其家逸書。』而安國自序其書，謂『科斗書廢已久，時人無能知者。以所聞伏生之書，考論文義，定其可知者，增多二十五篇』。夫古文既不可知，僅就伏生之書以證而得之，則其本文缺漫及字體為伏生之書所不具者，不得不稍為增損，以足其辭，暢其指意。此增多二十五篇所以獨為易曉，而與伏生之書異與？然則遷所云『以今文讀之』者，即余所謂以顯易之辭通其奧澀，而非謂以隸書傳之也。

録自望溪文集卷一。

【校】

〔一〕『太子朱』，據宋刊本尚書堯典應作『胤子朱』，因避清諱，改『胤』為『太』。

〔二〕『成』，黄善夫本及金陵局本史記五帝本紀均作『奮庸』，方氏改作『成』，不知何據。

讀大誥

昔朱子讀大誥，謂：『周公當時欲以此聳動天下，而篇中大意，不過謂周家辛苦創業，後人不可不卒成之；且反覆歸之於卜，意思緩而不切，殊不可曉。』嗚呼！此聖人之心所以與天地相似，而無一言之過乎物也。蓋紂之罪，可列數以聳人聽，而武庚之罪則難為言。

所可言者，不過先王基業之不可棄，與吉卜既得，可徵天命之有歸而已。夫感人以誠不以偽，此二者，乃周人之實情，可與天下共白之者也。其於武庚，則直述其『鄙我周邦』之言，未嘗有一語文致其罪。其於友邦君，第動以『友伐厥子』之私義，而不敢謂大義當與周同仇也。非聖人而能言不過物如是與？

不惟此也，周初之書，惟牧誓為不雜。武王數紂之罪，惟用婦言、棄祀事，而剖心、斮脛、焚炙、刳剔諸大惡弗及焉。至於『暴虐』、『姦宄』，則歸獄於『多罪逋逃』之臣。故讀牧誓而知聖人之心之敬，雖致天之罰，誓師聲罪，而辭有所不敢盡也。讀大誥而知聖人之心之公，審己之義，察人之情，壹稟於天理，而修辭必立其誠也。

然大誥之書，自漢至宋千有餘年，讀者莫之或疑，至朱子而後得其間焉。是又治經者所宜取法也夫！

録自望溪文集卷一。

讀尚書記

書說之謬悠，莫如君奭篇序稱『召公不悅』，及周公代成王作誥而弟康叔。自唐以後，眾以為疑，朱子出，其論始定；然折之以理，而未得其情也。

余既辨周官，正戴記，然後悟曰：是二者，亦劉歆之為耳。蓋歆承莽意作明堂記，奏定『居攝踐阼』之儀，而戴記所傳無是也。故豫徵天下有逸禮、古書、周官文字者，令記說於廷中，以示明堂記所自出，不徒購其書，而徵其人使記說，利其無稽也。故前後至者，以千數。而又多為之徵，於文王世子之篇竄焉。周末諸子言禮者，莫篤於荀卿；而網羅舊聞，莫先於史記。故於荀氏、司馬氏之書亦竄焉。奏稱『周公踐阼，而召公不悅』。所以探漢大臣之心而多為之變以攜之也；而於記無可附，故於君奭之序竄焉，而並竄魯、燕世家以為之徵。

莽改元，稱康誥『王若曰：朕其弟，小子封』，以為周公受命稱王之文。則當是時，尚無篇首周公作洛，眾會之文也。使此文前具，則必引為明證，而不徒虛為之說矣。歆知其說為天下所心非，故復竄此以設疑於後世爾。蓋是篇乃伏生之書，博士弟子所循誦也，若早竄焉，則眾譁然而辨其非矣。

蘇氏謂：『康誥之首，乃洛誥錯簡，群儒因之。』亦非也。其地其時，實與多士篇應，而『見士於周』，義亦近焉。蓋五服之國各登其民治而貢士於周，故公因而告之。然大義無存焉，雖存而不論可也。

余憫漢、唐諸儒為歆所蔽，使聖人之經受其誣，而記禮者及荀氏、司馬氏亦為歆而受惡。故辨其所由然，使後有考焉。

録自望溪文集卷一。

讀尚書又記

西伯受命稱王，而斷虞、芮之訟，及以是年改元。自歐陽氏辨其妄，羣儒昭然若發矇矣；然特謂司馬氏、孔氏、毛氏之妄耳。書之傳，詩之序，自前世多疑其偽，惟史記為完書。遷知六藝必折衷於孔子。文王『服事殷』，『武王末受命，周公成文、武之德』而『追王』：孔子之言甚著，而敢妄為異說乎？

蓋莽既稱康誥，以為周公居攝稱王之文。故復為此，以示居攝稱王而復臣節者，周公也。受命稱王而不復為人臣者，文王也。紂君天下數十年；西伯斷二國之訟，諸侯鄉之，遂以是年改元，制正朔，況孺子襁抱，劉崇瀦，翟義滅，宗室王侯、公卿大夫、郡國吏士同心相推戴乎？緯書言：文王受命，有白魚負圖、赤雀銜書之瑞。亦莽受銅符、帛圖、金策，據以即真之符驗也。

詩書之文，曰『文王受命惟中身』，謂繼世而為諸侯也；曰『文王受命，有此武功』，謂受命為西伯而專征伐也。以受命為稱王，自史記始，而後為書傳、詩序者因之耳。史記宣、成間始少出而未顯，今所傳，乃歆所校錄，而可據為信乎？周本紀『詩人蓋〔一〕道西伯，蓋受命之年稱王』，至『王瑞自太王興』，不獨與論語、中庸顯背，繩以文義，亦多駢旁枝。削之，前後語意正相承無間。

朱子謂：『史記之妄，歐陽氏所辨明矣。「惟九年，大統未集」，實為痕瑕。』嗚呼！武成之篇，古文也。古文尚書、毛詩，皆自歆發。歆為三統厤，考上世帝王，以為文王受命九年而崩。則武成及周本紀之文，為歆所增竄，尚何疑乎？嗚呼！歆之徧竄羣書，以曲為彌縫，乃其姦之所以卒發於後世與！

録自望溪文集卷一。

【校】

〔一〕據武英殿本史記周本紀，此『蓋』字衍。

讀二南

二南之序曰：『繫之周公，繫之召公。』余少受詩，反覆焉而不得於心。及觀朱子集傳云：『得之國中，而雜以南國之詩，謂之周南。得之南國者，直謂之召南。』然後心愜焉，而漢廣、汝墳所以獨列於周南，則其義未之前聞也。

夫周道興於西北，自北而南，地相直者，正江、漢也。風教遠烝於此，則周之西南，沿漢與江，庸、蜀、羌、髳、微、盧、彭、濮之怙冒，舉諸此矣。至於汝墳，則又自西而益東，自南而漸北，殷商國畿而外，皆周之宇下，所謂三分天下有其二也。且其辭義，以視召南諸篇，亦瑩然而出其類。方是時，被化之國，其上之風教，雖能應於關雎、麟趾，而下之禮俗，猶未盡淳。觀漢廣之愛慕流連，而知其不可求，則與行露、野有死麕悄乎其有懼心者異矣。草蟲、殷雷，自言其傷而已耳，汝墳則憂在王室，而勉其君子，於文王以服事殷之心，若或喻之。錄此二詩，而被化之先後，疆略之廣輪，觀感之淺深，一一可辨矣。十三國之風，其篇次列於周大師，或孔子更定，所不敢知；而二詩之在周南，則為周公所手訂，決也。

惟何彼穠矣，其作於鎬、洛？若齊人為之，皆不宜以入召南。豈秦火之後，詩多得之諷誦，漢之經師失其傳，而漫以附焉者與？

錄自望溪文集卷一。

讀邶鄘至曹檜十一國風

漢、唐諸儒於變風，傅會時代，各有主名，以入於美刺。朱子既明辨之，而世儒猶嘵嘵。蓋謂一國之詩，數百年之久，所存必政教之尤大者，閭閻叢細之事，男女猥鄙之情，即間錄以垂戒，不宜其多，乃至於此；而不知刪詩之指要，即於是焉存。蓋古者，自公卿至於列士，職以詩獻，而衰世之臣，孰是如大雅之舊人家父、凡伯者乎？故淇澳、緇衣而外，士大夫憂時閔己之詩，所存無幾，而叢細猥鄙之辭，則無一或遺。蓋民俗之真，國政之變，數百年後廢興存亡昏明之由，皆於是可辨焉。

稽之春秋，中原建國，兵禍結連，莫劇於陳、鄭、衛次之，宋又次之，而淫詩惟三國為多。樂記雖云：『宋音、燕女溺志。』然特論其音，且燕女非必淫奔也。以此知天惡淫人，不惟其君以此敗國亡身殞嗣；其民夫婦男女亦死亡危急，焦然無寧歲也。而淫詩之多寡，實與兵禍之疏數相符，則刪詩之指要，居可知矣。

齊、晉、秦三國最強，而兩國無淫詩。齊襄災及其身，崔杼弒君，陳氏竊國，皆由女禍。故齊詩終於猗嗟、載馳〔一〕、敝笱，始於雞鳴。秦之亡，以親奄幸，疾師儒。故秦詩始於車鄰、駟鐵〔二〕，終於『夏屋』。唐俗勤儉，固其所以興也。然纖嗇筋力，則艷以利而易動。故其後趙盾、欒書皆為國人所附，而晉卒分於三族，乃桓叔、武公為之嚆矢耳。國以此始，亦必以終。茲非其明鑑與？

若魏、若曹、若檜，國小而鄰逼，故君民同憂，未敢淫逞；而君少偷惰，臣或貪愚，則國非其國矣。總而計之：邶、鄘無徵，魏、檜早滅，衛、鄭以下七國之亡徵，並於所存之詩見之。非聖人知周萬物，而百世莫之能違，其孰能與於此？

然則鄭之亡轉後於陳，而衛之亡又後於宋，何也？鄭之淫風盛於下，而未及其上。衛有康叔、武公之遺德，雖至季世，猶多君子。國於天地，必有與立，或同始而異終，或將傾而復植，豈可以一端盡哉！以是知天命無常，國之興亡，一以人事為準也。

録自望溪文集卷一。

【校】

〔一〕『馳』應為『驅』。

〔二〕『鐵』應為『驖』。

讀王風

世儒謂『讀王風而知周之不再興』，非深於詩者之言也。方是時，上之政教雖傎，而下之禮俗未改。其君子抱義而懷仁，其細民畏法而守分。以道興周，蓋視變魯、變齊而尤易焉。

黍離、兔爰，憂時閔俗，百世以下，猶使人悱惻而流連。大車檻檻，師都猶能正其治也。君子陽陽，匿跡下僚，而不改其樂也。采葛憂良臣之見讒，丘中懼賢者之伏隱。觀其朝，有若榮公、皇父、師尹之敗類者乎？君子於役發乎情、止乎禮義者，無論矣。葛藟悲無兄弟，則宗子收族、大功同財之淳風猶未泯也。戍者懷其室家，而於君長無怨言。思奔之女自誓於所私，按其辭意，亦未嘗心非其大夫。觀其民，有若晉國之誣於欒氏，齊、魯之隱民心歸於陳、季者乎？十篇之中，淫志溺志、敖辟煩促之音，無一有焉。

蓋自周公師保萬民，君陳、畢公繼治於伊、洛；自上以下，莫不漸於教澤，懔於德心，而知禮義之大閑。故降至春秋，篡弒攘奪，接跡於諸夏之邦，而王室則無之，以眾心之不可搖奪也。子頹、子帶、子朝之亂，國民鄉順，官師守常；故侯、伯、公、卿倚是以定謀，而亂賊皆應時誅討。使當是時，上有宣王，下有方、召，則其興也勃矣。況能託國於周、孔乎？

然孔子志在東周，其於齊、衛之君猶瞢瞢焉，而適周，則未嘗一自通於共主及二三執政何也？蓋周之政在世卿久矣。以羈旅之士，一旦奉社稷以從，非聖如湯、文，安能蹈此？故必得大國而用之，踐桓、文之跡，然後能成周、召之功，此孔子之志事也。世儒以周不能興，遂謂王風氣象薾然，不可振起；是所謂見其影而不見其形者也。孟子言誦詩、讀書，道在知人論世，而自道其學曰『知言』，有以也夫！

録自望溪文集卷一。

讀齊風

余少讀著，疑與鄭之豐、衛之桑中為類，而非譏不親迎；親迎之禮，壻本御輪三周，先俟於門外；且跬步之頃，而三易其瑱，不惟無此禮數，亦非事之情。及少長，見班固地理志，然後得其徵。蓋此女所奔者，非一人。東方之日，則奔之者，非一女也。齊自襄公鳥獸行，下令國中：長女不得嫁，為家主祠，名曰巫兒。至東漢之初，俗猶未改。故當其時，奔者亦若無怍於父兄；受其奔者，亦可無憎於里黨。蓋惟聽其奔，然後可以安人情，別天屬也。顯言而公傳道之。是以鄭、衛之詩，按其辭，可知為淫奔；而著與東方，其事其辭，與夫婦之唱隨者，幾無辨也。

國語稱襄公『田、狩、畢、弋，不聽國政，而惟女是崇』，則還與盧令亦同時所作耳。齊之立國能強，由其民習於武節； 而其後篡弑竊國之釁，皆由女寵。其詩十一篇： 二為游田，五為男女之亂，而冠以古賢妃之警其君； 蓋齊之所以始終者，具此矣。

孔子刪詩，事有細而不遺，辭有污而不削，以是乃廢興存亡之所自也。非然，則鄭、衛、齊、陳之淫聲、慢聲，胡為而與『雅』『頌』並立與？

録自望溪文集卷一。

讀周官

嗚呼！ 世儒之疑周官為偽者，豈不甚蔽矣哉！ 中庸所謂盡人物之性，以贊天地之化育者，於是書具之矣。蓋惟公達於人事之始終，故所以教之、養之、任之、治之之道，無不盡也。惟公明於萬物之分數，故所以生之、取之、聚之、散之之道，無不盡也。運天下猶一身，視四海如奥阼，非聖人而能為此乎？

然自漢何休、宋歐陽修、胡宏皆疑為偽作。蓋休耳熟於新莽之亂，而修與宏近見夫熙寧之弊，故疑是書晚出，本非聖人之法，而不足以經世也。莽之事不足論矣，熙寧君臣所附會以為新法者，察其本謀，蓋用為富強之術，以視公之依乎天理以盡人物之性者，其根源較然異矣。就其善者，莫如保甲之法； 然田不井授，民無定居，而責以相保相受，有罪奇邪相及，則已利害分半，而不能無拂乎人情矣。修與宏不能明辨安石所行，本非周官之法，而乃疑是書為偽，是猶懲覆顛而廢輿馬也。

是書之出，千七百年矣。假而戰國、秦、漢之人能偽作，則冬官之缺，後之文儒有能補之者乎？ 不惟一官之全，小司馬之缺，有能依倣四官之意，以補之者乎？ 其所以不能補者，何也？ 則事之理有未達，而物之分有未明也。

嗚呼！ 三王致治之跡，其規模可見者，獨有是書； 世變雖殊，其經綸天下之大體，卒不可易也。若修與宏者，皆世所稱顯學之儒，而智不足以及此，尚安望為治者篤信而見諸行事哉？ 必此之疑，則惟安於苟道而已，此余所以尤痛疾乎後儒之浮說也。

録自望溪文集卷一。

周官辨僞 一

凡疑周官爲僞作者，非道聽塗說而未嘗一用其心，即粗用其心而未能究乎事理之實者也。然其間決不可信者，實有數事焉：周官九職貢物之外，別無所取於民；而載師職則曰：「近郊十一，遠郊二十而三，甸、稍、縣、都皆無過十二。」市官所掌，惟廛布與罰布；而廛人之斂布、總布、質布，別增其三。夏、秋二官毆疫，禬蠱，攻貍蠹，去妖鳥，毆水蟲，所以除民害，安物生，肅禮事也；而以戈擊壙，以矢射神，以書方厭鳥，以牡橭、象齒殺神，則荒誕而不經。若是者，揆之於理則不宜，驗之於人心之同然則不順，而經有是文何也？則莽與歆所竄入也。

蓋莽誦六藝，以文姦言；而浚民之政，皆托於周官。其未篡也，既以『公田口井』布令，故既篡下書，不能遽變十一之說，而謂漢法名三十稅一，實十稅五，則其意居可知矣。故歆承其意而增竄閭師之文[一]，以示周官之田賦本不止於十一也。莽立山澤，六筦，榷酒，鑄器，稅眾物以窮工商；故歆增竄廛人之文，以示周官征布之目，本如是其多也。莽好厭勝，妖妄愚誣，爲天下訕笑；故歆增竄方相、壺涿、硩蔟、庭氏之文，以示聖人之法，固如是其多怪變也。夫歆頌莽之功，既曰『發得周禮，以明因監』，而公孫祿數歆之罪，又曰『顛倒五經，使學士疑惑』，則此數事者，乃莽與歆所竄入決矣。然猶幸數事之外，五官具完，聖人制作之意，昭如日星；其所僞託，按以經之本文，而白黑可辨也。

古者公田爲居，井竈場圃取具焉，國賦所入，實八十畝；孟子及春秋傳所謂十一，乃總計公私田數以爲言；若周之賦法，不過歲入公田之穀，並無所謂十一之名也；又安從有『二十而三』與『十二』之道哉？閭師之法通乎天下[二]，又安有近郊、遠郊、甸、稍、縣、都之別哉？載師職所以特舉國宅、園廛、漆林，以田賦之外，地征惟此三者耳；今去『近郊十一』至『無過十二』之文，而載師職固辭備而義完矣。周官之田賦，更無可疑者矣。

周之先世關市無征；及公制六典，商則門征其貨，買則關市征其廛；蓋以有職則宜有貢，又懼所獲過贏，而民爭逐末耳。肆長之斂總布，蓋總一肆買賒官物所入之布而斂之，非別有是征也。若質布則本職無是，絘布則通經無是也。今去『絘布、質布、總布』之文，而廛人職固辭備而義完矣。周官之市征，更無可疑者矣。

方相氏之索室毆疫也，庭氏之射妖鳥也，哲蔟氏之覆妖鳥之巢也，乃聖人明於幽明之故而善除民惑也。害氣時作，妖鳥夜鳴，人之所忌，其氣焰足以召疾殃，故立為經常之法，俾王官帥衆而毆之，引弓而射之，則民志定，其氣揚而夭厲自息矣。夫疫可毆也；而『蒙熊皮，黃金四目』，與莽之遣使『負鷩』『持幢』何異乎？卜得吉兆，以安先王之體魄，而『入壙，戈擊四隅，以毆方良』，與莽之令『武士入高廟，拔劍四面提擊』何異乎？妖鳥之巢可覆也，而以方書日月星辰之號懸其巢；妖鳥之有形者可射也，不見其形而射其方，猶有說也；神之降，不以德承焉，不以其物享焉，而射之可乎？水蟲之怪可毆也，而其神可殺乎？神無形而有死，神死而淵可為陵，其誑燿天下，與莽之『鑄威斗』，『鐫銅人膺文』，『桃湯、赭鞭，鞭灑屋壁』，異事而同情。今於方相氏去『蒙熊皮，黃金四目』及『大喪』以下之文，於哲蔟氏去『以方書』下之文，覆其巢，則鳥自去矣；以方書懸巢上，是不覆其巢也。與上文顯背。於壺涿氏，去『若欲殺其神』以下之文，於庭氏去『若神也』以下之文，則四職固辭備而義完矣。其他更無可疑者矣。凡世儒所疑於周官者，切究其義，皆聖人運用天理之實。惟此數事，揆以制作之意，顯然可辨其非真，而於莽事，則皆若為之前轍而開其端兆，然則非歆之竄入而誰乎？

昔程子出大學、中庸於戴記，數百年以來莫有異議。朱子斥詩小序，雖有妄者欲復開其喙，而信從者稀矣。惜乎！是經之大體，二子斷為非聖人不能作，而此數事未得為二子所薙芟也。雖然，理者，天下之公也；心者，百世所同也。然則姑存吾說，以俟後之君子，其可哉！

録自望溪文集卷一。

【校】

〔一〕『閭師』，據上下文及周禮地官載，應作『載師』。

〔二〕同上，『閭師』應作『載師』。

周官辨偽二

媒氏：『仲春之月，大會男女〔一〕，奔者不禁。』近或為之說曰：『是乃聖人之所以止佚淫而消鬬辯也。每見甿庶之家，嫠者改適，猜釁叢生，變詐百出，由是而成獄訟者十四三焉。豈若天子之吏以時會之，而聽其相從於有司之前，可以稱年材，使各得其分願哉！管子治齊，以掌媒合獨，猶師其意，則斯乃民治之所宜也審矣。』嗚呼！管子生政散民流之後，而姑為一切之法，是不可知；若成周之世，則安用此哉？自文王后妃之躬化，遠蒸江、漢，至周公作洛，道洽政行，民知秉禮而度義也久矣；又況周官之法：冠昏之禮事，黨正教之；比戶之女功，鄰長稽之；凡民之有邪惡者，雖未麗於法，而已『坐諸嘉石，役諸司空』，任諸州里，尚何怨曠陰私暴詐之敢作哉？管子合獨之政，乃取鰥寡而官配之；若會焉而聽其自奔，則雖亂國汚吏能布此為憲令乎？蓋莽之法：私鑄者伍坐。沒入為官奴婢，傳詣鍾官者，以十萬數；至則易其夫婦，民人駭痛。故歆增竄媒氏之文，以示周官之法官會男女而聽其相奔；則以罪沒而易其夫婦，猶未為已甚也。莽之母死而不欲為之服，歆與博士獻議：『周禮：王為諸侯緦衰，弁而加環絰，同姓則麻，異姓則葛。』今周禮司服無『弁而加環絰』三語，則媒氏之文，為歆所增竄也決矣。按：莽欲九錫，則增易左傳，謂周公『越九錫之檢』；莽欲稱假皇帝，則云：書逸嘉禾篇『周公奉鬯立於阼階，延登，贊曰：假王蒞政，勤和天下』。其偽構經文，皆歆為之謀主也。又以文義核之，於『奔者不禁』下，承以『無故而不用令者罰之』。則所謂不用令，未知其何指也？既曰『大會男女〔二〕』，又曰『司男女之無夫家者而會之』，重見贅設，失言之序。必削去『仲春之月』以下三十七字，然後媒氏之文與義皆完善。

嗚呼！聖人之法，所以循天理而達之也；聖人之經，所以傳天心而播之也；乃為悖理逆天之語所混淆，至於二千餘年而不可辨，則歆誠萬世之罪人也。余嘗病班史於莽之亂政奸言，纖悉不遺，於義為疎，於文為贅；然周官之為歆所偽亂者，乃賴班史而備得其徵。豈非聖人之經，天心不欲其終晦，而既蝕復明，固有數存乎其間邪！或曰：『歆於司服職轉不竄入三語何也？』蓋他職所增，皆怪變不經，故必竄入，以惑人聽。司服職則本有『為諸侯緦衰』及『其首服皆弁經』之語，而『弁而加環經，同姓則麻，異姓則葛』，乃禮家之常談，眾共知之。歆之姦心，以周官雖藏冊府，而恐吏民或私有其書，故以莽之亂政竄入諸官，頒示天下；而於己所獻議，禮家之常談，轉不竄入；使人疑古書之傳有同異，以比於易、詩、書之文引用或有增損者。正所謂『顛倒五經，使學士疑惑』也。

錄自望溪文集卷一。

【校】

〔一〕『大會』，據周禮地官媒氏，應作『令會』。

〔二〕同上，『大』應作『令』。

書周官大司馬四時田法後

聖人之政，盡萬物之理而不過者，不惟其大，惟其細。聖人之文，盡萬事之情而無遺者，不以其詳，以其略。周公五官之典皆然，而大司馬四時田法，尤其顯著者也。蓋觀春與秋，而知冬夏之田，王及諸侯皆不與焉；春著王與諸侯所執之鼓，秋著所載之旗，冬夏則特標群吏。盛暑隆寒，不宜以武事煩尊者，學士冬夏不習舞，亦此義。且官徒殷則勞費大也。觀虞人所萊之野，樹表者三百五十步，圍禁前後之屯百步，而知鄉遂、公邑、都家之車徒皆前期各習於其地，而赴禁圍者無幾焉。鄉師前期出田法於州里，大司馬前期命修戰法，茇舍，治兵，所辨號名旗物，纔以內毋漏焉，則前期而備教之可知矣。使偏陳於禁圍，則一鄉一遂之車徒有不能容矣，此所以事習而民不煩也。『魯人大蒐，自根牟至於商衛，革車千乘』。殆其遺教與？

戰法、田法之詳，至冬狩始見者，雖各修於其地，然必待築場納稼之後，乃可徧簡車徒，稽人畜、旗物、軍器；行於三時，則奪農功而無地以陳車馬。辨夜事於仲夏者，人可露處而衣裝約也。於『茇舍』特舉『辨軍之夜事』，則知『以教坐作、進退、疾徐、疏數之節』，通乎三時矣。於夏舉勺，於冬舉烝，則祠嘗視此矣。於春舉社，則秋報可知矣。於秋舉方，則春祈可知矣。小雅『以社以方』疏謂皆秋報也。大雅『方社不暮』承祈年之後，必春祈也。呂氏月令所述多周制，『孟春，命祀山林川澤』，邦畿四面皆有之，月令於春未及方祭，疑即方也；『仲春，命民社』：二者正次祈穀之後，可與大雅相證。於秋冬曰致禽，則春夏獻禽之約可知矣。於冬特舉饁獸，則秋猶未敢備取，而不足以供四郊之饁可知矣。

田法、戰法，冬詳其目而春舉其綱：仲冬大閱，『司馬建旗於後表之中』至『不用命者斬之』，即春蒐『以旗致民，平列陳，如戰之陳』也。『中軍以鼙令鼓』至『鳴鐃且卻，坐作如初』，即春蒐所『教坐作、進退、疾徐、疏數之節』也。『以旌為左右和之門』至『車徒皆譟』，即春蒐『表貉，誓民，鼓，遂圍禁』也。『前期修戰法』，四時所同，而於冬乃出之，則三時專辨其一，而大閱備舉其全具見矣。使以晚周、秦、漢人籍之，則倍其文尚不足以詳其事，經則略舉互備，括盡而無遺，是之謂聖人之文也。

錄自望溪文集卷一。

讀儀禮

儀禮志繁而辭簡，義曲而體直，微周公手定，亦周人最初之文也。然其制惟施於成周為宜；蓋自二帝、三王彰道教以明民，凡仁義忠敬之大體，雖甿隸曉然於心，故層累而精其義，密其文，用以磨礲德性而起教於微眇，使之益深於人道焉耳。

後世淳澆樸散，縱性情而安恣睢，其於人道之大防，且陰決顯潰而不能自禁矣；乃使戔戔於登降進反之儀，服物采色之辨，而相較於微忽之間，不亦末乎？

吾知周公而生秦、漢以降，其用此必有變通矣。獨是三代之治象，與聖人彷徨周浹之意，可就其節文數度省想而得之。故昌黎韓子讀此，惜不得進退揖讓於其間。然其辭以類相從，其義以合而見，而韓子乃分剟而別著為篇，則非吾之所能知矣。

錄自望溪文集卷一。

書考定儀禮喪服後

余少讀儀禮喪服傳，即疑非卜氏所手訂，乃一再傳後門人記述而間雜以己意者；而於經文，則未敢置疑焉。惟尊同者不降，時憯然不得於余心。乃試取傳之云爾者剟而去之，而傳之文無復舛復支離而不可通曉者；更取經之云爾者剟而去之，而經之義無不即乎人心：然後知是亦歆所增竄也。蓋喪服之有厭降，見於子思、孟子之書；惟尊同不降，則秦、周以前載籍更無及此者。而於莽之過禮竭情以侍鳳疾，及稱供養太皇太后，義不得服功顯君事尤切近，故假是以為比類焉。

嗚呼！先王制禮，有跡若相違而理歸於一者，以物之則各異，而所以為則者，無不同也。尊同而不降，物之則無是也，曾是可厚誣先聖而終蔽人心之同然者乎？夫莽誦六藝，以文姦言，其於易、春秋間有稱引，皆自為之說而謬其指；書之傳、詩之序雖有假託，而經文則未嘗增易焉。然則公孫祿所謂『顛倒五經，使學士疑惑』者，喪服經傳之文尤顯見於當時，而為老師宿儒所指斥者歟？時周官始出，戴記尚未列於學官。

錄自望溪文集卷一。

讀孟子

余讀儀禮，嘗以謂雖周公，生秦、漢以後，用此必有變通；及觀孟子，乃益信為誠然。孟子之言養民也，曰制田里，教樹畜而已；其教民則『謹庠序之教，申之以孝弟之義』，凡昔之聖人所為深微詳密者無及焉。豈不知其美善哉，誠勢有所不暇也。然由其道層累而精之，則終亦可以至焉。

其言性也亦然，所謂踐形養氣，事天立命，間一及之；而數舉以示人者，則無放其良心以自異於禽獸而已。既揭五性，復開以四端，使知其實不越乎事親從兄，而擴而充之，則自『無欲害人』、『無為穿窬之心』始。蓋其憂世者深，而拯其陷溺也迫，皆昔之聖人所未發之覆也。

嗚呼！周公之治教備矣，然非因唐、虞、夏、殷之禮俗層累而精之，不能用也；而孟子之言，則更亂世，承汚俗，旋舉而立有效焉。有宋諸儒之興，所以治其心性者，信微且密矣，然非士君子莫能喻也； 而孟子之言，則雖婦人小子，一旦反之於心而可信為誠然。然則自事其心與治天下國家者，一以孟子之言為始事可也。

録自望溪文集卷一。

書考定文王世子後

余少讀世子記，怪其語多復沓枝贅； 既長，益辨周公踐阼之誣，武王夢帝與九齡之妄，而未有以黜之。及觀前漢書，王莽居攝，群臣獻議，稱明堂位周公踐阼以具其儀，然後知是篇誣妄語，亦當時所增竄也。是篇所記，教世子之禮也； 而稱成王不能涖阼者再，周公踐阼者三。成王幼而孤，無由習世子之禮，非闕不能踐阼也。周公抗世子之法於伯禽，豈必踐阼而後法可抗哉？其強而附之，增竄之跡，隱然可尋。莽將即真，稱天公使者見夢於亭長曰：『攝皇帝當為真。』故偽附此記，以示年齒命於天，而夢中得以相與。昔周文、武實見此兆，則亭長之夢，信乎其有徵矣。

嘗考周官顯悖於聖道者，實有數端，而察之莫不與莽事相應。故公孫祿謂歆『顛倒五經，使學士疑惑，其罪當誅』。意當其時，老師宿儒，必具見周官、禮記本文，而憤其偽亂，故祿亦疾焉。余於周官之不類者，既辨而削之； 乃並芟薙是篇，稍移其節次，而發其所以然之義。孟子曰：『予豈好辨哉？予不得已也。』之數者，乃禮義之大閑，自前世或疑而未決，或習而不知其非，故不自揆，刊而正之，以俟後之君子。

莽之亂政，皆託於周官，而僭端逆節，一徵以禮記。其引他經，特遷其說，謬其指，而未敢易其本文。其受九錫奏稱：謹以六藝通義，經文所見，周官、禮記宜於今者，為九命之錫。蓋他經則遷就其義，而周官、禮記則增竄其文之徵也。蓋武帝時，五經雖並列於學官，而易、詩、書、春秋傳誦者多，故說可遷，指可謬，其本文不可得而易也。儀禮孤學，自高堂生而外，學者徒習其容而不能通其義，故於喪服微竄經文，附以傳語。至戴記則後出而未顯，周官自莽與歆發，故恣為偽亂。然恐海內學士或間見周官之書，而傳儀禮、戴記者，能辨其所增竄；

故特徵天下有逸禮、古書、毛詩、周官、爾雅、天文、圖讖、鐘律、月令、史篇文字者，並詣公車；至者以千數。皆令記說廷中，而又使歆卒父業，典校群書而頒布之。使前見周官、儀禮、戴記之本文者，亦謂歆所增竄，雜出於廷中記說，而疑古書所傳，或有同異。其巧自蓋者，可謂曲備矣。

自班固志藝文，壹以歆所定七略為宗，雖好古之士無所據以別其真偽，而每至歆所增竄，則鮮不以為疑。蓋書可偽亂，而此理之在人心者不可蔽也。

戴氏所述禮記，無明堂位，至東漢之初，馬融始入焉；其為歆所偽作，無可疑者；而此記所稱周公踐阼及他誣妄語，莫不與莽事相應，一如莽之亂政，分竄於諸官。先聖之經，古賢之記，為歆所偽亂者，轉賴其自蓋之跡，以參互而得之，豈惟人心之不可蔽哉？蓋若天所牖焉。後之人或以專罪余，則非余之所敢避也。

莽之求書：先逸禮，以戴氏所傳無明堂位及此記所增竄也。次古書，以稱周書逸嘉禾篇『假王蒞政』也。次毛詩，以毛氏後出未顯，俾眾疑其引詩而遷其說謬其指者，或出於毛氏也。如謂『普天之下，莫非王土』，為以天下養之類。次周官，其亂政皆分竄於諸官也。並及爾雅雜家，使眾莫測也。易、春秋無求焉，以莽事無所托，雖有稱引，而於本文無增竄也。

昔朱子謂『戴記所傳，或雜以衰世之禮』，然相提而論，其誣枉未有若周公踐阼，居天子之位者；其妖妄未有若武王夢帝與九齡，而文王復與以三者；其悖謬未有若『大夫為其父母兄弟之未為大夫者之喪服如士服』，及『士之子為大夫，則其父母不能主』者：凡此皆先儒所深病，蒙士所心非也。莽為其母功顯君服天子之吊服而不主其喪，則雜記之文，毋亦歆所增竄，以示大夫、士相去一間耳，而古者子為大夫，於父母之服即有變，況踐阼居天子之位乎？子為大夫，父母之為士者尚不敢主其喪，況居天子位與尊者為體，而可私屈為母喪主乎？

歆既邪惡，而文學乃足以濟其奸，凡所增竄，辭氣頗與戴記、周官為近；故歷世以來，群儒雖究察其非，終懷疑而未敢決焉。班史謂：『自書傳所載亂臣賊子無道之人，考其禍敗，未有如莽之甚者。』余攷自古承學之士，通經習禮，而為妖為孽，亦未有如歆之甚者也。然莽以六藝文姦言，當其時即交訕焉；而歆蠹蝕經傳以誣聖人，亂先王之政，至於千七百餘年而莫敢薙芟，則歆之罪，其更浮於莽也與！

録自望溪文集卷一。

讀經解

此記中間所述多荀卿語，疑出於漢之中葉，而傳荀氏之學者為之也。三代盛時，國不異政，家無殊俗，詩、書、禮、樂，布在庠序，以為四術。降至春秋，王道雖微，而周禮未改；孔子贊易，作春秋，其徒守之。陵夷至於戰國，百家放紛，儒術大絀，焉有一國而專立一經以為教者哉？遭秦滅學，至漢景、武之間，諸老師各抱一經以授其徒，於是齊、魯、燕、趙、鄒、梁之學興。而承其學者，復以教於鄉邑，各自為方，不能相通；而其人之性質行能，亦漸摩於經說而別異焉。記者既列教之所由分，並其說之有所失；而又念一道德而同風俗，非群儒之私教所可冀也。所以養君德，施政教，正俗化，莫急於禮，而禮非天子不能行。禮之興，然後君德可成，而百官得其宜，萬事得其序，和仁信義得其質，宗廟朝廷得其秩，室家鄉里得其情。禮之廢，則君臣、父子、夫婦、長幼，恩薄道苦，序失行惡，其亂百出，而不可禁禦。凡此，皆荀氏所謂原先王，本仁義，禮正其經緯蹊徑；不道禮憲，而求之於詩、書，不可以得之之本指也。

夫六經火於秦，並出於漢，而禮之廢，則自漢始。河間獻王獻古邦國禮五十六篇，武帝不用，而沿襲秦故，以定宗廟百官之儀。其士禮之僅存者，亦未布頒以為民紀。自是以來，學者循誦易、詩、書、春秋之文，而虛言其義，有得有失，一如記所稱；而禮則湮沈殘缺，每至郊廟大議，眾皆冥昧而莫知其原，閭閻士庶，喪、祭、賓、婚，蕩然一無所守，而競於淫侈。記所云『以舊禮為無所用而去之者』，意在斯乎！學者可習其讀而弗察歟？

録自望溪文集卷一。

書刪定荀子後

昔昌黎韓子欲削荀氏之不合者，附於聖人之籍，惜其書不傳。余師其意，去其悖者、蔓者、復者、俚且佻者，得篇完者六，節取者六十有二。其篇完者，所芟薙幾半；然間取而誦之，辭意相承，未見其有闕也。夫四子之書，減一字，則義不著，辭不完；蓋無意於文，而乃臻其極也。荀氏之辭有枝葉如此，豈非其中有不足者邪？

抑吾觀周末諸子，雖學有醇駁，而言皆有物，漢、唐以降，無若其義蘊之充實者。宋儒之書，義理則備矣，抑不若四子之旨遠而辭文，豈氣數使然邪？抑浸潤於先王之教澤者，源遠而流長，有不可強也。

録自望溪文集卷二。

讀管子

管子之用周禮也，體式之繁重，一變而為徑捷焉；氣象之寬平，一變而為嚴急焉：非故欲為此也，勢也。蓋周公之時，四海一家，制禮於治定功成之後；故紀綱民物，可一循其自然之節，以俟其遲久而成。管子承亂，用區區之齊，將以合勢之散，正時之傾，非及其身不能用也，非及其君之身不能用也，而豈可俟哉？惟欲速而苦其難成，故其行之也，亦不得不嚴且急焉，是管子之不得已也。

然周官之作，依乎天理，以盡萬物之性；而管子之整齊其民也，則將時用以取所求，是則其根源之異也；而讀其書，尚知令行禁勝之必本於君身，聰明思慮，當付之眾人而不自用，則又非諸法家之所能及矣夫！

録自望溪文集卷二。

書禮書序後

是篇之義，蓋痛古禮遭秦而廢，歷漢五世而終不能興也。蓋秦有天下，雜採六國禮儀，而蓋棄三代之舊，本以自便其淫侈；而漢諸帝半挾私意，而安秦儀，故首揭其指。以謂先王制禮，所以宰制萬物，役使群眾者，皆出於天理之自然，而非人力所強設也。

其曰『至大行禮官，觀三代損益』，蓋歎古儀法之具存也。武帝時，河間獻王尚得邦國禮五十六篇；況漢之初，秦、周間老師宿儒猶在，使高帝有志復古，文獻非無徵者；而叔孫通希世度務，雖有損益，大抵皆襲秦故。厥後以文帝之躬化，而惑於道家之言。武帝雖好儒術，實不能用。太初所定，不過改正朔，易服色，以文封禪。其宗廟百官之儀，襲秦之故，不合聖制者，遂著為典常，而垂之於後。過此以往，則去古愈遠，復之愈難矣。

當是時，所招儒術之士，非不能定儀也，恐陳古義以拂時君之欲，故遷延觀望至十餘年而不就耳。至或私議『古者太平，萬民和喜，瑞應辨至，乃采風俗，定制作』。是深知禮意者，而適與武帝時四海騷然，人民愁病，災異數見相反。故帝聞而惡之，觀制詔御史云云，則憚復古而樂秦儀，情不能自掩矣。

子長蓋深病乎此，而未敢斥言之，故傷其心，於往事而稱孔子以正名不合於衛，其徒卒以沈煙而志痛焉。河間獻王所獻邦國禮五十六篇，至唐猶存，而唐以前無議復者，猶秦志也。嗚呼！子長其見之矣。

録自望溪文集卷二。

又書禮書序後

子長此序，非獨痛時事也；其於終古禮俗之變，盡之矣。蓋三代之禮，緣情依性，故能經緯人道，規矩無所不貫。上自宮寢、郊廟、朝廷之禮，既有以正君身，統百官；下逮黎庶、宮室、車服、飲食、嫁娶、喪祭，各授以節，而適其宜；所以宰制萬物，役使群眾，而人力無所庸者，此也。禮之失自春秋始，極於戰國；至秦有天下，遂雜采六國之儀，而盡廢三代之禮。蓋將極情縱欲，凡勢力之所能逞則恣焉，而深惡夫古禮之大為之防也。

夫人之生，莫不有耳目口體之欲，不為之節，則日就淫侈，而民力將有所不堪；故先王不禁其欲，而必以禮為防，所以救民之彫敝也。魯，秉禮之國也，而僭郊禘；管仲，賢大夫也，而備三歸；子夏，聖門之高弟也，而說紛華盛麗。故先王誘進以仁義，束縛以刑罰，猶懼民之踰其防也，況導以淫侈，而不為之制乎？

太初所定，不過改正朔，易服色，封泰山以及宗廟百官之儀；凡宮室、車服、飲食、嫁娶、喪紀下逮黎庶者，無聞焉，而制辭乃曰：『百姓何望？』之數者雖盡善，與百姓何與？況其為襲秦之故，不合聖制者乎？

漢之諸帝無論矣，獨文帝之躬化，可以興禮，而溺於道家之學，以為繁禮飾貌，無益於治，則於先王之緣情依性，經緯人道者，亦概乎其未之聞也。夫無躬化，則禮不虛行；然有躬化，而不興三代之禮，亦不足以化民成俗。

自周以前，上將納民於軌物，而身先之；自秦以後，身不能由，而於民亦蕩然不為之制。其宗廟百官之儀僅有存者，亦虛器耳，而定為典常，垂之於後者，自武帝始。自是天下遂安於秦儀，而不知三代所損益為何物矣。『洋洋美德乎！』其尚可復見也哉？此子長所以痛也。

錄自望溪文集卷二。

書樂書序後

武帝席文、景之盛，不能損滿持盈；極情縱欲，窮兵四遠；佚而不思其終，安而不惟其始。故首述虞氏君臣相勅，次及成王之恐懼善守，以為非大德莫能如斯也。其曰『海內人道益深，其德益至，所樂者益異』，蓋謂不樂淫侈，而樂損減，與眾人之情異耳。君子能樂損減，以自節其所樂，然後民得沐浴膏澤，歌詠勤苦，此海內之人道所以益深，而君德以斯為至也。其序律書終於文帝之『煙火萬里，可謂和樂』，用此義焉耳。

先王知助流政教，莫善於樂，而聲之邪正，其感各以類應，故制雅、頌之聲以導之，治定功成，禮樂乃興。故漢興，高、惠、文、景，皆未暇遑，武帝不能以此時興道致治，修禮正樂，而信方士，舉慝禮，寵嬖倖，為新聲，夜祠郊壇，男女雜歌，以流星為瑞應，則與夫躬明堂，陳雅樂，而萬民咸蕩滌邪穢，以飾厥性者異矣。

夫六國及秦二世不過以鄭聲自為娛，而武帝乃次馬歌薦於宗廟，汲黯所謂先帝、百姓豈知其音，蓋痛哉其言之也！然自仲尼不能與齊優並容於魯，黯言雖切，安能遏帝之侈心，而辨延年等之妄哉？嗚呼！秦之衰，李斯猶能直諫，而弘乃以黯為當族，則視趙高而又甚矣。『股肱不良，萬事墮壞』，此可為流涕者與！

序樂至此，則更無可言者矣，而少孫乃疑其辭事之未終而續焉。夫平準著天變人禍，皆由興利之臣，故以『烹弘羊乃雨』終；而此書痛弘以讒佞陷其君，故以虞氏之君臣相勑始；是二書之義法也，而少孫未之或知邪？

録自望溪文集卷二。

詁律書一則

『神生於無，形成於有，形然後數，形而成聲。故曰神使氣，氣就形，形理如類有可類。或未形而未類，或同形而同類。類而可班，類而可識。聖人從天地識之別〔一〕，故從有以至未有，以得細若氣，微若聲。然聖人因神而存之，雖妙必效情句，核其華句，道者明矣。非其聖心〔二〕，以乘聰明，孰能存天地之神，而成形之情哉？神者，物受之而不能知及其去來〔三〕，故聖人畏而欲存之；唯欲存之，神之亦存。其欲存之者，故莫貴焉。』

神者，樂之精華，所以動天地、感萬物之實理也。生於無形者，太虛之絪緼也。成於有形者，播於樂器，然後聲生而神寓也。數者，十二律三分損益之數也。播於有形之樂器，然後其自然之數一一形見，而成宮、商、角、徵、羽之聲也。神使氣者，以天地之神而運於人之氣也。氣就形者，以人之氣而就乎樂器也。凡音之高下疾徐，皆以人氣之大小緩急調劑而成，故曰就也。既播於有形之樂器，則其理如物類之群分而有可別矣。方其未播於樂器，初無宮、商、清、濁之可別，所謂未形而未類也。既播於樂器，則鐘、磬、管、弦，凡同形者，音必相似，所謂同形而同類也。然雖同形同類，而一器之中，其音之清濁高下，又各自有別。類而可班者，制器而可別其度也。類而可識者，審音而可識其分也。凡此，皆天地陰陽之理，自然而有別者也。

聖人知天地之理，而識其所以別者，故能從有以至未有，而得細於氣微於聲者，所謂神也。有者，器數之既形也；未有者，器數之未形也。聲氣辨於既有器數之後，而神存於未有器數之先；故從有以至未有，然後可以探聲氣之本而得其神也。

然聖人雖識天地之神，而苟無以存之，衆人不能用也，故制為器數以存之。則其理雖微妙，必因器數而各效其情矣。效者，呈也；情者，實也；華者，器數之形；道者，神理之運也。核其器數而無差忒，則神理之運，亦可得而明矣。

非天地之神，本具於聖人之心，而作律之聖人，又乘其聰明之獨擅，以核乎器數之分；豈能存天地之神，而使聲氣之實理，各効於器數之中哉？聖人辨器數以著聲音之實理，所謂成形之情也。

神者，天地之所以鼓物。故神之去來，物之衰旺視焉，而物常受之而不能知。如聞聲知勝負，而勝者、負者不自知也；審樂知興亡，而興者、亡者不自知也；而其情畢効於聲樂，故聖人畏而欲存之。唯欲存之，故設為器數，而神亦於是乎存。其欲存之者，聖心聰明之所寓也，故莫貴焉。

録自望溪文集卷二。

【校】

〔一〕『從』，據下文及武英殿本，應作『知』。

〔二〕『其』，據武英殿本及四部備要本，應作『有』。

〔三〕疑『及』字或為衍文。

書封禪書後

是書所識武帝事，義皆顯著，獨雜引古事，則意各有指。武帝名為敬鬼神之祀，而以封禪合不死，郊畤秘祝，不過與祠神君、竈鬼同意耳！蓋好神而實比於慢矣。故首載夏孔甲好神，三世而亡；殷武乙慢神，三世而亡；復大書始皇封禪，後十二歲秦亡；示無德而瀆於神為亡徵也。殷二宗遇物變，懼而修德，國以興，歷年以永；示寶鼎、一角獸，不足為符應也。

其詳秦先世事及史敦、史儋語，以雍之諸祠興於秦，而敦、儋妄稱符命，以啟二君之汰，為方士怪迂語之徵兆也。萇弘欲以物怪致諸侯，無救於周之衰，而身為僇；則以方祠詛匈奴、大宛者可知矣。秦穆公病寤，而世傳為上天；穆公死年有徵，則黃帝鼎湖之事，乃此類耳。管仲能設事以止桓公之欲，而漢公卿乃徇方士以從君於昏，皆可歎也。

夫孔子論述六藝，無及封禪者，則非古帝王之典祀明矣。傳所言易姓而王，封禪者七十餘君。姑無論其有無，信曰有之，亦功至德洽，而告成於天，如成王乃近之耳。豈以是為合不死之名，接仙人蓬萊士之術乎？所謂群儒不能辨明封禪事者，此也。故其發端即曰：『自古受命帝王，曷嘗不封禪？』蓋謂非以是致怪物與神通耳。

天官書論曰：『自生民以來〔一〕，世主曷嘗不曆日月星辰？』蓋以太初改曆，乃以辛巳朔旦冬至，合公孫卿札書所云黄帝合而不死。故用此贊饗，而頒曆之詔復佈告天下，使明知之。古之曆日月星辰者固如是乎？其義蓋與是書相發也。

録自望溪文集卷二。

【校】

〔一〕『自』下應有『初』字。

又書封禪書後

是書義意尤隱深者，其稱『或問禘之説』；蓋謂禘雖典祀，然不知其義，禮不虚行，况以封禪致怪物與神通乎？禮之瀆，季氏嘗旅於泰山，孔子譏之，謂神弗享也。則以封禪合不死者，神其享之乎？

漢興六十餘年，『天下乂安，薦紳之屬，皆望天子封禪改正度』者，謂經禮雅樂宜以時興也，豈謂其中於方士之怪迂語哉！世言黄帝嘗用事於雍畤，以語不經見，搢紳者尚不道，况天子贊饗郊壇，制詔海内，而用『黄帝得寶鼎神策』合而不死之邪説乎？夫封禪之儀，雖煙滅不可詳，而事則可辨，以為『合不死之名』，雖秦皇帝之世，未嘗有此。惜乎！諸儒不能辨明其事也。然猶幸其東於詩、書古文、孔子所論述，不至如方士之騁其誕耳。

篇中著孔子論述六藝，不及封禪，又曰『維成王近之』。蓋謂傳所稱封禪者七十二君，本無稽之言，但以是致怪物與神通，則舉之不以其事，而上古封禪之有無，又不足辨矣。此子長之微指也。

録自望溪文集卷二。

書史記六國年表序後

篇中皆用秦事為經緯，以諸侯史記及周室所藏，盡滅於秦火，所表見六國時事，皆得之秦記也。獨舉三晉、田齊，以是表踵春秋之後，燕、楚舊國，事具春秋，且亂臣竊國，晏然不討，而中原盡為所據，此世變之極，天下所以競於謀詐，而棄德義如遺跡也。

秦之德義，無足比數，而卒并天下，乃前古所未有。故求其説而不得者，或本以地形，或歸諸天助，又或以物所成孰之方，宜收功實，而不知秦之得意，蓋因乎世變。是何也？以謀詐遇德義，則民之歸仁，沛然誰能禦之；以謀詐馭謀詐，則秦之權變，非六國所能敵，其成功非幸，此所謂世變之異也。世變異，則治法隨之，故漢之興多沿秦法。

昔三代受命，相繼相因，孔子推之，以為百世可知。秦始變古，而傳乃曰『法後王』何也？孔子之所謂因者，禮也；天不變，道亦不變。遷之所謂法者，政也；政必逐乎情與勢而遷。『近己而俗變相類，論卑而易行』，乃情之不謀而同，勢之往而不反者也。故遷之言，亦聖人所不易也。其譏學者以不道秦事為耳食，蓋深感世變，而詭其辭以志痛與！

録自望溪文集卷二。

書孟子荀卿傳後

騶衍以下十一人，錯出孟子荀卿傳，若無倫次，及推其意義，然後知其不苟然也。蓋戰國時，守孔子之道，而不志乎利者，孟子一人耳；其次惟荀卿，而少駁矣。故首論商鞅、吳起、田忌以及從横之徒，著仁義所由充塞也。自騶衍至騶奭，説猶近正，而著書以干世主為志，則已騖於功利矣。其序荀卿於衍、奭諸人後者，非獨以時相次也。荀卿之學，雖不能無駁，而著書則非以干世，所以別之於衍、奭之倫也。自公孫龍至吁子，則舛雜鄙近，視衍、奭而又下矣。至篇之終，忽著墨子之地與時，而不一言其道術；蓋世以儒、墨並稱久矣，其傳已見於荀卿所序列，而不必更詳也。

夫自漢及唐，莊、列皆列於學官，而孟子猶未興。以韓子之明，始猶曰孔、墨必相為用，而較孟子於荀、揚之間。子長獨以並孔子，一篇之中，其文四見。至荀卿受業於孔氏之門人，則弗之著也。老、莊、申、韓、衍、奭諸人皆有傳，而墨子則無之，蓋孟子拒而放之之義。然則子長於道，豈概乎未有聞者哉！

録自望溪文集卷二。

書儒林傳後

子長序儒林曰：『余讀功令，至於廣厲學官之路，未嘗不廢書而歎。』蓋歎儒術自是而變也。古未有以文學為官者；以德進，以事舉，以言揚，詩、書、六藝特用以通在物之理，而養其六德，成其六行焉耳。戰國、秦、漢所用，惟權謀材武；其以文學為官，始於叔孫通弟子以定禮為選首，成於公孫弘請試士於太常，而儒術之汙隆，自是而中判矣。

其意蓋曰：自周衰，『王路廢而邪道興』，孔子以儒術正之，道窮而不悔；其弟子繼承，雖陵遲至於戰國，儒學既絀焉，而孟子、荀卿獨遵其業；遭秦滅學，齊、魯諸儒講誦不絕。漢興七十餘年，自天子公卿皆不悅儒術，而諸老師尚守遺經；其並出於武帝之世者，皆秦、漢間摧傷擯棄，而不肯自貶其所學者也。蓋諸儒以是為道術所托，勤而守之，故雖困而不悔，而弘之興儒術也，則誘以利祿，而曰『以文學禮義為官』，使試於有司；以聖人之經為藝，以多誦為能通，而比於掌故。由是儒之道汙，禮義亡，而所號為文學者，亦與古異矣。

子長所讀功令，即弘奏請之辭也。自孔子以來群儒相承之統，經戰國、秦、漢，孤危而未嘗絕者，弘乃以一言敗之，而其名則曰：厲賢材，『悼道之鬱滯』，不甚可歎乎！

嗟夫！漢之文學雖非古，猶以多誦為通經也；又其變遂濫於詞章，終沉冥而不返焉。然則子長之所慮，其遠矣哉！

録自望溪文集卷二。

又書儒林傳後

是書敘儒術至漢興，首曰『於是喟然歎「興於學」』，繼曰『天下之學士，靡然鄉風』，終曰『自此以來，公卿〔一〕、大夫、士、吏，斌斌多文學之士』。驟觀其辭，若近於贊美；故『廢書而歎』，皆以為歎六藝之難興也。然其稱歎『興於學』也，承太常諸生之為選首；稱『學士鄉風』，承公孫弘以白衣為三公；稱『斌斌多文學之士』，承選擇備員：則遷之意居可知矣。其述諸經師，備及弟子、子孫之為大官，而首於申公之門，別其治官民，能稱所學者，不過數人，而復正言以斷之曰：『學官弟子行雖不備，而至於大夫、郎中掌故以百數。』其刺譏痛惜之意，不亦深切著明矣乎！

其於孔子之門獨舉五子，若曰：是於聖門，非殊絶也，而『大者為師傅卿相，小者友教士大夫』；其受業於子夏之倫者，亦『為王者師』。蓋儒者寧隱而不見，其出也，必不肯自輕其道如此。今乃以記誦比掌故，補卒史，此中尚有儒乎？由弘以前，儒之道雖鬱滯，而未嘗亡；由弘以後，儒之途通，而其道亡矣。此所以廢書而歎也！而習其讀者，乃以為讚美之辭。噫，失之矣！

録自望溪文集卷二。

【校】

〔一〕『公卿』前應有『則』字。

書蕭相國世家後

蕭相國世家所敘實績僅四事，其定漢家律令及受遺命輔惠帝皆略焉。蓋收秦律令圖書，舉韓信，鎮撫關中，三者乃酇君所謂萬世之功也。其終也，舉曹參以自代而無少芥蒂，則至忠體國可見矣。至其所以自免，皆自他人發之，非智不足也，使何自覺之，則於至忠體國之道有傷矣。故終載請上林空地，械繫廷尉。明何用諸客之謀，非得已耳。若定律令，則別見曹參、張蒼傳。何之終，惠帝臨問而舉參，則受遺命不待言矣。蓋是二者，於何為順且易，非萬世之功之比也。

班史承用是篇，獨增漢王謀攻項羽，何諫止，勸入漢中一事，在固亦自謂識其大者，然其事有無未可知，信有之，亦謀臣策士所能及也，且語甚鄙淺，與何傳氣象規模不類。柳子厚稱太史公書曰潔，非謂辭無蕪累也，蓋明於體要，而所載之事不雜，其氣體為最潔耳。以固之才識，猶未足與於此，故韓、柳列數文章家，皆不及班氏。噫，嚴矣哉！

録自望溪文集卷二。

書淮陰侯列傳後

太史公於漢興諸將，皆列數其成功，而不及其方略，以區區者，不足言也。惟於信，詳哉其言之。蓋信之戰，劉、項之興亡系焉，且其兵謀，足為後世法也。然自井陘而外，陽夏〔一〕、濰水之蹟蓋略矣。其擊楚破代，亦約舉其成功；至定三秦，則以一言蔽之，而其事反散見於他傳；蓋漢、楚之爭，惟定三秦為易，雖信之部署，亦不足言也。左氏紀韓之戰，方及卜徒父之占，而承以『三敗及韓』。乍觀之，辭意似不相承，然使戰韓之前，具列兩國之將佐，三敗之時地，則重膇滯塞，其體尚能自舉乎？此紀事之文，所以左、史稱最也。

其詳載武涉、蒯通之言，則微文以志痛也。方信據全齊，軍鋒震楚、漢，不忍鄉利倍義，乃謀畔於天下既集之後乎？其始被誣，以『行縣，陳兵出入』耳；終則見紿被縛，斬於宮禁。未聞讞獄而明徵其辭，所據乃告變之誣耳。其與陳豨辟人挈手之語，孰聞之乎？列侯就第，無符璽節篆，而欲『與家臣夜詐詔，發諸官徒奴』，孰聽之乎？信之過，獨在請假王與約分地而後會兵垓下。然秦失其鹿，欲逐而得之者多矣。蒯通教信以反，罪尚可釋；況定齊而求自王，滅楚而利得地，乃不可末減乎？故以通之語終焉。

錄自望溪文集卷二。

【校】

〔一〕『陽夏』，據史記淮陰侯列傳，應作『夏陽』。

書貨殖傳後

桑弘羊以心計，置均輸、平準，陰與民爭利，所謂『塗民耳目，幾無行』者也，故因老子之言而連及之。然後推原本始，以為中古而後，嗜欲漸開，勢不能閉民欲利之心，以返於太古之無事；故其善者，亦不過因之、利道之而已；其次教誨整齊，猶能導利而上下布之，未聞與民爭也。『農而食之，虞而出之，工而成之，商而通之』，所謂因之、利道之也；至於教誨整齊，則太公、管仲猶庶幾焉；獨不及最下者之爭，蓋其事已具於平準矣，故於此書，惟見義於群下。

其稱患貧也，極於『百室之君，萬家之侯，千乘之王』而止，蓋不敢斥言也。其稱『賢人深謀廊廟』，謂趙綰、王臧之屬耳。世有『守信死節』，而志『歸於富厚』者乎？

特論議朝廷時之訑語耳。『隱居岩穴之士，設為名高』，謂公孫弘、倪寬之屬也，故儕之於『攻剽椎埋』、『趙女鄭姬』； 而一篇之中，再致意於『素封』，謂以公卿大夫為『歸於富厚』之徑塗，轉不若素封者之無可醜耳。

其正言斷辭，則皆於庶民之貨殖者發之。故曰：『居之一歲，種之以穀； 十歲，樹之以木； 百歲，來之以德。德者，人物之謂也。』又曰：『本富最上，末富次之，姦富最下。』匹夫編戶，猶以姦富為羞； 況人物所託命，乃不務德，而用心計以與民爭，是不終日之計也，果可以塗民之耳目邪？

録自望溪文集卷二。

又書貨殖傳後

春秋之制義法，自太史公發之，而後之深於文者亦具焉。義即易之所謂『言有物』也，法即易之所謂『言有序』也。義以為經而法緯之，然後為成體之文。是篇兩舉天下地域之凡，而詳略異焉。其前獨舉地物，是衣食之源，古帝王所因而利道之者也； 後乃備舉山川境壤之支湊，以及人民謠俗、性質、作業，則以漢興，海內為一，而商賈無所不通，非此不足以徵萬貨之情，審則宜類而施政教也。兩舉庶民經業之凡，而中別之。前所稱農田樹畜，乃本富也； 後所稱販鬻僦貸，則末富也。上能富國者，太公之教誨，管仲之整齊是也； 下能富家者，朱公、子贛、白圭是也。計然則雜用富家之術以施於國，故別言之，而不得儕於太公、管仲也。然自白圭以上，皆各有方略，故以『能試所長』許之。猗頓以下，則商賈之事耳，故別言之，而不得儕於朱公、子贛、白圭也。是篇大義，與平準相表裏，而前後措注，又各有所當如此，是之謂『言有序』，所以至賾而不可惡也。

夫紀事之文成體者，莫如左氏； 又其後，則昌黎韓子； 然其義法，皆顯然可尋。惟太史公禮、樂、封禪三書及貨殖、儒林傳，則於其言之亂雜而無章者寓焉。豈所謂『定、哀之際多微辭』者邪！

録自望溪文集卷二。

書太史公自序後

子長作封禪書，著武帝愚迷，而序其父之死，則曰：『是歲，天子方建漢家之封，而太史公留滯周南，不得與從事，故發憤且卒。』又記其言曰：『今天子接千歲之統，封泰山，而余不得從行，命也夫！』余少讀而疑焉。及讀封禪書，至『群儒不能辨明封禪事』，然後得其意。蓋封禪用事雖希曠，其禮儀不可得而詳；然以是為『合不死之名，致怪物，接僊人蓬萊士』之術，則夫人而知其妄矣。子長恨群儒不能辨明，為天下笑，故寓其意於自序，以明其父未嘗與此；而所為發憤以死者，蓋以天子建漢家之封，接千歲之統，乃重為方士所愚迷，恨己不得從行，而辨明其事也。

所記群祀，惟太畤、后土二祠自著其名，而寓其意於篇末曰『五寬舒之祠』，示太畤、后土二祠而外，皆寬舒成之，而己不與其議也。獨其自序曰：奉使適反，『見父於河、洛之間』。則是歲封禪，其父子皆未與明矣；而封禪書後論則自謂從行，豈所從者，乃其後五年一修之封與？

子長之言曰：『非好學深思，心知其意，難為淺見寡聞者道。』然則讀子長之書者，不求其所以云之意可乎？

錄自望溪文集卷二。

又書太史公自序後

史記世表曰『太史公讀』者，謂其父也；故於己所稱，曰『余讀』以別之。其他書、傳篇首及中間標以『太史公曰』，則褚少孫之妄耳；故凡篇中去此四字，文正相續。

惟是篇『先人有言』，與上不相承，蓋按之本二篇也。其前篇，遷之家傳也。其父欲論次史記，而遷為太史令，紬石室金匱之書；其先世，世掌天官，而遷改天曆，『建於明堂』，則傳之辭事畢矣。後篇，則自述作書之指也。『自黃帝始』以上，通論其大體，猶詩之有大序也；百三十篇各繫數言，猶詩之有小序也；本紀十二曰『著』者，其父所科條也；余書曰『作』者，己所論載也；總之曰

『為太史公書序』者，明是書乃其父之書，而己不敢專也。其本傳曰：『請悉論先人所次舊聞，不敢闕。』故序書既終，而特以是揭其義焉。其覆出『余述歷黃帝以來，至太初而訖，百三十篇。』蓋舉其凡計，綴於篇終，猶衛霍列傳，特標左方兩大將軍及諸裨將名耳。自少孫於首尾加『太史公曰』，而中答壺遂及遭李陵之禍，並增『太史公三字，漢書：『十年而遭李陵之禍。』遂使世表稱『太史公讀』者，幾不辨為何人；而是篇所述，辭指曖昧，不可別白。夫是篇，遷之家傳也；故於其父始稱名，而繼則以爵易焉；乃復自稱爵，以混於其父可乎？此以知為少孫所增易也。

古書篇帙既有偽亂，學者從百世下，憑臆以決也，所恃者，義意有可尋耳。然世士溺於所傳舊矣，知其解者，果可以旦暮遇之邪？

錄自望溪文集卷二。

書漢書禮樂志後

甚哉，班史之疎於義法也！太史公序禮樂，而不條次為書。蓋以漢興，禮儀皆仍秦故，不合聖制，無可陳者。郊廟樂章，並非雅聲。故獨舉馬歌，藉黯言以明己意，且以著弘之陰賊耳。其稱引古昔，皆與漢事相發，無泛設者。

固乃漫原制作之義，則古禮樂及先聖賢之微言，可勝既乎？是以不貫不該，偶然而無所歸宿也。其於漢之禮儀則缺焉，而獨載房中、郊祀之歌及樂人員數。夫郊廟詩歌，乃固所稱體異雅頌，又不協於鐘律者也。既可備著於篇，則叔孫所撰，藏於理官者，胡為不可條次，以姑存一家之典法乎？用此知韓、柳、歐、蘇、曾、王諸文家，敘列古作者，皆不及於固。卓矣哉！非膚學所能識也。

錄自望溪文集卷二。

書漢書霍光傳後

春秋之義，常事不書，而後之良史取法焉。昌黎韓氏目春秋為謹嚴，故撰順宗實錄削去常事，獨著其有關於治亂者。班史義法，視子長少漫矣，然尚能識其體要。

其傳霍光也，事武帝二十餘年，蔽以『出入禁闥，小心謹慎』；　相昭帝十三年，蔽以『百姓充實，四夷賓服』，而其事無傳焉。蓋不可勝書，故一裁以常事不書之義，而非略也。其詳焉者，則光之本末，霍氏禍敗之所由也。

古之良史，於千百事不書，而所書一二事，則必具其首尾，並所為旁見側出者，而悉著之。故千百世後，其事之表裏可按，而如見其人。後人反是，是以蒙雜暗昧，使治亂賢奸之跡，並昏微而不著也。

是傳於光事武帝，獨著其『出入殿門下，止進不失尺寸』，而性資風采可想見矣。其相昭帝，獨著增符璽郎秩、抑丁外人二事，而光所以秉國之鈞，負天下之重者，具此矣。其不學專汰，則於任宣發之，而證以參乘，則表裏具見矣。蓋其詳略虛實措注，各有義法如此。

然尚有未盡合者，昌邑失道之奏不詳，不足以白光之志事。至光之葬具，顯及禹、山之奢縱，宣帝之易置其族姻，則可約言以蔽之者也；　具詳焉，義無所當也。假而子長若退之為之，必有以異此也夫！

録自望溪文集卷二。

書王莽傳後

此傳，尤班史所用心。其鉤抉幽隱，雕繪眾形，信可肩隨子長，而備載莽之事與言，則義焉取哉？莽之亂名改作，不必有徵於後也。其姦言雖依於典誥，猶唾溺耳，雖用文者無取也。徒以著其譸張為幻，則舉其尤者以見義可矣；　而喋喋不休以為後人詼嘲之資，何異小說家駁雜之戲乎？漢之朝儀禮器一切闕焉，而具詳莽所易職官、地域之號名，不亦舛乎？

馮道事四姓十君，竊位固寵於篡殺武人之朝。其醜行穢言必多矣，歐公無一及焉，而轉載其直言美行及所自述，與『當時士無賢愚皆喜為稱譽，至擬之於孔子』，是之謂妙遠而不測也！

録自望溪文集卷二。

書五代史安重誨傳後

記事之文，惟左傳、史記各有義法，一篇之中，脈相灌輸，而不可增損。然其前後相應，或隱或顯，或偏或全，變化隨宜，不主一道。

五代史安重誨傳總揭數義於前，而次第分疏於後；中間又凡舉四事，後乃詳書之；此書疏論策體，記事之文古無是也。

史記伯夷、孟荀、屈原傳，議論與敘事相間。蓋四君子之傳以道德節義，而事蹟則無可列者。若據事直書，則不能排纂成篇。其精神心術所運，足以興起乎百世者，轉隱而不著。故於伯夷傳，歎天道之難知；於孟荀傳，見仁義之充塞；於屈原傳，感忠賢之蔽壅，而陰以寓己之悲憤。其他本紀、世家、列傳有事蹟可編者，未嘗有是也。

重誨傳，乃雜以論斷語。夫法之變，蓋其義有不得不然者。歐公最為得史記法，然猶未詳其義而漫效焉。後之人又可不察而仍其誤邪！

録自望溪文集卷二。

請定經制劄子

伏惟我皇上御極以來，發政施仁，敦典明教，無一不本於至誠惻怛之心；用此期歲之中，四海喁喁，嚮風懷德，人心之感動，未有過於斯時者也。但土不加廣，而生齒日繁，游民甚衆，侈俗相沿，生計艱難，積成匱乏。欲其衣食滋殖，家給人足，非洞悉其根源，矯革敝俗，建設長利，而摩以歲月之深，未易致此。臣聞三王之世，『國無九年之蓄曰不足，無六年之蓄曰急』。下逮六國紛爭，且戰且耕，猶各粟支數年。漢、唐以後，歲一不熟，民皆狼顧，猶幸海内為一，挹彼注兹，暫救時日。然每遇大祲連歉，君臣蒿目而困於無策者，比比然矣。蓋由先王經世之大法墜失無遺，故生民衣食之源，日消月削而不自知也。孔子見衛國之庶，首曰『富之』，孟子謂『聖人治天下，使有菽粟如水火』。至聖大賢豈肯漫為游言，以欺當時而惑後世哉！臣嘗通計食貨豐耗之源，詳思古今政俗之異，竊見民生所以日就匱乏之由，實有數端，矯而正之，即漸致阜豐之本。但人情狃於所習，立法之始，必多為異說以相阻撓；愚民無知，亦未必皆以為便，而斷而行之，三年以後，饑寒之民可漸少，十年以後，中家資聚漸饒，二十年以後，則家給人足，而仁讓可興矣。臣伏見我皇上憂民之切，體道之誠，毛舉一二事之利弊，未足以輔盛治，故竭愚忱，陳積漸足民之法，分條敍列，伏候聖裁。

臣聞『古之治天下，至纖至悉也，故蓄積足恃』。蓋必通計天地生物之多少，與用之之分數，而後民生可得而厚也。民以食為天，而耗穀之最多，流禍之最甚者，莫如酒。故周公之法，天下無私酒，即官亦不得擅作，必有事而後授酒材，所謂『事酒』是也。民間祭祀、冠婚、老疾所用，則鄉遂之吏主為之，而小司徒掌飲食之禁令，又特設萍氏之官以幾酒、謹酒，其嚴如此。漢法：三人無故飲酒，罰黃金一鍰。文、景詔書，於酒醪縻穀蓋諄諄焉。至明洪武務絕其源，遂禁民種糯。及明中葉，燒酒盛行，諸穀皆為所耗，至於今未之能革也。竊計天下沃饒人聚之地，飲酒者常十人而五，與瘠土貧民相校，以最少為率，四人而飲酒者一人。其量以中人為率，一日之飲，必耗二日所食之穀。若能堅明酒禁，是兩年所積，即可通給天下一年之食也。其藏富於民，較古耕九餘三之數而更益其半焉。但民愚無知，一旦盡用周官之法，不無駭詫。若〔一〕先嚴燒酒之禁而他酒仍聽其作。蓋西北五省燒酒之坊，本大者分鍋疊燒，每歲耗穀二三千石。本小者，亦二三百石。燒坊多者，每縣至百餘。其餘三斗五斗之穀，則比戶能燒。即專計城鎮之坊，大小相折，以縣四十為率，每歲耗穀已千數百萬石。北方平壤，無塘堰以資灌溉，生穀之數本少；且舟楫鮮通，猝有荒歉，輸運艱難，而可使歲耗千數百萬石之穀哉！自聖祖仁皇帝以來，無歲不詔禁燒鍋，而終不可禁者，以門關之稅不除，燒麯之造、市肆之沽不禁，故眾視為具文。禁示每下，胥吏轉因緣以為姦利，不過使酒價益騰，沽者之耗財愈甚耳。禁之之法，必先禁燒麯，兼除門關之稅，毀其燒具。已燒之酒，勒限自賣；已造之麯，報官註冊；逾限而私藏燒麯燒具、市有燒酒者，以世宗憲皇帝所定造賭具之罰治之，縣官降調，不準級抵。特下明詔，嚴勅天下督撫，責成守令，則其弊立除矣。

其為異說以相撓沮者，約有數端：必曰：『除天下門關酒稅，則歲不下十數萬。』不知專除燒酒之稅，未必如是之多；即果如是之多，但能使菽粟陳因，水旱無憂，則所省賑荒之庫帑倉儲，亦不少矣。或曰：『口外軍前，嚴冬沍寒，非此難禦。』其然，則弛禁於口外；內地已造之麯，許領官批，運至口外，自賣盡而止。口外所造麯酒，則不許入塞。如此，則耗穀無多，而用亦不缺矣。或曰：『一旦行此，則失業者多。』不知燒酒非擔負私鹽比也。貧民朝不保夕，盡禁私鹽，將毆而為盜賊。若燒酒之坊，則非中家以上不能辦也。燒具雖毀，錫鐵木材仍可他用，其資本可別為懋遷，何傷於其人之生計哉！或曰：『燒酒雖斷，彼改造他酒，穀仍不能無耗。』不知他酒非富民不能家造，非多本者不能成坊，苟失其法，則味敗而本折，故業此者稀。又其價高，貧民併數日之資不能一醉，則久而自止矣。燒酒盡斷，則西北五省，歲存穀千餘萬石。東南十省，以半為率，亦千餘萬石。即造他酒者較多，所耗不過十之一二耳。周官之法，『不耕者祭無盛，不樹者不槨』，『不績者不衰』。周公當重熙累洽、年穀順成之日，而使天下有祭無盛、葬無槨、喪無衰者，豈故欲拂人之情哉！不如此，不足以齊眾阜財而使長得其樂利也；而況酒之耗民財，奪民食，廢時而失事者乎？且隸卒貧民，於燒酒尤便，因此起爭鬭，興獄訟，甚且相殺傷，載在秋審之冊者，十常二三，而可無重禁乎？自古矯弊立法，創始最艱，而在今日則甚易。蓋我皇上愛民憂民之實心、恤民之實政，深山窮谷老稚男女無不感動，則令出而民無所疑，自非兇頑下愚不敢犯也。若變通周官、漢、明之法而盡用之，真可使菽粟如水火。然治教必積漸以興，若符節然，不可以先時而發，故臣亦未敢豫陳。伏乞勅下門關：核查三年內燒酒及其麯稅實數，報部以憑定議。

臣聞善富天下者，取財於天地，而愚民所習而不察者，奪農家上腴之田，耗衣食急需之費，未有如煙者也。民用之最切者莫如鹽，丁男匹婦食鹽之費，日不及一錢，而弱女稚男之煙費則倍之。自通都大邑以及窮鄉下戶，老少男女無不以煙相矜詡，由是種煙之利獨厚，視百蔬則倍之，視五穀則三之。以臣所目見：江南、山東、直隸上腴之地，無不種煙，而耳聞於他省者亦如之。又種煙之後更種蔬穀，皆苦惡不可食，敗國土而耗民財，視酒尤甚焉。而禁之則甚易，限期示禁，凡種煙者，以其地入官，別給貧民耕種，罰及左右鄰，有司失察者降調，則立可斷矣。但聞塞外軍前苦寒之地，嶺南瘴癘之鄉，行旅風雪之晨，煙亦有小補焉。若詔定經制：塞外弛禁，惟不許入塞。各直省郡、州、縣城內隙地，亦得種煙，則以禦瘴癘，資行旅，有餘裕矣。城以外尺土寸壤，皆植五穀百蔬。通計海內，歲增穀亦不下千餘萬石。則雖煙稅國所損什一，而民所益千百，月計不足，而歲計有餘矣。伏乞勅下門關：核查煙稅報部，以憑定議。

昔孟子欲明王道以平治天下，所反覆申明者，農桑而外，不過雞豚狗彘、魚鼈材木之無失其時。蓋自聖帝明王御世之經，下逮霸國能臣救時之策，舍此別無根柢也。周公之法：凡山澤皆不授於民，官為厲禁，使民守之，而竊木者加刑罰焉；水蟲別孕，則川衡身駐其地以守之。蓋大懼愚民竭取而生長難蕃，與盜竊者之無所畏忌也。臣所目見，齊、魯、燕、趙沿河傍山沮洳沙土之區，彌望而無樹。及扈從聖祖仁皇帝巡行口外，山隈林麓，灌栵連叢；入口內，則大山廣阜，彌望而皆童。臣生長江介，素稱魚米之鄉，而以邇年較臣弱冠時，則薪炭魚蝦價皆三倍。蓋緣有司怠於民事，凡盜樹竊魚，一切置之不問。用此林麓池塘少遠於宅舍，民皆荒棄；以雖出資本，而數寸之魚，數尺之木，皆不能生殖也。又約計州縣田畝，百姓所自有者，不過十之二三，餘皆紳衿商賈之產。所居在城，或在他州異縣，地畝山場，皆委之佃戶。佃戶租課不清，歲更時易，豈肯為業主守護？而盜竊公行，官置不問，業主亦不肯空棄資本。用此蕪廢恆產，坐失土利。伏乞我皇上著為功令，俾督撫嚴飭州縣，專委佐貳官分界管理。凡業主鄉居者，督令自勤樹畜；而其居城鎮及他州異縣者，令業主出本樹畜，而佃戶嚴為守護，分其樵漁之利。佃戶竊取，業主訟之，官必究。他人盜竊，佃戶訟之，官必究。小有爭，則鄉約保長平之；既成訟，聽之務得其平。則民皆爭先而勸作矣。至於山麓河壖道路之非民業者，官種之。民間沮洳沙土之不殖穀麥者，亦勸之種樹，官為厲禁，而使自巡綽，則十年二十年之後，材物漸饒，而民之生計日易矣。

臣生長安、池，流寓江寧，皆湖廣、江西上游米粟所滙聚。海關未開，新米上市，每升制錢五文，食物皆賤。

及海關既開，洋船每至，蘇州沿江諸鎮，米價騰貴，登、萊亦然。文武官弁以及胥吏兵丁，皆有陋規。世宗憲皇帝時始禁海關出米，然所出較少，而未能盡絕也。故至今豐歲，沿江新米，制錢必八九文。又百貨及紗羅、紬緞、葛布、夏布出洋，於民用尚無大損。惟棉布，則窮民所以禦冬也。一夫不耕，或受之饑，一女不織，或受之寒，而可使内地男耕女織之粟布，日流於洋外乎？伏乞皇上敕部定議：無論内商出洋，及洋商入市，每船一號，計人口及往返程期，每人糴米日二升為率，則雖遇風濤阻滯，經時累月，亦綽有餘裕矣。其放米逾數，及私放棉布，守關胥吏兵丁，重懲不貸；官弁降調，督撫、提鎮亦有處分。則粟米之存積日多，止計松江、蘇州、常州三郡，出洋之棉布流轉内地，可多被數百千萬窮民矣。

嘗考自周以前，經籍所載，中原平壤，雩祀之外，別無救旱之方。故桑林之禱，雲漢之呼，雖聖賢之君，莫可如何。凡周官溝、洫、澮、川之制，禮記導達溝瀆、完隄防、謹壅塞之令，皆以防水患也。是以禹貢首言『濬畎、澮，距川』，而孟子亦曰：『七八月之間雨集，溝、澮皆盈，其涸也，可立而待也。』則專以通水道明矣。

臣數十年中目見耳聞，北直、山東、河南，大率水災為多。東南之田，則惟恃通川之支河，障水之大圩，依山傍田之塘堰。苟能興作，則雖遭屢旱，鄰畔皆焦，而此田蔚然。臣前奏凡通川大河及大塘大堰，民力不能自浚築者，宜於儉歲，官為興作，因以食其民，已蒙聖恩允行。但州縣之吏，訟獄催科，日不暇給，常恐以他事自撓，非淳德長才，安肯為民興利？伏乞皇上切諭直省督撫：凡西北五省下流不通時困於水災之地，東南十省支河通溉及大塘大堰宜浚築者，準紳士耆民具實呈報，擇賢能練事之員相度詳議；工大者具奏，敕部定議；其小者則豐年勸民浚築，官為監視而鼓舞之；荒年則官為興作，以救民飢。如此則西北除害之半，而東南獲利之全。循數推理，數年之後，所在蓄積漸多，而災患之小者，不足以困之矣。

臣苞所陳五條，皆民間日用細微之事；然通計物材民用生長撙節之分數，則植基甚廣而取數多。驟視若迂遠而無近功，然漸而行之以久，皆有一二可徵之實效。

蓋天地之生財有數，不在官則在民。民生之用物有經，少所損即多所益。昔聖祖仁皇帝念天下無事，常以三年之內，輪免天下地丁銀兩三千二百餘萬，屢告廷臣，欲永以為例。及西邊設戍，遂不能再行。我皇上御極以來，所免臣民應追之銀，應徵之賦，約計已千餘萬。海内臣民雖感戴聖恩，淪肌浹髓，而欲其一旦富實，固不能也。惟廣開生物之源而節其流，俾菽粟日多，畜產豐饒，百物皆賤，致銀錢雖艱，而足衣食則易，然後可積久而致富安也。

臣非不知致治之要，在官恥貪欺，士敦志行，民安禮教，吏稟法程。然是數者，不可以法驅而威禁；必萬邦臣庶，無貴賤貧富，各守其分，而仰事俯育，寬然無憂；然後牖之而易明，導之而易赴。伏惟我皇上審察詳議而斷行之！臣不勝戰汗悚冀之至。

録自集外文卷一。

【校】

〔一〕『若』字上疑脱『不』字。

請定徵收地丁銀兩之期劄子

奏為請定徵收地丁銀兩之期，以紓民困事：邇年徵收地丁銀兩，四月完半，十月全完，此於國課無分毫之益，而農民苦累；不可不急推大行皇帝聖恩，援雍正八年寬徵川、陝之例，以廣皇仁而紓民困也。

蓋自三月至六月，正農民耕田、車水、刈麥、插秧之時，舉家男婦老幼雜作，兼僱閒民助力，尚恐後時；乃令奔走鄉城，經營借貸，伺候官府，延接吏胥，以奪其時力，為累大矣。計一州一縣，富紳大賈，綽有餘資者，不過十數家或數十家。其次中家有田二三百畝以上者，尚可挪移措辦。其餘下戶有田數畝數十畝者，皆家無數日之糧，兼樵采負販，僅能餬口，正當青黄不接之時，而開徵比較，典當無物，借貸無門；富豪扼之，指苗為質，履畝計租，數月之間，利與本齊。是以雖遇豐年，場功甫畢，而家無儋石不厭糟糠者，十室而七也。

在有司初為此議，不過慮歲有豐凶，四月已徵其半，則後此徵收為易耳。不知秋成果有四分五分，小民本不作拖欠國課之想，而守土之吏亦不容其拖欠。若在三分二分以下，則我皇上視民如傷，方且憂其流殍，蠲租賜賑，豈忍豫斂其財，而不顧其後哉！且農忙停訟，盛夏減刑，聖朝舊制；而每至四月，則一州一縣，所比日數百人，笞責以五七十為率；若過四月，則備加笞責，以備折減之數。近聞閩撫所參縣令，至有用夾木以比較者。蓋惟限以四月完半，青黄不接，窮民束手無措，故忍受肌膚之痛至於此極也。臣伏念自大行皇帝時，寬陝西、四川徵收之期，六月完半，十一月全完；數年以來，未聞其有逋賦，則少寬徵收之期，於國課分毫無損可知矣。

更有請者：舊制二月開徵，六月停徵；八月開徵，十月全完；次年五月奏銷。原不定所徵分數，是以有司得各視土之所出，以為所徵多寡先後之分。故河北五省，種麥甚多之地，麥熟可徵十之四五；江、淮以南，種麥甚少，則雖二月開徵，而完至三四分者，不過商賈紳衿饒裕之家；其餘中家，不過一分二分；大約皆八月開徵，歲終全完耳。至於江、浙賦重之州縣，則次年五月奏銷以前，皆完賦之日也。自國初行此，八十餘年，非遇水旱之災，未聞大虧國課。自有司變為四月完半，十月全完，每月俱定分數徵比；曾未數年，而中家漸貧，貧民益困。至於江、浙賦重州縣，則雖限以四月、九月，終不能如期完納，而常有逋賦也。如謂各省有春夏調發之軍需，則宜於上年錢糧内，豫為撥定，本年春夏所徵，又不足恃也。

凡此無益國事而徒為民困之實，有心者皆知之，有口者皆言之，非臣一人之私見；若蒙竟復舊制，則膏澤之及民益深，將見民生日厚，而國賦之徵收亦益易矣。伏乞斷自聖心，勿下廷議，特頒諭旨，大沛恩施。謹奏。

録自集外文卷一。

請定常平倉穀糶糴之法劄子

為請定常平倉穀糶糴之法，以便官民事：欽惟大行皇帝深恤民艱，允釐吏治，覈天下常平倉穀，使無虚冒，定存七糶三之法，出陳易新。此洵視民如子，誠求惠保之至意也。而有司奉行失宜，必待穀價既貴，各州縣始得申詳府道、藩臬、督撫，請定官價，並示開糶之期；一處文未批發，不敢開糶。不知平糶本以利民，而穀貴早晚無常；　若商販衆至，則旬月之間，價復大減，是以胥吏得借此要索。苟或上官失察，批發後時，穀貴之期既過，不獨窮民不得邀平糶之恩，而官定之價且不能充。有司當此，欲不糶，則紅腐可憂；　欲賤糶，則秋糴難補。投足兩陷，罰無所逃，誠可矜憫。

且惟河北五省，地勢爽塏，風氣高燥，倉穀數年不壞，存七糶三之法，尚可遵行。若江、淮以南，地氣卑溼；　民間三二百石之倉，每遇伏暑，稻必發熱，若不盤倉，米多折碎，味亦發變，價值大虧。五嶺以南，但逾一年，底面即有霉爛。若通行存七糶三之法，則南方諸省，每至數年，必有數百萬石霉爛發變之穀。有司懼罪，往往以既壞之穀，抑派鄉戶，強授富民；　是化有用之物為無用，本以利民，而轉重以為民累也。

伏乞我皇上特頒諭旨：　嚴飭南方各省督撫，驗察州縣存倉之穀，不用盤倉，三年全然不變，然後可歲存其半；　兩年不變，則糶七存三；　但逾一年，底面即有霉爛，則春盡糶而秋糴之。其或年歲大歉，本州縣及鄰境穀皆騰貴，春糶之價，不足以糴充原數，則詳明上司，銀交郡庫，俟次年有收，或鄰境豐穰，如數補糴。至河北五省，儻遇歲歉，春夏穀貴，亦聽各州縣詳明上司，不拘糶三之例。督撫、司道、郡守，止於歲終，實覈入倉之數；一至開春，一任各州縣照所定存糶分數，隨時發糶。永杜詳請定價示期之弊竇，則胥吏絕無要索之因，窮民實邀平糶之澤，現在有司可無變爛賠補之累。新舊交代，永絕彼此相持、忿爭告訐之風。揆之大行皇帝深恤民艱，允釐吏治之至意，始曲盡而無遺憾。

至於穀之存倉則有鼠耗，盤量則有折減，移動則有腳價，糶糴守局則有人工食用；　春糶之價，即稍有贏餘，亦僅足以充諸費。更祈勅諭督撫：　嚴飭監司、郡守，歲終稽查，但穀數不虧，不得借端要挾，使有司別無過慮，庶幾中材可守，無累於民。若有廉能之吏，實心愛民，適逢秋糴價賤，贏餘較多，詳明上司，別貯一倉，以備歉歲發賑。督撫按所積穀數彙題，量加紀錄、加級，以示鼓勵。此臣積年博訪周諮，灼見情弊，而後敢入告者。

伏乞聖鑒施行！

請復河南漕運舊制劄子

録自集外文卷一。

為請復河南省漕運舊制，以甦民困事：　查河南漕糧，除河以北州縣舊徵本色外；　河以南之祥符等五十州縣，共應徵米十三萬六千七百餘石，自雍正六年至今，概徵本色於運次交兑。　河以南各府州縣俱遠水次，又中隔黄河，厥土墳壤，一經雨雪，牛車淖陷，日行不能十里；　而漕期刻不容遲，雇夫盤駁，價且十倍，中家破産，貧民鬻子，恆由於此。　是以聖祖仁皇帝深念民咨，於康熙二十二年，改令全漕折銀解部；　而有司胥吏陰為阻撓，多方扇惑，至二十九年，復徵本色。　三十二年，以民終不便，折徵銀兩，官為採辦。　五十八年，撫臣楊宗義題請：『附近水次之衛輝、彰德、懷慶三府，並開封府屬附近水次之州縣，仍徵本色。　其不近水次之歸德、河南、南陽、汝寧四府，及汝州、開封府屬遠水州縣，照常令民間折銀，交糧道在衛輝府水次官為採辦。』格於部議。　刑部尚書張廷樞以讞亢珽獄，奉使河南，小民籲號屬路。　復具疏題請，又格於部議。　聖祖仁皇帝盡紬羣議，特旨允行，民皆感泣。　雍正六年，督臣田文鏡題請通省全徵本色；　以衆心洶洶，尋題五百里以外，陝、靈等九州縣，改徵折色。　蓋已心知其悮，特以變法未久，不敢盡反其前議耳。　其實祥符等四十二州縣，雖較之陝、靈等處略分遠近；　而不通運道，中隔黄河，民間輸輓之苦累則一也。

謹查浙江漕米，寧、紹等八府，不分遠近，均以中隔錢江，例徵折色，解交糧道於嘉、湖水次採買兑運，行之經久，民咸稱便。　今河南祥符等五十州縣，中隔黄河，與浙省情形無異，應將應徵漕米十三萬六千七百餘石，悉照從前折徵定例，解交糧道在衛輝水次官為採買。　衛輝乃豫省糧倉總滙之區，其附近小灘、李家道口、楚望等鎮，鄉米雲集，足敷辦漕之數。

再查河以北滑、濬、内黄等州縣，向止額徵銀兩，不收粟米；　而其地與運道水次甚近，宜令將應徵銀兩酌半改收粟米，就近運送通倉，以充遠水州縣糧數所不足。

至於豫省漕糧，衆議皆謂京、通各倉不敷支放，是以改徵本色。今豫東兩省，每年運倉粟米五十八萬石；而支放官兵，歲需不過三十餘萬石，加以薊糧四萬石，共需粟米不及四十萬石；每年除支放外，尚約計存倉二十萬石。是即將祥符等五十州縣米石徵收折色，於天儲未嘗有損，而國計民生均有裨益，是乃聖祖仁皇帝二十二年初改折色之本意也。河以南數百萬生靈所仰望聖主高厚之恩，無過於此。伏乞皇上睿鑒施行！

録自集外文卷一。

請備荒政兼修地治劄子

為請推聖恩以備荒政兼修地治事：皇上御極以來，至孝深仁，遠猷善政，下通民志，上順天心，時雨時暘，百產殷阜，豐穰相繼，不卜可知；但以四海九州之大，雖堯、舜之聖，不能保其無一方一隅之偶歉也。臣往年十月初五日，伏讀聖諭，摘發督撫及州縣報荒不實情形，洞晰無遺。本年二月初一日，臣等於通州，恭迎聖駕。臣到行幃，諸臣已先進見而出，宣告臣苞，陝西督臣劉於義奏摺，皇上硃批：『古語「救荒無奇策」；皆由庸臣見小惜費，不肯實播上恩。』聖謨深遠，足以破前古之疑，而垂教萬世。又準廷議，獨存捐監一項，以備賑恤，勿充他費。凡此，皆古昔聖王『視民如傷』，『如保赤子，心誠求之』之實政也。臣苞竊思救荒宜豫，故周公設保章氏之官，以星土之法，五雲之物，先期而知『水旱降豐荒之祲象』以修救政。雖其法無傳，然每至夏末秋初，則水旱豐歉之情形，十可八九得矣。舊例：報荒必待八九月後，衆口嗷嗷，情狀顯見，然後入告。是以聖祖仁皇帝、世宗憲皇帝每聞荒報，立下諭旨，開倉發帑，截漕通糴，惟恐後時。然被災之民，朝不及夕，而奏請得旨，動經旬月，流殍者已不知其幾矣。故備荒早，則民無流殍，而國費亦不致過多；救荒遲，則勞費十倍，而功猶不能一二。此古今所同然，賢愚所共曉也。

伏乞皇上勅下督撫，嚴飭州縣，凡有水旱，五六月即據實詳報；七月中旬即核定災傷分數并乏食人數，造冊上聞。蓋一州一縣之中，田有高下，傷水傷旱，被災亦有淺深。但得實報無欺，則災小之地，不過量免被災之戶本年正供錢糧十分中幾分；發常平倉穀，招商通糴；勸諭富民，挑塘築堰，賑恤孤寡無告者，而災可弭矣。其災大者，則許動庫金，修城浚隍，整理倉廒官署，以招集附郭貧民；於四鄉相度支河、橋梁、大塘、大堰，招集各鄉土人，官給廩穀，使任浚築；惟老弱孤寡力不能任土工者，乃計口給粟，則為數無多，易周而可久。自古救荒之政，莫善於興工築，而其事宜早；若待民已飢疲，則雖壯者，亦力不能勝工築矣。

更有請者：古者城必有池，故易曰：『王公設險，以守其國。』周公立司險、掌固二官，『以通守政』，所恃惟溝樹耳。凡國都暨近郊、遠郊，必設溝、樹三重，鄙邑一重。蓋無池則城不可守，故孟子曰：『鑿斯池也，築斯城也，與民守之。』詩曰：『築城伊淢。』池與淢，即周官所謂溝也。本無城而創作，則起土而溝形已具矣；本有城，則以築外垣，使附城之民得保焉；即春秋傳所稱郛與郊保也。不獨通川之地，浚溝即以為池；即地不通川，而溝深三丈，則行潦所滙，聚城市之流澌，必成淖淤，可以限戎馬之奔馳，制盜賊之逋遁。春秋、戰國時，有連數國之師，攻彈丸小邑，而不能入者，有溝以為限，有樹以為蔽，則守禦易而圍攻難也。自秦人隳城平塹，漢、魏以後，盜賊猝起，破州屠邑，千里無留行。蓋古法盪滅，州縣或無城，或有城而卑且惡，或城雖可憑，而無溝、樹以為阻固耳。詳稽前史，證以近代所見聞，苟城堅而有溝、樹，守禦得其方，雖敵強援絕，莫能驟拔也。聖人安不忘危；則國家閒暇，城堡溝樹之政，宜及時修舉明矣。

更有請者：吳、楚、蜀、越、嶺徼之地，皆賴川流塘堰以灌秔稻，不專恃雨澤。明太祖嘗慮民間不敢擅開支河，而大塘、大堰又有民力不能自興築者，洪武二十八年，官開天下支河九千二百有奇，興塘堰四萬九百八十有奇，民皆利之。伏乞皇上勅下督撫，令各州縣詳詢耆民，躬自踏看，凡通川之地，可開支河；沮洳之區，可興大圩與大塘、大堰，宜創作修復者，一一詳報。督撫核查審酌，並估計工程，於一年内陸續造冊具題存部。北五省塘堰、圩堤可興者少，則查千家、數百家之鎮集，宜開溝渠、築垣堡者，亦造冊具題存部。但遇減收之年，即及時興作，以聚窮民；　其要地城池，則豐年以次治之。數十年之後，天下郡州縣治及大鎮大集，莫不有外垣溝樹之阻，平時可以備盜賊，有事可以固疆圉。天下河道橋梁、圩堤塘堰無不修治，可以助人力所不逮，補旱潦之或偏，一舉而衆善備焉。至於溝樹之地，雖不能無廢民田，而當荒歉之年，官給原價以買之，民之歡忭踴躍，與受我皇上之賑賜等。所慮者，官費用之不充。然聞從前捐例，通計監生一項，歲不下五七十萬；　今諸例盡閉，則此項所入必較多；　而下覘民氣，上驗天心，自今以往，荒祲必漸少；　且審度緩急，量歲入而次第舉行，亦不患其不充也。通計每年賑荒工築所餘，以興逼近洞苗出入各州縣之城堡溝樹，而沿邊要地次之，吳、楚、蜀、越、嶺徼之支河、圩堤、塘堰次之，北方大鎮集之溝垣次之，海内要地之城池次之；　然後僻小者以次而徧焉，然後吳、楚、蜀、越、嶺徼之大村鎮亦以次而徧焉，然後北方之小鎮集亦徧焉。其餘散居山澤及二三十家自為聚落者，聽民自便。蓋吳、楚、蜀、越、嶺徼之支河、圩堤、塘堰先修，則農收倍多；　北方鎮集之溝垣先修，則盜賊易詰。故興作之序次如此。

臣夙負罪愆，荷聖祖仁皇帝矜容之德、特達之知，又荷世宗憲皇帝宥及全宗，擢居今職；　又荷皇上再召入南書房，臣陳三事，皆蒙俞允。故敢冒言國政之大者，伏候皇上裁察！　謹奏。

録自集外文卷一。

論禁燒酒事宜劄子

欽惟我皇上特降諭旨：　永禁燒酒。此誠經國之大猷，足民之本計，備荒之實政也。嗣因孫嘉淦條奏，發王、大臣、九卿公議。所見不同，各為一議，並陳御覽。復發北省督撫公議，所議次第奏到。本月二十四日，九卿復齊集會議，謂不宜禁者十之七八。在諸臣，惟慮開燒鍋者之失業；　而臣所慮者，則在燒鍋屯穀既多，雖遇豐年，米價亦貴，而窮民艱於得食。諸臣所慮者，大豐之年，穀賤傷農，故爭言惟儉歲宜禁；　而臣所慮者，則在儉歲，雖禁亦無穀可積，儻遇災荒少劇，雖不惜國帑，亦無穀可糴，終不能救窮民之流殍，而廑聖主之憂勞。臣一介寒儒，年力衰殘，初列班聯之末，雖竭誠無隱，而終不能解異議者之惑，故敢直陳於聖主之前。伏念自漢、唐以及元、明，流民起而為盜賊，皆由饑饉。我國家運方郅隆，毋庸慮此，而蓄積備荒之道，自不可以不豫。即如雍正八年，河南衛、彰等處旱荒，田文鏡匿而不報。九年二月，世宗憲皇帝訪聞，立遣侍郎王國棟馳驛往賑，盡發數年所積倉穀五十餘萬石，兼截漕糧以散之，穀尚不敷；乃折銀以代穀，而無穀可糴。惟中家素有儲蓄者，尚能自保；其餘得賑而免於流殍者，十之三；其就食他省者，雖荷先帝仁恩，命所經州縣，廩給資送；而轉死於疾病者，尚不可勝數。此天下所通聞也。伏乞皇上徧詢謂燒鍋不可禁之諸臣：設更有如雍正九年衛、彰等處之旱荒，將何以贍之？儻有如漢、唐、宋、明一二千里之水旱，皇上即不惜數百萬帑金以賑之，而水路不通之地，雖有米糧，將如何轉運？況鄰省亦無積穀乎？諸臣果有善策，即聽開燒鍋之禁；若並無其策，則臣願我皇上熟計審處，斷自聖心，勿以浮言而阻實政也。

至內外諸臣前後條奏，言燒鍋不宜禁者，其大指不過二端，其細目不過八條；臣謹一一剖析於後，伏乞皇上存臣所奏，俟王、大臣、九卿議上時，一一察驗，彼此相參，則孰為中乎事理，當乎人情，自無能遁於聖鑒矣。

一則謂：『驟禁燒鍋，恐失業之民多。』不知開燒鍋者，非大有資本，不能具房倉什器，屯積粱穀。此種豪民，即不開燒鍋，亦可用其資本經商行賈，何患失業？凡城市村鎮賣燒酒者，多與油鹽雜貨同一店，雖不賣燒酒，他貨未嘗禁其市賣，亦並無失業之虞。惟大路之旁，間有搭草棚零沽於行旅者，此不過百分之一；然燒酒雖禁，黃酒豈不可以零沽？則慮民失業，乃似是而非之說，明矣。

一則謂：『恐穀賤傷農。』果爾，則周公『耕九餘三』，為厲民之政；孟子『菽粟如水火』，為亂政之言矣。史稱唐太宗時，斗米三錢，民行萬里，不持尺兵，用致刑措；而我朝康熙三十年前後，臣時往來京師，米麥之價，僅及近歲之半。彼時百物皆賤，家給人安，未聞以穀賤傷農。目今即令民間歲歲積穀，行之以久，尚未必能復康熙三十年前後之舊；而諸臣豫以穀賤為憂，實臣之所不解。然則穀賤傷農，為似是而非之說，明矣。

一謂：『穀糠不以造酒，則無糟以飼六畜。』此乃情理所絕無者。夫穀糠，去其精華以為燒酒，其糟粕尚可以飼六畜；則精華尚存之穀糠以飼六畜，必更肥碩，此物理之最易明者。若謂必為糟而六畜乃食，則是未經造酒之穀糠，委之於畜，畜竟不食也。其誰信之？

一謂：『高粱有味澀者，止可餵養牲畜。』即就所言，北五省大家小戶，六畜需用高粱之處正多。且李衛前奏：『宣化一府，瘠地所出高粱，味雖微澀，值荒歲，百姓亦頗賴以充飢。』則是高粱無不可食之明證也。

一謂：『禁止燒鍋，則當先禁燒麴。』此說是也。但謂『凡鎮市開廠造麴，耗穀累千萬石者，在所必禁；而民家自躧燒麴者，則聽之』，此說乍看似為近情，其實積少成多，耗穀與開廠等。小民逐利，既開其端，則人人皆託名自用而無以禁之；是向之聚造於一處者，今特使分造於各州各縣各鄉各鎮耳。是名為禁而實縱之之術也。

一謂：『高粱難於久貯。』其說甚為荒唐；且五穀未有不可久貯，久貯則未有不生蛀蟲、略有損壞者。小民歲蓄，每家不過數石、數十石，收藏曬晾甚易，非有成千累萬之相因也。即富戶糧穀豐盈，有累千百石者，每歲皆可推陳易新，豈坐而視其損壞乎？即據尹會一所奏，亦只云：『大約朽蛀則是，亦難直斷以不可久貯也。』其為影響之說，明矣。

一謂：『嚴禁燒鍋，則私燒者多，必致比戶擾累。』不知惟開燒鍋，難於密秘，雖高牆深院，氣味必達於外；不比私造賭具，銷燬制錢，可藏匿而為之也。地方官果肯實力奉行查禁最易，豈有比戶擾累之弊。

一謂：『禁燒酒，則造黃酒者必多，轉致費耗糯黍精鑿之穀。』殊不知黃酒不可久擱，尤不可致遠，車載則色惡而味變；又深春、炎夏、初秋，皆不可造。且價高而難以充量，飲燒酒數兩者，非黃酒三二觔不得一醉；即有中人之產，亦豈能用十倍之資以縱飲？窮民則不禁而自不能沽。所省民間飲酒之費，十居六七。又其顯見者也。

一謂：『驟禁燒鍋，恐胥吏乘此以擾民。』不知前此惟陽奉陰違，或開或禁，故有司胥吏得緣為姦利。若通行禁止，官能守法，民自知畏，更何緣以擾民？見今直隸、山東嚴禁燒鍋，已經數月，未聞擾民，別生事端。其明驗也。

一德沛奏稱『膏腴之土，植無用之材，已屬暴殄；況登場之穀，為亂性之資，又自古及今，皆知其不可者』等語，是其意謂不可不禁也；而又慮『州縣官有刑名、錢穀之責，千、把總有操防、訓練之司，不得不委之兵役、番捕，恐愚民受其侵擾』，此則為有司所蔽惑耳。國家設守土之官，以察民間之疾苦，興利除弊，皆須必躬必親，實心為之經理；若除刑名、錢穀、操防、訓練外，一切委之兵役，則不可以任州縣之寄，為百夫之長矣。

伏念燒鍋之禁，聖祖仁皇帝、世宗憲皇帝所屢申也。所以陽奉陰違者，皆由不肖有司及本地勢紳，有所利而為之護持，是以胥吏土豪得因緣以為姦利。今聞聖主特諭永禁，則有司、勢紳百方巧說，以惑九卿、督撫之聽，九卿、督撫以言者眾多，遂謂此眾人之公言，而不知其為不肖有司及勢紳之私意也。若千百萬窮民之苦穀貴而望禁燒鍋，則何由達於九卿、督撫之聽哉？臣區區之心，不勝激切仰企之至！

録自集外文卷一。

請禁燒酒種煙第三劄子

竊惟自古開創之初，臣主一心，萬民畏法，故變更制度，縱橫任意，立見成功。承平之後，百吏因循，姦民抗巧，而欲更化善治，必得其機會，因勢以利導之，然後無沮格中廢之患。故唐之中葉，議復府兵，久而無成。會吐蕃以牛運糧至原、蘭，牛無所用。李泌建議以為急市其牛，可得六萬頭，以給沿邊戍卒，開墾荒地，願留者給為永業，則府兵漸次可復。但需急為之計，過旬月則不及矣；而當時不能用，讀史者莫不痛惜焉。

乾隆二年，皇上特降永禁燒酒諭旨，以九卿、督撫各持一議，久而未定。今年三月，復降諭旨，命禁躧麯。前月中，又特命嚴禁燒鍋。聖主至仁至明，為國家樹根本之道，洵億萬世生民之福也。臣之愚心，竊謂永禁燒鍋，惟此時為易。臣前年奏請先禁河南北五省者，以南中粟米尚多，恐愚民不知其宜禁也。今江南旱荒，浙江、福建米價騰貴，江西、湖廣多米之地，亦幾倍於前；若以此時特頒諭旨，布告天下，各省俱行永禁，則民心感說，可以不勞而定。蓋前此在内之公卿，不過牽於莊頭之厚利；在外之督撫，不過惑於有司、胥吏之浮言，又恐有虧關稅。今見萬民飢殍，聖主憂勞，則九卿、督撫，必不忍飾浮說以相阻撓；即莊頭、土豪，亦不敢干功令而犯眾怒。明年春夏當無異議，至秋冬即大有農收，皇上堅持而申喻之，則此法可永定矣。

九卿中言禁之未便者，惟孫嘉淦、尹繼善，二人非有私意，乃所見實然。但孫嘉淦止知燒酒永禁，以此營生者，一時不無失業之苦；至永禁以後，利益溥徧，則未嘗籌及。即如今年孫嘉淦請弛躧麯之禁，各省督撫未有以為是者，可知人心之公，自有不能曲徇之是非也。況去歲直隸地方嚴禁燒鍋，業已半載有餘；山東則自始至今，未嘗弛禁。兩省之民，未聞以此為病；則謂擾民而難禁，乃胥吏、有司之姦言，而督撫誤信之，明矣。尹繼善曾與臣言：『非謂燒酒不宜禁，乃謂愚民習便，無法以禁絕之。』然行之於此時，則無貧富賢愚，皆知其宜禁矣，此正可以永禁之機會也。至於種煙所減之粟米，較之燒酒所耗，亦十分之六七，而禁之又不若燒酒之難。蓋種於田野，半歲乃成，不可掩藏；無俟嚴刑峻罰，第拔其苗，撲責其人，即不敢再犯矣。如謂：『八旗祭祀，舊制必用燒酒；兵丁巡夜，寒冬難盡禁煙。』則特開古北口一路，塞外燒酒與煙，官給印票，許載入京城，則可給矣。如謂：『廣西、雲貴瘴癘之地，煙微有補。』則飭督撫查明瘴癘州縣，聽民於山澗種煙，不得出境販賣，而永禁於平地，則亦可以兼濟矣。

前直督李衛曾奏稱：『宣化府地方所產高粱，有味苦者，惟凶年乃以充飢；豐年宜聽其燒酒。』則即如所奏，豐年聽其燒酒，而不許出境販賣可矣。昨閱邸報，見甘撫元展成奏稱：『甘肅苦寒，嚴冬風雪，口外兵民，非此不足以資溫煖。』即如所奏，凡沿邊及口外駐兵防守之地，自十月聽其燒酒，二月嚴禁。其餘州縣，則概行禁止可矣。且臣積年確訪，宣化一府，所以種苦高粱獨多者，以燒酒利大，運販遠方為便也。若不許出境販賣，則所種苦者日少，而不苦者日多。儻遇荒歉，宣化一府之高粱，不需官移而商自轉販鄰封，以濟飢乏矣。至元展成所奏『窮民裋褐不完，必借杯酒以敵寒威』，尤屬窕言，果身無衣，腹無食，杯酒豈足以禦晝夜之寒威？果有餘錢以酤酒，則積兩月之酒價，可得寒衣以禦三冬矣。至於商旅，則用酒無多；黄酒本無禁令，而必欲用燒酒以耗至可寶貴之黄米何意乎？況自漢、唐以至元、明，皆苦邊地少粟，多方運餉；而於春秋和煖之日，多作無用生事之燒酒，以耗有用難致之軍糧，可乎？且以宣化一府之私利，西邊數鎮之嚴寒，而廢四海九州之長利，釀生民之隱憂，撓國家之本計，可乎？

但永禁之法，若不毀燒鍋，不除煙酒關稅，終非拔本塞源之計。伏望我皇上斷而行之！如羣臣尚有異說，伏乞皇上詰問：『除禁酒禁煙，更有何法可使粟米日多？』令其陳奏。庶幾諸臣為百姓思之，為皇上思之，而知顧私利之非忠，執淺見之誤國也。

更有請者：凡羣下所奏，若實有當於事理，則祈我皇上特旨行之。蓋以人情熟於揣摩，且多嫉妬，知議出羣下，則思多方以破壞之。臣伏見我皇上敬天仁民之實德，虚己樂善之實心，洵可以興三代之治；而羣下之結習不除，則雖我皇上日夜憂勤，而庶政終難於興起。至於開源節流，乃自古聖王使菽粟如水火之常經。上腴之田半變為煙圃，五種之美半化為糟醨，民間積貯日少；若疊遇水旱，雖盡發太倉、常平之積粟，費數十百萬之國帑，實不能徧濟千百萬之窮民，思之令人寒心。即如目今各路凶荒，向使民間多留一石之粟米，較之官為採買輸運，所省國帑，不止一倍。若目下早定一日之大計，則後此可早釋我皇上一日之憂勞；而諸臣猶以永禁燒酒為未便者，真愚臣之所不解也。

臣今年血氣日衰，初寒，則晨夕戰慄，飲食日減；誠恐一旦遂填溝壑，則諸臣阻撓之淺見，國家久遠之深憂，不得復達於聖主。謹罄竭愚忱，盡言無隱，伏惟鑒察！謹奏。

録自集外文卷一。

請除官給米商印照劄子

臣閱邸報，兩江督臣那蘇圖奏請：『備荒宜照去年部議定例，凡米船過關，即詢明係往被災某州縣售賣，免其納稅，給與印照；責令到境呈送地方官鈐印，於回空過關時，呈驗查銷；如偷運別省，並沿途先行糶賣，將寬免之稅倍追治罪。』已蒙硃批『照所請速行』在案。仰見我皇上愛民深切，不緩須臾；督臣仰體聖德，計畫周悉。

但所稱查照定例內有急宜變通者，凡販米客商，逐貴去賤，本不待教而喻。凡米價貴賤，視被災淺深；災深者價貴，災溧者價必尤貴。若必限定到某處糶賣，不可改移，假如沿途米價更貴於所報往賣之處，則此地之飢困，必更甚於彼地。客商不敢違法而擅賣，貧民嗷嗷待哺，必欲強買，竊恐爭奪搶攘之患，必更叢生矣。大凡米價騰貴之地，一遇客商湊集，價必稍減；此地稍減，又爭往他所。聽其自便，流通更速。若價昂既不敢賣，價減又不得不賣，商賈用本求利，必視此為畏途而觀望不前。

又地方官鈐印一節，即官長不敢留難，而胥吏隨處需索，往返再三，視納稅費增數倍。更有慮者，客商挾資往來江湖，多隱秘其蹤跡，惟恐生人識其面目，所以防盜賊之拘執拷索也。若使出入官署，投批請印，人人知其為商，尤所深懼。臣少時授經四方，時附客船，深知此中情事，故敢冒陳愚見。伏乞皇上特降諭旨：凡米船過關，免其納稅，聽憑轉運本省地方隨處售賣，不許偷運別省。庶大商小販人人踴躍爭先，而民食可少濟矣。

謹奏。

録自集外文卷一。

論山西災荒劄子

臣本月十五日閱邸鈔，始見御史楊嗣璟奏山西歲歉，奉旨：『著巡撫石麟速行明白回奏。』仰見聖心憂民之切。但州縣既匿荒不報於先，而大吏又失察於後；今奉旨查問，恐地方官不無多方掩飾，幸免罪愆之弊。萬一石麟回奏，未能盡實，再遣大臣往查，非越月不能上聞；而被災之民朝不保夕，恐難久待。伏乞我皇上即召山西在京大小臣工清問，俾各陳所知，如與御史所奏相符，則求特遣忠實大臣前往，會同巡撫覈查被災淺深之地，即照直隸、山東之例，一體動帑賑濟，庶被困飢民，不致流離失所。我皇上視民如傷，四海蒸黎感戴聖恩，皆如赤子之仰父母。故敢竭其愚忱，不勝激切悚惶之至！

録自集外文卷一。

請矯除積習興起人材劄子

臣聞人臣之義，國爾忘家，君爾忘身。士大夫敦尚氣節，東漢以後，惟前明為盛；居官而致富厚，則朝士避之若浼，鄉里皆以為羞。至論大事，擊權姦，則大臣多以去就爭；臺諫之官，朝受廷杖，諫疏夕具，連名繼進。至魏忠賢播惡，自公卿以及庶官，甘流竄，捐腰領，受錐鑿炮烙之毒而不悔者，踵相接也。雖曰激於意氣，然亦不可謂非忠孝之實心矣。惟其如是，故正、嘉以後，國政僨於上，而臣節砥於下，賴以維持而不至亂亡者，尚百有餘年。臣竊見本朝敬禮大臣，優恤庶官，遠過於前明；而公卿大臣抗節效忠者，寥寥可數；士大夫之氣習風聲，則遠不逮也。

臣少遊四方，所至輒問守土之吏之為民利病者。無何而大病於民者，已列薦章矣；民所愛戴者，多因事罷黜矣。叩其故，則曰：此富人也。非然，則督撫之親戚故舊也。非然，則善於趨承詭法逢迎者也。其罷黜者，則以某事忤某上官耳。間有貪殘而被劾，循良而得舉者，則督撫兩司中必有賢者焉，而亦寥寥可數矣。至於九卿，乃九牧之倡，萬官庶事之樞紐也。督撫、臺垣之條奏，特下九卿，必國體民生所繫，猶叩樹本，百枝皆動，而可或有差忒乎？以臣所聞見，凡下廷議，其為督撫所奏請，則衆皆曰：此某部某長官所交好也。或上方嚮用，未敢駁正也。已而議上，則果謂宜從矣。其為科道所條奏，則衆皆曰：原議，某所建也；其事，某某所不利也。已而議上，則果謂必不可從矣。同官中即有持正而力爭，各部院即有心知其非不肯畫題者，而其議之上達自若也。其保舉僚屬，半出私意，亦不異於外吏；但偪近輦轂，耳目衆著，出於公道者，尚可參半耳。是以聖祖仁皇帝中年以後灼知此弊，刑誅流錮以懲姦貪，拔擢矜全以勸廉吏，而親信清公樸實之人。世宗憲皇帝敬承此意，極力廓清，宵旰孜孜，惟務發外吏之欺蒙，破在廷之結習。十餘年間，少知畏法，而終未革心；蓋由營私附勢之習深，而正直公忠之人少也。我皇上至誠惻怛，諄諄開諭，可謂深切著明矣，而特旨薦舉；服在大僚，尚或引用富人以便身家。在外督撫，多以報荒為難；而州縣又以匿荒為自安之計。其有不肖者，每遭歲歉，轉日夜徵比，以迫蹙貧民，冀邀蠲免，因緣為利。此風不改，則皇上日夜憂勤於上，而治教禁令不能不墮壞於冥昧之中；尚安望百度之皆釐，實德之及下乎？

臣伏讀三年中前後諭旨，於臣所陳之積弊，亦既洞晰於聖心，而思有以矯革之矣。然所以矯革之者，則有本統焉。文、武之政，非其人猶莫舉；而『知人則哲』，帝堯猶難之。治道之興，必內而六部、都察院，各得忠誠無私、深識治體者兩三人，然後可以檢制僚屬而防胥吏之姦欺；外而督撫、兩司，每省必得公正無欲、通達事理者四三人，然後可董率道府，辨察州縣，以切究生民之利病。能如此者，乃有才、有識、有守而幾於有德者也，雖數人、十數人不易得，況一旦而得數十人哉？然不如是，終不可以興道而致治。孟子云：『猶七年之病，求三年之艾也。』自古聖君賢主未嘗借才於異代，亦惟我皇上勤心以察之，依類以求之，按實積久以磨礱之，信賞必罰以勸懲之而已。

所謂勤心以察之者，一則明辨部議、會議是非之實也。凡一事之興廢，其利害常伏於數轉之後。故雖周公之聖，猶有仰而思之，夜以繼日而未得者；況庸常之人，雜以私意，而揣摩瞻徇乎？而姦邪文法之吏，每能巧飾偏辭，變亂是非，言之鑿鑿，使觀者難辨。孔子所以惡佞之亂義，惡利口之覆邦家也。是以唐、宋以來，凡廷議，皆以宰相斷決之，以學士參議之，以給事中駁正之。自明中葉以後，姦相擅權，毒流天下。聖祖仁皇帝時，亦有以招權籠賄，家累鉅萬者。賴聖明剛斷，同時罷黜；而自是以後，潔己自好者，皆以避權為安；內閣擬票雖有兩簽，從未有摘發部議之非而奏請改議者。古者御史之外，別設給事中，專駁宰相成議，上及詔旨；而南宋以後，舊典寖廢，以故朱子屢歎之。以臣所聞見，聖祖仁皇帝、世宗憲皇帝暨我皇上，時有盡屏廷議而獨斷其行止者；命下，必大服衆心。故臣愚以為凡部議、會議有關於國體民生者，勿遽批發；必再三尋覽，以究其事理之虛實，意見之公私。微有所疑，必召平時聖心素信其忠誠無私、通達事理者，盡屏左右，每人而獨問之，參伍衆說，然後內斷於聖心。此即虞舜好問、好察，以輔其惟精惟一之學，而孔子所歎為大智也。臣伏見皇上於部議，從者十九；於九卿兩議，大抵從其列名衆多者；道路之口，頗有未協。聖心如天，或以為主議者衆，必人心所同；而不知其實乃本部一二人之私意，或九卿中一二人之偏見，怯懦瞻徇者，明知其非，而不敢辨也。抑又聞用人之道，惟知之為難。凡人之智識，必叩之而後知其材勇，必試之而後見其忠邪誠僞，必久與之習而後得其真。太公望，文王之師也；武王用之，猶反覆窮究，相與問答者凡數萬言。管夷吾，齊國之望，鮑叔牙所深知也；桓公用之，猶每事諮度，相與問答者凡數萬言。方今四海九州萬事百度皆總歸於六部，而決於卿貳五六人；每日文書到部，最少亦一二百件。苟一事之失其理，則姦心必滋於蠹吏，實害必被於兵民；此即五六人皆至公至明，虛己和衷，日夜講求，尚慮其有失誤；而我皇上，於六部卿貳中，灼知其才識，深信其忠誠者，凡幾人乎？古聖王『用人惟己』，必先勞於求賢。臣伏願皇上，惟盛暑嚴寒，宜安養聖躬，不可過勞；外此少有餘閒，即延見廷臣。凡六部、都察院奏事，披覽之下，微有所疑，即召見問訊，使各陳所見。聽其言語，則明昧可知矣；觀其氣象，察其心神，則公正私曲大略可見矣；即有利口而飾為伉直，邪媚而貌類恪恭者，以我皇上之至誠至明，久與之習，必有呈露於幾微而不能自揜者矣。其餘京堂、科道，條陳屢合事理，翰林敷奏，深當聖心者，亦宜慎選其人，俾輪班侍直。事有疑難，隨時召問，以習察其志行，而劑度其材能。至於大僚中已為我皇上所深信者，尤宜朝夕燕見，與議論天下之事，以窮究其底蘊；果能忠誠無私，而又通達事理，則於同官百吏，皆能助皇上以檢察而得其實矣。

所謂依類以求之者，天下惟君子與小人，性情心術，如冰炭之不相入。小人所悅，必諛佞側媚者，雖有才智而為國患更深；樸直清慎者，雖無才智，尚可奉公守法，竭力自効。是以周公立政之篇所三致意者，惟勿用憸人，而求吉士，以勱相國家而已。所謂憸人，諛佞側媚而有才智者也；所謂勱相樸直清正之士，雖才智不足，而率作策勵，尚可以有輔於庶政也。自古有君子而誤信小人者，斷無小人而能進君子者；故求賢之道，必以其類為招。保舉舊例，臨時按品秩資格，俾各舉一二人。法本無愆，而人多難信。我皇上於在內之九卿，在外之督撫，深信其忠誠無欲者，必各有數人。伏願特下密旨，命盡舉所知，而別其材之所宜，然後考覈試驗，而次第用之，比之按資格以汎舉者，必為得實；而聽請託、利身家之結習，不禁而自除矣。

所謂切實積久以磨礱者，自漢、唐以後，雖仍六官之名，而職事多非周官之舊矣。而就今功令所宜秉承者，則吏部之職，非獨按籍呼名，循例黜陟也；其實在使請囑者望風而自止，巧法者百變而難欺。戶部之職，非獨謹守管鑰、會計出納也；其實在明於萬貨滋殖之源，生民實耗之本。禮部雖奉行舊典，而事有特舉，必當酌古準今，可為後法；且寅清端直，無玷其官。兵部之實，在輯將校之驕氣，以綏靖兵民；消禍變於無形，以折衝萬里。刑部之實，在時情罪之寬嚴，以砥維風教；辨四方之偽獄，以震慴職司。工部之實，在識海內山川之形勢，以知疏鑿之宜；覈水土人功之等差，以定工程之度。至於都察院之設，本以肅朝廷之綱紀，儆百吏之官常，劾中外文武大臣之不法；而自副都御史郭琇排擊要人以後，五十年來，未聞力爭國家之大事、斥指大吏之非人者，不過掌行過文書而已，然則此職蓋幾於虛曠矣。伏願我皇上於部、院卿貳，必慎簡忠誠，而以明達者佐之，辨其材之所宜，而各責之以實，使日夜訓勵其僚屬，而隨時以進退之；則中材以上，咸自矜奮，數年以後，公正之風可作，而練達事理者亦漸多矣。

所謂信賞必罰以懲勸者，凡中人之志行，多以獎進激勵而成。平時主部議者，不過正卿中一二人；主會議者，不過九卿中皇上所嚮用之數人。順從緘默者，長得自安；據理直言者，必遭忌嫉。積習為常，所以靡靡日趨於瞻徇，而非果竟無人也。倘我皇上時時延見，一一考驗，忠誠者篤信之，明達者褒嘉之，懷私者廢斥之，庸昧者退罷之，則旬歲之間，勃然而興起矣。世宗憲皇帝於大計保舉之員贓罪敗露，督撫降調，司道革職，條例甚嚴，而奉行不實；惟奉特旨獨舉一人者，降調甚多，而督撫、司道之計典無聞焉。蓋以所舉衆多，不能盡詰，而姑從寬貸耳。用此賂請陰行，舉劾顛倒，無所顧忌。若一依雍正六年定例，執法不移，則孰敢徇私任意以自累乎？自耗羡歸公以後，州縣之繁劇者，養廉至千數百金，猶不足以延幕客、辦公事；在內諸司，雖蒙加俸一倍，猶不足以僦屋、賃僕、秣馬、供車。伏願通計天下之耗羡及經賦所餘，詳加籌畫，必使州縣得備其公事，諸司得贍其身家；然後一犯贓私，嚴法不貸。其聲績顯著者，則時賜金帛，進爵秩而使久於其任。如此，則凡為吏者，皆得俯仰寬然，潔己以奉公，孰肯苟且行私，以自取終身之墜陷乎？信能行此四者，則忠良有恃以不恐，姦邪有術而難施，中外大臣日夜孜孜，以進賢退不肖為己任，庶司百吏皆知奉公守法、潔己愛民之為安。數年之後，衆正盈廷，官守經法，民無倖心，雖大艱猝投，無難共濟，而況舉先王足民之大經，布前代屢驗之良法，尚何慮其阻撓廢格，縱私生事以擾民乎？至於民食既足，則當漸為禮俗之防。官常既修，則當實講教士之法。內治既定，則興屯衞於邊關，設軍田於內地，使精神可以折衝；立制防於海嶠，謹治教於苗疆，使患害消於未兆：皆宜次第修舉。而臣不敢以為言，誠以積習不除，人材不足，官常不立，則為之而必不可成，成之而必不可久也。

凡所陳奏，皆臣五十年來所耳聞目見，確知其狀，不得不入告聖明者。臣老矣，生世無幾時；如以臣言為可用，伏望留臣此摺，以驗羣情，以考治法，時復賜覽。如用臣言，而無利於民，無益於國，雖臣死之後，尚可奪臣之爵命，播臣之過言，以示懲責也。昧死上陳，不勝悚息瞻企之至！謹奏。

録自集外文卷二。

請定庶吉士館課及散館則例劄子

昔宋臣蘇軾進言：河北五路，乃自古豪傑之場，其人可任以事；然欲使之治聲律，讀經義，與吳、楚、閩、蜀之人爭得失，則惟有不仕而已；請特為五路別開仕進之門。蓋因爾時以詩賦設科，河北五路雖有直方魁傑之材，而自達靡由，為可惜也。

國家會試以南北中路分額，士多爭論，功令屢更；乃定議分省計卷，欽定名數，此誠至均至平之法。惟翰林一職，專司文學；河北五路及邊徼遠省與選者甚稀。臣自有知識，竊見內閣九卿出於翰林者，十常七八。蓋因職親地近，材識志行之美，易達於天聽；若散在州縣，則或掛於事故，或抑於上官，雖有介節長才，或趦趄以終老。故天下士尤以翰林為清華，而恨不得與。本科進士已經朝考，我皇上復命王、大臣選擇以備引見，此作育人材公溥詳慎之至意也；而朝考取備庶常之選者，三十有六人。江南、浙江、江西、湖廣四省數已三十，其餘僅六人耳。豈吳、越、三楚而外，材識志行可以登清華、列侍從者，竟無其人與？徒以聲律辭章，素所不習者多耳。選館之期，伏乞聖明少為留意！

至於教習庶常，臣請嗣後江南、浙江、江西、湖廣、福建，仍課以詩賦。其餘各省，則專治本經義疏及資治通鑑綱目所載政事之體要。散館之日，試以所專課各二篇，其兼通者，亦得自著所長而不相強。如此，則東南之士益留心於經濟之實用，而河北五路以及邊方之士，亦不至困於聲律之末諳，可以陶冶群材，使爭自淬礪。蓋政事文學，皆人臣所以自效，而政事之所關尤重。使海內昭然知我皇上取人，不專以文辭，而必求其實濟。則有志之士，當益思自奮於聖明之世矣。

天下之事，苟有偏重，則積重積輕之勢以漸而成，而弊亦隨之，惟聖主能見其微；故臣敢冒陳末見，上瀆聖聰。謹奏。

録自集外文卷二。

論考試翰林劄子

為冒陳末見，以備採擇事：我皇上特降諭旨，親試翰林，俾有學有識者，得自見於聖明之朝，而鄙樸無文者，不能冒濫；誠陶冶羣材，磨礲激勸之至意也。但如雲、貴、川、廣諸省，地本荒遠，學少師承，詩韻文律，俱非所諳；是以聖祖仁皇帝、世宗憲皇帝每值選擇庶常及散館之期，於諸省恆多寬假；非特鼓其向學之志，亦懷柔遠人之一道也。

伏乞我皇上於雲南、貴州、四川、廣西及陝西、湖南諸省，其文義荒疏應加罷斥者，較他省稍為矜恤，概賜引見，相其材質，分別改任，以示優容。蓋其地登朝之士，較中土為稀；苟有膺清華之選者，即鄉邦之眾望屬焉。儻蒙格外垂恩，不惟可廣教思於無窮；亦可使邊荒之民，奉揚皇仁，感激勸勵。臣不揣愚昧，上瀆聖聽，不勝戰慄悚息之至！

録自集外文卷二。

論九卿會議事宜劄子

為敬陳末議，以覈事實，以肅風紀事。伏惟我皇上布德彰教，興利除弊，所以惠保黎蒸者，聖心所運，無遠不周；羣下所陳，雖微必錄。臣每自念，生逢不世出之聖主，愧無嘉謨，以勷盛治。近在九卿班，見有二事，返之愚心，欲緘默而有所不安，故敢敬陳，以備採擇。

一、九卿會議宜少為變通，以責實濟也。凡發九卿會議，必因事體重大，或理有疑難，故博稽於眾，期詢謀之僉同；其或意見各有所主，本許並陳，以俟宸斷，此執兩而後用其中之道也。邇來值奉旨發議事，主稿之部先期將原奏傳送九卿；及期會集，則主稿之部書吏將原奏宣讀一過，隨將所議之稿宣讀一過，即以次送九卿畫題。聚三四十員之九卿，而取決於俄頃之間；未議之先，既不知主稿者如何定議，俄頃之際，豈遂能耳順心通？則是有會議之名，而無其實也。亦間有一事而再議三議者，亦不過主議數人相與商論，餘惟旁觀受成而已。在九卿受皇上深恩，豈敢以雷同附和，苟且塞責？但啟口而有言，無答之者，並無辨之者，不過聽其自言自止，而畫題者，已紛紛相繼矣。

臣愚以為自今以後，凡有會議事，宜令主稿之部先行定議，然後移送九卿，俾得從容審度；如所見相同，即於移稿之上畫押，送還主稿之部，不必更行齊集；如其中尚有數人未協所議，則主稿之部專會同未協各員至公所詳悉商酌，以求其是；其或必不能同，則異議者，將所議斟酌畫一，畫押送主稿之部，使並列上奏，以俟聖裁。蓋凡物之理，偏舉其一端，皆可以言之成理而不見其罅漏；兩端並列而相形，則可否立見矣。是非之心，人所同有，主議者能平心以察異己之說，則必無護前自用之失；知異己之說可並達於宸聰，則不敢不虛公詳慎而偏執所見。如此，在諸臣既得各抒其敬事之心，而皇上亦可以收兼聽並觀之益；且可藉是以知諸臣之明昧，自不敢以不當理之浮言上煩聖聽矣。

一、詹事、科道，應照舊例，使與會議也。查本朝典例：九卿而下，詹事、科道，並列會議班，所以盡眾人之思慮，以求事理之至當，非具文也；而十餘年以來，批發會議事件多止及九卿，而詹事、科道不與。臣以為國家大事，諮詢不厭其周，九卿而外，未必無一得之可採者。況詹事班資清要，不日即列九卿。科道本屬諫官，唐、宋以來，雖制誥皆得封駁，官雖卑而專司言責；於天下之利弊，朝政之缺失，大吏之過愆，皆得抗言不諱；使凡百有位，莫不嚴憚於臺諫之風裁，所以立制防、達壅塞也。我皇上虛懷從善，每諭大小臣工以時納言，不必嫌畏；何獨九卿所議之事，不使臺垣諸臣得與其末邪？且諸臣與議事之班，則觀其所見同異，即可以驗其才識；而有心於國是者，亦得以熟練政務，則即此可為陶冶人才之助矣。自唐、宋以來，國家大事，以臺諫抗言維挽救正者，史不絕書。即我朝百年以來，科道與會議之班，未聞以狂迂之見阻撓國事者，亦其明驗也。請復舊制，詹事、科道仍與會議班。其有卓見與主稿之部不符者，亦得隨九卿之後公同商酌，畫一〔一〕並奏，以候聖裁。如此則小臣咸思自奮，而我皇上明目達聰之用，未必不少裨萬一也。

臣愚昧之見，偶有所懷，輒敢輕吐；誠以生際聖明，土壤細流，或可裨山海之崇深，於此而不思自效，是上負聖恩，而內欺本志也。臣不勝悚慄企瞻之至！

録自集外文卷二。

【校】

〔一〕「畫一」疑為「畫押」之誤。

謝授禮部侍郎劄子

本月二十四日，内閣傳旨，授臣苞禮部侍郎。聞命惶悚，無以自容。念臣夙負罪愆，蒙聖祖仁皇帝赦除，特命内廷行走。又蒙世宗憲皇帝不次拔擢，於雍正十一年，授臣内閣學士。臣以步履維艱，非扶翼不能趨走，具列下情，求别簡賢才以充閣職。蒙降諭旨，命臣勿理閣務，專司書局。凡御門朝賀大典，臣不能隨班趨直，俱荷矜容。我皇上御極，召臣侍直南書房，憐其衰疾，恩慈備加，至優至渥；朝夕趨走，亦不責以常例。殊恩疊被，每自恨毫無報稱；尤恨弱足，並不能與諸臣隨班供職。撫心内怍，對衆汗顔。今復蒙恩，授臣卿貳。伏念秩宗為典禮之司，臣廁其間，非惟職事難供，抑且有玷國體。伏乞鑒臣老病，别任賢才，仍令專力書局，不勝至願！若聖意不可更易，臣自忖衰疲，力可勉強自奮於聖明之朝者，惟胸有知見，不敢不從諸臣後罄竭愚忱，以仰報聖恩於萬一。其一切筋力自効之事，仍祈曲賜寬恤，庶不至顛頓失儀，自取罪戾。為此恭謝天恩，瀝陳愚悃，無任感激待命之至！

録自集外文卷二。

辭禮部侍郎劄子

臣以一介寒儒，罪累衰殘之餘，疊荷殊恩，擢居今職；常思竭誠殫力，上報主知。但夙抱足疾，已二十餘年。自閏九月下旬，左體偏痿，時復拘攣；兼以心瞀首痟，畏寒氣喘。計一日之内，能強起伏几者，不及一二時。雖題奏之稿，循例披閱，亦不能詳細審度與諸臣面議；至於一切行稿，竟不能辨。自知於部務毫末無裨，而書館承修之事，轉皆底滯。

竊思三禮之書，自前世未經釐正，而周官之翳蝕尤多，雖經程、朱論定，以為非聖人不能作，而莽、歆所增竄未嘗辨明，羣儒所交攻未嘗駁正。聖經深遠，衆說混淆，折衷義理，信今傳後，事實不易。臣用功四十餘年，尚未能得其會通；若不及臣精神猶可勉強之時，早完此書；恐衰疾日深，昏疲益甚，討論不能精密，前後或有牴牾，則重負我皇上委任之專，而虚此盛典。

伏乞曲鑒愚忱，解臣部職，別簡賢能，俾臣得專力致勤於禮書，按日分功，兼理武英殿事務，及評選時文，勘定一統志，教習庶吉士等事；庶部務不致虛擔，而諸事得盡實力，非敢以老羸而萌引退求閒之私意也。且臣忝廁卿班，而不能親理部務，不獨撫心自愧，抑且為清議所不容；叨榮書館，而不能切究聖經，不獨職事有虧，抑且懼後儒之指摘。反覆思之，惟有據實陳情，上告於聖主。伏乞俯賜俞允，臣不勝激切悚息之至！

録自集外文卷二。

貴州苗疆議

臣聞貴州羣苗，與他省世有土司者異；蓋散居谿谷，彼此不相統屬。寨大者不過三五百家，一戶中丁眾力強，則小戶服焉；此戶衰弱，又別推眾強者為頭目，萬不能為大害於州縣。聞近日守土之官，以苗人傷殘病死，地多空虛；議募人屯田，乘其衰弱，而據其要害。以臣所見，惟熟苗所居，與州縣壤接，建堡興屯，扼其要害，可以制生苗之出入，誠為有益。若生苗所居，山峻谷深，地勢陿隘，難立城郭，而山徑四通，萬不可招募屯田。蓋天地之德，本宜並育並容；況奪其世世生長之地，絕其妻子衣食之源，使無以自存？雖目今救死扶傷，未敢妄動；而少少生聚，則必奮死以相爭奪，阻兵殘殺，終無已時。至於從前已經設兵戍守，如清江、丹江等處，止宜擇水路深通，湖南之粟可方舟而下，廣西之粟可溯流而上者，增兵開鎮，據其中央，臨制四旁。每年兵糧，皆自他省載運。其地若全無苗民，則量招屯戶，與戍兵相倚為氣勢；若尚有苗民，則止於戍兵住宅前後，各留地二畝，以種菜蔬；外此仍還土苗耕種，聽通商旅、列市肆。其水路不通，與通而灘淺不利船行之地，則戍守之兵盡數撤回。其與鎮戍鄰近及水路之旁，土苗百家以上，則擇其為眾苗所信服者，授以百總之職，置土兵五人；二百家以上，則置把總，士兵十人；三百家以上，則置千總，士兵十五人；皆照綠旗兵弁賜俸給糧，而絲粟不取於苗。其不願者，亦聽之。如此，則近苗慕歸附之利，遠苗無侵擾之害，而苗疆可永遠安定矣。

我皇上深識遠見，盡除苗地租賦，誠和輯苗民之要道。但新改歸流之苗，以納租為苦；而歸附熟苗，尤苦差役。聞各省苗疆，不獨欽差及本地上司，往還路過，搬運行李，盡役熟苗；即家丁、書役、承差出入亦然；是以熟苗不得自營生業，深為苦累。宜著功令：惟欽差量定夫役，其餘官員，俱照內地雇夫，不得空役熟苗。至於戍守之兵，舍熟苗無人運糧，山谷崎嶇，盡一人之力，不過負米三斗，食至戍所，存者二斗，交糧之後，歸途竟無糧可食。如此而不思變計，則未得生苗之地，先大傷熟苗之心；熟苗離心，則生苗之地，恐終難久據。臣所以請水路難通之地戍兵盡數撤回者此也。

又環苗疆大小村落，皆宜勸土人築堡，開壕種樹，冬日習武，而量減其租賦。於一堡之中，擇二三雄武老成為眾所信服者為堡長，給以頂帶，比樂舞生，有司加禮，朝廷間歲小加恩賞，則到處皆有土兵，緩急足恃，視養綠旗當差之兵，更為得力，而所費無多。此所謂難於其易，圖大於其細也。

録自集外文卷三。

塞外屯田議

自古控抱關塞，制馭戎狄，莫善於屯田。蓋省運餉之費，則國用易充，而民力不至於疲；且以農夫為戰士，則習飢勞，耐寒暑，筋骨堅強，緩急足恃。今準噶爾外雖歸順，其心尚不可知；必廟謨早定，戰守有備，將材士武，然後精神可以折衝，不敢妄動。

臣聞塞外開墾之地已經注籍者，自□□以西至歸化城，東西將及五萬頃。臣請即籍其現在耕農為衛卒，無論兄弟、親戚、奴僕，必家有餘丁三人，然後許其受田；以正身為衛卒，而餘丁力耕，盡免其租賦。未墾之地，則召募山、陝邊民；官予牛、種，立房舍，歲給銀糧，期以三年地熟，然後使自食其力。環歸化城三百里內，凡有可開之田，漸次召募開墾，務可養衛卒二萬家。

伏乞我皇上先遣滿、漢大臣宅心公平、材識出眾者二人，巡視規度，以地之肥瘠為差，凡正卒一人，所授之地必可給十二三口衣食；農功畢，則帥餘丁開濠築堡，二三月農功未興亦然。十一月至正月，則聽其結伴，不拘人數，入山步圍；則數年之後，塞外正卒得二萬人，並羨卒得勝兵八萬。口內之兵，可以有缺不補，漸次減半。部署既定，然後擇大臣一員為屯田經略。歸化城以東，設屯田兵道三員；其西其北，各設兵道一員，武弁至參、遊而止，聽兵道節制；鄂勒昆戍守處，設都統一員，聽經略節制。

環歸化城三百里內，衛卒必半有妻子；每年七月，發萬人赴鄂勒昆，更番戍守。其有險可依之地，則造立土城；水草甘美，則隨處築堡、建墩，以通烽火。凡田連二三十頃，必於西北畔開濠種樹，當要路者至兩三重，則居者有蔽而寇不能測，永為金湯之固矣。

至於歸化城以東已墾之田，有係諸王、大臣及各旗官弁產業者；環歸化城可開之地，有蒙古駐牧者。以皇上之命，量其所值，賜以金帛，自無所難。為國家建萬世之業，不可以惜官費用也。

錄自集外文卷三。

臺灣建城議

臺灣府治建城，眾議皆以為難。然不過慮其土疏，地時震，雖成易毀，工役甚大，勞費無已時耳。不知設守重洋與內地異，而臺灣變亂皆自內作，非禦外寇比也。其地之門戶曰鹿耳門，近府治，號稱天險，港容三舟，旁皆巨石，鋒稜如劍戟，舟行失尺寸，頃刻沈沒；內設礮臺，所恃以為固也。然往者王師平鄭克塽，近平朱一桂，皆乘風潮，水高港平，眾艘奔赴，毫無阻礙，大兵一入，即獲安平港。巨舟斷賊去路，而招撫府市人民，南北路農商聞風絡繹綑載而至，相依以自保。物力既充，軍氣自倍。賊戰不能勝，守無可據，惟散而逃耳；追而躡之，隱死無地，故旬日可坐定也。曩令朱一桂有城可據，收府市人民財物以固守，南北路隔絕不通，大兵雖入，攻之不拔，坐守安平，曠日相持，兵罷食盡；欲由鹿耳門饋餉濟師，則風潮不便，勢難更入，智勇俱困，自拔之不能，遑言克敵哉！

若謂築城以禦外寇，則又闇於形勢者也。兩征臺灣，皆先整兵，泊舟澎湖之南風澳，以候風潮； 風潮之便，歲不過一時，時不過數日，若盜賊竊發，或外番窺伺，泊舟於澎湖，則夕至而朝捕之矣。

至南北二路，可通之地雖多，然如南路之蟯港，北路之八掌溪、海翁港、鹿仔港、甲西、二林、三林、中港、竹塹、蓬山，惟小舟可入。其巨港大舟可入者，不過南路之打狗、東港，北路之上淡水； 其次則北路之笨港、鹹水港耳。地遠府治，縱有外寇，不取道於此，備設礮臺，增益汛兵，朝夕巡視足矣。大洋之中，舟難久停，循數推理，絕無萬有一然之慮也。

凡闇於事理之人，妄議建置更革，未有不滋後患者。國初以海賊入寇，議於海船可入處，下梅花樁。不知黃河入海，氣力峻猛，海船必不能溯流而上； 妄於雲梯關下樁，覆舟敗葦遇樁而止，壅以濁流，數十年後淤為平地。海口路塞，淮、黃泛溢，聖祖仁皇帝親巡，再三指授方略，費國帑鉅萬，僅乃復通。松江海潮出入之地，舊有戈船，底繫鐵索鐵菱、三角小錨，朝夕乘潮出入。不知所事，或奏罷之。其後沙停成港，海潮大入而不能出，漂流崇明、太倉諸州縣六七萬家。蓋害伏於無形，非明者不能見也。今議臺灣築城，毋乃類此。若不早遏，後此悔不可追矣。

録自集外文卷三。

江南閩廣積貯議（一）

周官以荒政聚萬民，其十有一皆庶政，足以寬民者也； 捐上所有以予民者，僅居其一，曰『散利』，『縣都之委積以待凶荒』是也。而其本計，則在五黨之相賙，司稼之均民食，士師之通民財，易所謂『勞民勸相』也。三年耕則有一年之食，九年耕則有三年之食，所以積於不涸之倉，藏於不竭之府也。

然古之為積貯者與今異。古者上公營國，不過九里，而民皆散處於中田。故管子曰：『野與市爭民。』言其聚散之數，相倚為多寡也。自井田廢，而民之聚者不可散，歷世相仍，通都大郡有人滿之患。其尤聚者，如江以南之余陵，嶺以南之番禺，其土之入，所贍者十之一。又如閩南諸郡，崎嶇山澤，地狹而人眾，其土之入，所贍者三之一。是不待天為之災，苟有風潮之阻，遠方之粟不至，寬者數月，劇者旬時，而民已坐困矣。捐上所有以賑之，當其時則不易徧，屢而行之，則不可繼。故今之計，莫若使民自為積； 民自為積，而後事可常也。

令牧民者，比次境内中家以上，使家為困倉。秋冬之交，遠商麇至，中家計日而自備其食，富民倍之，其上三之，其上五之。歲十一月，官稽其入； 二月而出之，聽其自糶，富者斥其餘，不失十二之利，而貧民皆有所恃矣。所患者，胥吏之紛擾，與不肖有司之假貸，而若是者，可責之大吏也。

雖然，此一切之計也； 察萬貨息耗之情，則固有其本焉。以中人為準，日再食不過一升，鹽費不過一錢；而酒之耗數倍於米，煙之耗數倍於鹽。故上腴之地，皆為煙圃，五種之美，半化為糟醨，此東南之公患，而在人聚土狹之區，則更劇也。若嚴斷二者，其於民食，可益三之一，此世所目為迂闊鄙瑣之談也。然古之治天下者，至纖至悉也，故蓄積足恃，蓋分數明也。雖周公之建典，管子之易政，亦若是而已矣。

録自集外文卷三。

【校】

〔一〕傳貴本小有不同，蓋先生初稿也。今從王本。厚子云：方氏家譜所載同此。鈞衡識。

渾河改歸故道議

渾河改歸故道，其名甚美； 而切究事理，則其患有來年即可徵驗者，有十年之後不可救藥，而今尚伏於無形者。

蓋始為此議者，但見五十年前渾河時漫於固、霸，秋稼雖傷，麥收常倍，民咸利之。不知爾時本無隄岸，任其漫流，故二三百里間，雖不廢耕稼，而室廬甚少。自改故道入勝芳澱，往時濁流遊盪之地，民皆定居，村堡相望，勢難遷徙。今雖令民自築護村土埝，而無竹木石菑，卑薄墟疏，不惟難禦伏秋之漲，即春夏水潦少昌，固南霸北之民，已不免蕩析離居之患，此情勢已見，萬口同咨者也。

為此議者，但見永定河未開以前，水至固、霸，則泥沙盡停，而清流會白溝河以入澱，數百年澱無停淤，以為改復故道，當與昔同，而不知水勢地形，今昔迥異。蓋河隄未築，任其遊盪，力緩勢散，故泥沙盡沈，而會於白河者皆清流，又有深廣數百里之澱以容之，故久而無患。及隄岸既立，水束力強，奔騰洶湧，泥沙難定。且見今金門閘壩之外，固南霸北，良東永西，不過百里，視當年容水之地，僅得四分之一。則伏秋汛漲會入白河者，必不能無泥沙。白河力弱，則先淤白河；白河力強，則必淤澱内。白河淤，漲過猶可開通；澱内淤，人力萬難挑濬；十年之後，全澱盡淤。自渾河入勝芳澱後，澱已淤十之六七。子牙河所挾畿南衆水，渾河所挾塞門衆水，不能入澱，必横穿運河。不惟漕運難通，而沿河之地，城郭人民皆一朝而化為巨浸矣。

聞自建金門閘後，渾河已半行三角澱外，惜下流仍入澱中，恐終不能無淤塞耳。必就渾河下流，别開河道，引入澱之流盡行澱外；按圖揣度，惟由東沽港，北至青光，以下會大清河，可以達津入海。然必於上游引玉帶河為尾水以刷泥沙，新河兩旁堅築泊岸，岸外寬作遥隄，以防異漲；然後無潰溢以淤澱、湍悍以穿渾河之患。

古人治水，至險艱之地，焚石鑿山，必開通而後止。今澱外之地，不過高下不齊，用力不至若此之艱難也。如慮工費浩繁，以改復故道為簡便，則未知伏秋汛漲，近河村邑告災請賑，將無虚歲。即置黎民之死病於不問，而國家勞費，正自無窮，是所謂以冥冥決事也。

録自集外文卷三。

黄淮議

黄河有六七十年以前久釀之患。淮河、運河有二十年來積漸因循隱伏之患。黄、淮合流，東至雲梯關入海，相傳從前關下即海口。國初以防海寇，下樁雲梯關，覆舟敗葦遇樁而止；河流旁漱淤沙，漸移漸長；迄今由雲梯至海口，約二百四五十里，中有青沙、夾沙；又有仰面横沙正當口門，俗稱鐵門檻灘。康熙三十五年，童家口決。河督董安國以海口淤淺，别開馬家港引河，導黄河由小河入海。姦民王繹之利黄水能腴己田，倡議建攔黃壩，堵截河流； 三年後始知其害，拆壩而受病已深，且壩址尚存，下流愈淤愈高矣。三十九年二月，河督于成龍堵塞馬家港口。六月，復決； 建議留二十丈口門，至今未閉。河分二道，流愈緩，沙愈停矣。此久釀之患，萬口所同咨也。

康熙六十一年，河決朱家海。黃流入洪澤湖者逾年，湖底日墊日高，而人不悟。數年前拆磨盤墩，建新閘，改故道。每歲伏秋，黃流倒灌清江浦以入運河； 河身日墊日高，人雖知之而偷安目前，以至有今日，此所謂積漸因循隱伏之患也。

洪澤湖之底日高，則無以受長淮聚匯之眾流； 運河之底日高，則無以受清口之暴漲。故連年皆患伏秋水大。其實非水大也，乃湖、河底皆淤墊，容水之地少耳。洪澤數百里之淤墊，雖神禹復生，無道以疏瀹。清浦運河秋冬閉閘可濬，而在此時，亦不急之務，以雖濬而地狹，河淺不足以洩洪澤之異漲也。黃、淮上流既無法可施，惟海口深通，下流暢洩無壅，然後上流可免衝決。

方今急務，莫如乘霜降水落，即急築馬家港口，此口原寬二十丈，今衝開百餘丈，每遇伏秋，倒漾佃湖支河之內，瀰漫無際。安、海、阜三州縣隄內居民，頻年水患甚劇，若得閉塞，亦可以甦數州縣之民。使河流不分，則勢猛而新沙不停。倣古戈船之法，急作方底淺舷之船二三十號，船尾左右各立兩柱，底繫鐵索鐵菱、三角小錨。於鐵門檻上流兩岸，排豎鉅石，設轆轤。每船用篾纜麻索八條，分繫船尾四柱，繩結轆轤。人挽篾纜，乘流下灘； 過灘三五丈，即轆轤人挽而上，分班復下。灘沙雖堅，屢經菱錨爬搔，急流乘之，不過旬月，必次第開通。此費少而功大，實奇策可用。若鐵門檻沙離海口尚有三五里，則只須每船多三五健卒，乘流直下，隨轉舵赴岸，引纜而上，兩岸轆轤繩纜並不必用。萬一沙堅如鐵，掛菱錨而不動，則港口既閉，引河可以挑濬。馬家港引河至出洋處，約一百四五十里，現在通流。宜即開闢此河，使深廣與大河等，束以遙隄。挑築既畢，便引全黃之水直注新河，而堵塞舊河，可使二瀆安流，百年無變，舍此別無救敗之策。

但開通馬港，恐淮安、海州境內諸水無歸，則宜於鄰河趨會之處，別開支河，總匯入海州之漣河，會同入海，然後有利無害。雖工費必數百萬金，而錫數百萬生靈以數百年安瀾之福，每歲省修築之費數十萬，收淹沒田禾蠲免之正賦數十萬，每遇異漲，省賑濟之帑粟數十百萬，日計不足，歲計有餘，明者當能辨之。

録自集外文卷三。

聖主親征漠北頌 康熙三十五年

皇帝撫臨天下，三十有五年，悉治方内，冠帶之民，興教慕德，百嘉鬯遂，萬物皞皞。四海外國蠻夷族部之君長，槎浮索引，候風潮，踰嶺隘，稽顙疊跡而來獻見者，馳驛相望。

惟乙亥之秋，西北虜酋噶爾丹恃所處僻遠，倔強稱兵，齮蹂北徼諸部臣屬内附者，經冬涉春，駐兵田牧。諸部震恐，蕩析離居，奔訴闕下。皇帝哀矜，不忍棄之覆幬之外。又慮黠寇猘狂，毁我藩衞，邊郵日駭，漸爲百姓勞費，將總六師親征之。於時内外文武小大之臣，鮮不惶疑震恐，謂『虜居絶塞，道路所次，山谷曠莽阻深，宜且命將出師，不宜勤乘輿。又其俗遷徙無常居，恐大軍深入，逐捕無所得』。萬口一聲，交章懇請。

皇帝内斷於心，丙子春二月，以費揚古爲撫遠大將軍，率師由西道，刻日進勦。詔陝西將軍孫思克出師據土剌河，斷虜歸路。三月初吉，皇帝總六師，由中道出次古北口，詔曰：『朕念士大夫卒校勞苦，自今以始，朕日御一餐，與六師共之。』初羣臣慮塞外道逴遠，少水泉，蜚輓阻艱。及車駕出塞，雨雪間作，而芻糧次第達師中。所至疏磵鑿井，甘泉湧溢，士馬饒給如内地。始知上神略廣運，諸事經畫豫備纖悉無遺也。

五月丙辰，師次拖林。越數日，進逼黑盧倫河。虜聞王師天降，震慄喪氣，日夜引遁。癸亥，皇帝親部署諸軍，倍道追逐。丙寅，車駕過河朔，至拖諾山。虜棄氈裘、甲兵、老弱宵遁。訊之俘人，云：『當過巴顔而西矣。』上曰：『虜遁而西，適與西師遇。朕親經畫，兩路兵食毋乏，虜可草薙而禽獮矣。』戊辰，皇帝班師，命將軍馬思哈率精兵逐北。是日，虜至昭水。將軍揚古、將軍思克兵俱會，敦陣奮擊，虜軍大敗。自未達西，斬截無算，俘獲子女畜物以億計，餘黨潰散。庚午，西師奏捷行在。諸王、大臣表請降明詔，祭告天地、宗廟、百神，宣布中外。制曰：『可。』

臣伏見聖謨深遠，爲海内元元計萬世之安，屏斥羣議，創非常之原。躬涖行間，率先士卒，抗威萬里沙場之外，殲刈累歲驕悍狡黠之虜。自出車餽糧，整屯按部，以暨設策制謀，厲兵熸寇，事無小大，悉出神策廟算，論效收功，如指諸掌。遂使普天之下，窮荒不毛之域，尺地寸土皆歸版輿。上及飛鳥，下及淵魚，惴耎肖翹之物，莫不若其性。自漢、唐以來，未有躋登茲盛者也。臣苞方遊太學，未獲瞻塞上旗旄之光，聽軍前凱歌之聲。伏讀明詔，懽忭蹈舞，謹拜手稽首而作頌曰：

巍巍我皇，至仁天覆。陰陽蒸陶，萬物在宥。綱紀昭明，德施磅礴。海隅蒼生，飲食宴樂。四海外國，莫不懷柔。齎籯奉贄，以後爲羞。蠢茲醜虜，自懟其生。背義作慝，以干大刑。擅興戈鋋，陵我北徼。自秋徂春，猖狂襲盜。謂居窮荒，天威不及，故集蠭蠣，逞其毒螫。

皇帝曰：『咨！虜爲不道。凡茲屬國，惟予怙冒。蛇豕不除，善良曷育？朕親行師，是絕是忽。』惟時在廷，小大惶悸。交章請留，至於再四。聖志不疑，神明默運。三方布師，以制虜命。乃命揚古：『汝行自西。批其肘腋，使賊不支。』乃詔思克：『斷其歸道。拊背扼吭，使虜噎唶。』乃撰吉日，乃詰兵戎。六師張皇，我皇在中。分部授律，緜緜翼翼。發如川流，屯如山立。陰山冱寒，土結不毛。我皇戾止，豐草如茵。龍沙曠莽，潢污潦濁。我皇戾止，靈泉噴躍。芻糧雲屯，車徒接武。馬騰若驕，士勇可賈。遂次拖林，遂逼盧倫。如鼓洪爐，以鑠鉤金。虜衆愕眙：『道無水泉。士馬百萬，豈來自天？』始梟而張，卒鼠而竄。倉皇西奔，雜蹂紛亂。皇麾六軍，倍道逐角。雷動風行，直窮拖諾。虜遁益西，過我西師。禽驚挂絡，獸駭觸機。三帥同心，祇遵天策。短甲步戰，踔厲淩越。飛靰霧散，火戟星馳。從横擊刺，所向皆靡。羣醜敗績，禽獮草薙。自未達酉，俘獲千億。凡茲方略，我皇自設。功成萬里，若合符節。

萬衆凱歌，一人有慶。日月照爛，山川霽潤。黄耇頒白，兒童稚齒。式瞻皇容，載笑載語。升中吉士，薦馨清廟。飲至論功，垂恩涣號。乾端坤倪，寸毛尺土。皆歸版圖，我皇之武。銷鋒灌燧，育我黎蒸。蕃祉壽善，我皇之仁。

録自望溪文集卷十五。

聖主躬耕耤田頌 雍正元年

惟皇帝御極之元年，聖德廣運，庶政聿修，敷天之下，萬官億醜，咸就法度。乃以仲春元辰，躬臨耤田，展事先農，秉耒三推，登臺以觀終畝。於時風日布和，隰原增潤，羣工師師，甸徒濟濟，近光者仰德，遜聽者嚮風。臣竊惟我皇上應天以誠，故志氣之動，足以格穹蒼；勤民有本，故典禮之行，足以通衆志。伏見聖德懋勤，凡郊廟典祀，必躬必親，至治馨香，感於神明。兹復躬耕帝耤，以供粢盛。乃書所謂「明德惟馨」，非徒薦以黍稷也。

我皇上夙寤晨興，憂勞萬民：江南積逋，賜免者數百萬；江西額徵，豁除者百餘萬，河北五路間有水旱，發帑振廩，冠蓋相望，惟恐事有中阻，澤不下究。凡此愛民重穀，肫懇無已之聖心，久淪浹於臣民之膈臆；故兹耕耤禮成，自朝有著位以及城市郊野兒童耇老，莫不式歌且舞，思見德化之成。粤稽自古好禮之君，莫不稽古典文，以爲民紀；然未有如我皇上實心實政，足以和通天人之際，而與古典禮相應者。

臣幸際千載難遘之昌期，又夙荷天地生成之大德，銜恩撫躬，欲報靡由。顧惟譾陋，不足以罄盛德之形容，而踴躍懽忭之實情，則有不能自秘者。謹稽首頓首而獻頌曰：

天佑衆萬，篤生聖皇。基命宥密，以勤萬邦。百神其享，惟德之常。下民其依，惟政之臧。

風行雷動，奠此垓埏。邦經既正，百度無愆。乃舉舊典，命我田官。農祥正中，陳修耤壇。

畇畇吉土，兆彼南郊。潔粢豐盛，明禋用昭。升中燔燎，薦以蕭茅。神所憑依，是先是勞。

土穀之修，六府所亟。萬事本原，蒸民粒食。康功田功，皇躬是飭。兆民之倡，四方維則。

春陽載舒，土膏脈發。保介既諧，協風應律。皇耕一墢，班三以訖。凡百有位，敬共無斁。

音官相告，樂動惟宮。太史有占，雲物其豐。蒸蒸甸徒，褑襫就功。載笑載言，皇儀有顒。

惟天監德，應感無私。皇情所注，神動天隨。谷風習習，興雨祁祁。近自畿甸，周於海隅。

自南自北，自東自西。三時不害，我稼如茨。我稼如茨，兆民其熙。兆民其熙，我皇之禧。

録自望溪文集卷十五。

聖主親詣太學頌 雍正元年

臣聞二帝、三王所以陰隲下民而使各得其恒性者，以能兼立乎君師之極也。有虞教胄，直溫寬栗，帝親命之。在周文、武之興，辟雍鐘鼓，並見於雅歌。詩人推原，以爲東西南北，無思不服，實由於此。古者天子視學，大昕鼓徵，興秩節以事先師，而春秋簡不帥教者，亦親涖焉。蓋以至尊而盡禮於先師，所以見尊德樂道之誠；以一士之不帥教，而天子乃親聽之，所以使震動恪恭而不苟以自棄也。我皇上涖政之初，即詔崇至聖先師祖考，五世並加王爵。以三月朔日，躬臨太學，特諭：『大小諸司，凡公牒祝辭，並稱「詣」學，不得言「幸」。』釋菜禮成，乃御經筵，宣恩旨。越日，復頒聖訓，誨誘諄諄。庶官庶士，靡不感勵。

臣竊惟天有四時，春秋冬夏，風雨霜露，無非教也。我皇上至敬至誠，凡郊廟典祀，必躬親薦饗，終日乾乾；皆所以教羣士，使知持身守道之則也。秉決庶政，日昃不遑，宵旰餘閒，猶披文史；皆所以教羣士，使知治業赴功之準也。激濁揚清，閉邪褒正，使有司絕苞苴之徑，諸生杜干謁之私；又所以教羣士，使出入於太學者，必思無愧於孔子之門牆也。蓋皇上常以身教而董之以實政，誠兼盡乎作君作師之道，而揆之虞廷之教胄，周室之作人，有若合符契者。豈特躬親釋奠，合樂稽經，爲臨雍盛典與？臣昧學少文，不足以敷揚閎休，然葵藿之微，不能不向太陽而傾心者，物性之自然也。敬撰頌言，用附於巷舞衢歌之末云爾。其辭曰：

惟天牖民，建極有常。作君與師，人紀是張。煌煌璧雍，四方之綱。天子照臨，人文其昌。

五帝建德，成均是崇。三王之化，於論鼓鐘。我皇敬學，表正自躬。先聖後聖，其揆則同。

九有乂安，萬官承則。政教既行，典文可式。率民以耕，南郊之耤。範士以禮，澤宮是即。

優崇先聖，王及高曾。視學曰詣，義以正名。乃親釋奠，典禮攸行。乃布經筵，大義是宏。

明新共貫，治平馴致。聖有微言，皇成至治。精一執中，心傳無二。皇實操此，以制萬事。

禮樂政刑，罔非至教。況睹天顔，近光有耀。褒嘉儒先，是崇是報。廣開賢路，是來是勞。

宫縣具奏，雅聲洋洋。我皇在中，顒顒卬卬。三階肅肅，圜橋蹌蹌。被此休烈，羣思奮揚。

干羽之舞，苗頑效誠。在泮獻馘，淮夷是懲。文德誕敷，武威益行。開我明堂，四荒畢庭。

録自望溪文集卷十五。

聖主臨雍禮成頌 乾隆三年

蓋聞孔子爲萬世帝王師，以能開萬世之屯蒙，而道濟天下也。自秦以後，一姓代興，規模草創，必先尊禮至聖，以繫天下之人心。繼世賢君，莫不臨雍講學，憲老乞言。蓋天下之民，知孔子之道伸，則萬事皆得其理，而太平之澤將目見而身被之也。

臣竊惟尊禮至聖之實，在信其言而行其道。孔子所以告君者，具在中庸問政之篇。我皇上御極以來，修德體道，於九經之宏綱要指，無一不實踐焉。故能以浹歲之間，使四海蒸黎慕義懷仁之心勃然而興起。蓋由聖資敦敏，好古典學幾二十年，於孔子之道，求之切而信之深。故本於皇躬達於政教者，如是其誠且篤也。用此質諸先師，實在天之靈所深嘉而厚望者，豈特大昕鼓徵，爲圜橋所觀聽哉！

乾隆三年季春朔後一日，皇帝躬詣太學，釋奠禮成，親講中庸之首章，堯典之首節。蓋自遂古以來，盡性命之理，建中和之極，行於當時而位天地育萬物者，功莫盛於堯；垂於萬世而明大道彰至教者，德莫盛於孔子。是乃我皇上夙心所祈嚮。自志學之初以及御天之日，戒慎奉持，惟恐有須臾之離，用以上格天心而下通民志者，故嘉與天下臣民會歸於有極也。茲與孔子所傳：體達德，致達道，以行九經而一本於誠者，實相表裏。臣伏念臨雍之禮，舊史所書，典文具備；　辭人所述，體製各殊，炳炳乎無以尚矣。臣學蕪年耄，語不能文，謹據所見，敷陳質言，特著其信而有徵者。頌曰：

昔在孔子，賢於堯、舜。匪德能優，惟功之盛。堯仁如天，一世之幸。尼山木鐸，千秋金鏡。　一章

天祐下民，我皇篤生。夫子之道，逮我皇而大亨。至仁肫肫，學與性成。秉持六經，踐以躬行。　二章

智以成仁，善繼善述。大孝之光，治殊道一。仁以生勇，心純事實。以道成身，久而不失。　三章

敬禮師傅，收恤耆儒。一言片善，采納無虛。若逢顔、孟，次或程、朱。尊德樂道，當更何如！　四章

敦敍懿親，德心普被。盪滌宿愆，坦然無忌。羣公三事，凡百有位。推誠備禮，豈惟祿賜。　五章

惠保蒸黎，予寒予饑。憂民如疾，愛之如私。德以撫順，信以招攜。窮荒僻徼，覆幬無遺。　六章

九經三德，先師所傳。我皇得之，時乘御天。先師有志，皇實成焉。以考以質，宜無間然。　七章

月吉辰良，皇親釋奠。惟秉德馨，肅將嘉薦。先聖之揆，後聖時憲。精意所通，羹牆如見。　八章

聖言深閎，教思孔誠。四表上下，格以欽明。中和之致，位育之徵。原於性命，戒懼所成。　九章

庶官庶士，敬而聽之。惟皇之極，即自得師。是訓是行，先師鑒茲。勉爲貞臣，毋負昌期。　十章

録自望溪文集卷十五。

喜雨說

雍正八年春三月，時雨不降。僉曰：『天胡不雨？我皇上施大德，諭有司：「凡官吏負贓，虧公帑，事在三年以前，發於八年二月加恩諭未頒之日者，具以聞。有說者，與豁免。」繼自今，官吏脱囹圄，反鄉里，與父母妻子相保聚者，無慮數千人。免徵比，恬然安其生業者萬千家。承追之吏不至愁居懾處，爲他人受罰。又詔：「近畿五百里内旗丁，私質所受官田於鄉民，而不能歸其故價者，官爲之償。」懼罪者免於法，無田者復其業，歸田者懷其資，連鄉比戶婦子懽呼，若沈疴之去其體。天胡不雨？』

夏四月，皇帝親即齋宮祈請，未明而起，日一膳。士大夫相見，必色憂。余曰：『無憂也。吾君憂民若此，天必順焉。』既而小雨時霑塗，望後十日，陰雲隆施，入夜密雨，連朝及暮，四野具足；旬未終，復大雨，浹旬又雨。衆相慶。余告之曰：『一方之旱，憂之小者耳。一時之雨，喜之暫者耳。吾君閔雨，至日不再食。既雨，會令節，吾儕小人，莫不招朋儔，爲一日之樂；而吾君不自暇逸，罷水嬉，日警庶官，釐百度；所以基命宥密，而為四海臣民之慶者，視時雨之降，恩澤之施，尤大且遠矣。』聞者皆心愜。則又告之曰：『不雨而憂，雨而樂者，細民之情也，非士大夫之志事也。念吾君之閔雨，至於日不再食；則承事而牧民者，所以致其忠利，當何如？念吾君治政勤民，不肯一日自暇逸；則人臣之夙夜匪懈，忘身忘家，而無懷安，無賴寵也，當何如？此之謂事君之禮、志學之誠也。吾病且衰，無力之可輸，爲悚爲愧而已耳。惟衆君子交勉之！』既以語於人，因退而書之以自警焉。

録自望溪文集卷十五。

禮記析疑序

自明以來，傳注列於學官者，於禮則陳氏集說，學者弗心饜也。壬辰、癸巳間，余在獄，篋中惟此本，因悉心焉。始視之，若皆可通，及切究其義，則多未審者，因就所疑而辨析焉。蓋禮經之散亡久矣，羣儒各記所聞，記者非一時之人，所記非一代之制，必欲會其說於一，其道無由；第於所指之事、所措之言無失焉，斯已矣。然其事多略，舉一端而始末不具，無可稽尋；其言或本不當義，或簡脫而字遺，解者於千百載後意測而懸衡焉，其焉能以無失乎？

注疏之學，莫善於三禮，其參伍倫類，彼此互證，用心與力，可謂艱矣。宋、元諸儒因其說而紬繹焉，其於辭義之顯然者，亦既無可疑矣，而隱深者，則多未及焉。用此知古書之蘊，非一士之智、一代之學所能盡也。然惟前之人既闢其徑涂而言有端緒，然後繼事者得由其間而入焉。乃或以己所得，瑕疵前人，而忘其用力之艱，過矣！余之為是學也，義得於記之本文者十五六，因辨陳說而審詳焉者十三四，是固陳氏之有以發余也。

既出獄，校以衛正叔集解，去其同於舊說者，而他書則未暇徧檢。蓋治經者，求其義之明而已，豈必說之自己出哉？後之學者，有欲匯衆說而整齊之，則次以時代，而錄其先出者，可矣。

録自望溪文集卷四。

周官析疑序

周官一書，豈獨運量萬物，本末兼貫，非聖人不能作哉？即按其文辭，舍易、春秋、文、武、周、召以前之詩、書，無與之並者矣。蓋道不足者，其言必有枝葉，而是書指事命物，未嘗有一辭之溢焉，常以一字二字，盡事物之理，而達其所難顯，非學士文人所能措注也。

凡義理必載於文字，惟春秋、周官，則文字所不載，而義理寓焉。蓋二書乃聖人一心所營度，故其條理精密如此也。嘗考諸職所列，有彼此互見，而偏載其一端者，有一事而每職必詳者，有略舉而不更及者，有舉其大以該細者，有即其細以見大者，有事同辭同而倒其文者，始視之若樊然淆亂，而空曲交會之中義理寓焉。聖人豈有意為如此之文哉？是猶化工生物，其巧曲至，而不知其所以然，皆元氣之所旁暢也。觀其言之無微不盡而曲得所謂如此，況夫運量萬物而一以貫之者乎？

余初為是學，所見皆可疑者，及其久也，義理之得，恆出於所疑。因錄示生徒，使知世之以周官為偽者，豈獨於道無聞哉，即言亦未之能辨焉耳。

録自望溪文集卷四。

周官集注序

朱子既稱：『周官徧布周密，乃周公運用天理熟爛之書。』又謂：『頗有不見其端緒者。』學者疑焉，是殆非一時之言也。蓋公之『兼三王以施四事』者，具在是書。其於人事之始終，百物之聚散，思之至精，而不疑於所行，然後以禮、樂、兵、刑、食貨之政，散布六官，而聯為一體。其筆之於書也，或一事而諸職各載其一節以互相備，或舉下以該上，或因彼以見此。其設官分職之精意，半寓於空曲交會之中，而為文字所不載。迫而求之，誠有茫然不見其端緒者，及久而相說以解，然後知其首尾皆備而脈絡自相灌輸，故歎其偏布而周密也。

余嘗析其疑義以示生徒，猶苦舊說難自別擇，乃纂並録合為一編。大指在發其端緒，使學者易求，故凡名物之纖，悉推說之，衍蔓者概無取焉。

蓋是經之作，非若後世雜記制度之書也，其經緯萬端，以盡人物之性，乃周公夜以繼日窮思而後得之者。學者必探其根原，知制可更而道不可異。有或異此，必蔽虧於天理，而人事將有所窮。然後能神而明之，隨在可濟於實用。其然，則是編所為發其端緒者，特治經者所假道，而又豈病其過略也哉？

録自望溪文集卷四。

春秋通論序

記曰：『屬辭比事，春秋教也。』凡先儒之說，就其一節，非不持之有故，言之成理也，而比以異事而同形者，則不可通者，十八九矣。惟程子心知其意，故曰：『春秋不可每事必求異義，但一字異，則義必異焉。』然經之異文，有裁自聖心而特立者，如魯夫人入各異書之類是也。有沿舊史而不能革者，稱人、稱爵、稱字、稱名、或氏、或不氏之類是也。其間毫芒之辨，乍言之，若無可稽尋；及通前後而考其義類，則表裏具見，固無可疑者。

抑嘗考詩、書之文，作者非一，而篇自為首尾，雖有不通，無害乎其可通者。若春秋則孔子所自作，而義貫於全經，譬諸人身，引其毛髮，則心必覺焉。苟其說有一節之未安，則知全經之義俱未貫也。又凡諸經之義，可依文以求，而春秋之義，則隱寓於文之所不載，或筆或削，或詳或略，或同或異，參互相抵，而義出於其間。所以考世變之流極，測聖心之裁制，具在於此，非通全經而論之，末由得其間也。

余竊不自忖，謹師戴記與程子之意，別其類為三十有六，而通論其大體凡九十章，又通例七章，使學者知所從入。至盡其義類，與聖心同揆，而無一節之不安，則願後之君子繼事焉耳。

録自望溪文集卷四。

春秋直解序

自程、朱二子不敢以春秋自任，而是經為絶學矣。夫他書猶孔子所刪述，而是經則手定也。今以常人自為一書，其指意端緒必有可尋，況聖人之不得已而有言者乎？

蓋屈摺經義，以附傳事者，諸儒之蔽也。執舊史之文，為春秋之法者，傳者之蔽也。聖人作經，豈豫知後之必有傳哉？使去傳而經之義遂不可求，則作經之志荒矣。舊史所載事之煩細、及立文不當者，孔子削而正之可也。其月、日、爵次、名氏，或略或詳，或同或異，策書既定，雖欲更之，其道無由，而乃用此為褒貶乎？於是脫去傳者諸儒之說，必義具於經文始用焉，而可通者十四五矣。然後以義理為權衡，辨其孰為舊史之文，孰為孔子所筆削，而可通者十六七矣。

余之始為是學也，求之傳注，而樊然殽亂；按之經文，而參互相抵；蓋心殫力屈，幾廢者屢焉。及其久也，然後知經文參互，及眾說殽亂而不安者，筆削之精義每出於其間。所得積多，因取傳注之當者，并己所見，合為一書，以俟後之君子。其功與罪，則非蒙者所能自定也。

録自望溪文集卷四。

刪定荀子管子序

自周以前，上明其道，而下守之以為學，舍故府之禮籍，史臣之記載，太師所陳之風謡，無家自為書者。周衰道散，然後諸子各以其學鳴。惟荀氏之書，略述先王之禮教；管氏之書，掇拾近古之政法；雖不偏不該，以視諸子之背而馳者，則有間矣。而其義之駁，辭之蔓，學者病焉。切而究之，荀氏之疵累，乃其書所自具；而管氏則眾法家所附綴而成，且雜以道家之說，齊東野人之語，此則就其辭氣可識別者也。

余少時嘗妄為刪定，兹復審詳，凡辭之繁而塞、詭而俚者悉去之，而義之大駁者則存而不削。蓋使學者知二子之智乃以此自瑕，而為知道者所深擯，亦所以正其趨向也。管氏之書，其本真蓋無幾，以其學既離道而趨於術，則凡近似而有所開闡者，皆得以類相從，而無暇深辨焉耳。

録自望溪文集卷四。

孫徵君年譜序

容城孫徵君既殁三十有七年，其曾孫用楨以舊所編年譜屬余刪定，既卒事而為之序曰：

自古豪傑才人以至義俠忠烈之士不得其死者衆矣，而傳經守道之儒無是也，極其患至於擯斥流放胥靡而止耳。其或會天道人事之窮而至於授命，則必時義宜然，而與俠烈者異焉。

世皆謂儒者察於安危，謹於去就，故藏身也固，近矣而未盡也。蓋人之於天也，以道受命，三才萬物之理全而賦之，乃昏焉不知其所以生而自殺於物者，天下皆是也。記曰：『人者，天地之心。』惟聖賢足以當之；降此則謹守而不失，惟儒者殆庶幾耳。彼自有生以至於死，屋漏之中，終食之頃，懍懍然惟恐失其所受之理而無以為人。其操心之危，用力之艱，較之奮死於卒然者有十百矣。此天地所寄以為心，而藉之紀綱乎人道者也。豈忍自戕賊哉？孔子於道，常歉然若不足，而死生之際，則援天以自信，蓋示學者以行身之方，而使知其極也。

先生生明季，知天下將亡，而不可強以仕，此固其所以為明且哲也。然楊、左諸賢之難，若火燎原，而出身以當其鋒；及涉亂離，屢聚義勇，以保鄉里；既老，屏跡耕桑，猶以宵人幾構禍殃。迹其生平，阽於危死者數矣！在先生自計，固將坦然授命而不疑，而卒之身名泰然，蓋若有陰相者。今譜厥始終，其行事或近於俠烈，而治身與心則粹乎一準於先儒。學者考其立身之本末，而因以究觀天人之際，可以知命而不惑矣。

録自望溪文集卷四。

學案序

昔先王以道明民，範其耳目百體，以養所受之中，故精之可至於命，而粗亦不失為寡過；又使人漸而致之，積久而通焉，故入德也易而造道深。程、朱之學所祖述者，蓋此也。自陽明王氏出，天下聰明秀傑之士，無慮皆棄程、朱之說而從之。蓋苦其內之嚴且密，而樂王氏之疎也；苦其外之拘且詳，而樂王氏之簡也。凡世所稱奇節偉行非常之功，皆可勉強奮發，一旦而成之。若夫自事其心，自有生之日以至於死，無一息不依乎天理而無或少便其私，非聖者不能也，而程、朱必以是為宗。由是耳目百體一式於儀則，而無須臾之縱焉。豈好為苟難哉？不如此，終不足以踐吾之形而復其性也。自功利辭章之習成，學者之身心蕩然而無所守也久矣，而驟欲從事於此，則其心轉若臬兀而不安，其耳目百體轉若崎嶇而無措，而或招之曰：『由吾之說，塗之人可一旦而有悟焉，任其所為，而與道大適，惡用是戔戔者哉？』則其決而趨之也，不待頃矣。然由其道，醇者可以蹈道之大體，而不能盡其精微，而駁者遂至於猖狂而無忌憚。此朱子與象山辨難時，即深用為憂，而豫料其末流之至於斯極也。

金沙王無量輯學案，以白鹿洞規為宗，而溯源於洙、泗，下逮饒仲元、真西山所定之條目，以及高、顧東林之會約。蓋無量生明之季世，王氏之飆流方盛，故發憤而為此也。此所謂信道篤而自待厚者與！惜乎！其學不顯於時，無或能從之而果有立也。今其孫澍將表而出之，學者果由是而之焉，則知吾之心必依于理而後實，耳目百體必式於儀則而後安，而馴而致之，亦非強人以所難。既志於學，胡復樂其疎且簡，以為自欺之術哉？

録自望溪文集卷四。

畿輔名宦志序

名不可以虛作，況守官治民，其尊顯者，大節必有徵於朝野，其卑散者，遺愛必有被於閭閻，宜乎公論彰明而不可以為偽矣。然取諸舊史者，得其實為易；而取諸郡州縣志者，得其實為難。蓋非名實顯見，末由登於國史，而史作於異代，其心平，故其事信。若郡州縣誌則並世有司之所為耳。其識之明，未必能辨是非之正，而恩怨勢利請托，又雜出於其間，則虛構疑似之跡，增飾無徵之言，以欺人於冥昧者不少矣。

高邑趙忠毅公，有明一代可計數之君子也。同時宦於畿輔，風節治行見於公文而確乎有據者凡二十餘人，而郡縣舊志無一及焉。觀其所不載，則載者可盡信乎？欲削其所疑，則非小善必錄之義，且無以辨其非真；欲別求其可信，則不與公同時，及同時而未見於公文者，又絕無可考。以是推之，欲賢者之不遺，而無實者不得冒濫，豈易言哉。

雖然，愚而不可欺者，民也。宦必有跡，每見一州一邑三數百年中，吏之仁暴汙潔智愚，士大夫皆能口道焉。又其近者，山農野老能指名焉。中人之冒濫，或久而莫辨，若顯悖於所聞，衆必譁然而摘其實，此傳所稱『有所有名而不如其無者也』。故余志名宦，自元以前，一以舊史為斷；自明以後，姑仍郡州縣誌，而見於忠毅之集者，轉不以著於是編。蓋一人之文，一郡一時之事，特千百之十一耳，載之則所漏實多。故具列其所以然，俾他日有司之為志者，知怵然為戒，詳酌於民言，而達於史官。又以見忠直循良之實，必博求之君子之言信而有徵者，毋專據有司之方志；而仕宦者之子孫，慎毋虛美其先人而轉以自播揚也。

録自望溪文集卷四。

教忠祠祭田條目序

憶康熙辛卯，余以南山集序牽連赴詔獄。部檄至，日方中，知江甯縣事蘇君偕余入白老母，稱：『相國安溪李公特薦，有旨召入南書房，即日登程。』吾母噭然而哭。是夕，下江寧縣獄，一二同學急求護心柔骨之藥以行。安知尚有生還之日，支體無傷，子孫親戚盡在左右哉！此乃三聖如天之德，世世子孫毁家忘身，而未足以報者也。獄辭上，蒙恩免死，繫籍漢軍。己亥夏，以疾困自危，作書示宗子道希，命次第歸贖高莊出賣之田，以其半供祭掃。自忖不得復見先人之墳墓，安知衰殘之軀延至八十，親見宗祠祭田之粗具哉！

滇游紀聞案，吏議方宗人無疎戚，皆罪在大辟。安知聖祖矜憫，並免放流；世宗肆赦，各還鄉里；祠成之日會祀於金陵者五十有七人哉？此又吾祖宗陰相，哀籲於皇穹，而得自天之佑也。余乃使子孫私蓮池及吾所自置之田，而棄先人之遺命，忘祖宗之享祀，敢乎哉？

吾兄弟三人，少忍饑寒，勤學問，皆咯血。弟早夭。吾與兄時抱疾而遠遊。每戒行，吾母隱慼，背人掩涕，必涉月連時；良辰令節對女婦，每當食而哽噎。兄歸自燕、齊，疾遂不振。乙亥，余在涿鹿，幾死者屢焉。計所以贖蓮池，置桐廬、高淳之田，皆吾與兄心力之所癉，吾母涕淚之所寓也。子孫而以纖毫自私，忍乎哉？凡茲條目，尚其世守之！

録自望溪文集卷四。

教忠祠規序

宗法祭禮之廢久矣！唐、宋諸賢所討論，當其身不能盡行，而欲世為天下法，得乎？禮雖先王未嘗有可以義起者，以協諸人心而衆以為安也。古者建國始得立五廟，北宋以前猶有四廟、三廟、二廟之制。自程子謂人本乎祖，服制以高曾相屬，則時祀宜及高曾，冬至宜祀始祖遠祖。自是以後，學士大夫及庶民皆遵用，而功令亦不復為之程，以人情所安，不可強抑耳，而朱子於始祖遠祖則不敢祭，非獨疑於僭也，蓋内反於身，覺哀敬思慕之誠達於高曾，已覺分之難滿，又進而推之遠祖始祖，恐薄於德而於禮為虚。孔子曰：『誦詩三百，不足以一獻；一獻之禮，不足以大饗；大饗之禮，不足以大旅；大旅具矣，不足以饗帝；毋輕議禮。』此物此志也。蓋程子以己之心量人，覺高曾始祖之祭闕一，而情不能安；朱子則以禮之實自繩，覺始祖遠祖之祭備舉，而誠不能貫；義各有當，並行而不相悖也。

苞性頑薄，少壯遠遊，祭多不與；難後涉公事，朝夕促促，有祭而無齋，撫躬自思，惟父母兄弟忌日，必為愴然耳。春秋秩祀，布几筵，奉薦而進，雖吾父吾母，亦未嘗如見乎位，如聞乎容聲，況王父母以上未逮事者乎？用此將祭之先，既祭之後，以臨尸不怍及愛其所親之義内訟，乃知無怍於祖、無怍於高曾之難，為之怵然，而因此見朱子之心焉。又思若竟廢高曾之祭，則愧怍亦無由而生，是又程子使中人以上，各致其情，自勉於禮之意也。

茲酌定祭禮，兼立祠規，皆以愚心所安，依古禮經，而準以衆人所能行。吾子孫能恪守之，則於古者立宗收族之義，猶有什一之存焉。其或愈於蕩然不為之制也與？

録自望溪文集卷四。

吴宥函文稿序

自余客金陵，朋齒中以文學著稱於庠序者，多不利於科舉，而吴君宥函為最。歲甲申，總其課試古今文為二集，而屬余序之。

余觀自明以來，取士之功令，施於學校之試者猶寬，而直省禮部之試特嚴。惟其少寬也，故士之聲實雖未得備知，而歷試之冊籍可稽也，其鄉之士大夫可訪也；惟其特嚴也，故不肖者由苟道以營其私，而所號為賢者，亦自任一時之見，而無由考其信。故學校之試，以中智司之，而不當者十之一；直省禮部之試，以明者主之，而當者十之五。朱子有言：『恃法以禁私者，非良法也。可以為私而不私，然後民受其利。』

余嘗謂鄉舉里選之制復，則眾議不得不出於公，而或恐士皆飾情以亂俗。嗚呼！是不達於先王所以牖民之道也。凡物矯之久，則性可移，而況人性所固有之善乎？東漢之興，士大夫之厲廉隅而尚奇節者，其初豈不出於矯也哉？然其究，至於毀家亡身而不貳，則亦非人情所能偽矣。揉木以為輪，雖藃暴而不復挺者，矯之久以成性也。懸法以驅民於死，其勢甚逆，然秦人行之數世，則其民之冒白刃而捐要領也，若性然。況乎教化之行，其顯者漸民於耳目心志之間，而其微者足以贊化育而密移於性命之際，董子所謂『陶冶而成之者』是也，而反疑其長偽以亂俗，過矣！夫教化既行，其取之也，求以可據之實行，而論之以少長相習之人，猶未必其皆得焉。乃用章句無補之學，試於猝然，而決以一人無憑之見，欲其無失也，能乎哉？

宥函學老而行醇，上之所求於士者，宜此等也，而數擯於有司。故余序其文而有感於教人與取之之得失如此。至其文則皆出於課試，流傳四方而眾載其言久矣，蓋不以余文為輕重也。

録自望溪文集卷四。

儲禮執文稿序

昔余從先兄百川學為時文，訓之曰：『儒者之學，其施於世者，求以濟用，而文非所尚也。時文尤術之淺者，而既已為之，則其道亦不可苟焉。今之人亦知理之有所宗矣，乃雜述先儒之陳言而無所闡也；亦知辭之尚於古矣，乃規摹古人之形貌而非其真也。理正而皆心得，辭古而必己出，兼是二者，昔人所難，而今之所當置力也。』先兄素不為時文，以課余，時時為之，期年而見者盡駭，以試於有司無不擯也。余曰：『時文之學，非可以濟用也，何必求其至，而使一世之人不好哉？』先兄曰：『非世之人不能好也，其端倪初見，而習於故者未之察也。且一世之中，而既有一二人為之，則後必有應者，而其道不終晦。故曰：「人者，天地之心也。」昔朱子之學，嘗不用於宋矣，及明之興，而用者十四五。當天地閉塞，萬物洶洶之日，以一老師率其徒以講明此理於深山窮谷之中，不可謂非無用者矣；乃功見於異代，而民物賴以開濟者，且數百年。故君子之學，苟既成而不用於其身，則其用必更有遠且大者。此與時文之顯晦，大小不類，而理則一也。』

自先兄不幸早世，其所講明於事物之理而求以濟用者，既未嘗筆之於書；獨其時文為二三同好所推，遂浸尋流播於世；至於今，而海內之學者，幾於家有其書矣。夫時文者，科舉之士所用以牟榮利也，而世之登高科致膴仕者，出其所業，衆或棄擲而不陳，而先兄以諸生之文，一旦橫被於六合，沒世而宗者不衰。好奇嗜古之士，至甘戾於時，以由其道。夫以學中之淺術，而能使人有所興起如此，況其可以濟用者而適與時會乎。然用此亦可知儒者之學，雖小而不可以苟也。

先兄之文雖為世所宗，而得其意者實寡。今儲君禮執殆所謂應之者與？窺其所以為文之意，而按其理與辭，何與先兄之所言者相似也？自先兄之亡，余困於貧病，非獨其學之大者不能承，而時文之說亦鹵莽而未盡其蘊焉。觀禮執所見之能同，未嘗不驚喜而繼之以悲也。

録自望溪文集卷四。

熊偕呂遺文序

余客游四方，與當世士大夫往還日久，始知歐陽公所云：『勤一世以盡心於文字者，於世毫無損益，而不足為有無。』洵足悲也。故中歲以後，常陰求行身不苟，而有濟於實用者。

雍正元年，川陝總督年羹堯入覲，所至院、司、提、鎮皆過禮以崇敬。一時爭傳山西壽陽令供具一守驛站故常，傳呼紛至，則獨身前往。羹堯亦異之，問其姓名，則江西安義熊應璜偕呂也。是年，始以進士出試用，到官，即象八卦區境内為九宮，各計廣輪，擇走集支湊之地，設社倉一，義學一，中央倍之。凶荒賦粟，不遠其居，少長相師，以親以睦。區中聯伍，相保相糾，盜賊奇邪之民，居無所容，竄無所匿。期月政行，鄉郊無犬吠之警。嗚呼！此周官比、閭、族、黨、州、鄉之法，朱子所謂合學校、教養、德行、道藝、選舉、爵祿、宿衛、征伐、師旅、田獵而共為一事者。此法行，則人人安其居，宿其業，守其分，承其事，而天下平矣。乃君踰年而卒於官。

余難後，先祖及亡兄弟再卜葬，再以陰流入壙起厝。乾隆七年，告歸。余生叜至自江西，為余求兆域。八年秋，又因吾友魏方伯慎齋而得熊秀才又昌，叩之，則壽陽君之子也。因是具悉君之生平：其進退取與，必以古義自繩，久困公車，房師某畀數百金，使由捷徑，君固辭不受。及當官，則為前令任宿負，以毀其家。其家居，倡復廬溪堰，潤三十餘里，垂五十年不困於旱潦。噫！行身不苟，而才濟於實用，君其庶幾乎！惜乎吾與生同時，而不得一見其人，罄其胸中所藴蓄也。

又昌倜儻有父風，為余涉三江、彭蠡之險，往反四千餘里，連歲再至，而後有成事；將歸，出君制義請序。發而視之，其源出於其鄉先生陳、章諸公，而小變其格調。蓋君久於場屋，不得不參用歐公所謂順時者，而性質之耿介，智識之閎深，時躍露於辭氣之外，則其積於中者不可掩也。然以君之篤志經、史、古文，皆未克成書，而所存惟制藝。以君高望，遠志於周官之治教。而不獲成政於一邑之間。序其文，未嘗不掩卷而三歎也！

録自望溪文集卷四。

余東木時文序

乾隆八年冬十月，余生叜以余先兆未卜，復至自宜黃，出其尊人東木先生時文請序。余正告之曰：『子之尊人與余共事書館，無間晨夕，後雖各有典司，而旬月中未有不再三見者。其所志所學，所為詩、古文，無不與余商論，而未嘗及於時文，今鋟版行世有年，而有是請，殆子之意，非尊人之命也。余自序宜興儲禮執之文，為其本師所點竄，以序為戒者已數十年，雖相知如慕廬韓公、蓮山廖公不能強，而今為此，則義有虧。且余雖立戒，而恃遊好自為序而標余名，及不知誰何之人詒託以誑書賈者，數數然矣，而未嘗一為別白，以吾之戒素明也，而今為此，毋乃使人疑夫詒託者之皆真乎！

㚖作而言曰：『吾父獲交久長而不敢請，以先生之戒明也，而私嘗命㚖曰：「汝能使先生序吾文，則孝莫大焉。吾非欲以時文爭名於時也，先生老矣，吾所祈嚮，與所以交於先生，不可使沒於後世耳。」願先生即取茲所以命㚖者，而筆之書，則不惟可明戒於前，且可以辨偽於後矣。』㚖之請也有辭，而持之有故，乃發其父之文而觀之，蓋久困於舉場，故擇義遺辭，不敢過為艱深怪特，而中所蘊涵，則非順時取譽者所能貌似，此好古積學之自然而流露者也。西江士友並稱安義熊偕呂之文，其子及衍亦以序請，而未以其文來。會余感㚖言，歷為戒之顛末，使報其尊人，故並及之。

錄自望溪文集卷四。

左華露遺文序

丙午秋，吾族叔父諾夫至京師，相問勞畢，即出一編曰：『此吾妹夫左君華露遺文也。華露為忠毅公之弟侍御曾孫，年十二，能倍誦五經，遊庠序有聞，未三十而夭。吾妹不食經旬，既而以姑老，義不得死，隱憫至今十餘年，纍然麻衣；近始為定嗣，且刻其遺文，謂能使其夫之名字不沒於後者，惟子之一言。子惡能已於言哉？』

往者邑子何景桓垂死，以文屬所親，必得余序，死乃瞑。余既哀而序之，又以歎夫為科舉之學者，天地之大，萬物之多，而惟時文之知，至於既死而不能忘，蓋習尚之漸人若此。今華露之文，非自欲刻之，則無病也，而吾族姑念無可以致厚於其夫者，而圖名字之不沒於後，則與尋常女婦之所見異矣。

華露之文，實清新可喜。惜乎天奪其年，而不克終其業也。諸夫夙精於文律，故余為敘其大略，而論定之詳則轉以相屬云。

録自望溪文集卷四。

楊黄在時文序

自明以四書文設科，用此發名者凡數十家。其文之平奇淺深、厚薄強弱，多與其人性行規模相類。或以浮華炫耀一時，而行則汚邪者，亦就其文可辨，而久之亦必銷委焉。蓋言本心之聲，而以代聖人賢人之言，必其心志有與之流通者，而後能卓然有立也。

丙午、丁未間，聞喜楊黄在守選京師，與余交，間出其時文，能曲暢所欲言，以顯事物之理；又能抽繹先儒之書，而發其端緒之未竟者。余親為點定，凡數十篇。其後觀其文，意其人必能自樹立，常欲開之，使得展布。其後高安朱可亭入為御史大夫，叩以江西良吏，則以君為首。時君令建昌，尋以部推，知廣西賓州，未赴任，丁外艱，及服闋，補廣東德慶州。則高安既沒，余亦罷官。君以伉直忤監司，巧法相中。其在江西，事二守二監司，皆苦相擠，而大府持之，以君為高安所重耳。君既削職，士民醵金為道齎，三日而具，送者布路，二百里不絕。

乾隆十二年冬，博野尹元孚督學江蘇，欲得正直有學行者相助正文體，磨礲羣士，余謂非君不可。元孚通書，使者再返，以次年五月望後五日至崑山，而元孚以七月望日卒於松江使院。君適遘瘧寒疾，就余於金陵，將與余縱覽江介川嵒洞壑，而疾久未瘳。其子雲松重刻其時文，余覆閱之，益信文之於人，譬諸草木，枝葉必類本也。君治法不愧古循吏，士民誠服，獨所至必見惡於長官；元孚思用其文學以廣教思，涉月而有變；欲少從容山水間，而疾困之，不可謂非所遇之窮也。然余戒為時人作序四十餘年，至君之文，則不請而有言，覽是編者，可慨然想見其為人矣。

録自望溪文集卷四。

青要集序

青要山在新安東北隅，澗樵呂公讀書其中，因以名詩集。公之子耀曾，余同年友也，而公尤善余，屬序其詩有年所矣。余夙有戒，屢固辭焉。公將歸，謂余曰：『子之戒，苦眾人之擾耳。吾兩人皆衰老，姑序，以慰吾心，而出之於身後，若何？』公至家，三日而歿。其孫肅高來告喪，在途有遺命，諄諄及此；耀曾以書速至再三。余卒卒無餘閒。又念誌公之墓已及公詩，無為復序也。

雍正八年十有一月朔後三日，夜過中，夢公持青要集刻本，手繙余夙所心愜，使更視之，坐移時，作而曰：『茲為永訣矣！』俄而若將遠行，公使人來贐。覺而公之音容淒然在吾目也。嗚呼！豈公既歿，而猶拳拳於此乎？抑余負諾，責心有歉焉，乃周官之所謂思夢乎？公之靈果在天壤，所不可知，然用此知力所不給，不宜漫應以病吾心，而古賢之無宿諾，惟其始之嚴且確也。

公詩格調不襲宋以後，吟詠性情，即境指事，惻惻感人，實得古者詩教之本義。乃備敘始末，俾耀曾以告公墓，而毋刊布焉，是乃公與余之成言也。

録自望溪文集卷四。

王巽功詩說序

易、春秋而外，經之難治者，莫如詩。禮各有所指之事；書之事可知也，人可知也，世可知也。詩則事之有徵及辭意顯而可辨者無幾，而得其人與世者尤稀。學者惟就其辭以意逆之，故其說終古而不可一。必欲得其事，必欲得其人，必欲得其世，而附會以成之者，小序也。自朱子以理為衡，辨而斥之，然後詩之大體，有可稽尋。然以惡序說之深，或並其猶可以通者而斥之；或於詩之辭意可以兩行者，而一斷之。故自是以後，學者雖知序說之非，而於朱子之說，亦尚有不能愜者。語曰：『三代之際，非一士之知也。』蓋聖人之經之難治也，亦若此已矣。

涇陽王巽功以詩說國風示余，其所疑於序說之可存，與朱子之說之未盡者，同余者十六七焉；其自為說同余者十二三焉。余嘗謂：經者，天地之心，說之而當，必合於人心之不言而同然者；用此嘉巽功之篤學而又自喜用心之不謬也。

然吾聞君子之為學也，至於辨之明，思之審，以致於理之一，然後合於人心之不言而同然者。若夫朋友講習之初，必彼此互異，抵隙攻瑕，相薄相持，而後真是出焉。故朱子於志合道同之友如南軒、伯恭，往復論辨，齟齬者十七八。若好人之同乎己，則介甫之所以自蔽也。余之說既多與巽功同，恐不足以益巽功。巽功其更求異己者，而與之講議可也。

巽功將更定其書之體例，而索序於余，乃為述古人共學之義，俾知其難，毋好同而惡異，以致於理之一，而余亦得因之以自鏡焉。

録自望溪文集卷四。

李穆堂文集序

余與穆堂始相見，即相與議所處。康熙庚寅杪冬，穆堂以庶吉士覲省歸里，道長干，停船過余。余時以老母衰病，不敢遠行，而守土吏及族婣皆謂：『誤殿試期至再三，懼物議。』穆堂獨正議以排之。余因謂穆堂：『子必大為世用，不及今肆力於學，則無其時矣。』逾年而余以南山集牽連，兼罹宗禍，荷先帝赦除，召入內廷編校，而穆堂宦益達，各以職事拘綴，惟一見於故相國安溪李公所。及先帝登遐，穆堂自北河入臨，朝夕聚喪次，始知其學益老，識益堅，氣益厲，而可任公卿之位。無何，果起家為吏部侍郎，巡漕運，開府粵西，總督直隸，不通問者，復四三年。

其後穆堂亦掛吏議，荷聖上赦除，典司別館編校，暇日過從，出其已刻散體文示余，則已數十萬言矣。又踰年，總其前後所作，別為三集，各五十卷，而屬序其正集。其考辨之文，貫穿經史，而能決前人之所疑；章奏之文，則鑿然有當於實用；記、序、書、傳、狀、誌、表、誄，因事設辭，必有槩於義理，使覽者有所感興而考鏡焉。其平生所志，及已見於設施者，即是編以求之，抑可以得其崖略矣。

穆堂自始進即得顯仕，出入中外，近二十年，任重而事殷，其於誦數講習，宜未暇遑，而竟能以文章振發於世，豈非其材有兼人者與？余終世未嘗一日離文墨，而智淺力分，其於諸經，雖粗見其樊，未有若古人之言而無棄者，而文章之境，亦心知而力弗能踐焉。觀穆堂所編，未嘗不躊躇滿志，而又以自疚也。

録自望溪文集卷四。

李雨蒼時文序

余自始應舉即不喜為時文，以授生徒強而為之，實自惜心力之失所注措也。每見諸生家專治時文者，輒少之；其脱籍於諸生而仍好此者，尤心非焉。凡以時文質者，必以情告：未暇及此。

吾友雨蒼善言古文，所見多特出於眾人之表，與之辨義理，尚論古人，其胸中之奇，不可探而竭也。一日，以時文數篇詣余，余責以敝精神於蹇淺，雨蒼曰：『子姑寓目焉。』退而發之，朗然心開，惟恐其篇之終也。次第索觀，積至四十餘篇。蓋其胸中之奇發著於此，凡語涉倫紀，惻然足以感動人之善心；其陳古義以覺愚眾，使觀者耿然如有物於胸中。噫！孰謂時文而有是乎？即以是為雨蒼之古文，可矣。

雖然，吾終為雨蒼惜之也。蓋諸生家見之，既謂不足以合有司之尺度，而脱籍於諸生者又概以為時文，而不給視，是以有用為無用也。使移此而發之於古文，其暴見大行於後而增重於文術者，何如哉！吾願雨蒼之治時文以是為終而嚴斷焉，可也。

録自方望溪遺集。

陳月溪時文序代

柳子厚云：文章者，士之末也。然立言存乎其中，即末以操其本，可十七八。時文之體晚出，又文之末也，而其道尤難。蓋諸體之文各自抒其指意而已，而兹以代聖人賢人之言，非要於理之大中，不可施也；理正矣，苟非心之所自得，而獵取先儒之説之近似者，以自粉澤，亦無取也；明於心，當於理，而天資之材不足以達之，誦數講問不足以充之，終不能以自振。甚矣，其成之難也！及其既成，則文之體格意度莫不與其人之性行規模相似，是所謂存乎其中者也。

余夙聞安州陳鳴九先生學行重畿輔。康熙五十□年，承乏令正定，而先生適掌教事，命其次子月溪從余遊。其學知取原於經，其為文泛濫子史，而以北宋諸家為宗。久與之處，又識其行身植志之不苟也，每語人曰：『陳先生所蓄積，其發於生乎？』生年雖少，以為諸生知名早，再上公車，恒負屈稱。及雍正二年，升於禮部，廷對遂冠上甲。眾乃信余言之不謬，而余亦自喜所期於生之信有其徵也。

雖然，文章者，士之末也。時文者，又文之末也。生雖以是角能而屢克，而以觀古人，則所謂文者，豈惟生之所已能乎？生既資古聖賢人之言以自獻，又際我皇上政教維新、群材奮興之會，繼自今，世之所責於生者，將不獨修於家之質行也。試觀北宋諸家之文，與其人平生之性行、立朝之規模無不相似者；生慕其文，則宜知其所存於中者矣。況文與所存於中之每上者乎？然則，繼自今，生所以繼先人志事，而無負師友之所期，則更有難焉者矣。與生同學者將刻其時文，而請序於余，乃書以勖之。

録自方望溪遺集。

湯文正公年譜序

同年友湯之旭，每言其祖潛菴先生之歿，垂數十年，而編年之譜未就，以所難者，事信而言文。余告之曰：『譜與誌、傳異體，惟事之信，言雖不文可也。』乾隆七年首夏，公之叔子沆以時賢所為狀誌、傳記，屬余編定且序之。時余告歸，行有日矣，乃以付武進楊椿農先。冬十月，沆使使奉書以譜來，去取詳略，一無所苟。

公之生平，顯著於世人之耳目者蓋具矣。抑余因公譜之成，而歎聖祖仁皇帝大知至仁，乃前世所罕見也。自古忠良生亂世，事暗君，困於姦邪，而危死於非罪者無論矣。周亞夫之勳庸，申屠嘉之正直，而殺之者，漢景帝也。宋真宗，亦繼世之賢君。寇平仲以股肱心腹相臣，為丁謂所逐，遲之又久，而後以目中不見為疑，不甚可怪乎？當秉鈞者疾公如寇讎，要結九卿臺垣，乘間抵隙，巧發奇中，必欲擠之死地，而聖祖終不惑於讒言，以全公之終始。豈非易所稱『大君之宜』，記所謂『聰明睿知，足以有臨』者乎？

自古小人構陷忠良，暗昧姦欺之跡，必待世遠人亡，野史、家乘流傳而後暴著。惟公之歿，則同時士大夫訟言柄臣之陰賊，羣小之朋從。長洲汪琬為誌銘，四明萬斯同、慈谿姜宸英作傳記，大書深刻，無所還忌。其他各述所聞，播於四方者，不可選紀。此雖諸君子砥廉隅，不能自閟其義心，實由聖祖仁皇帝淵然深識。公歿未幾時，構公諸臣，同時罷黜，有以大作其公正之氣，而不為權勢所懾威，故兹編有所據以徵其信也。

逮我世宗憲皇帝特命設公神位於賢良祠。我皇上賜謚文正，御製碑文『誠意正心，先憂後樂』，布在制辭。然後公之志事，依日月之光而益明，而聖祖之至德，二聖之繼承，就此一事，已卓然可為萬世法。故終之旭之身，未敢為譜，而今乃出之。

至公之生平，其顯者，已略具是編；而僉壬朋謀作慝，久散見於時賢之傳述而不忘於天下之人之心，余無庸更置一辭也。

錄自集外文卷四。

傳信錄序

古之所謂學者，將明諸心以盡在物之理而濟世用，無濟于用者，則不學也。古之仕者，自下士以往，皆實有可指之功以及物；故其食于上也為無愧，而受民之奉也安。自學廢而仕亦衰，博記覽，騖詞章，囂囂多言而不足以建事平民，是不知學之用也。治古聖賢人之說，斂然為儒者之容以取世資，而出于身者不必然，是不知學之本也。故其仕也，不大刻于民，則自以為無愧，而人亦諒之。其遇事而惘然不知所措，與失事之理以枉於人而自以為安者，皆是也。

朱子曰：『凡事之難，以通曉於事者之少也。知其分寸而一一以應之，則人無欺慢而事易集。』夫周之季世，先王之教衰矣；而自公、卿、大夫以暨小臣、隸、圉，當官治事，而井然不紊者皆是也。豈材之獨盛於古，而通曉於事者之多歟？毋抑其所學者然歟？

會稽章君惺村為江南都使司，政教所及，吏士翕然。尤善治獄，雖老姦宿豪，從容以數言折其機牙，莫不畏服。屢董大役，嚴明無犯，而役者懷之。蓋其存於心者，隨在恐背於義理，而又明於在物之數。誠所謂知其分寸，一一而應之者也。使非局於官之所守，則其功之及於物者，豈可量歟？君居官甚貧，而下車即治明道先生祠，功訖，費逾千金。暇時輒採古人嘉言善行，手錄而藏之。蓋其設施之所自者，非苟然也。然君語人，每曰：『吾未知學。』此君之學，所為不類於今人歟？

習於君者，集其治政處物之方，可以觸類而有所開通者，曰傳信錄，行於世，而以余之善於君也，請文以弁之。余傷夫學者之昧所以也，屬序其文若詩，而謝不為者已數年矣。茲所以云云者，感君所學之能濟世用，而非以其相好之私也。

錄自集外文卷四。

徐司空詩集序

詩之用，主於吟詠性情，而其效足以厚人倫、美教化。蓋古之忠臣、孝子、勞人、思婦，其境足以發其言，其言足以感動人之善心，故先王著為教焉。魏、晉以降，其作者窮極工麗，清揚幽眇，而昌黎韓子一以為亂雜而無章。蓋發之非性情之正，導欲增悲，而不足以感動人之善心故也。唐之作者眾矣，獨杜甫氏為之宗。其於君臣、父子、夫婦、昆弟、朋友之間，流連悱惻，有讀之使人氣厚者。其於詩之本義，蓋合矣乎？

司空徐公以忠孝大節，著聞海內，餘三十年。余晚而得交，朝夕同役，居常歛然。其交友盡義，處眾直而溫，雖隸卒惟恐有傷，適年如一日也。嗚呼！觀公之接物如此，則其於君臣、父子、夫婦、昆弟、朋友之間，端可知矣。間出所為詩示余，即境以抒指，因物以達情，悲憂恬愉，皆發於性情之正；而意言之外，常有沖然以和者。蓋公生平，夷險一節，務自刻砥，以盡其道，而無怨尤，故其詩象之如此。孟子曰：『誦其詩，讀其書，不知其人可乎？』異世以下，誦公之詩，而得其所以為人，忠孝之心，可以油然而生矣！

錄自集外文卷四。

蔣詹事牡丹詩序

余性好誦古人之詩，而未嘗自為之。蓋自漢、魏到今，詩之變窮，其美盡矣。其體製大備，而不能創也。其徑塗各出，而不能闢也。自賦景歷情以及人事之叢細，物態之妍媸；凡吾所矜為心得者，前之作者已先具焉。故鶩奇鑿險，不則於古，則弔詭而不雅；循聲按律，與古皆似，則習見而不鮮，以此知詩之難為也。惟心知其難，又嘗欲得期月之間一力取焉，以試其可人與否？而卒未暇也。

康熙丁酉仲夏，詹事蔣公以其所為牡丹詩百篇屬余序。發而讀之，犁然有當於余心。蓋余之所難於詩者，詹事已備悉之，故能則於古而與之不相似也。是變窮美盡而復有所入者也。故其意義多前人所未及，而一物之微，詠之至於百篇之多，而莫有自相因襲者焉。余於詩，畏難而不敢試者，有年所矣。今詹事苦其心以力取之；余時得而觀之，以足吾意，樂何如也！今而後，余益可絕意於為詩矣。

録自集外文卷四。

楊千木文稿序

自周以前，學者未嘗以文為事，而文極盛；自漢以後，學者以文為事，而文益衰，其故何也？文者，生於心而稱其質之大小厚薄以出者也。戔戔焉以文為事，則質衰而文必敝矣。

古之聖賢，德修於身，功被於萬物；故史臣記其事，學者傳其言，而奉以為經，與天地同流。其下如左丘明、司馬遷、班固，志欲通古今之變，存一王之法，故紀事之文傳。荀卿、董傅，守孤學以待來者，故道古之文傳。管夷吾、賈誼，達於世務，故論事之文傳。凡此皆言有物者也。其大小厚薄，則存乎其質耳矣。

魏、晉以降，若陶潛、李白、杜甫，皆不欲以詩人自處者也，故詩莫盛焉；韓愈、歐陽修，不欲以文士自處者也，故文莫盛焉。南宋以後，為詩若文者，皆勉焉以效古人之所為，而慮其不似，則欲不自局於蹇淺也，能乎哉？

時文之於文，尤術之淺者也，而其盛行於世者，如唐順之、歸有光、金聲，窺其志，亦不欲以時文自名。吾友楊君千木，才足以立事，義足以砥俗，聽其言，觀其貌，不知其為文士也。及出其所為時文，則窮理盡事，光明磊落，輝然而出於眾。蓋其心與質之奇，不能自秘者如此。既為論定，因發其所以，使學者知所務焉。

録自集外文卷四。

何景桓遺文序

余嘗謂害教化敗人材者，無過於科舉，而制藝則又甚焉。蓋自科舉興，而出入於其間者，非汲汲於利則汲汲於名者也。八股之作，較論、策、詩、賦為尤難。就其善者，其持之有故，其言之成理，故溺人尤深，有好之老死而不倦者焉。余寓居金陵，燕、晉、楚、越、中州之士，往往徒步千里以從余遊。余每深矉太息，以先王之教、古人之學切於身心者開之。始聽者多惘惘然；再三言，其精神若為之震動。惜其人皆散處四方，不獲久與之居，而觀其誠有所變化也。

歲辛卯，以事返桐，光甥正華持一編示余，曰：『此何生景桓文也。吾女弟歸於生，生不幸早夭，垂死屬某曰：「方子與吾生同鄉，而未得一見其人。子能使序吾文，死不恨矣。」』發而視之，其持之有故，其言之成理，蓋其心力嘗竭於是而有得焉，無怪其至死而不能釋然也。

夫死生亦大矣，生中道夭，不以為大慼，而獨惓惓於制藝之文；蓋科舉結習入人之深如此，而況先王之教化所以漸人於性命者哉！使移生所以好制藝者而大用之，則守死善道，不足為生難，此古之人材所以強立而不返者眾歟！

生與余生同鄉，又嚮余之篤如此，惜乎吾不及其生之時而相與往復其議論也。序其文，所以恨余之不遇生也。

録自集外文卷四。

甯晉公詩序

辛未、壬申間，余在京師，與吾友崑繩日夕相過論文；而崑繩所與交善者，多與余遊。是時崑繩客觀齋寧君之家，而其弟晉公愛余甚厚，間以其北游詩詒余曰：『吾所為詩，未嘗以示京師之人。吾欲子與崑繩序而藏焉。』崑繩既有言矣，余應之而未暇。以為嗣是相見，必以為言。余曰：『凡吾為文，遲速未可以期，待吾意之適，而後得就焉。吾與子朝夕遊處，而以事羈於此者且數年，何患余文之不就哉？』是時，京師人多乞余文者，余時時勉應之。獨以謂序寧子，不宜苟。又計其時之多暇，以為為之當無難，而不知浸尋觚滯至於久而未之就也。

癸酉之秋，與晉公朋試京兆，竟事，相見王氏宅。顧余曰：『子許序吾詩，今踰年矣。吾非以競於世士，將歸而示吾鄉之人與子弟焉。吾自吾之鄉聞子，吾鄉之人多慕子之為人，而吾今與子為兄弟交。子無言，惡知吾與子之交如是哉？旬日後各當歸散，會見不識何時，吾安能待子！』余聞之悵然，急歸旅舍為序。序方成，未以示晉公，而以事南還。及家，胠橐發書，檢數年客游所為文，未嘗有所脫落，而獨序晉公者不與焉。

又逾年而觀齋自潁來金陵，遽相省。問晉公息耗，則聞其歸而貧且病益憊。退而蹙然，顧念從事朋遊以來，鄉曲之人好之者蓋寡；而海內之士或聞其風聲氣烈，一見相信如骨肉兄弟。平時遊處往還，無間朝夕，疾困憂喜相聞。一旦蹤跡離異如參商，思其形貌辭氣，則胸氣為之繚轉。又以余之窮於世，而凡世之術業志趨與余同，而心誠有愛於余者，其迍邅坎坷必與余類，若晉公者，所見皆然。吾以慨於心也。

晉公夙好余文，故書此遺之，以開其心。至其詩，則徒能記憶其工，而論之未得以詳也，崑繩之文備矣。

録自集外文卷四。

張彝歎稿序

余年十四五，從先兄百川與里中及近縣朋友往還，問其人可與久要者，則稱古塘、彝歎二君子。問其文可相拔以至於古者，而先兄難之，有頃而言曰：『亦二子也。』余疑焉。蓋是時二子之文，實無以異於眾人也。兄曰：『余察於二子之為人矣：劉直樸而有恆，張儻朗而不偽。語曰：「高言不止於眾人之心。」猶斥鹵磽瘠，不能生良材也。故質美，則必能務學；而文之成，常肖乎其人。古人之文淺深純駁，未有不肖其人者也。其不肖者，非其人之未成，則其文之未成也。若二子者，有其本矣。』其後，兄與余俱年長，奔走四方，朋遊中相親信者漸廣，而不相見則思之深，相見久而不能捨去者，未有如此兩人也。

古塘初為鏗鏘絕麗之文，其後沈潛於六經之訓義，而歸於簡實。按其義，不當於聖賢之意者，亦寡矣。彝歎之文凡數變，皆能闡事理，窮人情，其境無不開也，其體無不備也。蓋二子能務學以成其文，而卒各肖其為人如此。

余與二子居，議論則相抵，文章則相駁，往往詰難紛糾，彼此各不相下，必先兄出一言折之，乃各得其意而無爭。彝歎家高淳，去金陵二百里，而古塘與余兄弟孤行遠遊，蹤跡常不得合併。獨辛巳歲，先兄與余家居，而古塘歸自楚中，彝歎亦以事數至金陵。時先兄已負疲痾，獨二子至，輒據几談笑，怡然終日，殊自樂也，而先兄竟以是年冬齎志以歿。自先兄之歿也，余愴然無所依，獨與二子相見，則心暫開；而二子之思先兄，幽痛隱默，亦僅次於余也。

今年秋，彝歎舉於鄉，總其所為文數百篇，使余與古塘決擇而刊布之。古塘欲獨存其近歲淡樸深老者六七十篇，而余慮膚於學者不能知也，欲兼存其少作以誘進蒙者，而古塘持之。惜乎吾兄亡而無所取正也。

余心氣敗傷，家事紛擾，竟未得備覩其文，而為之決擇，聊為序其大意如此。其取舍評論，則多出於古塘云。

録自集外文卷四。

劉巽五文稿序

己巳冬，余自督學宛平高先生澄江公署歸，過無錫，訪先儒東林講學遺址，因就其杖者張君秋紹而求其邑人之可交者。秋紹曰：『吾邑劉氏有二賢士：一曰言潔，今貢入成均；一曰巽五，為諸生。』因與秋紹就巽五於其居。其為人沖和平易，容婉而氣清。退謂秋紹：『是有東林人遺意也。』後隨宛平公至京師，介鄉人宋潛虛以交於言潔。其為人剛大嚴毅，使人一見而斂其邪心與驕氣。退謂潛虛：『是其氣象，儼然東林人也。』

言潔愛余如兄弟，在京師踰年，旬日中未有不再三見者。間問其世系，則與巽五同出自光祿本孺公，蓋東林賢者之子孫也。言潔幼工時文，在京師則專為古文，稿成余必見之；而巽五之時文，亦多流播四方。余嘗私評二家之文，或剛大而嚴毅，或沖和而平易，又莫不各象其為人也。言潔行身為學，介然不苟同於流俗。余與潛虛每擬之高、顧諸公，而不幸中道以歿，則所以繼光祿之傳，而推大其鄉先生之遺業者，獨在巽五矣。

余與巽五皆宛平公所取士，又同舉於鄉，而不得時見。今年秋，巽五授經金陵，始熟而察焉：其為學，其行身，與言潔異其外而同其中者也。巽五為諸生時，其課試之文，已布於四方。成進士後，有制義二集並行於世，而巽五自擇其尤者彙為一冊，而屬余序之。巽五之學，於經、史、百子無不淹貫，而以為時文，故其擇之也精，其語之也詳，雖其外不為驚人之言，而理精體正。時文之可久存而不敝者，必此類也。

言潔嘗勸余盡棄時文之學以治古文，而余授經自活，用時文為號以召生徒，故不能棄去以減耗其日力，而兩者皆久而無成。閱巽五是編，未嘗不爽然而自失也。

録自集外文卷四。

朱字綠文稿序

余自與朋友往還，未有先於字綠者。其始相見也，在丙寅之春，朋試於皖江。時余為童子，字綠為成人，而以時文之學相得，為兄弟交。其後壬申，余授徒京師，而字綠亦至自山東。余時學為古文，文成必以示字綠，而字綠亦出其贈醫某一篇示余。余曰：『子才可逮於作者，盍遂成之？』字綠曰：『吾多事未暇也。』

又其後丙子，聞字綠定居於杜谿而往就焉。字綠方築室而未成，見余至，忻然曰：『吾幸有數椽之庇，百畝之殖，可以老於是矣。子年方壯，儻不為時所棄，則資我於山中，以卒吾業，而亦以成子之名，豈不快哉！』出其數年客遊之文，則所蓄愈厚，而其光輝然而不可遏矣。

又其後辛巳，字綠來白門，其所著書，已數十萬言。余始見之甚喜，繼復大駭，久而慙且懼也。字綠曰：『子毋然！物之至者不兩能。吾時文之學，亦不逮子。』余曰：『是所謂家有琬琰，而羡人之瓦缶以為富者也。且子獨不屑為此，子為之，亦當勝余。』時字綠棄時文而不應有司之舉者已數年。或勸其入京師，就決於余。余曰：『子之學成矣，而力有餘，雖復為此無害。吾門祚衰薄，而家事多累。子昔曰我當出而子處，今子當出而我處。』因舉字綠前所以語余者，以屬字綠；而字綠北行，果踰年而成進士。復與相見京師，謂之曰：『子果用吾之言乎？』字綠曰：『子之言皆信。吾時文之學，亦可敵於子矣。』余索視之，自媿不如；三復而審究焉，則不如遠甚。

夫字綠之年長矣，其用功當艱於余，而其古文之學，數年而成；時文則數月而得其勝，雖其資材有過人者，亦用心與力之篤且專，故能成功若此之速也。余得於天者既劣，而復因飢寒疾病憂患以廢日力而敝其精神，豈獨慙於字綠，雖欲所就之比於中人，不可得也。

字綠自訂其時文百三十篇，屬序於余。因念與字綠為交之始末，而歷其進學之難易；而又以嘆夫治道術者，苟毋怠而止，皆可以造其極，而世之不能盡其才者，眾也。

録自集外文卷四。

溧陽會業初編序

古者教民必有其地，所以聚其耳目心志而使之一也。與同業者，非兄弟姻親，則鄉鄰熟識。其行既得相觀以善，而詩、書、六藝之文，鄉先生長老旦旦而言之，而子弟耳熟焉；各竭其資材以相鑽礪，故其入之也易而漸者深。後世所以教民者既非其具，而所號為庠序學校者，不過有司按期以涖，而士不得朝夕從事焉。故事雜言龐，而志益以苟。其間學與道之代張，反出於私有所承，而非以從上之令也。

夫經學始於漢而盛於宋，其間老師宿儒自召其徒以講誦之，故其學者各以為己所私得而惜其傳；而施於事，見於言者，亦能不易其所守。自帖括之學興，而古人所以為學之遺教墮壞盡矣。

然當有明盛時，其能者頗於經義有所開闡，而行身植志，亦不苟同於流俗之人。及其中葉，尤尚文社，連州比郡，必擇眾所信服以為之宗，其旨趣各有所歸而不可易。與同業者，文學志行之顯於時，則榮之若身有焉；

而瑕敗者，恥之若身與焉。 雖其所學與古異，而一其耳目心志以相鑽礪，而惜其所私得者，猶之古也。

今世之為時文者，其用意尤苟，以為此以取名致官而已，其是與非不必問也； 而余聞見所習，則宜興、溧陽之間，其學者猶兢兢然重之。 蓋其地僻，罕舟車商賈，而多桑麻之業。 其學者羣萃州處，耳目心志一於是，而以為不可苟焉，亦其習尚然也。

今年春，余客澄江。 宜興儲君禮執示以在陸草堂課文，用意多不苟。 其尤者，氣質雅近古文； 而今溧陽狄太史向濤，復聚其子弟鄉人課文，遠問於余。 發而讀之，其材雖各有所就，而並沐浴於古，以發其英華，波瀾意度，大略與在陸草堂之文相近也。

余多病少學，於時文尤踈，誦諸君子之所為，嘆賞其工而已，豈有足以相益者哉？ 諸君子之鄉，薦紳耆儒多深於文律者。 太史之文固嘗流通當世，足為楷法； 而儲氏有老師曰同人，太史昔與同學，而在陸諸君所取衷也。 壤地相接，諸君子往而問焉，必有相得而益彰者。 若余則勞苦憂病，患日力之不足； 有晷刻之暇，必併力於先儒解經之言，而其所得，往往與科舉之士所守者異道。 以故朋遊間多見謂迂誕，而莫與翻覆其所疑。 諸君子若於是有取焉，則余固願褰裳而前以相質也。

録自集外文卷四。

跋先君子遺詩

先君子自成童，即棄時文之學，而好言詩。 少時耕牧樅陽黃華，有江上初集； 既而遷於六合，有棠村集； 康熙甲寅還金陵舊居，有愛廬集； 庚午後有漸律草； 辛巳後有卦初草； 計三千首有奇。 先君子弱冠，即與宗老塗山、邑人錢飲光、黃岡杜于皇遊。

諸先生皆耆舊，以詩相得，降行輩而為友。 諸先生名在天下，當世名貴人立聲譽者，皆延頸索交； 而先君子遊於酒人，日與山農野老往來酣嬉，用此寠艱，衣無著，日不再食。 諸先生或為諸公道之。 即動色相戒曰：『公毋累我，使以詩為禽犢。』

廣陵人鄧孝威嘗於杜于皇所見先君子詩，以入詩觀二集。 先君子再致書，必毀所刻而後止。 晚歲，小子苞請錄諸集貳之。弗許，曰：『凡文章如候蟲時鳥，當其時不能自已耳！百世千秋之後，雖韓、杜作者，以為出於其時不知誰何之人，獨有辨乎？且諺曰：「人懼名，豕懼壯。」爾其戒哉！』

先君子既歿四年，而苞以南山集牽連被逮，下江寧縣獄。制府命有司夜半搜書籍；江寧蘇侯夕至，諭婢僕『凡寫本皆雜燒』，而諸集遂無遺。惟姊夫曾退穀口熟五言律五百六十三首，斷句二百四十五聯；又於里人篋藏壁揭者得各體九十八首。

嗚呼！苞以冥頑，玩先君子所戒以禍其身，終不得歸守丘墓，而先君子平生精神日力之所寄，又以不肖子之故而灰燼焉。苞之罪上通於天矣，乃涕泣取所得遺詩，校錄鋟諸板，以志悔痛，且以廣先君子之戒於無窮也。

錄自集外文卷四。

書高素侯先生手札二則

己巳夏四月，余以歲試見知於先生。秋七月，招入使院，辛未，從遊京師，先生軫其飢寒，開以德義，一出入，未嘗不詰所有事也；所與往還，未嘗不叩其為孰誰也。蓋自癸酉以前，未嘗旬月去乎先生之側，而凡所為文，先生皆指畫口授焉。

甲戌後授經四方，閱月踰時，先生通書，必索所為時文，蓋知余素厭此而督之。丙子，試京兆罷歸，將不復應有司之舉，悉散所為時文於生徒朋游，獨先生所點定，不敢棄擲，並數歲中手札，巾笥而置之先世藏書櫃中。

戊寅，先生以書督應鄉試，己卯果得舉，將請先生序其文以行於世；至京師而先生已寢疾，數進見，未忍言。入試於禮部，未竣事而先生歿，歸至家，發向所藏，則與遺書並朽蠹矣。余文以散在生徒朋遊間，收之尚得十七，而先生所論次，無一存者。余天資蹇拙，尤不好時文，累日積久以至成帙，皆先生督責敦率以為之，而先生所講授，反不得少留集中，以誌師弟存歿之誼，此余所以日夜悔痛自責而無以容也。

是書乃戊寅見遺，命就鄉試者，以得之最後，未入巾笥中，故得獨存；而今丙戌六月朔後七日，復於散帙中得之。時生徒朋游以余登會試榜，彙刻前後所為時文，因以冠於簡端，並記先生所以切劘之意，以見余時文之學之所自，而先生筆墨素不肯假手於人，故評訂之語皆不敢妄託焉。

先生孝弟之行，自鄉人及朝士大夫皆載其言；而才識卓然，足為物所倚賴，則有待而未施，故世無知者。余於誌銘既陳其大略，至於處己待物，博大敦篤，粹然有古賢之風，叢細之事，無不可以法後學。

苞生長山澤，獲事先生，時甫去父母膝下，絕不知交際中所謂世情者；徒見書傳所載古人語言行事，以謂直可推行。於時先生四十。為文以壽，謂：『古之君子，愛其人也，則憂其無成。孝弟者，人之庸行；而先生所表見於世，尚未有赫然如古人者，苞大懼先生之無成也。』先生命張於庭。逾月，語余曰：『生所與交，慎毋以文贈！』余請其故，先生曰：『今之贈言者，以為禽犢也；而生所陳皆古義，恐重為尤。』余未答。先生曰：『吾有所試也，世不可與莊語。日生所以壽我者意良厚；而吾客見之，皆謂吾有不肖之行，而為生所譏切也。』余曰：『何弗撤也？』先生曰：『吾正欲使諸公一聞天下之正議耳。』

余始至京師，下帷先生之廬，夜讀書，有童奴砉欻為鬼聲，余惡而抶之。越日，先生遍召府中童奴，指曰：『某某有過，生為吾抶之。某某，使吾弟鞭之，是尤頑梗，生恐不足以創也。』自是府中童奴皆懾，莫敢忤余。又踰年，始聞余所抶乃太公侍者。太公患余之妄，讓先生甚切。先生恐童奴恃此以無禮於余，又恐余時親抶之，以損太公之歡也。

余臥齋在兩宅中間，其東為先生賓醼之堂，其西為太公燕私之齋。僕某遘厲疾，公移余於西齋。京師人言是疾善傳染，致湯藥者隔簾牖而委之，溲溺並積，久之臭達於外，近者不堪，余議僦屋以遷焉。先生急止之曰：『吾賓從可暫謝出入，謹避其惡，無傷也。吾聞疾甚者不可以變更，震蕩之，無生理矣。』數月竟瘳。

先生之心厚於仁，而能盡在物之理如此，凡余所不及聞知者，可類測也。使天假之年，而得展所蘊於世，雖赫然如古人者，豈不足以致哉！以此知古之發名成業與無所顯於時者，皆會其所適而然，未可以既人之實也。余以重得先生遺跡，追念夙昔所感被於先生者。因並志之，又以見余之所師於先生者，蓋不徒以文術也。

録自集外文卷四。

刻百川先生遺文書後

先兄六歲能為詩，十歲好左氏、太史公書，未冠通五經訓義。旦晝治事，暇則與朋遊徜徉郊原墟莽間；夜誦書，或危坐達旦不寐。叩所以，不答也。為諸生，自課試外，未嘗為時文。苞每遠遊歸，出所為詩歌古文及詁經之言相質，先兄亦不喜，曰：『古之為言者，道充於中而不可以已也。汝今自覺不能已乎？』同學二三君子曾刊先兄課試文曰自知集者行於世，先兄弗快也。

乙亥、丙子授經姑孰、登、萊間，學子課期必請文為式，遂積至百餘篇；而與朋遊往還酬贈亦間為詩歌古文，常録為四冊，貯錦篋中。苞請觀，未之出也。曾出以示溧水武商平、高淳張彝歎，旋復收匿，蓋恐苞與二三同學復刊佈之。

辛巳冬十月，先兄疾困。苞偶以事出，入戶，見鑪灰滿盈，退問侍側者，則錦篋中文也。自先兄之歿，四方同學愈思見其遺文，遍索於生徒朋遊，僅得二十篇，因與前集並刊佈焉。蓋時文雖先兄所不好，而其發之必有為，所謂充於中而不可以已者，亦於是可見矣。

癸酉，余客京師，先兄郵寄十餘篇相示，內丘王君永齋持去。姪道希云：『庚辰春，蕪陰夏君虎文相過，別時手一冊與之。』今二君皆歿，其子弟若能求索得之以暴於世，不獨先兄之心神賴以不泯，亦可以見其父之能知言而取友也。

詩歌古文竟無存者，獨曾為督學磁州張公賦絡緯一篇，擬南樓燕集序一篇，載江左文選。廣師說一篇上長洲韓公，朋游間多有之。因附錄，以見先兄之蓄於中者有待而未發，而偶發者又自以為不足而焚滅之，使學者因是以想其所用心焉。

録自集外文卷四。

書先君子家傳後

此亡友宋潛虛作也。潛虛少時文，清雋朗暢；中歲，少廉悍；晚而告余曰：『吾今而知優柔平中，文之盛也，惟有道者幾此，吾心慕焉，而未能。』

然世所見潛虛文，多率爾應酬之作。其稱意者，每櫝而藏之，曰：『吾豈求知於並世之人哉？度所言果不可棄，終無沈没也。』是篇，其中歲所作；自謂稱意，櫝而藏之者。

潛虛死無子，其家人言：檀藏之文近尺許，淮陰某人持去。或曰尚存。或曰已失之矣！嗚呼！是潛虛所自信為終不沈没者，其果然也邪？

録自集外文卷四。

書時文稿歲寒章四義後

憶辛未秋，余初至京師，偶思此題，成四義；言潔、潛虛、詒孫三君子深許之，遂訂交。余每以事出，必詣三君子；三君子以事出，必過余；問辨竟日，往往廢其所事而歸。壬申冬，言潔還錫山，引余至其寓，教以植志行身之事，相語至夜半，已寐復起，坐達旦。既歸後，余客涿鹿，又遺書過千言，示余以所處。

癸酉秋，詒孫還青陽。余與共乘單輪席車出郭門，已交手背行近半里，詒孫復下車呼余，立道旁哭失聲，曰：『吾與子會見不知何時，或數年，或十數年，不終隔絕足矣！』詒孫在京師時，不三數日必宿余寓，酒罷往往無故悲嘯，夢中或大哭。余驚起而詒孫尚未寤。詰之，則終不肯言。既歸，余見青陽人，問徐子悲憂窮蹙之故，乃知其天屬遭遇，蓋古聖賢人所難處者。余恐其以恨苦殞生，再致書喻以徒死無益，而詒孫已成心疾矣。再答余書，漫言他事，不及所以。去年冬，余在澄江，夢見詒孫，面積垢，向余赫然無言。心怦怦不能自克，尋復自解，以謂夢寐之事，不足深究。踰歲七月歸金陵，而潛虛來告余曰：『詒孫死矣！有吳生者，至自青陽，言其心疾至昨歲轉劇，泣笑類顛者。一夕張燈，書數十紙不休。妻子問故，曰：「告吳君：此書致我友宋子、方子。」既又索書展視，一一自焚之。開戶出，若將便溺，久不返。

妻子怪而跡之，則已死村外小溪中，頭面泥漬。』時余一子始殤，意忽忽不樂。及聞詒孫凶問，出郭西向號而哭之，不復覺子死之痛矣。

言潔先三年丙子以疾卒。余與潛虚俱在燕南。其邑子邵君羲書客金陵，偶心動，歸往省之。既瞑復蘇，惓惓以不得見余與潛虚為恨。羲書為余言，未嘗不流涕。言潔蓄道德而有文章。余意其為天所生以扶樹道教之人，而不得竟其業以死，此理數之不可究測者。然觀荆公之銘深父，則古嘗有之。若詒孫之孝弟純明，粹然有儒者之質行，而死於非命，則自書傳以來，吾未之見也。使天下不知詒孫之所以死，則無以白詒孫之志；使天下知詒孫之所以死，又恐傷詒孫之心。此余與潛虚所以幽痛而不敢言也。

言潔、詒孫皆有子，雖幼，頗能承父學。恨余與潛虚困窮無聊，未有以扶進而存恤之。欲刻其遺文，亦未得就。近以坊人刊余文稿，檢舊篋得此四義，覆閲之，詞義甚粗鄙。然念得交於三君子自此始，因不自棄。

四義向者自寫兩通，一言潔閲，一潛虚、詒孫閲，以硃墨別之。言潔閲者，留北平方允昭所，數年索歸，崑山張闇成持去。潛虚、詒孫閲者，内丘王永齋持去，而允昭、闇成、永齋先後皆奄忽矣！念之終夜氣結，晨起志之。時己卯十一月朔日，船過寶應書。

録自集外文卷四。

記時文稿行不由徑三句後

余己巳歲試，受知宛平高素侯先生。辛未後，從入京師。先生命閉特室，勿與外通。大司成新安吴公謂先生曰：『吾急欲識此生！吾擇生徒之尤者，與子弟會文，生能過我乎？』余以疾辭。又數日召飲酒，再三辭。公因自訪余於寓齋，余因先生以謝曰：『某名掛太學，而部牒未過，以賓客見，義不敢也；以生徒見，又非所安，請稍俟之！』

公以癸酉二月，禮先於余。秋闈畢，余始報謁，仍執不見之義，而公愛余益厚。公卿間或問太學人材，必曰：『有方生者，將至矣！耿介拔俗之士也。吾未得見而知之最深。』用此，見居門下者，皆若有憾焉。

是題乃所以試教習諸生者，余偶擬作。篇末云云，蓋感公知己之義也。及余名過牒，而公已去太學，尋歸道山，竟未得一見。每與公子東巖兄弟言之，未嘗不氣結良久也。

録自集外文卷四。

書韓退之學生代齋郎議後

異哉！韓子之議薦享，以為齋郎之事，而學生不得兼也。夫離道德與事物而二之者，末學之失也。古之教者、學者，精粗本末，未嘗不相貫，雖灑掃應對，皆以順性命之理，而況薦享以交於神明乎？稽之尚書、周官、禮記，割牲制祭，天子實躬親之，其得與於薦享者，非顯諸侯，則達官之長與貳；乃以為賤者之役，而學生不得為。嗚呼！其亦不思之甚矣！動作禮義威儀之節，君子所以定命也，反不得與能文通字書比重；用事於宗廟社稷之地，至於『思慮之不固，容貌之不莊』，則其人頽惰委靡不能有立可知矣。乃見謂『通經』而冀其『有贊於教化』，是何本末名實之交眩與？曰：慮其不習也。嗚呼！使學者舍其所當習，而攻其所不必習，末世之政，禍民者非一端，而此其本也。射御戰陳之不習，而以付於悍卒武夫；理財決獄之不習，而以委之胥吏，皆齋郎薦享之類也。姦與亂循生，斯人惴惴而莫必其命，實由於此，而韓子猶未之悟與？

夫古者學有大小，而道不分於精粗；任有大小，而人不分於貴賤。故於學無遺理，於人無抑材。自魏、晉以還，尚浮言，別流品，而隋、唐益厲之以科舉，於是乎學者舍其所當習，而騖於無實之文詞。習於此者，斯以為賢；得於此者，斯以為貴；而先王之道鬱不行者，越數百年。夫所貴乎豪傑之士者，謂能議道之歸，而不溺於所習也。以韓子之智，而猶蔽於此，況以中材處晦世，而能無眩哉？是故先王慎所以導民者，誠畏其習也。

録自望溪文集卷五。

又書學生代齋郎議後

或曰：『子之言辨矣。然語云「籩豆之事，則有司存」，何謂也？』曰：『此為孟敬子言之也。古之為教也，童而習禮，少長則執事於賓祭，至於四十而仕，五十為大夫，禮樂之器，豈尚有操之而不習者乎？ 悼公之喪，季孫尚以喪食為疑，而捷公為鄙倍之言，悍然而不顧； 則其無忠信之心，而容貌顔色無一不遠於禮可知矣； 乃沾沾焉詳於末數而以自喜，不亦悖乎？ 故曰：為敬子言之也。 若學生，則宜習焉以備他日之用者也。夫俎豆之事，孔子嘗以對衛君矣。 自孔子言之，則所以為東周者，即此而在矣； 而自孟敬子言之，則直有司之事耳。 動作禮義威儀之節，君子所以定命也。 魯侯不違禮，而女叔以為亡徵，則言固各有所當也夫！』

録自望溪文集卷五。

書祭裴太常文後

韓公自言所學，先在辨古書之正僞。 周、秦諸子如管、莊、荀、韓，可謂顯著者矣，而案之皆有僞亂。 余嘗欲削其不類者，以無溷後人，而未暇也。 韓公之文，一語出，則真氣動人。 其辭鎔冶於周人之書，而秦漢間取者，僅十一焉。 今集中乃載祭薛中丞、裴太常二篇，意淺直，多俗韻，在唐雜家中，尚不為好，而謂公為之與？ 二篇乃同官聯祭之文，意者他人所為，公名載焉。 公文重於時，故二家子姓矜為公作，而編集者莫能辨耳。 公省試文明白曲暢，無甚可愧者，猶自謂近於俳優者之辭，則二篇決知非公作也。

夫文之高下雅俗，判若黑白，學者猶安於習見，而莫知別擇，況聖人之經，其微辭隱義，辨在毫芒，蔽晦於前儒承授之說，而不察不著者與？ 此未可為不知者道也。

録自望溪文集卷五。

書柳文後

子厚自述為文，皆取原於六經，甚哉，其自知之不能審也！ 彼言涉於道，多膚末支離而無所歸宿，且承用諸經字義，尚有未當者。 蓋其根源雜出周、秦、漢、魏、六朝諸文家，而於諸經，特用為采色聲音之助爾。 故凡所作效古而自汨其體者，引喻凡猥者，辭繁而蕪句佻且稚者，記、序、書、說、雜文皆有之，不獨碑、誌仍六朝、初唐餘習也。 其雄厲悽清醲郁之文，世多好者； 然辭雖工，尚有町蹊，非其至也。惟讀魯論、辨諸子、記柳州近治山水諸篇，縱心獨往，一無所依藉，乃信可肩隨退之而嶢然於北宋諸家之上，惜乎其不多見耳。

退之稱子厚文必傳無疑，乃以其久斥之後為斷；然則諸篇，蓋其晚作與？子厚之斥也年長矣，乃能變舊體以進於古；假而其始學時，即知取道之原，而終也天假之年，其所至可量也哉！

録自望溪文集卷五。

書歸震川文集後

昔吾友王崑繩目震川文為膚庸，而張彝歎則曰：『是直破八家之樊，而據司馬氏之奧矣。』二君皆知言者，蓋各有見而特未盡也。震川之文，鄉曲應酬者十六七，而又徇請者之意，襲常綴瑣，雖欲大遠於俗言，其道無由。其發於親舊及人微而語無忌者，蓋多近古之文。至事關天屬，其尤善者，不俟修飾，而情辭並得，使覽者惻然有隱，其氣韻蓋得之子長，故能取法於歐、曾，而少更其形貌耳。

孔子於艮五爻辭，釋之曰：『言有序。』家人之象，系之曰：『言有物。』凡文之愈久而傳，未有越此者也。震川之文於所謂有序者，蓋庶幾矣，而有物者，則寡焉。又其辭號雅潔，仍有近俚而傷於繁者。豈於時文既竭其心力，故不能兩而精與？抑所學專主於為文，故其文亦至是而止與？此自漢以前之書所以有駁有純，而要非後世文士所能及也。

録自望溪文集卷五。

書孫文正傳後

當明之將亡，其事最傎者，莫若殺袁崇煥與置公閒地。然間諜之言，當其時，跡猶難辨也。莊烈愍帝嗣位之二年，公自家起，受命危難中，復已失之畿甸，定將傾之宗社；其才不世出，而憂國忘身，帝所親見也。及關門靖，寧前收，屯營立軍，民始有固志，而內蔽於姦僉，緩餉愆期，以掣公之手足；外則政權不一，分操割裂，以亂公之成謀。至大淩覆敗，按其末，則失律喪師者，丘禾嘉也；循其本，則敗謀速禍，乃撤班軍，改成命，主議之廷臣。不明徵罪之有無，乃以無識者追咎築城，而聽公引退，廢棄八年，不咨一語，卒使巷戰力屈，闔門就死。此天下所歎息痛恨，不能為帝解者。

蓋方是時周延儒、溫體仁已深結帝知而得事柄矣。二人皆忠賢餘黨也，自忠賢時，已誣公欲興晉陽之甲，而公之再用再罷，以至於死，實與二人之秉國相始終。延儒之獨對，體仁之密揭，所以構公於冥昧之中者，豈可測哉？觀公始至，召對平臺，帝親以京城相屬，越日而出公於通。則群邪之側目於公而攜公於帝者，其術蓋多變矣。公既死，帝嗟悼，命優恤。當國者猶忌其義烈而多方以格之，況生時懼公功成而位居己上者乎？而為所蔽壅者，乃憂勤恭儉明察之君。嗚呼！此立政所以畏憸人也。

録自望溪文集卷五。

書盧象晉傳後

宜興盧豪然備錄家傳，乞言於余。余告之曰：『正史既具，外此皆贅言矣。』及觀其祖象晉請效死邊外，而當軸者始欲致罰，卒擯絕之。竊歎鄙夫之階禍多端，而媢嫉其尤烈者也。不惟才德勳庸出己之上，必不能容；即未達之士少見鋒穎，即防其異日之難馴而豫遏焉。不惟國之安危、民之死生、萬世之詬厲，絕不以槩於心；即情見勢屈而身罹禍殃，亦有所不暇計也。

明之亡，始於孫高陽之退休，成於盧忠烈之死敗。沮高陽者，惟知高陽不退，己不能為之下；而不思高陽既退，邊關社稷之事己不能支。擠忠烈者，惟知置之死地援絕身亡，然後私議可行；而不思忠烈既亡，中原土崩之勢己莫能馭。當是時，邊事孔急，凡求自試於師中者，無不立應，而獨於象晉難之，徒以忠烈之故耳。

嗚呼！方莊烈愍帝嗣位之初，首誅逆奄，非不欲廣求忠良破姦憸之結習，而所委心者，則周延儒、溫體仁，每摧抑忠良以曲庇之。逮延儒誅，體仁罷，國勢已不可為矣，而繼起者復祖其故智，嫉賢庇黨，以覆邦家。鄙夫之轍跡，自古皆然，無足深怪。所可惜者，以聰明剛毅之君，獨蔽惑於媢嫉之臣，身死國亡而不寤，豈非天哉！嗟乎，不平其心者，師尹也，而家父『以究王訩』，傳者推之曰：『辟則為天下僇。』有國者可不慎乎！

録自望溪文集卷五。

書楊維斗先生傳後

辛未、壬申間，余在京師，時四明萬季野為横雲山人草創明史，凡魏忠賢餘黨齮齕東林、復社諸君子者，雖有小善，必摘發其心術，使不能掩大惡。一時馳逐聲氣之士雜然曰：『東林始於高、顧，忠憲無遺議矣；涇陽退居鄉里，而遙執朝柄，進退海内士大夫，豈君子所為？復社始於張、楊，海内朋從者萬餘人。楊以鄉貢士里居，而逐顧秉謙於吳門，屏呂純如、錢裔肅，使士大夫不得與之齒。自古處士横議，其氣燄未有至於斯極者。』時吳門汪武曹、何屺瞻亦好持清議，為之氣噎；而吾友北平王崑繩惡鄒南臯主議殺熊廷弼，亦謂『迂儒豈知天下大計』，宣城梅定九、西江梁質人、慈谿姜西溟，各有論辨，以質於余。余正告之曰：『凡所謂清議者，皆忠於君利於民之言也；而忠於君利於民，未有不害於小人之私計者。故小人不約而同仇，即用其言以擠之，以為是乃心非巷議誇主以為名者也。由是忠良危死於非罪，而無道可以自明。故君子之有清議，不獨在位之小人嫉之，即未進之小人亦嫉之；蓋自度異日所為，必不能當夫人之意也。不惟當時之小人惡之，即後世之小人亦惡之，以為吾君一旦而有鑒於前言，則吾儕之術不可以復騁也。』三君子頗誦吾言，由是倡為是説者多病之。

嗟乎！顧、楊二先生之事，誠少過於中，然當是時，宗社之滅亡無日矣，人主孤立無輔於上，小民困死無告於下，而羣姦盤結於中，故不得已而呼號憤發，置其身於死地，以冀君之一寤，即古忠臣孝子枕干之義也。如謂諸君子以清議賈怨於小人，則宋之程、朱，未聞遙執朝柄與姦人相角。等而上之，則孔子之溫良恭儉，言不過物，而當其時，已不免伐檀〔一〕削跡之怒矣。凡羣小所指為誹謗以陷忠良者，乃黄帝之明堂，唐堯之衢室，有虞氏之旌，夏后氏之鼓，殷湯之總街，周武之靈臺，所側席以求之，虛中以聽之，舍己以從之者也。漢、唐、宋、明舍二三誼主而外，亂政涼德，姦人敗類，無世無之；惟禍延於清議，誅及於清流，則其亡也忽焉。蓋必如是，然後忠良凋盡，百度皆昏，而國無與立也。

秀水朱竹垞曾於吳江吳扶九所，得復社姓名錄，以其後事徵之，死於布褐而無聞焉者十之三，當官不苟、學行顯於四方者十之六，自毀其名行者特十一耳。明福王時，阮大鋮上言：『孔子之門人三千，而楊氏聚徒有萬，不反何待？』御史王實鼎上復社渠魁一疏，必欲置先生死地。自古善人以氣類相感召，未有若復社之盛，小人誣善之辭，亦未有若魏黨之可駭詫者，而易代以後，猶有謂先生為已甚者，人心之陷溺若此，君臣朋友之道蓋幾乎息矣。

康熙己未，睢州湯文正自監司復入翰林，充明史纂修官，奏：『順治九年世祖章皇帝特旌明臣范景文、倪元璐、劉理順等從莊烈愍帝死社稷者。請元年、二年以前抗拒本朝，臨危致命諸臣，據事直書，無庸瞻顧。』聖祖仁皇帝嘉與，頒之史館，以為成命。由是明季諸賢義烈皆得顯見。乾隆六年，明史成。先生之孫繩武以本傳辭事太略，請余別為文以識之。余曰：『無以為也。萬氏所定史稿，以先生與徐公汧合傳，謂並死於水；今欽定之史已正其誤矣。「臨刑不屈，首已墜而聲從項出」，既大書特書，則小者不足道矣。』惟逐秉謙屏呂、錢之義，與涇陽之顯明臧否，至今為淫辭所蔽晦，故表而出之。九原可作，當以余為知言，而暢然於鄙夫貿儒五藏之癥結，可一朝而盪滌也。

録自望溪文集卷五。

【校】

〔一〕『伐檀』，據史記孔子世家作『伐樹』。

書涇陽王僉事家傳後

國之將興，其時非無姦憸陰賊之臣也，政教方明，而賢者持其樞柄，則務自矯革，以取所求，或伏抑而不敢逞。國之將亡，姦憸陰賊之臣，必巧遘機會以當主心，而賢人君子少得事任，常有物焉以敗之。若是者，豈人之所能為哉。

涇陽王僉事徵，當明崇禎朝，以邊才由司理擢按察司僉事，監登萊軍。未閱月軍變，落職歸田里。甲申三月，聞莊烈愍帝殉社稷，七日不食死。公少時即慕諸葛武侯，演八陣圖，倣木牛流馬，製械器，皆可試用。其家居見流賊猖獗，倡築魯橋城以保涇原，鄉人賴之。曩令監軍登、萊，得期月之暇，撫循士大夫，則兇弁無從煽亂，而公之才實可顯見矣。乃方起遽踣，持國論者，不信罪之有無而輕棄之，此可為流涕者矣。

然公之功能猶未著也，孫高陽久鎮邊關，功在社稷，而廢棄八年，卒使城破巷戰，闔門就死。其所遇乃憂勤恭儉之君，親見其困於逆閹，又賴其力以收畿疆，紓國難，而終奪於姦憸，豈非天哉！少師為諸生時，即徒步歷諸邊，以天下為己任。蓋其始也，不以事任之不屬而弛其憂；其終也，不以事任之不屬而讓其死。是則諸君子所自為正，而不聽命於天者夫！

録自望溪文集卷五。

書潘允慎家傳後

辛未九月二十一日，日將暮，檢架上散帙，見濟寧諸生潘允慎家傳，載其衝擊流寇，脫祖母死地，奮身蹈火，出兄於燔薪。匝屋長吁，夜參半不能寐。蓋惟明之亡，事與古異，君非有涼德也，朝非有暴政也，眾非有離心也，無食無兵，池湮城圮，梟張之賊勢如猛火，而守令學官奮死守禦，殺身殘家而不悔者，無地無之。薦紳士民廟哭巷戰，戶號人厲，併命於鋒鏑者，無地無之。其如允慎之保身與親，泰然而無患者，千百中無十一也。

蓋至莊烈愍帝嗣位，而累世之忠良已盡於逆閹之斲喪矣。其未罹門戶之禍，如孫高陽、盧宜興、孫雁門諸公，復危死於姦憸之擠陷。故自周延儒、溫體仁得君以後，凡內服大僚、外秉節鉞、久安而無患者，皆巧佞姦欺、庸鄙忍心之人也。社稷之傾危，生民之禍亂，漠然不以關其慮，而朋謀私計，諂附權要，惟恐失意於幾微。武夫則無小無大，皆痛心於文臣之節制，言路之紛糾，轉以養賊脅上為自安之計。是以人主孤立於上，蒸黎糜沸於下，土崩魚爛，一潰而不可收。豈非天命遐終，故多生亡國之材使恣於民上，而剛正憂勤恭儉之君，亦陰奪其鑒，使嗜姦人之疾味，以至於敗國殞身而不寤與？嗚呼！此又自古亡國轍跡之一變也。

録自望溪文集卷五。

書熊氏家傳後

周官之法，國有大事，諸子『帥國子而致於太子』以守王宮。掌固頒守政於士庶子以帥眾庶。蓋惟士明於義理，能為眾庶之倡，雖至危死而志不可奪也。明之末造，流賊橫發於中原，延蔓海隅；其以諸生捍衛鄉里、而破家亡身、殘其支體者，荒陬小邑必有數人焉。蓋不經亂亡變故，不知古聖人制法之心，凡事皆然，而茲尤其顯見者矣。

余遊四方，所至長老各有述，而語在搢紳間者，惟睢州湯潛庵先生之母，流賊破睢州，罵賊。賊怒，支解之。閩中鄭侍郎重之父，父字華振，聞變，自山莊挈其妻入城守禦；城破，登樓舉火，並自焚死。然鄭父之義，不若湯母之遠聞。因是歎死者之義聲，又以子孫為顯晦。然於視死如歸之義，則固無加損也。

自張獻忠出沒楚、蜀，江西寇亂，至國初未已；每有警，城邑士民爭竄山澤。熊孔敷者，新昌諸生也，城將陷，獨不肯避。其子迎龍使家人以母出而獨身侍父。俄而賊至，孔敷端坐不起，賊怒，手刃之。迎龍以身蔽，左額受刃，目睛綴眶外，仆地，告哀不已，乃免其父。南豐梁質人作傳，以傳其事。其曾孫暉吉於余為道義交，以余衰病，必欲其祖見於余文。乃告之曰：『吾聞善人必有後，今子之志行端直，是乃祖之義心孝德有以開之也。然書傳所記，祖若父之令名，每賴後之人而章徹。子果能比跡於湯公，則奕世以下，猶將溯源於高曾而有所興起焉！又何藉於余言？』既以語之，因為書於傳後。

録自望溪文集卷五。

書曹太學傳後

歙縣曹晉袁持其祖太學君家傳索余文。其傳，亡友王崑繩所作也。太學君以義俠著於鄉，而尤為薦紳所傳述者，則其邑給事中方有度、浮梁御史黃龍光忤逆奄魏忠賢被逮，君厚賂緹騎，邀至家留一日，為經紀家事。方逆奄之熾也，在位諸賢既以身殉國，而一時士君子及閭閻之義民，號呼感憤，與諸賢相攀援而不避其禍者，大不異於東漢之末也。當是時，上之政刑雖僨，而下之禮俗可不謂盛矣哉！

蓋一代之風教，常視乎開國之君。漢光武不敢以仕屈嚴光；而明祖之歸蔡子英於擴廓也，縱敵國之謀臣而不忍傷其義。即是二者，固足以振一代之士氣，而使之不苟於自待矣。然二君之能此，則有本焉。光武微時，嘗從師受經；而明祖所致諸儒，實承朱子之學，所以啟沃其心，而使知風教之為重也素矣。是以經師之傳，莫盛於東漢；而朱子之傳注專行於明。其漸摩既深，故及其衰也，政亂於上而義明於下，士氣之奮揚，雖鈇鉞鼎鑊之威莫之能奪也。

嗚呼！所以致此者，豈易言哉！有國者之厲其士民，與有家者之化其子姓一也。晉袁之交余，經患難而彌篤，而其父右軍急兄弟之難，有古烈士風，吾見太學君之澤被於再世矣。其行誼之詳，則見於崑繩之文而無為更舉也。

録自望溪文集卷五。

書孝婦魏氏詩後

古者，婦於舅姑服期。先王稱情以立文，所以責其實也。婦之愛舅姑，不若子之愛其父母，天也。苟致愛之實，婦常得子之半，不失為孝婦。古之時，女教修明，婦於舅姑，內誠則存乎其人，而無敢顯為悖者。蓋入室而盥饋，以明婦順；三月而後反馬，示不當於舅姑而遂逐也。終其身榮辱去留，皆視其事舅姑之善否，而夫之宜不宜不與焉。惟大為之坊，此其所以犯者少也。近世士大夫百行不怍，而獨以出妻為醜，閭閻化之，由是婦行放佚而無所忌，其於舅姑以貌相承而無勃谿之聲者，十室無二三焉，況責以誠孝與？婦以類己者多而自證，子以習非者眾而相安，百行之衰，人道之所以不立，皆由於此。

廣昌何某妻魏氏刲肱求療其姑，幾死。其事雖人子為之，亦為過禮，而非篤於愛者不能。以天下婦順之不修，非絕特之行不足以振之，則魏氏之事豈可使無傳與？

抑吾觀節孝之過中者，自漢以降始有之，三代之盛未之前聞也。豈至性反不若後人之篤與？蓋道教明而人皆知夫義之所止也。後世人道衰薄，天地之性有所壅遏不流，其鬱而鍾於一二人者，往往發為絶特之行而不必軌於中道，然用以矯枉扶衰，則固不可得而議也。魏氏之舅官京師，士大夫多為詩歌以美之，余因發此義以質後之人。

録自望溪文集卷五。

題黃玉圃夢歸圖

癸亥秋，玉圃過潭上，出此圖索題，別後不忍更展，故底滯。踰年，以書來速。嗟乎！臣之事君，義也，無所逃於天地之間，而古稱倍親而仕；蓋既承國事，則此身非親所獨有，故有四牡之詩，有奉使聞喪之禮，皆人子所不忍言，故曾、閔之徒，必不可強以仕也。

玉圃家京師，仕不離親。其復起也，觀察河南，故思歸之切，形於夢，志以圖。若余則弱冠飢驅幾二十年，難後蒙恩供奉内廷，每歲首夏，辭老母出塞，迫冬始歸。玉圃之夢，乃余旬月中數見，而不可以數計者也，尚忍題斯圖哉？玉圃終其身常依二親，適守官在外而不得視太夫人含殮。余則竟世棲棲，依親日甚少，而老母之終，會當反役，蓋所遭各有幸不幸焉。

然余惟塞上之行，為承公事；回思少壯，徒以奔走衣食，孤行遠游，為父母憂，歲時伏臘，春秋佳日，奉觴御食而親色笑者，蓋無幾焉，撫心更何以自解邪？故書之以志余恨，而弛玉圃之悲。乾隆九年孟秋朔後三日，望溪方苞撰。

録自望溪文集卷五。

跋石齋黃公手劄

公與寶應喬侍御手札十有四。其十有二皆短札，乃崇禎十五年，自戍所復召入都，晨夕往復語也。長言者二，時則引疾南還，越中諸賢築學舍，留公講問，而侍御適為巡按，一答其始至通問之書，一將以使事反命而特致之。

考公之事莊烈愍帝，陳言對命，無一不與帝心相違。

二三執政祖魏忠賢故知，力排異己。公三進三逐，廷杖八十，移獄鎮撫司，考掠者四，一朝而脫囚籍，則於政事之得失，君子小人之消長，凡有見聞，無不與同心者思所以挽正；及引身以退，匿迹於嶮巇深谷之中，而民生之苦病，吏治之煩苛，軍事之失圖，柄臣之誤主，身在局外，猶責其友以必言，而冀君之一寤。蓋君子所性根於心，而不能自已者如此。

嗚呼！莊烈愍帝嗣位於國勢傾危之日，一時忠良雖觸忤憎惡，偶有感發，未嘗不幡然易慮而親之任之也。然卒之如公，如念臺劉公，志在竭忠，而窮於効忠之無路；如孫文正，如盧忠烈，志在奮死，而扼於投死之非時。皆由媢嫉之臣，相繼而居腹心之地，其術百變，能使東西易面，人主自為轉移而不覺耳。如而夫者不能放流，乃與之朝夕深言於帷幄，雖當平世，猶不能無生亂階，況屯難已成之後乎？聖人繫易，謂難之解，驗在小人之退，而於五發之。位乎天位者，可不服念哉！

録自望溪文集卷五。

與閻百詩書

昨所論『孔子歿，子張欲師有若』，而記載「子張死，曾子有母之喪」，則曾子問一篇，皆母在時所講問』，可正子瞻所譏於程子之誤，宜筆於書。至病『程、朱刪易經字』，則不敢不多為反覆。蓋專易經字者，漢儒之病也。程、朱所刪易甚少，而皆依於理。

僕每見周、秦以前古書，字形與聲近，則眾書所傳多異，即一書諸本中亦有增損改易。竊歎古書不可通者，多以字訛而人莫能辨也。如商書『自周有終』，酒誥『爾尚克羞耇惟君〔二〕』，解者支離牽合，終不可通，若『君』與『周』互易，則其義不待詁而明矣，蓋篆體二字本形似也。

韓退之羅池廟詩乃『此方之人，惟侯是非』。按其前後辭意，昭然明白，而『此』以形訛『北』，『惟』以聲訛『為』，子瞻不能辨，又自為之說，而大書深刻焉，則其讀書觀理之不詳可見矣。莊子外篇『舜將死，真泠禹曰』，不易為『遺令』得乎？史記封禪書『至梁父矣，而德不洽』，謂『梁父』非衍可乎？

僕嘗自恨寡陋，見古書字訛，無所證據，而不敢擅易，願得博極羣書者以正之。故欲化足下之成心而求助焉，非敢以辯翹明，惟足下鑒之！

録自望溪文集卷六。

【校】

〔一〕『尚』，應為『大』字。

與孫以寧書

昔歸震川嘗自恨足跡不出里閈，所見聞無奇節偉行可紀。承命為徵君作傳，此吾文所託以增重也，敢不竭其愚心。所示羣賢論述，皆未得體要。蓋其大致，不越三端：或詳講學宗指及師友淵源，或條舉平生義俠之迹，或盛稱門牆廣大，海内嚮仰者多，此三者皆徵君之末跡也；三者詳而徵君之志事隱矣。

古之晰於文律者，所載之事，必與其人之規模相稱。太史公傳陸賈，其分奴婢裝資，瑣瑣者皆載焉。若蕭曹世家而條舉其治績，則文字雖增十倍，不可得而備矣。故嘗見義於留侯世家曰：『留侯所從容與上言天下事甚衆，非天下所以存亡，故不著。』此明示後世綴文之士以虚實詳略之權度也。宋、元諸史若市肆簿籍，使覽者不能終篇，坐此義不講耳。

徵君義俠，舍楊、左之事，皆鄉曲自好者所能勉也；其門牆廣大，乃度時揣己，不敢如孔、孟之拒孺悲、夷之，非得已也，至論學，則為書甚具；故並弗採著於傳上，而虚言其大略。昔歐陽公作尹師魯墓誌，至以文自辨，而退之之誌李元賓，至今有疑其太略者。夫元賓年不及三十，其德未成，業未著，而銘辭有曰：『才高乎當世，而行出乎古人。』則外此尚安有可言者乎？

僕此傳出，必有病其太略者。不知往者羣賢所述，惟務徵實，故事愈詳，而義愈陋；今詳者略，實者虚，而徵君所蘊蓄，轉似可得之意言之外；他日載之家乘，達於史官，慎毋以彼而易此。惟足下的然昭晰，無惑於羣言，是徵君之所賴也，於僕之文無加損焉。如別有欲商論者，則明以喻之。

録自望溪文集卷六。

答喬介夫書

原集題書答友，起數行不明書開海口及車邏河事，蓋刻文時有顧忌也。先生曾孫傳貴刊集外文，重出此篇，題作答喬介夫書。今從彼本，而仍編於此。鈞衡識。

蒙諭：為賢尊侍講公作表誌或家傳。以鄙意裁之，第可記開海口始末，而以侍講公奏對車邏河事及四不可之議附焉，傳誌非所宜也。蓋諸體之文，各有義法，表誌尺幅甚狹，而詳載本議，則擁腫而不中繩墨；若約略翦截，俾情事不詳，則後之人無所取鑒，而當日忘身家以排廷議之義，亦不可得而見矣。國語載齊姜語晉公子重耳凡數百言，而春秋傳以兩言代之；蓋一國之語可詳也，傳春秋總重耳出亡之跡，而獨詳於此，則義無取；今試以姜語備入傳中，其前後尚能自運掉乎？世傳國語亦丘明所述，觀此可得其營度為文之意也。家傳非古也，必阨窮隱約，國史所不列，文章之士乃私錄而傳之。獨宋范文正公、范蜀公有家傳，而為之者張唐英、司馬溫公耳；此兩人故非文家，於文律或未審；若八家則無為達官私立傳者。韓退之傳陸贄、陽城，載順宗實錄；順宗在位未踰年，而以贄與城之傳附焉，非所安也，而退之以附焉者，以附實錄之不安，尚不若入私集之必不可也。

以是裁之，車邏河議必附載開海口語中，以俟史氏之採擇，於義法乃安。凡此類，唐、宋雜家多不講，有明諸公亦習而不察。足下審思而詳論之，則知非僕之臆說也。

録自望溪文集卷六。

與翁止園書

苞白，止園足下：僕晚交得吾子，心目間未嘗敢以今人相視；及遘禍，所以憫其顛危，開以理義者，皆不背於所期，是吾子所以交僕之道已至也。有疑焉而不以問，則於吾子之交為不稱，故敢暴其愚心。

近聞吾子與親戚以錐刀生隙，嘖有煩言，布流朋齒，雖告者同辭，僕堅然信其無有。然蘇子有言：『人必貪財也，而後人疑其盜；必好色也，而後人疑其淫。』毋吾子之夙昔，尚有不能大信於彼人者乎？僕往在京師，見時輩有公為媟嬻者。青陽徐詒孫曰：『若無害，彼不知其不善而為之也。吾儕有此，則天厭之矣。昔叔孫豹以庚宗之宿致餒死，叔向娶於巫臣氏而滅其宗。蓋修飭之君子，不獨人責之，天亦責之。』詒孫之言，可謂究知天人之故者也。

僕自遘禍，永思前愆，其惡之形於聲、動於事者無幾也，而遂至此極者，既將以士君子為祈嚮，而幽獨中時不能自灑濯，故為鬼神所不宥。吾子高行清德，豈惟信於朋友，雖鄉里閭愚無知者猶歎羨焉，然則子之行身其慎矣哉！

僕又聞古人之有朋友，其患難而相急，通顯而相致，皆末務也；察其本義，蓋以勸善規過為先。僕自與人交，雖素相親信者，苟一行此，必造怒而逢尤；僕每以自傷，然未敢以忖吾子。於前所聞，既信吾子之必不然；於後所陳，又信吾子必心知其然，是以敢悉布之。

録自望溪文集卷六。

與李剛主書

九月中，自塞上歸，附書相問，而息耗久不至。仲冬望後二日，或致函封，發之則太夫人行述也，呼兒章讀之，篇終而郎君長人之狀附焉，驚痛不能夕食。太夫人耄而考終，在仁孝者猶難為懷，況重以長人之夭枉乎？此子天民之秀，非獨李氏所恃賴也。僕不能自解，豈能為吾兄解；然有區區而欲言者，言之則非其時，而重傷吾兄之意；不言，則於交友之道為不忠，是以敢終布之。

易曰：『洊雷震，君子以恐懼修省。』僕平生所遭骨肉閔凶，殆人理所無，悲憂危蹙中，每自念性資迫隘，語言輕肆，與不祥之氣，實有相感召之理；以吾兄之德行醇懿，而衰暮罹此，語天之道，有不當然者。竊疑吾兄承習齋顏氏之學，著書多訾謷朱子。習齋之自異於朱子者，不過諸經義疏與設教之條目耳，性命倫常之大原，豈有二哉？此如張、夏論交，曾、言議禮，各持所見，而不害其並為孔子之徒也，安用相詆訾哉？記曰：『人者，天地之心。』孔、孟以後，心與天地相似，而足稱斯言者，舍程、朱而誰與？ 若毁其道，是謂戕天地之心。 其為天之所不祐決矣。 故自陽明以來，凡極詆朱子者，多絕世不祀。 僕所見聞，具可指數，若習齋、西河，又吾兄所目擊也。

僕自今年來，食飲益衰，塞外早寒，得上氣疾，幾死者再焉，恐一旦委溝壑，則終無以此聞於左右者，是僕負吾兄夙昔相愛重之誼而死有餘責也。 昔泰伯無子，伯魚早喪，況吾兄子姓甚殷，固知所陳理弱情鄙，不足移有道者之慮。 然君子省身不厭其詳，論古不嫌其恕。 儻鑒愚誠，取平生所述訾謷朱子之語，一切薙芟，而直抒己見，以共明孔子之道，則僕之言雖不當，而在吾兄為德盛而禮恭，所補豈淺小哉。

聞太夫人既祔葬，僕身拘縶，兒章疹後不可以風，將使獻歲赴弔，先此代唁，並呈長人哀辭。 其遺腹若天幸男也，則速以報我！ 臨簡哽咽，不盡欲言。

録自望溪文集卷六。

與安徽李方伯書

得來教，忻悚合并。 執事服官有年，聲績顯布中外，尚恐民治有缺，越二千里而詢於愚儒，今而知所至稱賢，不苟然也。

安徽諸郡吏民所公患，莫若採鐵； 初額僅七萬觔有奇，大府上言：『宜撥移產鐵之地。』部議駁責，轉加三倍。 自是無敢及此者。 儻能與有司詳議，白大府密劄奏聞，而陰有以慰戶部及內府諸郎吏之心，然後露章以請，則無曩者壅遏之患矣。

又凡害之已見者，人知憂之； 而伏積於無形者，則昧焉。 往者遂寧張公子為懷寧縣令，謂周官『荒政，弛山澤之禁』，令民得縱漁樵。 自是以後，歲小祲，邪惡民千百為羣，決隄防，毁墳禁，莫可禦止。 古者山澤隸於官，故弛其禁以利民； 今則民力所自營而租賦之所從出也，可任其相劫奪乎？ 用此二十年中，皋陸陂池少遠於宅舍者，民皆棄置而不務孳息； 薪材魚鼈，價踴三倍，使常利坐失於伏闇之中，而亂心生於理平之日，非早遏其流，異日必為亂本。昔宓子治單父，齊師將至。父老請曰：『麥已熟矣，請使邑人出自刈傅郭者。』三請，宓子不許，曰：『寧使齊人刈之，令吾民有自取之心，其創必數年不息。』此仲尼之徒深明於先王以道立民之意也。

其他法久弊生而宜革者，如鋪設總甲以稽竊賊，而為賊謀主；江置汛地以防大盜，而為盜窟；宅里立鄉約保正以息爭察訟，而鬭辨繁、壅蔽生。執事久官南中，聞此必熟矣；若能與所司詳議而改紀之，俾良有司奉行有成效，則下其法於諸郡，非一時之利也。

凡茲所陳，或關於大府，或責之有司，或議於同官，執事皆可為之樞紐。若官中之事，以執事之仁明，必曲得其次序久矣，無待於某之瀆告也。

録自望溪文集卷六。

與安溪李相國書

老母數日痰氣襲逆，倍甚於前，晝夜無寧晷。某於此時尚何心及外事，而有不得不為閣下言者：昨聞某官虧空一疏，遠近爭駭；果用其議，則旬月中，故吏誅戮者數千人，械繫而流者數千家；期年之內，天下郡縣承追之吏，奪官者十八九。凡今之吏，孰是畏名義而輕去其官者？操之太蹙，必巧法別取以求自脫；恐繼自今，愚民得安其生者鮮矣。聞大司寇韓城張公止其議至再三，彼於同官尚不忍其動於惡，況閣下日與夫子議政於廟堂，而可使國立謗政，民滋其毒哉？

又聞在事者多云：『天子不嗜殺人，將從末減，放流而止耳。』嗚呼！刑罰之施，惟其當否耳。使所虧庫金，果羣吏侵欺以便其身家，雖誅戮之不為厲；而陷此者，多困於公事採辦與大吏之誅求，其坐驕奢不節者，十無一二焉。故數十年來，執法者明知其弊而姑寬假之。即若以放流為輕罰而可亟施，則未知其去死刑一間耳。以某身言之，聖上赦其死罪，又免放流；而老母之北行也，家人以赴任為言，舟車之適，與無罪者等，徒以異水土思鄉井而遘此篤疾。今諸公不昌言某議之非，而徒恃天子之寬仁；萬一果如所料，用其議而從末減，則此數千家老弱無罪而死者，不知其幾矣。

閣下嘗語余曰：『聖人之心，即吾人之心也。今使吾人殺一無罪而得為王侯，必不為也；則聖人之不以天下易此，無疑也。』某嘗誦之，以為明道之言。然則閤下宜用此言於今日矣！以去就爭之可也。荀子曰：『馬駭輿，則君子不安輿；庶人駭政，則君子不安位。』體國之義，當重以為憂，非徒望閤下為盛德事。伏惟鑒察！不宣。

録自望溪文集卷六。

與徐司空蝶園書

河北諸路旱荒，聖主減膳弛縣，詔廷臣言事，而羣公未聞進嘉謨以佐百姓之急者。夫備災宜豫，非倉卒所能舉。今野荒民散，而新穀不生，所可為者，惟無使舊穀妄耗耳。古之治天下，至纖至悉也，故蓄積足恃。周官：凡酒皆公造，民得飲酒，獨黨正族師歲時蠟酺耳。漢制：『三人無故共飲，罰金一鍰。』三國時，家有酒具，行罪不宥。誠知耗嘉穀於無形，而眾忽不察者，惟酒為甚也。

今天下自通都大邑以及窮鄉小聚，皆有酤者；沃饒人聚之區，飲酒者常十人而五，與瘠土貧民相校，約六人而飲者居其一。中人之飲，必耗二日所食之穀；若能堅明酒禁，是三年所積，可通給天下一年之食也。其藏富於民，與古者耕九餘三之數等。孟子曰：『聖人治天下，使有菽粟如水火。』豈寃言以欺世哉？凡民間用酒，莫宜於祭祀婚姻，然周公制法：『不耕者無盛，不績者不衰。』祭無盛猶可，況以歲凶而去酒乎？至公家之事，不過歲祭孔子廟及賓興鄉飲，有司自可及時以釀，周官所謂事酒是也。

今功令通禁燒秫為酒，而他酒及酒肆無禁；故眾視為具文，而官吏反得因緣以為姦利。宜著令：凡酒皆禁絕。令到之日，有司巡視鄉城，已成之酒皆輸公所，俾其人自賣而官監之，盡而止；過此以往，有犯禁者，其店房什器官沒之。若私釀於家，則紳衿褫服，白衣決杖。罰用漢法，凡境內有酒肆而有司不能禁察者，奪其官；首舉者，賞五十千。夫周公當重熙累洽、年穀順成之日，而使天下有祭無盛、喪無衰者，非故欲拂人之情也，不如此，不足以齊眾阜財而使長得其樂利也。俟數年之後，穀粟陳陳相因，然後用漢法變而通之，間歲官賜民酒戶三斗，俾儲以共祭祀婚姻養老疾； 有非常之澤，然後賜酺。如此，則政有常經，且可以正民之禮俗矣。

世人樂因循偷苟，有述古事陳古義者，輒目為迂闊； 然自公卿大夫吏士務適時宜而羞為迂闊者，蓋數十年於兹矣，則其效可睹矣。太夫人春秋高，不敢告公以難行事，如此類，言之者無過，而實良圖。望宿留聱言。

録自望溪文集卷六。

與徐司空蝶園書

公體中尚未霍然，不宜以外事相擾，而有不敢緩告者： 近聞漕船膠東濟寧以北者，七千七百有奇，沿途剽劫，百十為羣。計每船篙工不下十數人，皆奇民無家，獷悍酗博； 平時回空，官督晝夜兼行，暫時停泊附近村落客船必遭竊攘； 況聚十餘萬飢寒之人，連屯數百里內，又承東土凶饑盜賊之後，設有猾桀者乘此瑕釁，恐不獨沿途居民之害也。公宜密劄奏聞，乞上察訪，早為區畫。

又聞湖撫以兌漕期悞，請改雇民船。議下九卿，各省將用為式。夫漕船官具，衛丁本有秩廩，故量給資糧，以募篙工； 然猶私載民貨，多方補苴，始能訾給。若雇民船，其費數倍，官不能具，必抑派里民，則賦法不可問矣。七月間，楊君千木自河上以書來，言聞通倉陳米充溢，宜停運一年； 歲祲之地，其糧聽有司出糶，俟秋成仍糴滿原額，分兩年帶運。如此，則民食可充，漕船可修，河道可治。此利之顯見者，尚未知中有伏害否？幸與練事者詳議之！

又自今年來，各省報荒，不約而同辭，不請賑，不請蠲，但乞減價糶常平倉粟，事後仍率屬蠲補。夫常平倉粟之空十餘年矣，此天下所明見也。此議行，則糶粟之價，補倉之粟，必有所出； 不識有司皆自其家篋金輦粟而至乎？抑粟與金天降而地出乎？是被災之地，轉應苛斂庫金數十萬； 秋成之後，加徵倉粟數十萬。繼自今，災民惟恐有司之報荒，而主計者且利荒報之踵至矣。

公位正卿，年七十，宜日夜求民之疾，詢國之疵，而上言之。上方鄉公，又閔公衰疾，僕任其無大咎。若因此失官,則亦可以暴平生之志,謝眾口之責矣。惟公熟計而審處之!

與常熟蔣相國論征澤望事宜書

録自望溪文集卷六。

僕聞古之制戎狄者,欲大創之,則必堅壁以示之弱,躄縮佯敗以驕之,委之畜產財物車甲以中之,使狃於屢勝,深入逐利; 然後設伏要擊,一舉而撲滅之,李牧之守趙邊是也。漢武設謀馬邑,蓋用牧之遺教,不幸為單于所覺,故不得已而與之毒逐於沙場。然其行師,近者不過數百里,遠者千里。惟絕幕之師,衛、霍並出,窮戰比勝,為千古所震耀。然師之所極,不過二千里,臨翰海而止耳。自是匈奴遠遁,幕南無王庭,則漢亦不復追躡矣。蓋道里可計,日月有期,饋餉相踵,芻牧以時,吾之士氣未衰而馬力未竭也,然後長技可用,而敵不能支。

其成功於絕域,惟貳師之服大宛,陳湯之滅郅支,常惠之折龜茲,而是三者,皆非行國也。其城郭邑聚、人民產業不可移徙,則其心有所繫,力有所極,而吾之計謀有所施。是皆循數推理而知其必然,非幸勝也。蓋郅支畏漢遠徙,依康居以國,而不禮其君,殺其女,徧虐其國人,則先自敗而瑕釁可乘矣。漢自武、昭立都護,治烏壘,據西域之中,屯田積粟,厲兵撫眾者四世,則地利得,形勢強,道路悉矣。烏孫諸國皆承漢節,同時而發其兵者十五王,則郅支之羽翼盡矣。入其境,呼康居貴人與定謀,傅其城; 康居以萬騎環城而備其逸,郅支單于聞漢兵至,欲去,疑康居怨己,為漢內應。又聞烏孫諸國兵皆發,自以無所之,已出復還,則計慮周矣。 郅支既滅,計其戰死生虜及降者不過三千人,而漢以十五倍之眾壓之,是謂步師衽席之上,取敵囊檻之中,必克而無疑者也。至於龜茲,則國尤小,道尤近,故不戰而自屈。惟大宛之師鑿空創始,用力甚艱。然自衛、霍屢出,斬馘動數萬,單于慴伏,威震百蠻,而甲卒之屯酒泉以北者十八萬。故貳師再行,當道小國,莫不迎軍給食,遂屠侖頭,平行至宛,則所憑之勢厚矣。然天下騷動,傳相奉伐宛漢兵之出燉煌者六萬,負載私從者不與焉,而終不能入其中城。軍入玉門者萬餘人,故自前世皆以為得不償失也。然前世之藩籬在邊塞，而我朝之藩籬在四十八家；故謂澤望跳梁，可置而不問，皆未知聖祖皇帝之廟謨與我皇上之遠慮者也。但其地絕遠，非旬月可到；又逐水草移徙，無城郭可指。其鄰近之國，雖仰我威德，至於臨敵決機，恐未能實心効命。萬一我師既至，而彼復遷徙鳥舉，則前勞盡棄，後策益艱。專制閫外者非不知此也，徒以造謀未審，暴師踰年，勞費已深，而無尺寸之效，恐聖主責言，無辭以對。故堅持前畫，謂賊有可平之道，遷延歲月，以緩譴訶，而不暇為國長計耳。

以今之勢，莫若先為不可犯，以待賊之瑕釁；相度山川面勢，道里走集，擇可耕可牧之地，宿兵屯田；召募邊民習苦耐寒者，塹壕築壘，據其中央，臨制四旁，俾近西内屬諸部有恃以無恐。賊至則併心一力，彼此相援，乘機阻隘，必使大創；賊不至，則深耕廣蓄，牧馬練士，以揚軍聲。然後以本朝威信，漸披其與國；嚴邊市之禁，使王侯貴人非邀恩賜予，無由得錦繡、采繒；部人非通邊市，無由得茶布絮纊、養生送死之具。使其鄰近部落，一如漢時西域諸國，兵可發，君長可呼。然後明暴孽賊之罪，布告諸部：有與交通者，永絕互市；有能破其軍擒其將者，以功小大，厚立賞格，使上下欣羡；有能連兵合謀執其君以獻者，即分其土地人民以予之，賜金百萬，他物稱焉。使孽賊孤立恫疑，而與四鄰相猜；然後可俟其瑕釁，一舉而撲滅之也。

僕荷兩朝聖主如天之仁，斷脰刳心，不足為報；而辱公以古義相取，幾三十年。願俟獨對之頃，剴切直陳，雖不能遽奪眾議；而聖明天縱，一二載後必重思公言，而審定國家之本計矣。望毋以為老儒之常談而忽之！

録自望溪文集卷六。

與顧用方論治渾河事宜書

康熙三十七年，直隸巡撫于成龍以渾河衝半壁店，近其祖墓，奏改河道迤東入澱。安溪李相國繼撫直隸時，僕屢為切言：『奏復故道，當如救焚拯溺，少遲緩之，即不可為謀，後三十年近畿之地，無罪而死者不可數計矣。』今不幸而所言已驗。昨見吾友與直督李合奏河道事宜，源流利病，鑿鑿有據，且欲為永久計，具見賢者忠實惻怛之心。但不識更改河身廣拓遙隄之後，渾流遂不入於淀邪？若仍入淀，則可免淀外之衝決奔騰，而終不能免淀中之淤塞，其患正方興而未艾也。蓋直隸之有二淀二泊，乃天心仁愛斯民，於大地凝結時，設此大壑，以受塞北畿南之眾流，以免多方之昏墊；而于成龍乃以私心一舉而敗之，至今已成錮疾。若更不能原始要終，定其規模而底績焉，則終潰敗而不可收拾矣。

竊思所奏，謂『故道已為旗民田廬所占，復之甚難』，是也；而僕之愚心，則謂復於安溪作撫時，則有利而無害；至於今，雖不畏難不惜費以復之，止可少獲數年之安，而終無救於十數年以後之大患；審形察勢，決然無疑。

吾友試思：自改故道未四十年，而二淀已填淤過半；而自前明以至康熙三十七年，渾河之水未嘗不由淀以達運河，而絕無填淤，其故果安在哉？議者謂故道南入會通河，流清而甚駛，故無停淤。此得其一，而未知其二也。河流雖駛，能盪刷泥沙使不停耳，能使泥沙別出於兩淀之外哉？蓋緣夏水未起之前，秋汛既落之後，渾河經流，本不甚大，其挾眾壑之泥沙而沛然莫禦者，惟伏秋之漲為然；而河行固安、霸州時，其故道本無隄岸，故散漫於二邑一二百里之間，旬日水退，而土人謂之鋪金地者，皆泥沙之所停也。停於二邑之平地者多，則會於清河而入淀者少，而又以數百里之深淀容之，故三百餘年雖少淤淀底，而不見其形。自故道既改，則渾河之泥沙，無纖微不入於淀，故三十餘年而填淤過半。淀既半淤，則故道雖復，而由會通河入淀之道及西淀之中必所在淤塞矣。雖歲加挑濬，人力有限，十年之後，終不能免全淀之盡淤。淀既盡淤，則子牙河挾畿南諸水以入淀者，勢無所容，必橫穿南運河；渾河挾塞門諸水以入淀者，勢無所容，必橫穿北運河；更遇伏秋異漲，則近河之地，城郭人民皆一朝而化為巨浸矣，尚忍言哉！

今欲為河道民生永久之計，必別開河道，俾濁流不入淀池，直達於淀河下流之丁字沽，而留東西二淀未盡填淤者以受會通、清河及子牙河伏秋之漲，然後可得數十年之安。苟得數十年之安，而時時修築挑濬不失其宜，則亦可永久而無患矣。

僕之愚心，欲循三角澱之外，迤邐而南，別開一河，廣三十丈，深五六丈。河成，乃於春水未起，秋汛既過之後，引注濁流於其中，而閉其入澱之道。河形磬折而斜入於丁字沽，去三岔口、海河不過十餘里。但於十餘里間，開拓運河西岸之隄，使河身寬闊足以容納衆流；而增培運河東岸之隄，廣厚一倍，以防其震撼，則可保無虞矣。且於新開運河二十里之外，順河身延築遙隄，使伏秋汛漲有所遊盪，則不致更有衝決矣。

僕未嘗身經其地，惟按圖籍循數推理而建此議，不若吾友躬臨目見昭晰無疑。望審其形勢，揭其情狀，以開愚蒙。如或可行，即改前議而懇陳之。古之君子功不必自己成，謀不必自己出，惟期分國之憂，除民之患耳。況茲事體大，實億萬人生死所關，而非一世之利害哉。

昔世宗皇帝命怡賢親王總理河道營田，首命別求一道，俾渾河直達海口而不入澱。聖謨洋洋，一言而盡京畿之地勢，究河道之源流矣。若能奉先帝之遺意，除蒸民之劇憂，定此遠謨，萬世永賴。在皇上則為輔相天地之實事，在吾友則為保障億兆之奇功；而僕四十年胸中之痞塊一旦消釋，亦可以死不恨矣。若大綱既定，其餘節目，當續布之。

録自望溪文集卷六。

與呂宗華書

仲春使歸，一札想已徹。僕曩者妄刪崑山徐氏所刻宋元經解，嘗為吾兄略言之而未悉也。是書卷帙既多，非數十金不可購。遠方寒士有終其身不得一寓目者矣；有或致之，觀之不能徧也；有或徧之，茫洋而未知所擇也。僕幸童稚時，先君子口授經文；少長，先兄為講注疏大全，擇其是而辨其疑。凡易之體象，春秋之義例，詩之諷喻，尚書、周官、禮記之訓詁，先儒所已云者，皆粗能記憶。藉是為基，故是編之刪，雖不敢確然自信；然大醇而不收，甚駁而妄取者，則鮮矣。

僕始從事於斯，以為一家之說未徧，則理或有遺而心弗能饜也，雖至膚庸，甚者支離謬悠，而一語未詳，終不敢決棄焉。及徧一經，然後知三數大儒而外，學有條理者，不過數家，而就此數家之中，實能脫去舊說，而與聖人之心相接者，蓋亦無幾。因復自惜，假而用此日力，以玩索經之本文，其所得必有過此者；然積疑之義，未安之詁，發書終卷，必一二得焉，則又治經者所不可廢也。自惟取道之艱，思竭不肖之心力，以為後學資藉，俾得參伍衆說，而深探其本源，遂過不自量而妄刪焉。矻矻於車船奔迫、人事叢雜中，蓋二十餘年，而後諸經之說粗畢。惜方删取時，計此生不能更周覽，凡可有可無之說，多過而存之。又宋、元諸儒，文字繁委，頗有數語可盡，而散漫至千百言者，皆未暇泠汰。兩年以來，衰病日深，大懼此業不卒，將抱終古之恨。欲於南中招學子數人，編而錄之，次第郵致，更加討論，排纂成書；而量其程期，役必浹歲，計所訾給，歲必百金。朋遊間近有一二人為倡，而苦無繼之者。是書之成，豈惟蒙者二十餘年日力所耗竭哉？實數百年儒先精神所併注也。果能卒業，異日遇有力者傳而布之，俾承學之士，苦於崑山原刻之難致，與觀之而難徧者，一旦饜足其心，而省其功力之十八，其為踴躍當何如？又況支離謬悠之說，始學無主，多見謂新奇，或棄周行，趨邪徑，以自投於荆棘，賊經侮聖，日蔓以延，廓而清之，以為斯道之閑，所關豈淺小哉！此僕區區所以重惜其無傳也。

然是書不難於異日之傳布，而難於目前之編錄，衰疾之身，懼且不能待矣。吾兄家故貧，洗手奉職，自無力以及此。然此宇宙間一公事也，凡辨書名，有心有目者，皆與有責焉。惟宿留斯言，苟遇其人，則誠告之，或有自遠而相應者與？僕與吾兄，非世俗之好也，餘生之事，惟兹為急，是以敢切布之。

録自望溪文集卷六。

答尹元孚書

九月十月之交，舊疾復作，寒戰喘急，守氣幾不能自存，不期望後漸平，手札到日，已能倚牀而坐。今食飲有加，憑几觀書，可至十數頁。自矢必嗣事於儀禮，未審能卒業否？

太夫人葬祭之禮，酌今古而取其中，甚愜予心。惟虞後更有卒哭之祭，尚仍舊說。又於謝賓引四禮疑、儀禮節略語，顯與經背，不知新吾、高安何疎忽至此？宜究切而辨正之。

令嗣長君秀偉，始相見，即告以英華果鋭有用之日力，不宜虛費於時文。今居大母之喪，自達其情而應乎禮經，乃聞見中所寡有，又欲置科舉之學而學禮。偉哉，能如此設心，即聖人之徒也。北方之學者，近有孫、湯，遠則張、程，不過終其身不違於禮而已。孔子之告顔淵，惟以非禮自克。蓋一事或違於禮，一時之心或不在於禮，則吾性之信智義仁皆虧，而無以自别於禽獸。長君信能設誠而致行之，天下後世將推原於賢父之倡正學，大母之集天休，於世俗所謂功名，洵可以視之如敝屣矣。而賢欲使從學於某，則不敢自匿其情。戴記七教，分朋友而為三，朋友之長者即師也，其幼者即弟子也。師之道，周官復分而為二：以賢得民之師，乃大司樂職所謂有德者也；以道得民之儒，即大司樂職所謂有道者也。曩者賢通書於某，辭意類孔、石二公之於孫明復。固辭至再三，而意益誠，語益切，遂不敢終辭。蓋以師儒之義，不明於天下久矣；使時人得聞孔、石二公之義，實有關於世道人心，而孫氏之説春秋，某自忖省，亦可以無愧焉。今長君欲學孔、顔之學，非兼道德而有之如程、朱者，不可以為師。某章句陋儒，雖粗知禮經之訓詁，於外行疏節，亦似無瑕疵，而清夜自思父母兄弟，無一不負疚於心，所謂薄於德、於禮虛者也，何足以為長君師？而賢又擬之西山父子之於考亭，則於賢亦為過言矣。管子曰：『任之重者莫如身，塗之畏者莫如口，期而遠者莫如年；以重任，行畏塗，至遠期，惟君子乃能矣。』古之以禮成其身者，類如此，而世尤近，事尤詳，莫如朱子。長君果有志焉，一以朱子為師足矣。必欲受業於愚，則講其節文，而導之先路，竊比於胡、李、二劉而已耳，所以自成，必於管子所云，日自循省焉。望更以此申告之！

録自望溪文集卷六。

答申謙居書

李渭占至京師。見足下所為聖木行狀，無世俗蕪濁之氣；因謂如此人當益勸學，俾治古文。適得來示，乃復記憶丙戌之春，聖木為言生徒中有秀出者，即足下也。

僕聞諸父兄：藝術莫難於古文。自周以來，各自名家者，僅十數人，則其艱可知矣。苟無其材，雖務學不可強而能也；苟無其學，雖有材不能驟而達也；有其材，有其學，而非其人，猶不能以有立焉。蓋古文之傳，與詩賦異道。魏、晉以後，姦僉污邪之人而詩賦為衆所稱者有矣，以彼瞑瞞於聲色之中，而曲得其情狀，亦所謂誠而形者也。故言之工而為流俗所不棄。若古文則本經術而依於事物之理，非中有所得不可以為偽。故自劉歆承父之學，議禮稽經而外，未聞姦僉污邪之人而古文為世所傳述者。韓子有言：『行之乎仁義之途，遊之乎詩書之源。』茲乃所以能約六經之旨以成文，而非前後文士所可比並也。姑以世所稱唐、宋八家言之，韓及曾、王並篤於經學，而淺深廣狹醇駁等差各異矣。柳子厚自謂取原於經，而掇拾於文字間者，尚或不詳。歐陽永叔粗見諸經之大意，而未通其奧賾。蘇氏父子則概乎其未有聞焉。此核其文而平生所學不能自掩者也。韓、歐、蘇、曾之文，氣象各肖其為人。子厚則大節有虧，而餘行可述。介甫則學術雖誤，而內行無頗。其他雜家小能以文自襮者，必其行能少異於衆人者也。非然，則一事一言偶中於道而不可廢，如劉歆是也。然若歆者，亦僅矣。以是觀之，苟志乎古文，必先定其祈嚮，然後所學有以為基，匪是，則勤而無所。若夫左、史以來相承之義法，各出之徑塗，則期月之間可講而明也。

來示云三至京師，聞僕避客，次且而不進。僕敢自侈大哉？凡叩吾之廬，多汲汲於名稱，而欲僕為之羽翼者也；如是，則務學之根源絕矣。僕疾病衰疲，安能舍己所務，與之佔佔而喋喋乎？若足下資材既有可藉，而渭占又極言內行之修，固所願見而重以此事相勖者也。

八家集，僕無暇點定。足下所知識有在京師而能任此者，當以舊本付之。是不可得，則俟會面而講以所聞。僕嘗為禮儀喪服或問，戴記附焉；此人道之根源，以足下方讀禮，錄其易忽者數條以質，惟切究之。余不贅。

錄自望溪文集卷六。

答程夔州書

散體文惟記難撰結，論、辨、書、疏有所言之事，誌、傳、表、狀則行誼顯然，惟記無質榦可立，徒具工築興作之程期，殿觀樓臺之位置，雷同鋪序，使覽者厭倦，甚無謂也。故昌黎作記，多緣情事為波瀾。永叔、介甫則別求義理以寓襟抱。柳子厚惟記山水，刻雕眾形，能移人之情；至監察使、四門助教、武功縣丞廳壁諸記，則皆世俗人語言意思，援古證今，指事措語，每題皆有見成文字一篇，不假思索。是以北宋文家於唐多稱韓、李，而不及柳氏也。

凡為學佛者傳記，用佛氏語則不雅，子厚、子瞻皆以兹自瑕，至明錢謙益則如涕唾之令人嗀矣。豈惟佛說，即宋五子講學口語亦不宜入散體文，司馬氏所謂言不雅馴也。

寄來二作皆不苟，所薙芟數語，乃時人所謂大好者，他日當面析之。此雖小術，失其傳者七百年，吾衰甚矣，兒章粗知其體要，不幸中道殂。賢其勖哉！

録自望溪文集卷六。

與陳密旃書

數年前與公始相見，窺其意象，即不類於時人。自是每見滇、黔人士至京師者，必問當官實政，稱循良者不約而同；又徵於同官南中者，果不悖於所聞。故客冬方呻吟枕席間，聞公至，蹶然而興，再過寓齋，不覺其言之長也。

適接來示，知所云果刻著於心，而力言於大府。不惟喜宇宙間又得一實心體國之人，足為民依。且自喜於天下賢人君子，每一見而得其崖略，欣暢如何！

監司之體，在辨屬吏之清濁，而遴來廉辨敏肅者，尤當觀其所由。以為義之所宜，心之所不安而然者，必能明政恤民，久而不變；其怵於功令，謹身寡過者次之；別有文深躁競之吏，假此以速進取，則其終，不至於寇虐詭隨而忍為大惡不止。凡善伺上官指意，而操下如束溼薪者，皆此類也。

位者天位，職者天職。其賢者能者，雖有憎怨，必釋吾憾而任舉之。其不為民所賴者，雖吾近親尊屬，必斥而去之。壹以官為準，壹以人為衡，吾之愛憎喜怒無幾微可雜於其間，而況親故之請屬、長官同僚之意鄉乎？

往者安溪李文貞巡撫畿內，僕有親故為屬吏，公將擢之，僕力言其非人。河間王振聲曰：『子與夫人終不相見乎？』僕曰：『何為其然？使無播惡於衆而自驅於罟擭陷阱之中，乃所安全而愛厚之。』其後果大刻於民，不終其官。乃謂僕無妄言。足下久練世事，無可効於左右者，故偶及此，想賢者所見固然，亦無俟僕之瀆告也。

建昌果廉能，宜早思所以處之。恐足下驟遷他省，雖知其善，不可如何。惟審察之！

録自望溪文集卷六。

與某公書

接來示：『自分此生，恐無緣更畢志於經學。』此嗜學者之衷言也。然古之人得行其志，則無所為書。聖人作經，亦望學者實體諸身，循而達之，以與民同患耳。一命之吏，苟能職思其居，天德王道，將於是乎寄焉。矧膺古牧伯之任，環地數千里，視其注措以為休戚者乎？

僕竊觀近代所號為鉅人長者，大率以生人為仁，而不知生其所不當生，則仁於生者，而大不仁於死者。以有容為德，而不知容其所不可容，則德於有罪者，而大不德於無辜者。傳曰：『惡人在位，弗去不祥。』惡在他人，而引為己之不祥何也？力能去之，而任其播惡於衆，則惡非其惡也。是謂拂天地之性，而虧本心之明，無不祥大焉。

抑又聞君子之行，必嚴於終。往者環極魏公踐履淳實，立朝諤諤，為勢家所憚。造辟之言，天下矜誦，以為無愧古賢，而論定之後，竟不得與湯、陸齊稱，徒以巡察畿輔，不復有特操耳。孝先張公天資渾厚，可欺以方。其撫江蘇，間有過舉，未愜衆心。一旦奮不顧利害，排擊儉壬，然後平生志事，昭然若揭日月而行。吾子歷令、守、監司，漸登大府，仁聲義問，所至翕然，惜無由著直節於中朝。然就今所居之地而言，其職之所當言，則視張為易，視魏則尤易矣。信能舉邦人所重足而望，海內士大夫所傾耳以聽者，揚於王庭。使天下知儒者之學，剛柔無常，應物而動，皆可以為後世標準，其有功於聖道為何如？又安用口吟手披，為處隱就閒者之經學哉？

僕晚交得吾子，道義之合，視平生昵好，殆有過焉。

故所以致相愛重之道者，惟兼魏、張之直節，而比肩於湯、陸。幸無以為妄言而漫聽之！

録自望溪文集卷六。

與李覺菴書

適聞足下改官巡撫山東。足下門望資格，得此非過，而僕若有意外之幸者，以舊遊齊、魯間，私心所蓄，欲藉手於足下以發其端緒也。

僕嘗謂今居古岳牧之任者，不在飾小仁著小義，惟當建設長利，廣厲風教，為國家厚根本。僕嘗自濟寧赴清河，道經馬闌屯，彌望不見邊際，地沃衍而無居人，窮日之力始抵逆旅。茅屋數區，舍後麥高六七尺，其莖不足以任其穟。問何以無耕者，曰：『每水至高丈餘，則廬舍沒矣。』僕生長山澤，習農事，凡下地利圩田，築隄障水而人耕其中，時蓄洩，歲入倍平壤。江介故有大澤，南宋時，土人獻策，開永豐、太平諸圩，六七百年以來，宣、歙諸州皆仰食焉。永豐、太平之隄，有高至三丈者，今馬闌屯水深才丈餘耳。苟訊之土人，校三十年內，水最大時高幾許，其土之粘埴而便為隄者何所，域其地之三四以為圩，歲得穀當數百萬斛，而東南之漕可減半矣。

僕又嘗客淮、揚間，見河壖棄地多肥美，問何以然，曰：『恐歲祲而責稅急也，或既墾而原占者來爭也。』往者聖上免各省歲賦，動數十百萬。儻能上聞：當豐年存山東歲賦之半，俟荒祲募民興築，相地勢所宜，為大圩數區。起其土以為隄，而環隄為大川，通溝澮相輸灌以利船舟。官治廬舍，給牛種，募民耕之，此上策也。其次，則先使富民試之，豫為奏請，堅明約束：有能開地為圩者，便與為世業，可私買賣，敢以故籍爭者，重罰之。土熟二十年，而後薄徵其租賦。苟一人得其利，則繼者不召而麇至矣。夫長利所以不舉者，以眾不能見其端而憚於作始也。使永豐、太平之圩不築，則至今為巨浸耳。聞徐、豫、兗、冀間棄地，與馬闌屯相類者甚眾，使次第修舉，雖東南之漕可全罷也。古之聖人能使菽粟如水火者無他焉，務博民於生穀而土無遺利，所謂善富天下者，取之於天地也。

又僕曾經孟廟，旁殿塑像為老婦，曰：孟母也。後殿為少婦，美容飾，曰：此夫人也。古者虞祭而外，春秋常祀，皆有男尸無女尸，惡其褻也。子孫於先妣，猶不為尸，況設少婦之容於宮牆瞻仰之地哉？不意孟氏後裔愚蒙至此！宜即開諭，使易為木主。又聞齊、魯間，盛興三教祠，雖闕里亦有之。宜令有司奉至聖先師塑像，瘞之學宮。其祠仍聽合祀釋迦、老子。凡此皆世人所目為迂闊不急之務也，而教化之興，實由於此。

抑又聞郡守縣令，民之師帥，所使承流而宣化也。乃今守令以諸生為蟊賊，諸生視之如仇，上下交相疾，而望教化之行也得乎？往者長沙陳公滄洲守江寧，始至即諭：『諸生有行誼修飭而進見以求益者，吾與之為賓主之禮。其毀廉隅證爭訟者不禁，但檄諸縣簿載其名，歲終報府，俟督學按試時上之。』終公之任，諸生無證訟者。及公在理，士民號泣而從，如急父兄之難。然則謂士不可以教諭者，妄也。

俗之敝，民之疵，蓋非一端。茲政教之尤大者，足下果能信而行之，當悉所聞，繼以進。

録自望溪文集卷六。

與萬季野先生書

僕性資愚鈍，不篤於時，抱章句無用之學，倔強塵埃中，是以言拙而眾疑，身屯而道塞。獨足下觀其文章，察其志趣，以謂並世中，明道覺民之事將有賴焉。此古豪傑賢人不敢以自任者，昧劣如某，力豈足以赴其所志邪？某於世士所好聲華，棄猶泥滓，然辱足下之相推，則非唯自幸而又加怵焉。蓋有道君子，重其人則責之倍嚴，使僕學不殖而落，行不植而敧，足下將有不得於心者，此僕所以每誦知己之言而忻與惕並也。

蓋嘗以古人之道默自忖省，其無所待而能自必者，獨先明諸心為善不為惡而已。至欲體道以得其身，非極學問思辨之功所謂篤行者，終無本統。僕先世雖世宦達，以亂離焚剽，去其鄉縣，轉徙六棠荒谷之間，生而飢寒，雜牧豎朝夕蘇茅汲井，以治饔飧，未能專一，幼學優遊浸潤於先王之遺經。及少長，則已操筆墨，奔走四方，以謀衣食。或與童蒙鉤章畫句，嗷譟嚶嚶；或應事與俗下人語言，終日昏昏，憊精苦神。其得掃除塵事，發書翻覆者，日不及一二時。古之謀道者，雖所得於天至厚，然其為學，必專且勤，久而後成；故子曰『發憤忘食』，其學易也，曰『假我數年』。今僕智識下古人千百，而用功乃不得十一，如乘敝車罷牛，道長塗，曲艱絕險，又值樛枝盤根，絓其縿而闗其軸，不亦難乎？以此知士有志於古人之道，不獨既成而行，有命；其成與否，亦天所命也。然行之以不息，要之以至死，其有得於身與有得於後，則吾不敢知！南歸後蹤跡，具與崑繩書。幸索觀，時賜音耗，以當講問，吾之望也。

録自望溪文集卷六。

再與劉拙修書

前承命辨別某氏詩說，倉卒奉答，姑就所云，略為剖析，而私心所蓄，未能盡吐，謹續布之。僕少所交，多楚、越遺民，重文藻，喜事功，視宋儒為腐爛，用此年二十，目未嘗涉宋儒書。及至京師，交言潔與吾兄，勸以講索，始寓目焉。其淺者，皆吾心所欲言，而深者則吾智力所不能逮也，乃深嗜而力探焉。然尚謂自漢、唐以來，以明道著書為己任者眾矣，豈遂無出宋五子之右者乎？二十年來，於先儒解經之書，自元以前所見者十七八。然後知生乎五子之前者，其窮理之學未有如五子者也；生乎五子之後者，推其緒而廣之，乃稍有得焉。其背而馳者，皆妄鑿牆垣而殖蓬蒿，乃學之蠹也。

夫學之廢久矣，而自明之衰，則尤甚焉。某不足言也，浙以東，則黃君藜洲壞之；燕、趙間，則顏君習齋壞之。蓋緣治俗學者，懵然不見古人之樊，稍能誦經書承學治古文，則皆有翹然自喜之心，而二君以高名耆舊為之倡，立程、朱為鵠的，同心於破之，浮誇之士皆醉心焉。夫儒者之學，所以深擯異端，非貴其說之同也。學不明，則性命之理不順。漢代儒者所得於經甚淺，而行身皆有法度，遭變抵節，百折而其志必伸。魏、晉以後，工文章垂聲於世者眾矣；然叩其私行不若臧獲之庸謹者，少遇變故，背君父而棄名節，若唾溺然。由是觀之，不出於聖人之經，皆非學也。乃昔之蠹學者，顯出於六經之外，而今之蠹學者，陰託於六經之中，則可憂彌甚矣。如二君者，幸而其身枯槁以死，使其學果用，則為害於斯世斯民，豈淺小哉！

僕於朱子詩說所以妄為補正者，乃用朱子說詩之意義，以補其所未及，正其所未安，非敢背馳而求以自異也。程子之說，朱子所更定多矣。然所承用，謂非程子之意義可乎？

吾兄謂小序亦不可盡廢，最為平允。然其無據而未甚害義者，朱子已過存之。其已删而猶可用者，以鄙意測之，不過風雨、伐檀、蒹葭數篇耳，其所已辯，則終不可易也。有不當者，仍望反覆之！

録自望溪文集卷六。

與一統志館諸翰林書

苞頓首白：僕未受事時，舊志勿論。既立條例後，新纂一郡稿成，隨命學子校勘，次山再之，僕三之，始發謄録，及觀清本，而罅漏又自見矣。班覆之而更寫焉，自視若無遺憾，及各府州志畢萃，而叉牙相抵者且百出矣。諸公勿謂此文事之淺者，心與目畢至焉，而後知其曲艱也。

明統志為世所詬病久矣，然視其書，尚似一人所條次；譬為巨室，千門萬戶，各執斧斤任其目巧，而無規矩繩墨以一之可乎？是書所難，莫若建置沿革，山川古蹟；振奇矜能者，大率博引以為富，又不能辨其出入離合，而有所折衷，是以重復訛舛牴牾之病紛然而難理。不知辭尚體要，地志非類書之比也，所尚者簡明，而雜宂則愈晦。然簡明非可強而能，必識之明，心之專，偏於奧賾之中，曲得其次序，而後辭可約焉。其博引而無所折衷，乃無識而畏難，苟且以自便之術耳。故體例不一，猶農之無畔也；博引以為富，而無所折衷，猶耕而弗耨也。且或博焉，或約焉，即各致其美，而於體例已不一矣。望諸公以公心酌人言，以實心集公事，而毋師其成心，僕敢不虛己以聽乎？

録自望溪文集卷六。

與鄂張兩相國論制馭西邊書

傳貴本作與鄂張兩相國，王本作與蔣張兩相國，文中略有字句不同。三相國皆先生至交，一書蓋通與三公，而標題特舉其二，故偶有不同，觀傳貴本與清河書即正集與蔣相國論征澤望書可知。今標題從傳貴本，文從王本，以文義王本詳備，且傳貴本世既共見，王本世未見也。集中新刻，凡與傳貴本小有不同者，皆據王本也。鈞衡識。

苞聞出位之謀，先聖所戒。然古者國有大事，謀及庶人。周官小司寇『掌外朝之政以致萬民』，王與三公六卿『以敘進而問焉』。蓋以食土之毛，皆有忠君憂國之心；而詢於芻蕘，所以盡天下之耳目思慮以廣忠益也；而士之義又與庶人異，學先聖之道，仁義根於心，視民之病，猶吾兄弟之顛連焉；視國之疵，猶吾父母之疾痛焉。故先王之制，使士傳民語；則己所欲言得自達於君，或因公卿大夫以達可知矣。荀卿論將，以為『事莫大於無悔，至無悔而止矣，成不可必也』。

往歲西師坐失機宜，僕先事為公等言之而卒如所料，其可悔者非一事矣。主將不能料敵制謀，偏裨不能決機應猝，而宿兵絕塞，日引月長。苟非吾君吾相先定其規模以固根本，而徐俟孽賊之瑕釁，則異日之悔，且有不止於是者。苞荷兩朝聖主如天之恩，辱兩相國知愛，不以眾人相視，苟知而不言，是虧仁而愆義也。故敢冒陳其大體，惟詳擇焉！

一、古者守在邊塞，而本朝之守在四十八家；故謂澤望小醜，無事誅鋤，皆愚儒也。懸軍深入，士馬力竭，彼更遷徙鳥舉，則我師不戰而自屈。且山谷阻深，徑路盤互，設以偏師截我輜重，其害將不止於無功。此有心者所同知，有口者所共言，無煩瀆告。苞所慮者，守非其法，與無守等，且將為國宿憂，而別生瑕釁耳。古之制馭戎狄者，必設間示弱，誘使深入，而後能一舉而踣之。姑勿遠引，聖祖仁皇帝親征噶爾丹，惟誘至昭木多，故西師得而邀擊之也。往年之事，儻主將好謀，偏裨材武，用昔人易將減竈之法，設伏警備而大創之，則其氣奪，其謀沮矣。即來寇者他部，使孽賊聞之，亦足以折其姦心。明者不悼往事，苟能懲此而定兵謀，易前轍，則未必非我國之福也。軍志曰：攻不足者守有餘。今若易攻而為守，則用其兵之十三、用其財之十五而泰然矣。十取其三，則兵精；以財之五養兵之三，則士宿飽而能力戰。

賊不至則以休吾力而盡之於溝樹壘屯。賊至則以逸待勞，以鋭擊罷，既得人和，又乘地利，可使匹馬隻輪不返。是謂廟謨，精神可以折衝者也。

一、往年之事，循數推理，造謀者孽賊，而寇掠者非盡孽賊之部也。嚴冬沍寒，地鮮宿草，冰堅無泉，安能舉大衆行數千里而襲人哉？必青海鄰近諸番，深怨年羹堯誘殺其族類，陰附孽賊，聽其指使而伺間竊發。宜詰實於軍將邊吏，而赦其欺蔽之罪；且周諮博訪邊人歲市於諸番者，必具得其跡。其然，則必以鋭師進勦，殲厥渠魁，以彰天討。但國威既立，即可肆赦脅從，開以恩信，使畏威懷德而悔心漸萌，乃可長久。語曰：『強不能偏立，智不能偏謀。』若欲斷絶根株，恐不能盡其種類，是愈堅孽賊之黨而益吾敵也。

一、自孽賊跳梁，先帝命設守於阿爾太，以護西北舊屬諸部；設守於巴里坤，以鎮青海新附諸部。近聞大軍所駐，過此各千餘里，按以兵法，急宜撤還故地。蓋以言進勦，則去賊界尚遠，而馬力既竭之後，輓輸倍難，所謂行百里者半於九十也。邇聞變法，糧至察汗浭兒交卸，更易車馬轉運到軍，其地之人甚以為苦，恐亦未可長久。以言設守，則我軍撤回千餘里，賊若來寇，亦更遠千餘里。其力愈疲，其心愈孤；而我師得還久駐之地，衆心安定，氣勢自倍。兩軍各設左右翼，去大軍百里，駐以偏師，為犄角之勢。並築城堡，壕壘再重，可樹則樹之，近泉則溝之，壕外錯設梅花阬與品字阬。賊至，則所寇之地固守；而無寇之軍更番出勇士數人，篝火緄礮，夜再三擊其營，使驚起即潛歸。賊晝夜不得休息，兼旬之內未有不遁者矣。遁而截其歸途，或衝其肘腋，內外夾攻，不盡殲必大創矣。此所謂帝王之兵以全取勝者也。

一、兵不在多而在精，況遠戍荒徼，勢不能多，但使將得其人，士皆壯猛，衣糧倍加，樂佚輕戰，則一可當十。假而饑寒羸怯，雖多無益。且慮心怨氣餒，臨敵恐駭，一隊奔潰，合軍搖心。阿爾太之地，群山盤紆，徑路回互；我軍設守，則形勢可據；賊欲來寇，則顧盼恫疑。又喀爾喀諸部與彼世仇而託我宇下，便於徵調。戍守之兵，大軍五千，左右翼各二千足矣。巴里坤地勢平曠，餉道少近，大軍可萬人，左右翼可四五千人，以情勢揆之，戍守之地，賊必不敢再窺。主閫外者不徒尚健勇，必得有文武材略識大體者駐阿爾太，則於西北舊屬諸部千里之內，其酋長之智愚，卒伍之勇怯必周知之，嘗試劑度而勤撫馭，俾緩急能為我用；駐巴里坤，則於青海諸部及近邊雜番，必開以威信，使知作慝則勢必翦除，順服則永得安集；而又嚴關塞互市之禁，使其貴賤男女日用必需之物，非誠附於我，必不可得。則賊黨日披，而我軍之勢愈壯矣。

一、徵兵滿萬，不如召募數千。内地且然，況遠戍荒徼，不獨各路徵兵心孤意怯，即召募於山、陝腹内，亦不可用。惟極邊之民，耐寒習苦，天性勇鷙，披甲戴胄，負糒嚙冰，日中而趨百里；用以守禦，則忍饑勞而能力戰，閒居無事，則習耕種而利興屯。但人情非得厚利及有配耦，不能使久居危苦之地。凡應募之兵，實係壯勇，在軍則受兩人衣糧；其有父母妻子，本州縣歲給口糧；五年番代，仍補沿邊行伍；與其家鄰近者，且賞銀五十兩為資本，以贍室家。其有願取妻子長住屯所者，以兩口為限，官為裝載；到屯之日，計口給銀，俾轉資於獨身而倍受衣糧者。十數年之後，屯田大興，丁男漸眾，應番代者，即以在軍丁男充補。田廬相望，姻親作伍，愛護身家，眾心成城，便為金湯重鎮。兩地主將，必任沿邊宿將久著威名者。偏裨必屢經戰陣或素有謀略者。小校簡之行伍，能服百人，始得為百夫之長。如此則爵必稱材，而人思自奮矣。巴里坤兵將專用漢人，而以忠實滿大臣一人贊畫，賜衛卒百人。阿爾太則用滿甲士千並妻子以往，如各省駐防之兵，而使重臣將之，宗室郡王監之。其餘兵將，亦用漢人。凡耕戰責之漢將；撫馭西北諸部，責之滿將；而勑以彼此一心，協規併力，毋得掩功推過，則蔑不濟矣。

一、塞外凡有山之地，其旁即可耕種。又民物所聚，則天地之氣應之而燠。熱河風氣早寒，及聖祖皇帝每歲駐蹕，商農輻輳，末年遂與内地無異，山腰澗側皆宜四種百蔬，其明效也。阿爾太山谷迴互，最宜屯田。巴里坤雖無高山大陵，尚有平岡小阜，旁近土魯番之地，水泉皆熱，頗宜秔稻。且無山之地，但築短垣，高至尋丈，蔽遮西北疾風，以護新生弱植之苗，即可有穫。但人情習於偷惰，而官吏視為具文，故未得其效。凡利之所在，人皆貪、育。宜著功令：應募之兵，除例給衣糧外，但能力耕有穫，歲終加賞，以多寡為差。所收高粱、菽、麥可充軍食者，官出倍價以糴之。其餘蔬穀，聽其以土性所宜，自畜犬豕雞鶩。官吏將校有敢侵牟強丐者，毫髮以上，必置重典。如此，則貧者襁負而至，併力爭時，而土利可博矣。數年之後，屯積既饒，饋餉可減。

又關中沃野千里，古稱上腴，加以河泉可資灌溉，故土人稱：水田百畝，可當山田四五百畝，值歲旱荒，且勝一二千畝。聞鄭、白二渠及寧、靈、涼、肅舊興水田，外如終南沿山州縣與鳳翔之岐山、寶雞，甘州之秦、涼、洮、岷，山泉川浸，可引溉者甚眾，但創始疏鑿，非民力所能任。若設專司，選能吏，依山瀕河，所在相度，發國帑，就農隙，為民通渠引泉，則水利可倍。關中粟多，然後增價招商，而漸致之塞上；塞上粟多，則轉運軍前；較之輓輸於他省及陝西腹內，道齎減半。此似費而實省，暫勞而久逸之術也。

一、自古制馭羌戎，惟恃茶、絲、布、帛、銅、鐵諸物；聞西北諸部，惟澤望絕遠，不仰給於中國；其餘蒙古雜番，非此無以為養生送死之具。年羹堯領川陝，所以能使戰士盡力而民不困於供億者，徒以私人販茶、布於諸番，所獲不貲耳。古者，欲責邊將成功，必使大饒於財。蓋不饒於財，無以養奇策之士，則不足於謀；無以恤戰士，則難作其氣；不能厚雄毅過人之士，則不能責其臨敵奮死以為倡。況縱間諜，鉤敵情，非有重賞深恩，能使出入於死地而不貳乎？今出奇計，宜禁一切出口之貨而立四市：西北諸部，則立市於阿爾太；青海諸部及雜番，則立市於巴里坤；縱商賈轉貨，而官司之，非歸附本朝者，不許互市，則近我諸小部，不招而自來，不約而自固矣。其東北舊屬諸部，則立市於東邊；西南徼外諸部，則立市於四川、雲南邊界；皆略計來市各部人口眾寡，而量出之，無使多取而轉販。阿爾太、巴里坤市租，即賜主將偏裨，使繕戎器，厚養戰士，所謂事一而兩得者也。所慮道里踔遠，途多侵盜，商旅不前，則仍於山、陝沿邊酌立二市；而歲撥三邊市稅以賜兩軍各數十萬金，然後諸用不匱。但設立稅格，寧輕毋重；嚴飭市司，寧寬毋刻。但使商賈爭趨，番戎總至，所獲自贏。從來司關嚴刻，則正税難充，寬恕則遠近爭湊，轉得奇羨。此恆物之大情，不可不察也。

一、管子曰：『堂上遠於百里，堂下遠於千里，門庭遠於萬裏。』此言壅蔽之傷國也。凡事皆然，況行師萬里之外，使士出入死地，而軍情不得上達可乎？李牧守趙邊，市租皆輸幕府，日擊數牛以饗戰士；所以守不可搖，而戰則大克也。往年進勦，士衆日不再食，飢羸疾困；凡解衣糧、軍器、火藥歸自軍前者，言人人同，而主將不以聞。其後我皇上明目達聰，量增口糧，然猶未能盡飽也。春夏之交，阿爾太軍前羣馬驚逸，卒伍飢死數千，言人人同，而主將不以聞。西北諸部，惟丹津王効忠本朝，諸部轉心嫉之。喀爾喀徹臣汗部曲六百餘騎，自軍前背主潰回，遇丹津王部落，殘殺婦孺，劫掠牛馬，不能盡驅者，猶刺傷之；諸部坐視不救，聽其載妻子什物從容遠去，則衆情居可知矣；而自軍前來者，私語親故，皆憂形於色；及至公所，則言四十八家樂從征調。人情如此，凡事可以類推。陝西承辦軍需，十七年矣。聞往年造車買騾，民間所費，逾官價六七倍不等，我皇上得盡聞乎？猶賴聖恩，屢蠲田租，故民力雖竭，心猶能諒。苟曠日持久，勞費不息，或遇水旱，實可寒心。蓋壅蔽者，凡事之大患，而軍情尤甚；此弊不除，雖有深謀至計，無所用之。二公必切言於上：凡先事蒙蔽，後乃敗露，或訪聞得實者，必置一二人於重典；然後遣文臣有器識者參軍事，遇要事得陳奏，與主將副將參相制；然後情實得聞，而措注可無悮也。

一、我皇上聖明天縱，所以決計進勦，聞因俄羅斯、荷蘭諸國環澤望之西北者，皆與孽賊有隙而應本朝，時不可失。以情理揆之，疑奉使者甘言取好而非其實也。往年徹臣汗部落叛逃，聞收匿者即俄羅斯。俄羅斯久與我互市，猶陰險若此，則其他可知。聞孽賊所畏惟俄羅斯，歲納貢獻。或與俄羅斯要約：『能禁孽賊侵盜，然後互市可常，不然則止。』亦牽制之一策。若謂我師深入，諸部實心相應，共為犄角，疑未必然。

一、古者官立監牧，以頒馬政。我國家疆圉無外，公私耕戰之馬，皆資於口外。邇來武弁空糧，革除殆盡，犒軍繕器，苦無餘財。宜出自聖恩，凡大小武臣願販馬於蒙古諸番以自資給者，不拘馬數，入塞過關，毫釐不稅。其餘商民出口販馬，亦大減稅額。且於山、陜邊鎮，酌立馬市三五。勅諭近邊蒙古雜番，期以四月九月將馬赴鎮，具數報官；任與兵民交易，亦毫釐無稅。嚴飭鎮將，約束牙販，不得希圖小利，遇馬到者多，勒減馬價。若兵民不能盡買，官給時價，盡數收留，散佈軍屯。蓋一次失利，則來者漸稀。但得馬到者多，則耕戰有恃，官民交利。且良馬盡入中國，即番勢漸弱，欲為寇盜益難，而附屬中國，不得不固矣。

一、聞大西洋去荷蘭國不遠。西洋國俗所不可缺者，惟內地之茶。不識俄羅斯、荷蘭諸部亦賴茶以愈熱疾否？果爾，則與西洋人要約：『既久與中國互市，必為我通荷蘭諸部，俾與我同心，探賊東來，即出兵以乘其虛。果能摧破賊軍，或牽制使不敢動。我國歲以金幣、名茶、凡所寶貴之物酬之。』若受吾約，則賊必相猜而不敢輕動。西洋人若不用命，即不許互市，必深懼而求得其要領矣。又茶之為物，輕細易運。凡閩、廣海關出茶，宜有定數，即不得多載，以防轉販。

一、從前因罪發往邊外屯田職官吏民，宜以聖恩赦宥，輕者還籍，重者安置別省。蓋士大夫素知禮義，繫心室家宗族，當無異志。若凶狡小人，孑然一身，寒苦飢羸，必懷怨忿。竊恐日與番戎往來，黠者誘之，或潛探軍情，或逃奔為用，異日必為邊境生釁造禍。漢之中行說，宋之張元、李昊，亦前車之鑒也。

昔唐太宗、元世祖皆百戰而得天下，智略如神，將良士武，師行有律，異代莫及焉。太宗之征高麗，世祖之征日本，或土壤相接，或舟楫可通；然且殫力竭財，亡眾無功，以成大悔；徒以攻守之勢殊，客主勞逸之情異耳。

苞於西域山川形勢及軍中情事，未得備悉，第就傳聞一二，以意揣度，自多未中。然循數推理，斷可信者，則攻守之本計耳。苟欲刻期進勦，窮其窟穴，則形勢甚難，恐未能必達。昔年額倫特之師，可為明鑒。若未能必達，而更懸軍深入，運餉倍艱，經年累歲，無傷於賊之毫末，而我已重困。萬一四十八家心離於征調，秦民力竭於徵輸，諸番窺伺，別生事端，何以善後？二公不於今日懇悃開陳，以定廟謨；異日情見勢屈，聖主責言，將何辭以對？謂計慮不到，則非所以副委任之專；若知而不言，更非至忠體國之義。即今衆口嗷嗷，愚者直歸怨於二公；其明者則深望二公之能轉移而或無由自達，或可以達而不言。

苞臥病兩月，氣息厭厭，自念生世幾何，既為知己懷憂，而喑默自便，則愧負此心。故於伏枕呻吟之隙，日記數語，涉月而後其略粗具。欲藉手於二公，以報兩朝聖主如天之德，而亦以答二公夙昔知愛之深。曾子曰：『鳥之將死，其鳴也哀。』惟鑒其忱，恕其愚直而審聽之！

録自集外文卷五。

與鄂少保論治河書

考工記云：『善溝者，水漱之。』明嘉靖中，潘公季馴以治河顯名，論者以比禹功。其實不過引山東駱馬諸湖之水入黃河東北岸，以盪其沙；引洪澤湖之水自清口入黃河西南岸，以盪其沙；用是黃、運安流百有餘年。

自康熙初年，總河靳公開中河，以避糧船泝黃而上百八十里風波之險，於漕運實便；而清水之出東北岸者下移百八十里，地平而流緩，不能復刷北岸之沙；由是河身日墊而高，歲加黃堤以防其決。繼事者莫知省憂，以致康熙三十年後，黃水倒灌，清口淤塞，下河州縣歲被其災。聖祖仁皇帝指授方略，命張公鵬翮塞高堰諸壩，疏清口引河。四十餘年漕運客商皆便，此其前鑒也。

一、自靳公奏請：自淮安至揚州，運河止宜每歲加堤，不必挑濬，永著為例。淮揚士民萬口同聲，謂堤與城並，人將為魚鼈，怨詛百端。某嘗譬曉之曰：『靳公，知河道者也。舊制：冬三月，閉天妃閘，以濬運河。以黃、運河身相等，故可濬耳。自中河既開，徐州以下，北岸無漱黃之清流，河身日高，安得不每歲加堤以防潰決乎？黃河加堤，而運堤不加，則自黃入運，勢如建瓴，清水雖大，亦不能敵黃，而濁流之灌運必矣，況又濬而深之乎？』其土人終迷不悟。不料有倡濬運之謀者，而其害立見矣，此目今運河病證之最難救療者也。將來必仍每歲加堤，如靳公初議，然後其患可除。然非增築堤基，廣厚加倍，其上難更加堤，雖強加之，亦難成而易潰，此理勢之必然也。

二、明時有欲洩洪澤湖之上流，自盱眙鑿通天長、六合，出瓜埠入江者，潘公季馴以為中亘山麓，必不可開；況上流洩，則清口入河之水弱，而不足以敵黃。此百年以前之形勢也。自康熙末年，河決武陟入洪澤，而湖之淤墊幾半矣。目今湖水小則不足以敵黃，大則漫高堰而衝下河諸州縣，漕運亦為之阻。若上流可洩於江，則開建石閘十餘所；水小即下板實土，蓄水以敵黃；水大則量開閘板以洩暴漲，實此時之良策。但開鑿山麓甚難，必數年而後成功；苟可行，不宜畏難而蓄患也。

三、水土之性，必土著耆民，乃究悉其原委。明潘公季馴自言：嘉靖中，受命治河道，憂懼無措，所至，即進羣叟與長年三老而問之，乃知河性喜故；三已四起，終以此成功。兩年來淮、揚土人皆言：新開河口閘壩，乃故河督靳公曾用之而未見其利者。其後張公鵬翮再三審度，始定舊閘，黃、淮相安四十餘年。自開新閘，害已立見，萬口咨嗟；尚可專己護前，而置漕運之險艱、下河數百萬生靈之阽危於不問乎？黃淮異漲，必在伏秋。春末初夏，水勢中平，即新□舊□皆可通行，亦不足恃。試思有明中葉，潘公季馴承淮、黃並決之後，修復故道，而安瀾者百有餘年。康熙初，靳公易之，別開新河，釀成河身日高俯臨城郭永不可救之患。遂寧張公亦承河防大壞之後，修復清口故道，而河沙漸散，海口復通，後人守之，安瀾者已四十餘年。奈何堅信一二愚妄人之言，而欲掩已見情形，行旦夕難保之危道乎？目今兩河衆兆皆言：大有益於河者，莫過於張公所築磨盤墩，宜急復之；最有害者，莫過於新築之攔黃壩，急宜毀之。河督仁明，豈難從民所欲；特恐造謀之愚妄人復進窕言，變亂是非，以虧賢者之德業，宜苦口以忠告之。

録自集外文卷五。

與鄂相國論薦賢書

聖主求賢之論，殷切感人；但其中尚有宜分別者：如湯、陸二先生，湛心聖學，深明古賢以道事君之義，誠難多覯。若陳瓚，不過絕包苴，守官碌碌，無一事可稱。彭鵬晚節，且私利身家矣。目前已蒙上知者，如徐士林、王安國，宜任正卿。陳德榮、魏定國、晏斯盛，久練吏治，使為巡撫，可保境内和寧。雷鋐、陳仁熊、暉吉，列於九卿，遇大事必能陳義不苟。凡此八人以視陳瓚，必有過之無不及也。其告歸不出者，如西安太守王紹文；沈於下僚者，如莊亨陽之勁直，王之鋭之孝友純篤，鍾晼之澹然名利，黄世成之好學砥行；如或進用，以視陳瓚，必有過之無不及也。

其他不知其才識志行而不受一錢如李梅賓者，尚不一而足。以某一人所灼知如此，果能實心搜揚，何患無人？古之人豈能借才於異代哉？九卿不言無怪也，公若不言，恐聖主自此有忽視天下士之心，所關不細。望必上章列奏，或進見面陳。存此論於天地之間，即異世而下，可使人聞風而興起。且使蔽賢者内自慙而外懼公議，中材勉於為善。非公不能用此言，非某不敢以此聞於公，惟鑒之！

録自《集外文》卷五。

寄言

康熙六十一年，河決朱家海，漫入洪澤湖。時滄洲督河，僕告以障塞黄流入湖之口，急於塞決河。滄洲深以為然，而尋即世；繼事者遂以黄流入湖而清，湖中見田數千頃為瑞；則此時已成不可治之疾矣。

今淮、揚、徐、泗之民，惟知歸怨於高公拆磨盤墩，開新閘；不知淮流漲溢，成於洪澤之淤墊者十之七，增於清口運河之淤墊者十之三。土人之議及友人之書附覽，望博咨審察！若果有當，則以至誠開導任事者，告以萬口同聲，而吾兄亦實見其宜然，萬不可言聞之於僕。緣高公移閘拆墩時，淮、揚士民積薄為厚、聚少為多而言其誤，洋溢於京師。僕與高舊好，再書爭之，而事已垂成，不得已以告於吾君。西林出視河，又切言早宜修救。不意西林至淮，旬月中水落波平，轉謂僕所言不實，以至有今日。目今舍土人所建三策，雖神禹復生，無能為謀。蓋非利害切身，積久考驗，不能灼知水土之情；非實有與民同患之心，不能以身任利害。

僕見惡於九卿要人，自廷議北河始。僕謂：非於瀫外別開一河，導濁流直達海口，則憂無可弭。要人曰：『子書屋中人也。顧總河、李宮保之明達，久諳河事，吾輩乃絀所奏而用書屋中議，如無成功，孰任其咎？』僕曰：『其然，諸公連章治某之罪可也。』不得已乃私於用方。及西林鄂公參用僕議之二三，數年中幸無大決。及直督決計復霸州、固安故道，則不崇朝而災及於田廬矣。蓋故道本不當改；既改，至數十年後，地形、人事、物理大異於前，必不可復。用方解任，與僕相見於京師，乃曰：『吾今而知子瀫外開河之議，終不可易也。』夫以用方之實心為民，與僕相信之深，尚不能全用僕議於涖事之初。蓋隱伏之害與創建之法，惟水土為難先見。

若吾兄不能得於同事者，則惟直陳於聖主。除蒸黎之沈憂，建百年之長利，雖以身任怨惡可也。且既入中，此時不言，他日情見勢屈，聖主責言，可以不知謝乎？況眾口嘵嘵，安知無以上達者？餘不贅。

録自集外文卷五。

與謝雲墅書

南歸時未得晤語，接手書並贈詩，氣意懇悃，惻惻感人，至援皇天，信斯文之不絕。三數誦之，不覺胸氣勃然發動。僕十年來，辛苦不休，屢摧折不以悔退者，幽默中實以此自恃，不意自足下發之也。僕學與時違，加以性僻口拙，與世人交，不能承意觀色，往往以忠信生疵釁。在京師數年，見其文，好之而不非笑者寡矣；知其文，不苦其人之鈍直而遠且憎之者，又寡矣。足下獨相察於幽默之中，而愛之厚如此，何用心與世人確然異向也！

然僕竊有懼焉：古之能以文章振發於世者，多出於賤貧、羇旅、憔悴之人，非以其心無所繫於事，用功專而日力暇乎？賤貧、羇旅、憔悴未有如僕，而用功之不專，日力之不暇，亦未有如僕，是僕徒抱古人之憂，而失其所可樂也。僕以窘窮，授經客遊以自活，近十年矣；資求於人，不得任胸臆，雞鳴而起，憊精越神，舍己所務，以事人之事。其得執古人書，沈潛反覆者，計唯山行水涉、旅宿餘閒，與夫嚮晦獨坐，人事歇息之候耳；而又嬰久痼之疾，每作輒數月，坐起眠食，昏憊不得寧，世間百物人情所喜好者，賤貧、羈旅、憔悴之身既一無所覬，獨於古人之書，自謂可以飽足其嗜好與世無爭，而其艱難不獲行意，至於如此，彼造物者之苦其生，亦甚矣哉！

夫古之人固有崇高顯榮，事業功德光著於身，而又得優游於文學，以永其沒世之名者矣。蓋天之所與，不惜多方以致其厚如此；則所薄者，惡知不徒以坎坷屯蹇苦其生，而並不使發憤於文章麤有所立以自表見哉？僕恐足下之望僕者深而所以信天者太過，未見其誠然也。

僕以十月下旬到家，八日復飢驅宣、歙間，風雪寒苦，臘月來歸。開春將遊吳中，並棹浙東、西，未審與足下繼見何時？胸中之思，不能宣盡。頓首，頓首。

録自集外文卷五。

與喬紫淵書

僕生平不喜為人序詩，今為足下強發之，以曩者詩句相規之切，以為報也。篇中有一二須自明者，在足下好古，晰於文律，豈復有疑？恐時人怪之，可持以解其惑耳。

昔歐陽公嘗自發所以為文之意，而深恨困於羣愚。然所辨皆立言之意，愚者昧之，無怪也。近人好為詆訶，凡稱謂之一定與字句之裁於古者，己所未講，皆極詆不疑，誠可歎也。子者，男子美稱。秦、周以前，風氣質古，儕伍得為君臣之稱，故諸子之書，有稱時人曰某子某子者。唐、宋以後，討論益密，凡口語呼子，代爾汝也。筆於書，非其師不稱某子；不則其生平道術所宗，無泛施者。僕曾為朋友作文稱某君，或譖以為薄且疎之詞；不知王介甫序其舅詩蓋君之，韓退之稱柳君、崔君，乃子厚、斯立也。『所』字義兼虛實，童子習訓詁者所共知。而僕庚辰試禮部文，有『同功異所』，乃荀子正名篇語。而一時譁囂，謂以虛字斷句，如見怪物，不崇朝而徧於都下。足下所目見也。夫諸子之書，閱者或不經意；若『所』字斷句，則五經四子中可按者以十數，即不本於荀子，而以意為之，亦無可深怪也。篇中『吾有所見子詩』，以實字用，本史記趙世家。時人見此，僕毋乃又負前者之謗邪！

僕又嘗與同學張彝歎過時輩齋中，几上列某君文集，極推其經學。僕信手翻見其輓詩，以龍輴作仄韻，詫之。其人自護，因稱曰：『引用之誤，雖古人有之。』僕曰：『六朝詞人有之，唐、宋作者，吾未之見也。』其人求勝不已，詰朝過我曰：『韓子送陸歙州序「專而不咸」，曹成王碑「剜黃梅，鏺廣濟」，使今有此，子其或恕之！』僕曰：『「不咸」見左傳，又見國語，又見諸子書，不可悉記。管子小匡篇「制令支，斬孤竹」，韓師其意也。況此類即意為之，亦造言之奇，非引用之誤。』世人少見多怪，有爭氣而不可與辨如此。僕非畏此輩人譏訕，偶牽連及之，以發足下之笑耳。然足下能謹藏吾文而勿以示世之人，則愛我尤厚矣。引筆不覺盈紙，無復檢局，惟鑒之！

録自集外文卷五。

與吳東巖書

苞白：　前月中聞足下南歸，一書附遞卒馳候；　接手教，具悉別後動止，甚慰。又聞褐甫諸君欲刻足下所為時文，此僕私懷所素蓄也。僕許序足下之文數歲而未報者，非敢慢也；　凡吾為文，必待情與境之自生而後能措意焉；　重其請，則發之愈難，是以久而觝滯；　而今則雖欲為之，而勢不可也。

僕往在京師十年，以時文序請者，未嘗一應。蓋謂文所以立，義與意也；　時文之為術淺，而蘊之可發者微，再三序之，其義意未有不雷同而相襲者矣。況局於情勢，違其心，以枉是非之正而交相蒙，尤立言者所禁也。

自癸未為朱君字綠、張君彝嘆創為之，遂不能復卻；　數月中所作至十餘篇，雖不敢過違其心，而困於義意之無措者屢矣。其許而未及為者尚倍之，而謝不為者不可勝數也。因此為戒，以正告於朋齒：　非特著一書，義意有可開闡者，不敢承命為序。守此而不變，已數年矣。今若為足下復發之，是資未為者以相責之分，而後更無以謝也。足下與僕交厚而文又甚工，人將疑僕有擇而為之；　其視發於他人，得過必甚焉。或謂僕當為足下作序而遷其時日，既而思之，亦欺德也。文之意義，必緣情與境而生；使僕為此於數歲之前，其情與境必有所發矣；今既過而追之，則情與境非真而義意無由立也。

足下淹貫經史，所注古詩、子、史，皆卓然可以行世。僕出荒言以附不朽，未為無日。若時文之工，則曩與褐甫篇疏而句訂者不少矣，又安以序為哉？僕生平自期，無不復之言；深悔為此不早，致負諸責。惟足下愛我之厚，當能鑒察，不宣。

録自集外文卷五。

與熊藝成書

辱書，命序所為時文，僕邇年自禁：非特著一書者，不為作序。非敢要重，緣以時文來屬者多，力有不給，非此無以免責讓也。所惠教，檢閲一週，既駭且歎！足下齒甚少，足不出戶庭，而觀所為文，已似深練於世事者；取材之博，用意之精，雖與老師宿儒較其毫釐分寸，無不合焉。以僕之久故，亦未知足下所造能至於是也。

然古人有言：『善養生者，在鞭其後。』為學亦然。僕始見虞山陶子師，示以時文。子師曰：『吾不願子為此，吾亦無暇為子決擇也。』僕曰：『子奈何號為時文之家而言若是？』子師曰：『固也。惟予如聽虎者變色而心知其痛也。惟予如賈者遇盜於中山而盡失其資，故呼後人以勿由，而不覺其聲之疾也。世之人材敗於科舉之學，千餘歲矣，而時文則又甚焉。唐、宋文家世所推者八人，自蘇洵外，未有出三十而不登甲科者也。蓋天將誘之以學，必使其心泰然無所係戀，而後功可一也。其英華果鋭不銷鑠於叢雜猥鄙之物，然後氣不挫而精盛強。苟無七君子之遭，則決而去之，如洵可也。』僕時心感其言，顧如傭隸，備極困辱，終不能離其故地；日思自脫，以至於今，而犬馬之齒已不後於子師見語之歲矣。每恨所學無似，輒悔不用其言，遇朋遊中資材日力足以有為者，必舉以告之，而聽者多漫然，蓋其所難在決而去之也。

今足下為天所相，而與七君子者同其遭，使僕不發此於足下，則為失人；足下聞此如眾人之漫然，則亦為失言矣。以足下之鋭敏，苟用所盡心於時文者以從古人之學，僕任其將有得焉。異時特著一書，藏之名山而使僕序之，則僕亦可掛名簡端而無所還忌矣。僕與足下非一日之好，故敢發其狂言，幸勿以示外人！

録自集外文卷五。

與劉古塘書

得手教，隨奉答。首夏復致書並古文付徐于皇，想尋已徹。前示云去年曾兩賜書，訊之于皇無有也；而僕寄兩札後，絶無音耗，殊不可解。退之嘗怪時人，有耳不自聞其過，每用自懼。願與二三君子交警之。

近聞彝歎去浙，叩所由，乃以書院課文，吾兄每易其次第；及封入俾自定，則久而不發。吾兄天資孤直，僕所心畏，然亦有用意過當者。以彝歎之智，豈猶不能定課文之高下？果有不當，豈不可面商而顯易置之？彼為人師，不能主決課文，尚何顔面立於諸生之上邪？

又聞徐中丞為彝歎買妾，而深拒固辭，尤可駭痛。僕為此進規於彝歎屢矣，皆曰：『無其資。』今得賢者代為部署，而復避去，何以見先人於地下邪？僕於彝歎切直之言已前盡，不敢復致書；吾兄尚宜自引過而申勸之，二君子行誼，僕無能為役，而改過之誠，交友之忠敬，則有可相觀而善者。願足下平心察之，兼以語彝歎。止園近者行身植志，頗能堅定否？為我道：薄遽不暇别為書，所欲切劘，即所進於二君子也。

録自集外文卷五。

與劉紫函書

昔見吾兄居季弟之喪，隤然氣盡；得長籍凶問，即為吾兄憂。今子之病，吾昔日所屢經也。若之何，若之何！每念窮愁抑塞以及疾病憂患，在吾輩處之，頗無甚難，而造物者必使天屬凋喪，以糜爛其心腸，則降罰亦稍過耳。

吾兄所遇，信為慘痛，然尚其順而常者。若僕邇年為人數中不足置之人，死不足塞責，而又不可即死，猶逐逐衆人中，語言飲食，每見天日之光，輒悚然自愧畏，所以措置此心者，不大難乎？行身至此，尚欲抗言先聖之經以示來者，即此自覺愚妄，無羞惡之心。但念先世四百年為清門，一旦以別族疑罪，盡室播遷，不得奉丘墓；惟於斯道粗有所明，使後世讀其書而知其所承學於祖父者，猶或可覆蓋前行之惡耳。

來示云：『子弟中近頗有好古者。』此不獨為劉氏光，即蒙者所述，亦庶幾有所付託矣。長籍到官已七月，僕作誌時，未得其詳；其可傳者，幸明示之，當更表而碣焉。古人修辭，貴立其誠，以聞之晚而覆書之，與前誌不相悖也。會見無期，惟各努力自愛。東望於邑，如何可言。

録自集外文卷五。

與徐蝶園書

首夏一札寄候，想尋已徹。某夏中病幾困，入秋始少閒，然髮鬚黑者無幾莖矣。行與心違，俯仰内疚，不復自置人數中，想亦知己所心惻也。

浙中水災得上達，足覘賢者能急民病。救荒之政，古人多有，然某所目擊無益而有害者，莫如設廠作粥。蓋飢寒之民離家就食，晝暴夜露；或遭風雨，必成疫厲；不若用曾子固之說，計所應得，一舉而賑之，尚微有益也。

每見大府賓客家僕出在外，必生口語；近聞北新關併歸節下，勢不得不遣人分守津隘，所望時加督察。蓋往時關吏，自府、道以上皆得糾詰，商民大刻，尚可訴之大府，今併歸大府，則無一敢言者矣。儻付託非人，則課滲於隸胥，而怨歸主者，所關不細。大君子設施必各有條理，而蹇拙之人尚復云云者，恐利權所集，壅蔽者必多方也。

楊孝廉三炯以不得志於禮部，自効南河，洗手奉職，屢障險隄；自河督以下皆知其才，而委署題補，輒歸捷足者，蓋積習使然。不識可昌言以達之否？當官幹實之才，耳目中甚少如楊君者，守一職則能一職，在一方則利一方。今將老矣，而蹉跎不進，大君子愛惜人材，為國家樹根本，不當以為分外事；故敢私布之，非為楊君謀也。

録自集外文卷五。

與王崑繩書

苞頓首： 自齋中交手，未得再見。接手書，義篤而辭質，雖古之為交者，豈有過哉！ 苞從事朋遊間近十年，心事臭味相同，知其深處，有如吾兄者乎？

出都門運舟南浮，去離風沙塵埃之苦，耳目開滌； 又違膝下色養久，得歸省視，頗忘其身之賤貧。獨念二三友朋乖隔異地，會合不可以期，夢中時時見兄與褐甫輩抵掌今故，酣嬉笑呼，覺而怛然，增離索之恨。

苞以十月下旬至家，留八日，便飢驅宣、歙間，入涇河，路見左右高峯刺天，水清泠見底，崖巖參差萬疊，風雲往還，古木、奇藤、修篁鬱盤有生氣，聚落居人，貌甚閒暇。因念古者莊周、陶潛之徒，逍遙縱脱，巖居而川觀，無一事繫其心，天地日月山川之精，浸灌胸臆，以鬱其奇，故其文章皆肖以出。使苞於此間，得一畝之宫，數頃之田，耕且養，窮經而著書，胸中豁然，不為外物侵亂，其所成就未必遂後於古人。乃終歲僕僕，向人索衣食； 或山行水宿，顛頓怵迫； 或胥易技係，束縛於塵事，不能一日寬閒其身心。君子固窮，不畏其身辛苦憔悴； 誠恐神智滑昏，學殖荒落，抱無窮之志而卒事不成也。

苞之生二十六年矣，使蹉跎昏忽，常如既往，則由此而四十五十，豈有難哉！ 無所得於身，無所得於後，是將與衆人同其蔑蔑也。每念兹事，如沈疴之附其身，中夜起立，繞屋彷徨。僕夫童奴怪詫不知所謂。苞之心事，誰可告語哉？ 吾兄其安以為苞策哉？

吾兄得舉，士友間鮮不相慶，而苞竊有懼焉。退之云：『衆人之進，未始不為退。』願時自覺也！ 苞邇者欲窮治諸經，破舊説之藩籬，而求其所以云之意； 雖冒雪風，入逆旅，不敢一刻自廢。日月迅邁，惟各勖勵，以慰索居。苞頓首。

錄自集外文卷五。

與劉言潔書

僕北發時，曾寓書褐甫以問，未得息耗，心常懸懸！ 僕以四月中旬至京師，曩者南中故交，分散殆盡； 出見諸少年佻達輕靡，爭玩細娛，逐微利，終日羣居，漫為甘言鄙詞以相悅，僕於其間，噤不得發聲。因念與吾兄同在京師時，見時輩剽竊浮華，以干時譽，廲廲然惡之，不謂今之所見，更異於昔也。

五月中去京師，授經涿鹿，所居左山右城，岡巒盤紆，草樹蓊翳，四望無居人；鳥鳴風生，颯然如坐萬山之中，平生所樂，不意於羈旅得之。暇時登城，遙望太行、西山，氣色千變；下視老農引泉灌畦，天全而氣純，意欣然慕之。因悟十年來好古學文，辛苦勤厲，古人或無以過；而所得未有若古人之可以久而不亡者，道之不聞而不有諸身之過也。道之不聞而其言傳，自古至今未有一得者也。身則無是而強為聞道之言，則其出也不能如其心；而其傳也，人能知其偽。即以僕身言之：去膝下色養而思以所得於外者為親榮，皆古人所明戒而躬自蹈之。其他行身處世，道載古聖賢人之書，口則誦之，心則知之，而行則背之者甚眾。如此而不悔悟，不獨古聖賢人所羞，雖欲其身無媿於山農野人，將不可得；既以自懼，亦願吾子之思之也。

僕先世有遺田二百畝，在桐山之陽，歲入與佃者共之，故不足給衣食。使能身負耒耜，蓺麻菽，畜雞豚，便可贍朝夕之養，伏隩潛深，而疲疴疊嬰，筋骨脆委，不能任力作；獨行遠遊，乞食自活，窘若傭隸，有終身不息之役。聞子之鄉有先民遺風，子弟敦樸；儻為招學子數人，稍有所資，以釋家累；且息於近地，漸可為歸山之謀。君子成人之美，況吾兄愛我甚厚，當不以為後圖。苞頓首。

録自集外文卷五。

與韓慕廬學士書

自昌黎韓子有言：『莫為之前，雖美弗揚；莫為之後，雖盛不傳。』士之取名致官，有所希於當世者，莫不挾此以要於王公大人，王公大人不得已而強應之。前與後兩非其人，而交相蒙，以苟為名。或跡勤而意不屬，或交合而道無可稱。苞竊恥之。

往者壬申與同邑錢先生飲光道遇楚江，言閣下有書，極贊苞所為文。苞心識焉。昔歲客遊京師，適會閣下敦召至闕。逡巡踰年，未嘗敢以足跡接乎堦墀。閣下以大雅之業，剗刮俗學，振起吳會之間。數十年以來，絕徼荒陬被儒服者，莫不挾冊咨嗟，望若雲漢。其在京師，布衣羈旅之士，尤欲得一言之譽，矜而誦之，以自張於朋齒。獨苞與閣下，未見而相知，積數年之久。幸而合併於一地，其勢可以相通，而猶逡巡於一見者，蓋自懼所學之無成，而無以厭屬乎好我者之意也。

其後宋子潛虛為言：閣下辱問，至於再三。不獲已以其未成之業，質於左右；而閣下乃深進之，以謂深山窮谷尚有能者，掩匿潛藏而無所窺尋其聲跡，或未可知；至於耳目所及，無能敵者。苞聞之，怵然不克於心。夫天下賢人君子而於我有溢美之言，雖或有所試以知其將然；而既以重遠之事屬我，則在我懼其不堪，而其人亦將卹焉憂我之無成。苞自童稚，未嘗從黨塾之師，父兄命誦經書，承學治古文。及年十四五，家累漸迫，衣食不足以相通，欲收召生徒，賴其資用，以給朝夕，然後學為時文。非其所習，強而為之，其意義體製，與科舉之士守為法程者，形貌至不相似。用是召謗於同進，屢憎於有司，顛頓侘傺，直至於今，而幼所治古文之學，日亡月削，寖以無成。

語曰：『物之至者，不兩能。』三數百年以來，古文之學，弛廢陵夷而不振者，皆由科舉之士力分功淺，末由窮其塗徑也；而時文之行，必附甲乙科第而後傳。終始有明之代，赫然暴見而大行者，僅十數人；而此十數人者，皆舉甲乙、歷科第者也。其間一二山谷憔悴之士，窮思畢精，或以此見推於其徒，發名於數十年之間，而若存若亡，侵尋沈沒以歸於盡。蓋由其用無所施於他事，非舉甲乙、歷科第，科舉之士常棄而不收；不能自張於其時，安能有所傳於其後邪？夫時文之學，欲其可以傳世而行後，其艱難孤危，不異於古文；及於既成而苟不為時所收，則徒厲其心而卒歸於漫滅，可不惜哉！

若苞之為文，其不篤於時以自困躓，效已見於前事矣。常欲決然捨去，自放於山林，不復應有司之舉，以一其耳目心思於幼所治古文之學；而家窮空，資求於人，使斯言一出，便為怪民，當時無所用其學，生徒不欲聞其言，雖欲為黨塾之師，鉤章斷句，以贍朝夕，且不可得，其不亦難乎？

抑又有難者，『誨人不倦』，古之道足於己而思以同其所得於人者也。若苞者方當從師務學之不暇，而違心拂志以事此者，且十年餘。每當發書翻覆，生徒小大更起問業，廢輟數四，不能終卷。講畫既畢，神志眊然衰竭，如物緘封不可復出。日復如此，何由得見古人情狀？

苞有先世遺田百餘畝，在桐山之陽，歲無旱潦，可食家人之半。使更得相知有氣力者少潤澤之，使其身寬然無求於人，便可屏百事，抱書窮山，以竟其所志。顧世有力者既不相知，而相知深者又力不足以振之。混混塵事中，悵然若終身之虜，雖欲不為眾人以沒世，不可得也。私心所蓄，素不敢為世人道，偶然感發，不能自已，言非其量，惟閣下愛我之厚，進我之勤，當不以為狂惑。懇悃之私，不能宣備。苞頓首。

錄自集外文卷五。

與慕廬先生書

逾歲以來，未得以書問自通，緣家兄疲痾，蹙蹙無暇；不意昊天不弔，遂使不得延其一日之命，以亥月二十一日泯焉長逝。先兄之生也，三十有七年。自成童以至於今，於古聖賢人之道，無分寸之不合，而獨困於修短之數。此天不欲封殖善人，使人之類有知，於先兄何恨？獨令生者無以自處此心耳。

先兄於苞，自六七歲時，即同臥起，課以章句，內有保母之恩，外兼師傅之義。乃自少有知識，即各奔走四方，閱歲逾時，然後得一歸，歸又不能並時。其並時，則豫懷離別之恐，欣暢未畢，感慘繼之。庚辰五月，苞歸自京師。七月，兄歸自桐城，舊疾漸已。私心自喜：以為兄疾不至大困，而藉兄之疾以羈係此身，旬歲中可以並依庭闈，從容食息，以安神形；而數歲獨學所蓄疑義私旨，因得從兄講問。不意踰月而臻，逾歲而極，而兄弟之分，遂止於斯也。嗚呼酷矣！

閣下所知，獨先兄課試之文耳，此最所不措意也。其少之所蓄，蓋將以萬物之不被其功澤為憂。其於文章，蓋不得已而託焉耳；而傳、誌、記、序，固已可錯於柳、歐之間。每誦經書，輒得疑義，尋端竟委，開通奧賾，皆前人所未嘗云。苞嘗以說經見推於朋齒，皆先兄之餘論耳；而不肯自為書，每曰：『世士苟有論述以欺並世愚無知人特易耳，求其精氣之久而不亡，暉光之日新而不晦蝕，非所受之異而積終身之力以盡其才，未可以苟冀也。吾與汝幸年少，當更以數年經紀衣食，使諸事略定；然後結廬川巖，以二十年圖之，或可自擇其有能所立否耳。』苞嘗意天之生兄，必非無為；豈謂中道而摧之如此。每出見市人有首有趾蠢然羣動者，不可計數；而兄乃不得與此輩共處天日之中，老氏所謂造物之不仁，斯為甚矣。

計苞此生無日不在辛苦憂患中，然未嘗以自懟者，以有吾兄共事二親耳！天若更以他凶害加於其身，固受之怡然；乃獨使與兄中道而相捐，不已極邪！老親旦暮強為開顏，或側聞中夜而啼。時見幼孤羣呼笑嘻，此心盡然如劌；步趨庭闈，形影如值；坐對書史，或觸手跡，感平時授受之意，心神慘沮，不能終卷，繞屋徬徨。自今以往，不惟世俗所謂功名，視猶泥滓；即夙昔妄意古人立言之道，而曾竭其不肖之心力者，亦棄之如遺跡矣；而又有不可已者，小妹適謝氏孤子，其家資累萬，皆為姻家馬姓所奪。妹及其家人數口，衣食於某兄弟者，蓋數年矣。近以先兄久疾，未得客遊授經，先世遺田百餘畝蕩棄已盡，不能復相顧。老親於慘痛之餘，增此沈憂，無以自解。妹姑王氏向者屢赴有司求直，輒為馬姓所抑，置之不問。近聞制府廉靜無欲，此正孤寡有告、姦豪束手之日也，而大府例以此等為細故，不加省錄。方今閭閻公患，無過豪強侵陵孤弱；所以然者，皆緣大府不加省錄，而州郡有司，則皆其氣力所能傾動也。大府若能時發一二，以警千百；則吏民折服，威風遠馳，所益不細。未審閣下能一為誦言否？先兄彌留，猶欷歔及此；且命以告閣下曰：『知我無如公。公為文以表吾墓，且為了此，吾死不恨矣。』

兄生平無遺行，疾且革，愀然語某曰：『君子成身實難。吾自謂植志已固，乃昔督學邵某以非刑加我友劉君；吾將率諸生倡大義攻之，既而恐嬰暴人之怒，委蛇中止，至今恨此。』兄生平大端可為學者標準甚眾，苞既誌銘，將納諸壙，敢請閣下表而揭之阡。誌銘別錄敬呈，其語多流俗人所驚，幸勿以示人！　方寸瞀亂，言無倫次，伏惟鑒察！

録自集外文卷五。

與徐貽孫書

苞白：　去年五月中，自褐甫處得吾兄手書，云池陽賈人持來。　比欲作書相報，違隔久遠，所懷蘊積，措筆不知所從。　越日而賈人遽歸，日延月滯，以至於今。　想吾兄久不得吾息耗，意中殊不自得也。

苞嘗歎近世人為交，雖號以道義性命相然信者，察其隱私，亦止借為名聲形勢。　其確然以道相刻砥，見有利，止之勿趨；　見有害，勉之勿避；　諒其人之必從而後無悔心者，無有也。　顧念朋好中，獨吾子能行此於苞，獨苞可行此於吾子耳。

苞與吾子性各僻隘，才用不宜於時，苟逐眾人汲汲取名致官，雖倖獲之，適足以來時患，其所志者，終豈可得哉！　私計己所得為而不爭於眾者，獨發憤於古人立言之道，以庶幾後世之傳。　然所爭愈大，則其成也愈難。自有載籍以來，志節功業光顯耿著之人，纍纍相望；　而文章之傳愈久而彰者，數十百年中往往而絕也。　豈其為之者之不眾歟？　毋亦所積者薄而精氣不足以自存也。　苞向謂吾子才可逮於作者，相期以此事自任。　蓋謂能盡其才，所得當有不止於是者；　若據所已至，不獨苞之無似；　即吾子之果異於眾人者，亦未見也。

苞近者自悔向所學，皆登枝而捐其本，背源而涉其流，久之當就蕪絕。　用是自創，即欲抱經窮山，以求古聖賢人之意，而家累係牽，日為事物淩雜所困。　吾兄居遠州部，夙少人事，宜以數年掃除百務，聚古聖賢人之書，沈潛翻覆，使其義意貫達於心，然後擇性所喜好而力可以幾者，專治其一體，窮探力索以轥其徑塗，然後行之不息，以待其久而至焉。　人生少壯而老，事境參差百出，轉相糾纏；　其得從容無為，委身於問學者，常無幾時；　失而不為，則終不可復。　且聰明智慮，當其時濬而導之，使有所載以出，則終以不亡；　時過而昏，不能復為我用。　苞之生二十八年而吾子加長焉，使侵尋玩愒，年倍於今，而所得於中者，與今無異；　雖欲不與世俗愚無知人混混以沒世，豈可得哉！

又凡骨肉天屬，雖古聖人、賢人不可奈何，竭吾心而正其道可也；而悲憂窮蹙以苦其生，則君子亦無取焉。憶在京師，與吾子時起居，怪子意色間時有不自得者。因為我敘述平生遭遇，搤腕欷歔，若無所樂其生。時時如此，恐致疾病他患；且蹙然茶然，意緒日以隳敝，將不能復發憤於詩書以自強。吾子勉之！日觀古聖賢人之書，則知所以自處。有所業而孜孜以望其成，亦可藉以自理其心而通其鬱塞也。語云：『交淺不可言深。』若苞之交於吾子，若此者豈不可得而言哉！

吾子書云：『欲往廬陵，省其令劉君。』聞劉已去官，想此行可已。苞以朝夕不能自贍，仍將北遊託所知者，旬日間必發，恐吾兄不曉，故留此以報。賤貧屯蹇，各竭蹶以謀其身，非以事故，適然會合，不能特賃舟車以相存顧；一朝解手，終不知繼見之期，惟各淬厲，毋自同於眾人，其義乃不相負。苞白。

録自集外文卷五。

與章泰占書

苞白，泰占足下：僕自少習為時文，四方君子所以不棄而願與為交，徒以時文為可也；而僕與諸君言此，若見瘻疣而代為不適者，雖謂僕匿情以翹明，無以解焉，而僕非敢然也。

計人之生，自離童昏，聰明思慮可用於學問文章者，不及三十年，過此則就衰退；其端緒既得而充長以俟其成可也，及是而致力焉，則勤而無所矣。自時文之學興，雖速成而悔悟早者，無慮已耗其半；可用，獨向衰之半耳。孟子謂『人皆可以為堯、舜』，孔子稱『十室之邑，必有忠信』者，謂性命之理，我固有之者也。至從事於學問文章，則才有能有不能；苟限於天，雖勤一世以盡心，無所益也；而才之庶幾者，多為世味所溺，以自敝於章句無補之學；又或心知其不足事，而束於父兄之命，雖欲捨去，而其道無由，至能悔悟自決，則已後而失其時矣。此近世之學可比並於古人者，往往而絕也。

足下資才可從事於斯，向之所學亦少有可藉，而身復無所牽制，使能絕意於時文以從所當務，雖古人不難至；所難在足下之自決耳。僕嘗恨往者心力誤役，以至時過而不可追也。每遇以術業相商者，不憚盡言極辨以起導之，而聞者多不信。今發此於足下，則無慮不見信也。足下之學，向者蓋兩用之，而於此非未嘗一涉其樊者也。使由是而致一焉，將有味乎吾言。不然，而他日如僕之悔，亦有以信僕之不妄矣。足下於時文，以視並世知名者，誠無所先後；然苟欲窮其徑塗，如明時唐、歸諸君子，非更以十數年之力，未敢為足下信之也。移此以一於古人之學，則所進豈可量哉，且以諸君子之才而所學未有若古人之卓卓者，力分而不能兩達也。安知其不用此為悔，而足下乃欲復蹈其轍乎？

語曰：『無告不知。』足下宜可以知此，而僕不言，則為失足下。至僕不序人詩文，其義具答吳東巖書，並以奉覽。所惠教，如命點定，不敢逆相委之意也。區區之懷，言不備宣，伏惟鑒察！

録自集外文卷五。

與劉大山書

辱手教，命序新編時文。僕不為詩文之序已數年矣，況自先君即世，肝疾愈劇，脅脊偏痛，經絡瘀傷，惴惴焉惟不能保其軀命是懼，尚安能含意連辭而就其說邪？

來示云：『是編之文，世多不好。』此無怪其然也。僕始於南中見之，意謂吾兄之文自當異於眾人，汎覽三數十篇，猶未悉其精蘊也。後至京師，每自為是題，必取吾兄所為較之，然後知用意之深，其辭與理確然不可易也。每欲逞思力以出於吾兄所云之外，而皆多駢旁枝之義，然後心折意阻而歎為不可及，出語朋遊，則已有謂阿其所好者矣，以僕與吾兄之昵好而又夙所敬畏也。然閱是編，至三數十篇而有所未喻，必待自為以相較而後知之，況眾人之寓於目而不求其意者乎？

自古文之不敝於永久者，往往當其時則鬱焉。韓、杜之文其暴見而大行，乃在北宋中葉。近世歸有光，同時人亦不相知。蓋言之出於己與顯晦於世，非偶然也。

吾兄前稿始出時，不旬月而徧於天下；然僕從朋遊几案間竊窺之，其所篤好，大抵皆少時氣勢充溢聲容鏗麗之作耳；其達於理而辭無枝葉者，十不一二取焉；是吾兄前者之文，雖舉世人好之而未必能知也。然則今此所為，苟有知者，何必舉世人皆好哉！

抑吾更有疑焉，自有知識，所見同學諸君子，凡以時文發名於世者，不惟其身之抑塞，而骨肉天屬多伏憂患，遘慘傷，使其心愍焉若無以自解；獨吾兄所遇近順，而亦微有不快於心者，豈區區者而能為祟邪？抑獵取古聖賢人之言以取資於世，而踐於身者不能實，是謂欺德，而為造物者所不祐邪？吾兄行身之篤，素信於友朋，而僕猶以是為言，蓋古人之相切劘，不嫌於嚴且密，至於文之不諧於俗，乃其所以逾遠而存也，復何惑哉！

幽憂無聊，獨思與平生故人相見，而散在四方，無一數晨夕者。有南來人幸時示我音耗，以通遠懷，兼語二三好我者。言無倫次，伏惟諒察！

録自集外文卷五。

與常熟蔣相國書

僕獲交近四十年，自難後，所以拯扶而安全之者，豈惟不肖之軀，先人之門祚實隱賴焉。古人竭心於所厚，莫若輔成其德業；近有二事，可以廣吾君之仁，揚吾君之明，而閣下之德業亦將增重焉。若知而不以告，非所以稱夙昔相待之義也。

比者聖恩廣布，凡侵挪虧欠贓私分賠皆得奏請赦免。其派委工程，力不能完者，雖未明列詔條，但侵虧贓私所犯至重，並得叨逾望之恩，則若輩豈能無待澤於下流之望哉？去冬，奉上諭：『凡官員聲聞不令，間令效力工程，以示懲儆，非犯罪至重應籍沒家資者可比，督撫自應分別工程大小，量其力以任之。』是聖主之視若輩，實異於所犯至重之人，而其望恩視所犯至重者，必有甚焉。其中有借帑修工責令賠還者，倘援分賠之例，一為陳請，必邀赦除。雖就中情事，局外之人未得周知，而閣下專領茲事，可不詳思而審處之乎？

又應山令張鋗，吏畏民懷，聲烝江漢，及守廣州，粵人愛之如父，嚴之如師。曩以屬縣有盜越獄，罷官追緝。近聞期滿未獲，在常例罰本甚輕，而張以夙性耿介，多為上官所銜，監司中有欲援某年特旨枷示之例以擠之者，其然，則張必死之。天地生才甚艱，試之而能績驗著者尤希。如此人者，豈惟使之扼腕而死，實傷海内志士及所部吏民之心；即放歸田里，亦竊為國家惜之。

往者，滄州、儀封遭誣在理，僕不自量，切言於安溪。其後並獲湔滌收用，以功名終。天下士無不頌先帝之聖知，而安溪亦以此獲重譽。

先王之制：士傳民語。誠懼公卿位高勢隔，聽聞或有所壅，故使士傳言，俾得層累而上，以為天子明目達聰之助也。僕闔門舉族戴聖主如天之仁，每見德政之施，賢良之擢，輒私心躍躍，寢食為甘，又念辱閣下知愛數十年，衰殘垂盡，故不敢自疑外而暴其愚心，惟閣下鑒之。

録自方望溪遺集。

又與顧用方書

漢以後言治河者莫善於賈讓。其上策在不與水爭地，必遺川澤之分，使秋水盛昌有所遊蕩，乃不至沖決四出；又謂宜徙冀州之民當水沖者，放水入海。此正今日浚治渾河之要道也。

僕以未知東安、武清二邑地勢高下、土性堅疏，故不敢為必然之說。但言宜循三角澱外別開渾河之道，而去河身二十里延築遥堤。若二邑土性粘埴，地勢平曠，莫如竟用讓策，廢東安縣而徙其民〔一〕，止留武清縣城，築廣厚大堤以護之。其餘村莊不必遷移，各效南方圩田之法，周回築堤高五六尺，則伏秋尋常汛漲可保無虞。蓋地面寬廣，則水勢緩散，深不過二尺，淺不過尺許，雖秋禾淹没，而春麥倍收。每歲築場納稼後，命民起土於窪地，以築平廣之墩，量地勢高下，歲歲增倍，自二仞至二丈而止，則雖有異漲，可各持資糧，老幼扶攜而上，以俟水退。二百家之村，通計不過千人，墩廣二十畝，則棲托有餘地矣。如是，則遥墩雖不築可也。自秋杪至夏初，渾河經流循運河入海，本無他虞。惟至伏秋二汛，則設戈船二十號，尾系鐵索菱及三角小毛，朝夕隨潮上下，則泥沙雖盛，亦不能壅。

吾友久於北河，於土性水勢知之必詳。凡僕所陳，必正言以斷其當否。其有當，則奏聞行之，吾友之職事可張；其不可用，則於僕格物致知之學，可觸類以自開通。是以敢悉布之。

録自方望溪遺集。

【校】

〔一〕『徙其民』下原注：『按圖，東安迫近，恐非徙其民不可。』

答劉拙修書

承示馮君詩說，命質言其當否？想因僕於朱子詩說有所補正，恐其異趨，故以試之，此吾兄盛心也。僕說詩雖有與朱子異者，而所承用，皆朱子之意義。至馮氏紕繆，本不必為吾兄陳述；然往聞吳中人甚重其學，姑因吾兄所舉，少發其誕，俾宗之者有省焉。

馮君之言曰：『朱子說詩，只成山歌巷曲，絕不似經。』異哉！雅、頌、二南，就令鄙俗人說之，豈能使成山歌巷曲若變風之鄙俗者！必曰此經也，皆合於韶、武，則朱子所云不知以教何人，用之何等鬼神賓客者也！又曰：『詩人不以比、興分章，如朱子則所謂興者，皆重復無謂。』朱子說詩，以意義切附者為比，其全無交涉與少關而不甚切者為興，未聞以復者為興也。詩人雖未嘗先以比、興分章，而及其既成，則或出於比，或出於興，不可比而同。至復而不厭，則本文固然，楚辭及漢、魏詩人猶師用之。馮君縱不解，亦不得為朱子罪。其他無稽之談，尤背誕不足與辨也。僕嘗謂：經者，天地之心，說之果當，則必合於人心之不言而同然者；而世人多曰吾欲云云，所以病也。

僕曾見楚人某，於廣座中議論風發，詆朱子無纖完，座人無不變色動容者。僕徐進曰：『君所不足朱子者，可實指乎？』其人首以變易小序為言。僕曰：『請舉毛詩義，若者如彼，若者如此，而君自決焉！』至十餘發，僕避席而請曰：『其然，則繼自今願君毋詆朱子！凡君所可，皆朱子之說也；所否，則小序也。然則朱子之說，合於人心之不言而同然者，明甚矣！』其人意阻，竟酒默然。凡馮君之說，皆此類也；乃小序與朱說兩無所用其心，而漫言以欺世者也。

僕生平不喜道人文字短長，以馮君所言關於經義，又為吳中學者所宗，恐波蕩後生，故質言之。有不當者，望吾兄反覆焉。

録自集外文集卷五。

與友人書

江浙舊仰食於江西、湖、廣，邇年江廣米價亦兩倍以上，江浙雖遇豐年，上遊客米至者略少，價即騰踴，人心惶悸。直隸、山東、河南比歲皆阻饑，萬一更遇凶荒，雖聖主至仁，國帑亦恐難繼。及今欲為久長之計，則宜立經法以開源節流；欲救一時之急，則宜有良圖以持危防變。謹條舉於左，以聽採擇。

所謂久長之經法：一、則酒醪耗穀宜有節制也。周公之法：公私禮事，皆臨期有司始授酒材命造。漢初，重罰無故飲酒者，文、景所以致富庶也。曹操遷許，石勒建趙，首嚴酒禁。諸葛亮治蜀，至藏酒具者即加刑焉。明太祖定金陵，並禁種糯。蓋計中人一日所飲之酒，必耗二日所食之穀。果能斷酒一年，民間即可多積半年之食。今既不能斷禁，莫若重酒稅，即用以備荒。先定條例：凡大省城內許開十坊，四鄉就大村鎮各開一坊，數不得過十。大府八坊，中府六坊，小府四坊，大州縣四坊，中三坊，小二坊，村鎮之坊必介在鄉城之中，不得過城內之數。無論黃酒燒酒，用米豆百石則稅宜稻十石，別貯一倉，以聽官調。減糶發賑，道里均，分散易，官民皆便。私開燒鍋槽坊者，與私鹽同罰。如此，則每坊用米二三千石，二十石一，即積稻二三百石。河北五路用黍豆為酒者，用此比率。雖小州縣每歲積穀二三千石，五年之後，雖大荒，民不艱於食矣。其出陳易新，仍使開坊者私其利，官不得撓。直至六年後，則官賣一年稅穀以貯庫，充修城池、學校、官舍、橋樑，歲以為常。

一、臺灣未平之前，沿江諸郡新米出，每石不過銀五錢六錢。自開海洋，洋船一到，米豆價倍。邇來上憲深知其弊，嚴禁私放米豆出洋，告首者以其半為賞。但沿路稽查者不過差役兵丁，其得利甚多，習非既久，出首領賞不若通同容隱安穩而長得厚利也。必奏明：江浙二省海關每額稅共六七萬兩，即皆逾額，其數亦不能甚多。聖主愛恤窮黎，每賑災荒，費國帑動數十百萬。若閉江浙海關，則漏孔永塞。粟米愈積愈多，中家皆能自保；即遭水旱，待賑者少而米價甚賤，隨處可買，費帑無多，通計所省國帑，較海關之稅相十百矣。至洋銅洋貨，則福建、廣東、天津、登、萊海關不閉，依舊可致。其地粟米本少，即有外流，於內地亦無大損也。

一、種煙之利三倍於種穀，故兩江膏腴之地皆以種煙。陳公榕門巡撫江西，深知其害，奏惟城内隙地許種煙，外此皆禁，已蒙聖主允行。而部文少復開一竇，云近郊及村鎮不種五穀之地，亦許種煙，以此奸民種煙如故。若出示嚴禁，凡城外有種煙者，即拔其苗，枷責其人，州縣官記一大過，三犯必題參，則每州縣膏腴之地復為良田，歲增稻麥豆麻一二萬石，合而計之，上下江歲增穀食二三百萬石，米價自漸平矣。又，蘇松諸郡多以良田種荸薺、甘蔗，江西多以水田種蓮子，若並奏明，與城外之煙同禁，穀粟益多，乃足民之本計也。

録自方望溪遺集。

與白玫玉書

僕少誦書史，竊慕古豪傑賢人，求之鄉里間，惟劉君古塘、張君彝歎，有狷者之操，因就而友之。然嘗惜其規模過隘，長遊四方，所見當世知名士不少，未有如古所云者，而二君子且倜乎遠矣。及與足下相見至再三，退而自喜，以為乃今始見三秦豪傑，而二君子常疑焉。及僕禍起倉卒，大吏中夜閉門會鞫，勢若湯火，近者糜爛。足下微服，冒眾隸相調護；既就逮，為紀家事，拮據藥物，以供老母，逾年如一日；二君子始以僕為知人。

今賴天子仁恩及於寬政，二君子及眾戚黨作計御老母而北，已於二月下旬抵京。故特馳報，俾足下胸中痞結早得消釋也。

方秋中，僕在塞上，忽聞賢兄下世，衋然心傷，寢食不能自克者久之。念賢兄忘長吏之勢，與僕為布衣交，勸善規過，孜孜若不及。戊子、己丑間，僕數歸故里。吏事之暇輒相呼，言笑連晨夕，今遂成異世事。詩曰：『相彼雨雪，先集惟霰，死喪無日，無幾相見。』古之人當朋友燕樂之時而豫計及此，有由然也。

足下久無四方之志，然望以僕故，附知交車馬之便，一至京師。足下試思與僕訣江寧縣獄時，意中料僕作何狀？今幸不死，又免四裔之投，相去三千里，豈可使此生不再相見邪？僕知足下聞吾言，將中夜以興，傍徨衢路而不能自已也。僕鬚髮已白十之五六，想足下尚不至此，願努力自愛。西望於邑。頓首，頓首。

錄自集外文集卷五。

送徐亮直冊封琉球序

皇帝御極之五十有七年，冊封琉球國嗣孫尚敬為中山王。故事：以部郎儀狀端偉蓄文學者，假一品服，奉冊以行。天子命擇詞臣，眾皆隱度徐編修亮直為宜。及命下，果為介。

自秦、漢以後，中國有事於四夷，其為將，則効命力於鋒鏑；其為使，則折衝口舌之間，以求得其要領，故承命者多以為難。今天子德威遐暢，方外鄉風，小夷喁喁，企瞻使節。承命者有將事之榮，而無失得之恤，故人爭羨之，遭遇異時，亦物情之不足怪者也。

吾聞古之贈行者，必告以所處。今亮直之行也，雖折衝口舌之勞無事焉。又其地，絕海萬里，政教所不經，即詩人所謂諮詢諏度者，亦無庸以告也。亮直夙以文學知名；茲其行也，其耳目震駭乎乾坤之廣大，而精神澡雪於海山之蒼茫，吾知其文章必有載之而出者矣。

錄自望溪文集卷七。

送王篛林南歸序

余與篛林交益篤，在辛卯、壬辰間。前此篛林家金壇，余居江寧，率歷歲始得一會合。至是，余以南山集牽連繫刑部獄，而篛林赴公車，間一二日必入視余。每朝餐罷，負手步階除，則篛林推戶而入矣。至則解衣盤薄，諮經諏史，旁若無人。同繫者或厭苦，諷余曰：『君縱忘此地為圜土，身負死刑，奈旁觀者姍笑何？』然篛林至，則不能遽歸，余亦不能畏訾謷而閉所欲言也。

余出獄，編旗籍，寓居海澱。篛林官翰林。每以事入城，則館其家。海澱距城往返近六十里，而使問朝夕通，事無細大必以關，憂喜相聞，每閱月踰時，檢篛林手書必寸餘。

戊戌春，忽告余歸有日矣。余乍聞，心忡惕，若暝行駐乎虛空之逕，四望而無所歸也。篛林曰：『子毋然！吾非不知吾歸，子無所向，而今不能復顧子。且子為吾計，亦豈宜阻吾行哉？』篛林之歸也，秋以為期，而余仲夏出塞門，數附書問息耗而未得也。今茲其果歸乎？吾知篛林抵舊鄉，春秋佳日與親懿遊好徜徉山水間，酣嬉自適，忽念平生故人，有衰疾遠隔幽、燕者，必為北鄉惆然而不樂也。

録自望溪文集卷七。

送劉函三序

道之不明久矣，士欲言中庸之言，行中庸之行而不牽於俗，亦難矣哉！蘇子瞻曰：『古之所謂中庸者，盡萬物之理而不過。今之所謂中庸者，循循焉為衆人之所為。』夫能為衆人之所為，雖謂之中庸可也。自吾有知識，見世之苟賤不廉、姦欺而病於物者，皆自謂中庸，世亦以中庸目之。其不然者，果自桎焉，而衆皆持中庸之論，以議其後。

燕人劉君函三令池陽，困長官誅求，棄而授徒江、淮間，嘗語余曰：『吾始不知吏之不可一日以居也。吾百有四十日而去官，食知甘而寢成寐，若昏夜涉江浮海而見其涯，若沈疴之霍然去吾體也。』夫古之君子，不以道徇人，不使不仁加乎其身。劉君所行，豈非甚庸無奇之道哉？而其鄉人往往謂君迂怪不合於中庸。與親暱者，則太息深矉，若哀其行之迷惑不可振救者。雖然，吾願君之力行而不惑也！無耳無目之人，貿貿然適於鬱棲坑阱之中，有耳目者，當其前援之不克而從以俱入焉，則其可駭詫也加甚矣。凡務為撓君之言者，自以為智，天下之極愚也。奈何乎不畏古之聖人賢人，而畏今之愚人哉？劉君幸藏吾言於心，而勿以示鄉之人，彼且以為譸張傾僻，背於中庸之言也。

録自望溪文集卷七。

贈魏方旬序

余窮於世久矣，而所得獨豐於友朋。寓金陵，則有同里劉古塘，高淳張彝歎；至京師，則有青陽徐詒孫，無錫劉言潔，北平王或菴及邑子左未生、劉北固，而吳、越、淮、揚間暫遊而志相得者又三數人。雖貧賤羈旅，未嘗一日而無友朋之樂也。惟乙亥客涿鹿，自春徂冬，漠然無所向。課章句畢，輒登城西南隅，坐譙樓，望太行西山，至暝而不能歸，雖風雨之夕亦然。自生徒及僕隸、居人皆怪詫，不知余爾時心最悲，思念平時所與遊處者，意愴怳不能自克也。踰歲東歸，將遂農力以事父兄，而家窮空，又時為近地之遊。

戊寅冬，督學滏陽張公招至使院，賓從雜然，酣嬉聒譃，而余孤孑無與，不異客涿鹿時。有魏生者，居常嘿嘿，而意獨向余。問其世，則明天啟中，給事吏科，忤逆奄而死廠獄者，其曾王父也。次年春，滏陽公按試諸郡，惟余與生留舍署之西偏，庭空無人，時蔭高樹，俯清池，徘徊草露間。回憶曩者客涿鹿時，與生寂寞相慰，轉若有以自得者。

余倦遊，計以匝歲為止，將就一二故人謀所以歸隱者，果竟得之，終老不出矣。然余縱得歸，而平生故交，自彝歎、未生外，皆飄零分散，無得安居而從己所務者，用此常以自恨而為諸君子憂，而魏生言：自給事時，家無舊業，其父兄伯叔父十數人，皆仰食於生。生之孤行遠遊，蓋自此始而未知其所終也。然則生之別，又遺余憂者矣。

録自望溪文集卷七。

贈潘幼石序

余數奇，獨幸不為海內士大夫所棄，而有友朋之樂。然每怪平生故舊，其道同志相得者，所遇之窮，必與余類。交淺者其困亦淺，交深者其困亦深。或始相得，中道而棄余，與余跡漸遠，而其遇亦漸通。或當世名貴人，無故與余相慕用，而屯蹇輒隨之。吾不識其何以然。既而悟曰：『凡物之腐臭者，有或近之，則臭必移焉；是何怪其然。』或曰：『非此之謂也。物無知，人強合之，故其臭移焉。人有知，其臭味之不同者，孰能強之合也？蓋必其氣之本衰，或時之已去，而後乃與子相得焉。子惡用自引咎哉？』

潘先生幼石，余童子時以師友之禮交，而先生常弟畜余。先生文行重江表，方其壯盛，未嘗一至京師，老而來遊，閉一室。諸公貴人有索交者，一謝不通，而獨暱就余。先生以貧故客遊，至欲乏家事不問，而為余教子。嗚呼！先生之趨舍，可謂與眾異心者矣。夫昔之不余棄者，尚或未知余之腐臭也，今則夫人而知之矣，而先生乃好之加篤焉。豈臭味之同，雖先生亦有不能自主者邪！先生之歸也，余在塞上。留書索余言贈所處，因書此質之，吾知先生必憮然而歎余言之鄙也。

録自望溪文集卷七。

送左未生南歸序

左君未生與余未相見，而其精神志趨、形貌辭氣，早熟悉於劉北固、古塘及宋潛虛；既定交，潛虛、北固各分散。余在京師，及歸故鄉，惟與未生遊處為久長。北固客死江夏。余每戒潛虛：當棄聲利，與未生歸老浮山，而潛虛不能用，余甚恨之。

辛卯之秋，未生自燕南附漕船東下，至淮陰始知南山集禍作，而余已北發。居常自懟曰：『亡者則已矣！其存者遂相望而永隔乎？』己亥四月，余將赴塞上，而未生至自桐。瀋陽范恆菴高其義，為言於駙馬孫公，俾偕行以就余。既至上營，八日而孫死，祁君學圃館焉。每薄暮公事畢，輒與未生執手谿梁間。因念此地出塞門二百里，自今上北巡建行宮始，二十年前此蓋人跡所罕至也。余生長東南，及暮齒而每歲至此涉三時，其山川物色久與吾精神相憑依，異矣；而未生復與余數晨夕於此，尤異矣。蓋天假之緣，使余與未生為數月之聚，而孫之死，又所以警未生而速其歸也。

夫古未有生而不死者，亦未有聚而不散者。然常觀子美之詩及退之、永叔之文，一時所與遊好，其人之精神志趨，形貌辭氣若近在耳目間，是其人未嘗亡，而其交亦未嘗散也。余衰病多事，不可自敦率。未生歸，與古塘各修行著書，以自見於後世，則余所以死而不亡者有賴矣，又何必以別離為戚戚哉？

録自望溪文集卷七。

贈淳安方文輈序

文章之傳，代降而卑，以為古必不可復者，惑也。百物技巧，至後世而益精，竭心焉以求其善耳。然則道德文術之所以衰者，其故可知矣。

周時，人無不達於文，見於傳者，隸卒廝輿亦能雍容辭令。蘇秦既遂，代、厲始脱市籍，馳說諸侯，而文辭之雄，後世之宿學不能逮也。蓋三代盛時，無人而不知學，雖農工商賈，其少也，固嘗與於塾師里門之教矣。至秀民之能為士者，則聚之庠序學校，授以詩書六藝，使究切於三才萬物之理，而漸摩於師友者常數十年。故深者能自得其性命，而飈流餘談之發於文辭者，亦充實光輝，而非後世所能及也。

漢之文終武帝之世而衰，雖有能者，氣象薾然。蓋周人遺學，老師宿儒之所傳，至是而掃地盡矣。自是以降，古文之學每數百年而一興，唐、宋所傳諸家是也。漢之東，宋之南，其學者專為訓詁，故義理明而文章則不能兼勝焉，而其尤衰，則在有明之世。蓋唐、宋之學者，雖逐於詩賦論策之末，然所取尚博，故一旦去為古文，而力猶可藉也。明之世，一於五經、四子之書，其號則正矣，而人占一經，自少而壯，英華果鋭之氣皆敝於時文，而後用其餘以涉於古，則其不能自樹立也宜矣。由是觀之，文章之盛衰，一視乎上之所以教，下之所以學，各有由然，而非以時代為升降也。

夫自周之衰以至於唐，學蕪而道塞近千歲矣。及昌黎韓子出，遂以掩迹秦、漢而繼武於周人。其務學屬文之方，具於其書者可按驗也。然則今之人苟能學韓子之學，安在不能為韓子之文哉！

吾同姓在淳安者曰文輈，以時文名天下。其於三代、兩漢之書，童而習焉。及成進士，則一以為古文。其仕也，始出而顛。人皆惜其年力之盛強，吾獨謂天將開之，而使有得於古也。其前之學有可藉，而後之為時也寬，聞吾言，可以速歸而從所務矣。

録自望溪文集卷七。

贈李立侯序

書傳所記，奮跡自己而立功名者眾矣，而德與言則常有祖若父淵源之自焉。其無可徵者，或緒遠而迹微，於世無傳焉耳，而可徵者十常六七。非獨道術之所漸然也，其得於天，清明秀傑之氣，實有以類相衍，而非眾人所得同者。

余遊好中，資材可與學古而望其有立於德與言者，僅得數人，而幾於成者蓋寡。其語人皆曰：『吾為境困也，時相迫也。』而悔而自責，未嘗不曰：『志之不固焉。』夫功必有所待而後成，若德與言，則根於心達於學而與時偕行者也，何境之能奪哉！

吾晚交得李君立侯，相國安溪公之孫也，氣清而識明，甫踰冠，於古人之學已見其端倪。相國德業於時為卓，而經義則爭先於前儒。立侯實朝夕承學，又其時則寬然也，其境則泰然也，然則天之所厚，而所就終遠過於吾儕者，舍立侯其誰望與？

抑余昔所交數君子，其資材與學所已至，皆概乎能有立者也。彼年如立侯時，自命何如哉，而或終以無成，或少有得而不能盡其才，即余亦未嘗不為之惜也。故於立侯之歸也，為道諸君子之所悔，以贈其行。

録自望溪文集卷七。

送李雨蒼序

永城李雨蒼力學治古文，自諸經而外，徧觀周、秦以來之作者而慎取焉。凡無益於世教人心政法者，文雖工弗列也；言當矣，猶必其人之可。故雖揚雄氏無所録，而過以余之文次焉。余故與雨蒼之弟畏蒼交，雨蒼私論並世之文，舍余無所可，而守選踰年，不因其弟以通也。

雍正六年，以建寧守承事來京師，又踰年終不相聞。余因是意其為人必篤自信而不苟以悅人者，乃不介而過之，一見如故舊。得余周官之說，時輟其所事而手録焉。以行之速，繼見之難，固乞余言。余惟古之為交也，將以求益也。雨蒼欲余之有以益也，其何以益余乎？古之治道術者，所學異，則相為蔽而不見其是；所學同，則相為蔽而不見其非。吾願雨蒼好余文而毋匿其非也。

古之人得行其志，則無所為書。雨蒼服官，雖歷歷著聲績，然為天子守大邦，疆域千里，昧爽盥沐，質明而涖事臨民，一動一言，皆世教人心政法所由興壞也。一念之不周，一物之不應，則所學為之虧矣。君其併心於所事，而於文則暫輟可也。

録自望溪文集卷七。

送張又渠守揚州序

儀封張清恪公廉察江蘇，始至，未受印篆，謁制府，即迴車過余。余固辭不獲命。公入曰：『吾聞子有年，迫欲相見一論學耳。』余謝曰：『某未知學，但聞守官之大戒二：其一義利也。公於此既皭然而不滓矣。進乎此則利害；非知命而不惑者，不能毋搖。』公喜曰：『吾固知子之論學必篤也。』

及公自閩移撫江蘇，首劾制府噶禮；人皆為公危，而先帝卒直公而黜制府。方公與制府相持，會余以南山集牽連赴詔獄。制府遂劾公久閉余於官舍，不知所著何書，而先帝之矜余，實自此始。用此知人生稟命，各有所錯。其惑於利害者，徒自毀其德義，而於利害之定分，實無毫末加損也。及余蒙恩赦宥，而公亦內召，相見於京師，述前言，為忻暢者久之。

公有良子曰又渠，余未得見，已聞其名字於鄉人。及為戶部員外，未數月，粵東援恩詔，請免宿逋數萬，同官皆難之，君力爭，自復於長官，獲免；粵西、四川、滇、黔皆賴焉。由是知名，尋擢正郎，踰年特簡出守揚州。將行，乞言於余。余謂君於茲行，有所易亦有所難。昔武侯之德在蜀，子瞻嗣焉。蜀有善政，眾必歸美於瞻。今君所治，即先公所撫之士民也；未言而民先信之，令出而民爭趨之，事半而功倍，此其所以易也。然少不如公，則邦人之責望，必過於他守。君早歲見知聖天子，公卿交薦，異日名位之與先公並，不足為君期也。所難者，德義之繼承耳。義利之介，余知君必無愧焉。其進乎此，亦惟前所以告公者而已。君既有意於余言，則余將拭目而觀君之始政矣。

録自望溪文集卷七。

送黃玉圃巡按臺灣序

康熙六十年夏四月，朱一桂構亂臺灣，殺總兵官，據其城，監司、郡、縣吏並逃散； 賴天子廟算，秋七月，叛者悉得，臺灣平。 其冬，命擇臺臣廉靜有才識者往巡視，而余同年友黃君玉圃實承命以行。

余聞臺灣之將有反側也，閩人及宦遊、行賈者，知之垂二十年矣。 蓋其地踔絶海中，民不火食，自混闢未通外人。 明亡，鄭芝龍〔一〕始入據之，入國朝四十年，然後鄭氏歸命。 置郡遣吏，農桑肇興，沃壤千里，百產豐饒； 而土人愚惷恇悸，浮寓姦民因得巧法承賦於有司，而私其土，役其人，農收畜產，毫髮不得自專，甚者猱雜其妻子； 而吏陰利姦民之奉，漫不訾省。 思亂者，十室而九。 故一二姦民煽數十百人，遂戕大帥，謀拒王師。 蓋陰恃土人深怨，以為一旦可竊據也。 初鄭氏既覆，有謂此土宜棄而不守者，不知方其未闢於中國，誠不足為有無。 今則民衆百萬，粟支十年，屹然為海疆重地。 與閩、浙、江南沿海諸鎮相應接，則島夷洋盜不敢萌窺伺，內地逋亡者，無所伏隱，而菽粟百貨，歲溢於泉、漳。 苟不能守，則害亦視此。 故天子加意撫循，凡監司、守、令，必使大府任舉屬吏才實顯著者，始調移之； 而大府所任，率平時善事其左右，興作採辦爭先於羣吏者。 是以民重困而上不知，不至於為國生患不止也。

夫粵東、閩、滇，今之吏所號為沃區也，而民困於無告，視瘠土有甚焉。 又功令： 凡邊塞山海要地，吏雖已除，大府得易置。 其所任舉，果有異於臺灣之羣吏乎？ 由是觀之，法雖良，付之非人，其不能究宣天子之德意，而毒民以病國者，可勝道哉！ 君廉能夙著於吏部及臺中，其能綏靖此邦，已為衆所豫信。 然詩有之，『周爰諮諏』『周爰諮謀』，凡此類，皆可因使事而歸告也。 於其行也，言以要之。

録自望溪文集卷七。

【校】

〔一〕『鄭芝龍』應作『鄭成功』，或下脫『子成功』三字。

贈宋西羾序

雍正壬子春，余道逢相識人，甫下車，適有過而與言者，叩之，則亡友之子宋華金西羾也。接其語，觀其詩，久而益有意於其人。西羾大父冢宰公及父山言，再世以詩名。余為諸生，冢宰巡撫江蘇，降爵齒而禮先焉。山言年較長，而視余若其所嚴事者。觀西羾之詩與其為人，雖得之性資，抑祖若父淵源之所漸也。

余夙有作序之戒，而西羾以為請，乃誦其所聞，而使自擇焉。先君子有言：『自晚周、秦、漢以來，治文術者，代降而卑，皆以為氣數使然，非也。古之以文傳者，未或見其詩，以詩鳴者亦然。唐之中葉，始有兼營而並善者，然較其所能，則懸衡而不無俯仰矣。自宋以降，學者之於文術，必徧為之；夫是以各涉其流，無一能窮源而竟委也。如曰氣數實然，則建安以後之綺麗，有陶潛者出，而渾然元古矣。李白、杜甫興於唐，而六朝雜家盡為所掩。』今子於詩，既得其徑塗，苟日進而不已，豈惟接武於先人，安知不遂與古人相角逐乎？

曩子欲兼治古文，自今以往無庸也！子之年長矣，少壯之心知既役於時文，而今有官守，日力之留餘者，雖壹併於詩，猶恐其術之難竟也，而又可兼務乎？若夫植志行身之義，守官制事之方，苟欲稍異於衆人，而自儕於古人，其事更有艱且大者，即文術可置而勿事也。若尚能兼，則又詩之所藉以增重也。西羾能篤信吾言，他日宦與學皆成，而出其詩以質於世，即以是弁於簡端可矣。

録自望溪文集卷七。

送官庶常觀省序

始子叩吾廬欲為弟子，而吾辭之堅，非相外也。計將為講誦之師，則衰疾多事，無日力以副所求；將有進於是者，則吾身之無有，而又何師焉。及再三云，則不復辭。以窺子之心神，若誠有志於謀道者，吾身雖不逮，儻誦其所聞而得能者，吾志猶有寄焉。

古人之教且學也，內以事其身心，而外以備天下國家之用，二者皆人道之實也。自記誦詞章之學興，而二者為之虛矣。自科舉之學興，而記誦詞章亦益陋矣。蓋自束髮受書，固曰微科舉，吾無事於學也。故天地之大，萬物之多，而惟科舉之知。及其既得，則以為學之事終，而自是可以慰吾學之勤，享吾學之報矣。嗚呼！學至於此，而世安得不以儒為詬病乎？

今子得館選，未數月而告歸省母，是子知學以得身，而識所祈嚮也。雖然，所以務學之根源，辨之尤不可以不審。將以為名，則自致於父母兄弟者，皆以見美於人，而賊吾之本心；將以既其實，則所以備天下國家之用者，皆吾性命之理，而不可以苟遺也。自省自克於二者之間，而防其心之偷，乃百行之源，學者之始事也。子之歸也，果能專篤以厲所學，深固以植其行，俾泉、漳之間後起者以為表的，則吾與子之為師為弟子，所關不細。若曰吾既有所得以為親榮，可以優遊而卒歲矣，則皇皇焉欲自得師，義焉取哉！

吾平生非久故相親者，未嘗假以文，懼吾言之不實也，而特表子王父之墓，蓋粗得其略於所治武強之士民，又將慊子之志，而因以相砥淬耳。然記不云乎，『大孝尊親』，使國人稱願然曰：幸哉！有子如此，是乃君子之所謂孝也。子能用吾之言以成其身，則所以樂其親而榮其祖者大矣。於其歸也，申以勖之。

錄自望溪文集卷七。

送吳東巖序

康熙乙未仲春，吾友東巖南歸，過余為別，將行，曰：『子不能歸，吾不能復來，茲為永訣矣。』因相持，噭然而哭，不能自抑也。

憶癸酉、丙子間，余試京兆，則聞世胄以學行重朋齒者三人：曰歙縣吳東巖，山陽劉紫函，寶應喬介于，而三人者皆與余一見如舊識。紫函、介于號為能時文，而東巖兼治古文。或謂古之道不宜於時，東巖弗顧也。每榜後，羣士舉積學而上壅者與苟得者相提而論，以病有司之枉，此三人必在所計數。然其後二十餘年，更八九舉，而卒無一得者焉。

丙子後，介于招余授經於寶應，因往來淮、揚間，而東巖適授經於廣陵，故余中歲與三人者相見日為多。自余遘難，介于省余於金陵，及出刑部獄，復再至京師，而東巖亦至。回思少壯游從燕市時，不獨二君子以憐余，而余亦以憐二君子。

介于之歸也，余惝然若無所依，而今東巖復長往，將何以處余乎？東巖歸，將道淮以至於揚。其以余之狀語紫函，而為叩介于，尚能北來以慰余之索居否也？

録自望溪文集卷七。

高素侯先生四十壽序

苞聞古之學術道者，將以成其身也。孔子語曾子所謂『大孝尊親』者，使國人稱願，皆曰君子之子也。自科舉之法行，士登甲科，則父母、國人皆曰：『其名成矣。所謂顯揚莫大於是矣。』人心蔽陷於此者，蓋千有餘年。

吾師宛平高公，少時遭家震愆，太公倅某縣，以事戍黑龍江。世父命公守市肆，公且市且讀書，卒成進士，入翰林。上書求代戍，詣通政司、都察院，皆不能達。會贖罪例開，乃涕泣告請於師友，卒贖太公以歸。祖母段太孺人年九十，母子重見，又六年，始考終。及公視學江南，太公、太母猶逮養，都人士莫不歎羨。自世俗言之，則公之名既成；即君子觀之，事父母亦可謂能竭其力者矣。

然余觀北宋丞相富公，節義功烈，與韓魏公相匹，而眉山蘇洵上書，謂『古之君子，愛其人也，則憂其無成』；今公為文學侍從之官，嘗主鄉試，視學政，不失士心，亦守官者之常。余居門下數年，竊懼公循致高位，而碌碌無所成也。康熙壬申，公自翰林改官京卿，會強仕之期，故舉蘇洵告富公者以為壽。

録自望溪文集卷七。

張母吳孺人七十壽序

以文為壽，明之人始有之。然其知體要者，尚能擇其人之可而不妄為；而壽其親者，亦必擇其人之可而後往求。今之人則不然，其所求必時之顯人，而其文則傭之村師幕賓無擇也；其所稱則男女之美行皆備而不可缺一焉，而族姻子姓之瑣瑣者並著於篇。夫古之良史，其紀事也，直而辨，簡而不汙，雖帝王、將相、豪傑、賢人，所著多者不過數事，而況鄉曲之人，閨中之女婦乎？

言孝者稱舜與曾、閔，非他聖賢之不必然也，人之行或遭變以抵其極，而稱人者必舉其尤以見異也。且古人之事其親，可以致隆者，無弗致也，而善與惡則不敢誣。惡之可掩者，掩之而已；其身所絕無之善，則不敢虛加焉。古人之於友，求無不應也，而稱其善以著於後，則不敢過；蓋以善之未有者虛加於親，則為不誠於其親。稱人之善而過其實，則其文無以信今而傳後。非知道之深，豈能無惑於此與？

張君自超，余所兄事也。太夫人七十，命予以文。叩所以為文者，而張君曰：『吾母之壯也，事皆聽於吾父，既老而吾長焉，皆女婦之常耳，獨不喜吾應舉求仕，此吾所以無汲汲干進之心也。』噫！張君非事親之誠，知道之深，而能為是言與？即夫人之賢可知矣。古之遭變而見稱者，非其人之願也。當其常，則務道之盡而無為名焉。周之初，后夫人之德著於詩者，皆女婦之常也。其所以傳者，蓋將用之閨門、鄉黨、邦國以化天下而為聲教焉。虞、夏以前，女婦之賢聖者眾矣，豈是之不能盡與？而無傳焉者，務道之盡而無為名也。夫人處常而不務為名，即道之盡可知矣。所不喜於張君者，以道之盡責張君也。張君歸，誦吾言以稱觴於堂，吾知夫人必忻然而樂也。

録自望溪文集卷七。

胡母潘夫人七十壽序

吾友胡君錫參於其母潘夫人六十時，請余文述其志節與教諸孤者以壽。余曰：『非古也，有暇則傳以詳之。』丁酉春，錫參北試京兆，曰：『以吾母教余兄弟之勤，終不能不惓惓於此，故承命以來。』其秋，果得舉。冬十有二月，請余曰：『獻歲正月，吾母七十矣，將使仲弟西章歸為壽。子姑以一言先之可乎？』

余觀書傳所記富貴顯榮之人，其生也，不擇其世者有之矣。若賢人君子，則非獨其世隆也，亦兼稟於母德焉。自吾與錫參遊，而意其將為賢人也。及詳其先世及母夫人之志節，而益信其終有立也。然錫參近五十矣，其學與行，置之眾人之中，雖有異焉，而迫於羈窮，不能直推而前，以躪古人之跡者多矣。夫人之以科目望錫參，蓋父若祖及胡氏之先皆自於此，故結於習見而不能不以此為重也。今錫參既有得焉，以慰其親，斯足矣。若假道於此，以求為富貴顯榮之人，則夫人前之所以教者，豈其然哉？繼自今，錫參舍是而務其遠者大者，則其無曠先緒，而顯夫人之志節，有什百於此者矣。西章歸，其稱是以為壽。

録自望溪文集卷七。

蔣母七十壽序

康熙五十二年七月，余在塞垣。友人蔣錫震自京師以書來，曰：『吾母七十矣。吾少孤家貧，母撫且教，以至於今，艱難可無述而知也。子為文以壽可乎？』余少讀戴記，見先王制禮，所以致厚於妻者，視諸父昆弟而每隆焉，疑而不解也。既長受室，然後知父母之安否，家人之睽睦實由之。又見戚黨間或遭大故，遺孤襁褓，其宗祀與家聲，皆係于女子之一身，而諸父昆弟有不可如何者。然後知先王制禮，乃述天理以示人，而非世俗之淺意所可測也。

曾子曰：『可以託六尺之孤，可以寄百里之命，臨大節而不可奪也。』是三者，賢人君子之所難，乃委巷之女子，一入室而義當以此責之。其責之也專以嚴，則禮之敢不重歟？夫婦人尚志節固已，而立孤尤難，能食之而不能教，非所謂可託也。又或煢獨無依，則紀衣食，持門戶，其難有過於寄百里之命者。若太夫人於蔣氏，信可謂艱貞而無負於寄託矣。

以余所見婦人著志節者，賦命多蹇，子姓成立者希。蓋造物者既以節顯其身，他福祥或不能兼與！而太夫人獲天佑，康寧壽考；錫震成進士，從容色養，鄉里傳為美談。閨門之内，聞而興感，於女教所關不細。因書遺錫震以慰其親，且使眾著於先王之禮意焉。

録自望溪文集卷七。

送馮文子序

往者長洲韓公為吏部，聽事而歸，喟然歎。余問曰：『公何歎？』公曰：『昔有醫者，與吾故且狎。吾叩焉，曰：「人皆謂子之醫能殺人，何也？」曰：「非吾之醫能殺人也，而吾不能不使之罷而死也。吾固知吾術之不足以已其疾也，而不能不利其酬；不獲已以物之泛而緩者試焉。其感之淺而與吾方相中者，固嘗有瘳矣。其浸尋反覆久而不可振者，吾心惻焉，而無可如何。」今某地告饑，上命發粟以賑，而大農持之，下有司核所傷分數。夫民之飢，朝不及夕，而核奏議賑在三月之外，有不罷而死者乎？吾位在九卿，與其議而不能辨其惑，是吾負醫者之責也。』余曰：『公所見，其顯焉者耳。凡官失其職，而事墮於冥昧之中，皆足以使人罷而死，而特未見其形也。姑以所目擊於州縣者徵之：水土之政不修，而民罷死於旱潦矣；兩造懸而不聽，情僞失端，而民罷死於獄訟矣；弊政之不更，豪猾之不鋤，而民罷死於姦蠹矣。豈獨殘民以逞者，有殺人之形見哉？先己而後民，枉下以逢上，其始皆曰：「吾不獲已。」其既皆曰：「吾心惻焉而無可如何。」此民之疾所以沈痼而無告也。』

吾友馮君文子將令於禮縣，為詩四章，自道其心與俗吏異。因舉昔之所聞於韓公及相語者以告之。蓋所望於良吏者，謂能已民之疾也。非徒不益之疾而已也。民之疾常伏於無形；而大吏之為民疾者，復多端而難禦。令之職，環上下而處其中。下以致民之情，而上為之蔽。慮於下者不詳，則為民生疾而不自覺。持於上者不力，將坐視民之罷死而無如何。其術不可不素定也。君，韓公之門人也。能因是而自審其所處，則韓公之言，庶幾其不曠也夫！

録自集外文卷八。

送吳平一舅氏之鉅鹿序

古者先王之世，既授田里以治民之生，而又區四海之所環，以眾建侯國，使萬物連屬其鄉而聚其氣。農夫耕於其土，士仕於其國，耕與仕俱不出於其疆。其有工、賈、宦、學、聘問、戍役之行者，特千百之什一，而又得以時還息。生其世者，率常父母兄弟白首懽然保聚，無一日離別怨思之苦；而族黨親戚亦得攜持結連，綢繆相渥洽以飽足其意。嗚呼！上之所以區畫計處以求便其民之私者，可不謂詳且遠與？民之所得於其上而不自知者，可不謂厚與？

自周之衰以接於秦，破井田，廢封建。先王之澤不流，民生迫蹙，而其氣日以乖散。農夫失其田畝，以傭而耕；卒有旱潦，無以繫屬其身，散而四方為奴虜矣。商賈眾而財匱，得所欲者益寡；或疲亡於道路，去其鄉縣，飄零失業，而無所於歸矣。仕者失其田祿，或千百里繫官於朝，或散而出於荒邊側境，無舟車僕賃衣食之資；同居之親不得與偕，愁居惕處而嗟怨矣。至於士之學先王之道者，無庠序以遊其身，無廩給以贍其父母妻子，次壈失職，羈旅浮游以謀衣食者偏天下。故雖天下無事，水火盜賊之警不聞，而民生搖搖，常有離散之形，跼蹐悲憂之思。一室之中，父兄子弟，自孩童至於白首，懽然保聚無相離者，十不一得焉；而況族黨親戚之睽離而不可合併者，豈可勝道與！其所從來者久遠，世未始以為憂。然上之所以待民者薄，而心易搖；自前世所以可憂者，未嘗不在於此也。

辛未八月，苞與舅氏相遇於京師。逾年夏，舅將之鉅鹿。苞既為文述二十餘年散聚悲懽之跡。舅因太息，顧苞而言曰：『吾窮於世，竟以遊老。每當山行水涉，寒暑冰雪侵加，飢疲困頓，忽忽不知此身當所投措。數年中，儻得好事者少潤澤之，亦欲息足金陵之野，教誨子姪。且得與而翁而母朝夕相見。』苞因自念：以疾病之身，迫於窮餓，羈旅數千里外，缺然其心，不能一日以寧。其欲歸而事親從兄，耕田著書以自娛，與舅之志略同，未知何日以終遂也？即吾與舅兩人之身，而皆不得自便其情若此；以視古之為士者潔居美服飽食而從容於庠序者何如乎？其父母兄弟之保聚，族黨親戚之渥洽，不亦甚可慕悅矣乎！

嗚呼！自漢、唐以來，儒者皆以謂先王井田封建之制不可復行矣，況陵遲以至於今，豈尚有望與？豈天遂忍斯民之苦，而莫為之所也？夫吾與舅所志非甚奢，私計或猶得以遂。然民之生迫蹙，其氣乖散，而不得以自便其情。豈獨吾與舅兩人也哉！

録自集外文卷八。

教忠祠祭田條目

四時祭薦，春秋墓祭，費不過六十金。蓮池既棄，子孫生計日蹙。余藥物及隨身用度，不得不取之祭田。余身後，除祠規所列經用，計每歲當餘二三十金，子孫錙銖不得私用。積至百金，即付相信典鋪取薄息。至六七百金，則以買上等沖田，不可置雜業。十年後，可加良田一倍。凡田契官印後，房長即集宗子、眾子姓，會同族姻、友朋助理祠事者，敬書余遺命於契末，各署名字。隨錄板，標『教忠祠續置祭田』。詳載畝數，錢糧，買價，並原契續本。置祭田後，每至十年，必總田契，呈太守。照今漳浦蔡公例，契縫加印，批縣註冊存案。

范文正公義田，子孫守之七八百年，不失家法，可謂善矣。但計口給糧，則不肖者或以長惰。古惟四民，使之交能易作，終歲所入，無以相過。蓋盡人之力，則財用不匱；順天之道，故安享樂利而無禍殃。戰國、秦、漢以來，並兼遊食之民多。耕夫終歲勤動，穀始登場，廩無餘粟。織婦宵旦苦辛，身無完衣。浮淫之人，則安坐而享之。實與不祥之氣相感召，故每至大亂，遭殺戮蒙垢汙者，皆通邑大都雄鎮之貴家富人；荒村小聚，甕牖繩樞之細民，免於難者，十常八九，天之道也。

吾家蓮池，雖有祖命以畀首續科名者，而歸贖在余未舉於鄉之前，吾兄之心力瘁焉。桐城、廬江、高淳之田，余銖積寸累以置之。余賣桐、廬田，以建宗祠。以蓮池賣價置江寧沙洲圩田、木廠，併高淳永豐圩田為教忠祠祭田。四時祭薦而外，以周子孫窶艱、嫁娶喪葬不能自舉者，以遵吾兄臨終『異居同財』之遺命。道希、道永、道章、道興之子女婚嫁，予五十金。再娶者減三之一，娶再醮者不給。妻及子婦成人之喪亦如之。諸孫行則予三十金。力能自舉者不給。道章備歷艱難，子女眾多，故先期陸續給銀，使早營運，後此不得為例。必待納徵有吉日，始付之，以防妄耗。

十年後，祭田加倍。同祖叔父楓麓府君之子孫嫁娶及喪，致十金。曾祖副使公之子孫半之。高祖太僕公子孫在金陵者，慶弔各一金。寡婦孤子，近親不能相養者，春秋各一金，製衣服。兄及余子孫疾淹久，給醫藥。延師於敦崇堂，以聚教貧者，飲食、膏火公給。其住居遠，子幼不能赴堂者，歲給附學之資四金，至年十五以上。不願來堂就學者亦聽，惟止其資給。寡婦孤子無生產，及近親不能相養者，公給衣食，俟其子成立而止。其讀書無成，能貿易力田者，各給三十金為資本。怠荒其業而沒其本者，勿再給。

二十年之後，祭田又倍。楓麓府君子孫嫁娶及喪，致十五金。副使公子孫十金。太僕公子孫在金陵者，慶弔二金，孤寡衣服亦如之；在桐者各一金。兄及余子孫安分守業，口多而食寡者，量給口糧。女子寡而無依無子者，生養死葬公任之；有子而無依者，必教養之使克有成，非甚不肖，勿輕棄。

三十年之後，祭田又倍。則太僕公子孫在金陵者，慶弔三金，孤寡亦如之。在桐者一金。副使公子孫六十壽一金，七十壽二金，八十壽三金。斷事公以下七支，鄉試於金陵，致卷價一金，會試春官者十之。兄及余子孫歸試於皖者，給五金，鄉試倍之，會試春官者十之，不問其家之豐歉也。惟登仕籍者，必量力增置祭田，以仰答祖宗優異屬望之意。見今兄子道希嗣子惟敬為宗子，其本生父道永為房長。余長子道章、長孫超為宗子，次子道興維持家法可三十年。三十年後，更得良子孫守之百年，則祭田增加可數倍於吳郡范氏。潤澤可徧斷事公之後七支。吾子孫尚憂衣食哉！豈惟受命於先人，事必宜終，即為子孫計，訏謨遠猷，亦無善於此者矣。

助理祠事三人，歲終各贈十二金，輪赴高淳收租。祠田歲收稻穀，除賣以供國課、祠祀、墓祭外，必留百石，以備凶荒之歲周子孫之困乏者。太僕公子孫在金陵之貧窶者，量貸之而免其息。貸而不歸者，再值歉歲，勿更給。

隨墓宜置祭田數畝，子孫秋收，可環視塋域。又宜計道路支湊，築室墓旁，逢雨雪可信宿。邵村、石嘴、二房莊三墓，相去皆十里而遙。石嘴墓左地勢寬敞。周村、石潭、沙場三墓，相去皆十里而近。沙場居中，必相楊姓村內，營爽塏地築周垣，構瓦屋七架者三間兩廂，五架草房四間。瓦屋中隔之，中為堂，左室可居停，右室為板倉。豐年，買稻百石。近墓農家貸種，每石歲取乾稻二斗為息。歲歉弛其息之半。近村人來糴，每石照時價減四分。歲大祲，存百石為舉本，餘盡散之近墓貧民。人性皆善，墓木庶無毁傷。

録自集外文卷八。

己亥四月示道希兄弟

禮『有百世不遷之宗』，以收族也。『有五世則遷之宗』，『親者屬也』。遭家震愆，今在金陵者，獨先君逸巢公後耳。詩人之述古公者，曰：『緜緜瓜瓞，民之初生。』言將絶而復屬也。故繼逸巢公者，於桐為小宗，而在金陵則世為大宗。宗子非有大過不廢，廢則以子承；無子，支子以序承。雖有貴者，別為小宗，不得主祭。

自逸巢公以上，祖之宜世祀者五：始遷於桐者曰德益公；建文朝死節，配享正學先生祠者曰斷事公；德重於鄉者曰東谷公；起家為大夫者曰太僕公；始遷金陵者曰副使公。餘親盡則祧。

古者，大功同財異宮。不異宮，不能各致養於其親；不同財，則戚屬而飢寒之不恤矣。桐俗，子壯則出分。先君始命余兄弟循禮經。憶亡妻與嫂有違言。先兄命之曰：『汝輩日十反脣，披髮摶膺〔一〕無害。但欲吾兄弟分居異財，終不可得耳。』

兄子道希幼羸，每疾，亡弟椒塗中夜抱持，圈豚行。弟早夭。兄常曰：『吾更生子，當以道希嗣。是弟所嘗抱持也。』今道希為宗子，以其弟道永嗣。

余兄弟三人。兄子二人，一嗣椒塗。余一子道章，亦相與為三人。道章之生也，後先兄之卒凡五月，先兄猶及知其孕也。每曰：『異日汝子與吾子，相視如同生。』道章生年十一，以余罪，繫旗籍，與道希、道永不能生相養。其服之相為，宜從期。退之不云乎，『受命於元兄』，此可以義起也。

大功以上，同財同居，則共祀祖禰；異居皆祭於繼祖適子之家。適子雖貧，宅左右必別為三室：中室為龕四級，奠高、曾、祖、禰木主，歲二祫，即從俗用清明孟秋之望。先期散齋二日，致齋一日。主祭者齋於西翼室。兄弟子姓各齋於外寢。生辰、忌日，奉主特祀於東翼室。考妣之忌，齋期如二祫。生辰，散齋、致齋各一日。祖考妣之忌如之。生辰，齋一日。高曾祖妣、伯叔兄弟之忌如之。妻、兄弟子婦各祭於其寢。妻、長子，忌日齋。冬日至，祭於宗室，上及不祧之祖。宗子散齋三日，至齋二日。羣子姓如二祫。共大宗者，歲一合食。共高祖者，再。共曾祖者，三。凡合食，必於宗祠。

副使公始至金陵，居由正街，後遷土街。舊宅轉六姓，逾五十年康熙乙酉，余始復先人居，而治其西偏舊圃為將園，先君時燕息焉。辛卯遘難，宅仍他屬，園亦出質。道希兄弟異日必復之為宗祠，今於土街宅後，暫治三室如前法。

小功異財，勢不能同也。家之乖，恒起於婦人。米鹽淩雜，子女僕婢往來譏訴，易至勃谿。雖期之兄弟不可保，況小功以下乎？聖人制法以民，非賢者所宜自處也。往時，清澗白玫玉過余。其兄子仲傑侍，近五十，成進士矣，斂約如成童。叩之高、曾以下，同居者五世。子婦無異衣食，雖蓄私財，無所用之。玫玉之兄，吾邑宰也，而治家司財幣者，則玫玉之妻。其妾與子婦，弗之詑也。蓋禮教之能移人若此。此非並世之人乎？小子識之！

古之祭者，前期必齋，喪必異居食。祭不齋，無以交於神明。喪不異居食，則哀麻哭泣，皆作偽於其親。先王制喪食，於老者疾者，既葬而後猶有寬假焉，而復寢之期，則斷不可易。蓋人之情，食粱肉而悽然念所親者，有之矣；御內而不忘哀，未之有也。在禮，期終喪不御於內者，祖、父母之外惟妻，而餘皆止於三月。非厚於妻，而薄伯叔兄弟也。先王立中制節，故法必計其所窮。妻一而已，假而本支繁衍，死喪相繼，皆終期不御於內，即人道為之曠絕矣。故稍寬之，使中人可守。非謂寡兄弟者，必不可節欲以伸其恩也。記曰：『齊衰期者，大功布衰九月者，皆三月不御於內。』用此推之，則正服大功，以浹月為期；小功緦麻，終月可也。其始婚，則小功以卒哭之後為期，禮文具矣。余過時不娶，妻之父母趣之。

時弟椒塗卒始七閱月，余入室而異寢者旬餘。族姻大駭，物議紛然。遂廢禮而成婚，至今恨之。茲為家則：食飲、衰服，或因事而權其宜；惟御內之期，自緦麻以上，必以所推為斷。夫舅與甥，恩之最輕者也。然女兄弟方痛不欲生，苟有人心者，能即安於燕寢乎？大功以上，則視骨肉之眾寡而加隆焉。《記》曰：『小功皆在他邦，加一等。不及知父母與兄弟居，加一等。』此先王稱物之情，而使之自厚於人道者也。齋期已前具。民無恆產，財匱而事劇，不能壹稟古制也。

凡恩之賊，多由婦人志不相得。禮之敗，多由與私親男子時相見。聞之長老：桐俗淳厚時，家僕終世給事，未嘗見主母。近則稍有違者，皆以相見為渥洽。金陵亦然。

吾母疾篤，天子加恩賜醫。醫者曰：『定法：必視面按脈，乃復命。』余白之母。曰：『我雖老，婦人也。可使醫者面乎？』余曰：『君命也。』母閉目，命褰帷，顏變者久之。既而曰：『雖聖恩高厚，然繼自今，勿更使吾疾上聞矣。』今與子姓約：凡來婦者，父母歿，不得歸寧。非遠道，還母家，毋過信宿。其親伯叔父、同父兄弟、兄弟之子至吾家，相見於堂，食飲於外。從兄弟、母之兄弟，相見於外。嫂叔禮見，惟吉凶大節，同室相糾察，有失則者，男婦不得與於祭。

兄弟宗族之相疾，近起於各私其妻子，遠則貧富貴賤之相耀也。吾幼時聞之父祖：上祖有官御史者，巡按江西，道桐，歸祭於宗祠。自監司以下皆來賓。主祭者，侍御之從兄也，為庶人，不得服輿馬。侍御以騶從，僕隸擇駿者乘。侍御軼而先，急下，拱立道左。及祭畢，從兄西向立，命取杖。眾皆進曰：『吉禮成，執事者有不共，願以異日治之。』曰：『過由執事者，則舍之矣。』侍御遂自弛冠服，伏地受杖。杖已，曰：『吾不予杖，是使汝負詬於鄉鄰也。且汝惟心懈，故至此。汝持使節，一路數千里待命焉，而心常外馳，能無誤人身家事乎？』侍御怡色受教，冠服禮賓。兄弟各盡懽。嗚呼！此吾宗所以勃興也。近世骨肉恩薄，其賢者乃以文貌相屬，而汎汎然如途人。盛衰之本，為子孫者，可以鑒矣！

楊樹灣高莊東谷公遺田，太僕公所受分也。五傳至余兄弟，以遠家金陵，艱輸運，棄其十之六，惟主莊尚存。余丁亥歸故鄉，見其基勢爽塏，繞宅喬木尚七十餘株。老僕曰：『此東谷、太僕所嘗棲止也。』因復其半。今並以為祭田，未復者當次第復之。以歲入十之二供祀事，餘給子孫之不能嫁娶、葬埋及孤、嫠、老、疾者。其法一取吳郡范氏。不謂之義田者，徒為吾兄弟之子孫計耳，非能如古人之收族也。每見士大夫家累巨萬，不聞置義田；即祭田，亦僅有而少豐焉。俄而其子孫已無一壠之植矣。范文正公父子置義田三千畝，以贍族人也，而子孫享其利者六七百年，以至於今。昔太僕公分田之籍，手記曰：『吾增置田三百五十畝，橐中白金千有七百。此非吾官中物也，乃朋友餽遺、汝母勤儉而致之。』太僕公仕宦四十年。當明神宗朝，巡按者三；掌河南道時，兼攝七道御史事，所積僅如此。嗚呼！父有田宅以遺其子，乃汲汲然自明，惟恐子之意其得於官而心鄙之也。上之教，下之俗，所以相摩而致此者，豈一朝一夕之故哉！茲田之在吾家，亦近二百年矣。然則欲子孫長保其田宅，亦非德與禮莫能持也。

副使公葬繁昌縣西門外楓樹嶺，去桐與金陵各三百里而近。余鄉欲與其地士大夫聯婚媾以便祭掃而不得也。墓旁有祭田，未籍分產，四叔父楓麓收其入。播遷之後，諸弟貧乏，必將斥賣。道希兄弟當勉力以原價歸諸從父，而勒石永為祭田。先君受分，多取瘠產。庶祖母王孺人膳田，本議身後均分，後獨以歸四叔父。楓嶺祭田，不問其歲入。汝輩當體祖父之志，勿謂此公產，不肯以價取，而致屬他姓也。

陳莊、胡莊及高淳租，每歲終，通計而三分之，以其一給道章於北。非敢棄先兄之命也，分隔異地，慮子孫或有不肖而大為之防也。昔聖人之制男女之禮也，皆以禽獸為防；而兄弟同財異財，亦以中人為準。蓋計其所窮，使不肖者可守耳。

弟椒塗之歿也，未娶。兄泣曰：『吾弟兄三人，當共一丘，不得以妻祔。』兄疾革，嫂與道希環而泣之，兄屢斥去。正命之夕，惟余在側，未嘗以道希、道永屬。吾兄弟篤愛如此，子孫其式之！

錄自望溪文集卷十七。

【校】

〔一〕『披髮搏膺』，據左氏成公十年傳，應作『被髮搏膺』。

甲辰示道希兄弟

己亥歲，議以道永嗣弟林，林嗣伯父履開公。先兄之為宗子也，先祖命之矣。道希之為宗子也，先君知之矣。若以林嗣履開公，則林及道永當相承為宗子，先祖之所未命，先君之所不知，非後之人所敢議也。今第以道永嗣林。履開公則置墓田，三支子孫世祀勿替，而祔食於祖。

吳郡范氏義田計口授糧，俾愚者怠於作業，非義也。五材百物，民皆用之，必各有職業，交能易作，然後其享之也安。無故而坐收其利者，天所禍也，且勢不能周。吾家祭田，營宅兆，供歲祀；有餘，量給不能喪葬者；有餘，以振鰥、寡、孤、獨、廢、疾不能自存者；有餘，以助貧不能受學者；有餘，春糴而秋糶之，累其貲以廣祭田。其怠於作業而貧窶者，不得告貸。

己亥四月，諭以高莊為祭田，因司諭公久葬故鄉，雖以陰流入墓起攢，仍當卜兆於桐耳。今奉柩至金陵，則高、曾、祖、考無一葬故鄉者矣。高淳二百畝，乃我二十年傭筆墨，執友張彝歎為購置者。惟用為祭田，於義為安。一水可通，子孫歲收穫，可近就繁昌，展副使公墓。將為記，勒石臺拱岡，兼注縣冊。俾世守之，不得私摽棄。

自副使公以下，道希為宗子，凡出自副使公者，宜宗之。而從祖父查林府君、從父楓麓府君返故鄉，吉凶赴告，不得以時通。今定居金陵者，惟先君之子姓耳。道希之世嗣，當為百世不遷之宗，雖有異爵者，祇事焉。

自先兄與余無私財，道希、道永、道章亦式焉。率是道也，雖五世十世可也。然先兄早世，吾質行不若古人，安能必子孫常守家則乎？先兄命道希、道永與道章兄弟，相視如同生。今道希、道永有子皆早殤，惟道章一子始孩。異時與羣從相視如大功之兄弟，不得析居異財。後此則仍禮經，聽其大功同財，而以親者相屬。

金陵上田十畝，一夫率家眾力耕，豐年穫稻不過三十餘石，主人得半。乾暴減十二，米之得六石餘，以給下隸之食與衣，不贍也。程子曰：『吾輩暨妻子僮僕，皆不耕而食，不織而衣，更不治經謀道，則為世大蠹。』可不畏哉！計中人之家，主人一身調度，必殫上農夫五家之力。妻子一人所費，役三家。僕婢半之。吾家親屬及僕婢，近四十人，常役上農夫百家。終歲勤動，以相奉給。果何德以堪之？今與汝輩約：僕婢惟老而無歸者勿遣。傭者散之。少壯各任以事，能則留，不則縱舍，俾自食其力。

古無奴婢，事父兄者，子弟也。事舅姑者，子婦也。事長官者，屬吏也。惟盜賊之子女乃為罪隸，而役於官。九職：『臣妾，聚斂疏財〔一〕。』質人，掌人民之質劑。蓋士大夫之家始有之，如後世官賜奴婢，亦以罪沒耳。戰國、秦、漢以後，平民始得相買為奴。然寒素儒生，必父母篤老，子婦多事，然後傭僕賃嫗，以助奉養。金陵之俗，中家以上，婦不主中饋、事舅姑，而飲食必鑿，燕遊惟便。縫紝補綴，皆取辦於工；仍坐役僕婦及婢女數人，少者亦一二人。婦安焉，子順焉，蓋以母之道奉其妻而有過矣。余每見農家婦，耕耘樵蘇，佐男子力作。時雨降，脫屨就功，形骸若鳥獸。然遭亂離焚剽，則常泰然無虞。蓋其色不足貪也，家無積貨可羨也。雖盜賊姦宄，不能不留農夫野婦，耕織以供戰士，而劫辱繫虜，斬刈無遺者，則皆通都大邑縉紳富室之子女也。人事之感召，天道之乘除，蓋有確然而不可易者矣。吾家寒素，敝衣粗食，頗能外內共之，而婦人必求婢女，猶染金陵積習，吾甚懼焉。道希兄弟其與二三婦其勉之，恐余不幸而言之中也。

憶昔姻家有婦惰姑嚴而不相中者，其子頗是其婦。母患之，語余曰：『吾兒所憚者，子也。子為我訓之！』翼日，余至其家，子婦敬聽。告之曰：『凡為人子，暱其妻而不責以事父母，是以娼女待其妻也。世有與娼女交而望其孝於吾父母者乎？凡為人婦，暱其夫而不順於舅姑，是以估客待其夫也。世有娼女而致孝於估客之父母者乎？』歸至家，姑姊妹皆責余曰：『不畏其深怨乎？』余曰：『彼深怨，則心已為之動矣。』編於家訓，子將娶，則審以喻之。

古者自王后以及列士之妻，皆躬織紝，而庶人以下，則衣其夫。王后之禮職，女史糾之，而監以王之師傅。民家之女功，鄰長稽之，而達於鄉、遂之長。一日廢其職，怠其事，則過愆集之。如是，則貴者安得恣睢以適己，賤者尚敢勃谿於舅姑之側乎？今之士，古之庶人也。繼自今，凡來婦者，縱不能衣其夫，衣裳必自製；以屬工人者，值勿給。

先兄之命曰：『弟林既冠，未娶而夭。吾與汝生常違離，異日三人必共一丘。』康熙辛巳，葬兄於泉井，以弟從。自余遘禍北徙，道希危疾，連年累歲。術者曰：『此陰流入墓之效也。』余始不信，忽夢兄臨大淵，躍入自沈。通書南中，命道希啟墓，鑿土三尺見水，乃起柩權厝，以待卜兆。古者邦墓有定所，民以族葬有定位。自形家之說興，而其術頗有奇中者，何也？管子地員篇：凡泉之淺深，可按視所見之土以測之。豈中原土厚水深，司空之法未亡，相民宅者，皆能脈土以定兆域，而未可以例山澤沮洳之地與？吾友李君岱雲、黄君退谷、劉君梧岡，儒者也，而篤信形家之術，謂：『穴有暈，下三棺則暈破而水入。』余迫於公程，行有日矣。道希兄弟若懲前事而畏形家言，則兄與弟共塚，而余他日別葬，於義亦可。但毋與婦人合，以墮先兄之命。

古者命士以上，祿皆足以仁其族。故晏子相齊，三黨及國之賢士皆取給焉。後世祿薄，仕者無義取之財。吾先人雖宦族，而故鄉遺田，皆上祖力耕而致之。金陵之俗，婦人多外夫家，內父母家。耗貲產於私親，而子孫無一椽之庇者，踵相接也。子欲順於母，而不恤母族，非義所安。然必身所自致，然後得專。以上祖之所遺，兄弟子姓之所賴，而偏厚焉。家之睽，必自此始。其有喪葬不舉，急難無告者。竭妻子之私財以佐之；無有，則與兄弟審度而助之。妻之族亦如之。

婦人之性，鮮知大義。兄弟同財，則怠於家事，委積蓋藏，坐視耗蠹。甚者，爭為侈靡。吾子孫之以大功同財者，苟不能同爨，則均其歲入，而各私為奉養。豐年存十之二，儉歲十一，公貯之以備喪葬婚嫁；猶愈於離居析產，不肖者甘蕩棄，而兄弟不得問也。吁，薄矣！

清澗白氏四世同爨，婦人服用有經，雖母家送嫁服物亦貯公所。繁昌徐季子同產五人，兄弟有子二十餘。季子年二十二，喪妻及子，遂鰥居治家事。兄弟之子耕者、賈者、授徒客遊者，絲粟不入私室。男女少長近百人無違言。余杪秋遇其兄之子於魯港，具言如此。然則子弟有不可教者，父兄其省諸！婦人有不可化者，男子其省諸！

録自望溪文集卷十七。

【校】

〔一〕『聚斂疏財』，據周禮大宰，應作『聚斂疏材』。

己酉四月又示道希

示道希：旬月以來，我胸氣結塞如有物，食飲日衰，左股蹙縮，蓋痛受命於兄，垂老而棄之也。痛道永不能以義懸衡，汝惑焉，我為大親而不能正也。

三叔父之沒也，汝父泣曰：『吾三人生常違離，弟中道夭，吾與若送死皆有恨。弟未娶，無子女以寄吾愛。異日吾兄弟當同丘，不得以妻祔。』遂以告於大父、大母及汝母、叔母蔡氏，以為成命。是約也，豈惟億叔父之靈，亦陰以釋大父、大母之隱痛也。汝父及叔父合葬二十餘年矣，非以陰流入墓而起厝，汝兄弟能發掘而以母祔乎？大父大母之終，第知叔父與汝父之魂魄相依，而不知其終判也。

『百歲之後，歸於其室』。尤婦人所切心，而卜兆泉井時，汝母無幾微見於顏面，是心知汝父之義，而欲成其美也。汝母之終也，汝父起厝復數年矣，亦嘗教汝兄弟偕父之命而以己祔乎？今而違焉，豈惟戕父之心，抑亦毀母之義矣。

昔朱子斷『濮議』，以為『試坐仁宗及濮王於此，則決知其不可。緣眾人以死後為無知，故惑亂耳』。試立汝父於此，見汝兄弟違命而遂非，痛疾將何如？孔子曰：『汝安則為之。』我衰疾隔遠，生世幾何？不復贅語矣。

道希得札，依古族葬，而少變以從宜。卜兆蔣甸，司諭公居中，先兄、亡弟同穴居右，先嫂、亡妻同穴居左。故存此札，以志其不違父命，由篤信予言，且以解戚友之惑也。自記。

録自望溪文集卷十七。

壬子七月示道希

來札稱鮑甥孔學及汝女壻吳生元定、光生大椿學誦益專以愨，乞言以進之。夫學非專且愨之難，貴先定所祈嚮耳。

己卯之冬，余信宿河間令孫屺山署中。值迎春，部民效伎於庭。植雙竿，繫索而横之。有女子年可十四五，緣竿而升，徐步索上，舞且歌，不側不墜。俄設重案，臥而仰其足。衆舁五鈞之甕，以足承轉而運之如丸。良久，然後衆擎而下。觀者皆色然駭而雜以譁笑。余獨閔且懼焉。夫索横於空，猿狙之所不能履也。五鈞之甕，壯夫所難負戴，而弱女以足盤之。蓋利重糈而竭其心與力以馴致焉耳，不重可閔乎？

君子之學，所以復其性也。三才萬物之理，生而備之，而古聖賢人所以致知力行以盡其性者，具在遺經。循而達之，其知與力，可以無所不極。然其事不越人倫日用之常，非若横索而履之，與以足運甕於高空之危且艱也，而有志於斯者則鮮焉。蓋謂是非有利於己之私，而無可歆羡焉耳。

故學誦之專且愨：有以為名與利之階者矣。有思以文采表見於後世者矣。又其上則欲粗有所立，資以稍檢其身，而備世之用焉。又其上則務復其性者，是也。三生者，吾何以進之哉？達吾言，而使自審處焉，可矣！

録自望溪文集卷十七。

别建曾子祠記

雍正三年春，苞赴京師，道濟寧。諸暨楊三炯以兗郡丞督漕駐此，云：『始到官，寓署之西偏，蓋曾子故居也。聽事處，即正廟。前吏者遷主於西城樓而宅之，又於隙地治燕私之齋。余將就其址，構數楹，迎主歸，定祀。且延師召諸生講誦於此，俾衆著於先賢之遺蹟，而不敢廢焉。舍故廟而别祠，恐後之人狃於前事而不能保也。』秋九月，以書來請記，曰：『工訖矣。』

余嘗謂道一而已，而聖賢代興。其操行之要，與所示學者入德之方，則必有為前聖所未發者。詩、書、易、禮深微奥博，非積學者不能徧觀而驟入也。至孔子，則所言皆平近顯易，夫人可知，而六經之旨備焉。至曾子傳大學，揭慎獨之義。俾學者隨事觸物而不容自欺，所以直指人心道心之分，而開孟子所謂幾希之端緒，乃前之聖人所未發也。其自稱曰：『吾日三省吾身。』即慎獨之見於操行之實者耳。

夫見廟而思敬，過墓而知哀，苟有人心者，莫不然。況入先賢之宮，而有漠然無所興起者乎？諸生誠切究夫省身慎獨之義，則知功利之溺心，詞章之蠹學，而慨然有志於遠且大者；而後之吏者，自惟燕私之居，則務廣而無窮，而先賢祀享、諸生講誦之地，盡取而不留一區，其必有不得於心者矣！此三炯之志也。江南後學方苞記。

録自望溪文集卷十四。

重建陽明祠堂記

自余有聞見百數十年間，北方真儒死而不朽者三人：曰定興鹿太常，容城孫徵君，睢州湯文正，其學皆以陽明王氏為宗。鄙儒膚學，或勦程、朱之緒言，漫詆陽明以釣聲名而逐勢利。故余於平生共學之友，窮在下者，則要以默識躬行。達而有特操者，則勖以睢州之志事，而毋標講學宗指。

金陵西華門外，舊有陽明書院，不知廢自何年。講堂學舍，周垣盡毀。其餘屋圃者居之，繚以廁匽。欲聲其罪，則其人已亡；欲復其舊，則費無所出。乾隆十一年，貴州布政使安州陳公調移安徽，過余北山，偶言及此，遂議興復。逾歲五月告成，屬記之。蓋公乃余素以睢州志事相勖者。其尊人鳴九先生承忠節、徵君之學，為教於鄉國。故公於茲祠，成之如此其速也。

嗟乎！貿儒耳食，亦知陽明氏揭良知以為教之本指乎？有明開國以來，淳樸之士風，至天順之初而一變。蓋由三楊忠衰於爵祿，以致天子之操柄，閹部之事權，陰為王振、汪直輩所奪；而王文、萬安首附中官，竊據政府，忠良斥，廷杖開。士大夫之務進取者，漸失其羞惡是非之本心，而輕自陷於不仁不義。陽明氏目擊而心傷，以為人苟失其本心，則聰明入於機變，學問助其文深，不若固守其良知，尚不至梏亡而不遠於禽獸。

至天啟中，魏黨肆毒，欲盡善人之類。太常、徵君目擊而心傷，且身急楊、左之難，故於陽明之說直指人心者，重有感發，而欲與學者共明之。然則此邦人士升斯堂者，宜思陽明之節義勳猷，忠節、徵君、文正之志事為何如，而己之日有孜孜者為何事，則有内愧而寢食無以自安者矣，又思陽明之門如龍溪、心齋，有過言畸行，而未聞其變詐以趨權勢也。再傳以後，或流於禪寂，而未聞其貪鄙以毁廉隅也。若口誦程、朱，而私取所求，乃孟子所謂失其本心，與穿窬為類者。陽明氏之徒，且羞與為伍。是則陳公重建兹祠之本志也夫！

郡志載前輩焦弱侯重修書院記，略云：『創建者，海門周公，時攝京兆。厥後與參黄公嗣事，乃成之。』今兹重建，費大於作始。公惟不詰屋與地私相授受之由，而官贖之，價從其柢。鳩工庀材，並出禄賜。邑侯海甯許君助之，屬役於紳士，不由胥吏，故不日而事集。經始於乾隆十一年季冬，訖工於十二年仲夏。方苞記。

録自望溪文集卷十四。

鹿忠節公祠堂記

定興鹿忠節公致命於城西北隅，邑人就其地為祠。曾孫某葺之，列樹增舍，俾子孫暨鄉人志公之學者，得就而講習焉。

余嘗謂：自陽明氏作，程、朱相傳之統緒，幾為所奪。然竊怪親及其門者，多猖狂無忌，而自明之季以至於今，燕南、河北、關西之學者，能自豎立，而以志節事功振拔於一時，大抵聞陽明氏之風而興起者也。昔孔子以學之不講為憂，蓋匪是則無以自治其身心，而遷奪於外物。陽明氏所自別於程、朱者，特從入之徑塗耳；至忠孝之大原，與自持其身心而不敢苟者，則豈有二哉？方其志節事功，赫然震動乎宇宙，一時急名譽者多依託焉以自炫，故末流之失，重累所師承。迨其身既歿，世既遠，則依託以為名者無所取之矣。凡讀其書，慕其志節事功而興起者，乃病俗學之陋，而誠以治其身心者也。故其所成就，皆卓然不類於恒人。

吾聞忠節公之少也，即以聖賢為必可企，而所從入則自陽明氏。觀其佐孫高陽及急楊、左諸公之難，其於陽明氏之志節事功，信可無愧矣。終則致命遂志，成孝與忠，雖程、朱處此，亦無以易公之義也。用此知學者果以學之講，為自事其身心，即由陽明氏以入，不害為聖賢之徒。若夫用程、朱之緒言，以取名致科，而行則背之，其大敗程、朱之學，視相詆訾者而有甚也。

公之生平，耿著於天壤，蓋無俟於余言。故獨著其所以為學之指意，使學者知所事而用自循省焉。是則公之志也夫！

録自望溪文集卷十四。

修復雙峯書院記

容城孫徵君，明季嘗避難於易州之西山，學者就其故宅，為雙峯書院。其後徵君遷河南，生徒散去，為土人侵據。其曾孫用楨訟之累年，始克修復，而請余記之。

余觀明至熹宗時，國將亡，而政教之僕也久矣，而士氣之盛昌，則自東漢以來，未之有也。方逆奄魏忠賢之熾也，楊、左諸賢，首罹其鋒，前者糜爛，而後者踵至焉。楊、左之難，先生與其友出萬死以赴之。及先生避亂山谷間，生徒朋遊棄家而相保者，比比也。嗚呼！諸君子之所為，雖不能無過於中，而當是時，禮義之結於人心者，可不謂深且固與？其上之教，下之學，所以蘊蒸而致此者，豈一朝一夕之故與！

夫晚明之事，猶不足異也。當靖難兵起，國乃新造耳，而一時朝士及閭閻之布衣，舍生取義，與日月爭光者，不可勝數也。嘗歎五季縉紳之士，視亡國易君，若鄰之喪其雞犬，漠然無動於中。及觀其上之所以遇下，而後知無怪其然也。彼於將相大臣，所以毀其廉恥者，或甚於臧獲；則賢者不出於其間，而苟妄之徒，回面汙行而不知愧，固其理矣。

明之興也，高皇帝之馭吏也嚴，而待士也忠。其養之也厚，其禮之也重，其任之也專。有不用命而自背所學者，雖以峻法加焉，而不害於士氣之伸也。故能以數年之間，肇修人紀，而使之勃興於禮義如此。由是觀之，教化之張弛，其於人國輕重何如也？

余因論先生之遺事，而並及於有明一代之風教，使學者升先生之堂，思其人，論其世，而慨然於士之所當自厲者。至其山川之形勢，堂舍之規，興作之程，則概略而不道云。

録自望溪文集卷十四。

將園記

由正街之西有廢墟焉，先君子嘗指以示余曰：『此吾家故園也。汝曾大父自桐遷金陵，實始居此。其後定居土街，宅出質，園無主。長廊曲檻，軒亭花石，遂盡於居民之毀竊，而荒穢至此。』

先君子好為山澤之遊，既老不能數出，居常鬱鬱，乃謀復是宅。宅已六易主，久之議始成，以甲申七月入居。因步園之舊址，繚以百堵，隔居民之漱浣者。然後出池之淤以實下地，而清流匯焉，堰之使方，圃其四周。池東有獨樹，蔭三丈餘，甃其下，可列坐，風謖謖，雖盛夏不留蚊蠅。先君子日召故人，歡飲其間。將俟其成而名之曰將園，取詩人『將父』『將母』之義也。

越三歲而先君子歿，始克於池之東北隅構四室，奉老母居其北，而余讀書其南。又數年復於池東南隅為堂，敞其中，檽其左右，而翼其西偏以臨於池。廡堂之東，上屬於四室，編籬穿徑，列植竹樹。每飯後，扶老母循廡至南堂，觀僕婢蒔花灌畦。或立池上，視月之始生，清光瑩然，不知其在城市中也。

南堂成於庚寅之春，其西翼尚未畢工。辛卯十有一月，余以南山集牽連被逮。又二年出獄，蒙聖恩召入內廷編纂。老母北上依余，每夏日，輒語內御者曰：『池中荷新出，柳條密蒙，桐陰如蓋矣。』

余出獄之次年，宅仍他屬。又三年，園亦出質。乃記所由始，示兄子道希，使知此大父母精神所憑依，而余之心力嘗竭焉，毋淹久於他姓也！

錄自望溪文集卷十四。

泉井鄉祭田記

兄百川暨弟椒塗卜葬於泉井之西原，墓側有田十八畝，買為祭田。壬辰，使馮氏甥榮收其入，兼以契付之，使築室而定居焉；以守薪木，俾吾子姓祭者有所休止，而記之曰：

余同產凡八人，而女兄弟五：姊適鮑氏、曾氏者，前母姚孺人出也；適馮氏者，妹適鮑氏、謝氏者，並余兄弟，吳孺人出也。自余毀齒及成童，先君子尤窮空。

冬無繇，日不再食者，旬月中必再三遘。時鮑氏姊已出室，而先兄侍王父於蕪湖，兩妹尚幼，同之者實兩姊及弟椒塗，而先君子課余及弟誦讀甚嚴。馮氏姊獨勤力定省，供子職，烹爨、縫紉、灑掃，執僕婢之役，門以内皆賴焉。余家貧，而馮氏尤甚。姊年二十有六，姊夫綏萬始入贅。其後余遊四方，綏萬助兄治余家事近十年。兄歿，余又共事焉。姊在室時，余兄弟三人更疾不瘳，凡四三年。雞初鳴，余每寤，望見燈光熒然，則姊已起治藥物矣。

余年二十有三，始能備饔飧而弟卒。又九年己卯舉於鄉，歸自京師，踰年而兄卒。又七年丙戌中禮部試，歸踰月而姊卒。姊先卒之數日，余往視。榮及兩女甥皆在旁，姊顧之慘然。余曰：『吾生而存，若輩無飢且寒。』

又五年辛卯冬十有一月，余以南山集牽連被逮，將至京，守隸防夫伺甚嚴。或曰：『入則不可以生矣。』余懼與姊言之終棄也，乃於逆旅夜熝燈作書寄兄子道希，使以茲田歸馮氏。

會逢天子仁聖，不遽用吏議，而不肖之軀延於獄中者又踰年。聞戚友多咎余，曰：『田以祭名，而使異姓主之，可乎？』余亦惑焉。雖然，是舉也，先兄及弟之魂魄必嘉與之。且人事無常，使子孫守之，遂能永保不失乎？今以方氏祭田，而使馮氏子孫食其入，執其契，雖不肖者莫敢相授受，安知非茲田之所以久存也與？若他年道希克昌其世，以他畝易而歸之，義無不可。遂書之，俾刻石於墓左，時康熙壬辰十一月望後六日，在獄思愆齋。

録自望溪文集卷十四。

赫氏祭田記

古者治教禮俗莫重於宗法，周官：『以九兩繫邦國之民。五曰宗，以族得民。』其為天子繫屬斯民，權亞於牧長，義並於師儒。降至春秋，去國者多以族行。并兼者欲誘其遺民，則為之致邑立宗。故先儒謂宗法之廢興，與國勢為表裏，此之故也。

三楚、吳、越、閩、廣山谿之間，聚族而居者，常數千百家，而宗法無一能行。蓋古者公卿大夫，祿皆足以仁其族，而四民各有職業。其待大宗之收恤，不過鰥寡孤獨廢疾無大功之親者而已。後世家無恆產，人無常業，盎無儲、枷無衣者，比肩而立，而欲大宗之收族，不亦難乎？飢寒之不恤，而執法以繩不類，孰聽之乎？惟吳郡范氏有義田以養其族人，故宗法常行，無或敢犯。余嘗以風並世士大夫，間有慕效者，不再世而子孫族人瓜分其義田而摽棄之。然後知范氏宗法久行，非以其義田之多，乃文正、忠宣之德行功業足以覆露其子孫，以陰為之保定，故食其福者七八百年而未有艾也。

康熙癸巳冬，余自南書房移蒙養齋，時與顧用方論喪祭之禮及古宗法，赫君赫若有意於余言。其母李孺人卒，期年內，飲食寢處，不背於禮經。其始仕，祿入甚薄，即大治兆域，建墓側饗堂。每語余曰：『范氏義田，吾有志焉而未逮也。』後二十餘年，乾隆戊辰，余已告歸，而君為山東布政使。以書來告曰：『先王父入關，隸正黃旗，受寶坻田五百八十畝，以授吾父暨叔父。吾父以公事出典二頃，餘八十畝，歲時具牲醪，常苦不充。及將終，以授某曰：「小子勖哉！奉先合族，無忘吾志。」某兄弟四人，伯兄早世；季弟永泰後叔父，而叔父亦即世。某監寶泉局，始克歸先父出典之田，以大半給三弟永寧，餘入祭田。及永泰得官，喟然曰：「巨嫂衣食於兄，我為叔父後，而喪葬兄力任之，乃坐享遺田，心不能安，請以歸於公。」時某續置龍虎莊五百五十畝，乃以分給寧、泰，而祖遺五百八十畝盡為祭田，以其餘周族姓。此永泰之義，某終未益尺土也。今以非材，承乏東藩，將謹身節用，歲有增益，如范氏義田，以繼先人之志。望先生作記，俾時自砥淬。』

嗚呼！人性皆善，用此知謂古禮必不能行於今，皆自暴棄之誣言也。赫君不忘父命，遂足以發其弟之義心，而又能曲成其義。使公卿大夫之設心皆若此，而宗法不能行，仁讓不能興，吾不信也。使三楚、吳、越、閩、廣聚族而居者，其巨室富人皆能踵其事，則居常飢寒足以相恤，遇變鄉邑可以共保，禮俗成而民氣固，其有輔於國家之治教，豈淺小哉？

赫居東，值歲大祲，未數月，以太僕寺卿內召。其增益義田終能滿志，吾不敢知，然就其已事，固足為人子孫與兄弟居之楷法矣。赫嘗言：『自服官以後，凡余所云，無一不拳拳於心。』若果能然，則豈惟義田；文正、忠宣之軌跡具在，庸詎為吾儕所不可幾及哉！

録自望溪文集卷十四。

遊豐臺記

豐臺去京城十里而近，居民以蒔花為業，芍藥尤盛，花時，都人士羣往遊焉。余六至京師，未得一造觀。戊戌夏四月，將赴塞門，而寓安之上黨，過其寓為別。曰：『盍為豐臺之遊？』遂告嘉定張樸村，金壇王篛林，余宗弟文輈，門生劉師向，共載以行。

其地最盛者稱王氏園，扃閉不得入。周覽旁舍，於籬落間見蓓蕾數畦，從者曰：『止此矣！』問之土人：初植時，平原如掌，千畝相連，五色間廁，所以為異觀也。其後居人漸多，各為垣牆籬落以限隔之，樹木叢生，花雖繁，隱而不見。遊者特艷其昔之所聞，而紛然來集耳。因就道旁老樹席地坐，久之始得圃者宅後小亭而憩休焉。少長不序，臥起坐立惟所便，人暢所欲言，舉酒相屬，向夕猶不能歸，蓋余數年中未有醼遊若此之適者。

念平生鈍直寡諧，相知深者，二十年來凋零過半。其存者，諸君子居其半矣。諸君子仕隱遊學各異趨，而次第來會於此，多者數年，少亦歷歲移時，豈非事之難期而可幸者乎？然寓安之行也，以旬日為期矣。其官罷而將歸者，則文輈也。事畢而欲歸者，樸村也。守選而將出者，劉生也。惟篛林當官，而行且告歸。計明年花時滯留於此者，惟余獨耳。豈惟余之衰疾羈孤，此樂難再；即諸君子蹤跡乖分，棲託異向，雖山川景物之勝什百於斯，而耆艾故人，天涯羣聚，歡然握手如茲遊者，恐亦未可多遘也，因各述以詩，而余為之記云。

録自望溪文集卷十四。

遊潭柘記

康熙戊戌夏四月望後七日，余將赴塞上，寓安偕劉生師向過余。會公程可寬信宿，乃謀為潭柘之遊，而從者難之，曰：『道局窄不利行車，窮日未可達也。』少間，雲陰合，厲風起，衆皆以為疑。寓安曰：『車倍僦，雨淋灘，詰旦必行。』既就途，果回遠，經砠磧，數頓撼。薄暮抵山口，而四望皆荒丘，雖余亦幾悔茲行之勞而無得也。入山一二里，徑陡仄，下車步至寺門，而山之面勢始出，林泉清淑之氣，曠然與人心相得。時日已向暝，乃宿寺西堂。質明起，二子披衣攀躡，窮寺之幽與高；降而左，出寺循山徑東上，求潭柘舊址。泉聲隨逕轉，薈蘙密蒙，如行吳、越溪山中，遇好石，輒列坐，淹留不能進。日將中，從者曰：『更遲之，事不逮矣。』余拂衣起，二子相視悵然，計所歷於山，得三之二，去潭側二里，竟不能至也。昔莊周自述所學，謂與天地精神往來。余困於塵勞，忽睹茲山之與吾神者善也，殆恍然於周所云者。

余生山水之鄉，昔之日，誰為羈紲者？乃自牽於俗，以桎梏其身心，而負此時物，悔豈可追邪？夫古之達人，巖居川觀，陸沉而不悔者，彼誠有見於功在天壤，名施罔極，終不以易吾性命之情也。況敝精神於蹇淺，而蹙蹙以終世乎？

余老矣，自顧數奇，豈敢復妄意於此？而劉生志方盛，出而當官；得自有其身者，惟寓安耳。然則繼自今，寓安尚可不覺寤哉？

録自望溪文集卷十四。

再至浮山記

昔吾友未生、北固在京師數言白雲、浮渡之勝，相期築室課耕於此。康熙己丑，余至浮山，二君子猶未歸，獨與宗六上人遊。每天氣澄清，步山下，巖影倒入方池。及月初出，坐華嚴寺門廡，望最高峯之出木末者，心融神釋，莫可名狀。將行，宗六謂余曰：『茲山之勝，吾身所歷，殆未有也。然有患焉！方春時，士女雜至，吾常閉特室，外鍵以避之。夫山而名，尚為遊者所敗壞若此！』辛卯冬，南山集禍作，余牽連被逮，竊自恨曰：『是宗六所謂也。』

又十有二年雍正甲辰，始荷聖恩，給假歸葬。八月上旬至樅陽，卜日奉大父柩改葬江寧，因展先墓在桐者。時未生已死，其子移居東鄉。將往哭，而取道白雲以返於樅。至浮山，計日已迫，乃為一昔之期，招未生子秀起會於宗六之居而遂行。

白雲去浮山三十里，道曲艱，遇陰雨輒不達，又無僧舍旅廬可託宿，故余再欲往觀而未能。既與宗六别，忽憶其前者之言為不必然。蓋路遠處幽，而遊者無所取資，則其跡自希，不係乎山之名不名也。既而思楚、蜀、百粵間，與永、柳之山比勝而人莫知者衆矣；惟子厚所經，則遊者亦浮慕焉。

今白雲之遊者，特不若浮渡之雜然耳；既為衆所指目，徒以路遠處幽，無所取資而幸至者之希，則曷若一無聞焉者，為能常保其清淑之氣，而無遊者猝至之患哉！然則宗六之言蓋終無以易也。余之再至浮山，非遊也，無可記者，而斯言之義則不可没，故總前後情事而並識之。

録自望溪文集卷十四。

記尋大龍湫瀑布

八月望前一日，入雁蕩，按圖記以求名蹟，則蕪没者十之七矣。訪於衆僧，咸曰：『其始闢者，皆畸人也。庸者繼之，或摽田宅以便其私，不則苦幽寂去而之他，故蹊徑可尋者希。』

過華嚴，鮑甥率衆登探石龍鼻流處，余止山下。或曰：『龍湫尚可至也。』遂宿能仁寺。詰旦，輿者同聲以險遠辭。余曰：『姑往焉，俟不可即而去之，何傷！』沿澗行三里而近，絕無險艱。至龍湫菴，僧他出。樵者指道所由，又前半里許，蔓草被徑。輿者曰：『此中皆毒蛇、貍蟲，遭之重則死，輕則傷。』悵然而返，則老僧在門，問故，笑曰：『安有行二千里，相距咫尺，至崖而反者？吾為子先路。』持小竿，僕李吉隨之，經蒙茸，則手披足踏。輿者坦步里許，徑少窄，委輿於地，曰：『過此，則山勢陟仄，決不能前矣。』僧曰：『子毋惑！惟余足跡是瞻。』鮑甥牽引越數十步，則蔓草漸稀，道坦平，望見瀑布。又前，列坐巖下，移時乃歸。輿者安坐於草間，並作鄉語，怨詈老僧曰：『彼自耀其明，而徵吾輩之詬，必衆辱之。』

嗟乎！先王之道之榛蕪久矣，衆皆以遠跡為難，而不知苟有識道者為之先，實近且易也。孔、孟、程、朱皆困於衆廝輿，而時君不寤，豈不惜哉？夫輿者之詬即暴於過客，不能譴呵而創懲之也，而懷怒蓄怨至此；況小人毒正，側目於君子之道以為不利於其私者哉？此嚴光、管寧之儔，所以匿跡銷聲而不敢以身試也。

録自望溪文集卷十四。

題天姥寺壁

癸亥仲秋，余尋醫浙東，鮑甥孔巡從行，抵嵊縣，登陸問天姥山。肩輿者曰：『小丘耳，無可觀者。但山下有古樹，介寺基與園圃之間，園者將薪之，僧以質於官，不能辨也。雷破而中分之，木身煨燼者十之七，自上科至下根，斬然離絕近三尺。其旁之依皮而存者僅矣，而枝葉蔚然，於今數百年。』至山下，果如所云。即而視其樹，則中焦者可爪而驗也。鮑甥曰：『嘻，咄哉，李白之詩，乃不若輿夫之言之信乎？』

余曰：『詩所云，乃夢中所見，非妄也。然即此，知觀物之要矣。天下事必見之而後知，行之而後難。凡以意度想像而自謂有得者，如趙括之言兵，殷浩之志恢復，近世浮慕陸、王者之談性命，皆夢中語也，而昧者多信為誠然。若目擊而心通，或實有師承，則人雖微，其言不可忽，如臨清老人之分河流，蜀木工之解「未濟」是也。物之生也，若驟若馳，吉凶倚伏，顛倒大化中，當其時不自覺也，惟達者乃能見微而審所處。假而茲樹非殘於雷火，必終歸於薪爨，是震而焚之，乃天所以善全其生，而使之愈遠而彌存也。』鮑甥曰：『斯言也，不可棄。』遂書於壁，使覽者觸類而得其所求思焉。

録自望溪文集卷十四。

遊雁蕩記

癸亥仲秋望前一日，入雁山，越二日而反，古蹟多榛蕪不可登探，而山容壁色，則前此目見者所未有也。鮑甥孔巡曰：『盍記之？』余曰：『茲山不可記也。』

永、柳諸山，乃荒陬中一丘一壑；子厚謫居，幽尋以送日月，故曲盡其形容。若茲山，則浙東西山海所蟠結，幽奇險峭，殊形詭狀者，實大且多；欲雕繪而求其肖似，則山容壁色，乃號為名山者之所同，無以別其為茲山之巖壑也；而余之獨得於茲山者則有二焉：

前此所見，如皖桐之浮山，金陵之攝山，臨安之飛來峰，其崖洞非不秀美也，而愚僧多鑿為仙佛之貌相，俗士自鐫名字及其詩辭，如瘡痏靨然而入人目，而玆山獨完其太古之容色以至於今。蓋壁立千仞，不可攀援；又所處僻遠，富貴有力者無因而至，即至亦不能久留、搆架鳩工以自標揭，所以終不辱於愚僧俗士之剝鑿也。

又凡山川之明媚者，能使遊者欣然而樂；而玆山巖深壁削，仰而觀俯而視者，嚴恭靜正之心不覺其自動。蓋至此則萬感絕，百慮冥，而吾之本心乃與天地之精神一相接焉。察於此二者，則修士守身涉世之學，聖賢成己成物之道，俱可得而見矣。

録自望溪文集卷十四。

金陵會館記

京師之有會館，乃鄉先生建立，以便後進之貢成均、試京兆、禮部、守選於吏部者；自明以來，雖小郡邑，選舉者稍眾，必爭為之，而金陵無有。

康熙二十二年，羅大理集眾力，建館於正陽門之東，以為仕者商者歲時聚會之所，門堂外羣室不過數區，赴公車者暫止而不可久留，吾友宥函既成進士，欲別建焉而力不逮也。雍正五年春，告余曰：『鄉人某有故宅在城西南，捐以為館，雖修治不易，然其基立矣。』因勸以為己任，逾年，宥函自翰林簡臺中，尋以老疾告歸，而館之工役粗畢；又市宅後棄地垣而合諸館，以待繼事者之恢拓焉。夫金陵為東南大都會，數百年以來，鄉先生之貴盛者不少矣。宥函起寒素，官文學清要，為日甚近，而能就此。以斯知事之集，惟其志之確，不惟其力之強；又以見任事者果能設誠以為之倡，自有以感人心之同而成所務也。

宥函以作始之艱，慮其久而隳，乃集眾議：『凡應舉及守選者入居，皆量資完葺。其貴盛者，則無問入居與否，必重有所出，以待修治恢拓之大用。』公定條例以屬館人，而出入則士大夫共稽之。夫凡物之情，方其作始，多畏難惜力，而曰：『非吾一人任也。』及安受其成，則又以謂『吾直寄焉』，而不復為之計久長，此凡事所以難成而易敗也。凡會於斯者，皆吾儕之將出任國事以為民依者也。果能以宥函之心為心，則豈獨茲館之不廢哉！其當官守道，必有以異於比俗之人矣。

録自望溪文集卷十四。

築子嬰隄記

自三楚、吳、越之漕，皆由江溯淮以入於河，而兗、豫諸水之下流復會於河、淮。淮南諸州數困於水，而秦郵與寶應最劇。寶應之田，汙下近湖者，為積水所陷，十有六七。惟漕河之東附隄地稍高，邑仰食焉；而緣隄故有含洞，時蓄洩以便漕；河水暴上，則隄下之民被災尤劇，有將穫刈而沉沒無遺者焉。於是邑民於隄外更築隄，東内隄洩流以歸湖，而界首之東，有隄曰子嬰為大。

歲丙子，淮南諸州大水，邑人已重困。其明年七月，禾將登而甚雨驟至，子嬰隄潰。潰之夕，邑士大夫之醮者罷，商旅之行者止，鄉邑之民往來號呼者聲填於道也。於時張侯以夜半冒風雨至隄上，相度形勢，為書告治河長官，請閉含洞數日，使民得修隄。而淫雨連月不止，隄數築數潰，而隄下之禾盡沒。其冬，邑大饑，下郡粟猶不足以振焉。又明年為今戊寅，隄下之民以禾沒，築費無所，更不敢復言修隄事。張侯召之曰：『方秋時水潦降，含洞開，工費而築不堅。今築以春，勞費不及半，而計其功當倍蓰。』乃官市隄下田數頃，益拓其故址，為籍屬隄下占田者，徵役千二百，身行築者。經始於二月朔後六日，歷三旬，隄成。邑人熹，如既有年。

余聞鄭、宋之間，連數百里往往為廢墟。古者用彈丸之地，兵車玉帛，四出而不匱，蓋人私其土，而無遺利也。自郡縣法行，吏視其官如傳舍，川澮田疇不治，災患不謀，則土利多廢而民生蹙。有治民事甚於民之急其私如張侯者，不可沒也已，時余客淮南，邑人請書其事，遂記之。

録自望溪文集卷十四。

重建潤州鶴林寺記

余少遊名山入古寺，見佛相，肅拜之禮亦不敢施，而羈窮遠遊及難後多與學佛者往還，乃悟退之之親大顛，永叔求天下奇士不得而有取於祕演、惟儼輩，良有以也。

亡友劉古塘云：『佛之理吾不信，而竊喜其教絕婚宦，公貨財，布衣疏食，隨地可安；士之蕭散孤介而不欲違其本心者，往往匿跡於其中。故朱子亦嘗謂「彼家有人」。』

歙州程生崟，少從余遊。生生長素封之家，而倜儻少俗情。早歲成進士，歷官兵部郎中，會世宗憲皇帝董正吏治，創立會考府，擢領司事。時生年方壯，兄弟眾多，母夫人壽始及耆，而告歸色養二十餘年不出，以至母夫人之終而生老矣。生家淮陰，侍母不敢旬月違離，時遊金、焦、北固，尋蘇子瞻、米南宮遺蹟，得徹機上人於黃鶴寺故址荒原破屋中。蓋寺焚於康熙五十八年，殿宇蕩然，僅存傾圮小樓三間。徹機自幽、燕南遊，支拄而棲之，志在興復。程生感焉，次第修筑，數年，殿宇、門廡、寮房、齋廚略具。

乾隆丁卯，余年八十。首夏，生趣余為金、焦之遊，留襆被寺中。蓋知余少壯遠遊，不得在二親側；三十年來，恆宿外寢；生辰令節，必避居郊原野寺，不受子孫觴酌也。將歸，生言必得余為之記，始饜徹機之志。蓋以佛之徒有見於前賢之記序者，其名常不沒於學士大夫之耳也。次年五月，余與生送故人於瓜渚。徹機帥其徒涉江就余，窺其意，欲得余文甚迫而口不言。余動於其誠，又回憶平生悲憂危蹙，未有從容山水間，身心中一無繫累如往歲之遊者，不可以不識也。

寺在潤州南門外黃鶴山下，本東晉時竹林寺。相傳宋武帝微時經過，有黃鶴翼蔽之祥，土人遂以名其寺與其山。唐初馬元素禪師發名於此。一燬於唐末薛朗、劉浩之亂，再燬於明永樂中，今茲三燬，而重建工畢於乾隆十有二年季春。其東偏子瞻竹院，生猶將嗣事焉。六月朔日，方苞記。

録自望溪文集卷十四。

重修清涼寺記

先兄嘗言：『自明中葉，儒者多潛遁於釋，而釋者又為和通之說以就之，於是儒釋之道混然。儒而遁於釋者，多倡狂妄行，釋而慕乎儒者，多溫雅可近。』余行天下，每以是陰辨儒、釋而擇其可交者。

雍正二年，請假歸葬，卜兆未定，不敢即私室，寓北山僧舍。會黃山老僧中州率其徒來居清涼寺，數與往還。中州之來，踰月而寺火，惟存西北隅小屋三四間，嘗謂余曰：『造物者蓋以新之責老僧也，俟其成，公必記之。』

及乾隆七年，余歸里，更往觀焉，則盡復其故而焕然新。中州博學工詩賦，所至薦紳富商爭湊之，故興之如此其易也。其徒燭淵、緯林嗣守之，亦以文學為學佛者倡，每相見，必舉前語索記。

又五年丙寅夏六月望後五日，余疾作，夜不能寐，偶憶先兄語，晨起而記之，以釋諸責。且以示學儒者慎毋陰遁於釋，獨宜念其能篤信師説，以興作艱重為己任，而卒以有成，吾儕對之宜有愧色也！其肇工落成之日月，用材之凡數，樂輸者之姓名，二僧自記之，以列碑陰可矣。

録自望溪文集卷十四。

良鄉縣岡窪村新建通濟橋碑記

沛上人初至京師，居禁城西華門外道旁小菴，遂興其地為禪林，勅賜靜默寺。一時王公貴人多與之遊。康熙六十一年，余充武英殿修書總裁，託宿寺中，與之語，窺其志趨，乃遊方之外而不忘用世者；遂淹留旬月，自是為昵好。

上人本師在安肅，又嘗興壽因寺於良鄉；每經岡窪村，閔行旅涉河之艱，偶見車僨馬傷，遂竭資聚建石橋。石工別耗之，功不就。久之，郡丞經過，汜詢而得其情，將詰治，乃獲訖工，時雍正三年三月也。越十年而請余為碑記。余嘗見上人居母與兄之喪，沉痛幽默，雖吾黨務質行者，無以過也。

營田之興，庸吏建閘障水於安肅之瀑河。每歲伏秋，流漂數十里，村落阻饑。上人見往來寺中者，輒指畫形勢，及土人蕩析離居狀。語聞於河督顧公，奏復其舊。内府有疑獄，大小司寇奉命讞決，眾會於寺以待事。中有以深刻為能者，上人危言以怵之，聞者莫不變色易容。

噫！使夫人而有官守，其急民病、直言抗節當如何？朱子嘗病吾道之衰，而歎佛之徒為有人。其有以也夫！

兹橋去京城四十里而近，乃冠蓋往來之衝，故志上人成此之艱，並及其志行。俾儒之徒過此而寓目者，有以觀省而自矜奮焉！乾隆二年八月，方苞記。

録自望溪文集卷十四。

安溪李相國逸事

康熙己亥秋九月，余臥疾塞上，有客來省，言及故相國安溪李公，極詆之；余無言，語並侵余。嗟乎！君子之行身固難，而遭遇蓋有幸有不幸也。

憶癸巳夏四月，余出獄供奉南書房。一日，上召編修沈宗敬至，命作大小行楷。日下晡，內侍李玉傳諭安溪公曰：『朕初學書，宗敬之父荃實侍，每下筆，即指其病，兼析所由；至於今，每作書，未嘗不思荃之勤也。』公因奏對曰：『此即成湯改過不吝之心也。苟自是而惡直言，則無由自鏡矣。』時上臨御天下已五十年，英明果斷，自內閣、九卿、臺諫皆受成事，未敢特建一言；惟公能因事設辭以移上意，故上委心焉。每內閣奏事畢，獨留公南書房，暇則召入便殿，語移時。

是日公晨入，上諮及民情，公對曰：『方三藩播亂，民心搖搖，未知所歸。今上恩德顯信於天下矣。往歲閩中旱荒，郡吏不能體上意，所發帑粟多乾沒。民飢且死，獨歸怨於所司，而鮮不信上之志在矜卹者。』嗣問礦事，對曰：『今議開礦以甦民困，請著令：止土著貧民無產業職事者，許人持一銚，而越境者有誅。則姦民不致聚徒山澤，以生事端矣。』議遂定，一時大豪輂金謀首事者，皆齧指自悔。

先是江寧太守陳鵬年為大府所劾，吏議當大辟。無何，上問江督，公對曰：『當官勤敏無害，其犯清議，獨劾陳鵬年一事耳。』戴名世以南山集下獄，上震怒。吏議身磔族夷，集中掛名者皆死。他日上言：『自汪霦死，無能古文者。』公曰：『惟戴名世案內方苞能。』叩其次，即以名世對。左右聞者無不代公股栗，而上亦不以此罪公。江督噶禮與巡撫張伯行互糾，獄辭久不決，上忽罷噶禮，尋孥戮焉；公實贊之，其語祕，世莫能詳。以余所聞見如此，公之設心，豈猶夫世之容悅者與？

然自公在位時，眾多誚公，既歿，詆訐尤甚。蓋由三藩播亂時，公適家居，以蠟丸獻入閩策，賊平，以編修擢內閣學士，忌者遂謂公始固有貳心。公恐為門戶之禍，故不能無所委蛇。及得君既專，常閉門謝客，所往還及顯然薦達者無多人。由是眾皆深怨，引繩批根，播揚於遠邇。然公方柄用時，朝夕入對，上所諏度，惟尚書、周易及朱子之書；而一時海內所號為廉吏，無論公所習與否，皆得安於其位，則其實跡固有可按驗者。自公告歸未旬月，而忌者首攻公所薦舉，以為傾公之地；因揚言公恃上恩，植黨以要權重。微上信公之深，禍且不測矣。故公再入，專務韜默，及逾年身歿，上出前後三章付內閣。然後知公始至，即出苦言以求退也。

嗚呼！公之設心如此，其於時事無所補救，而得謗乃過於恆人，此古之君子所以難於用世，而深拒夫枉尺直尋之議也夫！

録自集外文卷六。

記長洲韓宗伯逸事

癸未春正月，余以計偕入都，會慕廬韓公將扈從南巡，往省焉。眾賓在堂，獨肅余就西序，坐始定，即謂余曰：『吾與子之相知不淺矣！然子終謂我何如人邪？』余曰：『公為人，天下之士盡知之，況某邪？』公曰：『世人多好吾文，吾文不足言。或目為曠達，亦似之而非也。吾立身尚能粗見古人之繩墨耳！吾為亞卿，未嘗一至官正之門也。吾為學士，未嘗一至執政之門也。自趨朝外，輿馬未嘗入內城。吾好朋游，常與酣嬉淋灕。然貳冢宰，歲未再終，發吏之姦，為永禁者七百餘事，鋟諸版。是誠沈飲人邪？』余曰：『上於公意倦矣，而公不告休何也？』公曰：『剛當位而應，與時行也。吾後而失其時矣，徒滋譴呵耳！』余曰：『雖然，進退有禮，譴呵非所避也。』是歲公果再告，再被詰責，而卒死於官。

始上遇公最渥，自為宗伯，屢與孝感熊公同召對，忌者謂公旦暮且入相。會江南布政司張萬祿虧庫金三十餘萬。制府阿山上言非侵牟，費由南巡。或謂張於制府為姻家，上震怒，下九卿議。御史大夫某曰：『山之罪在大辟，無疑也。』公正色曰：『果有連，其情私，而語則公也。且斯言得上達，所益不細。』忌者增語上聞，公由是日替。公天性與物無町畦，而睢州湯司空數語人曰：『表裏洞然，不可奪以非義，惟韓公耳。』上嘗親試翰林，欲黜者二人，時公與法公良同掌院事，命劾奏。公謂法公曰：『姑緩之，此民譽也。』越日，法入見，上怒，命削職，隨本旗供勞辱事。衆皆趣公，公曰：『法以吾言至此，而吾乃苟免乎？』又數日，召公詰責，公徐曰：『此二人於院中不在應斥之列，文雖不工，惟上寬假之！』上霽顔，為公曲止焉。

公鄉試出崑山徐司寇門，及徐與重人相失罷官，而傅臘塔節制兩江，承意興大獄搆徐，凡素居門下者爭避匿。公適在籍，獨盛輿從，朝夕至門，且為別白於在事者。公嘗乘小舟徜徉郊野間，會縣令出，隸卒爭道，覆公舟，比登岸，衣裘盡濡，戰栗移時，戒從者無聲，竟不知為公也。

余見當世名貴人能自忘其勢者有矣，而能使人忘其勢者，則未之見也。惟與公習，並忘其為顯學人。然用此世皆目公為曠達，而不知其植節守義深固而不可移也。余與公相知深而聚處日稀，及見公誌狀，凡可以不歿於世者，概乎其未有見焉，乃記公言而略道其所知。公自癸未春，遂不復與余相見，薄遽中忽標白其平生，若豫以相屬者。吁，異哉！

録自集外文卷六。

記開海口始末

自明萬曆中，潘公季馴以河沙流墊無常，非人力所能濬，而引泇、沂、淮水以盪之。於是河、淮安流，漕運無壅者百餘年。國初，鄭成功之亂，治東南海防，凡人海津隘，皆下巨木為樁。河流高，性湍悍，海舟本不能逆流而上，而在事者不察，下木雲梯關。久之，覆舟、漂楗、薪菑之入海者，經此輒凝滯而沙乘之，由是海口隘，河流壅，洪澤湖漲，而下河七州縣咸被其災。

康熙二十三年，臺中相繼言：河正道雲梯關海口既日隘，非別開天妃石閘海口，不能洩湖流之漫於七州縣者。上南巡，問淮、揚水患，河督靳輔奏：『宜用臺臣言。』乃命兵部尚書伊桑阿相視，奏：『河臣議是。』上以兩河難兼理，別命安徽按察使于成龍董其役。

始，議開海口，執政明珠實陰主之，定計屬役於河督。及別設官，大失所望；而于成龍名受河督節制，實相牴牾。輔乃上言：『宜罷海口之役，而別開大河自車邏鎮築橫堤抵高郵，洩洪澤湖水於堤内。自高郵東築長堤二，歷興化、白駒場東所洩水以入海。請發帑銀二百七十八萬。俟堤成，丈七州縣故沈水之田，凡在額外者，官鬻之以補帑。』疏入，廷議多是河臣言。

自明珠執政，其黨余國柱等導以陰收天下利權。凡督撫、提鎮、監司，有不出其門者，遇事輒陰沮之。自九卿、六垣、臺中，皆樹私人。所欲興建及斥逐，則臺垣執奏。所欲引用，則九卿保任之。其已被上知而不附己者，陰使他人毀之而若弗聞也者。海口設官，既違執政本謀，遂銳意別興是役。私議留帑銀百萬於內，自國柱及其黨皆取分焉。由是眾議莫敢齟齬，而上命訊淮、揚人官京師者。

寶應喬侍讀萊、山陽劉選司始恢聚其鄉之齒朝者而告之曰：『是役也，工未成，其害二；既成，害又二。河延三百里，堤内廣百有五十丈，非壞圩隴、毀村落、掘墳墓不可堤。河行磬折，可東可西；民貪緣以避其害，官吏要挾以牟其利。令下之日，七州縣之民，鬭訟無寧晷矣。害一也。凡里甲雇役，人日七十。功令：官給四十，實不能半。往例歲修，邑役數百人，數月而罷，猶病不支。今三工並興，邑役萬人，是歲加賦錢二千餘萬。害二也。工未成，水中之田，民田也。魚可捕，菰蒲可採。工既成，則河督之田也。濱河地瘠，率三四畝而當一，或十而當一，以起稅法。一旦據額丈量，而沒其餘於官。奪其田之十七八，而責以故稅，民尚有遺類乎？害三也。往者，漕河之堤雖屢決，而河廣不過十丈。今並注洪澤諸湖之水於百有五十丈之河，獨恃新築一線之堤以為固，而堤高於民居。城郭人民化為巨浸，可計日而待。害四也。且湖流東注高、寶，則不能西出清口，河當日淤而病漕。』議遂定。

越三日，淮、揚朝士十一人，詣左掖門上四不可議。上意以為然。執政進曰：『此縉紳意也，尚宜詢之小民。』又數日，上命工部尚書薩木哈、內閣學士穆成格會江蘇巡撫湯斌、總漕徐旭齡問民所欲，時執政知輔議勢不能行，因欲並罷海口之役。二人復命，稱：『百姓欲兩罷之。』而湯公尋內召。上問海口，公力言宜早開。上大驚，召九卿，俾二人與湯公面質。二人巧說。公曰：『我故知此事重大，汝行時，即書民狀及疏稿各二通，一用巡撫印存總漕所，一用總漕印存巡撫所，可覆視也。』二人始相視語塞。上大怒，立奪其官，而以工部侍郎孫在豐督濬海口，時二十五年六月某日也。秋八月，甄別翰林，掌院學士庫勒納以喜事奏奪喬萊官。又二年，聊城郭公琇為御史，劾罷輔及在豐。江南總督董訥、總漕慕天顏亦交章論輔，輔疏辨，因互相劾，並下刑部。在豐與諸公皆降調，而海口工用不成。

始，輔開中河，實便於漕，而潘公成法亦自是而變。車邏鎮大河雖未開，而先是已開減水壩於高堰，以洩洪澤湖伏秋之漲。由是淮水力弱，不能出清口以盪河沙；而河沙倒入湖口及漕河，所在墊淤。後十餘年至丁丑、戊寅，漕河數決，湖益漲，而下流不通。七州縣之民陷溺者，不可計數。上親授方略，命尚書張公鵬翮往治之。塞高堰諸壩，濬清口，出湖流以盪河沙。雲梯關海口故道始漸深廣，而河患暫息焉。

録自集外文卷六。

記太守滄洲陳公罷官事

長沙陳公滄洲，名跡尤著於江寧，始到官，榜於門曰：『求通民情，願聞己過。』未旬月而眾心翕然，期年政教大行。嘗以公事與諸郡守集議大府前，大府曰：『此公事也，費無所更，奈何？』眾無聲而注目於公。公曰：『吾官可罷，民賦不可增也。』議遂寢，而自制府及諸司皆受其病。

會上南巡，使公主辦龍潭行宮。故事：自左右、侍衛及閹、寺、隸、圉皆有餽，公一切不問。或以蚍蜉穢物置篳席間，越日車駕到江寧，召公詰問。先是予告大學士桐城張公迎見，上問江南廉吏，首薦公。及是詔問張公鵬年守官狀，公對曰：『凡良吏，才性治法，尚或有偏。惟鵬年，吏畏其威而不怨，民懷其德而不玩，士式其教而不欺，廉潔其末也。』上怒遂釋。江干疊石為步，備車駕御舟觀水師； 前期一日，始檄公治步，屬吏及胥徒皆惶急。公曰：『若皆有公事，按部無動，吾自辦之。』遂率子弟，躬運土石，士民從者屬路。詰旦步成，上由是益奇之。

公於官中不受一錢，羣商歲供數百金，市芻米給幕士。又嘗逐羣娼而以其地懸上諭； 月吉，與吏民講讀。大府據此特糾，落職聽勘。檄下未移時，士民填街巷，揭帛鳴鉦，環制府，問太守見劾之由，門者重閉，叫嘑不退。有司械繫數人，制府欲並釋之，使謂曰：『汝偶行過此被繫邪？』皆曰：『非也，願入獄與太守同命。』及會鞫，以金木訊商人； 商人曰：『歲餽自督、撫及州、縣皆有之，惟太守見卻耳。』有司以建亭於娼室故址懸上諭，為大不敬，公罪當在大辟。一日，上問制府於大學士安溪李公，對曰：『臣嘗與同僚，廉幹果於任事，其失民心，獨劾陳鵬年一事耳。』上頷之。

公性彊直，不能屈意上官，於大府左右親近，視之蔑如，用此毀言日聞。同時韓城劉公蔭樞為監司於江西，性行大類公，與公同時被劾。江西士民號泣匍匐，叩制府為請命者以千數。制府故有賢聲，用此頗心悔之。獄辭上，上特原公，召入武英殿，尋以蘇州太守攝布政使，而劉公亦登用。於時天下知與不知皆為二公躍喜，且歎天子明目達聰，於羣下是非功罪，一以道揆，而無成心也。

錄自集外文卷六。

記張彝歎夢岳忠武事

張君彝歎之卒也，聞有異徵。踰歲，其邑子孔君端蒙至，曰：『彝歎為諸生時，夢入古廟，見宋少保岳公與為主客之禮，手文一簡，屬刪定，且曰：「吾更謚久矣，而世人多舉故謚，願先生正之！」將別，忽變色易容曰：「會相待於桃山矣。」彝歎平生，跡不出州郡。其貢成均，試禮部，恆閉戶不接一人。成進士，應除縣令，不就。既老，忽應徐中丞請，主杭州敷文書院。院中立碑，工以舊石至，按之，則岳公墓碑也。彝歎曰：「吾之茲行，有以也夫！」因告中丞以昔夢，補其文之缺漫而歸焉。中丞還朝，薦彝歎學行。詔下江南省：刻日齎送。行至桃山驛，憩廟旁，心動入視，果夢中所見。語從者曰：「吾死無日矣。」越三日，至茌平縣館驛，正衣冠，端坐而逝。』

余觀書傳所記，死而有前徵者衆矣。獨怪岳公志事與日月爭光，故謚之不類，何足為公瑕疵，而乃耿然自標白也？嗚呼！我知之矣。世教之衰，不獨小人敢為誣善之辭，即所號為學者，亦多恣胸臆，以顛倒前人之是非。推其心，蓋謂彼人與骨已朽，而誰與證其得失也。觀公之見夢於張君者如此，則知自古仁人志士，其精爽實不沒於宇宙，以鑒照下人，而可任其誣枉哉？

昔朱子論南渡人材，謂：『公知義理，非韓、張所及。公以上，次第無人。』則嚮伏於公者至矣，而其門人乃有目公為橫，而假託於朱子之言者。以公之志事與日月爭光，猶不能免此。況迹介隱顯，蔽於讒慝之口，而末由自列者乎？傳其事，使論古者有警也。

録自集外文卷六。

獄中雜記

是篇，傳貴刻本僅前一段；後四段及劉君所識，先生自記，皆得之於王本者也。鈞衡識。

康熙五十一年三月，余在刑部獄，見死而由竇出者日四三人。有洪洞令杜君者，作而言曰：『此疫作也。今天時順正，死者尚希，往歲多至日十數人。』余叩所以，杜君曰：『是疾易傳染，遘者雖戚屬不敢同臥起；而獄中為老監者四。監五室：禁卒居中央，牖其前以通明，屋極有牕以達氣；旁四室則無之，而繫囚常二百餘。每薄暮下管鍵，矢溺皆閉其中，與飲食之氣相薄；又隆冬貧者席地而臥，春氣動，鮮不疫矣。獄中成法，質明啟鑰。方夜中，生人與死者並踵頂而臥，無可旋避，此所以染者衆也。又可怪者，大盜積賊，殺人重囚，氣傑旺，染此者十不一二，或隨有瘳。其駢死皆輕繫及牽連佐證法所不及者。』

余曰：『京師有京兆獄，有五城御史司坊，何故刑部繫囚之多至此？』杜君曰：『邇年獄訟情稍重，京兆、五城即不敢專決。又九門提督所訪緝糾詰，皆歸刑部；而十四司正副郎好事者，及書吏、獄官、禁卒，皆利繫者之多；少有連，必多方鉤致。苟入獄，不問罪之有無，必械手足，置老監，俾困苦不可忍；然後導以取保，出居於外，量其家之所有以為劑，而官與吏剖分焉。中家以上皆竭資取保。其次求脱械，居監外板屋，費亦數十金。惟極貧無依，則械繫不稍寬，為標準以警其餘。或同繫情罪重者，反出在外；而輕者、無罪者罹其毒，積憂憤，寢食違節，及病又無醫藥，故往往至死。』

余伏見聖上好生之德，同於往聖，每質獄辭，必於死中求其生，而無辜者乃至此。儻仁人君子為上昌言：『除死刑及發塞外重犯，其輕繫及牽連未結正者，別置一所以羈之，手足毋械。』所全活可數計哉！或曰：『獄舊有室五，名曰現監，訟而未結正者居之。儻舉舊典，可小補也。』杜君曰：『上推恩，凡職官居板屋。今貧者轉繫老監，而大盜有居板屋者，此中可細詰哉！不若別置一所，為拔本塞源之道也。』余同繫朱翁、余生及在獄同官僉某遘疫死，皆不應重罰。又某氏以不孝訟其子，左右鄰械繫入老監，號呼達旦。余感焉，以杜君言汎訊之，衆言同，於是乎書。

凡死刑獄上，行刑者先俟於門外，使其黨入索財物，名曰斯羅，富者就其戚屬，貧則面語之。其極刑，曰：『順我，即先刺心，否則四支解盡，心猶不死。』其絞縊，曰：『順我，始縊即氣絶，否則三縊加別械，然後得死。』惟大辟無可要，然猶質其首。用此，富者賂數十百金，貧亦罄衣裝，絶無有者，則治之如所言。主縛者亦然；不如所欲，縛時即先折筋骨。每歲大決，勾者十四三，留者十六七，皆縛至西市待命。其傷於縛者即幸留，病數月乃瘳，或竟成痼疾。余嘗就老胥而問焉：『彼於刑者縛者，非相仇也，期有得耳；果無有，終亦稍寬之，非仁術乎？』曰：『是立法以警其餘且懲後也；不如此，則人有倖心。』主梏撲者亦然。余同逮以木訊者三人：一人予三十金，骨微傷，病間月；一人倍之，傷膚，兼旬愈；一人六倍，即夕行步如平常。或叩之曰：『罪人有無不均，既各有得，何必更以多寡為差？』曰：『無差，誰為多與者？』孟子曰：『術不可不慎。』信夫！

部中老胥家藏偽章，文書下行直省，多潛易之，增減要語，奉行者莫辨也。其上聞及移關諸部，猶未敢然。功令：大盜未殺人及他犯同謀多人者，止主謀一二人立決，餘經秋審，皆減等發配。獄辭上中有立決者，行刑人先俟於門外，命下遂縛以出，不羈晷刻。有某姓兄弟以把持公倉，法應立決，獄具矣。胥某謂曰：『予我千金，吾生若。』叩其術，曰：『是無難！別具本章，獄辭無易，取案末獨身無親戚者二人易汝名，俟封奏時，潛易之而已。』其同事者曰：『是可欺死者而不能欺主讞者，儻復請之，吾輩無生理矣。』胥某笑曰：『復請之，吾輩無生理，而主讞者亦各罷去。彼不能以二人之命易其官，則吾輩終無死道也。』竟行之，案末二人立決。主者口呿舌撟，終不敢詰。余在獄猶見某姓，獄中人羣指曰：『是以某某易其首者。』胥某一夕暴卒，眾皆以為冥謫云。

凡殺人，獄辭無謀故者，經秋審入矜疑，即免死，吏因以巧法。有郭四者，凡四殺人；復以矜疑減等，隨遇赦將出，日與其徒置酒，酣歌達曙。或叩以往事，一一詳述之，意色揚揚，若自矜詡。噫！渫惡吏忍於鬻獄，無責也！而道之不明，良吏亦多以脫人於死為功而不求其情。其枉民也，亦甚矣哉！

姦民久於獄，與胥卒表裏，頗有奇羨。山陰李姓以殺人繫獄，每歲致數百金。康熙四十八年，以赦出，居數月，漠然無所事。其鄉人有殺人者，因代承之。蓋以律非故殺，必久繫，終無死法也。五十一年，復援赦減等謫戍，嘆曰：『吾不得復入此矣。』故例：謫戍者移順天府羈候。時方冬，停遣。李具狀，求在獄候春發遣，至再三，不得所請，悵然而出。

劉大山曰：望溪在獄，思老監惟各牖於壁間，氣可少蘇，使圬者計工費。同繫者曰：『居老監者，多生獄也。吾輩死人也，而憂生人氣鬱，奈聞者笑何？』及出獄未兼旬，蒙詔入南書房。數日，得七十金。刑部主事龔君夢熊引為己任。禁卒、司獄難之，訟言於六堂曰：『牆有穴，大盜、重囚逸出，咎將孰任？』龔君曰：『牖函木格，囚何從逸？』乃具結狀，獨任其辜。牖乃成。望溪事無足異，龔君之義，則不可沒也。先生自記曰：其後韓城張公復入為大司寇，靜海勵公繼之，諸弊皆除。仍有易官文書，以僞章下江西省者。其駁稿乃韓城公所手定；詰承行之胥，伏罪。命具奏，翼日即上本。司正郎請曰：『候參胥役，例發五城兵馬司看守。』公從之。胥以是夕遁，蓋未定罪人犯逸，司坊罰甚輕，而所得過望，故甘為受罰也。又言：始至錄囚，有磨錢周郭取鉻者，事可立斷，而遲之二年，鉤致牽連佐證七十餘家矣。司官遞代，應參者至十數人。同官持之，中止。每歎恨人心抏敝，典獄者雖悉其聰明，致其忠愛，猶不能使民無寃痛也。

録自集外文卷六。

左忠毅公逸事

先君子嘗言：鄉先輩左忠毅公視學京畿，一日風雪嚴寒，從數騎出，微行入古寺；廡下一生伏案臥，文方成草，公閱畢，即解貂覆生，為掩戶。叩之寺僧，則史公可法也。及試，吏呼名至史公，公瞿然注視；呈卷，即面署第一，召入使拜夫人，曰：『吾諸兒碌碌，他日繼吾志事，惟此生耳。』

及左公下廠獄，史朝夕獄門外，逆閹防伺甚嚴，雖家僕不得近。久之，聞左公被炮烙，旦夕且死；持五十金，涕泣謀於禁卒，卒感焉。一日使史更敝衣，草屨背筐，手長鑱，為除不潔者。引入，微指左公處，則席地倚牆而坐，面額焦爛不可辨，左膝以下，筋骨盡脫矣。史前跪抱公膝而嗚咽。公辨其聲而目不可開，乃奮臂以指撥眥，目光如炬，怒曰：『庸奴！此何地也？而汝來前。國家之事，糜爛至此。老夫已矣，汝復輕身而昧大義，天下事誰可支拄者？不速去，無俟姦人構陷，吾今即撲殺汝！』因摸地上刑械，作投擊勢。史噤不敢發聲，趨而出。後常流涕述其事以語人曰：『吾師肺肝，皆鐵石所鑄造也。』

崇禎末，流賊張獻忠出沒蘄、黄、潛、桐間，史公以鳳廬道奉檄守禦；每有警，輒數月不就寢，使將士更休，而自坐幄幕外，擇健卒十人，令二人蹲踞而背倚之，漏鼓移則番代。每寒夜起立，振衣裳，甲上冰霜迸落，鏗然有聲。或勸以少休，公曰：『吾上恐負朝廷，下恐愧吾師也。』史公治兵，往來桐城，必躬造左公第，候太公太母起居，拜夫人於堂上。

余宗老塗山，左公甥也，與先君子善，謂獄中語乃親得之於史公云。

錄自望溪文集卷九。

高陽孫文正公逸事

杜先生岕嘗言：歸安茅止生習於高陽孫少師，道公天啟二年，以大學士經略薊、遼，置酒別親賓，會者百人。有客中坐，前席而言曰：『公之出，始吾為國慶，而今重有憂。封疆社稷，寄公一身，公能堪，備物自奉，人莫之非；如不能，雖毀身家，責難逭，況儉覈乎？吾見客食皆鑿，而公獨飯粗，飾小名以鎮物，非所以負天下之重也。』公揖而謝曰：『先生誨我甚當，然非敢以為名也。好衣甘食，吾為秀才時，固不厭。自成進士，釋褐而歸，念此身已不為己有，而朝廷多故，邊關日駭，恐一旦肩事任，非忍饑勞，不能以身率眾。自是不敢適口體，強自勖厲，以至於今，十有九年矣。』

嗚呼！公之氣折逆奄，明周萬事，合智謀忠勇之士以盡其材，用危困瘡痍之卒以致其武，唐、宋名賢中猶有倫比；至於誠能動物，所糾所斥，退無怨言，叛將遠人咸喻其志，而革心無貳，則自漢諸葛武侯而後，規模氣象，惟公有焉。是乃克己省身憂民體國之實心自然而愾乎天下者，非躬豪傑之才，而概乎有聞於聖人之道，孰能與於此？然惟二三執政與中樞邊境事同一體之人實不能容；易曰：『信及豚魚。』媢嫉之臣乃不若豚魚之可格，可不懼哉！

錄自望溪文集卷九。

石齋黃公逸事

黃岡杜蒼略先生客金陵，習明季諸前輩遺事，嘗言：崇禎某年，余中丞集生與譚友夏結社金陵，適石齋黃公來遊，與訂交，意頗洽。黃公造次必於禮法，諸公心嚮之而苦其拘也，思試之。妓顧氏，國色也，聰慧通書史，撫節安歌，見者莫不心醉。一日大雨雪，觴黃公於余氏園，使顧佐酒，公意色無忤，諸公更勸酬，劇飲大醉。送公臥特室；榻上枕衾茵各一，使顧盡弛褻衣，隨鍵戶，諸公伺焉。公驚起，索衣不得，因引衾自覆薦而命顧以茵臥；茵厚且狹，不可轉，乃使就寢。顧遂暱近公，公徐曰：『無用爾！』側身内向，息數十轉，即酣寢，漏下四鼓覺，轉面向外；顧佯寐無覺，而以體傍公，俄頃，公酣寢如初。詰旦顧出，具言其狀，且曰：『公等為名士，賦詩飲酒，是樂而已矣，為聖為佛，成忠成孝，終歸黃公。』

及明亡，公縶於金陵，在獄日誦尚書、周易，數月貌加豐。正命之前夕，有老僕持鍼線向公而泣，曰：『是我侍主之終事也。』公曰：『吾正而斃，是為考終，汝何哀？』故人持酒肉與訣，飲啖如平時，酣寢達旦，起盥漱更衣，謂僕某曰：『曩某以卷素書，吾既許之，言不可曠也。』和墨伸紙作小楷，次行書，幅甚長，乃以大字竟之，加印章，始出就刑。其卷藏金陵其家。

顧氏自接公，時自懟。無何，歸某官。李自成破京師，謂其夫：『能死，我先就縊。』夫不能用。語在搢紳間，一時以為美談焉。

録自望溪文集卷九。

明禹州兵備道李公城守死事狀

崇禎十四年冬十有二月，流賊寇禹州，兵備道李公乘雲到官始二十四日，按籍閱軍伍半虛，守禦具一無藉。知州事某請迎降，公怒斥之曰：『此吾死所也。』召士民激以大義，共登陴，賊死傷甚眾。城破，公率眾巷戰，猶手刃十數人，力屈被執。

方是時，河南守令多望風降伏，獨禹州士民殊死戰。賊入，下令屠城。公奮呼謂賊曰：『城守，吾事也。吾令眾守城，不敢不守；猶汝令眾攻城，不敢不攻。民何罪？獨吾一身當，任汝殘殺耳！』賊意解，收屠城令，因欲屈公。公憤罵不屈，乃立公為質而聚射之，徵死猶寸磔焉。

公初至禹時，徽王支屬在禹者凡十七家，公議徵土人訓練而資餉於宗藩。知州事某持之，宗藩莫應。及城破，十七家無一脫者。知州事某叩首乞哀於賊，公忽奮起以足蹴其面，曰：『汝負國勦民，尚思向狗彘求活邪？』

賊既去，士民收骸骨棺斂建祠，私謚忠烈，春秋時祀。與公同難者，駐防千總張某，吏目周某，州人候選州同知余全生，遙授訓導趙日躋，太學生侯九韶，庠生周鳴岐、李儀化、田種玉、陳懋能皆配享。

公磔於州城外西南隅大路旁槐樹下，其樹至今存，故老過之，猶或為欷歔流涕云。公既歿八十年，夏峯孫徵君曾孫用禎為州學正，徵於禹人，而屬余為之狀。

録自望溪文集卷九。

記李默齋實行

余將受室，先兄命之曰：『人之大倫五，以吾所聞見，惟婦死其夫及守貞終世者為多，子之能孝者差少焉，臣之能忠者差少焉，友之能信者差少焉，而實盡乎弟道者，則未見其人。其所以然，特由私其妻子及貨財耳。』余行四方，竊以兄所言，陰求之士友間，其疏節不違者，蓋無幾人。

蔚州李□□，余同年友也，嘗道其兄默齋及嫂氏之賢：其事父母，夫婦帥先而盡瘁焉。□□有急，傾貲產以佐之，化於其妻無難色。嘗遘家禍，獨身當之，流離毒痛幾死而不忍累羣弟。難既解，益勤家事，督課子弟。□□令高密，以運餉出塞，為攝縣事者所誤；默齋之卒也，□□尚留滯山東。家人懼其憂勞中，不能復勝哀慟，大功衰將脫，尚不敢以告。用此觀之，默齋之仁恩所以愜乎門內者可知矣。

先兄所願見而不可得者，越數十年而幸有其人，乃傳所聞以式吾子姓焉。

録自望溪文集卷九。

書萬烈婦某氏事

烈婦某氏，江東巨室婢也，妻僕萬某，早寡，守貞二十年，年四十餘。會其主以事當與妻謫戍，妻泣而謂烈婦曰：『汝無子女，單獨一身，能充解脫我，俾幼稚有依，吾子孫當世祀汝。且汝少長吾家，主父年七十矣，猶汝父也，汝何嫌？』烈婦曰：『雖然，非禮也。』固請。既而曰：『吾之生贅也，亦無不可。但自當官充解後，陸行必異車，水行必異舟，逆旅必異室，抵戍之日，吾有以自處矣。』

既行至中途，其主忽戲曰：『汝為吾妻，官作之合矣，而不同寢處可乎？』烈婦曰：『吾以主為父，父何所不得老婦人，而忍出此言？』察其主意不悛，越日，夜中自經死。聞者莫不流涕，皆曰：『烈婦之志足悲矣，而其初之義則未審焉，其諸荀文若之儔與？』

方子曰：『操之心，途之人皆知之，文若為之謀主，以固其操柄。文若死而操之惡已成矣，是猶共剽而終以不取分為義也。若烈婦之主，身在縲紲，垂死之年而忍為大惡，則豈烈婦所及料哉？烈婦之行也，早以死自處矣，不得已乃中道而潔其身，蓋自信其泥而不滓者也。豈可使與文若同名而不辨哉？』

録自望溪文集卷九。

兩朝聖恩恭紀

康熙癸巳年二月，臣苞出刑部，隸漢軍。三月二十三日，聖祖仁皇帝硃書：『戴名世案内方苞，學問天下莫不聞。』下武英殿總管和素。翼日，偕臣苞至暢春園。召入南書房，命撰湖南洞苗歸化碑文，稱旨。越日，命著黃鐘為萬事根本論。越日，命作時和年豐慶祝賦。上告諸翰林：『此賦，即翰林中老輩兼旬就之，不能過也。』嗣是，每以御製詩文、御書宣示南書房諸臣。將命者入復，輒叩曰：『苞見否？』間與大臣侍從論本朝文學，及内閣九卿所薦士，必曰：『視苞何如？』是歲八月，移蒙養齋，校對御製樂、律、曆、算書。書奏，數問曰：『苞承校否？』壬寅夏，臣苞隨蹕熱河。六月中旬，命回京充武英殿總裁。浹日，發御制分類字錦序，命校勘。眾皆曰：『上文字皆命諸臣公閱。獨閱者，惟故大學士孝感熊公賜履，桐城張公英耳。』

冬十有一月十三日，聖祖登遐，我皇上嗣位。廷議恩詔，皇帝手書數條下内閣。其一『以族人罪犯牽連入旗者，赦歸原籍』。時八旗合詔條者，惟戴名世案，而獄辭例不得援赦。刑官特請下九卿更議，卒蒙恩赦。雍正元年三月二十五日，臣苞拜劄謝恩。莊親王傳上命語苞：『朕以苞故，具知此事。其合族及案内肆赦，皆由此。其功德不細。』臣苞驚怖感動，不知涕泗之何從也。

始戴名世本案牽連人，罪有未減，而方族附尤從重。獄辭具於辛卯之冬，五上，五折本。逾二年癸巳春，章始下，蒙恩悉免罪，隸漢軍。苞伏念獄辭奏當甚嚴，而聖祖矜疑，免誅殛，又免放流。臣身叨恩待，趨走內廷近十年，教誨獎掖，雖無過親臣，蔑以加也。此聖祖之仁，所以如天，而皇上肆赦臣族，揆之聖祖遲疑矜恤之心，實相繼承。顧臣何人，任此大德？自惟愚陋衰疾，欲効涓埃之報，其道靡由。謹詳紀顛末，俾天下萬世知兩朝聖人之用心，蓋不欲一夫或枉其性云。

録自望溪文集卷十八。

聖訓恭紀

雍正元年，臣苞蒙特恩，赦許歸籍。二年，請假歸葬，蒙恩給假一年。既事，以三年三月望後九日抵京師，詰旦具劄，恭謝聖恩。莊親王、果郡王入奏，上憐臣苞弱足，特命內侍二人，扶翼至養心殿。入戶，再進，跪御坐旁。垂問臣苞疾所由及近狀。臣苞喘喙，氣不能任其聲。上曰：『汝心飫朕德，復何言。聽朕告汝： 汝昔得罪，中有隱情。朕得汝之情，故寬貸汝。然朕所原者，情也。先帝所持者，法也。先帝未悉汝情，而免汝大刑，置諸內廷，而善視汝，是汝受恩於先帝，視朕有加焉。如汝感朕德，而微覺先帝未察汝情，不惟虧汝忠，亦妨朕之孝。汝思朕德，即倍思先帝遺德，則汝之忠誠見，而朕之孝道亦成。』於時臣苞心折神竦，追思前事，感念聖恩，有懷哽咽，不能置一辭。中間聖訓洋洋，不能悉記，未敢敘述。最後聞天語甚明：『朕惟以大公之心，循道而行，無非繼述先帝志事，汝老學當知此義。故明告汝，俾汝知朕心，俾天下咸知朕心。』於時臣苞氣少定，始克仰而言曰：『欽承訓辭，雖古聖人之言，無以過也。』上顧內侍，命取供御茶芽二器賜臣。臣苞三拜稽首。聖容若矜閔曰：『朕觀汝行步良難，雖供事，亦稱汝力，毋自強，時復自將息。』臣苞愴動，伏地不能聲。上徐命內侍翼以出。

臣伏念： 自我皇上御極以來，凡所以敬天勤民，涖官修政，以推廣先帝遺意，而播諸制詔，發於訓誨者，皆實與典誥同揆。即茲所以訓臣苞，使天下萬世為臣子者聞之，皆將凜然於君父之大義，而興於忠孝。所以矜恤臣苞者，使天下萬世孤微阨窮之士聞之，莫不愾然於聖主之德意，而發其中誠，豈非中庸所稱『言而世為天下則』者乎！

越數日，有旨：『凡特召見及督、撫、提、鎮入朝親聆訓諭者，必敘述繕寫進呈，恐有舛誤。』臣苞以白衣領事，未敢自比諸臣。大學士張廷玉曰：『聖恩深渥，不得以無位自嫌。』乃宿齋敬識，以俟彙進而附諸臣之末云。

録自望溪文集卷十八。

通蔽

譽乎己則以為喜，毀乎己則以為怒者，心術之公患也。同乎己則以為是，異乎己則以為非者，學術之公患也。君子則不然：譽乎己則懼焉，懼無其實而掠美也。毀乎己則幸焉，幸吾得知而改之也。同乎己則疑焉，疑有所蔽而因是以自堅也。異乎己則思焉，去其所私以觀異術，然後與道大適也。蓋稱吾之善者，或諛佞之虛言也。非然，則彼未嘗知吾之深也。吾行之所由，吾心之所安，吾自知之而已。若攻吾之惡，則不當者鮮矣。雖與吾有憎怨，吾無其十，或實有四三焉。與吾言如響，必中無定識者也。非然，則所見之偶同也。若辨吾之惑，則不當者鮮矣。理之至者，必合於人心之不言而同然。好獨而不厭乎人心，則其為偏惑也審矣。

吾友劉君古塘，行直而清。其為學，常自信而不疑，心所不可，雖古人之說，不苟為同也，而好人之同乎己。夫古人之說不能強吾以苟同，而欲人之同乎己，非心術之蔽乎？知君者，猶以為自信之過也；不知者，將以為有爭氣也。君與吾離羣而索居久矣，會有所聞，書以質之。

録自望溪文集卷十八。

釋言

余在江南，即聞北方之賢者曰李君剛主。及與久故，益信其為人，而其鄉人雜然議之。嘗叩其親故：所病於剛主有徵乎？曰：『是家貧，以適四方造請，干州郡而取饒焉。妻無子，乃別居。倉廩充溢，而食必粢糲，子婦執苦身之役。親之喪，赴吊者渴饑，皆之逆旅而求宿焉。賢者固若是乎？』

余告之曰：『吾聞剛主躬耕，善稼穡，雖儉歲，必有收；未聞以干請也。士友所共聞知者：明、索二勢家延教其子，不就。直撫安溪李公稱其學行於天子，不往見。諸王交聘，每避而之他，乃以干請釣錙銖之利乎？至於食必粢糲，妻妾操作，而子婦從之，則李氏之家法也。親賓能遠赴其喪，何惜旅宿？剛主居湫隘，家無僮婢，創鉅痛甚，而責以供具，不亦難乎？其與妻別居，則余嘗叩之矣。曰：「是多言不順，吾常隱焉。有女早寡，而主張更嫁。吾不忍見，故使別居，既乃合併，而陰絕焉。」絕之者何？生異寢，死異穴也。合併者何？生同宮而衣食之，死則葬埋之也。此古應出而不行之禮，未可以病剛主。』聞者語塞而色猶疑焉。

他日以語剛主，剛主曰：『人心不可謂，子安以辨為哉？韓子云：「動而得謗，名亦隨之。」謗而無名者，眾人也；名而無謗者，鄉願也。雖然，美炙不如惡石，謗言彰，吾滋懼矣。名則諸君子之過爾！』因并識前語，作釋言。

錄自望溪文集卷十八。

記夢

康熙甲午立秋日，余在熱河，夢偕先兄隨先君過尚默陳先生故居。同集者，攝山汪丈、清傳楊君。將飲酒，他客朋至，忽覺已歸土街草堂。先君指畫，將營西偏，為燕息之齋。俄而寤。

先君性豪曠，不可一日無友朋。常以寅及巳讀書，午及申為山澤之遊，歸而飲酒。憶自六合遷金陵，同好者，前輩則杜濬于皇、杜岕蒼略，執友則王裕成公及陳先生。招呼遊談，雖風雨之夕無間。時余九齡，先兄年十一，常奉盤匜侍酒。自兄年十四，侍王父於蕪湖。其後與余皆餬口四方，涉歲移時，乃得歸省。兄歸，余常在外；余歸，兄常在外。又計日為行期，故每侍先君與諸先生醼集歡樂之餘，私心愴動。雖先君亦然，而不忍言也。

自先兄夭枉，余始不敢遠遊，而二杜及王皆前歿。獨陳先生尚存，而先君少所知汪丈自南郊遷北里。楊君託末契，遊從最密。時余以窮空，復數為近地之遊，又計偕者三。其家居，淩雜米鹽不可解脫。追念平生侍先君與諸公醼集時甚少，而與先兄偕，則尤加少焉。計惟童子時為然，爾時已知其樂，而不知其後思此之悲也。自先君下世，汪丈亦歿。楊君老而窮，走四方，而余禍發於不虞，以辛卯冬十月赴詔獄。將行，陳先生竭蹶嘔血縣門外。今寒暑復四易，先生近八十，計此生不得再相見矣。

余既編籍旗下，上哀矜，使以白衣廁館閣校勘。自痛丘墓無主，故雖病且衰，而黽勉從事。蓋以天子仁聖，猶萬一冀幸焉。記曰：『霜露既降，君子履之，必有悽愴之心，非其寒之謂也。』今茲以秋之始，感於夢寐，而得依父兄之側，從先人之居，豈其幾之先見者與？抑積思所結，而未必其有應也。因書以儆於後焉。陳先生名書，汪丈名泳思，楊君名修，與王先生皆金陵人。杜公兄弟為黃岡人。康熙五十三年六月二十九日記。

録自望溪文集卷十八。

答問

兄子道永重修南郊漢前將軍關公廟。問曰：『自書傳以來，至忠大勇，英略蓋世，且卓見聖人之道，而死於非命者，莫過於公與岳忠武。故浩然之氣，長震動乎萬世之人心。然公之廟，無地無之，而忠武之祠，則連州比郡，或無一二。又公之神，常若充滿偏布於宇宙，而時見其精爽。其大者，示威於戰陣；其小者，凡有禱問，其應如響，而忠武無是也。是有說與？』余應之曰：

『自周衰，戰國諸君糜爛其民；至暴秦，而生民之類幾盡矣。漢高祖出之於水火之中，治尚寬大，有天下者垂四百年。自武帝而外，桓、靈以前，雖有庸君，患不及民。民之思漢也深，則激於公之忠義者切。又東漢之末，士大夫多明於義理而重名節。故諸葛武侯遺書，搜録而表章之者，乃晉氏也。其書所謂賊，即時君之祖宗。以是觀之，則公遇難時，魏、吳之士民，羣聚而祠之，其君臣必見為當然。故震動宇宙而結聚於人心者，深固而光昭。忠武為秦檜所戕，身死而檜之餘恨猶未解。吏民畏檜之威，直至檜死乃敢訟言忠武之冤。孝宗朝，始得立祠於鄂，而屢世相臣，姦庸相繼，多主和議，偷安以保妻子，大率與檜同心。故忠武之義氣，雖不沒於人心，而祠祀則寥寥焉。此事勢之自然，於二公無加損也。

『夫神者，依人而行。舉億兆人之精神，皆專嚮於公，則公之神自隨地而監照之。忠武即間有祠祀，未有就而禱禳祈報者，則其神何由與之相應而有所徵驗哉！昔孔子夢見周公，不聞堯、舜、文、武並見於夢，則神明之感通，由於生人精神之結聚明矣。故凡禱祈於公，行汙而所問之事非正者，簽辭多不應，以其精神不足以相感召也。』

既以告道永，因思此義亦宜存天壤間，乃筆之。

録自望溪文集卷十八。

移山東州縣徵羣士課藝文代

蓋聞齊、魯之間之於文學，自古以來，其天性也。文者，學之枝葉； 制舉之文，又其近者爾。然以效聖人賢人之言，則心之精微達於辭氣者，固可以得其崖略焉。某備官漕河，不與民治，而發徵期會，政令所及，州邑凡三十，東夏文獻之區，計過半矣。竊欲觀於國風，以窺尋羣士之所藏。謹擇四書題二，五經疑義各一條，願切磋究之。毋以某懵學寡聞而有遐心也！

録自望溪文集卷十八。

孫徵君傳

孫奇逢字啟泰，號鍾元，北直容城人也。少倜儻好奇節，而內行篤修，負經世之略，常欲赫然著功烈而不可強以仕。年十七，舉萬曆二十八年順天鄉試。

先是高攀龍、顧憲成講學東林，海內士大夫立名義者多附焉。及天啟初，逆閹魏忠賢得政，叨穢者爭出其門，而目東林諸君子為黨。由是楊漣、左光斗、魏大中、周順昌、繆昌期次第死廠獄，禍及親黨，而奇逢獨與定興鹿正、張果中傾身為之，諸公卒賴以歸骨，世所傳范陽三烈士也。

方是時，孫承宗以大學士兼兵部尚書，經略薊、遼，奇逢之友歸安茅元儀及鹿正之子善繼皆在幕府。奇逢密上書承宗，承宗以軍事疏請入見，忠賢大懼，繞御牀而泣，以嚴旨遏承宗於中途，而世以此益高奇逢之義。臺垣及巡撫交薦，屢徵不起。承宗欲疏請以職方起贊軍事，使元儀先之，奇逢亦不應也。其後畿内盜賊數駭，容城危困，乃攜家入易州五公山。門生親故從而相保者數百家。奇逢為教條，部署守禦，而絃歌不輟。入國朝，以國子祭酒徵，有司敦趣，卒固辭。移居新安，既而渡河，止蘇門百泉。水部郎馬光裕奉以夏峯田廬，遂率子弟躬耕，四方來學願留者，亦授田使耕，所居遂成聚。

奇逢始與鹿善繼講學，以象山、陽明為宗，及晚年，乃更和通朱子之説。其治身務自刻砥，執親之喪，率兄弟廬墓側凡六年。人無賢愚，苟問學，必開以性之所近，使自力於庸行。其與人無町畦，雖武夫悍卒、工商隸圉、野夫牧豎，必以誠意接之，用此名在天下，而人無忌嫉者。方楊、左在難，眾皆為奇逢危，而忠賢左右皆近畿人，夙重奇逢質行，無不陰為之地者。

鼎革後，諸公必欲強起奇逢，平涼胡廷佐曰：『人各有志，彼自樂處隱就閑，何故必令與吾儕一轍乎？』居夏峰二十有五年卒，年九十有二。河南北學者歲時奉祀百泉書院，而容城與劉因、楊繼盛同祀，保定與孫文正承宗、鹿忠節善繼並祀學宮。天下無知與不知，皆稱曰夏峰先生。

贊曰：先兄百川聞之夏峰之學者，徵君嘗語人曰：『吾始自分與楊、左諸賢同命，及涉亂離，可以犯死者數矣，而終無恙，是以學貴知命而不惑也。』徵君論學之書甚具，其質行學者譜焉，茲故不論，而獨著其犖犖大者。方高陽孫少師以軍事相屬，先生力辭不就，眾皆惜之，而少師再用再黜，訖無成功。易所謂『介於石，不終日』者，其殆庶幾邪！

録自望溪文集卷八。

四君子傳并序

余弱冠，從先兄百川求友，得邑子同寓金陵者曰劉古塘，於高淳得張彝歎；歸試於皖，得古塘之兄北固，於宿松得朱字綠。辛未遊京師，得四人〔一〕曰：宛平王崑繩，無錫劉言潔，青陽徐詒孫。其志趨之近者，則古塘、彝歎、言潔、詒孫也；術業之近者，則崑繩、字綠、北固也。余平生昵好，志趨術業之近，與諸君子比者有矣。然其年或先後生於余，而自有其儕；或年相若，而交期則後。惟諸君子同時並出，而為交皆久且深，故世莫不聞。

癸巳春，余出刑部獄，信宿金壇王若霖寓齋。若霖曰：『吾與諸公每私議：南士之相引為曹而發名於世者，其朋有三焉。行修而學殖者，莫如子之徒；其遇之窮，而無一得其所者，亦莫如子之徒也。』因屈指死者七人，皆賫志也；存者三人，則余罹於罰，古塘中歲遘無妄之災，病且聾，彝歎老而無子。相與痛惜者久之。

後四年丁酉秋，偶憶其言，作四君子傳。先兄之歿也，余既為誌銘，詒孫、北固有哀辭，字綠有墓表，故弗更著焉。

王源字崑繩，世為直隸宛平人。父某，明錦衣衛指揮；明亡，流轉江、淮，寓高郵。源少從其父，喜任俠言兵；少長，從寧都魏叔子學古文。性豪邁不可羈束，於並世人視之蔑如也，雖古人亦然。所心慕，獨漢諸葛武侯、明王文成。於文章，自謂左丘明、太史公、韓退之外，無肯北面者。

年四十餘，以家貧父老，始遊京師，傭筆墨。貴人富家多病其不習時文。笑曰：『是尚需學而能乎？』因就有司求試，舉京兆第四人。曰：『吾寄焉，以為不知已者詬厲也。』源以貧無資，不能不託跡諸公間，而常以自鄙，未肯降辭色。或極飲大醉，嘲詼罵譏，中其所忌諱；諸公用此陽體貌之而陰擯焉。源雖好氣，與世參商，然內行篤修，其兄死，旬歲中貌若非人。以余所見，居兄弟之喪，顏色稱其情者，獨源與山陽劉永禎兩人而已。其於人果有善，未嘗不降心。晚年與蠡縣李塨遊，大悅之，遂與師事博野顏習齋學禮，終日正衣冠，對僕隸必肅恭。然自負經世之略益堅，每曰：『吾所學乃今始可見之行事，非虛言也。』

始源慨不快意，五十後葬其親，遂棄妻子，為汗漫之遊，至名山廣壑，輒淹留踰時，忽復他往，見人不自道姓名；逾六十復歸，往來金陵、淮、揚間，客死山陽，惟兄之甥蔣衡視含殮。卒之夕，神色傲然，無一語及家事。

其古文既刻者，世多有。所著易傳十卷，平書二卷，兵論二卷，及未刻古文藏於家。

劉齊字言潔，無錫人。康熙丙寅，以選貢入太學。方是時，崑山徐尚書乾學方以收召後進為己任，而為祭酒、司業者，多出其門。海內之士有為尚書所可者，其名輒重於太學；有為太學所推者，則舉京兆，進於禮部，猶歷階而升，鮮有不至者。惟齊與其友三數人，閉門修業，孤立行己意，躓而不悔。其後石門吳涵為司業，重其學，延致於家，聲譽赫然公卿間。太學嘗取高第教習官學生，齊與焉；期滿，例錄敍於吏部，授縣令者十之八，為正途，授州佐者十之二，為冗雜，且底滯無選期。自徐尚書罷歸，公卿多欲以收召後進為名者，而某為少宰，自謂起荒陬至大僚，尤欲擅風雅之譽，使人禮先於齊曰：『吾久知君，可來見，必為選首。』齊謝不往。某銜之，係籍州佐。某由是叢詬訕而齊望益高。或曰：『將飛者縮翼，君自是舉京兆，升禮部，益可必矣。』齊聞，即日趣裝歸，歸數年竟卒，年四十有七。

齊性沈毅，與人居，終日溫溫，而退皆嚴憚之；偃臥一室，天下士常想望其風采。既卒數年，江東十郡之士上言督學使者：士有無爵與年而學行可為表儀者二人，宜祀於鄉；其一齊，其一余亡兄百川也。

始徐尚書執權，藉以收召天下士，士爭湊之；惟齊與其友數人執節不移，久之，此數人為清議所從出，士之蹇拙自負而務立名義者皆宗之，雖布衣，其重若與公卿相踦。自齊歸，其友亦次第歸，太學生雖有潔己自好者，而氣概不足動人，清議遂由是消委云。

張自超字彝歎，高淳人，世居蒼溪。少孤，課耕奉其母。其族故不繁而親屬凋盡，高祖以下惟一身，常自惴，視人世所歆羨，泊如也。為諸生，試必冠其曹，困舉場幾三十年，未嘗有慍色。治古文及詩，所得皆驚邁而未嘗爭名。於時近五十，始登甲科而不肯試為吏。性明決，所不為，眾莫能奪；所欲為，雖困不以自悔。

其既升於禮部也，宗伯韓公菼昌言於朝：『某宜在上甲。』自超踵門曰：『某有母，病且衰，登上甲，必以館職留，公當愛人以德。』試畢歸，其母果以是秋歿。母疾篤，為買妾，命入側室。泣曰：『兒方寸亂矣，雖入室不能歡合，成子姓；天果不絕張氏，兒何患無子？』其後終母喪數年，妾終不孕，眾乃歎其知命而不惑也。

高淳故湖壖，以圩障水於外而耕其中，歲大潦，隄潰，居人議撤屋材以塞之；自超有船直百金，曰：『速毀船，以板築。』隄完，大有年，眾歸其直，終不受。平生未嘗入縣治，歲連祲，死者相籍，一日造縣令，具陳方略；令夙重之，為設飲，盡召邑富人。富人曰：『張君，吾邑之望，所蠲助，則吾儕視焉。』自超遂注籍二百金，諸富人相視大駭，次第注籍，然私料不能猝具也。越數日，自超首納金，諸富人大屈，盡出金為部署，活邑人幾半。自超有田二百畝，畝六七金，披其半，素直三之一，眾爭購之，故得金速也。

晚歲家日落，每取菽麥雜稊稗食之，或遺之財，終不受。鄉人有不善，常畏其知。年逾六十，尚無子，鄉人每聚言，必以為大慼，如凶害之迫於己焉。

劉捷字古塘，先世懷寧人，遷於桐，既而流寓金陵。其為行篤，自信而不牽於眾，文亦然。始入江寧縣學，課試必壓其儕，名日起，獨自謂所業弗善也。中歲發憤，究討經史諸子，久之出所為文，眾弗善，以進於有司，則擯焉，而私自喜。

有與同姓名者，為江寧學武生，大患鄉里，督學邵嗣堯聞其名未察也；捷入試，忽命榜笞數十，已而知其誤，乃置其文四等，比郡皆譁。無何，邵以暴疾卒，人皆為捷快，而捷前後無幾微動於詞色。

家甚貧，僦屋窮巷，無一畝之田，以名在天下，諸大府常不遠數千里以厚幣招之，一語不合，則駕而歸，無能留者。遂寧張公鵬翮督學江南，招入使院；有故人以夜詣捷，出千金為其姻家請事。捷曰：『吾不意君以此等人視余！』其自遠方歸，解裝常得數十百金，族姻故舊環至，視其所急而分給之，隨手盡，俄而窘空，日旰不得食，宴如也。

捷故名家子，其祖若宰，明崇禎辛未及第第一人〔二〕，同產兄輝祖，康熙庚午鄉試舉第一，及辛卯，捷復舉第一。眾議皆謂：『宋、明科目有三試皆一者，今獨無有，惟捷可當之。』而為禮部者，獨不喜捷所為文，磨勘停一科。癸巳秋特行會試，將赴公車；會其友方苞以戴名世文集牽連編旗伍，檄有司解送妻子北上； 捷曰：『吾義不可不偕行。』至京師，試期已過。其後病且衰，竟未得一與禮部之試。

録自望溪文集卷八。

【校】

〔一〕『四人』，應作『三人』。

〔二〕『辛未』，據明清進士題名碑録索引，應作『戊辰』。

左仁傳

戊子冬十月，望後七日，余在桐城，夜坐左秀起齋中，叩其先忠毅公逸事，因歎自古忠臣義士遭變底節，載在史策不可勝數，而發揚震動於後人之耳目者，代不數人。蓋其名之顯晦，一視所遇之事大小以為差別，而有不可強者焉。至於草野閭巷之人，或志與事幾於聖賢之徒，竟以居下處幽，為衆人所忽，而其迹遂泯者，蓋不可勝道也。

秀起因歎息，作而言曰：『吾家世居東鄉，某嘗至先人居，就其長老，求吾宗之賢而世莫之知者。所稱皆豪有力人。某曰：「非此之謂也。」曰：「然則孰為賢？」曰：「凡篤於父母兄弟、化於妻子、信於朋友者，皆是也」衆曰：「其然，則鄉有愚者； 其祖遘惡疾，家人畏其染也，進食飲者皆難之。冬夜足苦寒，愚者曰：我燠之。時年十五，家人不能奪也。如是者六年，果染疾，繼其祖以歿。」某偏問之，僅得其世系，蓋忠毅曾孫行而於某遠兄弟也，幼名仁，字與生，卒無聞焉。』

嗚呼！當明將亡而逆閹之熾也，如遘惡疾，近者必染焉。忠毅與同難諸君子皆明知為身災，獨不忍君父之寒而甘為燠足者也。世多以仁之類為愚，此振古以來，國之所以有瘳者，鮮與！因書以付秀起，俾列家乘，以示邑之人。

録自望溪文集卷八。

孫積生傳

孫永慶字積生，北直容城人。其大父，徵君鍾元同產也。徵君遷河南，兄弟之子多從之。永慶大父及父皆諸生，童稚曾受小學。及從父於河南，躬耒耨，農作甚力。少失母，既受室，或耕淇源，或耕夏峯，凡五十年。所以養生送死，皆身耕、妻陳氏紡績之所致也。

古者秀民皆聚於庠序學校，而周公復設司諫之官，巡問觀察，以辨甿庶之能而可任於國事者。漢氏之隆，孝弟力田與方正賢良相次，其風蓋依古以來。方徵君講學夏峰，自野夫牧豎以及鄉曲俠客胥商之族，有就見者，必誘進之。良以天下無不可以學可以不學之人，而農工胥商苟能用力於人紀，而盡其職之所當為，即是，可以謂之學也。

永慶晚而生子曰用果，既長，間叩生平所為，永慶曰：『汝欲為他日狀誌地邪！汝視吾面，黧也而傳以白，奈觀者笑何？吾老農也，少廢學，碣於墓，存姓字，子孫不迷而已耳。』嗚呼！孰謂君而不學也者？斯言也，可以知所蓄矣。用果務學行，其容斂然，與余善，故受其請而錄之。

録自望溪文集卷八。

金陵近支二節婦傳

吾家自五世祖伯通為有明四川都使司斷事，死建文之難，為邑中忠烈之首；鄭太君暨川貞姑為節婦貞女之首。三百年宗婦内宗多尚志節，或附譜牒，或載桐懿。明善公所記邑中孝弟節烈事。余嘗欲錄所聞見以續之，而苦無暇日。及難後，則聞近支在金陵者有二節婦：一曰王氏，太僕曾孫雲顧之妻，於余為再從叔母，安義令王君才鼎季女也。年十九，歸於方，夫亡數月，世僑載育，時年二十有二。其明年，宗禍作。一曰鄧氏，侍御曾孫求晟之妻，於余為再從族兄之子婦，其父元基，邑諸生。年二十有四始嫁，四年遵衢生，是冬夫卒。遵衢生於禍作後。乾隆二年，世僑成進士，官戶部主事。叔母就養於京師，予始得見，性方嚴，出語即斬然。世僑少時，教督甚厲，及成立，侍側猶如畏然。乾隆七年，余告歸，遵衢之母時至吾家。家人云：『終日溫溫，寡言語，對之使人靜以和。』叔母以世僑扈從謁祖陵，覃恩誥封宜人。世僑尋入臺，掌河南道，而遵衢棲遲里巷間。鄉人多謂二節婦高行略同，而所遇有豐有嗇。然遵衢頗知砥名行，楷書及繪畫得侍御遺法，窶艱而志在作善，其世嗣當有能續祖者。凡天之命或速或淹，而終必同軌，乃道之不變者也。

余因念吾宗當震蕩播越時，盡族北徙，或散在遠方。二節母無一隴之植，近支無緦、小功之親，母家亦窶艱，即執德能堅而才不足以紀衣食、持門戶，遺孤不知作何狀矣。居常者不覺，遭危變然後知婦人擔荷之重如此。先王制禮，妻之喪，居處飲食視伯叔父昆弟而加隆焉，有以也夫！又自余有聞見，凡入鄉賢，必貴人之父也；舉節孝，必富人之母也。自聖主明章風教，申諭督撫有司，然後山陬海聚、貧窶孤微之節孝不遺，用此二母同時得旌。故因二子請表其母，而並闡先王制禮之意，與今功令之可法後王，匪直於吾宗有耀也。至其拮据以苦身，艱辛以課子，乃嫠而貧者之所同，故弗敘列云。

録自望溪文集卷八。

廬江宋氏二貞婦傳

余長女許嫁宋學士嵩南長子嗣茨，甫納徵，余以南山集序牽連被逮，宗禍方興，倉皇危難中，泣涕而歸於宋氏。越二年癸巳，余蒙聖祖仁皇帝鑒宥，召入南書房。其明年，嗣茨舉於鄉，而學士以督學修城，羈燕南，使嗣茨告丐於戚友，客死江西，年二十有五，時康熙五十八年也。

學士子二人，次嗣熙，側室汪氏出也，先嗣茨夭亡。所聘李氏，翰林院編修丹壑之季女、大學士文定公女孫也。聞夫亡，不欲生。父母知不可奪，許成其志，始納食飲，屏居小樓，凡十有四年。雍正五年，白其母曰：『兒前以年少，恐舅姑不能信，今逾三十，可歸矣。』母乃將女至學士家，既見舅姑，從容拜夫，次主前，默無聲。其母悲不自禁。貞女曰：『兒賴父母明大義，得全餘生，今志已遂，復何憾。』宋氏内外宗來觀及内御者，莫不嗚咽掩涕。其母因病不能興；少間，貞女請於舅姑，送母還河南，母終，既葬，遂歸宋氏。

文定先世居永城，寄籍江南。余始至京師，即禮先焉。丹壑亦暱就余，家有慶事，必固請共歡燕。其子女，余皆於姆褓中見之，時貞女尚未生。其後文定薨，丹壑中道脆促，家人還河南，子姓衰微，名字無聞於士大夫者，而五十年後，乃有貞女為祖考光。

余女在父室，多苦其性執拗，既嫁，則能順於舅姑，致忠養。學士歿，以冢婦持門戶，遇事多斷行。其鄉人皆曰：『方氏非伉直，不能立孤。』吾女與貞女相親若同氣。乾隆戊午，吾女歸寧，兼送子鄉試，遘疾死吾家。又數年，其子輝祖暴疾死。學士以後四世，止七歲之孤。貞女復以從祖母撫孤以養嗣菼母曹氏。

邑人公言於有司，申大府題請，並得旌建坊。學士兄子曙涵、從孫學山請籍之，乃合傳而特詳於貞女，其事為難也。女也而並曰貞婦，達其志也。

録自望溪文集卷八。

高節婦傳

節婦段氏，宛平民高位妻也。京師俗早嫁娶，位之死，節婦年十七，有二子矣。高氏無宗親，依兄以居。喪期畢，數喻以更嫁。節婦曰：『吾不識兄意何居？吾非難死也，無如二子何？』其兄曰：『我正無如二子何也。我力食，能長為妹贍二甥乎？』節婦曰：『易耳！自今日即無累兄。但望毋羞我貧，暇則頻過我，使人知我尚有兄足矣。』

方是時，節婦嫁時物，僅餘一箱，直二千，取置門外，索半直，立售，即日移居小市板屋中。京師地貴，或作板屋於中衢，婦人貧無依者多僦居，為市人縫紉。節婦以此為生，幾二十年，二子長，始能僦屋以居。二子幼時，節婦艱衣食，不能使就學。長子市販，中年歿。次子為小吏，以罪謫遼左。節婦復撫諸孫，又十餘年，孫裔發憤成進士，贖其父以歸，而節婦年九十矣。

節婦性嚴毅，常早起。子婦雖老，終日侍立，不命不敢坐。裔之母谷氏，性篤孝，雞初鳴，起灑掃，奉匜侍盥，就竈下作羹食，親上之，食畢，然後退，率以為常。及貴盛，姻黨皆曰：『世有太夫人年七十，而執僕婢之役者乎？』將公為節婦言之。谷氏曰：『若毋言，吾與姑故寒苦，姑習我，非我供事，姑終不適。吾皤然白髮，身無疾，灑掃盥饋，以事吾姑，此日可多得邪？』

節婦以康熙戊辰卒，年九十六，距位之死七十有九年。始節婦所僦板屋在珠市西，及孫貴，卜居正當其地，家僮數十，出入呼擁，節婦時指示子孫姻黨。京師之人，亦以為美談云。

贊曰：吾里中某氏子，兄弟各傭身。兄老，請於主人，求舍之，節衣食以奉焉；而兄卞急，小失意，即數罵，或奮梃以抶，終無恚色。余嘗謂非獨其弟賢也，而兄固無鄙心也。京師人多以谷氏之事為難，然以節婦之風義，則子婦之承而化也，曷足異乎？

録自望溪文集卷八。

沛天上人傳

沛天上人名海寬，俗姓崔氏，直隸易州人，為京師講經大師，住持靜默寺。寺近宮城，聖祖仁皇帝勅建，皇子數即事焉。衆以為榮觀，冠蓋往來，晨夕無頃暇，而上人處之若無事者，雖甿隸必使各得其意以去，而於王公貴人無加禮。余嘗託宿寺中，見而異之，遂假館，淹留數月。每人事歇息，輒邀余坐庭階，玩景光，間及民生利病，並世人物。其胸中炯然，語皆有稱量。竊歎如此人若為士大夫，於世非無所損益者，而惜乎其遊方之外也。

性至孝，作室寺之左方，迎其母而養焉。居母與兄之喪，一遵儒書，服既終，顏色戚容尚有異於衆人。喪其本師，誠敬亦如之。好士友，羈旅者投之如歸，久而不怠。每聞忠良正士剝喪摧傷，輒悄然不樂，語或及之，則氣結淚欲下。雍正某年，内府有疑獄，大小司寇會寺中待事。或叩佛氏天堂地獄之說，上人曰：『在公等一念公私忍恕間耳！』中有以深刻為能者，面赤而色慍，曰：『方外人何難為此言，居官者能自主乎？』上人曰：『能視祿位少輕，則無難矣。』衆皆默然。時禁婦女入廟，胥吏因緣設詐搆陷以嚇衆而取所求。上人首議，發其姦於政府。營田之興，吏強建閘於安肅之瀑河，村落數十，仍歲流漂。上人見往來寺中人，即指畫地勢及民庶飢殍狀。久之，語聞於河督，奏復其初。

十有二年，重刻藏經，詔簡積學沙門四十餘人開館校勘，命上人執其總。量材授事，立法程工，有條而不紊。

觀上人之篤於人紀，不忘斯世斯民，而才足以立事如此，皆先聖先賢所諄復而有望於後儒者也，而儒之徒未數數然也。朱子嘗憂吾道之衰，以為『性質剛明者，多不能屈心以蒙世俗之塵垢，而藏身於二氏』。斯言也，蓋信而有徵矣。故專錄其儒行，而推闡佛說以張其師教者，概不著於篇，蓋其徒某某之所譜，具矣。

録自望溪文集卷八。

李剛主墓誌銘

李塨字剛主，直隸蠡縣人。其父孝慤先生與博野顏習齋為執友，剛主自束髮即從之遊。

習齋之學，其本在忍嗜欲，苦筋力，以勤家而養親，而以其餘習六藝，講世務，以備天下國家之用，以是為孔子之學，而自別於程、朱，其徒皆篤信之。余嘗謂剛主：『程、朱之學，未嘗不有事於此，但凡此乃道之法迹耳；使不由敬靜以探其根源，則於性命之理知之不真，而發於身心施於天下國家者，不能曲得其次序。』剛主色變，為默然者久之。

吾友王源崑繩，恢奇人也，所慕惟漢諸葛武侯、明王文成，而目程、朱為迂闊。見剛主而大說，因與共師事習齋，時年將六十矣。余詰之，曰：『眾謂我目空並世人，非也。果有人，敢自侈大乎？』

剛主嘗為其友治劇邑，期年，政教大行，用此名動公卿間。諸王延經師、主閫外者爭欲致之，堅不就。康熙庚午，嘗舉乙科；晚歲，授通州學正，浹月，以母老告歸，長官不能奪也。

崑繩慨不快意，既葬二親，遂漫遊，將求名山大壑而隱身焉，雖妻子不知其所之。余與剛主每蹙然長懷而無從迹之。數年，忽至余家，曰：『吾求天下士四十年，得子與剛主，而子篤信程、朱之學，恨終不能化子，為是以來。』留兼旬，盡發程、朱之所以失，習齋之所以得者。余未嘗與之爭。將行，憮然曰：『子終守迷，吾從此逝矣。使百世以下聰明傑魁之士沈溺於無用之學而不返，是即程、朱之罪也。』余作而言曰：『子之言盡矣，吾可以言乎？子毋視為氣息奄奄人，觀朱子上孝宗書，雖晚明楊、左之直節，無以過也；其備荒浙東，安撫荊湖，西漢趙、張之吏治，無以過也；而世不以此稱者，以道德崇閎，稱此轉渺乎其小耳。吾姑以淺事喻子，非其義也，雖三公之貴，避之若浼，子之所能信於程、朱也。今中朝如某某，子夙所賤惡；倘一旦揚子於朝，以學士或御史中丞徵，子將亡命山海而義不反顧乎？抑猶躊躕不能自決也！吾願子歸視妻孥，流行坎止，歸潔其身而已矣。』昆繩自是終其身，口未嘗非程、朱。

其後余出刑部獄，剛主來唁。以語昆繩者語之，剛主立起自責，取不滿程、朱語載經說中已鐫版者，削之過半。因舉習齋存治、存學二編未愜余心者告之。隨更定，曰：『吾師始教，即以改過為大。子之言然，吾敢留之為口實哉！』習齋無子，剛主中歲還博野，為葺祠堂，以收召學者。博野去京師三百里，剛主自來唁後，復三至余家：一問吾母之疾，再弔喪，終則自計衰疲，恐不能更出而就別余。驅柴車，長子習仁御，往返芻秣皆載車中，知余時窶且艱也。嗚呼！即是而剛主之勤於身，式於家，施於人，而措注於事物者，居可知矣。

剛主言語溫然，終日危坐，肅敬而安和，近之者不覺自斂抑。以昆繩之氣，既老而為剛主屈；以剛主之篤信師學，以余一言而翻然改。其志之不欺，與勇於從善，皆可以為學者法，故備詳之，而餘行則不具焉。

剛主卒於雍正某年某月，年七十有□。父諱某君，母馬氏。生母馬氏，明錦衣衛指揮斌女，明亡家落，歸孝慤，生剛主兄弟。妻某氏。子三人：長習仁，早夭；次習禮，次習中，皆邑庠生。以某年某月某日葬於某鄉某原。銘曰：

習齋矢言，檢身不力，口非程、朱，難免鬼責。信斯言也，趨本無歧，各從所務，安用詆娸？君承師學，固守樊垣，老而大覺，異流同源，不師成心，乃見大原。改過為大，前聞是尊，琢瑕葆瑜，有耀師門，九原相見，宜無間言。

録自望溪文集卷十。

劉古塘墓誌銘

雍正四年五月望後二日，兄子道希書至，告古塘之喪。昔余成童，從先兄求友閭巷間得古塘。其後之近邑，歸故鄉，客京師，學同而志相近者，復得數人，而惟古塘為本交。古塘少以雄豪自處，短衣厲飾，惟恐見者知為儒生，而先兄獨義之；余少好氣，數以氣蓋余，心不能平，久之乃見謂直諒。古塘早喪母，家貧，母家給田數十畝；少長，覓食自活，以田歸庶弟。既為諸生，得時譽，學使者、大府常以重幣延。歲時歸家，解裝，遇親交，隨手盡，俄而乏絕，饑不得餐，晏如也。年羹堯巡撫四川，固請與偕，議加賦，力爭而止。遂以他故行，曰：『其心神外我矣！能守吾言以期月邪？』及督川陝，復固請以往，再三見，浹月而歸。

古塘貌精悍；有與同姓名者，大患鄉里，督學邵嗣堯聞之而未察也，按試呼名，忽注視馮怒，榜笞數十。眾皆譁，羣聚而詬之。嗣堯愧恨，發疾死。古塘始無慍色，既無寬容。嘗語余曰：『士之大閑二：其一義利也，其一利害也。君子懷刑，設子遘禍殃而我退避，以為明哲，可乎？』及余以南山集被逮，冒危險以急余，如所言。辛卯鄉試為舉首，以隨部檄，挈余妻子北上，失會試期，後遂絕意進取，年六十有九，終於家。

始余出刑部獄，傳客諸公間。諸公計數余兄弟早歲諸同好，數之奇，彼此如一轍。時存者惟彝歎、古塘，因譜其行及歿而未見余文者，作四君子傳。無何彝歎亦歿，至於今無一存者矣，而余乃獨留其衰疾之軀，其尚足控揣邪？然吾聞古之為交者，其有失言過行，則相引以為羞；今諸君子各以身名完，未為不幸，獨後死者滋懼耳。

古塘子幼，道希與翁君止園紀其喪，余恐不宿，乃豫為志銘以待事焉。古塘姓劉氏，名捷，懷寧人，流寓江甯。祖若宰，明崇禎辛未〔一〕殿試第一。父璜，桐城縣庠生。母張氏。兄輝祖，康熙庚午鄉試第一，並有聞，亦余早歲同好之一也。妻王氏，早卒。繼室姚氏。子四人：長敏，次敦，次敭，次敚，女一未字，並姚氏出。其卒以四月廿五日。某年月日葬於某鄉某原。銘曰：

子孑以居，蹇蹇以行，身之困而道之亨。死乎由是，信無悔於其生。

録自望溪文集卷十。

【校】

〔一〕『辛未』，應作『戊辰』。

左未生墓誌銘

君姓左氏，諱待，字未生，桐城人，明贈太子少保忠毅公之季孫也。少好老、莊，其學以遺物自遂為宗，其文章要渺閎放不知其所從來。性畏俗，非戚屬，雖問疾弔喪不出；出則登城循雉堞而行，不欲見衢肆中人；惟宋潛虛、劉北固慕而與之友。

乙亥丙子間，潛虛、北固客京師，未生繼至，與余一見如故交；與之語，觸物比類，日新而無窮，與之居，久而不厭，然竟不能窺其際也。未生雖與世齟齬，而重氣類，善鑒別人物，常稱邑中胡嘉及兄子廉，其後二君子學行果異於衆人。

余之在難也，未生適自燕南附漕船南下，至淮陰遇盜，折其二齒，衣裝盡失；入郡城，始知余已被逮北上，搏膺而呼；歸至家，時自懟曰：『吾不一視方子，天下士其謂我何？』己亥四月至京師，因偕余赴塞上。秋七月南還，道京師，而宜興儲六雅止之，一時少俊爭慕與之遊，遂留踰歲。今年四月余將出塞，趣之歸。未生曰：『子憂吾老乎？吾策蹇行數十里，腰脊不異少時。今已向暑，秋風起，吾當歸，築室白雲、浮渡間，手種松千株、竹萬竿。又明年歲在析木，吾年七十，當復來視子，然後歸而待老焉。』自余抵塞上，每旬月必通書，入秋無息耗，心謂未生已歸，而凶問忽至。

嗚呼，自未生言之，死於家，與死於朋友之手等耳！獨余於人紀，無不負疚而陰自恨者；惟朋友，則為德於余者雖多，而余之愧於心者亦鮮焉。今未生乃為余羈死，以遺恨於余心，則豈非余之命也邪？未生卒以八月二十六日，余以九月望後一日聞之，而其喪已附漕船南下矣。嗚呼！未生其謂余何哉？泣而銘以歸其孤。銘曰：

生浮而死休，惟子信之尤。浮山之陽，是為子之丘。

歸與，歸與！ 永與造物者遊。

録自望溪文集卷十。

王生墓誌銘

雍正元年冬十有二月，余病不能興，聞王生兆符歷而蘇，輿疾往視，與之語，神氣若未動，越三日而死。嗚呼！ 是吾友崑繩之子也。王氏自明初以軍功為宦族，至崑繩之父中齋公而五服親屬無一人。中齋二子：長汲公，無子。崑繩以兆符後小宗。今兆符僅一子，以繼祖，則崑繩無主後矣。

兆符從余遊，在丙子之春。余在京師，館於汪氏。昆繩館於王氏，使兆符來學，次汪氏馬隊旁，危坐默誦，闃若無人。方盛暑，日三至三返，不納汪氏勺飲。其後崑繩棄家漫遊，兆符自天津遷金壇，復從余於白下。崑繩嘗語余曰：『兆符視子猶父也。吾執友惟子及剛主，吾使事剛主。曰：「符於方子之學，未之能竟也。」』

弱冠為諸生，南遷遂棄去，逾四十，以餬口至京師，或勸以應舉，庚子舉京兆，明年成進士。或餽之金，使速仕以養母。余曰：『用此買田而耕，則母可養，學可殖，而先人之緒論可終竟矣。』兆符蹙然，趣余為書抵餽金者，及報諾而死已彌月矣。

方兆符之南遷也，以稚齒獨身將母及女兄弟陸行水涉三千里。及崑繩既歿，奔走四方，未嘗旬月甯居，而其母老病，暴怒不時，常恐妻女僕婢久不能堪，而在視不盡其誠，故身在外，憂常在家。又慮年日長，學不殖，而矻矻於人事叢雜中，是以心力耗竭，形神瘀傷，一發而不可救藥也。余與崑繩交最先，既而得剛主。三人者所學不同而志相得，其游如家人。剛主之長子習仁亦從余遊。辛丑秋，剛主使卜居於江南而道死。自習仁之死，三人子姓中質行無可望者矣！ 今又重以兆符，而文學義理可與深言者亦鮮矣。余羸老，德既隳，學亦難補，所恃者後生，而天意若此，余所痛，豈獨昆繩之無主後邪！

兆符性孤特，不能容物，雖其父故交，既宦達，察其意色少異於前，即不肯再見； 而行身端直，又以文學知名，故其疾也，聞者皆憂之，其死也，皆惜之。兆符渴葬先世兆域，而母及妻子在江南。葬事畢，士友南還者，為紀其家；　留京師者，分年而主墓祭。雖兆符意氣所感召，抑其祖若父節槩風聲宿留於人心者，不可泯也。兆符年四十有五。所排纂周官及詩文若干卷，蔣君湘帆為編錄而藏之，以俟其孤之長而授焉。銘曰：

無所施於世，而行能已著於家。將道之探，而學焉已得其英華。並垂成而中毀，曷以泯吾儕之怨嗟！

録自望溪文集卷十。

沈編修墓誌銘

常熟沈立夫與余同給事武英殿書館。雍正四年秋，揖余曰：『吾告歸，行有日矣！　吾母安吾鄉；　古之人耕且養，三年而窮一經，四十而仕。吾齒與學皆未也。吾少好柳文，自先生別其瑕瑜，然後粗見古人之義法；及聞周官之說，而又知此其可後者也。故奉吾母以歸，將畢其餘力於斯。』

立夫歸，自南方來者，爭傳其務學之勤。八年三月，有來告者曰：『立夫死矣。』余自童稚從先君子後，具見百年中魁壘士，其志趨尤上者，誦經書、講學、治古文而止耳，而察其隱私，猶或以震耀愚俗，而私便其身圖；故其所得，終未有若古人之可久者。其誠心欲有立於後，惟吾友崑繩之子兆符，而既夭死；　又其後則立夫。豈區區之文學，亦天心所重而靳其成邪？　而古之人有言曰：『人皆可以為堯舜。』豈求在我者，可稱其大小遠近而必有得，而與竭心於文學者異道邪？

立夫諱淑，雍正癸卯進士，翰林院編修，卒年二十有九。父某，太學生。母某氏。妻蔣氏，有子始三歲，未能訃。乃志而銘之，以郵致於其家。立夫之祖育，以孝聞。其歸也，請志其墓。余因舉立夫之志行，決其終有立，以為孝德徵，而今乃銘立夫。嗚呼！　悲矣。銘曰：

始謂斯人，若為天所牖，而善為承。豈惟無成，速殞其生，何數之難測，而理亦未可憑？

録自望溪文集卷十。

李抑亭墓誌銘

雍正十年冬十月朔後九日，過吾友抑亭，遂赴海澱。次日歸，聞抑亭魘而瘖，日再往視，越六日而死。始余見君於其世父文貞公所，終日溫溫，非有問不言。及供事蒙養齋，始習而慕焉。期月而後，無貴賤老少，背面皆曰：『李君，君子人也。』其後，余移武英殿，領修書事，首舉君自助。殿中無貴賤老少，稱之如蒙養齋。君自入翰林，再充順天鄉試同考官，典試雲南，士論翕然。視學江西，高安朱相國每曰：『百年中無或並也。』按察使李蘭以咨革諸生，君常難之，劾君牽制有司之法，而彈章亦具列其廉明。余自獲交文貞，習於李氏族姻，及泉、漳間士大夫。其私論鄉人各有嚮背，而信君無異辭。君被劾，當降補國子監丞，羣士日夜望君之至；既受職，長官相慶，而涖事未彌月。用此六館之士尤深痛焉。

往者歲在戊申，君弟鍾旺癧而瘠，卒於君寓，余既哭而銘之。君在江西，喪其良子清江，又為之銘，以塞君悲，而今復見君之死。古者親舊相與宴樂，而樂歌之辭乃曰：『死喪無日，無幾相見。』有以也！君在蒙養齋及殿中，與余共晨夕各一二年；返自江西，無兼旬不再三見者。辛亥春，余益病衰，凡公事必私引君自助，無旬日不再三見者。一日不見而君疾，一言不接而君死，故每欲銘君，則愴然不能舉其辭。喪歸有日矣，乃力疾而就之。

君諱鍾僑，字世邠，福建泉州安溪縣人，康熙壬午舉於鄉，壬辰成進士，年五十有四。所著論語孟子講蒙十卷，詩經測義十卷，易解八卷藏於家，尚書、周官皆有說未就。父諱鼎徵，康熙庚申舉人，戶部主事，誥授奉直大夫。母莊氏，贈宜人。兄弟五人，四舉甲乙科。兄天寵自入翰林，十餘年與君相依，皆不取室人自隨；痛兩弟羇死，乃引疾送君之喪以歸。君娶黃氏，勅封孺人。子五人，四舉甲乙科：長清載，庚戌進士，兵部武選司額外主事。次清芳，癸卯舉人，揀選知縣。次清江，癸卯舉人，揀選知縣。次清愷，壬子副榜貢生。次清時，壬子舉人，世父撫為己子。女一，適士族。以某年月日葬於某鄉某原。銘曰：

蓄之也深而施者微，將踵武於儒先而年命摧。悼余生之無成，猶有望者，夫人而今誰與歸？

録自望溪文集卷十。

白玫玉墓誌銘

康熙癸巳春，余出刑部獄，即通書吾友清澗白君玫玉；玫玉以書報曰：『必來視子。』庚子，其弟玖玉以守選至京師，曰：『吾兄歲為裝，而喪荒滯之，今行有日矣！』踰歲絕音耗而凶問至。余自童稚從先君子見楚、越耆舊，長游四方，海内知名士十識八九，聰明博達願謹耿介者，時時有之；獨未見才識足以立事，確然可信，如古豪傑之士者；及得玫玉，始驚喜出望外。

辛卯冬，余以南山集牽連被逮；時制府噶禮、廉使焦映漢俱夙憎余，欲因事以螫；會玫玉客安徽布政使馬公逸姿所，竟賴其力以免困辱。玫玉文學重鄉里，以拔貢生授高陵縣教諭，稱疾不就，而客游諸公間。于中丞準其舊交也，巡撫江蘇，以重幣招至。則與要言曰：『君以蔭起，富貴至此，豈君之能？以乃祖清端公風節著朝野耳。今為大府而蒞其遺民，果能繼前人之廉公，恢張教治，以大庇民，則某不敢辭。若苟焉為眾人所為，又安用余？』越數日，假他事以行。

白氏五世不離居異財，玫玉終世客遊，齎裝皆盡之族姻朋友。幼工書，得魏、晉人遺意。中歲為詩，雄直過人，或欲鋟諸版，曰：『士乃以茲自名邪？』余在難，同學二三君子，時就縣獄中，多欷歔流涕，惟玫玉毅然無別離矜憫之色。

玫玉諱斑，以順治丁酉生，享年六十有六。曾祖諱宗舜，明萬曆丁酉舉人，知山西蒲州。祖諱慧元，崇禎甲戌進士，直隸任丘縣令，以忤宦官落職，會亂城危，士民扳援留守，死之，贈河南按察司僉事。父諱補宸，順治己酉舉人，三原縣教諭。妻郝氏，無子，以伯兄之子子正嗣。女四人，皆適士族。以某年月日葬於某鄉某原。銘曰：

夫人之生也，而無以為。吁，嗟乎！古其有斯。

録自望溪文集卷十。

安徽布政使李公墓誌銘

乾隆十年六月朔，余臥病北山，閉關而外鍵之。安徽布政使李公屏驥從過余，謂門者曰：『即虛館，必啟鑰。』夌戶而入，曰：『吾固知先生避客之深也！吾自獲見於先生，始知所以為人之道，備官中外幾二十年，自省尚無負於君國，無慙於吏民，皆先生之教也。所懼民隱壅蔽，有過而不自知。今荷聖恩，位邦伯，而適在先生之鄉，故甫入城，未受印篆，而願聞緒論，望先生知無不言！』越三日而余遘危疾，不辨人事者浹月；及杪秋，少蘇。醫者曰：『子無他，昨視方伯李公，心脈已枯，恐無可久之道。』余瞿然，急通問。復書曰：『某陳臬於蘇，幾三載，即笞杖，必設身以求其情，積勞傷氣；又胃痛，醫人投藥物過猛，故一發不可支。如有瘳，即敬以聞。』未十日，則其子以棺斂事來諏，且乞銘矣。公所生三子皆幼，其弟之子承嗣者，雖少長從宦游，而方從師務帖括，外事無聞焉；幕中皆新知，故狀所述，惟歷官及蒙恩遇，而政迹無敘列者，銘辭難舉；雖然，義不可卻也。

公洛陽人，雍正五年進士，選庶吉士；不介而造余，形貌偉然，所為詩及書法皆拔俗。時余掌武英殿修書事，因奏請共編纂。見公小心畏義，好賢樂善，出於至誠，勖之曰：『子公輔之器也，貴仕不足道，能如鄉先輩劉洛陽，更進之為本朝湯睢州，乃無愧於為人。』公竦然。及散館，授檢討。九年，改山東道御史。十年，巡察直隸順、廣、大三府。十一年，監會試內簾，巡視西城，轉兵科給事中，稽察倉場，充武會試同考。十二年，奉使策封安南，賜正一品服。十三年，授刑科掌印給事中，轉四川建昌道按察司副使。公出在外，歲時必通書。余見其地士大夫商旅，必詢公操行及所注措，故知公為深，而欲籍之，則事實不能詳也。其巡三郡，官吏凜凜，雖大府亦嚴憚焉。在建昌，自打箭鑪至西藏，民夷威懷，治行甲兩川。金川諸土司相仇殺，公會諸將巡視開諭，皆駢首革心。

乾隆四年，大計卓異。五年，引見，天顏甚喜，賜蟒服，回任俟後命。七年，調江蘇糧道，弊絕民憙。會淮、揚水災，制軍德公、撫軍陳公於要地多委公拯濟。其冬，遷江蘇按察使，明允無留獄。富商大豪奸私暴露，欲巧法彌縫，即私計曰：『惟法司大府，三關無道可通，奈何！』其遷藩司，蘇人皆曰：『吾民薄祜，雅太守遷閩嶺，李公復移調，誰其嗣之？』不謂公之不數月而奄忽也。

公處心平恕，終日溫溫，而不可強以非義。屬吏幕友於簿書或舛誤，未嘗動聲色，惟默思所以正之；而官中蠹胥時因事懲革，眾心感服而不知其所由然。痛少失怙，始舉於鄉，而太夫人即世，愛弟學峻如一身，甫踰三十，連喪耦，即以弟子煥為己子。

公始見余，執後進禮。余入翰林後公，故事禮辭當卑遜，而公終以後進自處；及莅安徽，通書忽用師弟子之稱，余固辭。公曰：『先生每以睢州勖我，睢州既為監司，始受業於夏峯，某獨不可繼武乎？』余告以『自明萬曆末，徵君即為海內儒宗，而睢州乃鄉之後進也。今公為邦伯，而余以薄劣為部人，敢以徵君自處哉』，而公終不易稱。即此一節，非誠以古人為准的而能如是乎？惜乎余之所望於公者，始少見其端倪；聖天子累日積久以灼見其賢，而不獲竟其用也！然數年來，余夙所心許，如江西熊梅亭、濟甯黃訓昭、安溪李立侯，皆以壯年受知於聖主，始列九卿，而倏如影滅，則又不若封疆大吏尚有實德之及民也。然則有心者，當為國惜，為民悲，而公則差可以無恨矣。

公卒於乾隆十年十月望後五日，享年五十有五。祖諱士傑，父諱本質，乾隆元年，誥贈如公官。祖妣楊氏、尚氏，妣曹氏，俱贈恭人。公諱學裕，字餘三。元配劉氏，繼室尚氏，以貤封，未受錫命。子四人：長煥，學峻次子，乾隆甲子舉人。次照，側室張氏出。次燕，次焜，繼室呂氏出。前夫人並葬洛陽城東十里鋪某原。公以某年某月某日卜兆於某岡某原。銘曰：

曰仁曰恭，宜得其壽。德載於民，其聲遠聞，而施則不究。俛焉日有孜孜，道固宜然，其淹其速，則惟命之自天。

録自望溪文集卷十。

張樸村墓誌銘

君諱雲章，字漢瞻，號樸村，江南嘉定人也。曩者崑山徐司寇好文術，以得士為名，自海內耆舊以及鄉里樸學、雍庠才俊有不能致，則心恥之，而士亦以此附焉。余初至京師，所見司寇之客十八九；其務進取者，多矜文藻，馳逐聲氣；即二三老宿亦爭立崖岸，相鎮以名；惟君處其間，斂然靜默，體恭而氣和。余心異之，而君亦暱就余。

君始以校勘宋元經解客司寇家，其後諸公貴人考訂文史，必以相屬，而君嘗就陸稼書先生問學，獨陰以名義自砥。方稼書先生為當路所排，君上書崑山相國；其後儀封張中丞與江督噶禮互劾奏，讞久未決，君上書安溪相國。在君見謂義不可以苟止，而以言之不與為眾所咍。君在舉場數十年，所與比肩遊好次第登要津，司貢舉，每欲引手，君輒曲避，以是終無所遇。

康熙五十二年，聖祖皇帝詔求巖穴之士，九卿公舉九人；下江蘇巡撫徵君，君既至，而首輔安溪公適告歸，事暫寢。華亭王司空承修尚書，奏君參校；書既成，而君淹留逾時，眾以為疑。余問詰其所以然？君曰：『假予急功利，乃侘傺到今邪？顧竊自念，生逢明聖，平生所志，具上殿劄子，欲進見時一自列之耳。』既出京，會儀封公總督倉場，留主潞河書院；又逾年，然後歸。今皇帝嗣位，詔舉孝廉方正，江蘇布政使鄂公以君為舉首，君老不能行，再書辭。大江以南，遂無列薦者。君內行飭修，遭母喪，既禫，子孫請少進肉湆，君固不肯，時年六十矣。將終，語不及私，慨然曰：『吾生獨君臣義缺，命也夫！』

君父諱某，邑庠生。母李氏妊君，得夢祥。以順治戊子九月十四日生，卒以雍正丙午七月朔後三日，享年七十有九，有樸村集二十卷行世；乙未以後文集若干卷、南北史摘要、詠南北史詩藏於家。妻李氏與君同庚，姑歿，羣叔皆幼，撫育有恩，以康熙辛丑九月卒，葬今寶山縣橫港。君以雍正丁未十二月朔後二日合葬。男四人：體方，太學生；直方未冠，好學工書，從君卒於京師，余親弔哭；靖方業儒；揆方，康熙丁酉舉人。女一人。孫四人。銘曰：

斂其容，志則強。居雖蔽，聞既彰。身壽耇，嗣衍昌，歸幽墟，宜樂康。

録自望溪文集卷十。

劉紫函墓誌銘

康熙丁酉冬十有一月，余自塞上返，聞山陽劉紫函歿以正月望後九日，踰九月矣。丁卯、戊辰間，公卿中有以收召後進為名者，於是諸生皆尚聲華，急干謁。其務質行學修聞彰而閉戶絕交遊者二人：一無錫劉齊言潔，一紫函也。太學嘗取高等生教習官學生，二人並與焉。期滿試吏部，皆見絀。於時吏部主此者負惡聲，而二人名重士友間。

余至京師與言潔善，因以得紫函；歸過淮陰，館其家。時紫函之父行人、叔父吏部皆歸休。長者肅客，紫函率羣季更侍左右；冠者、成童、總角誦讀聲鏗然；僮僕執事，皆暇以恭；一室之內薰然成和，無一事不得其理者。劉氏大功不異財，自行人、吏部當官及退休，家事一任紫函；其親屬子姓男婦內外宗近百人，數十年無間言。余嘗私叩羣季，皆曰：『此吾伯兄誠意所貫注也。』

紫函貌魁傑，精魄盛強，自喪季弟，未數月而頹如老翁。以余所見，居兄弟之喪，色稱情、貌稱服者，惟北平王源崑繩，而崑繩時客遊，起居飲食，多不得自遂。紫函家居，一如禮經。再期後，辭氣戚容，尚有異於人人。乙未之冬，其弟長籍復卒於長寧。余聞之，即為紫函憂；無何以書來，使其子代書，而手注其後，則臥疾已數月矣，蓋自是未少間也。

憶辛未余在京師，共學者數人，惟余最少。十餘年來，次第凋喪，至紫函歿，而兄事肩隨者幾盡矣，乃流涕為銘，以歸其孤。其世系、享年、葬地、月日，俾自舉之。銘曰：

自閉於時眾所愕，安步周行志卓踔！我最其行辭不怍，所得孰多試省度！

録自望溪文集卷十。

鄭友白墓誌銘

有客手一帙，不介而造余，入自賓階。揖而告之曰：『凡抱其業而叩吾廬者，皆雷同炫燿，欲余為諛佞之言以助之者也。其果能取名致官者蓋鮮，而奔走疲亡者接跡焉。願君毋效也！』客曰：『先生之言良是，而吾非為此來也。吾叔父獲教於先生而以道自繩削，方得其階而願進也，而今死矣！其親隱焉，願得先生之文以奠幽宮。某所持者，某與同學哀之之辭也。』問其名居，則涇縣鄭生友白之族子天一也。

初友白亦不介而造余，告之如所以告天一者。曰：『吾非為此來也，吾居深山，見先生之文類有道者，以為近其人將有得焉。』余聞其親老，責而歸之。踰歲復至，將見王君崑繩於京師，曰：『是吾親之志也。』至京師數月竟歸，歸踰年而卒。

嗟乎！友白其果能有立與否？雖不可知，然其齒甚少，乃能以謀道為先而汲汲於師與友，可不謂之有志者與？自功利之學漸於人心之幽隱，凡汲汲於利與名者，其父兄師友皆以為道之當然；舍此而學與道之是謀，鮮不以為怪民而料其無成者；而果為不祥若此！無惑乎其去於此者決，而信於彼者堅也。

吾觀東漢、北宋士之有志行者，隨其才分之小大，莫不各有所就以顯於時，而余耳目所及，志稍異於眾人，往往鬱不得伸，甚者不終其天年而中道夭。豈造物乃與庸庸者同心，而不樂成人之美與？而汲汲於利與名者，又往往所欲而必從，所求而必遂；豈各有所乘之氣而不可強與？遂書之以慰其親，兼示崑繩，其有以發我也！

友白名青蓮，卒於康熙某年某月某日，年二十有五。妻某氏。子某。葬於某鄉某原。銘曰：

學中道而未殖，志殖地而長賷，君毋悔於過計！使昏庸而夭札，豈復留吾人之涕洟。

録自望溪文集卷十。

尹元孚墓誌銘

蠡吾李塨剛主嘗言：『北方少俊不肯自混於俗者，博野有尹元孚。』余心識之，而無因緣會合。乾隆二年春，元孚自淮南入覲，再過吾廬，終未得面。以聖天子大孝，實行三年之喪，余時領武英殿修書事，請於二親王，就直廬持服，時未再期，余不出，元孚無公事不得入也。

五年春，自河南入為副都御史，始得相見。方是時，元孚通籍已十餘年，顯功名於襄、漢、兩淮，開府河南，海內賢士大夫計數大府中人物，指再三屈，則必及焉；而元孚深愧不能有所樹立，以負天子特達之知。蓋少孤貧，太夫人口授論語，即知孔子之言不可違悖。既長，篤信程、朱之書，謂：『治法不本於三代，皆苟道。』故自服官，日取漢、唐以來代不數見之人以自律，故自視若粥粥無能者。一旦入長御史，為耳目之司，竊幸得自展布，而太夫人老疾不能就養京師，未數月即以終養告歸。居五年，太夫人考終，服未闋，天子豫虛少司空職以待之。及赴闕，未踰旬，特命視學江南。

十二年秋，涖金陵。八月望前六日，諸生既入棘闈。質明，操几席杖屨，徒步造清涼山下潭亭，余尚未起，童奴白：『有客徑入。』不知其為大人也。及相見，北面再拜，曰：『曩在京師，母命依門牆，先生固執不宜使眾駭遽。今里居無嫌，且身未及門，心為弟子久矣。蒙授喪服或問，吾母之終，寢處食飲言語得無大悖，成身之德，豈有既乎！』時余治儀禮，因以相屬，欲共成一書。作而曰：『生未暇及此也。往者巡撫河南，會凶饑，未遑教治。居臺四涉月而聞母病。今使事畢，歸則九卿，陪奉廷議，非忘身忘家不足以答主知。若不能自樹立，徒附先生經學以垂名，抑微矣。必衰老，或以不職罷歸，然後可卒先生之業。』越日，又獨身前來，從者一人。余畏邦人疑詫，乃掃墓繁昌，入九華山以避之，而私心竊幸吾君求賢若渴，又得一支柱名教之人也。未幾有旨，復掌江南學政。逾歲七月，按試至松江，遘瘧寒疾，卒於官。前是月特晉少宰，人皆曰：『上之信用益切矣！』嗚呼惜哉！

元孚始以吏部郎中出守襄陽，漢水暴上，壞護城石堤。修建萬山至長門近十里，分植巡功，民忘其勞。已調揚州，適荆州都統西征，取道漢江，飭造浮橋，吏民惶急。乃竭誠修禮，卒改令以船濟。凡利害切民，未有聞而不諮，知而不行者，所屬皆羣聚而禱祠焉。其治揚州亦然。就遷鹽運使，尋擢巡鹽御史，晉中丞，積弊一清，導商民以節儉而身先之。及開府河南，開、歸諸郡大水，上章自劾，列賑恤之宜，天子一切報可。約法十六條，兼用北宋富公弼、趙公抃救災事宜，而令離鄉求食者，有司隨在廩給，開以作業，俟改歲東作，資送還鄉，則古法所未備也，以是災民無一出河南境內者。

元孚性淳白坦易，遇事必行其心之所安。少時授經祁州，語生徒，假館於張氏以奉母，凡七年不忍一日離也。其居官，每夕必以所措施詳告太夫人。意或未愜，則跪而請罪，不命之起不敢起。官中祿賜，出入壹稟於母，非請命，妻子不得取尺布錙金，日用之外，多布之治所。為揚州兩營、河南撫標，置舉本各二千金，曰：『凡卒伍，必使衣食得自適，乃可以法繩。』完城，濬河，建橋梁，設津渡，修學校，立書院，創蠟祠，表前賢舊蹟，賜高年布帛，寒者衣之，疾者藥之。故民皆感興，政教信從。其在鄉，則族人皆授以田，使自耕以食而執其契。立義倉、義學，拯危濟困，不可勝紀。用此仁聲義聞，播流海内。顧公用方久任督府，再舉以自代。高公東軒以宗程、朱，志相得，總督畿輔，嘗以公事過博野，登堂拜母。孝德上聞，乾隆八年冬十有一月，天子特賜太夫人御製詩及楹聯，天下傳為美談。最其生平，以與衆人絜度，則行既成，名既立，功業亦有所表見矣，而每為余言，其胸中所蘊蓄，尚未見其端倪。此余所以心孤氣結，涉月踰時而不能自克也。

其入覲，初命巡撫廣東，陛見，陳母老不能遠行，故有河南之命。御災捍患，日不暇給，尚於其隙，布周官溝樹之法，編甲戶以詰盜。命州、縣皆分四鄉，立社學，簡有德行者為社長。朔月月半，書其孝弟敬敏任恤者，與其放逸奇邪為患於鄉里者，有司巡問觀察，因事而勸懲之。行之數月，罷民竦惕，禮俗烝變，而尋内召。始入臺，即奏：『人主一言，天下屬耳目焉。今方甄別年老不勝任之員，而知饒州府事張鍾，又以年老命改部司。旬日間前後頓殊，恐羣下無所法守。』上嘉納之。其在河南，嘗奏：『睢州湯文正公宜從祀孔廟。』視學三吳，首謁東林道南祠，舉舊典，答諸生再拜。凡試畢，士旅見，皆然。頒小學以明程、朱本意。聞隱士是鏡廬墓三年，親訪於舜山，薦舉以礪士行。既遘疾，自知不起，草遺疏，言任賢納諫，始終一意，以立誠為本。旬日中，無一語及家事。卒之日，晨興，盥漱，扶杖至東齋；郡守入見，子嘉銓侍，尚為辨人心道心；汗出霑衣，請解衣少偃息，不可；扶翊入寢，移時危坐而逝，時年五十有八。所述君鑑、臣鑑、士鑑、女鑑、增定洛學編、北學編已鋟版。居憂讀禮，作從宜錄。侍養五年，讀三禮筆記及與師友論學語藏於家〔一〕。

嘉銓承父學，欲繼其志事，水漿不入於口者三日，朝夕米飲不過一溢。淮商致五千金，曰：『大人生不取一錢，今以此賻。』堅拒之，曰：『受一錢，何以對大人之靈？』聞者莫不感動，以為君子有子。

元孚名會一，雍正癸卯進士。先世山西洪洞人，遷保定。至曾祖諱先知，始為儒，祖諱澤，皆邑庠生；父諱公弼，早世，並贈河南巡撫。母李氏，庠生諱宗白女，旌節孝，累封太夫人。祖妣某氏，曾祖妣某氏，贈夫人。妻蘇氏，處士昂女，以貤贈未受巡撫時封，而前巡鹽用御史中丞所加級，封一品夫人。子二人：長嘉銓，雍正乙卯科舉人。次永銓，早殤。次啟銓，承蔭。女二人。以某年月日。葬於某鄉某原。銘曰：

以人視子，所受於天，實厚且全；而子自視，則終其身而缺然。子志方盛，道若可達，而不假以年。有子象賢，尚無恨於幽埏！

錄自望溪文集卷十一。

【校】

〔一〕『讀三禮筆記』上疑脫『作』字。『居憂讀禮，作從宜錄』八字，似應在『讀三禮筆記』下。

廣文陳君墓誌銘

君姓陳氏，諱鶴齡，字鳴九，直隸安州人。父諱澎，從容城孫徵君講學河、漳，義俠著州部。君既冠，亦好陽明氏及其鄉鹿忠節公論學之書而踐行之。父歿，故舊巧奪其產，弗與爭。高陽李相國嘗延至京師，一日，念母謝歸，設教於家塾，從者數十人。每秋冬，生徒夜誦，燈火相聯，聲滿里巷。母歿，以鄉舉次選正定縣教諭。設條約，教諸生孝弟力田，治經史，暇則習射。屬府三十二城之士，多聞風而至。君精制舉業，其為教，雖以力行為宗，而常因文術以誘進之。凡經君指畫，輒籍於庠序，升京兆、禮部者相踵，故士爭湊焉。其在正定，嘗奉檄視蕭家營水災，在事者陰授意以未成災報，不為奪。太守命督隆平、寧晉諸邑民捕蝗，歸報曰：『民不畏蝗，捕蝗令屢下，官屢至，則苗盡矣。』一時士民咸載其言。

余聞古之學術道者，將以得身也。陽明氏為世詬病久矣，然北方之學者如忠節、徵君，皆以陽明氏為宗。其立身既各有本末，而一時從之遊者，多重質行，立名義，當官則守節不阿，如君又私淑焉而有立者也。用此觀之，學者苟能以陽明氏之説治其身，雖程、朱復起，必引而進之以為吾徒。若嚾嚾焉按飾程、朱之言而不反諸身，程、朱其與之乎？然則尚君之行者，蓋不必以其學為疑也。忠節之後人多與余往還，故余習知君之為人。君歿踰年，次子悳華奉冢子悳榮命來請銘，固辭不獲，乃述而志焉。

君康熙甲子舉人，官止順天府武學教授，以雍正四年六月卒於京邸，年六十有五。母某氏，世儒家。妻鹿氏，忠節公其曾大父也。子三：悳榮，康熙壬辰進士，黔西州知州。悳華，雍正甲辰一甲進士，翰林院修撰。季悳正，雍正甲辰舉人。女三，皆適士人。以某年月日葬於某鄉某原。銘曰：

聞之尊，行無媿；教之行，學亦顯。惟用不施，後昆之遺。

録自望溪文集卷十一。

通議大夫江南布政使陳公墓誌銘

公姓陳氏，先世浙江秀水人，明永樂初遷安州。五世祖始為儒官，遂世其業。祖若父皆舉乙科，教授鄉邑，連州比郡秀傑之士多從遊。公成童補博士弟子，嶤然出儕輩，甫弱冠，即佐父為諸弟師。學使者課試，壓其曹者必公兄弟也，而公自視缺然，陰與博野尹元孚思古處務、檢身、制事之學。

壬辰登進士，年二十四。座師為趙公松五、徐公蝶園，皆器公。榜下，即充武英殿纂修。時滄洲陳公掌殿中修書事，常語余後進有守有為者，以公為首。故公詣余，一見如舊識。初授湖北枝江令，鄰省大府即思得公守巖州劇郡；既典郡，即思得公為監司，故論薦者如爭。其以黔西州服闋引見，世宗憲皇帝即命赴貴陽以牧守補用；其守大定，以江西巡撫薦，遂命補道府，皆前此所罕見也。

公任官二十餘年，皆在西南，而勳績尤著於滇、黔。其為政，急民之病如其私，而務以殖其衣食為本。始令枝江，修百里洲隄，除解餉入川雜派。攝饒九道，剷去潯陽、大孤兩關錮弊；辨誣獄，出無辜者七人。未數月，經略張公以貴州按察使保奏。方是時，羣苗交煽，軍旅四出，古州姑盧、朱洪文諸叛案，以為非公莫定也。公至，出入重輕，咸稱其情，眾心始安。逾年春，攝布政使。黔地多山砠，少穀土，兵餉半移調於鄰省，民尤貧瘠。公奏給工木，築壩堰，引山泉以治水田，導以含洩涉揚之法。貴築、貴陽、開州、威寧、餘慶、施秉間，不數年報墾升科者三萬六千餘畝。課種桑，募蠶師教蠶；出署内所登繭於大興寺繅絲織作，使豔其利；開野蠶山場百餘所，比戶機杼聲相聞。又以其間大修城郭、廟壇、學舍；廣置棲流所，以收行旅之疾病者。益囚食。方冬塞，恤老疾嫠孤之無衣者。親課諸生，開以立志為己之學。立義學二十四於苗疆。蓋惟公志廣而才足以達之，故於艱難倥傯中，庶政並興，而曲得其次序也。其尤為遠近所傳述者，公始至貴陽，委署威寧府。踰年，威寧改州，大定改府。會烏蒙土司謀叛，東川、鎮雄附之。威寧為夷倮出入要綰地，仍命公馳赴威寧，督州牧完守。公至，城西陴頹，舉步可踰；乃聚民間米桶，實土石，層累丈餘，然後比次甃築，墉堞屹然。羣夷縱火牛街鎮，去城三十餘里，火光燭天。公言笑自如，日夜為守戰計，賊不敢逼。會哈元生兵至，賊敗。時鄂少保總制滇、黔，公其所舉任也，常以此自喜知人之明。張經略引公自助，亦職此之由，而余與尹元孚平生重公，則在志行之不苟。方威寧危急，公慮賊兵趨大理，屬州牧陳嘉會分守大理，執其手曰：『吾死於此，分也。但遺老母憂，賫志窮泉矣。』及公陳臬於黔，苗疆初定，方興屯以蹙扼之。將吏多欲以刻急見其能，謂：『此異類，勦絕不足惜也。』丁巳正月望，省城大火。公入見張經略曰：『天意如此，當設誠修省，雖羣苗，亦人類也。』張公大為感動，以申戒承事者。公之一於義理，而不雜以世情如此。昔滄洲政績，惟著於郡縣與攝江蘇方伯時，及踐大府，河決武陟，以死勤事，而功不成，海内惜之。公之才識與滄洲相近，而遭遇亦略同，自為三司，天下皆望為大府近十年矣。大府多舉以自代，而竟終於此。然滄洲攝監司日淺，又不若公之久於其任而實德及人，良法垂於後世。然則在公亦可以無恨矣。

公自黔調移安徽未一年，會徐、鳳水災，民流於金陵，地非公治也，而竭俸賜，編棚、苫蓋，布席以棲災黎。重建陽明書院，以實學開羣士。其卒也，官吏士民皆為嗚咽。生平孝親友弟，睦婣任恤，仁於故舊僚友，不可備書，書其志事之卓卓者。

公諱德棨，字廷彥，號密山，康熙辛卯科舉人，誥授通議大夫。生於康熙二十八年正月十六日，卒於乾隆十二年八月二十七日，年五十有九。曾祖諱所聞，歲貢生； 祖諱澎，順治庚子舉人； 父諱鶴齡，康熙甲子舉人，以公及仲弟德華累贈通奉大夫。曾祖妣潘氏、姜氏、張氏，祖妣王氏、吳氏，妣鹿氏，並贈夫人。娶辛氏，浙江分水縣令禹奕女，誥封淑人。子四人： 長策，乾隆丙辰進士，江南宜興縣知縣； 次筌，乾隆甲子舉人，候補内閣中書； 次筠，雍正乙卯舉人，皆辛夫人出； 次籓，側室黃氏出。女四人。孫四人。以某年月日葬於某鄉某原。銘曰：

古賢之生，各有志事。雖遇於時，難滿其器。與其遇隆，而施則匱。孰若中閎，用有未致。公如金玉，韞則有輝。爭先欲覩，衆心所希。蹇然當官，藹然近人。雨膏需被，物象皆新。事至立剖，光融如煜。表裏洞然，蠹祛姦伏。中經畏塗，進退維谷。國爾忘身，如行平陸。誰謂文儒，絀於武守？持危濟變，左宜右有。信道不移，行身無倚。謇謇危言，以報知己，獲上以誠，師中有喜。異類同仁，德施無比。海隅蒼生，望公秉鉞。中朝良士，佇眙北闕。謂承天休，如枹與鼓。年未及耆，忽焉終古。愛已遺民，迹當見史。無為公悲，公長不死！

録自望溪文集卷十一。

劉篤甫墓誌銘

君姓劉氏，諱德培，字篤甫，河南商丘人也。劉氏世有聞人，君之父諱伯愚，以學行顯。君既沒之明年，其子韋來省其從父上元邑侯某，而介侯以乞銘於余。韋之言曰：『吾父事親以孝，而與朋友以誠，其處身也儉以勤，其嗜學也老而不衰； 少孤，所以事吾王母者，細大無違； 先王父之遺文得復出於患難兵火之後者，吾父好學求友之力也。自鄰州比郡以及齊、魯、吳、越有道而文之士，無不交也。於書無不好，尤篤於詩、騷，雞初鳴，起漱盥，端坐誦吟，至日夕不倦，數十年如一日也。故吾父之終也，里中士友皆驚悼，以為典型之失焉。』田君篔山者，中州之賢者也。其序君之詩曰：『篤甫之詩，至性之所結也。自吾與篤甫交而半生為梁園之遊，夷險悲愉無不共也。』

夫道之不明久矣，士非有瑰怪非常之行，則不為世俗所稱道，而不知是皆緣所遇之變以生。自君子觀之，則循循於父母兄弟朋友之間，而久不失道者，其難倍於偶然之所發也。吾聞明之衰也，士大夫雖行過乎中，或不能盡出於中心之誠然，而無不知氣節之可貴者。當江右、吳中以文章角立為社，而君之父亦起於北方以應之，雅為艾南英、楊廷樞諸公所推。其後明亡，艾、楊諸公致命以成其仁，而君之父亦捍鄉里之患以死。蓋其一時因教化而成習尚者如此。然則君之近文章而重氣類，其來有自也。

君卒於康熙壬午十月二十日，以癸未十一月朔葬於某鄉某原。娶侯氏。子三人：長韋，拔貢生。次韞，太學生。次韓，邑庠生。女子三，皆適士人子。銘曰：

前為良子後壽耇，行比於鄉學信友，事則未施道可久。

録自望溪文集卷十一。

王孺人墓誌銘

康熙五十八年冬，吾友朱君履安嬰疾沈痼，動息不自由，余心憂之，而竊幸其有良妻。余里居時，過履安食飲，盤匜杯斝必潔修，而家無女奴。今履安疾雖困，孺人左右焉，必能自苦以適履安。逾歲而履安以書來，曰：『吾妻死矣！吾憫其生之勤也，欲丐子文以列幽墟。且子在難，吾妻能與吾同憂。其垂死時，吾謂必得此於子矣。』

昔辛卯之冬，余以南山集牽連被逮，下江寧縣獄。同學二三君子，朝夕會履安所。履安或以事出，諸君子頻去來，孺人必先為具，以時候問，無使渴饑。方是時，大府命吏跡與余往來者甚嚴。一日縣令以他事入履安門巷，或告曰：『履安亦相隨入獄矣。』孺人驚悸成疾，久而不瘳。今其死，猶緣故疾動也。嗚呼！余以昏愚，不能自敬戒以即於罪戾，而累於朋友一至此乎！非孺人既死，而履安自言之，余不知也。

履安徵銘之書一歲六七至，既而曰：『速為之，及吾之見也！』余心隱焉，夜不能寐，晨起而志之。孺人姓王氏，江寧縣人，享年五十有五。子三人。女二人。以某年月日葬於某鄉某原。銘曰：

長子老身，苦辛以有年，疾則莫養，而死獨先。命乎！命乎！永賚志於窮泉。

録自望溪文集卷十一。

高善登妻方氏墓誌銘

四川夔州府學增廣生梁山高善登妻方氏，工部主事諱登嶧之女，己丑進士式濟之妹也，於余為妹之無移服而未遠者。工部居近吾家，式濟童稚，視余如嚴師。至其家，必從問經書古文，妹常在旁。高氏故華族，流寓金陵，甚貧，妹歸不逮舅姑，能忠養祖姑兼奉尊嫜之嫠。

自工部父子以家禍謫戍黑龍江，族眾北徙。善登餬口四方，妹獨持門戶，忍饑寒課子。吾宗在金陵者，或窶艱自顧不暇，或不相往來。惟歲時一返余家，視道希兄弟如近親，喜憂必告，時通有無，然逾時閱歲，必歸之以為信，不可曲止。其後年餘，絕無假貸。道希兄弟時候問，門者每以他出辭。入視，戶果外鍵。

雍正己酉秋，疾既亟，道希始聞，奔視。臥蒯席，別無覆薦，惟少子在側。急購衾茵，進藥物。越二日而卒。老婢曰：『年來以假貸不能歸，衣敝履穿。戒姪輩至，即鍵戶堅辭，曰「無為使忡忡也。」』時長子允從父歸西川，應鄉試。道希、道永、道章親含斂，以書來告。嗚呼！先王制禮：小功皆在他邦，加一等。其此故也夫！余與道希兄弟悔痛不可追矣。然其性行之艱貞，不可使終泯也，故質言之，俾異日以奠於幽宮。

妹諱敷，年五十有一。子二人：允，乾隆元年恩科舉人；暉，縣庠生。銘曰：

假而非女，士遭變砥節，志事當如何？吁，悕乎！隱慼而莫之恤，惟生者之瘥。

録自望溪文集卷十一。

大父馬溪府君墓誌銘

苞先世家桐城，明季，曾大父副使公以避寇亂，之秣陵，遂定居焉。吾父出贅，留滯棠邑凡十年。苞生六年，大父司訓於蕪湖，吾父始歸秣陵舊居。計此生，惟大父承公事至秣陵，隨應試皖桐，道蕪湖，得暫相依，其時可稽日可數也。

江南土薄，葬非其地，水蟻必宅焉。故高祖太僕公家桐城，越十餘年而葬秣陵。曾大父家秣陵，越數十年而葬繁昌。大父之終也，吾父及叔父御柩歸桐城，以大母權厝秣陵，數十年而未得葬也。及遘宗禍，近支皆北徙。諸弟倉卒葬大父及叔父母於所居之梁莊已十年，而術者曰：『陰流入壙矣，禍猶未已。』啟之信然，復出而攢焉。

今天子嗣位，布大德，赦吾宗還鄉里。苞蒙恩給假，歸葬父母。復奉大父柩，自桐城來秣陵。痛少時以家貧，迫生計，未得時依大父。及冠後，從錢飲光、杜于皇、蒼略諸先輩遊，始知大父文學為同時江介諸公所重。大父官蕪湖，兄舟實從，凡七年。每語余曰：『大父之仁也，曾王父未葬，一飯不忘。春秋時享及令節良辰，未嘗不噓唏終日。』嗚呼！大父之葬，未卜何期？而苞自忖，則生世無幾時矣！乃略敘改葬之由，以付兄子道希而待事焉。大父處境順，無由為卓絕之行，而官甚微，士皆務科舉之學，教之所及亦淺，故不敢漫述，惟自痛咎愆之積而已。

大父諱幟，字漢樹，號馬溪。年十一，入安慶府學。以歲貢生，為蕪湖縣學訓導，遷興化縣學教諭。告歸，卒於蕪湖，時康熙丁卯七月也，年七十有三。大母吳孺人早世，葬江寧縣南周村，穴甚狹，不容合葬。子三人：長伯父，諱綏遠；次吾父，諱仲舒；次叔父，諱珠鱗，庶祖母王氏出也。女七人，皆適士族。以某年某月某日，葬於某鄉某原。銘曰：

營之艱，宅之寧，以庇我後生。

録自望溪文集卷十七。

臺拱岡墓碣

先考妣既卜葬於臺拱岡之七年，不肖子苞始得請假，歸視窀穸。雍正二年五月望前二日，至自京師。郊宿，越翼日丙辰，展墓。卜日，得六月丁酉。穿穴視燥溼，始反土而定封焉。

嗚呼！昔我先妣姚孺人早亡，吾父更出贅。時外祖官罷客死，家貧。内御者一人，老不任事。吾母縫紝浣濯，灑掃烹爨，日不暇給。吾兄弟疾病啼號，則吾父保抱攜持焉。五歲課章句，稍長治經書、古文，吾父口授指畫焉。其後自棠邑遷金陵，益窶艱。己巳、庚午間，日食始能再，而弟林死。苞與兄舟客燕、齊，歷歲移時，不得一歸省，歸則計日以行。至庚辰，誓不更違二親遠遊，而逾年兄又死。每當弟與兄忌日、生辰，及春、秋、伏、臘令節，吾母先期意色慘沮，背人掩涕，過旬猶不能平。吾父則召親賓劇飲，號呶以自混。或遊郊野，沈瞑然後歸。自苞省人事，未嘗見吾父母有一日之安也。

吾父之歿也，宅兆未營，而不肖子以南山集牽連赴詔獄。會宗禍，有司奏宜族誅。聖祖仁皇帝哀矜，並免罪，隸旗伍，而命苞給事内廷。戚友御吾母以北，衰病纏連。不肖子服公事，晨入夜歸。又自首夏至杪秋，必祗役塞上，不得在視起居寒燠。吾母之歿也，會返役，得視含斂，而喪南還附漕船，不獲躬扶柩至潞河。以人事之常計，此生不得復見先人之塋墓矣。故據戴記境外不俟之禮，使兄子道希、道永奉大父母柩，以戊戌二月壬寅葬於南鄙石嘴之臺拱岡。

如天之福，今皇帝嗣位，推廣先帝遺德，恩詔特原牽連入旗者，赦歸鄉里。吾祖宗塋墓有主，而不肖子得視窀穸，負土以終事。且承聖制，謂以苞故而宥及全宗。吾父母而有知也，其戴聖主無涯之德，而為不肖子悲喜當何如？故敬告以妥靈，且碣於原，俾世世子孫，知謹身寡過，為匹夫而常守塋墓之難也。吾父生平，宋潛虛既論次為家傳。吾母之喪，故江寧太守長沙陳公鵬年適在京師，豫為銘幽之文。其言視不肖子苞為可徵信於後世，故弗更著焉。

先考字南董，號逸巢。生於明崇禎十一年十一月十六日寅時，卒於大清康熙四十六年十月初四日亥時。先妣姓吳氏，知同、光二州、同知紹興府事諱勉長女。生於崇禎十五年正月十五日子時，卒於康熙五十四年十二月初九日午時。子三人。女五人。伯氏、仲氏，姚孺人出。姚孺人從葬祖姑趙恭人墓側，距今七十有五年矣，不敢遷祔新阡，懼魄體之動也。七月朔後五日，男苞述。

録自望溪文集卷十七。

先母行略

吾母姓吳氏，先世莆田人，後遷京師。外祖諱勉，為名諸生，貢成均，知同、光二州，同知紹興府事。以直節忤其地權貴人，罷官，流轉江、淮間。於吾宗老塗山所，見先君子詩，因女焉。

吾母生而靜正，誠意盎然，終身無疾言遽色。五六歲時，外祖每曰：『吾宗衰，此女乃不為男兒。』遇經、史中女事，必為講說。及歸先君子，不及事姑，或語及先王母，輒哽咽欲淚。前母姚孺人遺女二。次姊少桀傲，母呴濡久而悔悟，勉為孝敬。

先君子中歲尤窮空，母生苞兄弟及女兄弟凡六人。一婢老不任事。縫紉、浣濯、灑掃、炊汲，皆身執之。方冬時，僅敝絮一衾，有覆而無薦。旬月中，不再食者屢焉，而先君子喜交遊，江介耆舊過從無虛日，必具肴蔬，淹留竟日。母嘗疽發於背，猶勉強供事。十餘年，無晷刻休暇，而先君子性嚴毅，絲粟不治，客退，必詰責不少寬假。母益篤謹，無幾微見於顔面。及先君子將終，惻然曰：『與若共事五十年，若於我，毫髮無愧也。』

母性孝慈，而外祖父母及舅氏皆客死；繼而吾弟早夭，兄及姊適馮氏者復中道夭。默默銜悲憂，遂成心疾。六十後，患此幾二十年。每作，晝夜語不休，然皆幼所聞古嘉言懿行，及侍父母時事，無涉鄙倍者。卧疾逾年，轉側痛苦，見者心惻，而母恬然，時微呻，未嘗呼天及父母。既彌留，苞及小妹在側，無戚容悲言，恐傷不肖子之心也，生平未嘗一語詈僕婢，而能使愛畏，不敢設欺誑。卒之後，内御者老幼悲啼，過於子姓，不可曲止焉。男苞泣血述。

録自望溪文集卷十七。

兄百川墓誌銘

兄諱舟，字百川。性倜儻，好讀書而不樂為章句文字之業。八九歲誦左氏、太史公書，遇兵事，輒集錄，置袷衣中。避人呼苞，語以所由勝敗。時吾父寓居棠邑留稼村。兄暇，則之大澤中，召羣兒，布勒左右為陣。

年十四，侍王父於蕪湖。逾歲歸，曰：『吾鄉所學，無所施用。家貧，二大人冬無絮衣。當求為邑諸生，課蒙童，以贍朝夕耳。』逾歲，入邑庠，遂以制舉之文名天下。慕廬韓公見之，嘆曰：『二百年無此也。』自以時文設科，用此名家者僅十數人，皆舉甲乙科者。以諸生之文而橫被六合，自兄始。一時名輩皆願從兄遊，而兄遇之落落然。

江西梁質人、宿松朱字綠以經世之學，自負其議論，證曏經、史，橫從穿貫。聞者莫不屈服，而兄常默默，退而發其覆，鮮不窒礙者。苞謂兄：『盍譬曉之？』曰：『諸君子口談最賢，非以憂天下也。』

兄長余二歲。兒時，家無僕婢，五六歲即依兄臥起。兄赴蕪湖之歲，將行，伏余背而流涕。其後少長，即各奔走四方。余歸，兄常在外，兄歸，余常在外。計日月得與兄相依，較之友朋之昵好者，有不及焉。兄常曰：『吾與汝得常家居，俾二大人無離憂。春秋佳日，與二三同好步北山，徘徊墟莽間，候暝色而歸，吾願足矣。』及庚辰四月，余歸自京師。七月，兄歸自皖江而疾遂篤，未得一試斯言也。

弟林先兄十歲卒，兄欲於近郊平疇買小丘自為生壙，而葬弟於其側。辛巳四月，余為弟卜地於泉井，夢土人云：『伯夷今葬是。』余不忍廢兄之命，遂以次年三月十六日，遷弟柩與兄並葬其村之北原。兄歿於康熙辛巳年十月二十一日，年三十有七。娶張氏。子道希、道永。銘曰：

不若於道者，天絕之。胡體其所受而至於斯？矧材與志，古固有不遂而又何悕！

録自望溪文集卷十七。

弟椒塗墓誌銘

吾弟既歿且十年，吾與兄奔走四方，尚不能為得一丘之土，而兄亦以憂勞致疾，卒於辛巳之冬。踰年春，始卜葬於泉井之西原，而以弟祔焉。

自乙卯以前，吾父寓居棠村。弟始孩，依母及羣姊，而余依兄。戊午後，兄侍王父於蕪湖，而弟復依余。自遷金陵，弟與兄並女兄弟數人皆瘡痏，數歲不瘳，而貧無衣。有壞木委西階下。每冬月，候曦光過檐下，輒大喜，相呼列坐木上，漸移就暄，至東牆下。日西夕，牽連入室，意常慘然。

兄赴蕪湖之後，家益困，旬月中屢不再食。或得果餌，弟託言不嗜，必使余啖之。時家無僮僕，特室在竹圃西偏，遠於內。余與弟讀書其中，每薄暮，風聲肅然，則顧影自恐。按時，弟必來視余；或弟坐此，余治他事，間忘之矣。

弟性警敏，鷄鳴入市購米薪，日中治家事。客至，佐吾母供酒漿。日入誦書，夜參半不寐。體素羸，吾與兄數戒之不得，竊恨焉。果用此致疾。方弟之存，家雖貧，父母起居寢食，毫髮以上，弟皆在視，得其節。弟歿，吾與兄勤志之，輒復遺忘。吾父喜交遊，與諸公夜飲，或漏盡乃歸。旬月中，間者僅三數日耳。弟恆令家人就寢，而己獨候門。及余繼之，則困不支矣。

弟疾起於丁卯之冬。時余與兄避難吳中，弟偕行，喀血，隱而不言，血氣遂大耗。其卒也，以齒牙之疾，蓋體羸不能服藥也。先卒之數日，余心氣悸動，父命避居野寺。弟彌留及夢中呼余不已。嗚呼！昔之人常致死以勤禮，余未有大疾而廢焉，悔與痛有終極邪！

弟初名棠君，後更名林，字椒塗。卒於康熙庚午三月初四日，年二十有一。銘曰：

天之於吾弟吾兄酷矣！使弟與兄死而余獨生，於余更酷矣！死而無知則已；其有知，弟與兄痛余之無依，毋視余之自痛而更酷邪！

録自望溪文集卷十七。

謝季方傳

此先生妹適謝氏者，標題與秦仲高一例。先刻誤改謝氏妹，今正之。壬子十月，鈞衡識。

先君子五女，妹生最後，適謝氏子師錫。其祖國初督學山西，饒於財，子姓習侈縱偷苟。妹始嫁，家中落而未盡，妹夫尚多紈袴之好。妹性簡默貞靜，不相中，時被陵暴，戒女從者勿聞於二親。余間訊之，含淚終不言。數年中，舊業盡摽，薪米半吾家訾給。妹夫嘗遘厲疾，危在旦夕，余往視。妹私謂余曰：『死生命也，恨無子。本生姑在堂，而兄公小叔皆貧不能自存。將若之何？』蓋懼身無依，歸母家，而不能顧其姑也。

余難後，供奉蒙養齋。妹送母至都門。每孟夏余出塞，迫冬始還。老母起居，惟妹是依。間語苞曰：『汝妹名寧壽，今果送吾老。古云：「初生所命，多為終身徵兆。」理果有是哉！』母終，遺衣物付妹。妹南歸，盡棄以買妾，生一子。自是以後，每隆冬，常質繭衣複襦，忍寒凍，而不忍妾與孺子饑。余命道希兄弟：計口計日致米蔬薪膏，供億其家，而奉妹於吾家。妹忽忽不適。問故，曰：『吾不與家人共寒饑，心不能安。』一歲中，必數歸視，未旬日，衣裳鮮在笥者矣。先人家則：肉食有常期。妹每言不喜茹腥，而取其錢市果餌以食孺子。

嗚呼！女子處饒樂而家室和平，易為賢耳。昔先君子不治生產，而好交遊。家無僕婢，吾母逾五十，猶日夜從竈上掃除，執苦身之役。然先君子所交，皆楚、越遺老，鄉邦俊人，古義尚可以自慰也。若妹之艱貞，則幾於易所謂『明不可息』者矣。其事雖族婣，妹不欲使聞知，而余乃筆之書。蓋天下後世欲明婦順者，不可不更備此規軸也。

錄自望溪文集卷十七。

嫂張氏墓誌銘

嫂姓張氏，江寧人。年二十，歸吾兄。先君喜交遊，四方耆舊及里中執友相過日數輩。自嫂歸，兄督就中饋，老母始少得休息。余受室，妻蔡氏從嫂供事，多不逮，用此志不相得。及蔡氏亡，二女依嫂以居，少者痘。

先母語余：『女證危，氣息觸人不可耐。世母保抱攜持，意色不厭，亦人情所難也。』

自先君歿，家婦持家。余以老母盥饋及家事數責讓，嫂常含怒。及余遘難，盡室北遷，幼女復依嫂以居。撫之，不異於所生。吁！此雖嫂之明，抑吾母淳德及吾兄身教之所漸漬也。

余兄弟三人，弟林未娶而夭。余與兄奔走衣食，生常違離。兄將終，遺命：『三人必同丘，婦皆別葬。』康熙壬午，兄及弟卜宅泉井之西原，近二十年。以陰流積壙，起厝復數年，而地不可得。

雍正六年正月，余在京師。兄子道希訃母喪，且請誌。以文律按之，婦從夫，宜附誌，而兄有成命，嫂當別葬，則特誌無妨也。兄既有前誌，而嫂葬無期。余衰羸，恐不逮事，乃豫為誌，以慰道希兄弟之思。

嫂年六十。卒以雍正五年十二月十二日。子二：長道希，次道永。女一，適喬氏子。嫂素無疾，邇歲諸孫盡殤，又為姻家所累，家益落，隱憂自懟，馴至大疾。嗚呼！是重可哀也。銘曰：

從夫教，義克明。有子而良，終延世以蕃昌。

録自望溪文集卷十七。

亡妻蔡氏哀辭

妻蔡氏名琬，字德孚，江寧隆都鎮人，以康熙丙戌秋七月朔後二日卒。在余室，凡十有六年。

自己卯以前，余客京師、河北、淮南，歸休於家，久者乃三數月耳。自庚辰至今，赴公車者三。侍先兄疾踰年，持喪逾年，而吾父自春徂秋，必出居特室，余嘗從焉。又間為近地之遊。其入居私寢，久者乃旬月耳。余家貧多事，吾父時拂鬱，旦晝嗟吁。吾母疲疴間作。吾與妻必異衾裯，竟夕無言。妻常從容語余曰：『自吾歸於君，吾兩人生辰及伏臘令節、春秋佳日，君常在外。其相聚，必以事故不得入室。或蒿目相對，無歡然握手一笑而為樂者。豈吾與君之結歡至淺邪？』

余先世家皖桐，世宦達。自遷江寧，業盡落。賓祭而外，累月踰時，家人無肉食者，蔬食或不充。至今年，余會試，注籍春官。歸踰月而妻卒。妻性木強，然稍知大義。先兄之疾也，鷄初鳴，余起治藥物。妻欲代，余不可。必相佐。又止之，則輾轉達曙，數月如一日也。壬午夏，吾母肝疾驟劇，正晝煩瞶不可過，命妻誦稗官小説以遣之。時妻方娠，往往氣促不能任其詞。余戒以少休。妻曰：『苟可移大人之意，吾敢惜力邪！』

余性鈍直而妻亦戇，生之日未嘗以為賢也。既其歿，觸事感物，然後知其艱。余少讀中庸，見聖人反求者四，而妻不與焉，謂其義無貴於過暱也。乃余竟以執義之過而致悔焉。甚矣！治性與情之難也。

蔡氏在江寧為儒家。妻生男二人，皆早殤。女二人。其卒也，產未彌月，蓋自慰以致疾也。年三十有七。於是流涕為辭以哀之曰：

惟在生而常捐，乃既死而彌憐。羌靈魂其有知，併悲喜於余言！

録自望溪文集卷十七。

兄子道希墓誌銘

道希，吾兄百川長子也。性淳一。兒時，果珍在前，不予不求索。多病，苦藥物。予視之，則斂容而飲。大父母愛之，每以忘其憂。年十七，入縣學，課試必高等。以家禍，遂棄舉業，力持門戶。

余初被逮，偕縣令蘇君以特召白吾母。及邀寬法，老母北上，終不知余之在難，以道希能巧變以安大母也。時弟妹皆幼，内憂外患，獨身當之，遂得危疾，連年累歲。吾母卒後，入省余者再，疾皆動。每切戒毋更至。及終母喪，迫欲依余。余發家書，必申前諭。

乾隆元年，詔舉孝廉方正。四年冬，旅見，上有褒語，命仍應制科。會弟道永通判京兆，僕隸設詐得財，事發，朋謀誣汚主人以自脫。道希氣噎；及聞其弟受刑，自日未中以至於昏。大慟，遂沉篤。厥後大小司寇親訊，半得昭雪，而道希疾不可振矣。

自先兄與余依古禮經定齋期喪次。余雖在外，遇期、功，道希必率諸弟出次。始成童，喪余妻，啼號如失怙恃。大母及余設辭多方，不能曲解也。余子女五人，愛道希或過於同生。其卒也，年五十有四，在余側不異為孺子時。余視之亦如孺子。平生無一言一動，使余心隱然不適者。兹來盡室以行，蓋將送余之終，而余乃視其棺斂。其妻子又以道永之禍，窘急遄歸。余惡能無恨哉？然於道希繾綣依余之心，則可以無恨矣。

道希卒於乾隆六年正月十八日。妻岳氏，工部主事岳康女，有賢行。生子仁，聰明和順，十歲而殤。女二人。繼室以其妹，無子，以道永之長子惟敬嗣。某年某月某日葬於某鄉某原。銘曰：

雖離愍以終世，實無忝於所生。我憑當心，兩弟在旁。安歸泉塗，汝毋惻傷！

録自望溪文集卷十七。

季瑞臣墓表

先生季姓，諱熙，字瑞臣，上元人，明季諸生，教授里巷間，卒年七十有五。有子咸若。與余為兄弟交。庚午春，余弟椒塗疾革，余體氣忽變常，先君子命避居野寺。咸若有弟早夭，與余相憐也，招至其家，館余於門側小室，而先生授經南堂，家無僕婢。傭農家子未成童，每質明，先生起，視童子掃除室堂庭階，捧盥，設酏粥，賓為賓焉，主為主焉，傭者亦自得其為僕焉。頃間，學子至，受業以次，師為師焉，弟子為弟子焉。薄暮，移坐階下，延客語。咸若授徒歸，進果蔬酒漿，漏鼓移乃罷，父為父焉，子為子焉。咸若之妻常侍姑至余家，左右扶將，姑為姑焉，婦為婦焉。昔程子嘗歎天下君臣、父子、兄弟、夫婦不盡其分者之多，而余觀詩、書所稱以及周官、戴記所陳述，每思古者教化備而禮俗型，無貧富貴賤，男女少長各得其分而性命之情安。當其時甿庶之家法，後世士大夫有不能守者矣。因欲為文，著所見於先生父子間者以示鄉人，而未就也。越三十年至今庚子，咸若來徵銘，乃揭前事以表於墓。

先生於書無不究覽，尤深於易數，而未嘗與人言；嘗以思子詩視先君子，然後知所得於詩，亦有過人者。楊先生鹿園，金陵奇士也，於時人概不快意，獨與先生為寂寞交。先生寡語言，終日溫溫，獨時與楊先生扶杖矯首郊野，則劇飲縱談大樂，或樂未畢而繼之以哀。咸若云：先生卒於康熙壬申。妻某氏卒於康熙壬辰。以某年月日合葬安德鄉獨樹山之陽。桐城方某述。

録自望溪文集卷十二。

萬季野墓表

季野姓萬氏，諱斯同，浙江四明人也。其本師曰念臺劉公。公既歿，有弟子曰黄宗羲黎洲，浙人聞公之風而興起者，多師事之，而季野與兄充宗最知名。季野少異敏，自束髮未嘗為時文，故其學博通，而尤熟於有明一代之事。年近六十，諸公以修明史，延致京師。士之遊學京師者，爭相從問古儀法，月再三會，録所聞共講肄。惟余不與，而季野獨降齒德而與余交，每曰：『子於古文，信有得矣。然願子勿溺也！唐、宋號為文家者八人：其於道粗有明者，韓愈氏而止耳；其餘則資學者以愛玩而已，於世非果有益也。』余輟古文之學而求經義自此始。

丙子秋，余將南歸，要余信宿其寓齋，曰：『吾老矣，子東西促促，吾身後之事豫以屬子，是吾之私也。抑猶有大者：史之難為久矣，非事信而言文，其傳不顯。李翱、曾鞏所譏魏、晉以後賢姦事跡並暗昧而不明，由無遷、固之文是也，而在今則事之信尤難。蓋俗之偷久矣，好惡因心，而毀譽隨之，一室之事，言者三人，而其傳各異矣，況數百年之久乎？故言語可曲附而成，事迹可鑿空而構；其傳而播之者，未必皆直道之行也；其聞而書之者，未必有裁別之識也；非論其世、知其人而具見其表裏，則吾以為信而人受其枉者多矣。吾少館於某氏，其家有列朝實録，吾默識暗誦，未敢有一言一事之遺也。長遊四方，就故家長老求遺書考問往事，旁及郡志、邑乘、雜家誌傳之文，靡不網羅參伍，而要以實録為指歸；蓋實録者，直載其事與言而無可增飾者也。因其世以考其事，覈其言而平心以察之，則其人之本末可八九得矣。然言之發或有所由，事之端或有所起，而其流或有所激，則非他書不能具也；凡實録之難詳者，吾以他書證之；他書之誣且濫者，吾以所得於實録者裁之，雖不敢具謂可信，而是非之枉於人者蓋鮮矣。昔人於宋史已病其繁蕪，而吾所述將倍焉，非不知簡之為貴也，吾恐後之人務博而不知所裁，故先為之極，使知吾所取者有可損，而所不取者必非其事與言之真而不可益也。子誠欲以古文為事，則願一意於斯，就吾所述，約以義法，而經緯其文，他日書成，記其後曰：「此四明萬氏所草創也。」則吾死不恨矣。』因指四壁架上書曰：『是吾四十年所收集也，逾歲吾書成，當並歸於子矣。』又曰：『昔遷、固才既傑出，又承父學，故事信而言文。其後專家之書，才雖不逮，猶未至如官修者之雜亂也。譬如入人之室，始而周其堂寢匽湢焉，繼而知其蓄產禮俗焉，久之其男女少長性質剛柔輕重賢愚無不習察，然後可制其家之事也。官修之史，倉卒而成於衆人，不暇擇其材之宜與事之習，是猶招市人而與謀室中之事耳。吾欲子之為此，非徒自惜其心力，吾恐衆人分操割裂，使一代治亂賢姦之迹暗昧而不明。子若不能，則他日為吾更擇能者而授之。』季野自志學，即以明史自任。其至京師，蓋以羣書有不能自致者，必資有力者以成之，欲竟其事然後歸。及余歸逾年而季野竟客死，無子弟在側，其史稾及羣書遂不知所歸。余迍邅轗軻，於所屬史事之大者，既未獲從事，而傳誌之文亦久而未就。戊戌夏六月，臥疾塞上，追思前言，始表而誌之，距其歿蓋二十有一年矣。

季野行清而氣和，與人交久，而益可愛敬。其歿也，家人未嘗訃余，庠每欲赴其家弔問而未得也，故於平生行迹莫由敘列，而獨著其所闡明於史法者。季野所撰本紀、列傳凡四百六十卷，惟諸志未就。其書具存華亭王氏。淮陰劉永貞錄之過半而未全。後有作者可取正焉。

録自望溪文集卷十二。

田間先生墓表

先生姓錢氏，諱澄之，字飲光，苞大父行也。苞未冠，先君子攜持應試於皖，反過樅陽，宿家僕草舍中。晨光始通，先生扶杖叩門而入，先君子驚問。曰：『聞君二子皆吾輩人，欲一觀所祈嚮，恐交臂而失之耳！』先君子呼余出拜，先生答拜，先君子跪而相支拄，為不寧者久之。因從先生過陳山人觀頤，信宿其石巖。自是先生遊吳、越，必維舟江干，招余兄弟晤語，連夕乃去。

先生生明季世，弱冠時，有御史某，逆閹餘黨也，巡按至皖，盛威儀謁孔子廟，觀者如堵。諸生方出迎，先生忽前扳車而攬其帷，衆莫知所為，御史大駭，命停車，而溲溺已濺其衣矣。先生徐正衣冠，植立昌言以詆之。騶從數十百人皆相視莫敢動，而御史方自幸脫於逆案，懼其聲之著也，漫以為病顛而舍之。先生由是名聞四方。當是時，幾社、復社始興，比郡中主壇坫與相望者，宣城則沈眉生，池陽則吳次尾，吾邑則先生與吾宗塗山及密之、職之，而先生與陳臥子、夏彝仲交最善，遂為雲龍社以聯吳淞，冀接武於東林。

先生形貌偉然，以經濟自負，常思冒危難以立功名。及歸自閩中，遂杜足田間，治諸經，課耕以自給，年八十有二而終。所著田間詩學、田間易學、莊屈合詁及文集行於世。

先君子閒居，每好言諸前輩志節之盛以示苞兄弟，然所及見，惟先生及黃岡二杜公耳。杜公流寓金陵，朝夕至吾家；自為兒童捧盤盂以侍漱滌，即教以屏俗學，專治經書古文，與先生所勖不約而同。爾時雖心慕焉，而未之能篤信也。及先兄翻然有志於斯，而諸公皆歿，每恨獨學無所取衷，而先兄復中道而棄余，每思父兄長老之言，未嘗不自疚夙心之負也。

二杜公之歿也，苞皆有述焉，而先生之世嗣，遠隔舊鄉，平生潛德隱行，無從而得之；而今不肖之軀，亦老死無日矣，乃姑志其大略，俾兄子道希以告於先生之墓，力能鐫之，必終碣焉。乾隆二年十有二月望前五日，後學方苞表。

杜先生蒼略每言：『自楊、左罹禍，范陽三烈士聲震海內，一時才士爭思奮死以立名義。』因道錢先生為眾所〔一〕摧挫巡按，其始事也，余以巡按終不作難為疑，杜先生亦未知其詳。間叩之白麓先生，云：『御史移文咨革，督學難之曰：「必欲甘心焉，則入告具言其所以。」乃止。』因歎：『諸生無禮，而巡按不敢自治，督學畏清議以忤同官，一代風教所積，於斯可見。然鄭人游於鄉校以議執政，而子產以為師管仲立嘖室之議，則其氣象不可復見矣。』白麓，職之之子也，諱中發，於余為諸父之無移服者，繼塗山以詩名吾鄉，孝謹寬厚，其言信而有徵，故並記之。

録自望溪文集卷十二。

【校】

〔一〕『所』字疑誤。

刑部右侍郎王公墓表

雍正六年春，江西布政使涇陽王公以左副都御史徵，秋八月，至京師。進見首言：『巡撫某治尚刻深，數語屬吏：「方今時勢，譬諸醫藥，安調榮衛，古方無所用之，壹以猛毒攻，勿問何證。」儻吏皆遵信，恐為赤子憂。』天子感焉，立檄某廷訊，而擢公工部右侍郎，尋改刑部。某至，曰：『臣在江西，事從嚴，律從重，欲恩出自上耳。』天子震怒，曰：『朕何自知爾用心若此？且如爾所不奏而施行者何？』聞斯言，使我戰慄，汗流浹背。』立落某職，而諭戒內外臣工。當是時，自公卿大夫以至士庶，自畿甸達山陬海隅，莫不抃蹈相慶，誦天子聖明。公亦以此名聞天下，而自入臺府即病痁，寖深寖劇，竟卒於逾歲之冬。

公始為庶常，貧不能舉火，閉戶誦經書，不習課試文字；用此散館復留教習三年，眾以為咍，而余獨意其有以為。及雍正元年，改御史巡城，有大豪殺人，巧脫而以他人抵，獄成於九門提督隆科多；諸法司相視莫敢異同，公抗言以爭，卒免之。轉吏科都給事，出為湖北督糧道，遷江西布政使。所涖必詰姦蠹，除弊政。其在江西，大府方以威嚴率下，百城蕩恐；公獨諤諤支柱其間，吏庇而民依焉。

公疾既篤，嘗語余曰：『吾自計莫如死宜。吾晚而通籍，碌碌翰林中又十餘年，及出為監司，動制於長官，齟齬掣曳；今驟叨恩遇，列九卿，而天抗我，不能旬月供職，舉生平所學，少自達於明天子；欲告歸，則非其時，賴寵懷祿，以負宿心，靦清議，吾身一日而生，則吾心一日而死，不若身死為安。惟子知我，非貌言也。』

公嘗與王徵君爾緝講學澧川，自少至老，未嘗一日去書。癸卯以前，有日省錄；反自江西，詩說成；既遘疾，夜不能寐，輒思尚書疑義，且伏枕為草，竟今文二十八篇。平生祿賜，必於官中盡之，以賑凶饑，修城垣、學舍，家無一椽一畝之殖，死無以歸其喪。先卒之三月，自為挽歌，而以誌銘屬余。余為文不可以期，恐不逮事，與其子穆議，更請於高安朱相國。既成葬，乃表於其墓之阡。

公諱承烈，字巽功。康熙乙酉鄉試，以五經為舉首，己丑成進士。年六十有四。其葬地及先世名跡、考妣、妻子、戚屬，誌具矣。

録自望溪文集卷十二。

朱字綠墓表

余之交，未有先於字綠者。康熙丙寅，歸試於皖，先君子攜持以行，儕輩間籍籍言宿松朱生；因從先君子訪字綠於逆旅，辭氣果不類世俗人；將返金陵，遂定交；字綠父事先君子，而余兄事字綠。

是歲字綠以選貢入太學，海內知名士皆聚於京師，以風華相標置；獨字綠褐衣布履，行行稠人中。時語古文推宋潛虛；語時文推劉無垢。字綠見所業，遂歸，讀書杜溪。及壬午，再至京師，聲譽一日赫然公卿間，二君若為小屈焉。遂連舉甲乙科，入翰林，館中先達皆嚴憚之。

歲丙子，余有事故鄉，而字綠適客於皖；丁丑、戊寅，歸休於家，而字綠適授經金陵。癸未、丙戌，再赴公車，而字綠皆在京師。故平生執友相聚之久且密，未有若字綠者。

字綠強記，文章雄健，尤熟於有明遺事，抵掌論述，不遺名地。其客金陵，先君子每不自適，輒曰：『為我召朱生。』字綠體有臭，夏月尤甚，然每與先君子酣嬉終日，解衣盤薄；余兄弟左右其間，不覺其難近也。

始字綠歸自京師，築室其邑之西山，名曰杜溪，將著書以終老焉。其再出也，以家貧多累，又自恃體素強，齒猶未也，雖遲之數年未為晚，而竟死於羈。既遘疾，半歲中四以書抵余，未嘗不自恨也。

字綠諱書，以康熙某年月日卒於京師，年五十有一，以某年月日歸葬於某鄉某原。子二：長曉，淳樸能家事；次曙，志承其父學。辛卯八月朔日，方苞表。

録自望溪文集卷十二。

宋山言墓表

君諱至，字山言，河南商丘人，吏部尚書諱犖之子也。尚書負詩名，所交皆一時名輩。君五六歲，客至，輒摳衣趨坐側，聽長者言論；成童後，所游從皆父行，遂繼以詩名，而困於舉場餘二十年。自長洲韓公以文學為海內宗，群士壇坫莫盛於吳中，而尚書開府江蘇，尤體貌文士。方是時，吳中知名士汪份武曹、張大受日容、吳士玉荊山數輩皆家居，生徒各數十百人。天下士以文術自命者，過吳中必進謁尚書，而退從諸君子游。會君覲省，則吳中文士之會，君必與焉，而韓公長子祖語亦家居，凡眾會，二公子所在，鄉之者如環。

康熙己卯，余與武曹、祖語舉於鄉，而祖語之弟祖昭與君舉京兆。余赴禮部試，始見君於韓公所。韓公賓燕，數與君與焉。君接朋齒，皆肅以和，而於余及武曹，尤若所嚴憚者。自尚書內召，吳中諸君子宦學各分散，而韓公尋卒，尚書亦告歸。天下士之過吳中至京師者，皆漠然無所向。及余難後，則曩時遊好留京師及家居而尚存者，十不二三矣。

君既歿八年，其子華金持狀及緯蕭堂詩請表碣。按：其狀首載君遺命毋求誌銘；發其詩，余與武曹無見焉，而即境即事，雖碌碌者必目其人；用此見君與人之厚，出言之誠，而與世士之務為聲華者異矣。君守官事親，動合禮度，狀所載甚具，而皆人事之常也。其詩久行於世，故概弗敘論，而備述數十年中朋遊盛衰離合之迹，以志余悲，而君之為人，即是可想見矣。

君癸未成進士，改庶吉士，入武英殿纂修佩文韻府，散館授編修。辛卯主貴州鄉試，壬辰督學浙江。丁尚書憂，服闋，遂家居，日與親故酣嬉泉石間。卒於雍正三年十月，享年七十。安人劉氏，有賢行，善治家，後君四年卒。君以雍正五年三月葬尚書兆域，劉安人以七年十二月祔。華金辛丑進士，候選主事。女一，適士人。

錄自望溪文集卷十二。

兵部尚書法公墓表

康熙癸巳，詔修樂、律、曆、算書，特開蒙養齋，命皇子董事。余與徐公蝶園承修樂、律，間叩同官及勳戚中志在君國，而氣足以舉之、學足以濟之者，首推法公淵若，且曰：『上為諸王擇傅，吾對：法某雖以侍皇子得過，而臣愚心竊謂舍某無堪此者。』

乙未夏，公復侍皇子。始見余，即曰：『吾與子未面而心傾久矣！然子頗知並世有法某否？』時中貴人有氣燄者，朝夕傳旨，非命事專及於余，不敢交一言，而公則視之蔑如，辭色間無幾微假借，乃與公為友。逾歲，公巡撫廣東，旋奉命巡察海疆，歷粤、閩、兩浙、江南，以使事歸報，懇請削職赴西邊敵愾。越八年，雍正甲辰，余請假歸葬，而公督學江南，時叩吾廬，出所為詩以心腑相示。始知公忠孝發於至誠，體國憂民，常恨未得同志合道人相與輔成治教，而深患時人惟知以虛偽比周，自便其身圖。

公自為庶常，即荷聖祖仁皇帝特達之知，以檢討擢侍講學士；及中廢復起，驟越班行，開府廣東。及聖祖登遐，公自西邊入臨，世宗憲皇帝旋命校士江南，移撫浙江，入為大司馬。天下士皆想望風采，而公益以國事為己任。然居津要者多畏公伉直，深心嫉之；世宗憲皇帝亦微見其然，以公為勳戚故舊，聽公閒居，衆謂實相保全以待異日之大用也。公時寓居古寺，終歲不還私室。余數過從，見公疏布羊裘，從者老僕一人，翛然若有以自得者。

今皇帝嗣位，大司空來公學圃掌教咸安宫官學生，引公與故大司空赫公自助。時余以先帝之喪，入宿武英殿直房，踰再期。公與赫公時冒風雪扶杖過余，講問移時。余陰喜二公雖老，天或留之而尚有以為，而赫公旋以疾乞休。公臥疾不起，病既深，余往問。俯仰平生，毅然也！已而相視泫然。

公之歿也，命家人毋作狀誌，故出秉節鉞，入為九卿，訏謨美政，胥無傳焉。惟在廣東特參大吏，更鹽政，粤人至今思之；而蝶園言：『公為近臣，上時巡齊、魯、秦、晉、吳、越，朝夕扈從。侍皇子講誦十年，直辭正色。聖祖嘉與，謂獨能不欺。』又自西邊歸者言：『公偃臥土室，枯寂如老僧，而見王公大帥，時以大義相責，皆人所不敢言。』嗚呼！公之誠心義氣，動於君，信於友朋者，豈偶然哉！

公諱海，元舅忠勇公諱國綱之次子也，癸酉舉京兆，甲戌成進士。母他他拉氏，誥封一品夫人。生母徐氏，妻崔氏，封贈如公階。卒年六十有七。無子，以兄子介祿嗣。後九年，兄子介福督學江南、安徽諸郡，以叔父慶上公選刻公詩請表。嗚呼！根於忠孝剛正之氣不可屈撓者，公之學也，詩豈足以傳公之學哉？然讀其詩，足以發人忠孝之心，則亦其學之誠而形者，乃流涕而為之書。乾隆十年春正月，江東同學方苞表。

録自望溪文集卷十二。

王處士墓表

苞踰壯歲所得之友，以禮義堅然相信者，莫如金壇王澍。嘗叩所由，曰：『自吾大父篤學，當陽明氏氣燄方張，而堅持程、朱之說以擯之，先子承焉。守道固窮，非其義，絲粟不取。性木訥，與人無畛域，而事涉名義，則爭之侃侃然。澍自十歲，先子授徒遊學，即攜持以行。及澍長，而先子常家居，未嘗去左右，耳目擩染，幾三十年，雖欲自菲薄，而無以安於心。澍少羸，家無僕婢。先妣出入操作必腹之，而呵禁甚嚴；嘗苦索餅餌，痛予杖，曰：「汝幼而貪食，長更何如？」自先考妣即世，澍之檢身，日怠以疎矣。』又曰：『澍孤貧，考妣葬故未備，子為我表於阡。』

先是澍以其大父所輯學案視苞，苞既受而序之。故於所屬墓碣，日延月滯，而未暇以為。雍正三年冬，苞以先父母墓表屬澍書，澍責諾於苞益切。踰年春，澍告歸，必得余文以行，乃譜以授之。

君諱式金，字度疑，少承父學，誦古書，不治時文。以澍贈奉直大夫，卒於康熙戊子七月，年七十有四。妻潘氏，贈宜人，卒於康熙庚辰二月，年六十有五，生兩子兩女，惟澍存。墓在某岡某原。

録自望溪文集卷十二。

雷氏先墓表

雷生鋐道其上祖兄弟八人，葬同丘，請表墓，口述再四，而繼以書曰：『先生非親懿久故，不為表誌，蓋懼行迹之虛構而無徵也，而吾上祖之事，則不待有徵而信。雷氏自陝西遷豫章，一世祖甫，自豫章遷寧化。甫生詳，為唐進士，而卒於昭宗之世。有子八人，生相愛，約葬同丘。塚以次平列，墓碑巋然，子孫世承祀，無所容其偽。

僻在閩徼，少文獻，世久迹湮，故他行無聞焉，而生當五代干戈之際，無一出而仕者。又兄弟八人之卒，相去或數年，或一二十年，子孫共守遺命而莫之違，則其修於身而型於家者可見矣。』在昔先兄百川有言：『人之生也，受於天而有五性，附於身而有五倫。人於五性或蔽於一，則四者必皆有虧焉。人於五倫能篤於一，則其他必皆不遠於禮。』鋐所云，不獨可徵其上祖之行；而所以推原祖德者，又可與先兄之言相發也。

余兄弟三人，弟椒塗早夭，而兄復中道棄余，臨終命『三人必同丘，不得以婦附』，族姻士友嘖嘖焉，雖子姓不能無疑也。其後聞寧都魏禧兄弟嘗行此，而今復得雷氏上祖事。用此知是乃篤於兄弟者之恆情，雖異於俗，而非有過於義也。

昔唐陽城兄弟，懼友衰於妻子，而終身不娶。此於禮為非，而先儒皆存而不論。蓋以行必稽其所敝；俗之衰，能為城兄弟之行者亦罕矣，無慮其或滋之敝也。況自周以前，本無婦必附夫之禮，而曷以兄弟同丘為怪詫哉！乃約鋐言，而具詳其義類，為表以歸之。俾雷氏後裔務敦睦以率祖，而亦以解吾子姓之疑焉。八人：長伯泰，次立，次馴，次強，次郡，次御，次邵，次均，皆以名繫伯。其墓在寧化縣之下沙村。雍正十年冬，江東方苞撰。

録自望溪文集卷十三。

兵部尚書范公墓表

公諱承勳，字蘇公，瀋陽人，大學士太傅文肅公第三子也。文肅公既為國宗臣，而公伯兄為都統，仲兄忠貞公總督浙閩，並以賢能早歲秉節鉞，上益材范氏子弟。公年二十四，以蔭補工部都水司員外郎，凡再轉五遷而至兵部尚書。

吳三桂反，公以吏部郎中督譚宏進征軍，兼轉楚餉。宏死，監鎮安將軍噶爾漢軍。及滇平，常在軍間，還補文選司郎中，擢內閣學士。尋以都察院右副都御史巡撫廣西。踰年遷兵部左侍郎，總督雲南、貴州。三藩播亂，吳三桂勢尤猖獗。王師入討，常與賊相持黔、粵間，首尾八年，公私凋敝，而賊窟穴南中歲久，雖撲滅，脅從反側多蠹居山澤，故上於方面之任，尤重且難之。先是忠貞公在閩，既死耿精忠之難，都統開復襄、樊，復以疾卒於軍，而兩江總督于成龍之卒也，上諭九卿：『更有如成龍者，具以聞。』僉舉陸隴其等七人，而公與焉。故公至粵西未期月，而有滇黔之命，以為非公莫屬也。

公至，首裁六衛五所，併歸州縣，逃亡漸復。時起發賊標下親軍入旗，眾多偶語。公請就本地安插，拜疏即官其一二著姓，餘編籍補伍。命下，數千人環泣曰：『吾子孫世保故土，皆公賜也。』湖北裁兵，夏逢龍叛，聲連六詔。時滇以鼓鑄壅積錢給兵餉之三，眾不便。會左協移鎮尋甸之兵鼓譟，縱焚剽，省兵欲乘釁而起。公偵知其謀，夜捕百餘人，晨出，奉天子賜節，斬十三人。越日，尋甸縛始禍者以獻，鞫斬八人，事遂定。疏入，天子詔諭褒嘉，公因請罷鼓鑄。魯魁山賊二百年為環境害，至是就撫。官斥藩莊，核其價，省民間溢費二十餘萬金。在滇九年，所祛蠹弊甚多，而清鹽筴，不得按戶抑派，酌道里遠近，定支撥軍餉條例，吏不得巧法扼民，至今賴之。

康熙三十三年，遷都察院左都御史。行至貴陽，改命總督江南、江西。公治滇、黔，興利除弊，若日不暇給，發姦糾暴，法立誅必。及移兩江，則專務清靜，以與民休息。其為政識大體，不為小廉曲謹以釣聲譽，而設心措意，一以厚下恤民為本。歷三鎮，奏免民賦者五，豁陷賊州縣所失資儲無算，駁正漕督誤題入額徵者一。歲祲，奏發米穀九十三萬石有奇。賑餉有先發後聞，議有格而復奏至再三。天子鑒公之誠，無不特允所請者。其鎮滇、黔入覲，密陳六事：其一『土苗不宜縱逞』。時黔撫衛既齊以捕黎平苗謫戍。上悟，尋赦還。衛素廉直，士論尤以此韙公。

三十九年秋九月，以母憂回籍。既葬，奉命督修華家口運河。未幾，授兵部尚書。固辭不獲，乃就職。私居持服如常。又七年，以疾乞骸骨。又十年終於家。

公年譜載公行身涖官迹甚詳。然余嘗客遊淮、揚，士大夫多稱鹽城令某貪橫，以與要人有連，大府不敢呵。公下車，寡婦某訟之，隨斥罷。然則公之善政，雖其家人有不盡知者矣。茲故不具，而獨著其措施見於章奏，利澤顯播於軍民者。

公卒於康熙五十三年二月朔，年七十有四。始娶穆奇覺羅氏，贈夫人，再娶沈氏，封淑人，皆早亡；再娶趙氏，封夫人。子時繹，承襲本旗佐領。以公卒之次年秋八月二十二日，葬於密雲縣之青甸。桐城方苞撰。

録自望溪文集卷十三。

理藩院員外郎贈資政大夫席公神道碑

公諱席爾泰，系出舒穆祿氏，世居盛京東之渾渚。大父郎住，力能出車馬於淖陷。父吳巴泰，十六從軍，破隊徇城，常推[一]鋒。抑於上官，功不得御，終不自列。非臨陣，未嘗妄殺一人。公初試惜薪司筆帖式，轉倅刑科。麻勒吉總督江南、江西，檄自隨。歸補吏部主事，遷理藩院員外郎。奉檄行塞，墜馬，傷肩臂，送引疾，卒年六十有八。

公在江南，制府以事詢，必竭情無隱。江西巡撫以法中某郡守。制府叩公，公曰：『吏獲罪，多由不善事上官耳！』即遣公廉其實，守得免，而眾莫知其由。江蘇布政使被劾，命公勾稽簿書。使恐懼道謁，公曰：『歸理案牘，無他求也。』麻公嘗被逮，院中佐吏皆號呶慢易，惟公不失禮。代任者益重公，固留以自佐，而公篤念父母，竟告歸。其在吏部，有武弁為尚書所厚，軍功不及格而敘。公力爭曰：『三藩蕩平，論功者眾；成法一亂，則冒進者人人得引為辭。』會理藩院增置員外郎，上命部院各舉所屬賢能。首以公應，蓋不欲公在吏曹也。公內行飭修，事繼母誠孝。母素嚴，久而感悟。母沒，撫季弟勤於己子，凡衣食必先取足焉。

公階奉直大夫，以子元夢貴，贈資政大夫。娶同系別屬女，仁厚識大義。公所以感繼母，及與麻公始終，夫人之助為多。夫人以公封宜人，以元夢進封夫人。其卒也，距公之卒二十有二年。始公退休，家甚貧，而元夢以事譴，季子入翰林，尋亦罷，居常鬱鬱。及公卒踰年，而元夢復收用，漸被顧遇，開府兩浙，入為司空。夫人屢覲皇太后於寧壽宮，天子親書堂額，壁聯以嘉母德。是以元夢每荷恩榮為太夫人慶，即隱痛公之不及見。然元夢能推太公之德業，慎行其身，而有令聞，俾國人稱願，以為君子之子，則公亦可以無恨矣。

公及夫人生卒年月日，子姓男女，既詳於幽堂之誌；　葬事畢，外碑宜刻文，以屬余，乃敘而銘之。銘曰：

維國之興，材必世生；　維家之隆，德必世崇。　公先再世，淳德未漓；　暨公稍達，仍鬱不施。　以昌厥嗣，為帝股肱，恪居官次，令聞有融。　眾人所矜，錫命之顯；君子所感，嗣德無靦。　我列茲銘，信而有徵。

録自望溪文集卷十三。

【校】

〔一〕『推』疑作『摧』。

贈右副都御史趙公神道碑

贈公諱良，字維林，浙江紹興府瀝海所人，吾友趙國麟之父，處士臨若公之子也。　生有明崇禎丁丑，時寇賊交鬨。　未成童陷賊，匿舟底三日，勺飲不入。　既脫歸，廬舍已空。　國初東南未靖，人民流離，多餬口於北方。　遂棄儒學醫，至幽、燕，東遊齊、魯，遇族父於泰安州以醫自活，因廬旅焉。　時淮陰江翁亦寓岱下，以女妻之，而臨若公倦遊無所合，困而歸。　聞其子既立室家，附舟北上，至則國麟之生已數月矣，時康熙癸丑年也。

臨若公入抱孫，出則與石堂諸散人遊。　贈公既左右無違，而江夫人力致魚菽瓜蔬以忠養，久而安焉。　雖居窮巷，遠方畸人老宿多造門。　豫章吳慎庵嘗嘆曰：『臨若之室僅容膝，可旋身，而入其中，則曠如也。』臨若公以康熙二十三年卒於泰安，贈公及江夫人相繼沒。　國麟貧不能葬。　豫章戴君知地理，得吉兆以告，且探囊篋，助營窀穸。

又二十餘年，國麟巡撫安徽。　入謁世宗憲皇帝山陵，請假歸里祭告。　因葬故有缺，以書抵余，求補碑銘，以列祠堂。　觀國麟所述，贈公自定家於岱，父歸就養，一室之中，父父、子子、夫夫、婦婦者，凡二十年。　富貴不足道，國麟之得列於君子之林也，豈偶然哉！　臨若公二弟卒於南中。　老不能奔喪，命贈公歸葬。　獨身冒風雪往還。　其治疾者，如疾在身，無貧富貴賤，必竭心力。　享年五十有八，以乾隆元年覃恩，誥贈如國麟官，江氏為夫人。夫人之生，後贈公二十年，而卒以康熙辛未，先公一年。次子國經。女四人。以某年月日合葬於州西天平山。銘曰：

族以亂而散，家以旅而成，行以艱而篤，志以沒而亨。岱畎有碑，瀝海有田，恩綸孔赫，世祀其繇。有開自天，其兆必先。

録自望溪文集卷十三。

杜茶村先生墓碣

先生姓杜氏，諱濬，字于皇，號茶村，湖廣黄岡人。明季為諸生，避流賊張獻忠之亂，流轉至金陵，遂久客焉。少倜儻，常欲赫然著奇節，既不得有所試，遂一意於詩，以此聞天下，然雅不欲以詩人自名也。於並世人，獨重宣城沈眉生，吳中徐昭發，自愧不如。其在金陵，與先君子善，客維揚，則主蔣前民。金陵為四方冠蓋往來之衝，諸公貴人求詩名者湊至，先生謝不與通。惟故舊或守土吏迫欲見，徒步到門，亦偶接焉。門内為竹關，先生午睡或治事，則外鍵之。關外設坐，約：客至視鍵閉，則坐而待，不得叩關，雖大府至亦然。及功令有排門之役，有司注籍優免。先生曰：『是吾所服也。』躬雜廝輿，夜巡綽，衆莫能止。

先生居北山，去先君子居五里而近，以詩相得，旦晚過從，非甚雨疾風無間。先君子構特室，從横不及尋丈，置牀衽几硯。先生至，則嘯咏其中，苞與兄百川奉壺觴。常提攜開以問學。先生偶致雞豚魚菽，必召先君子率苞兄弟往會食，其接如家人。

丙寅春，先生年七十有七，攜襆被叩門，語先君子曰：『吾老矣！將一視前民，歸而窟室蔣山之陽，死即葬焉。』是日渡江，數月竟死維揚，喪歸，寄長干僧舍。一二故人謀卜兆，子世濟曰：『吾有親而以葬事辱二三君子，是謂我非人也。』無何，世濟亦卒。先生故三子，一子幼迷失，一為僧遠方，衆莫敢主。

又數年，長沙陳公滄洲來守金陵，謂先生其鄉人之能立名義者。哀其志，為買小丘蔣山北梅花村，召先生從孫揚文及故人會葬。先君子執紼，視窀穸。時苞客燕南歸，而命之曰：『先生吾所尊事，汝兄弟親炙，可無誌乎？』苞重其事，將俟學之有成而措意焉。自先君子歿，患難流離，今衰且老矣。自恨學之無成猶昔，而舊鄉限隔，恐終墮先人之命，乃姑述其大略，使人往碣於墓之阡。

先生詩，世所傳不及十一。平生著述，手定凡四十七冊。世濟歿，勢家購得之，弗善，仍歸其從孫某。先生生於明萬曆辛亥年正月十六日，卒於康熙丁卯年六月某日，葬以康熙丙戌年二月十六日。銘曰：

死而不亡，光於世，嗣逢長！

録自望溪文集卷十三。

大理卿高公墓碣

吾師宛平高公之歿也，以康熙庚辰仲春。余在京師，眾議以誌銘屬余。視喪畢，東歸，為銘歸公二弟。丙戌再至，拜公墓，石已磨未勒也，而余以事遄歸。又六年冬十二月，以鄉人戴名世文集牽連被逮。發歲，使僕某祭掃，還。訊之，墓垣盡頹，而磨石尚仆於道。

公仁孝聞天下，然世所稱者，太公以吏事謫遼左，公發憤成進士，伏闕上書求代，已而逢恩例贖歸。余竊謂父兄在難，凡力所逮，中人以下，猶將勉焉，不足為公異也。

自公視學江南，余從遊近十年，公家事細大畢聞。太公少豪宕，不可羈束，而太夫人謹禮法，不相中。太公之歸也，公以為難後天屬復完，又二親皆篤老，當更歡洽，而居常漠然，遇事仍嗃嗃。公用此雖富貴，恆蹙蹙如窮人無所歸，終公身。公退食，恆居於內。余怪焉，叩之御者，則常在太夫人側，嬉戲如嬰兒。其侍太公，所以承意觀色，或古禮經所未嘗云而自公出之，乃知其當然而不可易也。公疾篤，余入視，公曰：『子毋憂！某雖無祿，尚當終事吾母。』乃竟先太夫人卒。嗚呼酷矣！

余所犯尚未決，雖天子明聖，而吏議余罪至重，死生未敢自卜，恐公之仁孝，余獨聞知者，遂就湮滅，而心氣瘀傷，不能營度為文，前銘又不復記憶，乃質言其大略，俾公故人曾君啟起磨石而碣焉，時康熙壬辰八月也。

公諱裔，字素侯，卒於康熙庚辰二月十有二日，年五十有四。由翰林官至大理卿，仕績應列於史氏。銘曰：

謂公不得於天，胡濟屯以亨，而天屬之復連？謂公能得於天，胡將母之不終，而壽命不得以少延？豈彼蒼之無知，抑將留終古之恨以暴其仁賢！

録自望溪文集卷十三。

禮部尚書韓公墓表

公姓韓氏，諱菼，字元少，江南蘇州人。少讀書，通五經義疏。性恬曠，好山水朋遊，飲酒談諧，終日不倦，而處身特嚴，其所不為，不可以禍福利害動也。自明亡，科舉之文，日就腐爛；公出，始漸復於古，世以比於昌黎，而公未嘗以此自喜。

公以康熙癸丑成進士，登朝不數年至學士。或嚇公使告歸，公怡然曰：『是吾志也。』居吳中十年，以詩歌古文開其鄉之後進，暇則與二三遺民徜徉泉石間。會有欲與公並起以為名者，復召掌翰林院。未幾，由吏部左侍郎遷禮部尚書，旦暮且入相，同列忌之。適江南歲會，失庫金數十萬。督臣與典司者有連，上言『非侵欺，費由公事』。上震怒，下廷議。左都御史某訟言：『法當誅。』公曰：『是其情即私，而言則公也。且上得聞此，其義足愧中朝士大夫，忍因以為罪哉？』忌者益增其辭而以聞於上，公由是得罪。或謂公：『上每含怒詰責，諸大臣伏闕下，請罪累日，即解。』公曰：『吾身可危，臣節不可辱也。』

始公未知名，崑山徐司寇乾學獨重公。及徐與要人相搆，罷歸田里。踰年，復起大獄，將盡鉤其黨。居門下者皆陰自貳，甚者，訟言攻之以自湔滌。公時告歸，獨旦暮造其門，且為解辨於在事者。公之再起也，既為人所擠，某謂公當辭職。公曰：『上怒未怠，書上，且重得罪。』余曰：『雖然，義不可以苟止也。』公再疏告，果蒙譴訶，由此愈臬兀。自余往還公卿間，其敢以古義相繩，與用余言而不疑且悔者，自公而外，吾未之見也。

公待士出於至誠，士有道藝而不伸，如疾病之附其體。余獲交，實公禮先焉。每聞余下第，必面責主司。及鄉貢，相見於京師，愀然曰：『是非子之幸也。子終不遇，學與行可成。』癸未正月，公肺病甚劇，飲酒不輟。余勸公少止。公曰：『子知我者，吾少不能自晦，崎嶇仕宦，碌碌無所建豎，負聖主之知。今老矣，常恐未得死所，以至再辱，壽考非吾福也。』是日，引余坐特室，自述生平甚詳。余愴然心動。後數日，公扈從南巡。公入余出，蹤跡相左，遂不得繼見。

公文學官績，宜列於史氏。其孝義質行，鄉人子弟皆有述焉，故不具載。獨著其進退大節，與余之所私得於公者。公三試，自鄉舉外，皆第一。博極羣書，而與人居，久之，皆忘其為名貴人，乍接之，不知其蓄學問也。公夙好余文，得余筆札，必命諸子寶藏之。其葬也，家人未嘗以誌銘屬余，而余自表於墓之阡，從公好也。

公生於某年某月某日，卒於某年某月某日。妻某氏。子□人；其長者三人，已見頭角。以某年某月某日，葬於某鄉某原。其辭曰：

公之生也，衆以為賢，而自視乃缺然。公之歿也，人為之悲，而樂之其如歸。更千秋而萬歲，孰能察公之時義，而識其心之精微。

録自集外文卷七。

武強縣令官君墓表

君諱朝京，字子孟，泉州安溪縣人。家福村，近李文貞所居湖頭。康熙丙辰，耿精忠既就俘，而山海之寇復起。妖人蔡寅聚衆數萬，行過不供資糧者，輒以徇。官氏聚族而居，時君已舉於鄉，為族黨之望。檄至，子弟家僮環泣，莫知所為。君峻拒之，而戒衆保險。會沈陰，賊未至，為李文貞鄉兵所挫，福村無擾，由是義重於鄉。逮其孫曾，故老語及君，猶肅然。

君始為莆田教諭；郡守知文貞重君，聞君貧食，少食而多糜；俾攝縣令及鄰邑教官。家人私慶，衣食自是可少充；而在莆九年，盡室餔糜無改也。戊辰，遷晉州武強令。會遼陽于公成龍巡撫直隸，喜猛鷙吏，急催科，而君屏鞭撲；下牒詰責，不為動。方是時，秏羨尚未歸公，有司皆謂己物也；而君獨自刻苦，用代貧民輸不及額者。終君之任，邑賦無虧。

君歿五十年，其曾孫獻瑤成進士，改庶起士。歸葬其親，以表君之墓請，曰：『墓故有誌，皆泛語無可採者；而瑤所聞於父祖者略如此。』叩以不載誌銘之由，曰：『拒山賊，不敢尸名以蓋鄉里，先曾大父之志也。為邑宰，則事多忤於大府，時于公貴盛，故銘者以為難。』且曰：『瑤事先生久，未有妄語於前。武強近畿，士大夫可周諏也。鄉邦則耳目眾著，敢以疑事溢言，為曾王父滋口實哉！』瑤之請有辭，其事皆有跡可稽，故不辭而為之表。

君壬子舉人，卒年七十有二，墓在近村世雅山，妻某氏祔。子五人，獻瑤世受重，其父緝熙，大父式玫。

系曰：

余方成童，見里塾中爭傳孝感熊公陳時事劾輔臣疏。睢州湯公之歿也，堯峰汪氏誌其墓，於姦僉構陷，直言無隱。其後二家文集，於疏中指要，芟薙無遺；誌則目存而空其籍。異哉！告君之言，銘幽之文，當其時無懼也；而事後乃欲泯其跡，不亦悖乎！自是以後，昧者遂奉為標準。凡士大夫直節昌言，概不敢以著於狀、誌。不知為狀、誌而蔽晦其先人，不若無之為愈；而綴文者言之無物，益膚庸不足以自存。故因表君之墓而並著之，使為人子孫及受其請而筆之者，知所裁焉。

録自集外文卷七。

翰林院掌院學士兼禮部侍郎湯公墓誌銘

公諱右曾，字西涯。先世海鹽人，明永樂中遷仁和。祖瑞州太守，諱之奇，始中乙科。父諱頤和，發聲庠序。公少異敏，既冠遊京師，聲華壓儕輩，名貴人皆延頸願交。丁卯，舉京兆鄉試，弁國子生。戊辰，成進士，入翰林。庚辰，改刑科給事。由右通政歷光祿、太常卿，遷通政使。特授翰林院掌院學士兼禮部侍郎。尋遷吏部右侍郎兼掌院事。

公在諫垣，所條議甚眾，而豫荒政，釐邊儲，緩燬鑄，糾督撫、監司養姦蠹民，其語尤著薦紳間。丙子，主貴州鄉試，丙戌，充會試同考官，皆廉公號得人。及視學中州，杜苞苴請託，絲粟不取之官中；勸學厲教，終事無一語可瑕摘。

其司通政，奉命副少司寇某赴廣東讞楊津叩閽獄事成，議傳法，同官拱手受成；歸報，果當上心。及貳吏部，其正乃白山富公、遂寧張公。二公夙廉辨有威稜，得公協心相助，甚歡；而遇事或異議，二公多黜己見以從公，未嘗以為忤也。自富公督師西邊，惟公與遂寧公為眾望所注；而遂寧公時承使以出，則公獨當之。公性明達，凡案牘涉目，即洞其姦弊。選人有挾大力者以要，必破其機關，使終不得遂。由是干進射利者皆藁怨於吏部；而遂寧公在事久，見知於上深，莫可搖動，遂爭為浮言以撼公。公早歲知名，交遊滿天下。在翰林十年，日與士大夫流連詩酒。及改官諫垣，列九卿，則閉門謝親知，孤立行一意。以故館中後進及羣士亦不能無望焉。辛丑六月，上命政府諭公：解部職仍掌院事。時公抱羸疾已逾年，入秋遂劇，次年正月竟卒。

始公以文學見知於上，院中擬撰祭、告、記、序之文，出公手或經改削，奏必稱善。其遷吏部赴熱河行在，上問公詩，以旅舍所作文光果七言律一章進。頃聞宣示御製詩一章，目為詩公。聞者驚羨，度公進用且不次，而十年不調，卒奪一官。以公恃上恩遇，不恤人言；又於故舊或不能無偏厚，而眾遂指目為口實也。余與公交近四十年。公既顯，余勇於責善，或眾人所難茹，而公終不以是疏余。故憫其困於人言，不獲終上之恩遇，而略舉聞見所及，以傳信於來者。

公有至性，四歲時，瑞州疾篤，夢中驚呼或攫阿某去。即應聲曰：『某在此。』自是不離寢榻。少孤，自隱傷。及貴，置義田以收族；所遺於子若孫者，不能校豐也。其詩既刻者曰使黔集，余藏於家。

公生於順治十二年正月，享年六十有七。元配劉氏，誥贈夫人。子六人：在官、在藻、學植俱先公卒；學聚後公卒；今存者，學基、學顯也。女子五人，俱適宦族。以某年月日葬於某鄉某原。銘曰：

胡達之易而行之艱？謠諑抑根，其徒乃實繁。方其生也，宵壬以為憒，而君子亦責之備；今其死矣，賢者為之悕，而眾人亦有餘思。幽靈有炯，徵此銘辭。

録自集外文卷七。

楊千木墓誌銘

乾隆二年夏四月，鍾君勵暇自淮南告千木之喪，乃帥子姪為位，南鄉而哭。浹日，其子健書至，曰：『先君子之終也，遺令毋訃，毋作行狀，毋求誌銘。且命曰：「吾遊好皆在遠方，訃則喪紀難通。吾官江、淮、河、濟，皆要綰水陸五會四達之區，其詛其祝，衆載其言久矣。族姻朋遊間救患分災，養生送死，事微細不足播揚，且難為受者地，非所以處厚。知我者，惟望溪先生。以死之時日告可也。」』

嗚呼！惟余知君所以命其子之意，而忍君志事之沈沒乎？余少以窶空餬口四方，常思得聖賢之徒而師友焉。既不可得，然後陰求負才能有濟於實用者；中歲始得長沙陳公滄洲及關中白斑、玟玉，又其後得君。時玟玉已死，每為滄洲道君之為人。及君為河官，而滄洲巡視南河，以書來告曰：『楊君信天下士也。』洪澤異漲，水冒高堰沒髁。君使吏卒更番楗葦茅以護堤，而身督教之，晝夜植立水中，凡四旬有七日。民以安堵，聲績自是顯著。遷運河同知，擢濟寧道。獄訟者爭赴焉，廉使所司案牘為之稀。河、濟間至今皆曰：『河官而兼民治，實德在人者，惟閩中余公甸及楊公二人耳。』

君少慕俠客之義，常冒顛危，脫人於急難，而不拘小節，禮法之士多毀之。余以戴名世南山集牽連，始識君於刑部獄中。君，名世友也，以計偕抵京，會獄起，即止不去。有司以大逆當名世極刑，聖祖仁皇帝寬法改大辟，而衆猶蕩恐，刻日行刑，親戚奴僕皆避匿。君曰：『孰謂上必使人覘視者？其然，固無傷。』獨賃棧車，與名世同載，捧其首而棺斂焉。用是名動京師，諸公貴人爭求識面，謝弗通。以余盡室入旗，老母北上，復留逾歲。癸巳春，特開萬壽科，諸公皆注意於君。君喟然曰：『此之謂依乎仁而蹈利也！吾恥之。』遂趣裝赴南河自効，不復與有司之試。君為河道時，以父入鄉賢牒上禮部，通書查侍郎嗣庭。嗣庭獲罪，籍其家，得君書，遂坐黜。君既歸，匿跡郊野，平生知故造門不見。朱相國領京畿營田，思得能者自助，余以君對。君聞之，以苦言謝公。今天子嗣位，搜括羣材，有宿負者，多見湔滌。朱公暨余將合辭訟言於朝，而君疾已沈痼矣。嗚呼！才足以立事，而不侵為然諾，尚有如斯人者乎？嗚呼惜哉！

君諱三炯，浙江諸暨縣人。少治時文，疎朗無俗調。中康熙乙酉科鄉試第三名，卒於乾隆元年十二月二十一日，年六十有七。父諱式金，縣學生。母某氏。妻方氏，繼娶余氏。子二人：次傳，先君卒。以某年月日，葬於某鄉某原。銘曰：

交不附勢，仕不墮名。託儒行而僞，孰與為義俠而誠？蹇離尤以沒世，耿無昧於平生。

録自集外文卷七。

弟屋源墓誌銘

弟式濟字屋源，與余共高祖，以叔父都水公出嗣，無屬服；而余世母，則所嗣僉事公吳宜人之兄女也。故弟總角余即數見之。厥後叔母與吾母志相得，兩門子姓睦洽如同宮。

都水自守選，即挈家以北；而余往來京師，亦十餘年。時弟受學於吾友劉君北固。余與崐繩數息北固寓齋，辨論經史，衡量並世人材，弟嘗輟業傾聽。余間候都水，入北堂。弟適歸，備舉旬月中吾輩所言，參互以相質。移時，忽仆而痞，目瞑齒閉，大驚宅内人。叔母搏膺而呼，久之始寤。翼日，余往視。叔母曰：『汝毋懼而自嫌，兒樂聞汝言，過於其師也。』

戊子舉京兆，己丑成進士，制義為時所推，又以其間攻詩辭，名稱益著；而以南山集牽連，宗禍作，都水下獄。叔母在江南，弟經畫注措，皆中機會。獄辭上，邀寬法外流，自知不免，則多方以脱族人。始部檄至三司會鞫，天屬中有齮齕都水以求自脱者，並螫亡弟之嫠。余目擊駭痛，堂下隸卒皆心非而竊詈之。及抵戍所，軍吏議分戍黑龍江墨爾根各路。其人老無籍，恇懼不知所為。弟曰：『無相猶也。』罄裝齎，稱貸於賈人以移其議，戍得無分。

都水盡室皆死於遼海，而弟亡於父母及妻之前。故聞其喪，親暱朋好若疾疢在身，疎逖者亦愴然而不適。然弟身後，長子觀永、次子觀承以孤童勤營於内地，而匍匐萬里以紀大父母、母、弟之衣食；此出彼入，歲相代以為常；卒邀恩例，身奉四喪挈幼弟而歸，以定窀穸。弟之身即存，所望亦至是而極矣。其在戍，篤志經學，所著易說未定稿六卷藏於家。

祖諱兆及，山東按察司僉事，分巡濟寧道。父諱登嶧，工部都水司主事，有依園集、葆素齋集行於世。母任氏，歲貢生堡女弟，卒於康熙丁酉年二月，年四十有二。妻巫氏，平和縣令元東長女，卒於雍正己酉年正月，年五十有四。幼子觀本，在戍所生也。女一人。以某年月日葬某鄉某原。銘曰：

履顛危，義不疚；處怨惡，仁能厚。家雖湮，色養伸；死歸骨，隨二親。惟天命之無欺，知作善之不迷。

録自集外文卷七。

全椒縣教諭甯君墓誌銘

廣文甯君既歿之七年，其子世藻自潁以書來徵銘於余，曰：『吾父與母葬有日矣。南豐曾氏所謂蓄道德而有文章者，今之世莫如子。』宜余懼且慚而不敢任也。既又自念，與君之子世錫交幾二十年，故知君為詳，而世錫今死矣。君之潛德隱行，夙昔既耳熟焉，而重以世錫兄弟存歿之誼，雖不文，曷敢以辭。

謹按：甯氏本季亹之裔，籍通州，至明中葉始家於潁。自江之北以屬於淮，俗故樸陋，而風土人物推於古今者，潁為最。自明以來，潁人以家法為士大夫宗者，甯氏為最；而以余所聞甯氏之稱耆德而為典型者，君為最。君之質行所以守於身施於家而化於人者，不獨君之子云，其鄉人及遠邇之習於君者，莫不云。

昔朱子嘗嘆歷代之人材，惟東漢為最真。其守官行法不避權倖者，前罹禍災而後者踵接焉；而余觀范史所載獨行之士，艱難危困，懇懇於人紀之中；與夫守卑官，安隱約，而盡其道以化於人者，不可勝數也。蓋自三王以道化天下，使人明於性命之理，故死生禍福不足以亂其心，而人道之當然者，勤以守之而不敢貳也。秦、漢以還，士之乘時而見功名者眾矣，而明於性命之理者蓋寡焉。獨東漢之興，五經之教盛行，故上之人雖弗能以道化，而士之潛誦默識以浸灌於身心者，久而深且固焉。雖於性命之理知之未必能盡，而其大綱之所守，抑可謂合矣。

君性篤於孝友，執親之喪，哀毀過禮。叔父在難，傾身以赴之，遂以毁其家。其為諸生也，辭成均之選，而以讓其長老朋齒者至於三。其老不得志而司諭於全椒也，諸生化之。及移於譙，未至旬歲，而卒之日，市、野人攜扶而奠祭者填於戶焉。世錫嘗為余述君之質行，余以為有東漢之風。惜乎！卒困於下，而施不光；而余之不文，又不足以傳君於永久也。雖然，君於性命之理，既自得之矣；則施與不施為無間，而傳與否又曷足道哉？

君夫人李氏，性明謹，識大體，事親治家及訓子姓，於君皆有助。其卒也，先自知其期。君諱擢，字益賢，生於明天啟癸亥五月十三日，卒於康熙丙子八月二十七日。夫人生於天啟乙丑十二月初四日，卒於康熙庚申九月十二日。子男七人。女一人。夫人以乙亥十二月晦前三日葬於潁南郊之臥龍岡。越九年為今癸未臘月朔四日。下闕

錄自集外文卷七。

徐詒孫哀辭

康熙辛未，余始至京師，即與詒孫善。嘗怪其才足以立事，而於仕進泊如也；學足以立言，而於論述頹如也。間與同舍，夢中數悲嘯，或摽辟而呼。余驚起問故，則垂涕而不言。叩其鄉人，乃知其父惑於所嬖，母得心疾。每欲以義理廣之，語相近，輒以他說格余。癸酉冬，自京師歸其家。余始寓書，告以君子之遭變也，在審其身之所處。鯀之殛也，禹未嘗身殉於羽淵；而匡章之行，不見絕於孟子，況未至此極者乎？使徒若焦若熬，以喪其精爽，而於身之所處，或未盡焉，非君子之所尚也。

戊寅冬十有一月，余客澄江，舍側有方池。夜夢詒孫赫然起自池中，面泥淖，瞪目無言。覺而心惡之。次年秋七月，歸金陵，得詒孫凶問，果以余見夢時死。詒孫之歸也，母癲益甚。父閉之，加束縛焉。詒孫日夜號泣而從，數歲亦得心疾，昏昏不辨人事。一夕，自投門外小溪中。

始詒孫去京師，余送之歧路間。既與儕輩登車，復返下車，執余手而號慟曰：『惟子知我，何當歸？吾與子得更相見足矣。』其後詒孫一至金陵，余適在外，竟不

得再見。余一子新殤，意殊不自得。及聞詒孫死，出門西鄉，號而哭之，不復覺子死之痛矣。

詒孫姓徐氏，諱念祖，池州青陽人，年四十有四。內行潔修，文章冠郡邑。聞其死者，知與不知，皆為流涕。其辭曰：

生常自懟兮，吾知子艱。死非其所兮，人終汝憐。仁孝之鬱兮，為惑為癲。孰使至此兮，彼蒼者天。

録自望溪文集卷十六。

劉北固哀辭

康熙四十七年秋七月，吾友北固歸自廣東。余與其弟古塘溯江候於桐，過期不至，而得凶問。嗚呼！昔吾先人與劉氏世好；以行輩，北固尊於余，而與余為兄弟交。北固生於桐，余生六合，繼而遷江寧，未相面也，而所學之趣同。稍長，朋試於有司，名必相次也。及遊四方，與士大夫往還。善於北固者，多余昵好，而嫉余者，間波及於北固。與北固居，或此唱而彼和，或辨論相持，雜以誚讓，而胸中所懷，無毫髮間隔，未嘗覺其為兩人。北固終世為羈於京師，而余往來流滯者亦十年。每愁思無聊，或中有所得，輒思見北固。計旬日中，必再三宿其寓齋。余疲疴困憊，恆先就寢，而使北固誦詩、歌、古文，臥而聽之。靜夜聲朗然，率以為常。他時客異地，歸休於家，獨居私處，未嘗不念此樂也。

北固體素強，邇年頓衰。余既東歸，再書責之，恐其負夙志而羈死於遠方，北固感焉！其遊廣東，蓋將次第為歸計，而謀所以終老者，乃不幸竟道卒。其喪之還，子選、適與古塘往迎。余以故未得偕，欲哭於其殯之次，亦未得也。因為文以攄余悲，俾其子薦告以妥靈焉。其辭曰：

謂子之歸兮，終吾生以後先。痛一言之未接兮，遂閉影於重泉。宦與學其交悔兮，命奄忽而不延。吾語子非不早兮，胡因循而致然？

録自望溪文集卷十六。

宣左人哀辭

左人與余生同郡，長而客遊同方，往還離合逾二十年，而為泛交。己丑、庚寅間，余頻至淮上，左人授徒邗江。道邗，數與語，始異之。其家在龍山，吾邑山水奇勝處也。每語余居此之樂，而自恨近六十，猶栖栖於四方。余久寓金陵，亦倦遊思還故里。遂以辛卯正月至其家，左山右湖，皋壤如沐，留連信宿，相期匝歲定居於此，而是冬十月，以南山集牽連被逮。時左人適在金陵，急余難，與二三骨肉兄弟之友相後先。在諸君子不為異，而余固未敢以望於左人也。

壬辰夏，余繫刑部，左人忽入視。問何以來？則他無所為。將歸，謂余曰：『吾附人舟車不自由。以天之道，子無恙，尋當歸。吾終待子龍山之陽矣。』及余邀寬法出獄，隸漢軍，欲附書報左人，而鄉人來言：『左人死矣！』時康熙五十二年也。

龍山地偏而俗淳，居者多壽者，左人父及伯叔父皆八九十。左人貌魁然，其神凝然，人皆曰：『當得大年。』雖左人亦自謂然，而竟止於此。余與左人相識幾三十年，而不相知；相知逾年而余及於難，又逾年而左人死，雖欲與之異地相望，而久困窮，亦不可得。此恨有終極邪？辭曰：

嗟子精爽之炯然兮！今已陰為野土。閉兩心之所期兮，永相望於終古。川原信美而可樂兮，生如避而死歸。解人世之糾纏兮，得甘寢其何悲？

録自望溪文集卷十六。

阮以南哀辭

始余兄弟應童子試，即聞阮君以南名於閭巷間。及入庠序，與君後先，時相見稠人中，而未狎也。其後余遊燕、齊，倦而歸，則先君子故交零落幾盡，而新知中惟阮先生汝咸經過最密。叩之，則君之父也。

君所居近市，曲巷小橋，逶迤而入，四面環陂塘，老屋數間，蔽翳於叢篁高柳中。入其門，如在山林之隩。方盛暑，風謖謖穿戶牖。坐有頃，必加衣。自仲夏入秋，日未旦，先君子即披衣就阮先生，夜定，然後歸，率以為常。君率妻子力作，殺雞屠狗，具肴蔬，未嘗乏絕。阮先生既歿，君於門側市藥，而授生徒於堂上。先君子旬月猶三數過君，余兄弟隨行。每至，君必散生徒，輟其所事，置酒酣嬉，終日而罷。由前之為，君以樂其親也。由後之為，則以便余兄弟之情而不肯逆也。嗚呼！君可謂順於親而篤於友者矣！

君既免喪，時謂余：『子知交在四方。朋儕多資子以餬其口，而獨遺余何也？』時余私計：先君子棲遲寡懽，惟君居近而意愜。故獨難之，以滯君之行。及先君子歿，而余及於難。又逾年而君死。追念平生遊好傾心向余，而余無纖毫之報者，莫如君。乃哭而為文以志余哀。

君諱夢鰲，江寧人，卒於康熙某年，年五十有一。余聞其喪，次年之某月日也。其辭曰：

忠養不匱，心之競也。蹇以無年，亦其命也。重施而蔑以稱，獨余之病也。

録自望溪文集卷十六。

王瑤峯哀辭

君諱宗華，字瑤峯，歙縣人。學儒，試輒擯；通醫方，恥以自名。年四十餘，以親老無養，授徒京師。康熙癸巳，余出刑部獄，供事内廷。吾母衰疾，而京師無良醫。當塗吳穎長曰：『吾友王君通醫，匿而不試；吾今與子過之。』既相見，再拜致辭。許諾。君館内城，去余居十里。余繼遷海澱，愈遼遠。君市馬，與主人要曰：『吾友母老疾，旬日中必再三往視；若難之，當辭去。』主人重君，曲聽焉。每過余，或驟雨及之，淋灕徧體。其隆冬晨至，冰霜結鬚眉，面色異常。余對之慘動，心忡忡；君言笑晏然，恐余不自克也。每歲孟夏，余役塞上，迨冬始歸，倚君如兄弟。吾母疾作，聞君至，即自寬。及將終，衆醫皆曰：『可療。』君獨曰：『疾不可為也。』

去年冬，君持所為文及詩十數篇示余，曰：『視世士何如？』余讀竟太息，謂曰：『如君之方，苟試之，必大行；有餘資，歸而市田宅，事親從兄，以竟所學，當與古之人絜高下。子何恥於為醫？』君感焉，將散生徒，僦屋市藥，事未就而死。

先卒之旬日，余夜歸。家人曰：『王先生來，自言胸中如有物，遲子不出，暮而歸。』余家僅一僕，方臥病，將俟其間使問君，而黄君際飛以書來，言君死矣。叩之，君疾作，即歸自余家之夕也。嗚呼，君視吾母之疾猶母，而君疾余不視，君死余不知，聞君之喪，竟不得一昔之期撫君之棺而哭也。余之恨於君者，有終極邪！

君鄉人袁某與際飛紀其喪，權厝某丘，而報君之兄弟使來迎。際飛亦因潁長而得交於君者。君卒於丁酉三月望後二日，年五十有二。無子。妻某氏，早卒。親老，而余不能為之謀。雖恨於君，莫可如何。其辭曰：

子之旅兮，吾與子依。子之歸兮，吾為子期。養則不遂兮，死而為羇。絕天隔地兮，此志長賫。懷文服義兮，蔽遏而不施。混俗自閉兮，行與心違。靈魂營營兮，何去而之？意氣焄蒿兮，結我涕洟。乾坤莽蕩兮，惟余汝思。千秋萬歲兮，人當汝知。

録自望溪文集卷十六。

僕王興哀辭

康熙丙申六月十八日，余在熱河，夢僕王興至自京師，視其貌，聽其聲，皆不類。詰之，則自謂『我某人也』，再三云，覺而心動。又數日，家書至，興以是日死。

興為嫂張氏家僮，歲丁卯，從至余家。性愚蒙，少慮。余嘗以事督責，退而大聲向其曹訟言余過。將扶之，既而舍之。因語家人：『是與處困約，履顛沛，當無他腸。』從余館某家，天久雨，以私錢市製屨，甚自惜，俄而失之。數月，主人家僮某著以出。余識之，命索取。復曰：『彼不告而持去，若索之，彼何所施面目，寧已也。』自余遘禍，奴僕皆散去，黠者盜財物。其尤無能者，雖勉相依，多桀驁；惟興執事如平時。

今年春二月，余晨起，怪其面目異常，疑有疾。曰：『無有也。』越三日，其女音暴死。又兼旬，遂遇疾。

興邇歲益昏憒，咫尺間不辨人言語，作事多僨。余時忿詈。河間王振聲見而止余曰：『子毋然！彼受詈，意色循循，純實人也。』余少戒，而未能盡止。自其女之死，始決意不詈，而疾遽作。念興在余家三十年，衣食未嘗適口體，患難相依，其得免余詈者，僅四月餘耳。因為哀辭，以志吾悔。其辭曰：

眾知時以集菀，汝劬躬而守枯。果違天以離愍，孰謂此其非愚？

録自望溪文集卷十六。

祭張文端公文

嗚呼我公！為國宗臣。終始一節，帝用忱恂。公如元氣，運物無跡。審機正軸，功無與匹。其志其事，異世可知。寸心耿耿，獨承恩私。

余幼泥古，孤行自尚。病俗流從，誤矯以亢。伊余先世，與公有連。眾附恐後，余避不前。北試京兆，牒過禮部。公比羣士，謂宜獨步。凡在列者，湊公稱師。余獨自外，接以常儀。謂公余棄，公心以傾。始脱文貌，喻以平生。

歲在協洽，蒼龍南御。公來長干，獲侍旅寓。謂『國得賢，如室有木。子果能駕，吾推子轂』。余謂『公已！小人有母。衰疾相依，獨身無輔』。公鑒其誠，悄然不怡。謂『子固爾，我心則違』。感公拳拳，中如有物。余豈能賢，公知恐辱。

余籍春官，由顧與陳。陳成進士，實出公門。余既南還，謁公里第。北面升堂，始正大義。公在林泉，亹亹翼翼。至忠體國，心懷宸極。私為世喜，公志未衰。孰期逾歲，遂乘東維。公自禁密，經體贊元。明農待老，人無間言。『於人無愧，在天曲全』。先儒所稱，公實應焉。在公何悲？邦國之瘁。況於知故，能無心劇？嗚呼哀哉！

録自望溪文集卷十六。

與黃玉圃同祭尹少宰文

嗚呼！高山大原，聚日星河嶽之氣，以生良才。根株已中乎繩墨，棟梁可任，而雷火為之災。是乃陰陽之錯行，實為天地之大紘。

嗚呼元孚！慨余暮年，所得士友。信道篤而務仔肩名教者，子最淳誠，而交期則未久。子自中州入副臺長，始得相見，而踰年即分手。余既南還，子歸養母。歲時通書，惟禮經是叩。

往歲仲秋，子持使節，盡屏儀從，徒步以相從。問何以然？則賢母遺命：必躬親杖屨，若睢州之於夏峯。余愧非其人，辭未得致，已稽首而扶筇。再過吾廬，上下千載，始知古人之志事，已蟠結於子之心胸。

茲孟秋望後，吾友玉圃將以監司入覲，約汎舟於北湖。前期二日，薄暮來告，茲遊宜罷，博野遽殂。行者為之心惻，而況於吾徒？降中庭而東面，三踴號而淚枯。亟相過以問故，則遘瘧寒之疾，以望前四日按臨松泖，越翼日而含珠。

玉圃再起，治在祥符，子為大府。班隨旅見，栗階以趨。子獨加禮，釋辭自下，若後進之接師儒。二司心詫，動色睢盱。玉圃南移，子適視學三吳。會其以疾在告，就視臥榻，握手踟躕。感念往事，蒿目相對，竟夕而長吁。

嗚呼元乎！子之當官，實心實政，所至而愛遺。子之在戚，居處飲食，一應於喪期。子之造士，閑邪養正，引洛、閩之綱維。而常自慙碌碌，無一事能踐高賢烈士之跡，使尚論者，千載而有餘思。余謂世有斯人，天或將降以大任，但恐歲不吾與，不獲親見其功施。孰知乃先得子之凶問，臨風而涕洟。

余困衰疾，玉圃事羼，弔唁弗躬，嗚咽馳辭！豈惟吾儕之私義，實為斯民斯道重此憂悲。子宜知之！嗚呼哀哉！尚饗！

録自望溪文集卷十六。

余石民哀辭

自余有知識，所見人士多矣，而有志於聖賢之學者無有也。蓋道之喪久矣，人紀所恃以結連者惟功利，而性命所賴以安定者惟嗜欲。一家之中未有無亂人、無逆氣者。一人之身未有無悖行、無隱慝者。吾不識周、孔復生，其尚有以轉之否與？

康熙壬辰，余與余君石民並以戴名世南山集牽連被逮。君童稚受學於戴，戴集中有與君論史事書，君未之答也。不相見者二十餘年矣。一旦禍發，君破家遘疾死獄中，而事戴禮甚恭。先卒之數日，猶日購宋儒之書，危坐尋覽。觀君之顛危而不懟其師，是能重人紀而不以功利為離合也。觀君之垂死而務學不怠，是能絕偷苟而不以嗜欲為安宅也。始吾語君：『所以處患難之道信得矣。雖然，子有老母，毋以嗜學忘憂。』君默無言，而卒以膈噎。蓋其內自苦者，人不得而識也。

君提解，傾邑父老子弟出送郭門外，皆曰：『余君乃至此！』今君破家亡身，而不得終事其母。吾恐無識者聞之，愈以守道為禍而安於邪惡也。於其喪之歸也，書以鳴吾哀。

君諱湛，字石民，生於順治某年月日，卒於康熙壬辰四月十六日。其辭曰：

履道坦兮危機伏，人禍廷兮鬼伯促。母遙思兮望子歸，子瘐死兮母不知。身雖泯兮痛無涯。天生夫人也而使至於斯！

録自集外文卷九。

附錄

方苞年譜

蘇惇元 輯

康熙七年戊申夏四月十五日，先生生於六合之留稼邨

先生姓方氏，諱苞，字鳳九，一字靈皋，老年自號望溪。學者稱望溪先生，江南安慶府桐城縣人。見本集及方氏家譜、桐城志、上元志。始祖號德益，於宋、元之際，由休寧遷桐城縣市鳳儀坊。德益生秀實，為元彰德主簿。秀實生謙，為元望亭巡檢。謙生圓，為元宣使。圓生法，明建文元年舉於鄉，為四川都司斷事。永樂初，不具賀表被逮，行至望江，自沈於江，事載明史。法生懋。懋生瓘，成化元年舉於鄉。瓘生圭。圭生絅，國子監生。絅生夢暘，為南安縣丞。夢暘生學尹，縣學生。學尹生大美。見家譜。大美字黄中，號沖含，萬曆十四年進士，官至太僕寺少卿，是為先生高祖。見桐城志及家譜。曾祖諱象乾，字廣野，號聞庵，明恩貢生，官按察司副使，備兵嶺西左江。明季避寇亂，僑居江寧府上元縣由正街，後移居土街。見桐城志及本集、家譜。祖諱幟，字漢樹，號馬溪，歲貢生。有文名，官蕪湖縣學訓導，遷興化縣學教諭。見桐城志及家譜。父仲舒，字南董，號逸巢，國子監生。好讀書，胸無畦畛。與黄岡杜于皇睿，杜蒼略岕，同里錢飲光澄之，族祖畬山文諸先生唱和，所作詩三千餘首，以遺逸名。見桐城志及本集、沈廷芳所撰傳、家譜。前母姚氏。母吴氏，紹興府同知諱勉之女。吴公，莆田人，寓居六合留稼邨，逸巢公贅焉。見同知紹興府事吴公墓表。兄舟，字百川，長先生三歲，寄上元縣籍稟貢生。性孝友好學，以制舉文名天下。又善古文，而自以為不足，疾革時，自焚其稿。早世，年三十七。後崇祀鄉賢祠。見兄百川墓誌及四君子傳、刻兄百川遺文書後、縣誌、家譜。弟林，字椒塗，亦孝友好學，善時文，早夭，年二十一。見弟椒塗墓誌及家譜。

十年辛亥，先生年四歲

父嘗雞鳴起，值大霧，以『雞聲隔霧』命對，先生即應曰：『龍氣成雲。』見雷鋐所撰行狀及沈傳。

十一年壬子，先生年五歲

父口授經文章句。見台拱岡墓碣。

十二年癸丑，先生年六歲

隨父自六合歸上元。見吳處士妻傅氏墓表。

十三年甲寅，先生年七歲

祖有舊板史記，父固藏篋中。兄百川時年十歲。百川偕先生俟父出，輒啟篋而潛觀之，故先生所得於史記者，多百川發其端緒云。見從弟辛元評書史記十表後。

十六年丁巳，先生年十歲

從兄百川讀經書、古文。家貧甚，冬無絮衣，旬月中屢不再食，益厲學。其後兄為講經書注疏大全，擇其是，辨其疑；相與博究經、史、百氏之書，更相勖以孝弟。見先母行略、兄百川墓誌、與呂宗華書及雷狀、沈傳。

始作時文，前輩一見輒異之。見杜蒼略評讀孟子。

十七年戊午，先生年十一歲

兄百川往蕪湖，侍大父學署。太公課先生及弟椒塗誦讀甚嚴。先生嘗曰：『五歲吾父課章句，稍長治經書、古文，吾父口授指畫焉。』見台拱岡墓碣及百川墓誌。先生未成童，易、詩、書、禮記、左傳皆已能背誦。見程崟儀禮析疑序。

二十二年癸亥，先生年十六歲

隨兄百川求友閭巷間，交同里劉古塘捷。見劉古塘墓誌。

二十五年丙寅，先生年十九歲

交高淳張彝歎自超。見四君子傳序。

太公攜歸安慶應試，交宿松朱字綠書，同里劉北固輝祖。見朱字綠墓表及四君子傳。過樅陽，宿草舍。晨光始通，錢飲光先生扶杖叩門而入。太公驚問，錢先生曰：『聞君有二子，皆吾輩人，欲一視所祈嚮，恐交臂而失之。』太公呼先生出拜，錢先生答拜；太公跪而相支拄，為不寧者久之。見田閒先生墓表。先生嘗曰：『苞童時，侍先君子與錢、杜諸先生以詩相唱和，慕其鏗鏘，欲竊效焉。先君子戒曰：「毋以為也！是雖小道，非盡心以終世，不能企其成，而耗少壯有用之心力，非躬自薄乎？」苞用是遂絕意於詩。』見鳶青山人詩序。

二十六年丁卯，先生年二十歲

循覽五經注疏大全，以諸色筆別之，用功少者亦三四周。其後崑山刻通志堂宋元經解出，先生句節字劃，凡三次芟薙，取其粹言而會通之，二十餘年始畢。唐、宋以來詁經之書，未有聞而不求，得而不觀者；偶舉一節，前儒訓釋，一一了然於心，然後究極經文所以云之意，而以義理折中焉。年三十以前，有讀尚書偶筆、讀易偶筆、朱子詩義補正。見與呂宗華書及程崟所撰儀禮析疑序。

秋七月，丁大父憂。

二十八年己巳，先生年二十二歲

夏四月，歲試第一，補桐城縣學弟子員，受知於學使宛平高公素侯諱裔。七月，公招入使院。先生素不好作時文，後此皆高公敦率之。見書高素侯先生手札後及姚薑塢筆記。

二十九年庚午，先生年二十三歲

春三月四日，弟椒塗卒。

秋，應鄉試。房考將樂廖公蓮山諱騰煃。新鄉暢公素庵諱泰兆。得先生文，大異之，交論力薦，不售。見給事中暢公墓表。

冬十一月，娶夫人蔡氏。先是先生以弟椒塗卒，服未終，不娶妻；父母趣之，始娶。禮齊衰期，三月不御內。時七閱月，計已過時，先生猶不忍成婚，入室而異寢者旬餘。族姻大駭，物議紛然。先生乃勉成婚，畢生恨之。見與兄子道希兄弟書。

三十年辛未，先生年二十四歲

作讀孟子文，杜蒼略先生見之，評曰：『前儒所未發，卻婦人小子所共知。方郎十歲，初為時文，先兄即勸以何不舍此而發憤著書？不意十五年後，所造至此。』見本集。

秋，從高公素侯如京師，館於高公所。見書高素侯先生手札後。

交宛平王崑繩源，無錫劉言潔齊，青陽徐詒孫念祖。見四君子傳。

遊太學。安溪李文貞公諱光地，見先生文，歎曰：『韓、歐復出，北宋後無此作也。』長洲韓文懿公諱菼，以文名海內，見先生文，至欲自毀其稿。評先生文曰：『廬陵無此深厚，南豐無此雄直，豈非昌黎後一人乎！』當是時，巨公貴人方以收召後學為務，天下士集京師，投謁無虛日。公卿爭相汲引，先生非先焉不往，於是益見重諸公間。見沈傳及韓公評語、家譜。

一意為經學。先生入都，萬季野先生名斯同，獨降齒德與之交。季野告之曰：『子於古文，信有得矣，然願子勿溺也！唐、宋號為文家者八人，其於道粗有明者，韓愈氏而止耳。其餘則資學者以愛玩而已，於世非果有益也。』先生於是輟古文之學，一意求經義焉。見萬季野墓表。

始讀宋儒書。先生嘗與劉拙修書曰：『僕少所交，多楚、越遺民，重文藻，喜事功，視宋儒為腐爛；用此年二十，目未嘗涉宋儒書。及至京師，交言潔與吾兄，勸以講索，始寓目，乃深嗜而力探焉。二十年來，於先儒解經之書，自元以前，所見者十七八。然後知生乎宋五子之前者，其窮理之學，未有如五子者也。生乎五子之後者，推其緒而廣之，乃稍有得焉；其背而馳者，皆妄鑿牆垣而殖蓬蒿，乃學之蠹也。』見本集。

三十一年壬申，先生年二十五歲

作高素侯先生壽序，舉蘇老泉上富鄭公書為壽，懼公循致高位，而碌碌無所成。高公揭先生文於壁，觀者皆駭，多相戲曰：『碌碌無成，至為門生姍笑。』先生請撤之，公曰：『吾正欲使諸公一聞天下之正議也。』見壽序及書高公手札後。

姜西溟先生名宸英。見先生文，乃曰：『此人，吾輩當讓之出一頭地者也。』見全紹衣祖望所撰神道碑及姜與王崑繩書。先生與姜西溟、王崑繩論行身祈嚮。先生曰：『學行繼程朱之後，文章在韓歐之間。』見王兆符所撰文集序。

三十二年癸酉，先生年二十六歲

授經涿州。見書歲寒章四義後。

三十三年甲戌，先生年二十七歲

秋，應順天鄉試，不售。見送吳東巖序。

三十四年乙亥，先生年二十八歲

館涿州滕氏，疾屢阽危。見教忠祠祭田條目序。

三十五年丙子，先生年二十九歲

復至京師。見陳馭虛墓表。

居京師，館於汪氏。王兆符來從學。見查詹事墓表及王生墓誌。

交同里左未生待。未生乃忠毅公之孫也。見左未生墓誌。

作讀周官文。姜西溟見之，評曰：『余近四十，始遊諸經之樊。方子未三十，而所學造此。讀之，眼明心開，已而汗下。』見本集。

秋，試順天，報罷，擬不復應舉。見高素侯大理手札。

冬，南歸。見吳處士妻墓表。

三十六年丁丑，先生年三十歲

授經寶應喬氏。見喬紫淵詩序。

三十七年戊寅，先生年三十一歲

館寶應。冬，學使溢陽張公樸園諱榕端，招至使院。見贈魏方甸序。高公素侯以書督應鄉試。見書高素侯先生手札後。

三十八年己卯，先生年三十二歲

舉江南鄉試第一，主考為韓城張公景峯，諱廷樞。太原姜公崑麓，諱橚。房考為□□宗公□□。見張公逸事及吏部侍郎姜公墓表。

三十九年庚辰，先生年三十三歲

春正月，如京師，試禮部，不第。夏四月，南歸。見兄百川墓誌。

秋七月，兄百川自安慶歸，疾遂篤。見兄百川墓誌。

四十年辛巳，先生年三十四歲

冬十月二十一日，兄百川卒。百川疾逾年；先生常雞鳴時起視，治藥物以進。見妻蔡氏哀辭。及兄卒，執喪過禮，過期猶不復寢。父曰：『親親有殺，與父在為母無別矣。』先生自是殫心於所以制禮之義，有得，則以教諸子。見兄子道希喪禮或問跋。

四十一年壬午，先生年三十五歲

春正月三十日，長子道章生，側室楊氏出。見家譜。

三月，葬兄百川、弟椒塗，各為墓誌銘。其後以陰流入壙，起攢。見兄百川墓誌。

四十二年癸未，先生年三十六歲

春，至京師，再試禮部，不第。交蠡縣李剛主塨，聚王崑繩寓，與剛主論格物。見李剛主恕谷後集。

四十三年甲申，先生年三十七歲

秋七月，移居由正街故宅之將園。先是副使公遷上元，始居於此。其後定居土街，宅出質，園無主，遂盡毀。先生因太公年老，不能出遊，乃謀復是宅，至是入居。修葺浚築，有高樹清池蔬圃，太公日召故人歡飲其間。太公歿後，又構堂室，奉太夫人居之。每飯後，先生扶太夫人循廡觀僕婢蒔花灌畦；或立池上觀月出，而名之曰將園，取詩人『將父將母』之義也。見將園記。

四十五年丙戌，先生年三十九歲

春至京師，遇李剛主於八里莊，再論格物不合。見恕谷後集。

應禮部試，成進士第四名。總裁為大興李公山公，諱錄予。溧陽彭公竹如，諱會淇。房考為江都顧公書宣，諱圖河。屆殿試，朝論翕然，推為第一人，而先生聞母疾遽歸，李文貞公馳使留之不得。見雷狀、沈傳、家譜。

過揚州，有鹽商吳某求定明歲教其子，以百金為贄；及抵江南，總督、藩、臬公延先生主講義學。先生乃返吳贄。吳曰：『非先生辭我，勢不能也。贄者，見也。已見何返？』先生不可，三往返，卒還之。見恕谷後集。

秋七月三日，夫人蔡氏卒，作哀詞。見本集。夫人歿後，薦紳慕先生名，競聯姻。相國熊文端公諱賜履，欲妻以女，先生謝之。又有鄭總兵，家巨富，欲妻之女，願以萬金助妝奩，使可贍九族三黨之餽問者。先生峻辭之。熊尚書一瀟，其子本為先生同年進士。密謂先生曰：『鄙人有妹，家君願使侍箕帚。』先生曰：『盛意感甚！惟苞家法，亡妻偕娣姒日夙興，精五飯酒漿，奉卮匜二親左右。令妹能乎？』本咋舌無以應。見恕谷後集。

四十六年丁亥，先生年四十歲

歸桐城省墓。見己亥四月示道希兄弟。秋□月，繼室徐氏夫人歸。夫人上元人，内閣中書時敏之女。見家譜。

冬十月四日，父卒。先生以母老疾，酌禮經築室宅之西偏以奉事焉，而不入中門。見劉古塘所撰喪禮或問序。

四十七年戊子，先生年四十一歲

冬歸桐城省墓，便入龍眠山。見左仁傳及書公祭先母文後。

四十八年己丑，先生年四十二歲

歸桐城省墓，便至浮山。見再至浮山記。

五十年辛卯，先生年四十四歲

是年以後，潛心三禮，因以貫徹諸經。見王兆符評語。

冬十一月，以南山集牽連，赴詔獄。是時，左都御史趙公申喬劾編修戴名世所著南山集，語多狂悖。先生以集序列名，牽連被逮，下江寧縣獄；旋解至京師，下刑部獄。其序文實非先生作也。見本傳及結感錄、恕谷後集。

五十一年壬辰，先生年四十五歲

在獄中切究陳氏禮記集說，著禮記析疑。其序曰：略，見本集。方爰書上時，同繫者皆惶懼，先生閱禮經自若。同系者厭之，投其書於地，曰：『命在須臾矣！』先生曰：『朝聞道，夕死可也。』見沈傳及顧用方所撰周官辨序。

金壇王篛林澍間日入獄視先生，解衣般礴，諮經諏史，旁若無人。同繫者或諷曰：『君縱忘此地為圜土，身負死刑，奈旁觀姍笑何？』見送王篛林南歸序。

著喪禮或問。其後劉古塘為之序，稱其於先王制禮之意，有灼知曲盡而非傳、注所能及者，撥人心昏蔽而起其善端，莫近於是書。初先生居喪准禮，里中戚友有感而相倣傚者。古塘刊是書示朋友生徒，而江介服行者又漸多也。見古塘序及兄子道希跋。

五十二年癸巳，先生年四十六歲

春二月獄決。先生蒙恩寬宥免治，出獄隸籍漢軍。先是獄具論死。聖祖矜疑，李文貞公亦力救之，獄詞五上五折本，至是章始下。聖祖素知先生文學，三月二十三日，硃書：『戴名世案内方苞學問，天下莫不聞。下武英殿總管和素。』翼日，召入南書房，命撰湖南洞苗歸化碑文；越日，命著黃鐘為萬事根本論；越日，命作時和年豐慶祝賦。每奏進，聖祖輒嘉賞再三，曰：『此即翰林中老輩兼旬就之，不能過也。』命以白衣入直南書房。見本傳、沈傳、兩朝聖恩恭紀。

遣人迎母至京寓侍養。見留保所撰名臣言行錄。

秋八月，移直蒙養齋，編校樂、律、曆、算諸書。先生與渾渚徐公蝶園諱元夢，承修樂律。

聖祖命與諸皇子遊，自誠親王以下，皆呼之曰先生。時誠親王為監修；王性嚴，承事者多獲訶責；先生侃侃不阿，遇事持正爭執。王敬之，乃延為王子師。先生置王子座東向，己南面坐，始就講。見本傳、雷狀、沈傳、全碑及兵部尚書法公墓表。先生雖不與朝政，而密勿機務，多得聞之。是時李文貞公在閣，徐公蝶園尋以總憲兼院長，皆傾倒於先生；先生時時以所見敷陳，某事當行，某事當去，其說多見施行。先生苦口直言，不自知其數；雖不能盡從，而二公能容之。欲薦先生，則辭曰：『某本罪臣，不死已為非望，公休矣！但有所見，必為公言之，倘得行，則拜賜多矣。』見全碑。

周官辨成。先生在館中，徐公蝶園及混同顧公用方諱琮，時就問周官疑義，先生詳為辨析。遇館中後生，則為講喪服，聞而持行者數人。顧公與河間王振聲謂：『筆之書，然後可久存。』先生乃出其在獄所作喪禮或問。又為周官辨，浹月而成。見顧用方所撰周官辨序。其自序曰：略，見本集。

五十四年乙未，先生年四十八歲

春，刪定容城孫徵君年譜，書成，序之；尋作徵君傳。

冬十二月九日，母卒。先是疾篤，聖祖加恩，賜醫診視。見示道希兄弟。

五十五年丙申，先生年四十九歲

冬，春秋通論成。先生自癸巳後，供事書局，公事之暇，輒致力於春秋、周官，前後幾三十年。見程崟撰儀禮析疑序。先生在書局，徐公蝶園日請先生講春秋疑義，每舉一事，先生必數全經，比類以析其義。顧公用方與二三君子謂：『非筆之於書，則口所傳能幾？且所傳者，遂能一一不失其指意乎？』屢敦促，始成此書。其自序曰：略，見本集。徐公每語人曰：『自程朱而後，未見此等經訓，他日必列於學官。』見顧用方撰本書序。

五十六年丁酉，先生年五十歲

秋，作四君子傳。其序略曰：略，見本集。春秋直解成。其序曰：略，見本集。

五十七年戊戌，先生年五十一歲

春二月，命兄子道希、道永權葬父逸巢公、母吳夫人於上元南都。季高按：『南都』據台拱岡墓碣，應作『南鄙』。石背之台拱岡。見台拱岡墓碣。

命長子道章就學於李剛主。見李伯子哀詞。

五十八年己亥，先生年五十二歲

夏四月，遇疾自危，作書示兄子道希字師範。兄弟：定祭禮，擬置祭田，定教家之法。見教忠祠祭田條目序。

五十九年庚子，先生年五十三歲

冬十一月，周官集註成。其序曰：略，見本集。

十二月二日，幼子道興生，側室楊氏出。見家譜。

六十年辛丑，先生年五十四歲

周官析疑成。其序曰：略，見本集。

冬十一月，聞李剛主長子習仁夭，乃作書與之。略，見本集。初先生與王崑繩論學，崑繩不信程朱，盡發其失，且曰：『使百世以下，聰明傑魁之士沈溺於無用之學而不返，是即程朱之罪也。』先生曰：『子毋視程朱為氣息奄奄人！觀朱子上孝宗書，雖晚明楊、左之直節，無以過也；其備荒浙東，安撫荆湖，西漢趙、張之吏治，無以過也；而世不以此稱者，以道德崇閎，稱此轉渺乎其小耳。』崑繩聞先生言，終其身口未嘗非程朱。其後先生出刑部獄，剛主來唁。先生以語崑繩者語之，剛主立起自責，取不滿程朱語載經說中已鐫板者，削之過半。先生因舉顏習齋存治、存學二編未愜心者告之，剛主隨即為更定。至是先生復作此書與之。見李剛主墓誌。

六十一年壬寅，先生年五十五歲

夏四月，扈蹕熱河。六月，奉命回京，充武殿修書總裁。見兩朝聖恩恭紀及本傳。

雍正元年癸卯，先生年五十六歲

以世宗嗣位，覃恩赦歸原籍。見本傳。先是滇遊紀聞案，先生近支族人皆隸漢軍，至是肆赦。上曰：『朕以方苞故，赦其合族，苞功德不細。』先生聞命，驚怖感泣，涕泗交頤。見本傳、雷狀、沈傳。

秋八月，宛平門人王兆符為敘次文集。見集序。高安朱文端公諱軾，來定交，志同道合，無與比者。見敘交。

二年甲辰，先生年五十七歲

春二月，請假歸葬親，蒙恩給假一年。五月十三日，抵上元，越翼日展墓。初歸，以卜兆未定，不即私室，寓居北山僧舍中，葬畢乃返。見台拱岡墓碣、清涼寺記、沈傳。

六月丁酉，視台拱岡父母墓穴，負土定封。見台拱岡墓碣。

七月，作台拱岡墓碣。

八月，歸桐城，奉大父柩至上元，且省在桐各先墓；便過浮山，時左未生已故，弔其子秀起。見再至浮山記。

作書示道希兄弟，訓教家法。作大父馬溪府君墓誌。

三年乙巳，先生年五十八歲

春三月二十四日，還京。召見，上憐弱足，命二內侍扶翼至養心殿； 顧視訓慰者久之，有『先帝持法，朕原情，汝老學，當知此義』之諭。並賜茶芽二器。見聖訓恭紀及本傳。命仍充武英殿總裁。尋欲用為司業，先生以老病力辭。見全碑。

六年戊申，先生年六十一歲

冬，仁和沈廷芳來受業。先生曰：『師所以傳道授業解惑，生欲登吾門，當以治經為務！』廷芳謹受教。先生以所著喪禮或問授之，曰：『喪、祭二禮，事親根本；世罕習者，生其研於斯！』見沈廷芳所撰先生傳書後。

七年己酉，先生年六十二歲

夏四月，作書示兄子道希： 葬兄百川，必遵遺命與弟椒塗同丘。道希得札，從命葬於蔣甸； 大父司諭公居中，百川、椒塗同封居右，嫂張氏及夫人蔡氏同封居左。見示道希書並跋。其後復以陰流入壙，俱遷葬。見熊偕呂、余東木時文序。司諭公遷葬江甯縣石潭菖蒲山。見家譜。

八年庚戌，先生年六十三歲

是年，議開博學鴻辭科。尋詔三品以上諸臣各舉學與行兼者。諸公問先生以所舉，先生以執友南昌龔孝水纓、歙縣余西麓華瑞、遊好之久者嘉善柯南陔煜、淳安方文輈桑如四人應之。見送余西麓序。

安溪官獻瑤來受業。見官獻瑤所撰讀經史文序。

寧化雷鋐見先生於漳浦蔡文勤公諱世遠之齋。文勤即命受業於先生，先生固辭，而答以儕輩之稱者三四年，後始受而不辭。見送雷惕廬歸閩序。

秋，疾作，命諸子曰：『如我歿，斂時須袒右臂。昔余弟椒塗疾革時，余因異疾，醫者令出避野寺。弟卒，弗獲視含斂，心常悔之，以此自罰也。』見七思注及沈傳。

九年辛亥，先生年六十四歲

授詹事府左春坊左中允。見本傳。

與常熟蔣文肅諱廷錫、桐城張文和諱廷玉兩相國論征澤望事宜書。

十年壬子，先生年六十五歲

與西林鄂文端諱爾泰、桐城張文和兩相國書，論制準噶爾澤望事宜，凡十二條。西師征討多年，至是復猖獗。先生之意，欲為嚴軍屯守，撫士蓄力，以待可勝之虜；勿為輕舉深入，以邀難必之功。厥後鄂公奉命馳往軍前，傳諭大將軍；旋於十二月，奏請邊地屯田事宜五條，其間多採先生之論，奉詔從之。見文集及東華錄、惜抱軒集。

夏五月，遷翰林院侍講。見本傳。

秋七月，遷翰林院侍講學士。見本傳。

九月，長子道章舉順天鄉試。見家譜及桐城志。

冬十二月，興縣孫文定公諱嘉淦，以刑部侍郎為順天府尹兼祭酒，劾挺不為親王所喜；有自朱邸來，屬先生急奏劾之，當即以代孫公。先生拒不可。其人以禍怵之，先生以死力辭。不日，竟有劾孫公婪贓，孫公下獄。先生謂鄂文端公曰：『孫侍郎以非罪死，公復何顏坐中書？』於是鄂公以百口保之，孫公遂得免。見全碑及雷鋐鄂公逸事。

十一年癸丑，先生年六十六歲

春三月，奉果親王教：約選兩漢及唐、宋八家古文，刊授成均諸生。其後於乾隆初詔頒各學官。見本書並學政全書。

夏四月，擢內閣學士兼禮部侍郎，先生以足疾辭。命仍專司書局，不必辦理內閣事務，有大議，即家上之。先生不能隨班趨直，俱荷矜容。先生感激流涕，以為不世之恩，當思所以不世之報。然自是益不諧於眾矣。見本傳、全碑及謝授禮部侍郎劄子。

六月，教習庶吉士。見本傳。

秋八月，充一統志館總裁。見本傳。奉命校訂春秋日講。見顧用方春秋通論序。

十三年乙卯，先生年六十八歲

春正月，充皇清文穎館副總裁。見本傳。

秋九月高宗嗣位，有意大用先生。時高宗方欲追踐古禮，議行三年之喪，特下詔命羣臣詳稽典禮。王、大臣令禮部尚書景州魏公廷珍偕先生擬議。魏公與先生為金石交，以諮先生。先生因欲復古人以次變除之制，隨時降殺，定為程式，乃作喪禮議。其略曰：略，見本集。魏公上其議，大臣有不便者，遂格不行。見全碑、江寧志。先生時領武英殿修書事，請於親王，就直廬持服，未再期，先生不出焉。見尹元孚墓誌。先生所教習庶吉士，二十七日内，齋宿館舍，無敢飲酒食肉者，他部院未嘗有也。見汪師韓跋教忠祠禁及家譜。

冬十一月，上請定徵收地丁銀兩之期疏，其略曰：略，見本集。又上請定常平倉穀糶糴之法疏，其略曰：略，見本集。又上請復河南漕運舊制疏，其略曰：略，見本集。三疏俱下部議行。見本傳及奏議。

乾隆元年丙辰，先生年六十九歲

春，命再入南書房。見本傳、雷狀、沈傳。

三月，上請備荒政兼修地治疏，其略曰：略，見本集。

夏六月，上憐先生老病，命太醫時往診視。見本傳。

上以先生工於時文，命選有明及本朝諸大家四書制義數百篇，頒布天下，以為舉業準的。見本集。

充三禮義疏館副總裁。見本傳。乃上擬定纂修條例疏，曰：略，見本集。又奏請出祕府永樂大典，錄取宋、元人經說。俱從之。見奏議及程崟儀禮析疑序。

秋七月，删定管子、荀子成。是二書，先生少時嘗删錄，兹復審定而序之。見本序。

冬，上請定經制疏。其略曰：略，見本集。

二年丁巳，先生年七十歲

夏六月，擢禮部右侍郎。先生仍以足疾辭，詔免隨班趨走，許數日一赴部，平決大事。先生雖不甚入部，而時奉獨對；大除授並大政往往諮先生，先生多密陳，於是盈廷側目矣。見本傳、全碑。

上請矯除積習興起人材疏。其略曰：略，見本集。

秋七月，教習庶吉士。見本傳。先生嘗慮辭章聲律，未足以陶鑄人材，轉跼其志氣，使日趨於卑小。欲仿朱子學校貢舉議，分詩、書、易、春秋、三禮爲三科，而以通鑑、通考、大學衍義附之。詩、書、易附以大學衍義；春秋附以通鑑綱目；三禮附以文獻通考。以疑義課試。當路者多謂迂遠；惟高安朱文端公、江陰楊文定公諱名時所見相同，亦以違眾難行止之。先生猶欲發其端，乃上請定庶吉士館課及散館則例疏。其略曰：略，見本集。疏下諸臣議，格不行。見贈石仲子序及奏議。先生館課，不尚詩賦工麗，務覘人學識根柢；經刮目者，多克以名節自立，祁陽陳可齋相國名大受，字占咸。其一也。見雷氏聞見錄。

九月，疏陳九卿會議二事：一，九卿中有異議者，宜並列上聞，以俟聖裁。一，詹事、科道宜仍與九卿會議，所議不符，亦隨九卿議並奏。疏下總理事務王、大臣等議，駁不行。見本傳。

上請定孔氏家廟補祀先聖前母施氏祀典疏，又上請以湯公斌從祀孔廟熊公賜履郭公琇入賢良祠疏，皆格於廷議。見本傳及雷狀、全碑。

十二月，復以老病請解侍郎任，詔許之；仍帶原銜，食俸，教習庶吉士。見本傳。先是河督某夙與先生善，既而違眾議，開毛城鋪。臺、省二臣爭之，言其不便，坐下獄。先生言於徐公蝶園，為上言：『不當以言罪諫官。』上即日釋之。先生獨具疏陳河督之愎；河督大恨，亦思傾先生。禮部薦一貲郎入曹，親王蒞部已許之，先生以故事：禮部必用甲科，不肯平署。會新拜泰安為輔臣，起河間魏尚書為總憲。忌者爭相告曰：『是皆方侍郎所為，若不共排之，將吾輩無地可置身矣！』自是凡先生所奏疏，下六部九卿議，皆合口梗之。河督亦劾先生，禮部中又有挺身與先生為難者。先生自知孤立，乃密陳其狀，且以病為請焉。見全碑。

三年戊午，先生年七十一歲

冬，過遵化州，訪廌青山人李鍇，未遇。廌青山以詩投之。見李山人詩集序及廌青集。

四年己未，先生年七十二歲

春二月，詔重刊十三經、廿二史。先生充經史館總裁，乃疏請勅內府、內閣藏書處篇檢舊本，諭王、大臣及在京各官家藏舊本，並勅江南、浙江、江西、湖廣、福建五省督、撫購送舊本，詳校改正。又前侍講學士何焯曾博訪宋版，正前後漢書、三國志遺訛。請勅就其家索原書，照式改注別本，其原本給還。從之。見本傳。

夏四月，四書制義選成，奉表以進，命頒行天下。見本書。

五月，庶吉士散館，先生補請後到者考試。忌者劾之，謂有所私。遂落職。命仍在三禮館修書。見本傳、雷狀、沈傳、全碑。先生罷職，謂沈庭芳曰：『老生以迂戇獲戾，宜也。吾兒道章數以此諫，然吾受恩重，敢自安容悅哉？』見沈廷芳記先生傳後。先是丁巳秋，朱文端公疾革，謂先生曰：『子性剛而言直，吾前於衆中規子：謂「子幸衰疾支離，於世無求，假而年減一紀，尚有國武子之禍。」欲諸公諒子之無他，而不以世情相擬耳！賓實楊文定字既歿，吾病不支，子其懼哉！』及今忌者媒孽，文端已先見之矣。見敘交。上意終思先生，屢顧左右大臣言：『方苞惟天性執拗，自是而非人，其設心固無他也。』見雷狀。一日，吏部推用祭酒，上沈吟曰：『是官應使方苞為之，方稱其任。』而旁無應者。見全碑。

六年辛酉，先生年七十四歲

春正月十八日，兄子道希卒。作墓誌。見道希墓誌。

夏四月，作七思，感傷兄百川、弟椒塗、伯姊、仲姊、三姊、妻蔡氏、兄子道希也。見本集。

冬，周官義疏纂成，進之；上留覽兼旬，命發刻，一無所更。見雷狀、沈傳。

七年壬戌，先生年七十五歲

春，先生以年近八旬，時患疾痛，乞解書局，回籍調理；上許之，賜翰林院侍講銜。四月，出都歸里，杜門著書，不接賓客；江南總督尹文端公諱繼善，踵門求見者三，皆以疾辭。見本傳、沈傳、全碑。

重為司諭公及百川、椒塗卜兆。先是再卜葬，再以陰流入壙起攢。先生歸後，急求兆域，不以高年自寬，野處誠求，連歲而後成事。見熊偕呂、余東木時文序及方扶南詩集。

同武進楊農先椿考訂輯補湯文正公年譜，十月成，序之。

始營建教忠祠於清涼山麓，並將己所置田盡捐為祭田，祀遷桐五世祖斷事公，以公殉節，故祠名教忠。其側又建太僕公小宗祠，歲時率族人致祭。其祭田經費贏餘，則以周子孫窶艱嫁娶喪葬不能自舉者。定祭禮，作祠規、祠禁及祭田條目以示後人。略。見本集及家譜。先生嘗曰：『祭田乃余為諸生、為鄉貢士時，陸續購置，服官後，未增一畝也。』見與陳占咸尺牘。

八年癸亥，先生年七十六歲

秋八月，尋醫浙東，因作天姥、雁蕩之遊，為文記之。從行者為鮑甥孔巡。見記文。

九年甲子，先生年七十七歲

秋九月，長孫超舉江南鄉試。見家譜及桐城志。超系道章長子。

十年乙丑，先生年七十八歲

夏六月，洛陽李餘三學裕來謁，時為安徽布政使，未受印，屏騶從，造北山，奓戶而入，執弟子禮，曰：『固知先生避客之深也；自獲見於先生，始知所以為人之道。備官中外幾二十年，自省尚無負於君國，無慚於吏民，皆先生之教也。所懼民隱壅蔽，有過不自知。今適在先生之鄉，故甫入城，未受印篆而願聞緒論，望先生知無不言。』見李公墓誌。

十一年丙寅，先生年七十九歲

冬十一月，歙縣門人程崟始為編刻文集。見集序。

十二年丁卯，先生年八十歲

秋八月，博野尹元孚會一來受業。時元孚視學江南，蒞江寧。待諸生入闈，乃徒步，操几席杖屨，造清涼山下潭亭，執弟子禮，北面再拜，曰：『曩在京師，母命依門牆，先生固執不宜使眾駭遽。今里居無嫌，且身未及門，心為弟子久矣。蒙授喪禮或問，吾母之終，寢處、食飲、言語，得無大悖，成身之德，豈有既乎？』先生辭不獲。越日，元孚又獨來；先生畏人疑詫，乃掃墓繁昌，入九華山避之。見尹元孚墓誌。

十三年戊辰，先生年八十一歲

十月十六日，長子道章卒。見家譜及全碑。

十四年己巳，先生年八十二歲

秋七月，儀禮析疑成。先生以此經少苦難讀，未經倍誦，恐不能比類以盡其義。又世所傳，惟注疏及敖繼公集說二書。其永樂大典中，宋、元人解說十餘種，皆膚淺無足觀。國朝惟張稷若、李耜卿各有刪定注疏，間附己意，發明甚少。先生大懼是經精蘊未盡開闡，而閉晦以終古。故七十以後，晨興，必端坐誦經文，設為身履其地，即其事，而求昔聖人所以制為此禮，設為此儀之意，雖臥病猶仰而思焉。有心得，乃稍稍筆記，十餘年來已九治；猶自謂積疑未祛，乃十治，早夜勤劬，迄今始成。見程崟序及劉大櫆祭文、雷狀、沈傳。

八月十八日甲午，先生卒於上元里第。疾革，數舉右手以示子孫，蓋以弟椒塗亡時抱歉，嘗戒子以斂時必袒右臂。子孫遂遵遺命以斂焉。見雷狀、沈傳。

先生貌怯瘦，身長，面微有痘斑，目光視人如電，膽弱者當之，輒心悸不能語。見熊寶泰謁先生祠堂記。為人敦厚，生平言動必准禮法；事父至孝，父嘗曰：『吾體未痛，二子已覺之；吾心未動，二子已知之。』其先意承志如此。見潛虛集、百川傳。事母尤孝，年四十餘，宛轉膝下如嬰兒。辛卯，以南山集案，逮赴詔獄。時母老疾多悸，先生偕縣令蘇君壎入見母，言：『安溪李公薦入內廷校勘，不得頃刻留。』拜辭出，即下獄。及癸巳事定，迎養北上，先生已召直南書房，居賜第，故太夫人至京，竟不知其事。見祭田條目及結感錄、道希墓誌、家譜。與兄百川、弟椒塗相友愛，不忍違離；百川約曰：『吾兄弟三人，異日當共葬一，不得以妻附。』見示道希。其後葬先生於江寧縣建業三圖沙場村龍塘辰戌兼巽乾向，與兄百川、弟椒塗同丘。見家譜。先生每遭期功喪，皆率子姓准古禮宿外寢。見祠禁。先生痛兄高才不壽，後得任子恩，請授兄子道永。見沈傳。居家有客至，必令子弟奉茶，侍立左右。或宴會，則行酒獻肴，俾知長幼之節。見魏舒叔評沈廷芳所撰傳。每遇己生辰，必避居郊原野寺，不受子孫觴酌。祭田羨餘，以贍合族生徒；饋遺，輒予姻族之窶者。見沈傳。生平於貨財不苟受；金陵有王生執金為贄求教，介某姻來，先生以金即贈某姻。已而王生卒，先生曰：『教未及，安受其贄？』因自出金如其數，使人奠而不使某姻知也。又有某富人家資百萬，遭喪，延先生點主，以百金為壽。先生曰：『吾豈可屈膝於守財者墓耶？』嚴卻不應。見恕谷後集。先生自視常若下於恆人。見隸圉藏獲愛親敬長一事一言之善，輒反躬自責，愧不能行。有以過規，則誠心以為德。見張文和澄懷園集。長洲何屺瞻言古文推錢牧齋，與先生論不合。屺瞻好詆人短，朋游多苦之。先生獨喜聞其言，用以檢身。時置所著文於朱字綠所，使背面發其瑕疵；先生嘗嘆曰：『如斯人，未可多得也。』見讀管子文自記。先生與朋友，責善亦甚嚴，當其盡言無隱，多人所難受。故雖與昵好者，亦竊病其迂。見澄懷園集。先生自為諸生，名輒動京師，雖在難時，王公皆嚴憚之。性剛直，好面折人過，交遊中宦既遂，必以吏疵民瘼、政教得失相責難。由是諸公頗厭苦之。見雷狀。惟朱文端公篤信先生言，先生所知見，壹為公盡言之。見敘交。與諸大臣言，常以天下之公義、古賢之大節相砥淬，而未嘗一及於私。見澄懷園集。李文貞公以直撫入相，先生叩之曰：『自入國朝，以科目躋茲位者凡幾？』公屈指，得五十餘人。先生曰：『甫六十年而已得五十餘人，則其不足重也明矣。望公更求其可重者！』時景州魏公君璧在側，退而曰：『斯人吾未前見，無怪乎見者皆不樂聞其言也。』見與陳占咸尺牘。先生幼聰穎，好讀書，而尤篤嗜經學。其為學，不喜觀雜書，以為徒費目力，玩物喪志，而無所得。見留撰言行錄及沈傳書後。論學一以宋儒為宗，說經之書，大抵推衍宋儒之學而多心得，名物訓詁皆所略云。見江寧府志。耄期猶嗜學，日有課程，治儀禮，十易其稿。年八十，日坐城北湄園，矻矻不置。見雷狀、全碑。先生於六經皆有撰述，所尤用力者，春秋、三禮也。三禮中於喪禮尤研究精微；所著喪禮或問，學者以為粹然同於七十子之文。見家譜。先生引誘後進，與之講論，娓娓不倦。見留撰言行錄及家譜。先生少與兄百川以時文名天下，世稱『二方』。其古文嚴義法，言必有物、必有序。論文不喜班孟堅、柳子厚。見韓文懿序及本集、全碑。嘗語人曰：『文，所以載道也。古人有道之言，無不傳之不朽。文所以佳者，以無膚語支字，故六經尚矣。古文猶近之，至於四六、時文、詩、賦，則俱有牆壁窠臼，按其格式，填詞而已。以言乎文，固甚遠也。』見留撰言行錄。又訓門人沈廷芳曰：『南宋、元、明以來，古文義法不講久矣。吳、越間遺老尤放恣，或雜小說，或沿翰林舊體，無一雅潔者。古文中不可入語錄中語、魏、晉、六朝人藻麗俳語、漢賦中板重字法、詩歌中雋語、南北史佻巧語。老生所閱春秋三傳、管、荀、莊、騷、國語、國策、史記、漢書、三國志、五代史、八家文，賢細觀當得其概矣。』見沈傳書後。先生生平慎於文，不輕為人作表誌，尤必於其人而難以情假也。先生所著書，仍有刪定通志堂宋元經解、春秋比事目錄、左傳義法舉要、史記注補正、離騷正義、聞見錄等書，皆不知其撰著年月，茲附及之。見本集。

夫人蔡氏生二子，早殤；生二女，長適廬江舉人宋嗣茇，次適上元生員鮑孔學。先生年三十三四尚無子，乃納側室楊氏，生二子，道章、道興；生一女，適金壇王金範，官蒲臺縣丞。繼室徐氏夫人無出。蔡夫人葬江甯縣石潭菖蒲山，與嫂張氏同丘。道章字用闇，號定思，揀選知縣，生七子：超、惟一、惟醇、惟稼、惟寅、惟和、惟俊。超為英山教諭。道興字行之，號信芳，安慶府學廩膳生，生四子：惟清、惟恂、惟慤、惟憲。見家譜。孫、曾多為諸生，或舉於鄉，至今不替，茲未備考焉。

各家序跋

重刻方望溪先生全集序

六經四子皆載道之文，而不可以文言也。漢興，賈誼、董仲舒、司馬遷、相如、劉向、楊雄之徒，始以文名，猶未有文家之號。唐韓氏、柳氏出，世乃栔以斯稱。明臨海朱右取宋歐、曾、王、蘇四家之文以輩韓、柳，合為六家，歸安茅氏又析而定之為八，而後此數人者，相望於上下千數百年，若舍是莫與為伍。自是天下論文者，意有專屬，若舍數人，即無以繼賈、馬、劉、揚之業。夫自東漢以迄於明，其間學士詞人蟻聚蜂屯，不可計數；一二名作先後傳誦宇內者，亦如流水之相續於大川；而其為之數百十篇，沛然暢然，精光炤人間不可磨滅，則自韓、柳、歐、曾、王、蘇外，終莫得焉。嗚呼，蓋其難哉！

余嘗聞其故矣：其所受者不優，無以軼乎眾也；其所入者不邃，無以遺乎今也；其所得者不廣，無以肆其用也；其所養者不充，無以盛其發也；其所踐者不實，無以立其誠也。日星之所以長明，江海之所以不竭，萬物之所以發生，古之精且神於文者，蓋必實有侔於此焉，非是不足以與於作者。是以古文之學，北宋後絕響者幾五百年，明正、嘉中，歸熙甫始克賡之。

然熙甫生程朱後，聖道闡明，其所得乃不能多於唐、宋諸家。我朝有天下數十年，望溪方先生出。其承八家正統，就文核之，亦與熙甫異境同歸。獨其根柢經術，因事著道，油然浸漑乎學者之心而羽翼道教，則不惟熙甫無以及之，即八家深於道如韓、歐者，亦或猶有憾焉。蓋先生服習程、朱；其得於道者備；韓、歐因文見道，其入於文者精。入於文者精，道不必深，而已華妙而不可測；得於道者備，文若為其所束，轉未能恣肆變化。然而文家精深之域，惟先生掉臂遊行。周、漢、唐、宋諸家義法，亦先生出而後揭如星月，而其文之謹嚴樸質，高渾凝固，又足以戢學者之客氣，而滌其浮言。以故百數十年來，奉而守者，各隨其才學高下淺深，皆能蘄乎古不捩於正；背而馳者，則雖高才廣學，亦虛憍浮誇，半為曜治之金而已。

先生文集久行於世，第原編卷數未分，亦未用古人刻書首尾相銜之法；近復殘缺漫漶，而集外又多關係重要之文，世所未見。鈞衡既搜輯，乃貸金而全刊之，以快天下心目，並揭發先生明道與文之功，正告海内來者，知尊信而趨步也。

咸豐元年辛亥正月，邑後學戴鈞衡謹序於味經山館。

原集三序

歲辛未，先君子與吾師及西溟姜先生同客京師，論行身祈嚮。西溟先生曰：『吾輩生元、明以後，孰是如千里平壤，拔起萬仞高峯者乎？』先君子曰：『經緯如諸葛武侯、李伯紀、王伯安，功業如郭汾陽、李西平、于忠肅，文章如蒙莊、司馬子長，庶幾似之。』吾師曰：『此天之所為，非人所能自任也。學行繼程、朱之後，文章介韓、歐之間，孰是能仰而企者？』西溟曰：『斯言也其信！吾固知莊、馬之可慕，而心困力屈，終邈乎其不可即也。』先君子見朋好生徒，時時稱道之。兆符兒時即耳熟焉。既成童，遂命請業師門，迄今三十有三年矣。

雍正癸卯，兆符復至京師，懼吾師衰疾，請編年譜；手錄春秋、周官說及望溪文集，乃知吾師於曩言，實身肩而力取之，而凡有志者，皆不可以自畫也。吾師質行、經學、古文，後世自能懸衡；兆符不敢置一辭，恐不知者，以為阿其所好也。經說則始窺其樊，恐言之未必有中。故敘次文集既終，敬識簡端，以俟後之君子。

雍正癸卯秋八月望後三日，門人王兆符撰。

望溪方子，文學為世所稱，而余與共事蒙養齋，入則合堂聯席，出則比屋同垣，晨夕居遊，無不共者，凡十有一年，始知其宅心之實，與人之忠。其於幼所誦經書，常陰取以自繩削，而亦以望於人。故居人上者，必告以汰侈之召災；事人者，必戒以諂佞之失己；為子弟者，則警以孝弟之易虧；將仕者，則數舉貪人覆轍愧遺父母妻子之醜。用此，不好善者聞之，皆陰忌以為刺己；中人以下，亦苦其行之難而見謂不情。每薄暮歸寓，必以此日過言過行諮余。間為發其禮義之過中者。常怵然為戒，每自言：『於人紀中，無一不愧負此心者。』孔子云：『能見其過而內自訟。』以余所見，惟斯人而已。凡行有奇邪者，於眾中相接，不交一語，而朋友有過，則盡言不諱。雖久故相知者，或不樂聞其言。然以文學相推，則知與不知無異辭。噫！是誠知方子之學與其文者乎！

方子嘗語余曰：『吾少好文而不好學，故終老無成。顏子不遷怒，不貳過，而孔子許為好學。使吾能以好文者好學，雖愚且頑，概乎必有得於身矣。』嗟乎！非學之篤，而能為是言乎？

方子之文，乃探索於經書，與宅心之實，與人之忠，隨所觸而流焉者也，故生平無不關於道教之文。余共事時，愛而錄之者十之四，郵致者十之二，姑就篋中所存，編而錄之，異日當刊佈，以示好方子之文而未知其學者。

乾隆五年三月，混同顧琮撰。

崟與北平王兆符皆以成童從學於先生；兆符治經書、古文，而崟攻舉子業。先生命之曰：『此術之成，非潛心經訓，而假道於八家之文，亦未易遠於俗也。』時崟於韓、歐之文，亦粗知好焉。厥後兆符自天津奉母南遷，僑寓金壇，獨身就先生講問凡數年。歲時往來淮、揚，必發其篋，取所得先生經說、古文而錄藏之，然亦未暇究切也。

及康熙癸巳，先生盡室北遷。崟適成進士，謂自是可肆力於經書、古文。而先生給事海澱，崟拘綴部曹，往還甚艱；又公私促促，少有餘暇，惟流觀漢、魏、四唐人詩，與懶性相宜，而先生素不為詩，所業未敢以請。及雍正五年，崟以老母倚門，告歸侍養，則又欲聞先生之謦欬而不可得矣。端居無事，乃更發所錄藏而討論之，乃知先生之文，循韓、歐之軌跡，而運以左、史義法，所發揮推闡，皆從檢身之切，觀物之深而得之。不惟解經之文，凡筆墨所涉，莫不有六籍之精華寓焉。而先生學如不及，不知身之既老，每謂儒者著述，生時不宜遽出。

二十年前，崟嘗與二三同學刻周官集註於吳門，劉丈古塘刻喪服或問於浙東，龔丈孝水刻周官辨於河北。

先生聞之，切戒『可示生徒，不可播書肆』。劉、龔二君子既歿，得其書者益稀；總督漕政御史大夫顧公惜之，復刻於淮南。每與崟言『先生經說，不可使沈没』，間出所錄先生古文，則其半皆未前見，以兆符早世，而崟久離先生之側也。

乾隆壬戌，先生告歸。崟請編定古文，多散在朋友生徒間，失其稿者十且三四。謹就二家所錄及崟所得近稿，先鋟諸版，各從其類，而不敢編次卷數。俾海內同志知先生所作，無一不有補於道教，而苟有存者，不可不公傳於世也。

乾隆十一年仲冬，門人程崟撰。

傳貴刻外集跋

先曾祖侍郎公望溪文鈔數十卷，實出門人王兆符、程崟所編集。其書之行於海內，固已久矣。傳貴幼時，則見家藏遺文十餘篇，不載於集。及長，遊歷四方，見有先公手跡遺篇，必粥產質物，期購得乃已。今所收者，蓋數十篇矣，恐久而散失，謹問序於當世名人而雕板行世。或疑集外之文，必當時先公所芟棄，是不盡然。今集外與張相國論澤望事宜篇，手書具在，而先公以為緊要之文，自跋其後。然則集所不載者，蓋有當時不欲遽出以待後人之意，不盡先公所芟棄也。惟家藏于忠肅論，則文鈔所已刻。其書韓文一篇，文亦具刻于文鈔，第彼題云書祭裴太常文後云耳。

又考文鈔有答友書云『蒙諭為賢尊作表志或家傳，賢尊惟以某事屈廷議』云云。今家藏文作與喬介夫書，稱其父為賢尊侍講公，而所謂某事者，則謂開海口始末，而侍講奏對車邏河有四不可之奏議也，然其下文則不殊矣。凡此者，今率不更刊，而但著其同異如此。

當王、程編集時，文自為篇，不用古人刻書首尾相銜之法，恐編後復有所增加也。今傳貴意亦正然，故刻書仍用其體焉。

嘉慶十七年冬十一月，曾孫傳貴謹跋。

鈞衡曰：此刻五十二篇內有書符節婦任氏家傳，即前集二貞婦傳。與清河書，即前集與蔣相國論征澤望書。蓋一時未檢對耳。又葛君墓誌銘、王彥孝妻墓碣已刻前集，傳貴所藏本蓋缺此二文。惟與喬夫書即前集荅友書。是跋自言『凡此類率不更刊』，而又刊入何也？

邵鈔奏議序

望溪先生奏議十九篇，自桐城桂林方氏家譜鈔出，惟江南閩廣積貯議一篇，先生曾孫傳貴刻集外文有之，而題目删去『議』字，餘十八篇皆前後刻所不載者。按：奏議既載入家譜，傳貴不應不見，而續刻未收，豈以文有未工而屏之，不使與諸用意之作相閒厠與？

然自古奏議之體，皆取明白剴切，不矜琢鍊之工。觀韓、歐諸家集所錄奏劄類，俱較雜作稍似放筆為之。蓋體裁不得不爾，而骨氣故在，識者自能辨察。且建白國家大計，忠君愛國之意，溢露言表，足以覘儒者之實用，胡可廢也？

上元縣志稱：先生當官敷奏，俱關國計民瘼。今觀請定經制等劄子，煌煌鉅篇，乃經國遠謨，足與靳文襄公生財、裕餉諸疏並垂。餘亦直抒所見，不肯一字詭隨。生平端方嚴謹之概，可以想見。曩嘗病望溪集獨闕奏議一體，今喜得而錄之。他日當益搜先生遺文，重刻以惠學者，庶表區區私淑之志云。

道光丁酉九月三日，仁和邵懿辰記。

鈞衡曰：邵鈔奏議，吾鄉光方伯已刻入龍眠業書。頃得太倉王君本，復增九首，中有請矯除積習興起人才一疏。煌煌大文，不知方譜何以失載？今以配經制劄子分冠一二卷之首，而各以類從。又攷先生敘交文內言：『朱相國稱：「子所言三事及九篇之書，吾未嘗一日忘。」』則先生所議，尚不僅屯田、苗疆等文已也。

王鈔逸文序

余舊有望溪先生集，為其門人王兆符、程崟所編，凡二百五十九篇。壽州呂君敬甫所有，較多百廿二篇。其外集五十二篇刊於先生之曾孫傳貴，敬甫亦有之。

昨歲敬甫得初刻本於江寧書肆，出以示余，則余所無者幾半焉。敬甫未見者，則有六十四篇，而劄奏之文居多。敬甫檢其已有者贈余，余更鈔集之：曰望溪文補遺，則百廿二篇也。曰望溪逸文，則六十四篇也。外集則亦鈔之，而仍其名。並附於原書之後，而倍之得十二冊。吾不知已刻而復刪，已編而復減者，出自先生之心否？又不知外集之拾遺而補闕，有當於先生之心否？書此聊志是書之由來云爾。

道光庚子七夕後二日，太倉後學王寶仁識於六安學署。

鈞衡曰：二百五十九篇之本，初刻本也。程崟所謂就王、顧二家所錄及己所得近稿者也。多百二十二篇之本，程氏增刻者也。增刻本多寡，又微有不同，近日坊間所行祇是此本。王君稱『呂敬甫得初刻本於江寧書肆』，呂本不可見；觀王鈔本內，夾裝呂贈刻文數十首，乃初印樣本，上有朱墨筆校正譌字，且有加簽云『此板撤去』者。詳加參對，乃知呂氏所得，非初刻本，蓋程氏增刻初印樣本也。其撤板者，世遂不見。然則王君所謂逸文六十四篇，皆程氏所已刻而傳貴所刻之文，亦間有程氏已刻者。是則海內之士所未前聞也。

恩露鈔遺文跋

先侍郎公遺文百餘篇，先曾王父厚堂公所手輯也。曾王父跋識其尾，謂：『奏劄之文，前曾鐫板，未編入集。以當日所奏，均發九卿議，其中有行有不行。議而不行，同時諸公率多齟齬不合，文出恐觸所忌。將俟遲之又久而後入集，而其板旋廢。其雜著遺稿數十篇，則得之家藏廢簏，蓋先公所刪汰，而亦有散佚於四方者。』恩露嘗展讀之，每繹一篇，覺義理充足於中，悉能闡明聖賢立身經世之道，足以垂範來學。每思補刊，艱於力之不逮，而此志固未嘗一日或去諸懷。

今年春，吾桐戴君存莊重刊全集，而搜羅遺文，蘇君厚子以書來告。戴君所為，自是藝林公事，而為人後者當之，有感激於中而不知所云者矣。敢不悉出所藏，俾世之景仰先公者爭覩為快邪？因取家藏遺稿，錄出若干篇以寄。閱來書，凡已得者不復錄。恩露反復紬繹，是皆確為先公之文無疑。蘇、戴二君最深於先公之文，其自為搜致者，必能辨真偽、嚴去取也。先是從大父勤之公外集之刊，皆經姚姬傳先生手訂。二君紹先賢之志事，知有後先同揆者矣。謹書數言於簡末，以慙小子之有志未逮，而感戴君之古誼有足多焉。

咸豐元年夏四月，來孫恩露謹識。

蘇跋

惇元壯時，讀望溪先生文集，遂篤嗜之。購得新印本，其間有前已刻，而新本刪去者，乃覓舊本錄補，並蒐緝未入集之文，隨時繕錄。尋友人邵映垣於方氏家譜中鈔出奏議、祠規。余亦並錄，且假方譜而讐校之。

歲戊申，余授徒城中，見光律原方伯購得舊鈔先生文，假歸校閱。其文皆五十四歲以前所作，改竄塗乙之處，似為先生親筆，其改本與刻本悉相同。乃錄出未見者數首，彙前後所得為遺文一冊，凡六十餘首。

去年秋，友人戴存莊毅然貸貲重刊先生全集，與余商訂體例，遂舉藏本並遺文授之。旋映垣寄來先生與陳可齋尺牘十九首。存莊又於王研雲學博處，假鈔奏議、雜文三十六首，多老年之作，皆程崟、道興前曾鐫板而撤去者。余又介方子觀騰書金陵，先生來孫恩露寄到詩十五首、文十九首，多少壯之作。存莊乃合傳貴所刻外集，編為集外文十卷，合正集並余所編年譜刊之。於是海內可見先生文集之全，洵鉅觀也，亦快事也。

余久欲刊先生遺文，而力不能及。友朋中亦有擬刊先生全集者，而卒未能行。今樂觀成事，非存莊任事之勇，安能若是乎？至韓理堂所編逸集，任心齋所藏逸稿，高密單氏所藏遺稿，今雖猝不得見，然審思之，恐此集所遺者，亦不多矣。刊將竣，存莊屬為遺文跋語。惇元於先生文，如菽粟水火之須，前編年譜，嘗序而論之。茲乃縷述輯錄顛末以識於後。

咸豐元年辛亥五月十二日，邑後學蘇惇元謹書。

方望溪先生集外文補遺序

予刊望溪先生全集既成之秋，往揚州，道金陵，見湯丈雨生。雨生為言：『賓應湯品三曾持望溪遺文冊子求題。』走訪之，則得記湯玉聲所書周官經文後一首。既屬徐懿甫騰書山東，求高密單徵君藏本；壬子春入都，過合肥得之，獲文十有九篇，讀書筆記數十則。邵映垣比部又摘先生史記評語歸予。既旋里，將合刊之，復檢得先生時文稿自記二則，與沈畹叔尺牘三通，彙為集外文補遺。先生之文，至是搜羅殆盡，未必先生之所許也，而天下好先生文者，則莫不以為快焉。其故何也？良由先生躬程朱之學，本其心得，發為經說、文章，義理精深醇正，多洽乎人心之不言而同然。

乾、嘉時，漢學攷證家矜其強記博聞，往往以細故微誤，指斥先生經說並及文章；而卒其所自為者，瑣碎支離，悖義傷道。其優者，亦第分學中格物之一端，於聖道為識小，求其開通義理，周浹旁皇，如先生之有益於學者身心實用，不可得焉；而其文章餖飣滯拙，更無當作者。平心論之，宇宙間無今漢學家，不過名物、象數、音韻、訓詁未能剖晰精微，而於誠、正、修、齊、治、平之道無損也；而確守程、朱如先生者，多一人則道著於一方，遂以昌明於一代。先後承學之士，私淑之徒，猶能挹其緒餘，端其趨往，即用以讀漢學家書，亦能辨精粗，知去取，不流為尾瑣無用之學。彼世之譏先生者，自謂能傲以所不知，而豈知彼之所知，以先生之學衡之，固不必其皆知者哉！

先生學行，歿宜祀於鄉也；而方其歿時，中朝媢嫉者多，鄉人未以為請。予昨刻文集，蘇厚子以呈方伯李公，兼言未祀鄉賢。方伯欣然命桐人舉請。予與厚子所為，於先生無增益也，獨後進宗仰之衷，至是始慰焉爾。

映垣又為細審刻本誤字，云『是書將傳久遠，必求毫髮無憾』。房掖垣、王研雲、蘇厚子亦先後讎校，今悉依而正之。單徵君名為鏓，字伯平。所弆遺文，云得之其族祖紫溟公諱作哲者，望溪先生之弟子也。數君子者，皆有功於先生，不可以不附識也。

咸豐二年壬子十月，後學戴鈞衡識。

望溪先生年譜序

鈞衡既刊望溪先生全集，遂取吾友蘇厚子所編年譜附後，梓既成，為之言曰：年譜之作，昉於宋人。自後千餘年，世所謂大儒、文人歿後，類必有年譜附集。第作者或及其門，或年輩略相後先，從遊久故，或孫子述追祖考，乃能詳而無缺，信而不誣。若夫時代間隔，典冊亡徵，言之必不能詳，詳者未必無誤，此仁傑、興祖所致憾於靖節、昌黎者也。夫譜之不詳，與無譜等；詳焉不信，則如勿詳；詳矣信矣，為之者或識不足以知其人之深，於學行大小重輕，繁簡失要，則猶不足以饜塞乎尊信者之心。

吾鄉望溪先生，舊傳其門人王兆符編有年譜；兆符卒先生二十餘年，其譜缺不備，世亦絕未之見。以故習舉業者，第傳誦先生時文；治古文者，則奉以紹八家之統；治經學者，則謂大義炳然，非章句小生所及。而其修身立命，幽隱不欺，與夫忠國愛民，經世大體，則千百中無二三知者。再閱數十載，人遙風往，文獻就湮，承學之士，不過即所誦讀者，想像大略而已。又先生守道不阿，與世多梗。自安溪、長洲、江陰、高安諸公先後繼逝，同朝媒孽，快其嫉心。海內學者，苟無據以考其真，將使讀先生書，信為大賢君子，而無以解於當日傳聞；轉疑明道晰理如先生者，尚不無可議。或遂恣為偽學，蠹聖道而壞人心，豈獨先生一身之顯晦已哉！嗚呼！此厚子年譜所由作也。

厚子於先生之學，信之篤而愛之深。其為年譜也，積十數年乃成，博而不雜，瞻而有體；舉先生立身行己、出處本末、學問源流，一開卷昭然若揭；其為功視周益公之於歐陽，李公晦之於朱子，劉伯繩之於山陰，殆有過焉。惟其初意在單行，故於先生經說、諸序及奏議，大者間錄全文，以諸家集後年譜例之，可從割削。然而厚子之意，則欲他年有子長、孟堅其人者，得是譜，即已洞其質行經綸，毋待遍窺全集；又欲天下未見先生經說者，因是求讀其書，以興學向道；其用心可謂至矣！豈好為漫冗複疊者哉？余故依而刊之，為述大恉如此。

辛亥五月，戴鈞衡序。

方望溪先生年譜序

學不足以修己治人，則為無用之學。文不足以明道析理，則為虛浮之文。有行而無學，則其行無本。有學行而無文章，則無以載道而行遠。故孔子教人行有餘力，則學文。又以『文、行、忠、信』四者並教。然則學行文章，固不可偏廢也。

吾鄉方望溪先生，少時論行身祈嚮，曰：『學行繼程、朱之後，文章在韓、歐之間。』竊觀先生為學，固徹上下古今，一出於正；而其學行大綱，則符乎程、朱之旨；至發為文章，則又合四子而一之；其行足以副其學，其文足以載道而行遠。先生少日之志，固畢生力學而允蹈之，顧先生之著述行義未能盡顯。奏議載於家譜，世所罕見。或知先生之文章，而不知其學行經濟；或徒愛其文之醇潔，而不知其文之載道；或知先生經學之宗宋儒，而不知其有心得之實。先生居官，雖未顯著政績，而其憂國之忠，直言於大臣，潛挽朝廷大事頗多；在書局三十年，承修各書，亦皆頒列學官；其所以扶樹政教，嘉惠士林，實有古大儒名臣之風矣。

惇元壯歲，始知篤好先生之書，十數年間，常奉以為師，愧未能希其萬一；而於先生遺文逸事，不憚集錄。惟先生門人王兆符所編年譜，及先生幼子道興所撰行狀，今皆無傳本。其他傳、狀、碑、銘，又不能具其學行之詳，用是惜之。竊嘗論近代大儒，宗法程、朱，精詳親切者，以楊園張先生之學為最。宋以後文家，能合程、朱、韓、歐為一而純正動人者，以先生之文為最。昔曾增訂楊園年譜以備考鏡。年來因更搜輯先生學行，編為年譜；庶亦自備楷模，又以俾天下學者知先生學行文章經濟之詳，並知為文必以載道為貴，毋徒為浮靡奇詭之辭而已也。

道光二十七年冬十二月，同邑後學蘇惇元謹序。

望溪先生文集跋

望溪先生文集初為門人王兆符、程崟同輯。兆符早卒，其後增輯付刊者惟崟，今本標兆符同輯者，崟不肯沒亡友之善也，而亦隨時有所刪削。故今世所行本，前後篇數多寡不一。然程氏親炙師門，其去取率奉先生意指，故世傳程本為先生自定。今不敢以集外文廁入，謹就所見篇數最多之本，凡三百八十四首，為分卷而排次焉。唐、宋八家說經之文，少者類入論辨雜著，多者別為卷：歐集經旨，大蘇集經義是也。虞山錢氏編震川集，次經解為卷首。先生湛深於經，為之又多，故程氏首區為冊。今從焉，為第一卷。大蘇評史之文，凡數十首，此外文家未有及先生多者。其題為書後，可區為類，程氏並讀子為一冊。今亦從焉，為第二卷。讀經，讀子、史，皆論議文，故以論說次焉。原人、原過等文，亦論說也，為第三卷。古人作書，自敍大恉曰序，後世乃倩人為之，然大抵發明書義，體近論說。姚郎中古文辭類纂以序跋次論辨，今仿焉，為第四卷。書後、題跋，體一也，略與序同。序以加於書之成冊者，發揮全恉；書後、題跋，則隨舉一事一文而論之，次序後為第五卷。陳義晰理，指事述情，書之所有事也。以承序跋，以啟贈序，為第六卷。贈序始於唐，昌黎最工；自後作者皆有壽序，亦贈送之類。先生不多作，附贈序為第七卷。傳者，傳也，傳其人之行實也。文人不為達官立傳；所傳者，窮賤獨行之士、婦人方外之流耳。紀事，傳之別體，當依類而分編之。為第八卷、第九卷。誌、銘、碑、碣，金石之文，體異傳而敘事同，應後傳與紀事。埋石壙中曰誌，立石墓上曰表，曰碑，曰碣。銘者，誌之辭也，碑、碣亦可用之。表則無銘。先生為之多，不能總為一。分埋銘為第十、卷、十一卷，表與碑、碣為十二卷、十三卷。集中禮部尚書陳公神道碑以下七文，先生初刻標題曰碑、曰碣，後均改為墓表。蘇厚子曰：『神道碑文體尊大，先生不肯標題。四品已下官用碣，高公官三品，例用碑不用碣，而碑文必詳備，此文簡略，稱表為宜。茶村，王彥孝妻，俱不宜名碣。』余按：蘇說是也。但古人墓表，無用銘辭者。韓公鄭夫人殯表通體七字詩，無序，乃創體，不可為通例。歐公瀧岡表，初稿末用四字詩，後改去之。惟龍武將軍薛君墓表末云『乃為表於其墓，既又作詩以遺之』云云，亦未嘗標以銘曰。攷說文：『碣，石特立也。』張表臣曰：『碣者，揭示操行而立之墓隧也。』唐、宋文人多用之於處士、女流。隋志、唐會要俱云：『隱淪道素、孝義著聞者，雖無爵，亦聽立碣。』國朝通禮：『庶士得視九品官。』則茶村與王彥孝妻稱碣，似皆無礙。高公碣，先生私立，故不稱碑。且三文中俱明言碣，則止從文中所書為是。今均依原題。附記蘇君之言，俾學者知標題之不可忽也。又集中杜蒼略墓文先標墓誌銘，後改墓表。攷文中有『卜葬某鄉某原、來徵辭』云云，則為誌銘無疑。今亦入埋銘類焉。記亦碑文之屬；有紀事不以刻石者，其體自存也；次碑、碣為第十四卷。勒頌於石，鏤銘於器，二者亦古金石文也；喜雨說意主於頌，兼有箴銘意焉：編為第十五卷。哀祭源出三百篇，其體屈大夫開之，昌黎祭十二郎文散行不以韻，後人遂兩承之。然而韻其正也。次頌、銘為第十六卷。示道希四書，程氏編入書類，鄙意隨事指示，與家訓同。先生篤於倫理，家傳、誌、銘、哀辭，至性發露，自來文人莫有及者，故程氏別分為冊；七思亦哀辭也，義宜入：合為第十七卷。文以類聚，有文少不能成卷而於諸類未合者，則以雜文統之，訂為十八卷終焉。鈞衡謹識。

望溪先生集外文跋

右望溪先生集外文十卷。其曾孫傳貴昔刻五十二篇，今芟複正集者，鈔四十七首；合以吾友仁和邵映垣所錄奏議，同里蘇厚子所輯遺文，共得八十九首。編既定，房丈掖垣來言：『六安司訓太倉王君研雲藏有先生逸稿』，介許叔平走書假鈔，復得不同者三十六篇。先生來孫恩露聞是刻，復自金陵寄來遺文十九首，詩十五章。乃並取諸君所搜尺牘附之，合得百八十二首。

原所以不入正集之故：蓋有先生割去不欲存者，有記論時事，顧忌不欲出者，又或散在他人未及收者。今觀興人才、定經制諸疏，與鄂張兩相國書，煌煌大文，求之古名臣，不可多得，餘亦關係國家大計。先生忠愛之忱，明體達用之學，舍是莫見。書諸公逸事，陰陽消長所係，不惟足傳懿節而已。餘亦隨事立言，類有裨於倫理、風化、學術。嗚呼！世之徒以文章供人愛玩者，後人猶且補佚綴殘，不遺餘力。矧先生有足傳於文章外者，為之又矜慎不苟，可任散落也哉？邵君欲舉奏議及遺文佳者，合之正集。蘇君則欲盡所得，統編為一，意謂奏議、逸事等文，不宜列之集外，恐讀者有所重輕。余則以為正集，先生自定，當還其舊。茲亦不標外集、別集之名，但題曰集外文，俾讀者知此百數十篇，非盡先生所不欲存，即其不欲存者，亦非他文士所可幾也。

獨是先生遺文，恐猶不止於此。昔濰縣韓大令夢周、先生次子道興皆有輯本。韓本未刊；道興本交震澤任氏兆麟，亦未行世。今恩露所寄，未知即道輿本否？合肥徐懿甫又言：曾於山東高密單徵君伯平所，見手鈔先生遺文甚夥。舉其所記文目，與王本多同。韓本、單本較以今刻，所遺當亦無多。然不得滙諸本而覽其全，不能無歉也。

更有憾者，先生經說，自坊行十數種外，尚有朱子詩義補正、讀易、讀尚書偶筆，未見人間。昨懿甫寄到高密單氏所刊詩義補正，勸令重刊；以貸金不足，事有待。又先生生平窮極心力，自謂大有關於前賢後學者，莫過於删録崑山徐氏通志堂經解，此本想在人間。韓夢周云：『聞吳門書坊有刻本，此傳言之虚也。』海内儻有見其書者，力足，則為傳之；不足，廣播聞以竢能者，是更予所望於同志之士也已。

辛亥五月十二日，鈞衡再識。